처럼

시로 만나는
윤동주

처럼

김응교 지음

문학동네

■ 일러두기

1. 인용한 윤동주의 육필 원고 사진과 시는 왕신영·심원섭·오무라 마스오·윤인석 엮음 『윤동주 자필 시고전집』(민음사, 1999)과 홍장학 엮음 『정본 윤동주 전집』(문학과지성사, 2004)을 참조했습니다. 되도록 현대어로 표기하려 했으나 중요한 부분은 옛날 표기와 한자를 그대로 살렸습니다.

2. 인용한 성경 구절은 모두 개역개정판을 따랐습니다. 백석의 시는 고형진 엮음 『정본 백석 시집』(문학동네, 2007)을 참조했습니다. 『맹자』의 인용은 모두 성백효 역주 『맹자집주』(전통문화연구회, 2010)에서 가져왔습니다.

3. 본문의 사진 중에는 저작권자와 연락이 닿지 않아 그대로 실은 것이 있습니다. 연락주시면 사례하겠습니다.

행복한 예수·그리스도에게
처럼
십자가가 허락된다면

　'처럼'이란 조사만 한 행으로 써 있는 시를 본 적이 있나요. 한국 시가 아니더라도 영어 시, 일어 시, 중국어 시에서 '처럼'만 한 행으로 된 시를 본 적이 있나요.
　이웃을 내 몸'처럼' 사랑하는 것이 얼마나 어려운 일인지 윤동주는 알고 있었어요. 그 귀찮은 길을 '행복'한 길이라고 그는 씁니다. 타인의 괴로움을 외면하지 않고 그 고통을 나누는 순간, 개인도 '행복'한 주체가 되는 그 길을, 윤동주는 택합니다.

차례

곁으로 가는 행복 – 침묵기 이후 연희전문 사학년

살리는 죽음 – 일본 유학

윤동주가 곁에 있다고

'윤동주'라는 고전

"교과서에 실린 시들 중에 왜 윤동주의 시가 가장 많지?"
"윤동주는 지나치게 높이 상찬받는 작가라고."
"윤동주의 시는 청소년 시절에 잠깐 읽을거리에 불과해."
"윤동주는 '만들어진 고전(古典)'이야."

오랫동안 윤동주의 시를 업신여기던 내 안의 고정관념들입니다. 이십 년이 넘도록 시를 쓰고 가르친답시고 시늉해왔으면서도 '윤동주'라는 이름만 나오면 무지르기 일쑤였습니다. 그러던 어느 날 "모든 죽어가는 것을 사랑해야지"(「서시」)라는 구절이 슬며시 제 영혼에 깃들었어요. 찬란히 빛나는 것도 아니고, 그저 지금 여기서 '죽어가는 모든 것을 사랑'하겠답니다. 이 문장에는 계급도, 정치도, 학문도 없고, 오직 '슬픔 곁으로 다가가는 마음'만 있었습니다.

그날 마음 문이 조금 열렸습니다. 마음의 채비를 달리하자 시 한 편 한 편에서, 단어 하나하나에서 빛깔이 튕기고 소리가 들렸습니다. 붕어를 잡으려 했는데 붕어가 아니라 잉어, 살아 펄떡이는 거대한 생명체를 끌어올리는 느낌이랄까. 그저 금붕어 정도로 생각했다가 한 편 한 편 곰삭혀 읽으면서 유유히 유영하는 '잉어'로 다가왔습니다. "슬퍼하는 자는 복이 있나니"(「팔복」)라는 구절을 받아들이자 제 영혼 한쪽이 무너지는 소리가 들렸습니다.

물론 '윤동주'라는 이름 석 자가 지나치게 신비화되어 있는 면도 있습니다. 그의 시를 제대로 읽지 않고 역사의 희생물이라며 영웅시하는 이들도 있지요. 내 속에도 그렇게 우상화된 윤동주가 있을까봐, 이 책을 마무리하기 전 육 개월간 윤동주의 시를 읽지 않았습니다. 윤동주에게서 차갑게 거리 두고 싶었습니다. 윤동주도 그저 보통 사람처럼 내면의 욕정과 질투를 고민하던 평범한 청년이었습니다. 윤동주의 시에는 정지용을 모방한 모작도 있고 좀 떨어지는 태작도 있습니다. 그런데 무엇이 우리를 북받치게 할까요.

그의 시입니다. 신비화된 윤동주가 아니라 그가 쓴 '시', 그것도 부분이 아니라 전체를 읽어보는 것이 윤동주를 만나는 유일한 길입니다. 이 평범한 청년이 써온 시를 읽다보면, 맹자, 키르케고르, 투르게네프 등을 만나고요. 잉어를 힘겹게 끌어당겨 올리면 팔목과 가슴에 미세한 근육이 생기듯, 윤동주의 시를 대하면 영혼에 미묘한 근육이 생깁니다. 무엇보다도 행복이 무엇인지, 의미 있는 삶이 무엇인지 깨닫게 합니다.

이제 겨울날 꽁꽁 얼어붙은 물 아래로 펄떡이는 잉어를 길러낸 백여 년 전의 만주땅으로 거슬러 올라가겠습니다. 지평선 보이던 벌판을 향하여 집단 이주 했던 백여 년 전 사람들을 만나러 갑니다. 시혼무한(詩魂無限)의 광야에서 자라는 소년을 만나러 갑니다.

바다는 벙글, 하늘은 잠잠

한 편의 시를 천 명이 읽으면 천 개의 해석을 내릴 수 있습니다. 하나의 해석만 주장한다면 시 해설이 아니라 어설픈 기계 사용 설명서를 자처하는 꼴이죠. 윤동주 동시를 읽은 초등학생들은 상상도 못할 검박한 감상을 말합니다. 그 상상의 여백이 시인이 준 선물이지요. 가장 가능한 해설을 제시하는 저의 해설도 하나의 풀이일 뿐입니다. 영혼에 지진을 일으키는 작품을 만나면 가장 행복하지요.

10쇄에 이르기까지 새로 낼 때마다 깁고 다듬었는데, 수정 내용을 알리지 못했습니다. 초판에 오자가 많아, 2쇄 때 많이 수정했습니다. 4쇄 때 「십자가」에 대한 해석을 추가했습니다. "종소리도 들려오지 않는데"의 해설은, 한국 교회가 일제에 '교회 종을 헌납 혹은 공출'하면서 종이 사라졌기 때문이라고 추론한 이지은 선생의 논문 「일제강점기 '정오의 소리정경'에 담긴 '성스러운 소음'의 자취: 윤동주의 「십자가」에 나타난 교회종소리의 단상」(2017)을 참조하셨으면 합니다.

10쇄에서 창씨개명 부분을 수정합니다. 윤동주 시인이 창씨개명한 이유가 일본 유학을 하기 위한 것은 맞는데, 창씨개명을 해야지만 일본 유학이 가능했다는 사실은 틀립니다. 당시 창씨를 하지 않고 조선어 이름으로 유학 간 학생도 있습니다. 미즈노 나오키(水野直樹) 선생은 「윤동주는 '창씨개명'을 했는가」(2013)에서, 윤동주 일가가 먼저 창씨를 했고, 일본 대학 입학을 위해 가족과 호적이 같아야 하기에 윤동주가 어쩔 수 없이 창씨를 신고했다고 추정합니다. 이외에도 여기저기 기운 자국이 보입니다. 혹시 인용하신다면 10쇄 이후의 책으로 보아주셨으면 합니다.

딱딱한 논문 일곱 편을 '~습니다' 체로 풀어 새긴 이 책을 읽고, 힘을 얻었다는 말수 적은 새터민 여고생, 왕따 당한 고교생, 소년원 수감자를 만났을 때 가장 기뻤습니다. 꽃샘추위 살을 에는 2월 16일, 윤동주 시인의 기일에 '별을 노래하는 마음으로'라는 이름으로, 2022년까지 칠 년째 육십여 명 시민들과 연탄을 구입하여 독거노인들에게 배달해드렸습니다. "모든 죽어가는 것을 사랑해야지"를 흉내라도 내보고 싶어서요.

이 책 이후에 『나무가 있다—윤동주 산문의 숲에서』(아르테, 2019), 『서른세 번의 만남, 백석과 동주』(아카넷, 2020)를 냈고, 계속 윤동주 시인에 관한 책을 내려 합니다. 유튜브 '김응교 TV'에 윤동주 시인, 백석과 윤동주 시인에 대한 강연, 외국인들의 윤동주 시 낭송을 올려놓았으니 참조하셨으면 합니다.

윤동주 시인 외에도 이 작은 나라에는 밤하늘 별처럼 훌륭한 시인들이 많습니다. 제가 글이나 책으로 알린 시인 한용운, 김소월, 이찬, 임화, 백석, 정지용, 박두진, 박목월, 김수영, 신동엽, 김종삼, 천상병, 김춘수, 기형도 등 너무도 소중한 시인들이 어둘수록 빛납니다. 많은 한국 시인의 시를 호명하고 사랑해주셨으면 합니다.

바다에 돌 던지고
하늘에 침 뱉고

바다는 벙글
하늘은 잠잠

─윤동주, 「둘 다」(1937년 추정)에서

바다와 하늘의 크나큰 마음을 채비하며, 나즈막이 정진하겠습니다.
10쇄까지 읽어주신 별님들께 손 모아 감사드립니다.

2023년 1월 1일 수락산 서재에서
김응교 손 모아

시인의 탄생
명동마을

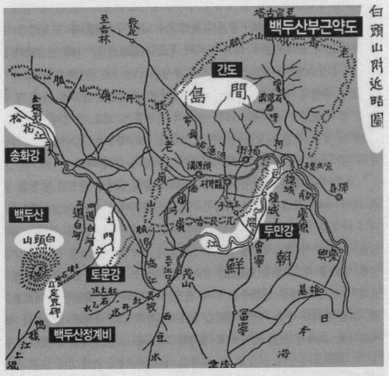

1930년 전후의 간도 지도(쿠마키 츠토무 교수 제공)

만주·명동마을·김약연
「오줌싸개 지도」「곡간」

가장 사랑하는 장소가 있는지요.

누구에게나 고향이 있고, 잊지 못할 장소가 있습니다. 그 장소와 풍경을 생각하기만 해도 힘이 나는 그런 곳이 있습니다. 상실의 아픔을 치유하는 원동력을 품고 있는 장소를 인간은 희구합니다.

그리스어로 장소(topos)와 사랑(philia)의 합성어를 토포필리아(topophilia), 곧 장소애(場所愛)라고 합니다. 누구나 자기가 사랑하는 장소를 갖고 있습니다. 고향, 조국, 어머니의 자궁 같은 공간은 사랑을 발생시킵니다. 가령 조선시대 때 시인이 장소애를 느낄 수 있는 풍경을 시로 쓰면, 화가는 산수화로 담아냈습니다. 사진기가 없었던 시절의 명승지 산수화는 대단한 인기였죠.

작가마다 사랑하는 공간이 있지요. 작가가 태어나고 자란 장소가 지닌 기운은 그 작가에게 적지 않은 영향을 끼칩니다. 작가들은 대부분 자신을 길러낸 곳에 대한 장소애를 작품을 통해 회감(回感)시킵니다. 장소

(topos)에 대해 쓰는 것(graphein)을 지형학(topography)이라 하는데, 고향을 그리는 '장소애'를 '마음의 지형학'으로 기록하는 것이 작가의 운명이 아닐까 싶습니다. 윤동주의 시에 '만주'라는 단어가 두 번 나옵니다.

> 빨랫줄에 걸어논
> > 요에다 그린지도
> 지난밤에 내동생
> > 오줌싸 그린지도
>
> 꿈에가본 엄마계신,
> > 별나라 지돈가?
> 돈벌러간 아빠계신
> > 만주땅 지돈가?
>
> ──윤동주, 「오줌싸개 지도」(1936년 초) 전문

  이 시 외에 「고향집」에서도 '만주'가 나옵니다. 「고향집」의 부제는 '만주에서 부른'입니다. 만주란 어떤 곳이었을까요. 함경도 북부의 두만강 너머 중국 지역을 '만주(滿洲)'라고 합니다. 만주라고 하면 못사는 곳을 떠올리곤 합니다. 만주로 갔다고 하면 궁핍한 나머지 간 것으로 생각하는 이들이 많습니다. 만주는 넓은 대륙이었습니다. 만주에 대해 대개 세 가지 특징을 말합니다.
  첫째, 지리적으로 중심이 아닌 변두리에 있다는 주변성(周邊性, periphery)입니다. 중국 동북 지역에 해당하는 만주는 중화(中華)의 중심 지역이라 하는 중원(中原)과 멀리 떨어져 있는 변두리입니다. 고구려,

발해 등 이족의 세력권입니다. 박지원의 『열하일기』에 쓰여 있듯이 청나라가 건설되면서 중국의 새로운 관심지로 주목받았으나, 여전히 중심지는 아니었고 중원과는 분명히 차별되는 변방이었습니다.

둘째, 여러 종족이 섞여 살았던 다민족 지대이기도 했어요.

산둥(山東), 허난(河南) 등 중국 내륙의 이주민들이 만주에 흘러들었고, 여기에 한반도, 러시아 등에서 온 다양한 민족의 디아스포라들이 합쳐져 혼종적인 주민 집단이 만들어졌습니다. 1940년대 당시 만주국 신징(新京)으로 갔던 백석은 공동목욕탕 풍경을 이렇게 쓰고 있습니다.

> 서로 나라가 다른 사람인데
> 다들 쪽 발가벗고 같이 물에 몸을 녹히고 있는 것은
> 대대로 조상도 서로 모르고 말도 제가끔 틀리고 먹고 입는 것도 모두 다른데
> 이렇게 발가들 벗고 한물에 몸을 씻는 것은
> 생각하면 쓸쓸한 일이다
> 이 딴 나라 사람들이 모두 이마들이 번번하니 넓고 눈은 컴컴하니 흐리고
> 그리고 길즛한 다리에 모두 민숭민숭하니 다리털이 없는 것이
> 이것이 나는 왜 자꾸 슬퍼지는 것일까
> 그런데 저기 나무판장에 반쯤 나가 누워서
> 나주볕을 한없이 바라보며 혼자 무엇을 즐기는 듯한 목이 긴 사람은
> 도연명(陶淵明)은 저러한 사람이었을 것이고
> (……)
> 내가 좋아하는 사람들을 만나는 것만 같다

이리하야 어쩐지 내 마음은 갑자기 반가워지나

　그러나 나는 조금 무서웁고 외로워진다

　그런데 참으로 그 은(殷)이며 상(商)이며 월(越)이며 위(衛)이며 진
(晉)이며 하는 나라 사람들의 이 후손들은

　얼마나 마음이 한가하고 게으른가

　(……)

　그러나 나라가 서로 다른 사람들이

　글쎄 어린아이들도 아닌데 쪽 발가벗고 있는 것은

　어쩐지 조금 우스웁기도 하다.

　　　　　　　　　—백석, 「조당에서」(『인문평론』, 1941. 4) 중에서

　국제도시 신징에서 백석은 다민족 사회의 '쓸쓸한 타자'들이 함께 목
욕하는 허름한 옛날 '조당(澡塘, 짜오탕)', 곧 공중목욕탕의 풍경을 묘사
하고 있습니다.

　뉘엿뉘엿 넘어가는 나주볕(저녁 햇살)을 보는 중국인을 보며, 도연명
을 떠올리는 백석은 "내가 좋아하는 사람들을 만나는 것만" 같아 호감을
느끼고 반가운 마음을 가지다가도 "조금 무서웁고 외로워"집니다. 그네
들과 함께하는 목욕이 "쓸쓸한 일"이 되는 것은 그 자신이 그들과 함께할
수 없는 이방인으로서의 거리가 존재하기 때문입니다.

　그런데 이 시에는 디아스포라의 쓸쓸함만 있는 것은 아닙니다. 그가
보는 타자(중국인)에게는 쓸쓸함이 없습니다. 오히려 그네들의 방약무인
함, 자아도취의 모습만이 보일 뿐입니다. "어쩐지 조금 우스웁기도 하다"
는 구절은, 서로 이질적인 것들이 난립, 혼재하고 있음에도 이른바 오족
협화를 들먹이는 만주국의 허구성에 대한 비판으로 읽을 여지도 있습니

다. 도연명과 백석은 중심에 적응할 수 없었던 쓸쓸한 주변인(周邊人, the marginal)이었습니다.

이미 19세기 말 많은 조선의 난민들이 만주로 이주해서 살고 있었습니다. 1905년 러일전쟁에서 승리한 일본은 조선을 '보호국'으로 삼았습니다. 이어서 "조선인을 보호해야 한다"는 명목으로 1907년 8월 용정촌에 '통감부 간도파출소'를 세웠습니다. 1909년 11월 2일에는 '간도일본총영사관'과 방대한 경찰 기구를 설립했습니다.

1931년 일제의 관동군은 만주사변을 일으켜 만주를 점령하고, 1932년 3월 1일 청나라의 마지막 황제 푸이를 내세워 만주국(1932~1945)을 세웁니다. 만주국은 일본인, 조선인, 한족(漢族), 만주족, 몽골족 등 오족(五族)을 협화(協和)한다는 명목으로 세워졌습니다. 따라서 만주에 거하고

있던 조선인은 국적법으로 만주국인이 되었습니다. 재만조선인은 한일합방에 의해 일본 국적의 신민이 되었는데, 1932년에 만주국이 세워지고 조선계 일본인으로 귀속되었습니다.

만주국에서 오족협화 이념을 선전하고 있던 상황에, 벌거벗은 상태에서도 서로 완전히 하나가 될 수 없는 마음을 그린 백석의 「조당에서」는 각기 다른 디아스포라의 쓸쓸함을 표현하고 있습니다.

디아스포라 지역이라고도 할 수 있겠죠. 디아스포라(diaspora, διασπορά)는 '씨 뿌리다(Σπορά)'라는 뜻의 그리스어 'dia sperien(a scattering of seeds)'에서 유래했어요. 디아스포라는 초기 그리스도교 시대에 그리스와 로마에 흩어져 살았던 유대인을 가리킵니다. 유대인에게 쓰였던 이 단어는 이후 특정 민족이 흩어져 살 때 쓰이곤 합니다. 유대인 디아스포라도 있고, 중국인 디아스포라, 이탈리아인 디아스포라도 있지요. 윤동주는 '조선인 디아스포라'였습니다.

셋째, 문화적으로 여러 문화가 섞여 있는 혼종성(hybrid)을 보여주는 지역입니다. 만주 지역을 떠올리면 감자나 겨우 캐 먹는 궁핍한 생활을 연상할지 모르나 그렇지 않은 지역도 있었습니다. 중원 문화가 아닌 변두리 지역이지만 러시아의 대륙 문화, 일본의 식민 문화가 만주에 뿌리내리고 있었습니다. 러시아는 하얼빈과 다롄에 철도시설을 놓았습니다. 윤동주가 중학교에 들어갈 무렵 만주는 화려한 부흥기를 맞습니다.

이후 지금의 창춘(長春)을 수도로 삼으면서 '새로운 수도'라는 뜻의 '신징(新京)'으로 호칭합니다. 일제는 이 도시를 백만인 규모로 설계하고 마치 런던과 같은 유럽풍 대도시로 건설하기 시작했습니다. 당시 신징을 다녀온 유진오는 「신경」에서 이렇게 쓰고 있습니다.

남신경(南新京) 근처부터 벌써 벌판 이곳저곳에 맘모스 같은 거대한 건축물이 우뚝우뚝 보이더니 이내 웅대한 근대도시가 벌어지기 시작했다. 아직도 건설 도중이라는 느낌은 있었으나 갓 나온 연녹색 버들 사이로 깨끗한 콘크리트의 주택들이 깔리고, 멀리 보이는 큰 건축물들의 동양적인 지붕도 눈에 새로웠다.(유진오, 「신경」, 『춘추』, 1942. 10)

당시 지식인들이 꼭 가보고 싶어한 신징을 찾아간 유진오는 신선한 충격을 느낍니다. 신징은 예전 모습이 완전히 사라진 새로운 도시였습니다. "맘모스 같은 거대한 건축물"을 세우면서도 "동양적인 지붕"을 올려놓은 것을 서양에서 벗어나려는 시도로 평가하기도 했습니다. 한편 유진오와 함께 신징에 갔던 소설가 이효석은 신징의 중심 도로를 보며 거대하기만 할 뿐 특색이 없다며 "대동대가(大同大街)의 인상은 서울에도 동경에도 또는 어느 도시에도 쉽사리 맛볼 수 있는 것이다. 어디에서든 있는 이런 종류의 모방을 발견함이란 미를 찾는 사람에겐 무의미하기 짝이 없는 것이다"(이효석, 「새로운 것과 낡은 것」, 『滿洲日新聞』, 1940. 11. 26~27)라고 혹평하기도 했습니다. 이 대동대가는 이후 한때 '스탈린 대가'로 불리기도 했습니다.

1940년 1월 말이나 2월에 만주로 떠난 시인 백석이 다녔던 직장도 신징에 있었습니다. 박정희는 같은 해 4월 만주국 육군군관학교에 입학하고, 1942년 3월에 졸업하며, 황제 푸이에게 금시계 은사품을 받습니다. 박경리 대하소설 『토지』의 주요 인물들도 신징에서 주로 활동하고 있었습니다. 시인 김춘수는 보통학교 사학년 때 수학여행으로 갔던 신징을 "글자 그대로 새로운 서울이다. 도로가 훤하게 넓게 뻗었고 신흥 고층건물이 시가를 메우고"(김춘수, 『꽃과 여우』, 민음사, 1997, 88쪽) 있었다고 묘사했습니다.

백만 명이 살 수 있도록 설계되었던 신징은 런던과 도쿄의 풍경을 재현한 도시로, 도시의 10퍼센트가 녹색 공원지대였습니다. 신징이나 하얼빈의 기차역 표지판은 일본어, 한자, 러시아어(키릴 문자), 영어 등 서너 개의 언어로 써 있었습니다. 그러나 이런 중심지가 아닌 지역들은 대부분 황량한 광야의 모습을 보여주었습니다.

중요한 것은 윤동주가 이런 도시를 어떻게 보았을까 하는 것이겠지요. 일본의 관동군사령부, 만주중앙은행, 골프장 등이 있었던 국제도시 신징을 윤동주는 가보고 싶어했습니다.

　　내 차에도 신경행, 북경행, 남경행을 달고 싶다. 세계일주행이라고 달
　　고 싶다. 아니 그보다 진정한 내 고향이 있다면 고향행을 달겠다. 다음
　　도착하여야 할 시대의 정거장이 있다면 더 좋다.(윤동주, 산문 「종시(終
　　始)」, 1939년 추정)

윤동주에게 신징은 베이징이나 난징과 비견되는 큰 도시였습니다. 중요한 것은 그뒤의 문장입니다. "진정한 내 고향이 있다면"이라고 써 있습니다. 윤동주에게 고향이 없다는 말일까요. 거대 괴뢰국가인 만주땅에서 자랐지만 만주국은 윤동주의 고향이 아니었습니다. 일본 제국도 고향이 될 수 없었습니다. 조국 조선은 사라지고 없었습니다. 윤동주의 모든 시에 숨어 있는 귀중한 욕망 한 가지는 상실한 조국을 찾는 고향의식(homeland-consciousness)이었습니다. 그것은 곧 '나는 누구인가'를 의심하는 자기 정체성에 대한 물음이기도 했습니다. 그뒤에 더 중요한 것은 "시대의 정거장"이라는 표현입니다. 윤동주는 자신의 내면에만 갇혀 있

지 않았습니다. 역사라는 열차가 바로 닿아야 할 "시대의 정거장"을 고민하고 있었습니다.

명동마을의 김약연

주변성, 디아스포라, 혼종성을 특성으로 하는 광활한 만주땅에서 윤동주는 태어나고 자랍니다. 문제는 과연 이러한 배경이 윤동주를 이해하는 데 필요한가 하는 것입니다. 사실 만주라는 지역을 주변성, 디아스포라, 혼종성이라는 이름으로 일반화시키는 것 또한 고정관념입니다. 윤동주가 태어나고 자란 명동마을이라는 곳은 '만주' 하면 떠오르는 독특한 공동체였습니다.

주변에 있었지만 중심이라는 긍지가 넘쳤고, 디아스포라 지역이었지만 조선인들이 모였고, 문화의 혼종성보다는 민족문화를 중시하는 특수한 공동체였습니다. 만주의 명동마을 공동체에는 어떤 특수성이 있었을까요.

한 인물의 성장 과정을 보려 할 때, 그가 자란 배경을 보지 않을 수 없습니다. 윤동주와 어린 시절을 함께 지낸 시인 김정우(金楨宇)는 명동마을을 "사방이 산으로 둘러싸여 있는 아늑한 큰 마을"이라고 회고합니다. "아늑한 큰 마을"이라는 표현은 어머니의 뱃속처럼 영원한 평화가 머무는 곳을 떠올리게 합니다.

봄이 오면 마을 야산에는 진달래·개살구꽃·산앵두꽃·함박꽃·나리꽃·할미꽃·방울꽃 들이 시새워 피고, 앞 강가 우거진 버들숲 방천에는 버들강아지가 만발하여 마을은 꽃과 향기 속에 파묻힌 무릉도원이었다. 여름은 싱싱한 전원의 푸름에 묻혀 있고, 가을은 원근 산야의 단풍과 무르익은 황금색 전답으로 황홀하였다.(김정우, 「윤동주의 소년 시절」, 『나라사랑』 23집, 1976년 여름호, 117쪽)

봄에는 온갖 꽃이 피고, 여름에는 싱싱한 전원, 가을에는 황금색 전답, 겨울에는 은색 찬란한 설야가 절경이었다고 하면서 김정우는 명동마을은 "꽃과 향기 속에 파묻힌 무릉도원"이었다고까지 씁니다. 지금 방문해도 나지막한 산에 둘러싸인 명동마을은 마치 어머니의 품처럼 포근한 '무릉도원' 같은 느낌을 줍니다. 무릉도원 같은 자연 속에서 살았기에 이런 시를 쓸 수 있었을 겁니다.

　여기저기서 단풍잎 같은 슬픈 가을이 뚝뚝 떨어진다. 단풍잎 떨어져 나온 자리마다 봄을 마련해놓고 나뭇가지 위에 하늘이 펼쳐 있다. 가만히 하늘을 들여다보려면 눈썹에 파란 물감이 든다. 두 손으로 따뜻한 볼을 씻어보면 손바닥에도 파란 물감이 묻어난다. 다시 손바닥을 들여다본다. 손금에는 맑은 강물이 흐르고, 맑은 강물이 흐르고,

　　　　　　　　　　　　　　　　　─윤동주, 「소년」(1939) 중에서

하늘을 들여다보면 눈썹에 파란 물감이 들고, 손금에 맑은 강물이 흐르는 순간, 화자와 자연은 하나가 됩니다. 이 시의 화자를 명동마을의 윤동주와 동일시할 수는 없습니다. 다만 이러한 묘사는 김정우가 표현했던 명동마을에서 자랐던 소년 윤동주의 심상을 그대로 드러낸 것임에 틀림없습니다.

　고향 풍경을 선명하게 묘사한 시는 「곡간」입니다. '골짜기'라는 뜻인 '곡간'에 대한 묘사가 세밀합니다.

산들이 두 줄로 줄달음질치고
여울이 소리쳐 목이 잦았다.
한여름의 햇님이 구름을 타고
이 골짜기를 빠르게도 건너련다.

산(山)등아리에 송아지 뿔처럼
울뚝불뚝히 어린 바위가 솟고,
얼룩소의 보드러운 털이
산(山)등서리에 퍼―렇게 자랐다.

삼 년(三年) 만에 고향(故鄕) 찾아드는
산골 나그네의 발걸음이
타박타박 땅을 고눈다.
벌거숭이 두루미 다리같이……

헌신짝이 지팡이 끝에
모가지를 매달아 늘어지고,
까치가 새끼의 날발을 태우려
푸르룩 저 산(山)에 날 뿐 고요하다.

갓 쓴 양반 당나귀 타고 모른 척 지나고,
이 땅에 드물던 말 탄 섬나라 사람이
길을 묻고 지남이 이상(異常)한 일이다.

다시 골짝은 고요하다 나그네의 마음보다.

　　　　　　　　　—윤동주, 「곡간」(1936년 여름) 전문

규암 김약연

　　　　　　　　　　　　　　"산들이 두 줄로 줄달음질치고"라는 첫
　　　　　　　　　　　　행만 읽어도 명동촌으로 가는 긴 들길이
　　　　　　　　　　　　선명하게 떠오릅니다. 용정에서 살다가 삼
　　　　　　　　　　　　년 만에 고향에 간 윤동주는 말 탄 일본 사
　　　　　　　　　　　　람이 다니는 것을 봅니다. 그런데 명동마
　　　　　　　　　　　　을 풍광도 중요하지만 꼭 새겨두어야 할
　　　　　　　　　　　　인물이 있습니다.

　윤동주와 명동마을의 소년들에게 잉걸불을 일으켰던 규암(圭巖) 김약
연(金躍淵, 1868~1942) 선생입니다. 김약연은 1868년 9월 12일 함경북
도 회령군 동촌 옹희면 제일리 행영에서 태어났습니다. 관북의 대표적
인 선비 집안의 장남이었습니다. 일곱 살 때인 1875년부터 십여 년간 함
북 종성 출신의 유학자들인 남종구, 오삼열, 주봉의 선생 등에게 유학 경
전을 배웠습니다. 유교에만 머물지 않고 노자의 『도덕경』도 통달했습니
다. 도포도 입지 않고 관도 쓰지 않고, 제 손으로 기운 옷을 입고 다녀 백
결 선생으로 불렸던 남종구 선생은 『맹자』를 열심히 읽는 김약연을 이렇
게 표현했다 합니다.

　"약연은 『맹자』를 만독(萬讀)해서 이제는 눈 감고도 줄줄 욀 수 있으
　니 틀림없는 맹판(孟板)이야."("이달의 독립운동가 김약연", 국가보훈
　처 홈페이지)

김약연이 보기에 조선 말기의 사회는 더이상 희망이 없어 보였습니다. 1899년 2월 기골이 장대했던 서른한 살의 김약연은 뜻을 같이한 사람들을 이끌고 신천지 간도로 향합니다. 나라가 망해가는데도 부패와 수탈이 심해지자 문재린의 증조부인 문병규, 문재린의 장인인 김하규의 가솔 등 백사십여 명과 함께 북간도 화룡현 불굴라재로 이주했던 것입니다.

우리 집안이 만주 북간도의 자동(紫洞)이란 곳에 이주한 것이 1886년이라 하니, 증조부 43세, 조부 12세 때에 해당한다. 그때부터 개척으로써 가산을 늘려 할아버지가 성가(成家)했을 때에는 부자 소리를 들을 만큼 소지주였다고 한다. 1900년에는 같은 간도 지방의 명동촌(明東村)이란 마을에 이주하여 정착하게 되었다. 1910년에는 할아버지께서도 기독교를 믿게 되고, 같은 무렵에 입교한 다른 몇 가문과 더불어 규암 김약연 선생을 도와 과감히 가풍을 고치고 신문화 도입에 적극 힘쓰셨다고 한다. 그리하여 우리 집안은 유교적 구조를 유지하면서도 술 담배를 일체 끊고 재래식 제사도 폐지하였다. (윤일주, 「다시 동주 형님을 말함」, 『심상』, 1975)

짧은 인용문이지만 중요한 증언입니다. 1886년에 윤동주의 증조할아버지 윤재옥(尹在玉)은 두만강을 건너 북간도 자동으로 이주했습니다. 명동촌은 만주 지역의 대표적인 항일운동가 김약연 선생을 비롯해 윤하현, 문병규, 남위언, 김하규 이렇게 다섯 가문 백사십여 명이 중심이 되어 이루어진 마을입니다. 이들은 새로운 공동체를 이루기 위해 1899년 2월 18일 고향을 떠나 두만강을 건넙니다.(송우혜, 『윤동주 평전』, 서정시학, 2014, 37쪽) 토지 매매 증서 같은 서류가 없기에 명확한 시기를 규명하기는 쉽지 않습니다만, 대략 1899년을 이주 시기로 증언하고 있습니다.

'명동(明東)'이란 중국보다 동쪽에 있는 '조선을 밝게 하자'는 의미로서 십여 개 부락을 합친 총칭이었습니다. 본래 룡암동이었던 명동촌은 1905년에 거의 완성되었고, 선바위골, 장재촌, 수남촌 등 명동을 중심으로 한 오십 리 안팎에 잇따라 마을이 형성되었습니다.

윤동주의 가족은 1900년에 자동을 떠나 명동촌으로 이주한 것으로 알려져 있습니다. '집단 이주'라고 했지만 도로나 자동차도 없던 시대에 백어 명이 소날구지에 솥이며 쌀이며 이불이며 온갖 짐을 싣고 며칠이나 걸려 만주 벌판으로 이동한다는 것은 쉬운 일이 아니었겠죠. 그런데 이주자의 후손인 윤동주의 탄생을 생각하면 몇 가지 의문이 생깁니다.

첫째, 도대체 윤동주는 이민 몇 세대라는 말인지요. 이 질문에 대한 대

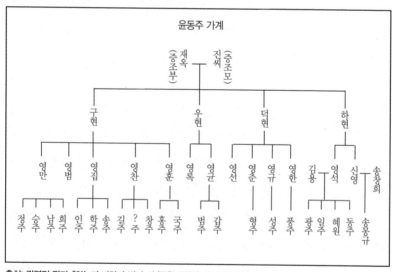

출처: 권영민 편저, 『하늘과 바람과 별과 시』(문학사상사, 1995, 223쪽)

답을 하려면 윤동주의 가계도를 봐야 합니다. 앞의 인용문에는 이주 시기 때 "증조부 43세, 조부 12세"였다고 써 있습니다. 그러니까 증조부 윤재옥, 부유한 농부이자 1919년에 교회 장로가 되었던 조부 윤하현(尹夏鉉), 명동학교 선생이었던 아버지 윤영석에 이어 윤동주는 사대째 후손이었어요. "어머님/그리고 당신은 멀리 북간도(北間島)에 계십니다"(「별 헤는 밤」)라고 쓴 윤동주는 간도 이민 조선인 4세대 출신이었던 겁니다.

윤동주는 명동학교 교사인 아버지 윤영석(尹永錫, 1895~1962)과 어머니 김용(金龍, 1891~1947) 사이에서 맏아들로 태어났습니다. 결혼 당시 아버지 윤영석은 열여섯 살이었고, 어머니 김용은 스무 살이었어요. 그리고 1917년 12월 30일 윤동주가 태어났습니다.

1917년에는 역사적인 인물이 많이 태어났습니다. 만주 명동마을에서 태어난 윤동주는 이 나라의 중요한 시인으로 기록됩니다. 1917년 경상남도 산청에서 태어나 통영에서 자란 윤이상은 세계적인 작곡가로 기록됩니다. 1917년 경상북도 구미에서 태어나 대구사범학교를 졸업하고 삼 년간 교사로 재직하다가 만주국 육군군관학교와 일본 육사를 졸업한 후 일본군 장교가 되었다가 나중에 대한민국의 대통령이 되는 박정희도 이해에 태어났습니다. 윤동주의 삶을 동갑내기 음악가 윤이상, 정치가 박정희와 비교해보면 이 나라의 문학과 음악과 정치의 한 부분이 축조되는 시원을 보는 듯합니다.

윤동주의 아버지 윤영석은 불과 열여덟의 나이로 베이징에 유학을 다녀와 명동학교 교원이 되었고, 1923년에는 도쿄로 유학을 가서 영어를 배우다가 '관동대진재'를 경험하기도 했습니다. 이때 조선인 학살이 일어났는데 '네버 마인도(Never Mind)'라는 일본식 발음으로 엽서를 써서 집으로 보냈다고 합니다. 게다가 교회에서 공중 기도를 할 때 특출한 언어 감각을 발휘하는 시인다운 기질도 있었다고 합니다. 이를 보면 윤동주의 인문학적 식견은 이러한 인텔리 아버지의 토양에서 비롯된 듯싶습니다.(송우혜, 같은 책, 30쪽)

가족관계를 볼 때 빼놓을 수 없는 인물은 김약연과 송몽규입니다. 먼저 김약연은 윤동주의 어머니 김용의 오빠였습니다. 윤동주는 김약연의 조카이자 제자입니다. 만주 지역의 민족지도자였던 김약연이 외삼촌이었다는 사실은 쉽게 넘어갈 문제가 아닙니다. '윤동주'를 형성한 배경에는 김약연이라는 거대한 존재가 있었기 때문입니다.

두번째 의문이 있습니다. 명동마을에 있는 윤동주의 생가에 가면 '중국 조선족 애국시인 윤동주'라는 비석이 있습니다. 중국의 조선족은 윤동주를 왜 '중국 조선족 애국시인'으로 인식하고 있을까요.

1917년 만주 명동촌에서 태어난 윤동주는 1945년 2월 16일 일본 후쿠오카 형무소에서 옥사하기까지, 중국 명동마을과 용정(룽징)에서 이십년 팔 개월(그중 평양 숭실중학교에서 칠 개월), 경성 연희전문에서 삼십삼 개월, 일본(릿쿄, 도시샤 대학, 후쿠오카 형무소)에서 삼 년여를 살았습니다. 윤동주는 전형적인 조선인 디아스포라였어요. 중국 외의 지역에서 산 것은 모두 합쳐 육 년 사 개월입니다.

윤동주는 만 이십칠 년 이 개월(햇수로는 이십구 년)을 살았는데 그중 이십 년 팔 개월을 만주에서 보냈습니다. 그러니 중국 조선족 입장에서 보면, 이주민 4세대로서 만주에서 태어난 윤동주는 '중국 조선족 애국시인'이라 할 수 있습니다. '중국 조선족 애국시인'이란 말은 2002년부터 동북 지역 역사를 모두 중국사에 편입시키려던 중국의 동북공정에 따른 표현 같지만, 사실은 조선족이 만든 것입니다. 조선족은 '애국'의 '국(國)'을 네이션(nation, 국가)이 아닌 에스닉(ethnic, 인종)으로 생각합니다. 비석 글씨도 조선족 최고 명필이 썼습니다. 중국 조선족 문학사를 보면 대부분의 책에서 윤동주를 일컬어 "민족의 독립과 자유를 위하여 자기의 시와 삶을 바친 재능 있는 저항시인이며 인도주의 시인"이라는 비슷한 표현을 씁니다. 윤동주를 '조선족 작가'로서 자랑스럽게 평가하는 것입니다. 조선족 문학사의 시각에서 보면 윤동주는 '조선족의 아들'입니다.

내 모든 행동이 곧 나의 유언이다

의문은 여기서 끝나지 않습니다. 그렇다면 셋째, 이주한 지 그렇게 많은 시간이 지났는데 어떻게 우리말을 자연스럽게 쓸 수 있었을까요. 이민 4세대로 태어난 아이가 어떻게 한글로 시를 썼을까요.

명동마을로 이주한 이들의 목표는 아이들을 제대로 교육시키는 것이었습니다. 그래서 토지를 사면 제일 좋은 땅을 학교 밭인 학전(學田)으로 떼어놓고 서당을 차렸습니다. 서당에서 먹을 감자며 옥수수를 학전에서 키웠던 겁니다. 도착하자마자 공부할 곳을 세우고 학전을 일구었다는 사실은 당시 조선인 디아스포라들이 새로운 땅으로 향했던 이유를 짐작하게 합니다.

교육의 중심에는 김약연이 있었습니다. 문재린 목사와 김신묵 사모의 회고록『기린갑이와 고만녜의 꿈』을 보면 간도 이주에는 세 가지 목적이 있었다고 합니다. 첫째는 선조들의 땅에 들어가 땅을 되찾는 것, 둘째는 북간도의 넓은 땅을 활용해 이상촌을 건설하는 것, 셋째는 추락하는 조국의 운명 앞에서 인재를 교육하는 것이었답니다. 이렇게 고토회복(古土回復), 이상촌 건설, 인재 교육이라는 세 가지 목적이 그들로 하여금 두만강을 건너게 했던 것입니다.

한반도의 북방 지역은 실학의 전통이 흘렀습니다. 명동마을로 이주한 실학적 유학자들은 서당 세 곳을 만들었습니다. 김하규의 소암재, 남위언의 오룡재가 있었고, 김약연은 1901년 자신의 호를 따서 서당 '규암재'를 지어 가르치기 시작했습니다. 1908년까지 규암은『맹자』등을 가르쳤습니다. 윤동주도 김약연에게『맹자』를 배웠습니다. 뒤에서 읽겠지만 윤동주의 시에서『맹자』의 영향을 많이 느낄 수 있습니다.

1906년 북간도 용정에서 이상설의 주도로 서전서숙(瑞甸書塾)이 설립됩니다. 하지만 이상설이 헤이그 특사로 떠나면서 서전서숙은 일 년 만에 문을 닫습니다.

명동마을에서도 신학문 교육이 필요하자 1908년 4월 27일 규암재, 소암재, 오룡재를 합하고 서전서숙을 계승해 신학문을 가르칠 명동서숙(明東書塾)을 개교합니다. 서숙은 책(書)을 익히는 글방(塾)이라는 뜻입니다. 1909년 4월에는 명동서숙을 명동학교로 확대 발전시켜 김약연이 초대 교장에 취임합니다. 명동학교에 부설되었던 명동중학교는 1910년 3월에 세워졌습니다. 이후 1925년까지 발전하면서 십오 년간 유지되었습니다. 신학문을 가르쳐야 하니 젊은 선생을 스카우트해야 했습니다. 그래서 서울 기독교청년학교를 나온 정재면 등 우수 교사를 초빙했습니다. 당시 정재면은 원산의 장로교 교회가 파견한 북간도교육단의 일원으로 용정에 있던 독실한 신자였어요. 김약연은 교사 정재면 때문에 기독교인이 되었다고 하지요.

이렇게 명동촌은 민족운동과 기독교 민족교육의 본거지가 되어갑니다. 이토 히로부미를 민족의 이름으로 처단한 안중근이 천주교 신부들로부터 협조를 거부당한 뒤 김약연의 도움으로 몰래 권총으로 사격 연습을 한 곳도 명동촌의 뒷산이었습니다.(조연현, "해방의 등불 된 '간도의 대통령'", 한겨레신문, 2007. 6. 18) 그러나 1915년 장로가 된 김약연에게 일제의 탄압이 다가옵니다.

1919년 삼일운동 때 민족지도자들은 일본과의 화해를 원했으나, 삼일운동이 있기 한두 달 전 만주, 중국, 미국 등지에서는 선언문이 발표되었습니다. 핵심 인물 중 한 명이 김약연이었습니다.

> 아 우리 마음이 같고 도덕이 같은 2천만 형제자매여! 국민본령(國民本領)을 자각한 독립임을 기억할 것이며, 동양평화를 보장하고 인류평등을 실시하기 위한 자립인 것을 명심할 것이며, 황천의 명령을 크게 받들어(祇奉) 일절(一切) 사망(邪網)에서 해탈하는 건국인 것을 확신하여, 육탄혈전(肉彈血戰)으로 독립을 완성할지어다. (「무오독립선언서」, 음력 1918년 11월)

지린에서 작성하고 39인이 서명하여 발표한 세칭 「무오독립선언서」의 마지막 구절을 보면, 일본에게 독립을 청원하는 것이 아니라 '육탄혈전'으로 독립'전쟁'을 해서 무력으로 일제를 몰아내야 한다고 써 있습니다. 이 선언서는 한일병합 이후 최초의 독립선언서였습니다. 무력 대항을 선

김약연 목사의 기독교식 장례식, 1942년 10월

포했던 이 선언서에는 김약연을 비롯하여 신규식, 박은식, 이시영, 이동
녕, 신채호, 김좌진, 김규식, 이승만, 이동휘, 안창호 등 중요한 독립운동
가들의 서명이 있습니다.

일제 입장에서는 무장투쟁의 본거지를 두고만 볼 수 없었습니다. 1920년
청산리 전투에서 패배한 일본은 북간도 민족운동의 근거지로 자리잡았
던 명동학교를 불태우고, 무장투쟁을 주장해온 교장 김약연을 체포합니
다. 그래서 지금도 천안 독립기념관에는 김약연을 추모하는 추모비가 세
워져 있습니다.

김약연은 1920년 쉰둘의 나이에 체포되어 이 년 동안 보호인으로 옥살
이를 합니다. 1923년 출옥해 폐허에 임시 건물로 지어진 명동학교를 유지했
지만, 이듬해 혹심한 흉년으로 운영난에 시달리다 1925년 용정의 은진중학
교와 통합, 명동중학교는 문을 닫았습니다. 윤동주는 1925년 4월 그대로 유

지되었던 명동소학교에 입학합니다.

1929년 예순한 살의 나이로 김
약연은 평양신학교에 다니며 목사
안수를 받습니다. 목사이면서도 사
회주의자 이동휘와 손을 잡았으며
서일 등 대종교 지도자들과도 협력
했습니다. 중국인들이 그를 '간도
의 한인 대통령'이라고 부를 만치
포용력 있는 지도자였습니다.

규암 김약연 기념비

1930년 예순둘의 김약연은 명동
교회 목사로 돌아옵니다. 당시 열세 살이던 윤동주와 사촌형 송몽규는 이
때부터 규암에게 『맹자』와 성경 등을 배우고 1931년 3월에 명동소학교
를 졸업합니다. 1932년부터 1934년까지 규암은 은진중학교에서 성경과
한문을 가르칩니다. 그리고 1938년 2월 용정의 은진중학교와 명신여고
의 이사장으로 취임합니다. 규암은 이미 존경받는 목사이며 민족지도자였
지만 말이 아니라 삶 자체로 모범을 보였어요. 교장이면서도 천 평쯤 되는
밭농사를 직접 지었고 거름을 등에 지고 다니면서 황무지를 개척했습니
다. 가을에는 농군들과 함께 밤새워 타작을 했습니다. 당시 은진중학교의
교목으로 있던 장공 김재준(1901~1987)은 규암이 제자를 가르치는 모습
이 마치 공자가 제자들에게 도를 행하는 것과 흡사했다고 전했습니다.

김약연은 아쉽게도 해방 삼 년을 앞둔 1942년 10월 29일 용정시 자택
에서 "내 모든 행동이 곧 나의 유언이다"라는 말을 남기고 일흔넷을 일기
로 별세했습니다.

지금도 명동마을을 방문하면 명동교회 건물 바로 옆에 비석이 있어요.

흔히 우리의 전통 마을을 보면 입구에 천하대장군이나 지하여장군이 있거나 솟대가 있기에 이 기념비와 정자는 의아하기만 해요. 마땅한 안내문도 없기에 관광객들은 그냥 지나치고 맙니다. 그러나 바로 이 비석이 문재린, 문익환, 윤동주, 송몽규의 스승이었던 김약연의 기념비입니다. 복원된 명동교회 옆에 자리하고 있는 겁니다. 비석에는 1943년 김약연 선생 사망 이듬해에 명동교회가 세운 것으로 써 있어요. 김약연은 사후 문화대혁명 때 고난을 겪었습니다. 1967년경에 "낡은 것을 파괴하고 새것을 세운다"는 명목으로 기념비의 일부가 파손되었다가 최근에야 복원된 것입니다.

대한민국 정부는 규암 김약연에게 1977년 건국훈장 독립장을 추서했고, 그의 어록비가 천안 독립기념관에 세워졌어요. 김약연이 목사 시절 설교했던 명동교회는 현재 역사전시관으로 사용되고 있는데, 초라하기 짝이 없지요. 거기서 수많은 인재가 자란 것을 상상하면 차라리 거대한 도서관이었습니다. 많은 사람들이 명동촌을 찾지만, 윤동주 생가만 돌아볼 뿐 김약연이 얼마나 중요한 존재인지는 모르고 지나칩니다. 그의 기념비라도 보면서 김약연과 윤동주를 함께 생각해야 할 것입니다.

기념비를 보면 전면에 '김약연 목사 기념비'라고 한자로 써 있습니다. 기단(基壇) 위에 펼쳐져 있는 책에는 문자가 적혀 있지 않지만, 당연히 명동서숙을 세우고 평생 책과 함께했던 김약연의 삶을 보여주는 설계입니다.

기념비를 볼 때마다 생각해봅니다. 기단 위에 펼쳐져 있는 저 책은, 침묵하고 있는 숨은 신처럼 아무 구절도 쓰여 있지 않은 성경이 아닐까 하고요. '김약연 목사 기념비'라고 써 있는 비석은 유교식입니다. 그리고 전체를 덮고 있는 기와지붕은 전형적인 조선식 정자의 그것입니다. 곧 김약연의 삶이 민족과 동양사상과 기독교로 이루어져 있는바, 이 기념비야말로 김약연의 전부를 상징하는 것은 아닌지 생각해보곤 합니다. 그리고 또 중요한 것은 바로 이 세 가지 태도가 윤동주에게 그대로 전이되었다는 사실입니다.

명동학교의 소년들

무쇠 골격 돌 근육 소년 남자야, 애국의 정신을 발휘하여라.
다다랐네 다다랐네 우리나라에, 소년의 활동 시대 다다랐네.
만인 대적 연습하여 후일 전공 세우세.
절세 영웅 대사 없이 우리 목적 아닌가.

―명동학교의 응원가

명동학교에서 김약연의 영향은 절대적이었습니다. 김약연에게 배운 소년들은 그 시간들을 의미 있게 살리고 자신을 갈고닦아 명동학교 응원 가에 써 있듯 "후일 전공"을 세웁니다. 윤동주와 명동학교에서 육 년을 함께 공부한 문익환(1918~1994)은 「태초와 종말의 만남」(『크리스찬문학』 5집, 1973)이라는 회고의 글에서 명동마을과 김약연을 이렇게 표현하고 있습니다.

북간도에서 동만의 대통령이라고 불린 김약연 목사님이 자리잡고 계 시던 명동이 바로 윤동주와 내가 자란 고향이다. 나는 그 명동소학교에 서 동주와 육 년을 한 반에서 공부했다. 그리고 명동에서 삼십 리 떨어 진 곳 용정에 있는 은진중학교에서 삼 년을 같이 공부했다. 우리는 교 실과 강당과 운동장에서 태극기를 펄럭이며 '동해 물과 백두산이……'

를 소리 높여 불렀다. 일본 사람들에게 돈을 안 준다고 동경 유학 시절에 전차를 타지 않고 꼭 걸어다녔고, 기차를 안 탄다고 용정에서 평양까지 자전거를 타고 갔다 온 백발이 성성한 명희조 선생에게서 국사 강의를 들으며 우리는 민족애를 불태웠던 것이다. 하지만 동주의 민족애가 움튼 곳은 명동이었다. 국경일, 국치일마다 태극기를 걸어놓고 고요히 민족애를 설파하시던 김약연 교장의 넋이 어떻게 동주의 시에 살아나지 않았겠는가! 어떤 작품이든 조선 독립이라는 말로 결론을 내지 않으면 점수를 안 주던 이기창 선생의 얽은 모습이 어찌 잊히랴!

1925년 일제의 탄압으로 문을 닫을 때까지 천이백여 명의 졸업생을 배출한 명동학교는 지금 우리가 생각하는 일반적인 초등학교 분위기와 전혀 다릅니다. 일본이 아시아를 지배했고, 만주국 영토 안에 있었지만 명동학교는 완전한 자유를 구가하던 해방구였습니다. 정기(正氣)가 흐르는 곳에서는 그냥 뛰어놀아도 그 영향을 받기 마련이겠죠. 이런 분위기에서 자란 소년들, 윤동주의 선배들은 어떤 존재였을까요.

1919년 2월 13일 용정에서 대한독립선언대회를 주도한 '충열대(忠烈隊)' 역시 명동학교 재학생들이 주축이 돼 구성됐습니다. 1920년대 대표적인 독립운동 단체였던 대한국민회(일명 간도국민회)의 중심인물 대부분도 이 학교 졸업생이었습니다.

명동학교 출신들은 용정의 1919년 3·13 만세운동, 1920년 십오만원 탈취 사건, 1920년 봉오동·청산리 전투, 1930년 간도 5·30 사건 등을 이끌었습니다. 특히 일본군의 돈을 강탈한 '십오만원 탈취 사건' 주동자들도 명동학교 선배들이었고, 몇 명은 사형당하기도 했습니다.

1918년 명동중학교에 입학하여 수업시간에 거울을 보며 웃는 연습만

하던 엉뚱한 학생도 있었습니다. 나운규라는 '엉뚱한 학생'은 이후 1926년 10월 서울 단성사에서 각본, 주연, 분장, 감독까지 도맡은 첫 영화 〈아리랑〉을 선보입니다. 그 밖에도 한국인 최초의 항공기 조종사 서왈보 등이 윤동주, 문익환, 송몽규의 명동학교 동문들이죠.

이런 사실만 보면 윤동주가 마치 게릴라 학교를 다닌 듯싶습니다. 독립군 양성소와 비슷하다고 말하는 이도 있어요. 명동학교에서 배웠다고 해서 반드시 독립운동가가 되는 것은 아니지만, 이러한 환경이 윤동주의 삶과 시에 영향을 미치지 않았다고 할 수는 없겠죠. 또한 이러한 학교 전통을 알고 배운 송몽규가 독립 투쟁을 선택했던 것도 충분히 가능한 일입니다.

일제의 탄압으로 명동학교가 문을 닫고 1930년 용정의 은진중학교에 합쳐진 뒤에도 안병무, 강원용, 문동환 등과 같은 인재가 나타났습니다. 북한에서도 명동학교 출신인 전창균, 은진중학교 출신인 이진형과 이봉열, 영신학교 출신인 엄무현 등이 김일성대학교에서 교편을 잡았습니다. 남북한 어느 쪽이나 중요한 역할을 했던 규암 김약연의 제자들은 너무 많아 모두 언급하기 어려울 정도입니다.

윤동주가 태어나고 자란 명동마을은 "아늑한 큰 마을"이었고, "무릉도원"이었습니다. 게다가 마음껏 동양 고전과 신학문을 익히며 한글과 민족을 배울 수 있는 자유가 있던 곳입니다. 자유롭게 지냈던 윤동주가 신사참배를 강요한 숭실과 창씨개명을 강요하던 시대의 연희전문으로 유학을 갔을 때는 얼마나 힘들었을까요. 자유롭게 날던 노고지리가 철창 안에 갇히면 얼마나 답답할까요.

첫 깨달음
첫 시 「초 한 대」

그리 궁핍한 곳은 아니었던 명동마을의 명동소학교를 1931년 열네 살
에 졸업한 윤동주는 송몽규, 문익환, 그리고 이후 시인이 되는 김정우와
함께 중국인 학교인 대랍자(大拉子)소학교(당시 달라즈에 있던 화룡현립
제1소학교) 육학년에 편입합니다.

　　어머님, 나는 별 하나에 아름다운 말 한마디씩 불러봅니다. 소학교(小
　學校) 때 책상(冊床)을 같이 했던 아이들의 이름과, 패(佩), 경(鏡), 옥
　(玉) 이런 이국 소녀(異國少女)들의 이름과, 벌써 애기 어머니 된 계집
　애들의 이름과, 가난한 이웃 사람들의 이름과, 비둘기, 강아지, 토끼, 노
　새, 노루, '프랑시스 잠' '라이너 마리아 릴케' 이런 시인(詩人)의 이름을
　불러봅니다.

—윤동주, 「별 헤는 밤」 중에서

인용문에 등장하는 "패(佩), 경(鏡), 옥(玉)"이라는 중국 이름은 윤동주가 송몽규와 함께 한족 학교에 다닐 때 만났던 중국 소녀들이었을 겁니다. 송몽규와 윤동주는 어린 나이에 이십여 리라는 먼 등굣길을 매일 함께 걸어다녔다고 합니다. 지금으로 말하면 팔 킬로미터쯤 되는 거리인데 지금 아이들로서는 상상도 할 수 없는 먼 거리죠.

1931년 늦가을 윤동주 일가는 3·13 만세운동으로 유명한 용정으로 이사합니다. 명동마을은 극단적인 공산주의가 횡행하여 위험 지역으로 변해가고 있었습니다. 안전한 지역을 찾아 당시 연변 사람들이 선망하던 용정으로 이사하기로 한 거죠. 힘써 이룬 터전을 떠나 새로운 곳으로 이사하는 것은 당시 서른여섯의 아버지 윤영석에게는 쉽지 않았겠죠. 파평 윤씨 가문의 장남이었던 윤동주에게 더 좋은 환경을 마련해주기 위해서였겠죠. 윤동주의 친동생 윤일주는 당시 분위기를 이렇게 전합니다.

1932년(당시 다섯 살이던 윤일주의 착오로 보인다—인용자)에 북쪽으로 30여 리 떨어진 용정(龍井)이라는 소도시의 미션계 학교인 은진(恩眞)중학교에 입학하였다. 그것을 계기로 우리는 농토와 집을 소작인에게 맡기고 용정으로 이사하였다. 용정으로 이사하게 된 것은 그 밖에도 몇 가지 요인이 겹친 것으로 알고 있다. 1932년은 일본이 중국을 꺾고 괴뢰정부인 만주 제국을 세운 해로서, 그 무렵 지방에서는 좌우익 싸움이 치열하고 어수선하여 도시로 옮길 필요가 있었고, 또 아이들의 교육 문제도 있었다(그 무렵은 명동중학교가 없어진 뒤였다). 그리고 일본이 강요하는 새로운 체제 속에서 지식인인 아버지 연배의 분들이 택할 직업은 도시에밖에 없었다. 용정에 옮긴 후 아버지는 인쇄소를 내었으나

어린 시절의 윤동주

썩 잘되지 않았던 것 같다.(윤일주, 「윤동주의 생애」, 외술회, 『나라사랑』 23집, 1976년 여름호, 153쪽)

이사한 시기를 송우혜는 '1931년 늦가을'(같은 책, 90쪽)이라 하고, 윤일주의 인용문은 1932년이라고 하여 차이가 있습니다. 막상 이사했지만 환경은 크게 변했습니다. 이사 온 용정 집은 '용정가 제2구 1동 36호'로 이십 평 정도의 초가집이었습니다. 명동마을에서 타작마당, 깊은 우물과 작은 과수원까지 있는 큰 기와집에서 한껏 넉넉하게 살다가 작은 초가집으로 이사했으니 공간이 아주 좁았겠지요. 할아버지, 할머니, 아버지와 어머니, 그리고 윤동주, 일주, 광주 삼형제, 거기에다 큰고모의 아들인 송몽규도 윤동주네 집에 얹혀살았습니다. 여덟 명의 식구가 작은 초가집에서 옹색하게 붐벼야 하는 환경 속에서 윤동주의 은진중학교 시절이 시작되었습니다.

이듬해인 1932년 3월 신징을 수도로 만주국이 건국됩니다. 조선인 디아스포라들은 일제의 식민도, 중국에 얹혀사는 '유이민(流移民)'도 아닌 '만주국 국민'이 되어 겉으로는 디아스포라 상태에 벗어났습니다. 그렇지만 사실은 강경애의 소설에서 볼 수 있듯이 만주는 '반일 투쟁의 현장'이기도 했습니다. 미션계 교육기관인 은진중학교에 송몽규, 윤동주, 문익환이 함께 입학했던 4월에 윤봉길 의사가 의거를 감행했습니다.

심지(心志)의 판타지

바로 이 시기에 윤동주는 첫 시 「초 한 대」를 남깁니다. 물론 기록이 남아 있는 첫 시일 뿐이겠죠. "그가 명동에서 소학교를 다닐 때 학교에서는 벽보 비슷한 것을 발행했는데 동주는 빠짐없이 동시를 발표"(윤영춘, 「명동촌에서 후쿠오카까지」, 『나라사랑』 23집, 108쪽)했다는 증언도 있지만, 아래 시 한 편만 보아도 어느 정도 습작이 있었다는 것을 짐작할 수 있습니다. 오늘날 볼 수 있는 최초의 작품인 「삶과 죽음」 「내일은 없다」 「초 한 대」 세 편에는 "1934년 12월 24일"로 창작일이 써 있습니다.

초 한 대—
내 방에 풍긴 향내를 맡는다.

광명(光明)의 제단(祭壇)이 무너지기 전
나는 깨끗한 제물(祭物)을 보았다.

염소의 갈비뼈 같은 그의 몸,
그리고도 그의 생명(生命)인 심지(心志)까지
백옥(白玉) 같은 눈물과 피를 흘려,
불살라버린다.

그리고도 책머리에 아롱거리며
선녀처럼 촛불은 춤을 춘다.

매를 본 꿩이 도망가듯이
암흑(暗黑)이 창구멍으로 도망간
나의 방에 풍긴

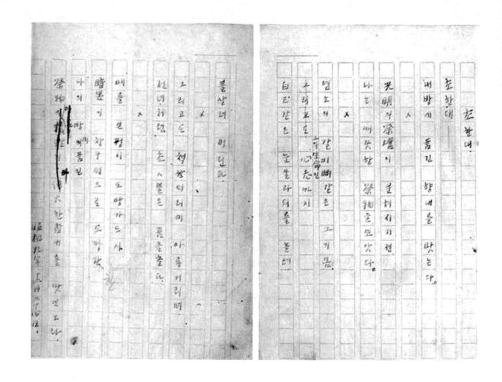

제물(祭物)의 위대(偉大)한 향(香)내를 맛보노라.

—윤동주, 「초 한 대」 전문

별생각 없이 읽으면 대단치 않은 습작 수준의 소품 같아요. 그런데 이
짧은 시 속에서 우리는 열일곱 소년의 순수함과 그가 가고자 하는 삶의
방향을 엿봅니다. 이 시와 함께 쓰여진 "삶은 오늘도 죽음의 서곡(序曲)
을 노래하였다./이 노래가 언제나 끝나랴"라는 구절의 「삶과 죽음」에서도
삶과 죽음이라는 주제를 일관하는 윤동주의 정신을 만나게 됩니다.
　열일곱의 윤동주가 초 한 대를 보는 모습을 상상해보세요. 지금으로 치

면 고등학교 일학년이나 이학년생이었을 윤동주의 의식은 어떠했을까요.

소년은 자기 방에 "풍긴" 촛불의 향내를 맡습니다. 그러다가 2연에서 환상에 빠지기 시작합니다. 촛불이 타올라 촛농이 떨어지는 과정을 소년은 "광명(光明)의 제단(祭壇)이 무너지기 전"이라고 표현합니다. 소년은 "깨끗한 제물(祭物)"을 연상합니다. 1연은 도입부이고, 2연은 판타지에 이르는 입구입니다. 희생의 판타지는 3연에서 발생합니다.

3연은 희생의 판타지가 펼쳐지는 장입니다. "염소의 갈비뼈 같은 그의 몸,/그리고도 그의 생명(生命)인 심지(心志)까지/백옥(白玉) 같은 눈물과 피를 흘려,/불살라버린다"는 구절을 읽다보면, 자연스럽게 남을 위해 자신의 목숨을 버린 어떤 존재가 스쳐지나갑니다. "염소의 갈비뼈"라는 선명한 이미지로 자신의 생명을 불살라버린 어떤 삶입니다.

현실의 세계가 아니라 염소의 갈비뼈 같은 존재가 눈물과 피를 흘리며 불타버리는 희생의 판타지입니다. 여기서 멈칫하게 하는 표현은 "염소의 갈비뼈"라는 구절입니다. 단순히 생각하면, 용정 어디엔가 있는 염소의 갈비뼈를 연상했을 가능성이 가장 큽니다. 그런데 바로 앞에 "광명의 제단" "깨끗한 제물"이라는 표현이 나왔기에 성경과 연결시켜 생각하게 됩니다. 성경에는 속죄제물을 드릴 때 염소가 등장합니다.

> 그 숫염소의 머리에 안수하고 여호와 앞 번제물을 잡는 곳에서 잡을 지니 이는 속죄제라 (……) 그 속죄제물의 머리에 안수하고 그 제물을 번제물을 잡는 곳에서 잡을 것이요(레위기 4장 24~29절)

옛날 이스라엘 사람들은 대제사장이 짐승에게 안수하는 순간, 그가 들었던 죄가 짐승에게 옮겨간다고 믿었습니다. 따라서 제물을 태우는 행위는 죄를 태우는 예식이었어요.

염소는 속죄제를 위한 희생제물입니다. 그런데 마태복음 25장 31절에서 33절까지를 보면 "모든 민족을 그 앞에 모으고 각각 구분하기를 목자가 양과 염소를 구분하는 것같이 하여 양은 그 오른편에 염소는 왼편에 두리라"고 기록돼 있습니다. 왜 이런 구분을 했을까요. 성경에 나타난 염소 상징에 대해서 이러한 풀이는 참고할 만합니다.

염소는 양보다 성질이 거칠고 그 먹이도 다릅니다. 양은 목초를 뜯어 먹지만 염소는 나뭇잎이나 잡초 따위를 즐겨 먹습니다. 싸움도 잘하고 도망치기도 곧잘 합니다. 이런 사정 때문에 때때로 양과 염소를 갈라놓을 필요가 있습니다.

이것이 마태오복음 25장 31~33절의 배경입니다. "사람의 아들이 모든 민족들을 앞에 불러놓고 마치 목자가 양과 염소를 갈라놓듯이 그들을 갈라 양은 바른편에, 염소는 왼편에 자리잡게 할 것이다." 바른편은 축복받은 사람들, 왼편은 저주받은 자들의 상징이므로 염소의 이미지는 아무래도 좋지 않습니다. 앞서 염소는 성미가 사나운 짐승이라고 했는데 이런 인상은 그 때문인지도 모릅니다.

(……)

이 염소(속죄양)를 영어로는 '스케이프고트(scapegoat)'라고 하는데 이 낱말은 'scape＝escape＝도망치다, goat＝염소'라는 뿌리에서 나온 것입니다. 이른바 '속죄양'을 뜻하는 이 말은 오늘 '남의 죄를 대신 뒤집어쓰는 자'라는 뜻으로 쓰이고 있습니다. 모두가 나빴는데 한 사람에게만 죄를 뒤집어씌우는 것을 두고 '그 사람을 속죄양으로 만든다'고 합니다.

예수 그리스도께서는 글자 그대로 우리들의 속죄양이 되셨습니다.

우리들 모두의 죄를 지고 악인들의 손에 넘겨져 십자가 위에서 돌아가셨습니다.(미셸 크리스티안스, 「염소」, 『성서의 상징 50』, 분도출판사, 2002)

마태복음 25장은 심판의 장이라고 하는데요. 흔히 염소는 양떼 사이를 헤집고 다니며 양들을 떼어놓는 역할을 한다고 합니다. "상징적으로 유대인들의 죄를 그 염소에게 씌워 광야의 아자젤에게 쫓아 보낸다"(미셸 크리스티안스, 같은 책)는 기록으로 볼 때, 인류의 죄를 지고 십자가에 달린 예수를 희생제물인 염소에 비유하는 것은 틀린 비유가 아닙니다. 그렇지만 "마치 도수장으로 끌려가는 어린양과 털 깎는 자 앞에서 잠잠한 양같이"(이사야 53장 7절)라는 기록이 있듯이, 일반적으로 예수를 어린양(요한복음 1장 29절)으로 표현하곤 하지요. 이렇게 볼 때 열일곱의 소년 윤동주가 쓴 "염소의 갈비뼈"라는 비유는 독특합니다.

"염소의 갈비뼈"로 상징되는 그 인물은 "그의 생명인 심지까지" "눈물과 피를 흘려" 참회하며 불살라버리는 존재입니다. 양초에서 가장 중요한 부분이 바로 심지입니다. 이것이 없으면 양초는 양초가 아니라 기름덩어리에 지나지 않겠죠. 그런데 여기서 '심(心)'이란 심방 등에 쓰인 '심'의 의미처럼 '가장 중요한'이라는 뜻을 가진 것으로 볼 수 있습니다. 본래 "등잔, 남포등, 초 따위에 불을 붙이기 위하여 꼬아서 꽂은 실오라기나 헝겊"을 뜻하는 심지는 한문과 한글이 결합된 '心지'입니다. 그런데 여기에 윤동주는 뜻 지(志) 자를 붙여 심지(心志)라고 씁니다. 그렇다면 이 한자어는 윤동주가 만들어낸 단어일까요. 일본어로 '싱시(心志)'에는 어떤 일을 하려는 의지(意志)라는 뜻이 있습니다. 그렇다면 윤동주가 일본어 한자로 썼을까요. 가장 가깝게 추론할 수 있는 것은 김약연에게서 배위 윤동주가 좋아했던 『맹자』에 나오는 심지(心志)의 용례입니다. 『맹자』의 「고자하(告子下)」를 보면, 15절에 여러 인물이 등용되는 이야기가 나와요. 누구는 밭을 갈다가 서른 살에 등용되고, 누구는 제방을 쌓다가 등용되고, 누구는 어물과 소금을 팔다가 등용되었다는 이야기가 나와요. 이어서 맹자는 이렇게 말합니다.

天將降大任於是人也, 必先苦其心志, 勞其筋骨, 餓其體膚
空乏其身, 行拂亂其所爲, 所以動心忍性, 曾益其所不能

이 구절은 "하늘이 장차 큰일을 어떤 사람에게 맡기려 할 때는, 반드시 먼저 그 마음을 괴롭히고(天將降大任於是人也, 必先苦其心志)"라는 구절이 나옵니다. "하늘이 어떤 인물에게 큰 소임을 내리려 할 때는 반드시 먼저 그 심지(心志)를 괴롭게 하며 그 뼈와 근육에 고통을 주며 그 몸을 굶주리게 하고 그 생활을 궁핍하게 하고 어떤 일을 행함에 그 하는 바를 어긋나고 어렵게 하나니 이는 마음을 흔들어 참을성을 기르게 하고 지금까지 할 수 없었던 일을 할 수 있게 하려는 것이다"라는 뜻입니다. 이렇게 본다면 윤동주의 시에서 쓰인 심지와 뜻이 통합니다. 예수야말로 시련과 죽음을 극복해낸 존재였죠. 물론 시를 해석하는 하나의 가능성일 뿐이지요. 시를 해석하는 데 참고할 만한 용례입니다.

'내 방'이라는 공간

4연은 다시 책머리에 촛불이 아롱거리며 춤추는 현실로 돌아옵니다. 판타지 안으로 들어갔다가 현실로 돌아와보니 촛불은 선녀처럼 춤을 추고 있습니다. 그런데 1연에서 봤던 촛불이 아니라 이제는 다르게 보입니다.

5연에서 "나의 방에 풍긴/제물(祭物)의 위대(偉大)한 향(香)내"에는 여러 이미지가 겹칩니다. 여기서 "내 방"(1연)이라는 표현은 "나의 방"으로 변주되어 등장합니다. 여기서 '내 방'이란 어떤 방일까요. 이 무렵 윤동주가 지냈던 공간에 대한 증언을 보겠습니다.

우리가 용정에 자리잡은 곳은 용정가(街) 제2구 1동 36호로서 20평 정도의 초가집이었다. 1937년까지 형의 작품의 대부분은 그 집에서 쓰여졌다고 해도 과언이 아니다. 은진중학교 때의 그의 취미는 다방면이었다. 축구선수로 뛰기도 하고 밤에는 늦게까지 교내 잡지를 내느라고 등사 글씨를 쓰기도 하였다. 기성복을 맵시 있게 고쳐서 허리를 잘룩하게 한다든지 나팔바지를 만든다든지 하는 일을 어머니 손을 빌리지 않고 혼자서 재봉틀로 하기도 하였다. 2학년 때이든가, 교내 웅변대회에서 「땀 한 방울」이란 제목으로 1등 한 일이 있어서 상으로 탄 예수 사진의 액자가 우리집에 늘 걸려 있었다. 절구통 위에 귤 궤짝을 올려놓고 웅변 연습을 하던 모습이 눈앞에 선하다. 그러나 그는 웅변조(調)의 사람이 아니었고 대회의 평도 침착한 어조와 내용 덕분이란 것이었다. 그후 그는 다시 웅변에 관심을 둔 바는 없다. 그는 수학도 잘하였다. 특히 기하학을 좋아하였다.(윤일주, 「윤동주의 생애」, 같은 책, 153쪽)

이 인용문을 통해 「초 한 대」에 나오는 '내 방'의 의미를 생각해보려 합니다. 윤동주에게 하나의 '내 방'이란 어떤 방일까요. 당연히 그 방은 그가 살던 용정 초가집의 방이겠습니다. 상상력을 조금 넓혀 말하면 인용문에서처럼 열심히 살아가는 삶의 공간일 겁니다. 윤동주는 용정 은진중학교에서 축구선수로 뛰고, 교내 잡지를 만들고, 웅변대회에 나가는 등 한

초 한 대

초 한 대——
내 방에 풍긴 향내를 맡는다.

光明의 祭壇이 무너지기 전
나는 깨끗한 祭物을 보았다.

염소의 갈비뼈 같은 그의 몸,
그의 生命인 心志까지
白玉 같은 눈물과 피를 흘려
분살라 버린다.

그리고도 책상머리에 아롱거리며
선녀처럼 촛불은 춤을 춘다.

매를 본 꿩이 도망하듯이
暗黑이 창구멍으로 도망한
나의 방에 풍긴
祭物의 偉大한 香내를 맛보노라.
〈1934. 12. 24〉

삶과 죽음

삶은 오늘도 죽음의 序曲을 노래하였다.
이 노래가 언제나 끝나랴

세상 사람은——
매를 녹여 내는 듯한 삶의 노래에
춤을 춘다
사람들은 해가 넘어가기 전
이 노래 끝의 恐怖를
생각할 사이가 없었다.

하늘 복판에 알새기듯이
이 노래를 부른 者가 누구뇨
그리고 소낙비 그친 뒤같이도
이 노래를 그친 者가 누구뇨
죽고 뼈만 남은
죽음의 勝利者 偉人들!
〈1934. 12. 24〉

외솔회, 『나라사랑』 23집(1976년 여름호)에 실린 윤동주의 첫 시 두 편

번 하면 무엇이든 집중해서 하는 소년이었습니다.

더 크게 말하면 '내 방'이란 그가 이후에 깨닫게 되는, 그가 살아왔던 역사적 콘텍스트입니다. 의도했든 의도치 않았든 그가 살았던 시대적 공간에 대한 무의식적 표현일 수도 있겠습니다. 그가 시를 썼던 은진중학교 시절, 즉 북간도의 1930년대는 미국에서 시작된 세계 대공황의 여파가 밀려왔던 한 해였어요. 북간도의 경제와 사회상은 암담해지고 공산당은 더욱 크게 득세했습니다. 만주사변을 일으켜 본격적으로 만주 침략에 나선 일본이 '만주국'이라는 괴뢰국을 세웠던 때였죠. 속칭 '만주국' 영토에 속한 식민으로 살아가게 된 북간도의 조선인들로서는 더욱더 힘든 시절이었습니다. 1934년은 조선 반도에서는 카프(KAPF) 문인 팔십여 명

의 제2차 검거를 비롯해서 전쟁 직전에 예비검속과 공포 분위기 조성으로 실제적인 전쟁 무드에 들어간 해였습니다. 당시 열일곱의 소년은 질식할 만한 역사적인 방에 입실(入室)하는 겁니다. 윤동주는 자기가 겪어나갈 역사적 방에 들어서면서 "나의 방"에서 풍기는 "제물의 위대한 향내"를 맡기 시작하는 겁니다.

특히 "1934년 12월 24일", 곧 성탄절 전날에 이 시가 쓰였다는 사실에 유념해야 합니다. 스스로를 불살라 소멸하는 제물인 초 한 대처럼, 12월 24일은 인류의 죄를 대속하기 위해 골고다 언덕에서 물과 피를 모두 쏟은 예수 그리스도가 태어나기 전날입니다. 염소의 갈비뼈 역시 구약시대의 속죄제물입니다. 이쯤에 이르면 "염소의 갈비뼈" 이미지는 속죄양이 되었던 죽은 예수 그리스도와 중첩됩니다. 여기서 우리는 '촛불＝제물＝예수'라는 등식에 공감하게 됩니다.

윤동주의 첫 깨달음은 단순한 인식의 차원에서 끝나지 않습니다. '촛불＝제물＝예수'에 자기 자신을 겹쳐 살아가려 했습니다. 윤동주가 연희전문 사학년 때 쓴 「십자가」를 보면, 자신을 '초 한 대'로 삼아 괴물 같은 어둠 속에서 "생명인 심지까지" 자신을 불살라버리려 했던 모습들이 보입니다.

지금까지 「초 한 대」라는 시를 통해 윤동주가 겪어갈 '내 방'의 의미를 생각해보았습니다. 이 시는 눈물과 피를 흘리는 희생과 헌신의 삶을 예견하고 있습니다. 윤동주의 대표작 「십자가」 「새벽이 올 때까지」 「태초의 아침」 「또 태초의 아침」 등은 바로 「초 한 대」에서 그려놓은 희생정신을 보여주고 있습니다. 「초 한 대」의 정신을 가장 직설적으로 보여주는 시가 바로 「십자가」입니다.

첫 시 「초 한 대」에는 '윤동주'라는 의미 전체가 담겨 있습니다.

1934년 12월 24일의 의미

시 말미에 적혀 있는 창작 날짜에 더 생각해볼 문제가 있습니다.

'1934년 12월 24일'이란 날짜와 송몽규의 신춘문예 당선 작품이 신문에 게재된 '1935년 1월 1일'은 불과 일주일 간격입니다. "송몽규의 신춘문예 당선과 그의 작품이 동아일보에 실려 온 나라에 널리 알려진 것에 크게 자극"(송우혜, 같은 책, 14쪽)받았기 때문이라는 송우혜 선생의 연구는 이제까지 신뢰할 수 있는 분석으로 평가받고 있습니다. 그렇다면 송몽규는 어떤 인물일까요.

사촌형 송몽규
송몽규, 「술가락」

고전을 쓴 인물 뒤에는 '가려진 인물'이 맡았던 역할이 반드시 있습니다. 시인 문익환에게 영향을 끼친 문인이 윤동주라면, 윤동주의 뒤에는 커다란 두 존재가 있었어요. 한 명은 김약연이고 다른 한 명은 송몽규입니다.

송몽규(宋夢奎, 1917. 9. 28~1945. 3. 7)라는 존재를 사람들은 모릅니다. 윤동주의 글에 가끔 '형'이라는 표현으로 등장하는 숨은 존재에 대해 사람들은 잘 모릅니다. 김약연이 윤동주에게 민족과 『맹자』와 기독교를 가르쳤다면, 송몽규는 윤동주에게 시를 쓰게 하는 결정적인 자극을 주었습니다. 윤동주는 그를 '완고하던 형'이라며 그리워했습니다.

독특한 해, 1917년
1917년에는 독특한 인물들이 연이어 태어났습니다.
5월 29일 존 F. 케네디, 9월 17일 작곡가 윤이상, 9월 11일 필리핀의 독

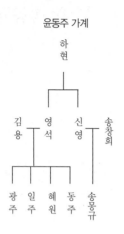

윤동주 가계

하현

김용 — 영석 — 신영 — 송창희

광주 일주 혜원 동주 송몽규

재자 페르디난드 마르코스가 태어나고, 그의 친구인 박정희가 11월 14일에 태어났습니다. 미국과 한국과 필리핀의 중요 지도자가 모두 1917년에 태어난 겁니다.

바로 이해에 송몽규와 윤동주가 같은 집에서 태어납니다. 윤동주의 친할아버지 윤하현(尹夏鉉, 1875~1947)의 큰딸 윤신영은 1917년 9월 28일 아명이 한범(韓範)인 송몽규를 낳습니다. 아버지 송창희(宋昌羲, 1891~1971)는 명동소학교에서 조선어와 양잠을 가르치던 교사였습니다. 그리고 세 달 후인 12월 30일에 외아들 윤영석의 아내 김용이 아들 윤동주를 낳았습니다. 용정시 지신진 명동촌에서 윤동주가 태어나기 삼 개월 전에 고종사촌 형 송몽규가 태어났던 겁니다.

윤동주와 이력이 비슷한 송몽규도 디아스포라였습니다. 석 달 차이를 두고 태어난 송몽규와 윤동주는 동갑내기 고종사촌이 되었습니다. 다섯 살이 될 때까지 한집에서 자랐던 두 사람은 같은 파평 윤씨의 피가 흘러서인지 비슷하다는 말을 들었답니다.

두 시인의 삶은 '명동촌'을 빼놓고는 생각할 수 없습니다. 윤동주와 송몽규는 여기서 영혼의 스승 김약연을 만납니다. 부끄럼 잘 타고 조용한 성격의 윤동주와는 달리 송몽규는 글을 잘 쓰고 웅변을 잘하고 리더십이 뛰어났다고 합니다. 크리스마스나 학기말에는 연극을 연출하는 등 탁월한 능력을 보여준 소년이었다죠. 송몽규와 윤동주를 키운 명동학교에서 김약연과 민족주의의 영향은 절대적이었습니다.

1925년 북간도에 큰 가뭄이
들었을 때 여덟 살의 송몽규는
윤동주, 문익환 등과 함께 명동
소학교에 입학했습니다. 그곳
에서 세 소년은 교장인 김약연
선생에게 철저한 민족주의 교
육을 받았습니다. 사학년 때 송
몽규는 서울의 월간지『어린
이』를 구독하고 윤동주는『아
이생활』을 구독했다죠. 그리고
오학년 때 윤동주 등의 학우들
과『새명동』이라는 등사 잡지
를 만듭니다.

「어린이」, 1929년 6월호(가운데 왼쪽이 송몽규다. 쿠마키
츠토무 교수 제공)

어린 송몽규의 모습은 그가
구독해 보던 월간『어린이』1929년 6월호 독자 사진란에서 볼 수 있습니
다. 글자가 흐려 잘 안 보이지만, 사진 아래 "북간도 명동학교 송한범 13"
이라고 정확히 표기되어 있습니다.

사진 아래 해설을 지금 말로 표현하면, "각각 사진을 내어 모으기로 합
시다. 다시 돌아오지 못할 '어린 때'를 영구히 기념하기 위하여 또 앞날의
일동무를 길게 사귀기 위해 이 사진첩을 정성 들여 모읍시다"라는 내용
입니다. 독자가 자기 사진을 투고하는 독자 사진란에 송몽규(한범)가 실
린 것입니다. 열세 살이라는 어린 나이에도 자기를 표현하고자 하는 적극
성이 있었다는 것을 확인할 수 있는 자료입니다.

송몽규는 1932년 6월호의 '독자 현상' 모집에 등외(等外)로 당선되기

윤동주의 삶에 결정적인 영향을 끼쳤던 송몽규는 윤동주와 같은 해에 태어나 1945년에 숨졌다.

도 합니다.(쿠마키 츠토무,『윤동주 연구』, 숭실대 박사논문, 2003, 46쪽) 송몽규는 열다섯에 이미 작품을 투고하고 있었던 겁니다.

1925년 일제의 탄압으로 문을 닫을 때까지 천이백여 명의 졸업생을 배출한 명동학교는 지금 여러분이 생각할 수 있는 일반적인 학교와 전혀 달랐다는 사실을 기억해야 합니다. 명동학교에서 배웠다고 해서 반드시 독립운동가가 되는 것은 아니지만, 민족교육을 강조하는 이 학교 분위기가 송몽규와 윤동주의 삶과 시에 영향을 주지 않았다고 할 수는 없겠죠. 또한 이러한 학교 전통을 알고 배운 송몽규가 무장투쟁을 선택했던 것은 충분히 가능한 일입니다. 송몽규가 소년 시절부터 일제에 저항하여 김구의 광복군에 입대하려 했던 것도 이러한 배경 때문이었습니다. 그리고 '38학번' 윤동주가 일제의 직접적인 압력을 받았던 경성의 연희전문으로 유학을 가서 쉽게 적응하지 못했던 이유도 이해할 수 있습니다. 명동마을에서 자유롭게 민족문화를 배웠던 송몽규와 윤동주에게 경성은 숨막히는 공간이었을 겁니다.

1935년, 열여덟의 신춘문예 등단 작가

1931년 명동소학교를 우수한 성적으로 졸업한 송몽규는 윤동주, 그리고 문익환 목사의 외사촌으로 이후 시인이 되는 김정우와 함께 중국인 학교인 대랍자소학교 육학년에 편입합니다. 앞서 썼듯이 "소학교 때 책상을 같이 했던 아이들의 이름과, 패, 경, 옥 이런 이국 소녀들"(「별 헤는 밤」)이 다니는 한족 학교를 윤동주는 송몽규 형과 함께 다녔습니다. 윤동주의 가족은 1931년 늦가을 용정으로 이사하고, 송몽규와 윤동주는 1932년 4월 은진중학교에 함께 입학합니다. 이때에도 송몽규는 윤동주네 집에 얹혀삽니다.

잠깐, 송몽규의 사진을 보세요. 꼭 다문 입, 맑고 큰 눈망울, 바르게 갖춘 옷매무새, 당찬 송몽규의 빈틈없는 태도를 느낄 수 있죠. 뭔가 선택하면 집중해서 일할 성격으로 보입니다. 아닌 게 아니라 송몽규는 열여덟이라는 나이에 작가로 등단합니다. 1934년 12월 은진중학 삼학년생으로 동아일보 신춘문예 콩트 부문에 송한범이란 아명으로 응모한 「술가락」이 당선되었던 겁니다. 송몽규가 세상에 뚜렷한 기록으로 남은 것은 이때부터입니다.

윤동주와 송몽규는 명동소학교 시절부터 문학에 뜻을 두었습니다. 사학년 때 윤동주는 『아이생활』을 구독했고, 송몽규는 『어린이』를 구독했답니다. 두 소년이 다 읽으면 명동마을 아이들이 돌려 읽었다고 합니다. 오학년 때는 담임선생인 한준명 선생이 이름을 지어준 『새명동』이라는 등사판 월간지를 몇 호 내기도 했다죠. 두 사람은 서로 문학적인 영향을 나누었는데, 윤동주의 창작욕에 불을 지핀 것은 송몽규의 신춘문예 당선 소식이었습니다. 송한범이라는 이름에 대한 기억을 명동소학교 동창 김정우 시인은 송우혜 선생과의 인터뷰에서 이렇게 회고했습니다.

나에겐 '몽규'라는 이름보다 아직도 '한범'이란 이름이 더 정답게 다가온다. 같이 학교에 다니고, 뛰어놀고 할 때, '한범'이라고 불렀었기 때문이다.

한범인 머리 좋고 공부를 잘할 뿐 아니라, 성격이 활발하고 매사에 적
극적이라서 무슨 일이든지 한범이가 "이런 일을 하자"고 나서길 잘했
고, 그러면 우리는 그대로 따랐었다.(송우혜, 같은 책, 40쪽)

신춘문예는 매년 1월 1일 일간신문사가 새로운 작가의 작품을 뽑는 행
사로, 우리나라에서 제일 먼저 신춘문예를 시작한 신문은 조선총독부 기
관지 매일신보입니다. 매일신보는 1914년 12월 10일자로 '신년문예 모
집'을 공지했습니다. 그러나 일반적으로 최초의 '신춘문예'라 하면 1925
년 동아일보에서 시작된 신춘문예를 말합니다.

동아일보는 1923년 '동아일보 1천호 기념 1천원(圓)의 대현상(大懸賞)'
을 통해 작품을 모집했습니다.(박경렬, 「한국문학 70년사의 뿌리, 동아
신춘문예」, 동아일보, 1983. 11. 21) 이어서 1925년 본격적인 신춘문예를
신년 초에 공고해서 그해 3월 당선자를 발표합니다. 동아일보 신춘문예
제1회 입선작은 최자영의 소설 「옵바의 이혼 사건」, 이문옥의 가정소설
「시집살이」, 김창술의 신시 「봄」, 동화극으로는 윤석중의 「올빼미의 눈」,
연은룡의 「날개 없는 비둘기」, 마태영의 「비밀의 열쇠」, 신필희의 「표백
소녀」 등이었습니다.

지금부터 팔십여 년 전 동아일보 신춘문예는 그리 대단하지 않을 거라
고 생각할 수도 있겠지만, 자료를 보면 그렇지 않습니다. 송몽규가 동아
일보 신춘문예에 등단하기 전인 1933년 시 부문 당선자는 「소가둔(蘇家
屯)의 여명」을 응모했던 황순원, 1934년 시 부문 당선자는 「동방의 태양
을 쏘라」를 응모했던 조명암이었습니다. 송몽규가 당선된 이듬해인 1936
년의 당선자는 단편소설에 김동리, 정비석, 시에 서정주였습니다. 실로
한국 근현대문학사에서 빼놓을 수 없는 중요롭고 빛나는 존재들이 열여

1935년 동아일보 신춘문예에 당선자 명단. 오른쪽에서 여덟번째 행에 송한범이란 아명이 있다.

딓의 송몽규가 신춘문예에 당선된 뒤 문단 후배로 등단했던 겁니다. 이것만 봐도 윤동주의 사촌형 송몽규가 어느 정도 뛰어난 인물인지 알 수 있습니다.

이제 송몽규의 등단작을 읽어보죠. 맞춤법이나 띄어쓰기 모두 당시 발표문 그대로 읽어보겠습니다. 조금은 읽기 거북할지 모르지만, 원문 그대로 읽으면 당시 분위기에 조금 더 다가갈 수 있을 듯싶어요.

> 우리부부는 인제는 굶을도리밖게 없엇다.
> 잡힐것은 다잡혀먹고 더 잡힐것조차없엇다.
> 「아—여보! 어디좀 나가봐요!」안해는 굶엇것마는 그래도여자가 특유(特有)한 뽀루퉁한 소리로 고함을 지른다.
> 「……」나는 다만 말없이앉어잇엇다. 안해는 말없이 앉아 눈만껌벅이며 한숨만쉬는 나를이윽히바라보더니 말할나위도 없다는듯이 얼골을 돌리고 또눈물을 짜내기시작한다. 나는 아닌게 아니라 가슴이 아펏다.

當選
콩트

술가락

宋韓範

우리부부는 인제는 술(匙)노릇 또
흘겨본다.

사실 그술가락을 잡기도도 어
려웠다 우리가 결혼하였을 저그만
외국(外國)가야는 내았을적 아버
지로 부터 저울로 인정되어 그리
고 그랫기술가락과 함께 써보았
고 그럴그술가락과 함께 써보았
떤 그술가락을 찾아본다.

그러나 지금 술속도 믿하고
지팡이라 그것이다 이손에
왔다 그러나 나는 어 술가락을 바
람으로 나는다마 이것을 보니라
뜻이 너희가 가정의 이정을 부뚜에
이슬비 뿌릴주야도 떠버리며여
으로 눈물이 떠오로 돌리려오

그것이 있으되기가 우리의
우리의 결혼에 첫술가락 밀리
××로 맘적되 안절미 야바지가
넘기 오려된 돌리주있기 때문에

자기건 자내것이 인건 자네안해
것ㅡ세상살이도 이것을 잃으면서
안데ㅡ 이렇게 쌍었다 그렇지
의없이 어렵려지겠기 손에있는다
구런 숫가락이것신노 손에쥔까비 그달
서아 제일의숫가락을 얻을이다. (終)

그러나 별수없엇다.

둘사이에는 다시 침묵이흘럿다.

「아 여보 조흔수가생겻소!」얼마동안 말없이 앉아잇다가 나는 문득 먼저 침묵을 깨트렷다.

「뭐요? 조흔수? 무슨 조흔수요?」돌아 앉어잇던 안해는 조흔수란 말에 귀가 띠엿는지 나를 돌아보며, 부드러운 목소리로 대답을한다.

「아니 저 우리결혼할때……그 은술가락말이유」

「아니 여보 그래 그것마저 잡혀먹자는 말이오!」내말이 끝나기도 무섭게 안해는 다시 표독스러운소리로 말하며 또다시 나를 흘겨본다.

사실 그술가락을 잡히기도 어려웟다. 우리가 결혼할때 저―먼 외국(外國)가잇는 내안해의 아버지로 부터 선물로 온것이다. 그리고 그때그 술가락과 함께 써보냇던 글을나는 생각하여보앗다.

「너히들의 결혼을 축하 한다. 머리가 히도록 잘지나기를 바란다. 그리고 나는 이 술가락을 선물로 보낸다. 이것을 보내는 뜻은 너히가 가정을 이룬뒤에 이술로 쌀죽이라도 떠먹으며굶지말라는 것이다. 만약 이술에 쌀죽도 떠우지안흐면 내가 이것을 보내는 뜻은 어글어 지고만다」 대개 이러한 뜻이엇다.

그러나 지금 쌀죽도 먹지 못하고 이술가락마저 잡혀야만할 나의신세를 생각할때 하염없는 눈물이 흐를 뿐이다 마는 굶은나는 그런것을 생각할 여유없이 「여보 어쩌하겟소 할수잇소」 나는 다시 무거운입을열고 힘없는 말로 안해를 다시 달래보앗다. 안해의뺨으로눈물이 굴러 떨어지고잇다.

「굶으면 굶엇지 그것은못해요」 안해는 목메인소리로 말한다.

「아니 그래 어찌겟소 곧찾어내오면 그만이아니요!」 나는 다시 안해의 동정을 살피며 부드러운 목소리로(인용자—아마도 조판 과정에서 '말했다. 안해는'으로 추측되는 부분이 탈락된 듯하다) 말없이 풀이죽어 앉어잇다. 이에 힘을얻은 나는 다시

「여보 갖다잡히기오 빨리 찾어내오면 되지 안켓소」라고말하엿다.

「글세 맘대로 해요」안해는 할수없다는듯이 힘없이 말하나 뺨으로 눈물이 더욱더 흘러나려오고잇다.

사실우리는 우리의 전재산인숫가락을 잡히기에는 뼈가아팟다.

그것이 은수저라 해서보다도 우리의 결혼을 심축하면서 멀리 XX로 망명한 안해의 아버지가 남긴 오직한 예물이엇기 때문이다.

「자이건 자네것 이건 자네안해것—세상없어도 이것을 없애선 안되네!」 이러케 쓰엿던 그편지의말이 오히려지금도 눈에선하다.

그런 숫가락이건만 내것만은잡힌지가벌서 여러달이다 숫치뒤에는 축(祝)자를 좀크게쓰고 그아래는 나와안해의이름과결혼 이라고 해서(楷書)로 똑똑히 쓰여잇다.

나는그것을 잡혀 쌀, 나무, 고기, 반찬거리를 사들고 집에돌아왔다.

안해는말없이 쌀을받어 밥을짓기시작한다. 밥은 가마에서 소리를내며 끓고잇다. 구수한 밥내음새가 코를찌른다. 그럴때마다 나는위가 꿈틀거림을 느끼며 춤을 삼켯다.

밥은 다되엿다. 김이 뭉게붕게 떠오르는 밥을 가운데노코 우리 두부부는 맞우 앉엇다.

밥을 막먹으려던 안해는 나를 똑바로 쏘아본다.

「자, 먹읍시다」미안해서 이러케 권해도 안해는 못들은체하고는 나를 쏘아본다 급기야 두줄기 눈물이 천천이 안해의볼을 흘러나리엇다. 웨 저러고 잇을고? 생각하던나는 「앗!」 하고 외면하엿다. 밥먹는데 무엇보다도 필요한 안해의술가락이없음을 그때서야 깨달앗던까닭이다. ─(끝)─

이 글을 읽고 우리는 몇 가지를 생각해볼 수 있겠어요.

첫째, 이 콩트에는 남편과 아내가 등장합니다. 그런데 주의해서 봐야 할 것은 "멀리 XX로 망명한 안해의 아버지가 남긴 오직한 예물"이라는 표현입니다. "멀리 XX로"라고 표기한 글자수를 보면 '중국으로'는 보다 '만주로'라는 표현이 타당하겠죠. 앞서 썼듯이 명동촌은 독립된 공동체로 민족사상을 자유롭게 토론하고, 안중근이 권총 연습을 하고, 독립군이 머물기도 했던 곳입니다. 명동촌에서 태어난 송몽규는 열다섯이던 1932년 당시 용정에 있는 미션계 교육기관인 은진중학교에 윤동주, 문익환과 함께 다니고 있었습니다. 그러니 "만주로 망명한"이라는 말은 송몽규에게는 너무나 평범한 표현이었습니다. 저 콩트 속 아내의 아버지는 당시 만주에서 식민지 투쟁을 했던 사람일 수도 있겠죠. 당시 만주에는 청산리대첩을 이끈 김좌진, 무장투쟁을 주장했던 김약연 등이 있었기에 만주로 가는 것은 '망명'이라 해도 틀린 말이 아니죠.

둘째, 송몽규의 문학적 기교를 볼 수 있어요. "나는위가 꿈틀거림을 느끼며 춤을 삼켯다"라는 표현이 그렇죠. 내가 아니라 '위'가 꿈틀거린다고 표현함으로써 상황을 입체화시키는 거죠. 이렇게 화자를 낯설게 만들면 상황을 다시 생각하게 되죠. 조금 어색하지만 "앗!"이라는 탄성 하나로 극적 전환을 만들기도 합니다. 글을 이끌어가는 참을성이 청소년답지 않고, 조숙한 면모를 보여주고 있어요.

셋째, 빈궁의 문제를 단순히 도식적으로 보지 않고 실생활에서 표현하고 있습니다. 그런데 어딘가 재미있지 않은지요. 배곯는 이야기인데 뭔가 재미있죠? 읽다보면 어딘지 모르게 잔잔한 '명랑성'이 작품에 깔려 있어요. 니체는 『비극의 탄생』에서 그리스 비극에 '그리스적 명랑성'이 있다고 했지요. 이런 명랑성은 코미디나 개그 프로그램을 보고 웃는 것과 다릅니다. 이것은 설움과 슬픔을 넘어선 웃음을 말합니다. 카프카의 소설 『변신』은 분명히 등장인물이 흉측한 벌레로 변하는 비극인데도 어딘지 모르게 재미있죠. 비극 속에서 '명랑성'을 만들어낸다는 것은 쉽지 않습니다.

당시는 시인 임화 등 카프 맹원들이 일제에 체포되었던 시기였어요. 중일전쟁 삼 년 전인 1934년에는 카프 문인 팔십여 명이 제2차 검거되었습니다. 게다가 예비검속과 공포 분위기 조성으로 거의 전쟁에 준하는 긴장감이 흘렀어요. 즉 빈궁을 주제로 글을 쓰기 쉽지 않았던 문학적 상황이었어요. 이른바 문학의 내면화 시대를 걷고 있었죠. 카프 문학의 계급적 상상력은 급격히 단절되었고, 표현하기 어려웠어요. 그런데 빈궁의 문제를 흥분하지 않고 짧은 글에 담아내며 가장 절정에 달하는 시점에서 작품을 깔끔하게 맺었죠. 열여덟의 청소년이 말입니다.

바로 이 글로 인해서 윤동주가 예수를 연상케 하는 「초 한 대」라는 시를 쓰고 원고 말미에 창작일을 적었다고 앞서 쓴 바 있습니다. 송몽규가 1935년 1월 1일 동아일보 신춘문예에 당선되고, 용정에는 큰 경사가 났습니다. 그 영향은 송몽규와 가장 가까운 윤동주에게 이어졌고, 윤동주는 오늘날 찾을 수 있는 최초의 작품 「삶과 죽음」 「내일은 없다」 「초 한 대」 세 편을 1934년 12월 24일이라는 창작일을 명기해서 남겼습니다.

형이 작가가 되었으니 나도 열심히 써보겠다는 다짐으로 그날부터 윤동주는 모든 글에 창작일을 쓴 것입니다. 신춘문예로 등단한 송몽규는 이후 놀라운 결정을 합니다. 윤동주의 초기 시 두 편을 읽어본 뒤 송몽규가 어떤 결정을 했는지 알아보겠습니다.

내일은 없다
「삶과 죽음」「내일은 없다」

윤동주에 대한 소개는 편중되어 있어요.

거의 모든 교과서가 「십자가」「서시」「별 헤는 밤」「간」 등을 쓴 윤동주의 대학 사학년 시기, 그러니까 1941년 시에 주목하고 있지요. 연구자들도 1941년 시에 대한 논문을 가장 많이 냈습니다. 그런데 읽으면 읽을수록 윤동주의 시는 초기 시절에 이미 원형이 마련되었고, 대학 이학년 때부터 현실의식이 강해지면서 사학년 때 정점에 이른다는 것을 느낄 수 있습니다. 그런데 사람들은 그 정점만 다루고, 윤동주 시의 원형을 볼 수 있는 초기 시를 외면합니다. 윤동주 시의 광맥은 초기 시에 있는데 말입니다.

죽음을 각오한 삶의 노래

1934년은 윤동주가 은진중학교를 다녔던 때인데, 동생 윤일주는 당시 윤동주가 활기찬 학창 시절을 보냈다고 말합니다. 윤동주는 송몽규의 동아일보 신춘문예 당선 소식에 자극을 받아 자신의 시에 날짜를 적어 보관하기 시작했다고 앞서 쓴 바 있습니다.

그 첫 기록이 '1934년 12월 24일'입니다. 이날 「초 한 대」와 함께 「삶과 죽음」 「내일은 없다」를 쓰는데, 두 편의 시를 소개해볼까 합니다. 먼저 「삶과 죽음」을 읽어봅니다.

삶은 오늘도 죽음의 서곡(序曲)을 노래하였다.
이 노래가 언제나 끝나랴

세상 사람은—
뼈를 녹여내는 듯한 삶의 노래에
춤을 춘다.
사람들은 해가 넘어가기 전(前)
이 노래 끝의 공포(恐怖)를
생각할 사이가 없었다.

(나는 이것만은 알았다.
이 노래의 끝을 맛본 이들은
자기(自己)만 알고,
다음 노래의 맛을 알려주지 아니하였다)

하늘 복판에 아로새기듯이
이 노래를 부른 자(者)가 누구냐.
그리고 소낙비 그친 뒤같이도

이 노래를 그친 자(者)가 누구뇨.

죽고 뼈만 남은,
죽음의 승리자(勝利者) 위인(偉人)들!

―윤동주, 「삶과 죽음」 전문

제목부터 '삶과 죽음'인 이 시는 삶과 죽음에 대한 청소년 시인의 묵상을 보여주고 있어요. 누구나 어릴 적에 죽음을 한번 겪으면 충격을 받습니다. 윤동주는 이 시절 어떤 충격을 받았기에 이런 시를 썼을까 생각하게 하는 소품입니다. 아직 열일곱 살에 불과한 청소년의 생각이 그리 단순하거나 가볍지 않아요. 5연을 읽어보면 죽음으로 가는 쾌감까지 느끼게 합니다. 쾌감이나 희열이라고 표현해도 되는지 모르겠지만, 세세하게 읽지 않으면 단순한 비약으로 읽히고, 실패한 시로 읽을 수도 있습니다.

1연의 "삶은 오늘도 죽음의 서곡(序曲)을 노래하였다"라는 구절을 보면 '삶/죽음'이 대립항이 아니라는 사실을 알 수 있습니다. 죽음이 있기에 긴장된 삶을 살아갈 수 있다는 말이죠. 삶은 눈 깜박할 사이에 죽음과 이어집니다. 죽음은 누구나 언젠가 가야 할 미래에 놓인 근원입니다. 오늘의 삶이란 "죽음의 서곡"에 불과하니 이제 리허설을 끝내고 제1막에 들어선 격이지요. 하루하루의 삶은 죽음의 서곡을 연주하는 겁니다. 그 연주는 허무한 것이 아닙니다. 오히려 우리의 삶은 죽음으로 인해 긴장됩니다.

마르틴 하이데거는 인간이란 '죽음으로 향하는 존재(Sein zum Tode)'라고 했죠. 죽음에 다가갈수록 오히려 삶은 의미 있게 반짝이지 않는지요. 가령 호스피스의 신세를 지게 된 환자들은 처음엔 다가올 죽음에 분노하지만, 어느덧 체념에 이르고 이후엔 최선을 다해 생에 임한다고 합니다. 삶과 죽음의 불안을 동시에 느끼면서 긴장하며 사는 것이 현존재의 시간입니다. 인간은 죽음을 의식할 때 현존재로서 의미를 갖겠죠. 그러니 "이 노래가 언제나 끝나랴"라는 의문은 죽음을 의식하며 사는 삶의 당연한 물음이지요. 죽음을 인식할 때 인간은 자신을 염려(念慮, Sorge)하고, 타인을 심려(心慮, Fürsorge)하고, 사물을 배려(配慮, Besorge)할 수 있습니다. 인간은 죽음을 통해 자신의 유한성을 인식하며 어떻게 살 것인가에 대한 실존적인 성찰을 하는 존재입니다.

2연에는 "뼈를 녹여내는 듯한" 시련이나 고통 속에서 죽음도 모른 채하루하루 살아가는 사람들의 모습이 보입니다. 그리고 4~5행에서는 어느 순간 죽음의 공포나 고통을 느낄 새도 없이 죽음을 맞이합니다. 3연의 괄호는 어떤 느낌을 주는지요. 마치 조용히 속삭이듯 비밀스럽게 말하는 귀띔 같지 않은지요. "이 노래의 끝을 맛본 이들은/자기(自己)만 알고,/ 다음 노래의 맛을 알려주지 아니하였다"고 살그머니 얘기해주는 귀엣말 같지요. 죽은 사람은 산 사람에게 죽음에 대해서 말해줄 수 없다는 말 같아요.

4연은 더 추상적인데 조금 생각해보면 오히려 역사적이고 구체적인 부분입니다. 시적 화자는 이 노래, 곧 '죽음의 서곡'을 부르고, 또 '죽음의 서곡'을 끝내버린 자가 누구냐고 묻고 있지요.

하늘 복판에 아로새기듯이
이 노래를 부른 자(者)가 누구냐.
그리고 소낙비 그친 뒤같이도
이 노래를 그친 자(者)가 누구뇨.

여기서 우리는 이천 년 전 유대땅의 한 젊은이를 떠올립니다. 갈릴리라는 지지리도 가난한 곳에서 온몸으로 진흙을 기어가듯 생활하다가 현실에서 초월로 '포월(匍越)'한 인물입니다. 예수는 죽음의 서곡을 몸으로 불렀으며, 부활을 통해 죽음의 서곡을 끝내버렸던 인물이죠. "아담 안에서 모든 사람이 죽은 것같이 그리스도 안에서 모든 사람이 삶을 얻으리라"(고린도전서 15장 22절)라고 했습니다. 그래서 이 시는 크리스마스 전날인 12월 24일에 쓰인 「초 한 대」처럼 예수를 묵상하는 시편으로 볼 수 있습니다.

이렇게 볼 때 5연을 해석할 수 있습니다. 4연에 대한 공감이 없다면 "죽고 뼈만 남은,/죽음의 승리자(勝利者) 위인(偉人)들"이라는 표현은 죽음에 대한 찬양일 뿐입니다. 죽음에 대한 추상적인 사고가 비약을 하면, 그것은 헛된 허망(虛妄)이 됩니다. 죽음의 공포를 이겨내는 힘은 종교가 인간에게 주는 소중한 선물이지만, 4연을 이해하지 못하면 5연은 느닷없는 비약일 뿐입니다. 그런데 4연을 예수로 해석하면, 예수처럼 죽음을 극복해낸 인물들에 대한 공감이 됩니다. 그리고 칠 년이 지나 대학 사학년에 이르면, 예수의 죽음과 부활에 대한 표현은 좀더 당찬 다짐으로 표현됩니다.

괴로웠던 사나이,
행복(倖福)한 예수·그리스도에게
처럼
십자가(十字架)가 허락(許諾)된다면

모가지를 드리우고

꽃처럼 피여나는 피를

어두워가는 하늘 밑에

조용히 흘리겠습니다

　　　　　　　　—윤동주, 「십자가」(1941. 5. 31) 중에서

윤동주의 시에 나타난 종교적 상징의 표현을 보면, 현실적인 고통을 관념적인 은총이나 섭리로 쉽게 일탈하지 않고, 고통 그대로 부닥치려는 다짐의 자세가 엿보입니다. 이러한 역설적 의도는 그의 시를 기존의 관념적인 종교시와 구분짓는 분기점입니다. 고통스러운 오늘을 관념적인 내세관으로 피하는 것이 아니라 그 고통에 직접 당차게 맞서는 태도입니다. 이러한 태도는 관념적인 '내일'이 아니라 '오늘'의 현실에 집중하자는 「내일은 없다」에 오롯하게 드러납니다.

'오늘'뿐이다

「내일은 없다」는 크게 주목받지 못한 소품입니다. 명동소학교 오학년 때인 열두 살의 윤동주는 문예지 『새명동』을 펴내며 동시와 동요 등을 발표했습니다. 그리고 열일곱 살이던 1934년 12월 24일에 「초 한 대」 「삶과 죽음」 「내일은 없다」를 썼습니다. 기록상 그가 남긴 첫 시입니다.

내일 내일 하기에

물었더니

밤을 자고 동틀 때

내일이라고

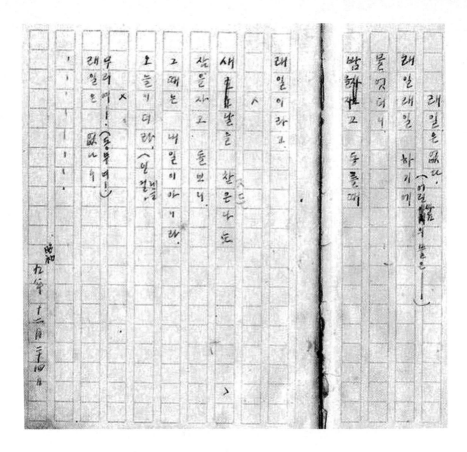

새날을 찾던 나도
잠을 자고 돌보니,
그때는 내일이 아니라
오늘이더라.

무리여!
내일은 없나니
......

　　　　　—윤동주, 「내일은 없다—어린 마음의 물은」 전문

과문한 탓이겠지만 이 시를 깊이 분석한 글을 본 적이 없습니다. 너무 추상적이고 막연한 감정의 토로에 지나지 않는 소년의 습작품이라고 생각해서 그럴까요. 그만치 작품성이 없어서일까요. 아마도 이 시가 1948년에 발간된 초판 『하늘과 바람과 별과 시』에 실렸던 31편의 작품에 포함되지 않기 때문일 겁니다. 1955년에 발간된 중판본 93편에도 포함되지 못했어요. 1976년 3판본에 처음 등장합니다. 윤동주 50주기였던 1995년에 발간된 『윤동주 전집』(전2권, 문학사상사)에는 '미발표 처녀 시'로 분류되어 윤동주가 기록으로 남긴 최초의 시이면서도 전집 뒷부분에 실리는 수모를 당합니다. 윤동주의 작품으로서 대접받지 못하는 시라고 할 수 있습니다.

비평가들이 외면하는 시를 대중이 좋아하는 경우가 있습니다. 이 시는 수험생들이 시험공부를 미루지 말아야 한다는 각오를 다짐하는 시로 받아들입니다. "무리여!/내일은 없나니"라는 마지막 구절을 따끔한 충고로 받아들이는 겁니다. 그런데 "인생이란 십오 분 늦게 들어간 영화관과 같다"고 말한 로맹 롤랑의 말처럼 이 시는 그저 시간을 아끼라는 경구에 불과할까요. 단순히 "오늘 할 일을 내일로 미루지 말자"는 수험생을 위한 잠언일까요.

시를 어떻게 해석하느냐, 정답이 없어요. 시를 발표하는 순간 그 시는 시인의 것이 아니라 독자의 것이지요. 독자가 자기 뜻대로 해석할 수 있겠죠. 흔히들 '창조적 오독'이라 하지요. 잘못 해석했다 하더라도 의미가 있다는 뜻입니다.

"내일 내일 하기에"(1연)라는 표현에는 어떤 느낌이 드는지요. 보통 '내일' 하면 희망을 연상합니다. 그런데 '내일 내일이라 해봤자' 과연 뭐가 있느냐 하는 말입니다. 내일이면 뭔가 좋은 일이 있을 것 같기에 내일이 뭐냐고 물었더니 "밤을 자고 동틀 때"라는 말을 듣지요.

그런데 2연에서 '새날', 곧 희망을 찾던 화자도 잠을 자고 내일을 맞이하니 "그때는 내일이 아니라/오늘이더라"라고 깨닫습니다. 어제의 오늘과 새로 만난 오늘이 다를 바 없다는 말입니다. 내일이란 관념일 뿐이고, 우리가 마주하는 것은 오직 몸으로 체험해야 할 '오늘의 반복'일 뿐이죠.

> 새날을 찾던 나도
> 잠을 자고 돌보니,
> 그때는 내일이 아니라
> 오늘이더라.

우리가 '오늘'이라고 하는 순간, 그 오늘은 곧 과거로 밀려납니다. 결국 우리가 사는 삶은 미래가 과거로 가는 단 한 점, 순간에 불과합니다. 내일은 없습니다. 오늘의 반복, 오늘의 연속만 있을 뿐입니다. 또한 "그러므로 내일 일을 위하여 염려하지 말라 내일 일은 내일이 염려할 것이요 한날의 괴로움은 그날로 족하니라"(마태복음 6장 34절)라는 구절을 떠올리게 합니다.

> 무리여!
> 내일은 없나니

그런데 3연은 조금 당혹스럽습니다. 윤동주가 한 행에 한 단어만 놓을 때 우리는 긴장하게 됩니다. 「십자가」를 보면 '처럼'이라는 조사만 한 행으로 쓰여 있지요. '왜 친구여' '벗이여'가 아니라 '무리여'라는 순우리말로 한 행을 썼을까요.

'무리'라는 단어는 윤동주의 글에 몇 번 나옵니다. "학원(學園)에서 새 무리가 밀려나오는"(「닭」, 1936), "정류장(停留場)에 머물 때마다 이 많은 무리를 죄다 어디 갖다 터뜨릴 심산(心算)인지"(「종시」, 1939)라는 표현을 볼 때 윤동주가 쓰는 '무리'라는 단어는 사전 뜻 그대로 사람이나 짐승 따위가 모여서 뭉친 한 동아리를 말합니다. 아둔한 떼거리라는 말이죠.

자기를 향한 힘의 의지로 살 수 없는 인간을 니체는 '말종인간(Der letzte Mensch)'이라고 했습니다. 하이데거는 무리를 자기의식이 없는 '세인(世人, Das Mann)'으로 표현했고, 아도르노는 전체주의를 맹목적으로 따르는 '대중(大衆, The mass)'이라 했는데, 이 대중이 윤동주가 말했던 무리겠죠. 의심할 수 있고 비평할 수 있는 자율적인 단독성(singularity)을 잃은 모르모트나 자동기계라는 뜻이겠죠.

방황하는 혹은 안타까운 "무리여!/내일은 없나니"라며 열일곱의 윤동주는 달콤한 위안 따위를 쉽게 믿지 말라고 합니다. 게으르고 자포자기하는 무리의 헛꿈 속에 막연하게 똬리 틀고 있는 내일이라는 허망을 믿지 말라는 겁니다. 앞서 수험생들이 받아들이는 상황과 조금 다르지 않은지요. 수험생들이 희망을 품고 오늘을 준비하자고 다짐한다면, 윤동주는 내일이 없는 암담한 현실을 직시하라고 호소하고 있습니다.

열일곱의 어린 윤동주는 이렇게 희망과 위안에 대해 냉담합니다. '우리에게 내일은 없다'는 겁니다. 오직 오늘만 있다는 말입니다. 모든 변화의 시작, 탄생의 시작도 당장 지금 이 순간, 오늘입니다. 우리는 '오늘'을 살아갑니다. 내일의 희망을 말하기 전에 우리는 고통과 시련에 직면해야 합니다.

이 시를 쓰기 삼 년 전인 1931년에 만주사변이 일어났고, 이 년 전인 1932년에 만주국이 수립됩니다. 간도 사회가 격변하는 시기였습니다. 온갖 환상적인 선전이 유포되었죠. 이 시를 쓰기 사 개월 전인 1934년 8월 히틀러는 독일 총통이 되어 국민들에게 거짓된 환상을 세뇌시킵니다. 정말로 한 치 앞을 점쳐볼 수 없도록 "내일은 없"는 시기였습니다.

눈여겨볼 일은 이 시기가 윤동주의 외삼촌인 규암 김약연 선생이 은진중학교에서 성경과 한문을 가르쳤던 때(1932~1934)라는 사실입니다. 1919년 삼일운동 때 국제사회에 독립을 '청원'했던 이승만과 달리 김약연은 독립전쟁을 해서 무력으로 일제를 축출해야 한다는 '무오독립선언'의 서명자였습니다. 그 이유로 감옥에 갇혔고, 1922년 출옥하여 명동학교를 세웠습니다. 이후 육십대에 평양 장로교 신학교에 입학해서 1930년에 목사가 되고, 윤동주가 다니던 은진중학교의 이사장으로 있었습니다. 이 무렵 김약연의 수업을 들은 사람은 윤동주, 송몽규, 문익환, 강원용 등이었습니다. 모두 '오늘'에 철저히 자기 몸을 던졌던 인물들입니다. 윤동주의 마음이 편치 않았을 겁니다. 송몽규는 김약연의 직접적인 영향을 받아 1935년 열여덟의 나이로 독립운동을 하겠다며 김구를 찾아갔다가 감옥에 갇히기도 했지요.

윤동주는 헛된 공약 같은 희망찬 약속 따위는 믿지 말라고 경고합니다. 고진감래(苦盡甘來)라는 말, 쓰린 날(苦)이 있으면 곧 달콤한 날(甘)이 온다는 헛말을 쉽게 믿지 말라는 뜻이겠죠. 달콤한 위안의 말에 쉽게 속지 말라는 겁니다. 시원한 콜라 같은 언어들이 잠시의 위안은 될 수 있지만 내일을 위한 대책이 될 수 있겠느냐는 물음이겠죠.

아직 세상을 보는 자신이 없었는지 이 시에는 '어린 마음의 물은'이라는 부제가 달려 있습니다. 그런데 '어린 마음'이라는 표현처럼 무서운 것은 없습니다. 어린 마음을 가졌기에 더러운 것을 더럽다고 말할 수 있겠죠. 니체는 『차라투스트라는 이렇게 말했다』에서 놀 줄 아는 어린아이의 창조성이 초인을 만든다 했죠. 들뢰즈는 어리디어린 '애벌레 주체'가 가능성을 갖고 있다고 했죠. 예수는 "어린아이들과 같이 되지 아니하면 결단코 천국에 들어가지 못하리라"(마태복음 18장 3절)고 했죠.

어리다 하는 그의 자세는 조금씩 바뀝니다. "새날을 찾던 나도"라는 표현이 연희전문 사학년 때 조금 적극적으로 바뀝니다. 「서시」는 "괴로워했다"(과거)—"사랑해야지"(미래)—"별이 바람에 스치운다"(현재)로 이어집니다. 여기서 다가오는 '내일의 오늘' 해야 할 일은 명확합니다.

칠 년이 지난 스물넷, 대학 사학년 때 윤동주는 '다가오는 오늘'에 대하여 이렇게 두 가지 다짐을 합니다. 그리고 이 다짐은 끝까지 변치 않습니다.

> 모든 죽어가는 것을 사랑해야지
> 그리고 나한테 주어진 길을
> 걸어가야겠다.
>
> ─윤동주, 「서시」 중에서

열일곱에 쓴 「초 한 대」 「삶과 죽음」 「내일은 없다」를 너무 부풀려 해석하는 것 아니냐고요? 윤동주가 연희전문에 입학하기 전에 썼던 시들을 찬찬히 곰삭혀 읽어보면 생각이 달라집니다. 그는 예사롭지 않은 소년이었습니다.

바람을 흔드는 나무

숭실·광명학원

은진중학 시절, 세번째 줄 오른쪽에서 두번째가 윤동주

은진의 투사, 송몽규

은진중학 명희조 선생의 제자들

한편 고종사촌 형인 송몽규는 어떻게 되었을까요.

동아일보 신춘문예 당선 이후 송몽규는 스스로 문해(文海)라는 필명을 썼습니다. 곧 '문학의 바다' 혹은 '문장의 바다'라는 의미겠죠. 필명으로 봐서는 작가의 길로 거침없이 나설 듯합니다. 그러나 문학의 길로 나서기 전에 식민지 노예가 된 민족에 대한 참을 수 없는 울혈이 그에게 있었습니다.

송몽규와 윤동주가 입학했던 은진중학은 식민지 시대의 해방구였습니다. 김약연 등 간도 대표 열다섯 명의 요청으로 캐나다 선교회가 1920년 은진학교를 세웠습니다. 1925년 일제의 강압에 의해 폐교된 명동중학교의 정신을 이었던 은진학교는 우리말은 물론이고 영어, 성경, 국사, 과학 실습 등 탁월한 민족교육을 실시하고 있었습니다.

은진중학에서 윤동주는 수학도 잘했고, 밤늦게까지 교내 잡지를 꾸리

영국 언덕 위에 있었던 은진중학교의 체육대회. 학생들이 두발자전거로 경주하고 있다.

며 등사 글씨를 쓰기도 했습니다. 축구도 잘했으며, 재봉도 잘해서 기성
복을 보기 좋게 수선해서 허리를 잘록하게 하거나 나팔바지를 만들기도
했습니다. 이학년 때는 교내 웅변대회에서 '땀 한 방울'이라는 제목으로
일등상을 차지하기도 했다죠.
　은진중학 시절 윤동주와 학생들에게 크게 영향을 끼친 선생은 동양사
와 국사와 한문을 가르치던 명희조였습니다. 그는 학생들에게 독립사상
과 민족의식을 많이 깨우쳐주었답니다. 명희조 선생에 대한 전설 같은 상
찬은 여러 기록에 남아 있습니다.

　소학교를 졸업하고는 다행히 은진중학교로 가게 되었다. 솔직히 말해
서 광명중학교 입학시험도 치렀으나 낙방을 먹었다. 학과 시험에는 급
제를 했는데 그만 성격이 퍽 내성적이어서 제대로 면접을 못했던 것이

다. 그 덕분에 은진학교에 갈 수 있었으니, 차라리 훨씬 잘된 것이었다. 은진학교는 캐나다 선교부가 세운 학교로 민족주의 정신과 기독교 신앙을 바탕으로 하고 있었다. 교실마다 태극기를 걸어놓고 삼일절과 단군 기념일까지 지켰던 기억이 난다. 역사를 가르친 명희조 선생은 동경에서 공부를 할 적에도 일본에 돈을 주기가 싫어 전철을 타지 않았고 방학이면 고향인 평양에 다녀올 때도 기차 대신 자전거를 탔다는 말도 들었다.(문동만, "용정의 농구광에 운동금지 불호령", 한겨레신문, 2008. 7. 23)

최문식 선생님과 함께 기억나는 사람으로 명희조 교감이 있다. 이분 역시 나중에 공산주의자가 되었지만 당시엔 철저한 민족주의자였다. 그는 천황이 태어난 천장절(天長節)이나 명치절(明治節) 같은 휴일이 되면 이렇게 말하곤 했다.

"내일은 왜놈 명절이니까 학교는 오지 못하더라도 집에서 공부해야 한다."

그 역시 수업중에 일경에게 붙잡혀가고 말았다.(강원용, 『역사의 언덕에서』, 한길사, 2003, 87쪽)

동경제국대학에서 동양사를 전공한 명희조 선생은 동경 유학 시절에는 일본에 돈을 주지 않기 위해 전차를 타지 않았다는 일화로 유명합니다. 명희조 선생은 대단한 민족주의자였고, 자신의 이념을 철저하게 실천해 보이는 존재라는 것을 확인할 수 있습니다. 윤동주와 송몽규, 문익환, 그리고 문동환과 강원용 같은 인물이 바로 명희조 선생의 강력한 실천력을 배웠던 제자들이었습니다. 명희조는 동경제대에서 동양사를 전공한 이로서 당시로는 은진중학에서 최고 학벌을 가진 선생이었습니다. 명희조가 다녔던 동경제대엔 제국주의에 대한 비판과 민주주의 의식이 강한 계몽적 사상운동이 전파되고 있었고요.

학생들은 고문(古文)을 강의하는 한문의 대가였던 명희조 선생을 통해 민족이 나아가야 할 방향을 배웠다 합니다. 명선생은 그후 일제에 의해 체포되어 서울 서대문형무소에서 처형당했습니다.(김혁, "윤동주의 소울 메이트 송몽규", 동포투데이, 2015. 3. 10)

무장투쟁을 주장했던 김약연과 실천적 민족주의자 명희조 선생을 가장 확실하게 따른 제자는 단연 송몽규였습니다.

전사의 길

1935년 3월 은진중학 삼학년을 마친 송몽규는 어린 나이에 경성의 동아일보 신춘문예에 등단하여 큰 주목을 받고 있었습니다. 당연히 숭실이나 오산중학교를 진학하리라 기대했던 그는 어느 날 돌연 사라져버렸습니다.

은진중학교 삼학년을 수료한 송몽규는 1935년 4월 사학년으로 진급하지 않고 중국의 내지로 향했던 것입니다. 김약연의 제자였던 송몽규가 항일 독립운동에 관심을 갖는 것은 당연합니다. 그런데 보다 결정적인 동기에는 명희조 선생의 영향이 컸습니다. 명희조는 김구와도 잘 알고 있는 사이였기에 송몽규와 김구를 연결시켜주었다는 증언이 있습니다.

송몽규는 어떻게 난징에 있는 중앙군관학교 낙양분교의 한인반에 입학했을까요. 이 한인반은 대한민국 임시정부 요인으로 활약하던 김구 선생이 반일 민족독립전쟁에 나서려는 군사간부를 양성하는 학교였는데, 어떻게 찾아갈 수 있었을까요.

송몽규의 낙양군관학교 시절에 대해서는 송몽규의 은진중학교 일 년 선배이자 낙양군관학교 제2기 동기생인 라사행을 송우혜 선생이 취재하면서 밝혀졌습니다. 1914년 평안남도 개천에서 출생한 라사행은 송몽규보다 세 살 많은 선배였습니다. 1935년 4월에 송몽규처럼 용정에서 낙양으로 떠난 라사행은 낙양군관학교에서 송몽규를 만났다고 합니다. 아래는 송우혜와 라사행의 대화 내용입니다.

송우혜: 낙양군관학교 이야기는 언제 어떤 경로로 듣게 되셨습니까?
라사행: 제1기생이 교육받고 있던 1934년 당시, 나는 은진중학교 4학년 졸업반이었지요. 그때 우리 역사선생이던 명희조 선생께서 우리들에게 "그런 군관학교가 생겼고 우리 학교 출신 중에서도 거기 간 사람이 있다"고 하셔서 알게 되었습니다. 이미 1기생 중에 은진 출신이 가 있었던 거지요.(송우혜, 같은 책, 137쪽)

가는 길에 일본측의 취체가 굉장히 심했습니다. 그때는 이미 북경 근처인 천진에까지 일본 군대가 꽉 차 있더군요. 천진, 제남, 서주, 남경 이런 경로를 밟아 남경에 도착해서 현철진을 만났지요. 현철진 역시 우리 은진 선배였어요. 그가 우리를 김구 주석에게 연결해주었습니다. 말하자면 일종의 점조직 같은 것을 따라서 북간도로부터 남경의 김구 선생에게까지 이르게 된 거예요. 송몽규 역시 같은 코스를 밟은 거지요.(송우혜, 같은 책, 138쪽)

송몽규가 명희조 선생의 소개로 낙양으로 떠나려던 계획은 쉽지 않은 시도였습니다. 변두리에서 중앙에 있는 신문의 신춘문예에 당선 후 송몽규에게는 출세의 길이 기다리고 있었습니다. 눈앞에 빤히 보이는 성공의 길을 두고, 몰락의 길 혹은 자기헌신의 길을 택하는 송몽규의 발길은 외롭지만 의연하지 않았을까요. 거침없이 당찬 선택이었을 거예요. 죽마고우인 문익환 목사는 물론이고 한가족이었던 윤동주까지도 송몽규의 계획에 대해서는 전혀 모르고 있었다니 놀라운 일이죠.

'문해'라는 필명으로 글을 썼던 송몽규의 열정은 군관학교에 가서도 멈추지 않았습니다. 낙양군관학교(중앙군관학교 낙양분교)에서 송몽규는 군사훈련에 최선을 다하는 동시에 친구들과 한인반 잡지를 만들기도 했습니다. 김구 선생은 등사로 인쇄하여 만든 책을 칭찬하면서 "신민(新民)"이라는 이름을 지어주었습니다.

숭실숭실 합성숭실
「공상」「가슴 1」「가슴 3」

　가끔 현재 은평구에 있는 숭실중학교에 갈 때가 있습니다. 독립운동가 조만식, 시인 윤동주, 소설가 황순원 등이 이 학교를 졸업했기 때문에 갈 때마다 묘한 생각이 들곤 합니다. '윤동주의 숭실 시대'를 쓰기 위한 자료를 얻으려고 이 학교에 갔다가 학생들이 부르는 교가를 들었습니다.

　　모란봉이 달아오다 돌아앉으며
　　대동강수 흘르나려 감도는 곳에
　　백운간에 솟아 있는 층층한 집은 합성숭실학교

　　숭실숭실 합성숭실 숭실숭실 합성숭실
　　숭실숭실 합성숭실 만세만세만세

　무척 힘있고 자랑스럽게 부르는 모습을 보았는데 이 교가는 과연 어떤 노래일까요. "숭실숭실 합성숭실"이라는 후렴 부분에 주목해야 합니다. '합성숭실'이란 무슨 뜻일까요.

윤동주가 수학한 숭실학교는 '한국의 예루살렘'이라 불리는 평양에 자리잡았던 학교로 1897년 10월 윌리엄 베어드 선교사가 자택에서 열세 명의 학생을 모아놓고 시작했습니다. 베어드 선교사는 배위량이라는 한국명을 갖고 최선을 다해 헌신했습니다. 비약적인 발전을 거듭한 숭실학교는 1908년에는 대한제국으로부터 정식으로 인가를 받은 대학부와 중학부를 갖춘 관서 제일의 신교육기관이었죠.

1905년 6월 서울에서 북감리교 선교부 총회가 열렸을 때, 총회는 교육 문제 토론회에 다른 교파의 선교사들도 참석하도록 초청했습니다. 이 총회에서 베어드 선교사는 조선의 고등교육을 위해 장로교와 감리교가 협동할 것을 제의합니다. 이 흐름 속에 1905년 9월 감리교와 장로교가 합동하여 '한국복음주의 선교연합공의회(The General Council of Protestant Evangelical Missions in Korea)'를 결성했고, '선교 지역의 분할, 교회 학교의 커리큘럼 제작, 병원 경영, 기관지 출판, 찬송가 편집' 등을 연합하여 진행하기로 합니다. 베어드 선교사가 많은 노력을 기울인 결과 1906년 합성숭실대학(The Union Christian College)이 감리교회와 연합으로 출범하게 되었습니다. 장로교와 감리교 선교부가 대학 운영에 연합하여 참가한다는 의미로 '합성(合成)숭실'로 불렸다고 합니다.

그런데 역사적 사실과 관계없이 당시 숭실을 졸업했던 학생들은 신사참배에 반대했던 학교들의 연합으로 '합성숭실'이라는 이름을 받아들이고 있었어요. '숭의학교, 숭실중학, 숭실전문학교'라는 세 학교, 신사참배에 반대했고 함께 폐교당한 세 학교를 '합성숭실'로 기억하는 졸업생들이 있었습니다.

윤동주의 숭실 시대

배위량 선교사의 온 가족은 학교를 위해 헌신했습니다. 그의 아내 애니 베어드는 배위량 선교사와 결혼한 후 1891년 미국 북장로회 파송 선교사로 한국에 와서 안애리라는 이름으로 숭실학당의 발전을 위해 힘썼고, 한글로 써서 개화기 소설로 연구되고 있는 『고영규전』과 선교 보고서인 『한국의 새벽(Daybreak in Korea)』 등 중요한 기록을 남겼습니다. 1916년 6월 9일에 우리나라에서 세상을 떠났습니다.

한편 1935년 은진중학교에 함께 다니던 윤동주, 문익환, 송몽규는 각기 다른 선택을 합니다. 3월에 윤동주는 용정중앙교회 주일학교에서 유년부 학생들을 가르치기 시작했고, 문익환은 상급학교 진학에 대비해 5년제인 평양 숭실(崇實)중학교로 먼저 편입합니다. 당시 연희전문 같은 상급학교에 진학하려면 5년제 중학교를 졸업해야 했습니다. 4년제 중학교를 나오면 상급학교에 진학하기가 불리했습니다. 용정에는 5년제 정규 중학교로 '광명학원 중학부'가 있었으나 친일계통이었습니다. 그래서 명동마을의 기독교 집안의 아이들은 평양에 있는 숭실중학교에 편입하고 싶어했습니다.

그런데 그해 4월 놀라운 일이 생깁니다. 동아일보 신춘문예에 당선되어 작가가 된 고종사촌 송몽규가 놀랍게도 낙양군관학교 한인반 2기생으로 입교하기 위해 중국으로 떠난 겁니다.

이렇게 4년제였던 은진중학교 삼학년 학생 중에는 문익환처럼 5년제로 옮기거나 송몽규처럼 새로운 길을 향해 도전하는 학생들이 있었습니다.

문익환처럼 윤동주도 5년제 숭실중학교로 편입하고 싶었지만, 부모 입장에서는 아들을 먼 곳에 보내고 생활비도 보내야 하는 등 쉬운 일이 아니었습니다. 윤동주는 집안 어른들을 설득해 그해 여름 숭실중학교 가을

학기 편입 시험을 보고 9월에 입학합니다. 당시 북부 지역에서는 숭실과 오산이 최고의 명문이었습니다. 숭실중학교는 역사와 전통은 물론 민족 의식 면에서도 명성을 떨치던 학교였습니다. 그런데 윤동주는 뜻밖에도 한 학년 아래인 삼학년으로 편입 자격을 얻는 좌절을 맛보아야 했습니다.

부모에게 떼써서 시험을 쳤건만, 어처구니없게 정작 편입 시험에서 실패한 겁니다. 그래서 사학년이 아닌 삼학년으로 편입합니다. 윤동주에게는 충격이었습니다. 은진중학교에서 함께 삼학년이었던 친구 문익환은 숭실중학교의 사학년에 합격했는데 자신은 떨어졌던 겁니다. 윤동주는 "그들이 나를 제 학년에 넣어주지 않는다"며 괴로워했습니다.(송우혜, 같은 책, 157쪽) 친척 형 송몽규의 작가 데뷔에 이어 문익환과 달리 편입 시험에서 실패했다는 자괴감이 윤동주로 하여금 더욱 문학 창작에 몰두하게 했을지도 모르겠습니다.

1935년 9월 숭실중학교 삼학년에 편입한 윤동주는 1936년 3월까지 객지 생활 칠 개월 동안 시 10편, 동시 5편 등 무려 17편의 시를 씁니다.

「공상」, 1935년 10월 이전(추정)

「꿈은 깨어지고」, 1935년 10월 27일 탈고(1936년 7월 27일 개작)

「남쪽 하늘」, 1935년 10월, 평양에서

「조개껍질—바닷물 소리 듣고 싶어」, 1935년 12월, 봉수리에서

「고향집—만주에서 부른」, 1936년 1월 6일

「병아리」, 1936년 1월 6일(『가톨릭소년』, 1936년 11월)

「오줌싸개 지도」, 1936년 초(추정)

「창구멍」, 1936년 초(추정)

「기왓장 내외」, 1936년 초(추정)

「비둘기」, 1936년 2월 10일

「이별」, 1936년 3월 20일

「식권」, 1936년 3월 20일

「모란봉에서」, 1936년 3월 24일

「황혼」, 1936년 3월 25일, 평양에서

「가슴 1」, 1936년 3월 25일, 평양에서

「종달새」, 1936년 3월, 평양에서

「닭 1」, 1936년 봄

　숭실중 학생청년회에서 발행하던 『숭실활천』(1935. 10)에 실린 「공상」
은 그의 시 가운데 최초로 활자화된 작품이었습니다. 이 무렵 윤동주는
정지용의 시에 심취해 쉬운 말로 진솔한 감정을 표현하는 새로운 시 세
계를 열어나갑니다.

　윤동주가 쓴 최초의 동시로 교과서에 실려 있는 「조개껍질—바닷물 소
리 듣고 싶어」와 「오줌싸개 지도」 등이 이때 쓴 작품입니다.

　공상(空想)—

　내 마음의 탑(塔)

　나는 말없이 이 탑(塔)을 쌓고 있다.

　명예(名譽)와 허영(虛榮)의 천공(天空)에다,

　무너질 줄도 모르고,

　한 층 두 층 높이 쌓는다.

　무한(無限)한 나의 공상(空想)—

그것은 내 마음의 바다,

나는 두 팔을 펼쳐서,

나의 바다에서

자유(自由)로이 헤엄친다.

황금(黃金), 지욕(知慾)의 수평선(水平線)을 향(向)하여.

—윤동주, 「공상」 전문

　이 시를 쓸 때 윤동주는 열여덟 살로 지금으로 말하면 고등학교 이학년 정도의 학생일 것입니다. 1연은 명예와 허영으로 쌓는 바벨탑 이미지의 욕망을 표현하고 있습니다. 2연에서는 "황금(黃金), 지욕(知慾)의 수평선(水平線)을 향(向)하여" 자유롭게 공상의 바다를 헤엄치고 있는 화자의 모습을 보여줍니다. 1연에서 허영에 대한 약간의 경계는 있으나 2연에서는 욕망과 공상을 바다에서 헤엄치는 이미지를 빌려 자유롭게 재현하고 있습니다. 꿈 많은 소년답게 황금과 지식의 수평선을 향하여 공상의 바다에서 자유로이 헤엄치는 화자, 만주 이주민으로 태어나 처음으로 자신의 조국을 찾아온 소년의 패기가 잘 담겨 있는 수작이라 할 수 있겠습니다.

신사참배와 윤동주

　그렇게도 가고 싶었던 조국, 떼를 쓰며 고집해서 입학했던 평양 숭실중학교에 와서 그가 만난 것은 뜻밖에 '신사참배' 강요였습니다.

　일제는 각지에 신사를 세우고 학교와 가정에도 소형 신사를 설치하도록 하여 황민화 정책을 추진했습니다. 만주사변을 일으켜 식민지 국민을 하나의 사상으로 세뇌시키려 했습니다. 1932년 9월 평양 지역에서 '만주사변 일 주년 전몰자 위령제'를 열었는데 열 개의 기독교계 학교가 행사

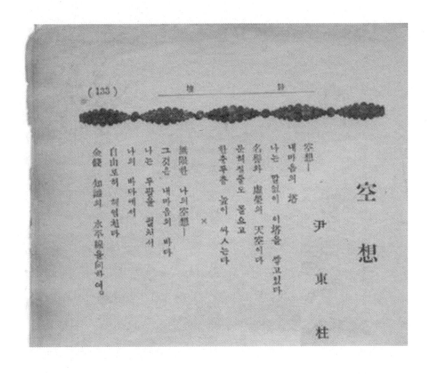

에 참석하지 않았습니다. 그해 11월 '평양 기독교계 사립학교장 신사참
배 거부 사건'이 일어나면서 일제는 '참배/폐교' 중 하나만 선택할 것을
강요했습니다. 개신교는 1935년을 기점으로 조선총독부의 강경책에 따
른 신사참배파와 반대파로 분열되면서 큰 갈등을 겪습니다.

신사참배 사건을 겪으면서 윤동주의 시는 급격히 현실적인 이야기를
담은 시로 변해갑니다. 어릴 때부터 성경을 배웠고, 그의 성품에 맞는 동
시를 써온 윤동주였지만, 신사참배 사건은 그에게 심적인 부담을 주었습
니다. 문학 공부에 집중하고 싶었지만 더이상 문학에 집중할 수 없었습니
다. 1935년 12월 4일 때마침 '쇼와(昭和) 천황 차남 명명식 축하행사' 때
숭실중학 학생들이 신사참배를 거부하고 자의로 해산하는 사건이 일어났

습니다. 당시 재학생이었던 김두찬씨(1938년 졸업)는 이렇게 증언합니다.

일제의 신사참배 강요가 극에 달했던 1935년 12월 내가 숭실학교(평양) 3학년이던 때 어느 날 아침이었다.

일본 천황 히로히토가 둘째 아들을 낳았다고 하여 평양시내 전 학생이 이른바 '등불 참배'를 하도록 명령받았다.

학생들은 모두 '와카마쓰(若松)' 신학교 앞에 모였다. 줄곧 신사참배를 거부해오던 숭실학교도 이날만은 다 모였다.

서울 남산의 조선신궁 다음으로 크고 장엄하게 지었다는 평양신궁은 모란봉 산정 부근에 위치하고 있었다. 신궁에 올라가기 위해서는 가파른 돌계단을 한참이나 올라가야 했다. 돌계단을 오르고 있을 때 이미 참배를 마친 다른 학교 학생들이 찡그린 표정으로 계단을 내려오고 있었다. 숭실학교는 참배 대열의 맨 꼴찌였다. 계단의 한가운데쯤 올라갔을 때였다. 당시 5학년이었던 학생장 임인식 형이 갑자기 "제자리에서" "뒤로돌아"라고 고함쳤다. 학생들은 마치 일시에 전류가 통한 듯 "와" 하는 함성과 함께 그대로 돌계단을 뛰어내려오고 말았다. 그것은 이심전심의 무서운 결속이었다.

이 일로 인해 숭실학교의 '조지 S. 매퀸' 교장(한국명 윤산온)은 다음 해인 1936년 1월 20일 파면됐다.

그 며칠 후 2월 초였다. "윤교장이 파면됐다"는 소식을 듣고 학생들이 두 명씩 세 명씩 교정에 모여들었다. 새로 학생장이 된 유성복 형의 인솔로 "교장을 내놓으라"며 데모가 시작됐다.

일본 경찰들이 즉각 출동, 학교를 에워쌌다. 기마경찰도 왔다. 학생들이 드세지자 교문 안으로 들어왔다. 그러나 당시의 분위기는 저들의 위압에 짓눌릴 만큼 연약한 것이 아니었으며 수적으로도 우리가 압도했다. 학생들은 일경들에게 달려들었고 육박전이 벌어졌다. 우리는 그들의 모자와 옷을 벗겨 땅에 내팽개치고 차고 다니던 칼도 뺏어 부러뜨렸다. 그날은 눈이 많이 왔던 날이었다. 운동장을 뒤덮은 하얀 눈밭 위에 일경들을 메어꽂던 그 통쾌함은 지금도 생각하면 속이 시원한 일이었다.

이 일로 인해 숭실학교는 무기 휴교가 되고 나를 포함한 주동 학생들이 피검되었다. 당시 급우였던 애국시인 윤동주는 광명학교로, 장준하(전 『사상계』 발행인)는 선천의 신성학교로 옮겨가야 했다.(김두찬, "혹독했던 신사참배 강요", 동아일보, 1982. 8. 16)

1936년 1월 일제 총독부 당국이 신사참배 명령을 거부했다는 이유로 윤산온 선교사를 교장직에서 파면하자 일어난 학생들의 항의 시위로 학교가 무기 휴교에 들어갑니다. 신사참배를 거부한 숭실학교 교장 윤산온, 조지 매퀸 박사는 1936년 교육자 자격을 박탈당하고 미국으로 강제 추방됩니다. 글 끝에 장준하의 이름이 나오는데 장준하는 1932년에 일 년만 다니다가 전학했기에 글쓴이의 착각이 아닌지 확인해봐야 할 내용입니다.

동아일보는 1936년 3월 23일 "숭실의 전도(前途) 위해 끝까지 노력해주오―동아일보를 통하여 최후 부탁"이라는 제목으로 미국으로 돌아가는 윤박사의 인터뷰를 실었습니다.

자랑스런 몰락

1936년 3월 결국 학교가 폐교됩니다.

윤동주와 문익환은 학교를 나옵니다. 학교를 그만두는 데모를 하고, 자퇴할 때 부모와 상의했는지는 알려져 있지 않습니다. 윤동주의 입장에서 생각해보죠. 자퇴를 결정하기가 쉬웠을까요. 부모에게 떼써서 시험을 치고, 한 번 떨어진 뒤의 좌절감을 딛고 다시 시험을 쳐서 겨우 들어간 학교입니다. 그런데 그 학교를 자퇴하는 결단이 쉬웠을까요. 열아홉 소년의 마음이 얼마나 괴로웠을까요. 요즘 고3 아이가 명문 외국어고등학교에서 자퇴하는 경우와 비교할 수 있을까요. 그때의 답답한 가슴을 윤동주는 이렇게 썼습니다.

소리 없는 북
답답하면 주먹으로
뚜드려보오.

그래봐도
후—
가—는 한숨보다 못하오.
                —윤동주, 「가슴 1」(1936. 3. 25, 평양에서) 전문

불 꺼진 화(火)독을
안고 도는 겨울밤은 깊었다.

재(灰)만 남은 가슴이
문풍지 소리에 떤다
                —윤동주, 「가슴 3」(1936. 7. 24) 전문

「가슴 1」의 아래 "평양에서"라고 써 있는 표기를 보면 3월 25일까지는

윤동주가 평양에 거주한 것이 확실합니다. 숭실중학교 생활을 단 칠 개월 만에 끝낸 윤동주는 "소리 없는 북"처럼 "답답하"였을 것입니다. 1935년 겨울은 그에게 "불 꺼진 화(火)독"이었겠죠. "재(灰)만 남은 가슴이/문풍지 소리에 떤다"는 말은 아직도 고뇌와 분노가 식지 않았다는 것을 극명하게 보여줍니다. 그는 어떻게 해야 할지 쉽게 판단할 수 없었습니다. 그래서 "고기 새끼 같은 나는 헤매나니,/나래와 노래가 없음인가,/가슴이 답답하구나"(「종달새」, 1936. 3, 평양에서)라고 토로했습니다.

1936년 3월 25일 이후 문익환과 함께 용정으로 돌아온 윤동주는 용정에서 광명학원 중학부 사학년에 편입했습니다. 그러나 엎친 데 덮친 격으로 "솥에서 뛰어내려 숯불에 내려앉은 격"(문익환, 「하늘·바람·별의 시인 윤동주」, 『월간중앙』, 1976. 4, 321쪽)이라고 문익환이 썼듯이 광명학원은 숭실중학교보다 더 나쁜 상황이었습니다. 대륙 낭인 출신의 일본인이 경영하던 친일계 학교가 되어버렸던 겁니다. 광명중학에 재학하던 이 년 동안 윤동주는 동시에 더욱 몰두하여 연길에서 발행되던 월간잡지 『가톨릭소년』에 모두 5편의 동시를 발표했습니다. 그리고 1938년 4월에 연희전문에 입학합니다.

신사참배를 하지 않으려고 '스트라이크'에 참여하여 자신의 약력에 '자퇴'라는 기록을 남겼던 윤동주와 문익환, 당시에는 잠시 '몰락'이었을지 모릅니다. 그러나 두 사람의 약력에 기록된 '자퇴'라는 상징은 지금은 '자랑스러운 몰락'으로 남아 있습니다. 우리 역사가 윤동주와 문익환의 '자랑스런 몰락'을 따라야 하는 까닭에는 이런 사유가 있습니다. 한국 현대사에서 인간의 자부심을 위해 '몰락'을 선택했던 이 순간을 기억해야 할 것입니다.

조개껍질, 어디서 썼을까 — 동시 ①
「조개껍질」「기왓장 내외」「모란봉에서」「종달새」「닭 1」「병아리」

윤동주 하면 「서시」「십자가」「별 헤는 밤」「쉽게 쓰여진 시」 등을 거론
하곤 하는데, 이 시들은 모두 1938년 연희전문에 입학하고, 사학년 이후
에 썼던 작품들입니다. 그런데 이러한 시들 이전에 어떤 시가 있었는지
잘 알려져 있지 않습니다. 놀랍게도 윤동주가 대학 입학 이전에 썼던 시
들은 대부분 동시였습니다. 이제 윤동주가 썼던 동시 「조개껍질」을 만나
보겠습니다.

윤동주가 쓴 첫 시는 「초 한 대」「삶과 죽음」「내일은 없다」(1934. 12.
24)예요. 이어서 쓴 「거리에서」(1935. 1. 18) 외 세 편의 시도 동시라기보
다 일반적인 서정시예요.
현재 날짜가 정확히 써 있는 윤동주의 첫 동시는 1935년 12월, 그러니
까 열여덟 살에 쓴 「조개껍질」입니다. 앞서 보았던 「내일은 없다」를 최초
의 동시로 볼 수도 있겠지만 "무리여!/내일은 없나니"라는 표현은 좀 어

른스럽지 않은지요. 그리고 같은 날 쓰인 「초 한 대」 「삶과 죽음」을 생각
해도 동시로 보기는 어딘가 어색합니다. 뒤의 원고 사진을 보세요. 맨 오
른쪽 '조개껍질'이라는 제목 위에 '동요(童謠)'라고 써 있지요. 윤동주가
아이들 노래로 지었던 겁니다.

아롱아롱 조개껍데기
울 언니 바닷가에서
주워온 조개껍데기

여긴 여긴 북쪽 나라요
조개는 귀여운 선물
장난감 조개껍데기.

데굴데굴 굴리며 놀다,
짝 잃은 조개껍데기
한 짝을 그리워하네

아롱아롱 조개껍데기
나처럼 그리워하네
물소리 바닷물 소리
　　　　　—윤동주, 「조개껍질—바닷물 소리 듣고 싶어」 전문

　모든 연의 첫 행을 4·5조로 맞추고 있습니다. 1연 "아롱아롱", 2연 "여
긴 여긴", 3연 "데굴데굴", 4연 "아롱아롱"으로 규칙적인 리듬으로 노래하

고 있습니다. 그리고 1연과 4연의 첫 행은 "아롱아롱 조개껍데기"로 같습니다. 그리고 "아롱아롱" "울 언니" "귀여운" 등 온화하고 다정다감한 단어에서 여성적인 어조가 느껴집니다. 4·5, 3·5, 3·5조의 규칙적인 리듬과 의성어, 의태어가 잘 어울리고 있고, 자연스러운 일상의 풍경을 아름답게 그려낸 동시입니다.

이 시를 썼던 때 윤동주의 고향의식은 남쪽으로 향해 있었습니다. "짝 잃은 조개껍데기/한 짝을 그리워하네" "나처럼 그리워하네"라는 표현은 윤동주의 부서진 자아의식을 보여줍니다. 자기가 사는 이곳은 북쪽 나라이기 때문에 고향이 될 수 없고, 물소리, 바닷물 소리가 나는 남쪽 고향을 그리워하는 겁니다. "짝 잃은 조개껍데기/한 짝을 그리워하네" "나처럼 그리워하네"라는 표현은 고향을 그리워하는 디아스포라의 뿌리 뽑힌 (uprooted) 무의식을 그대로 표출시키는 구절입니다.

이 시에서 가장 중요한 상징은 '조개껍데기'입니다. 아롱아롱, 여긴 여긴, 데굴데굴 등 울림소리와 반복어로 분위기는 밝은데 왠지 쓸쓸하게 느껴지는 까닭은 '조개껍질'이 살아 있는 생명체가 아닌 빈껍데기라는 사실 때문입니다. 바닷물을 떠난 조개껍데기는 자기가 자란 바닷가 물소리를 그리워합니다. 죽어 껍데기만 남았지만 고향을 그리워하는 조개껍데기의 결핍은 자신의 원래 고향과 떨어져 사는 디아스포라 윤동주 자신의 상처일 겁니다.

봉수리, 문익환의 평양 봉수교회

「조개껍질」이 첫 동시인가 하는 질문에 정확히 그렇다고 하기는 쉽지 않아요. 윤동주는 은진중학 시절에도 친구들과 함께 교내 문예지를 발간하는 등 문학 활동에 열심이었죠. 특히 일, 이학년 때에는 윤석중의 동요와 동시에 깊이 빠져 있었다는 증언으로 보아 이 동시가 첫 동시가 아닐 수도 있습니다. 다만 창작 일자가 써 있는 작품으로는 첫 동시가 맞아요. 그렇다면 이 시는 어디에서 썼을까요.

먼저 이 시를 발표했던 1935년 상황을 생각해봐야 합니다. 1935년 1월 1일에 형 송몽규의 문단 등단으로 윤동주는 이때부터 시 끝에 창작 날짜를 쓰기 시작하고, 작가로 등단한 송몽규는 4월경 가출하여 난징의 독립운동 단체에 갑니다.

9월 1일 은진중학교 사학년 일학기를 마친 윤동주는 평양 숭실중학교 삼학년 이학기에 편입합니다. 이때 만주 학제와의 차이로 일 년이 늦어집니다. 숭실학교 사학년에는 한 학기 전에 옮겨간 문익환이 있었습니다.

숭실중학교 삼학년에 편입한 윤동주는 동시 5편을 쓰는데, 이 무렵에는 정지용의 시에 심취해 쉬운 말로 표현한 시를 발표합니다.

10월 숭실학교 YMCA 문예부에서 내던 『숭실활천』 제15호에 「공상」이 최초로 인쇄됩니다. 이 무렵 수학여행으로 동룡굴을 구경하기도 합니다. 이러한 과정에서 12월에 「조개껍질」이 탄생합니다. 우리는 이 시가 창작된 배경에 조금은 접근할 수 있습니다. 단서는 시 맨 뒤에 기록되어 있는 메모에 있습니다.

"1935년 12월 봉수리(鳳岫里)에서."

이 메모에 연구자들이 그리 신경쓰지 않았어요. 봉수리는 평양 대동강변에 있는 동네입니다. 쿠마키 츠토무 교수(후쿠오카 대학)는 이 부분에 대해 "봉수리에는 당시 숭실 YMCA 종교부에서 운영한 주일학교가 있었다"며 이렇게 썼습니다.

> 이 봉수리의 주일학교에서 교장을 맡고 있었던 인물은 문익환이었다 (『숭실활천』, 1935년 10월, 170쪽). 윤동주와 문익환의 관계를 생각해 보면 윤동주가 봉수리에서 문익환의 활동을 도왔다고 보는 일은 그리 무리한 일이 아니라고 생각한다. 아마도 교회에서 아동들을 교육하는 과정에서 만들어진 것이 이 「조개껍질」이 아닌가 생각된다.(쿠마키 츠토무, 같은 책, 170쪽)

이 정보에 따르자면 윤동주가 친구 문익환이 봉사하던 봉수리 교회에서 성경학교를 도우며 아이들과 놀 때 얻었던 '조개껍질'을 갖고 시로 썼을 가능성도 있습니다. 당시 숭실중학교에서는 교회 출석과 봉사뿐만 아니라 순회 전도 활동을 의무로 하고 있었습니다.(『숭실 100년사』, 숭실

고등학교, 1997, 311~324쪽) 아닌 게 아니라 이 시가 발표되었던 무렵 1937년 신문 기사를 보면 봉수리는 지명이 명확히 나옵니다. 재미있는 것은 평양의 봉수리는 한국전쟁 이후 기독교를 금지했던 북한에 최초의 교회가 섰던 곳이라는 사실입니다.

1988년 11월 6일 첫 예배를 드린 평양시 봉수리에 봉수교회가 세워 진 이래 교인들이 새롭게 지하에서 나오는데 현재 드러난 교인만도 북 한 전역에 1만여 명이고, 평양시에만 1천 명으로 추정하고 있으나, 실 제는 더 많을 것이라고 한다.(박완신, 『평양에서 본 북한 교회』, 답게, 2001, 245쪽)

1988년 평양 봉수리에 세워진 봉수교회는 해방 이후 북한에서 정부의 승인 아래 세워진 최초의 교회입니다. 전통 한옥과 서구 건축양식을 조화 한 아담한 단층 교회인데, 2008년 남측의 지원으로 새롭게 단장해 헌당 식을 했습니다. 가짜 교회라는 비판도 있지만, 윤동주와 문익환이 성경학 교를 돕던 곳에 교회가 세워진 겁니다. 우연이라 할 수 있겠으나 기억할 만한 일입니다.

민족정신이 담긴 동시들
숭실에서 신사참배를 강요당한 윤동주의 마음이 편할 리 없겠죠. 「조 개껍질」 이후에도 윤동주는 동시 쓰기를 계속합니다. 「기왓장 내외」 (1936년 초 추정)를 읽어보겠습니다.

비 오는 날 저녁에 기왓장 내외

잃어버린 외아들 생각나선지
꼬부라진 잔등을 어루만지며
쭈룩쭈룩 구슬피 울음 웁니다

대궐 지붕 위에서 기왓장 내외
아름답던 옛날이 그리워선지
주름 잡힌 얼굴을 어루만지며
물끄러미 하늘만 쳐다봅니다.

　　　　　　　　　—윤동주, 「기왓장 내외」 전문

　의인화된 기왓장 부부가 재미있게 표현되고 있습니다. 1연은 평범한
집의 기왓장입니다. 사라진 외아들을 그리워하며 "꼬부라진 잔등을 어루
만지며" 비 오는 날 구슬피 웁니다. 여기서 "꼬부라진 잔등"이라는 표현은
선명한 이미지로 다가옵니다. 비 오는 날 기왓장 처마 끝에서 비 떨어지

는 소리를 "쭈룩쭈룩 구슬피 울음" 운다고 표현한 섬세함이 돋보입니다.

2연은 대궐 지붕의 기왓장 내외 이야기입니다. 묘하게 "아름답던 옛날"을 그리워하는 대궐 지붕 위의 기왓장 내외를 은유하고 있습니다. 기왓장을 "꼬부라진 잔등"과 "주름 잡힌 얼굴"로 가볍게 표현하는 것도 열아홉 살의 청소년으로서는 예사롭지 않습니다. 시 형식도 탄탄합니다.

당시 신사참배 사건을 체험한 윤동주의 답답한 심정은 여러 작품에서 토로되고 있습니다.

> 앙당한 솔나무 가지에,
> 훈훈한 바람의 날개가 스치고,
> 얼음 섞인 대동강(大同江) 물에
> 한나절 햇발이 미끄러지다.
>
> 허물어진 성(城)터에서
> 철모르는 여아(女兒)들이
> 저도 모를 이국(異國)말로,
> 재질대며 뜀을 뛰고,
>
> 난데없는 자동차(自動車)가 밉다.
> ──윤동주, 「모란봉에서」(1936. 3. 24) 전문

"앙당한 솔나무 가지" "얼음 섞인 대동강(大同江) 물"로 조국의 암울한 현실을 노래하고 있습니다. 빼앗긴 나라는 "허물어진 성(城)터"이건만 철 없는 아이들은 조선어 대신 일본어로 재잘대며 놀고 있는 딱한 현실을

그려내고 있습니다. 어처구니가 없는 화자는 난데없이 나타난 자동차가 밉다고 합니다. 이 자동차는 부자의 차일 수도 있고, 일본인의 차일 수도 있습니다. 누구의 차든 화자는 밉게 봅니다. 화자의 정조는 침울하기만 합니다. 마지막 행이 "그러나 지금은 들을 빼앗겨 봄조차 빼앗기겠네"로 끝나는 이상화의 「빼앗긴 들에도 봄은 오는가」(『개벽』, 1926)를 생각나게 하는 수작입니다.

종달새는 이른 봄날
질디진 거리의 뒷골목이
싫더라.
명랑한 봄하늘,
가벼운 두 나래를 펴서
요염한 봄노래가
좋더라.
그러나,
오늘도 구멍 뚫린 구두를 끌고,
홀렁홀렁 뒷거리 길로,
고기 새끼 같은 나는 헤매나니,
나래와 노래가 없음인가,
가슴이 답답하구나.

—윤동주, 「종달새」(1936. 3, 평양에서) 전문

거의 같은 시기에 쓴 이 시는 연을 구분하지 않은 13행의 작품입니다. 봄이 되자 종달새는 명랑한 봄하늘을 가볍게 날아올라 두 나래를 펴고요염한 사랑 노래를 부릅니다. 그런데 화자는 헤매고만 있습니다. 화자는 뒷거리 길을 구멍 뚫린 구두를 끌며 고기 새끼처럼 헤매고 있습니다. 봄을 노래하는 종달새는 밝고 가벼운데, 화자는 여전히 겨울 속에서 헤매며 어둡고 답답하기만 합니다.

답답한 마음은 "소리 없는 북/답답하면 주먹으로/뚜드려보오.//그래봐도/후―/가―는 한숨보다 못하오"(「가슴 1」)라며 직설적으로 표현되기도 합니다. 그렇게 어렵게 들어온 학교건만 신사참배 문제로 더이상 다니기가 어려운 상황이니 얼마나 답답했을까요. 오죽 답답하면 "소리없는 북"이라 하고, 가슴을 "주먹으로/뚜드려"보기도 했을까요. 이 답답한 원인이 신사참배 때문이라고 터놓고 쓸 수도 없는 상황이었습니다. 신사참배 문제로 괴로워한 것은 윤동주 혼자만이 아니었습니다. 숭실에 함께 다니던 벗들이 얼마나 괴로웠을지 닭으로 비유한 작품이 있습니다.

한 칸(間) 계사(鷄舍) 그 너머 창공(蒼空)이 깃들어
자유(自由)의 향토(鄕土)를 잊(忘)은 닭들이
시든 생활(生活)을 주절대고,
생산(生産)의 고로(苦勞)를 부르짖었다.

음산(陰酸)한 계사(鷄舍)에서 쏠려 나온
외래종(外來種) 레그혼,
학원(學園)에서 새 무리가 밀려나오는
삼월(三月)의 맑은 오후(午後)도 있다

닭들은 녹아드는 두엄을 파기에

아담(雅淡)한 두 다리가 분주(奔走)하고
굶주렸던 주두리가 바지런하다.
두 눈이 붉게 여물도록―

　　　　　　　　　　　―윤동주, 「닭 1」(1936년 봄) 전문

　닭들은 한 칸 계사에 갇혀 있습니다. 명동촌과 같은 자유로운 고향을
잊은 닭들은 "시든 생활(生活)을 주절"댑니다. "주절대고"라는 용언을 볼
때 누구나 쉽게 『교육칙어』 등 여러 암기 사항을 주절대도록 강요해서 노
력동원을 짜내던 당시 상황을 상상할 수 있습니다.
　"외래종(外來種) 레그혼"은 일본인 학생들로 생각할 수 있겠습니다. 그
런데 닭들은 포기하지 않습니다. 3연에는 답답한 상황을 타개하려는 닭
들의 노력이 그려져 있습니다. 일제의 식민정책으로 연상되는 '두엄'을
"녹아드는 두엄"이라고 쓴 것도 눈에 듭니다. 꽁꽁 얼어붙은 상황이 풀릴
수 있다는 작은 희망이 엿보이는 표현이지요. 그 두엄을 파내기 위해 붉
게 충혈된 두 눈으로 두 다리가 분주하고 "주두리(주둥이)"가 바지런합니
다. 이 정도 상황이라면 투쟁이 아닐 수 없습니다. 아닌 게 아니라 신사참
배에 저항했던 숭실 학생들의 증언을 보면 학생들은 일제의 순사에 대항
하여 칼을 빼앗거나 부러뜨리기도 했죠. 이 시에는 한자가 많은데, 권
위적이었던 당시 현실을 무의식적으로 드러낸 흔적이 아닌가 싶습니다.
그러면서도 윤동주는 궁극적인 평화를 그리워합니다.

　"뽀, 뽀, 뽀
　엄마 젖 좀 주"
　병아리 소리.

"꺽, 꺽, 꺽
오냐 좀 기다려"
엄마닭 소리.

좀 있다가
병아리들은
엄마 품으로
다 들어갔지요.

—윤동주, 「병아리」(1936. 1. 6) 전문

　병아리들이 엄마닭 품속에 들어가는 모습이 그려져 있지요. 앞의 「닭
1」이 싸움을 앞둔 닭이라면, 「병아리」의 병아리들은 엄마 품속으로 들어
가 있지요. 명동촌에서 지냈던 유아기적 평화를 그리워하는 화자의 마음
이 그대로 담겨 있는 동시입니다. 윤동주는 신사참배 문제가 이렇게 평화
롭게 풀리기를 한편에서는 바라고 있었을지도 모르겠습니다.
　"왜떡이 쓴은데도/자꾸 달다고 하오"(「할아버지」, 1937. 3. 10)라며, 다
디단 왜떡(お餠)을 '쓰다'('쓰다'의 함경도 사투리)고 느끼는 윤동주의 미
묘한 반일 정서가 엿보이는 동시도 있습니다.

　지금까지 「조개껍질」이 쓰여진 배경, 그리고 이후의 동시에 대해 생각
해봤습니다. 그런데 정작 윤동주가 쓴 이 최초의 동시가 어떤 동기에 의
해서 쓰였는지는 설명하지 않았습니다. 윤동주는 어떤 동기로 동시를 쓰
기 시작했을까요.

송우혜 선생의 『윤동주 평전』을 보면 "1935년 12월에 느닷없이 쓰인 동시 「조개껍질」이야말로 그가 당시 『정지용 시집』의 영향권 안에 있었음을 확고하게 증명하는 증거물이다"(178쪽)라고 써 있습니다. 이제는 청소년 윤동주가 어떻게 정지용이라는 큰 존재를 만나게 되는지 살펴볼 차례입니다.

『정지용 시집』을 만나다
「비로봉」

탁월한 예술가가 탄생하는 과정에는 그 예술가가 평생의 스승으로 모시는 존재가 있기 마련입니다. 고흐의 그림 뒤에는 밀레의 그림이 숨어 있습니다. 고흐의 〈삽질하는 남자〉 〈하루의 끝〉 〈아침 일터로 나가다〉 〈정오 낮잠〉 〈쇠스랑 든 여인〉 〈별이 빛나는 밤〉 등이 밀레의 그림을 모방하거나 모티프로 그린 작품입니다. 고흐의 서간집 『영혼의 편지』를 보면 밀레의 그림에 대한 예찬과 그 한계를 극복하기 위해 끊임없이 노력했던 고백이 써 있습니다. 그렇지만 탁월한 예술가는 자기만의 개성을 남기듯 고흐도 밀레의 그림을 단순히 모방만 하지는 않았습니다. 〈씨 뿌리는 사람〉을 보아도 알 수 있듯이 밀레의 그림을 전혀 다른 색채와 형태로 번역하여 재창조해냈습니다.

밀레가 〈씨 뿌리는 사람〉을 그린 1850년은 프랑스 혁명기 제2공화국 전후였습니다. 당시 어두운 사회정치적 분위기처럼 그림도 다소 어둡지만 하늘은 밝게 표현되어 있습니다. 밀레는 이후 1871년에 세계 최초의

사회주의 자치 정권인 파리 코뮌의 일원이 됩니다. 고흐는 자기식으로
〈씨 뿌리는 사람〉을 그려냅니다. 새로운 사회와 예술과 이상을 위한 혁명
적이고 급진적인 풍경화가 완성됩니다. 고흐에게 밀레가 있었다면, 윤동
주에게 예술적인 착상을 준 존재는 누구였을까요.

　시인 윤동주를 만든 가장 중요한 사람으로 김약연, 송몽규을 소개했습
니다. 이제 윤동주는 정지용(1902~1950)의 시를 만나면서 시의 매혹에
빠져듭니다. 정지용은 시어의 조탁이 뛰어나고 섬세하면서도 선명한 시
적 이미지들을 만들어냄으로써 한국 현대시에 새로운 지평을 열어놓은
시인이지요. 윤동주가 신문 기사 등을 모은 스크랩을 보면 정지용의 시가
상당하고, 열아홉이 되던 1936년에 직접 구입해서 밑줄을 쳐가며 읽었던
『정지용 시집』이 유품으로 남아 있어요.

『정지용 시집』을 읽은 윤동주

　정지용은 섬세하고 개성적인 언어로 한국 현대시의 영역을 새롭게 확
장시킨 시인입니다. 1902년 충북 옥천에서 태어나 1923년 휘문고보를
졸업하고, 1929년 일본 교토의 도시샤 대학 영문과를 졸업했습니다. 귀
국해서는 휘문고보 교원으로 재직합니다. 1935년 첫 시집 『정지용 시집』
을 냈고, 『문장』지 시 부문 심사위원을 지냅니다. 1941년에는 시집 『백록
담』을 냈고, 1945년 이후 이화여전 교수와 경향신문 편집국장 등을 역임
했습니다. 1946년 시집 『지용시선』, 1948년 『문학독본』 등을 간행한 뒤
육이오 때 납북되어 사망한 것으로 알려져 있습니다.

　정지용의 약력을 보다보면 비슷한 시기를 후배로 살았던 윤동주가 많
이 연상됩니다. 『정지용 시집』(시문학사)은 1935년에 발행되었고, 윤동

주는 그 책을 곧 구입합니다. 윤동 주의 유품인 『정지용 시집』속표 지에 쓴 날짜를 보면 알 수 있습니 다. '동주장서 1936. 3. 19'라고 명 확히 써 있어요. 윤동주가 갖고 있 던 『정지용 시집』을 열어보면 곳곳 에 밑줄을 치고 "걸작이다" "열정을 말하다" 등 자신의 느낌을 적어놓 았습니다. 『정지용 시집』을 탐독한 윤동주의 시는 어떻게 변했을까요.

윤동주는 늘 신문 스크랩을 하고 있었어요. 그 스크랩 중에는 정지용 외에도 이상, 김영랑, 백석 등 다양한 시인들의 작품이 있어요. 윤동주의 「조개껍질」이 정지용의 영향을 받아 쓴 첫 동시라는 송우혜 선생의 주장 은 상당히 공감할 만하다고 생각합니다. 『정지용 시집』은 1935년 10월 27일에 출판되었고, 「조개껍질」은 한 달 뒤인 12월에 창작된 시니까요.

이후 윤동주는 삼 개월 뒤인 1936년 3월 19일 에 『정지용 시집』을 구입합니다. 정지용의 시가 윤동주에게 끼친 영향을 밝혀낸 것은 『윤동주 평전』의 탁월함을 나타내는 대목이라고 생각합 니다.

윤동주의 숭실 시대는 정지용 외에도 김영랑, 백석, 이상 시집 등 폭넓게 독서를 하며, 다양한 문학적 자양분을 섭취하고 있었던 때였습니다. 남아 있는 유품 『정지용 시집』과 신문 스크랩

정지용

과 여러 증언을 볼 때 윤동주가 정지용을 좋아했고, 그 영향을 받았을 가능성은 매우 큽니다. 또한 친동생 윤일주 교수의 증언은 그가 『정지용 시집』에 얼마나 애착을 갖고 있었는지 잘 보여주고 있지요.

중학 시절의 그의 서가에 꽂혔던 책 중에서 기억에 남는 것은 『정지용 시집』(1936. 3. 10, 평양에서 구입), 변영로 『조선의 마음』, 주요한 『아름다운 새벽』, 김동환 『국경의 밤』, 한용운 『님의 침묵』, 이광수·주요한·김동환 『3인 시가집』, 양주동 『조선의 맥박』, 이은상 『노산시조집』, 윤석중 동요집 『잃어버린 댕기』, 황순원 『방가(放歌)』 『영랑(永郞) 시집』 『을해(乙亥) 명시선집』 등으로서, 그중에서 그가 계속 갖고 와서 서울에 두었기에 지금 나에게 보관되어 있는 것으로는 백석 시집 『사슴』(사본), 『정지용 시집』 『영랑 시집』 『을해 명시선집』 등이다. 그것은 특히 애착을 갖고 있었다는 뜻이 되겠다.(윤일주, 「윤동주의 생애」, 같은 책, 155쪽)

윤동주는 대단한 장서가였습니다. 마흔한 권의 책이 유품으로 남아 있습니다. 윤일주의 증언에 의하면 귀성 때마다 가지고 온 책이 팔백여 권 정도였다고 합니다.(윤일주, 같은 글, 158쪽) 인용문에서 볼 수 있듯이 백석, 정지용, 김영랑 시집은 윤동주의 유품으로 남아 있습니다. 그냥 남아 있는 것이 아니라 윤동주가 메모하고 밑줄 그은 흔적이 그대로 남아 있어요. 그 흔적들이 윤동주가 얼마나 세 시인을 흠모했는지 증언하고 있습니다.

말아, 다락 같은 말아

형과 아우의 교류를 보여주는 앞의 글에서 윤동주가 왜 정지용을 좋아했는지 단서가 되는 구절들이 있어요.

정지용의 「말」 등에 연필로 간단한 설명을 달아놓았었는데, 요지는 꿈이 아닌 생활이 표현되었기에 좋은 작품이라는 뜻이었다.(윤일주, 같은 글, 156쪽)

이 인용문에서 우리는 두 가지를 생각해볼 수 있습니다. 정지용의 「말」이라는 작품을 권했다 하는데 과연 윤동주는 동생 윤일주에게 정지용의 「말」을 어떻게 권했을까요. 「말」을 읽어보죠.

말아, 다락 같은 말아,
너는 점잔도 하다마는
너는 왜 그리 슬퍼 뵈니?
말아, 사람 편인 말아,
검정콩 푸렁콩을 주마.

이 말은 누가 난 줄도 모르고
밤이면 먼 데 달을 보며 잔다.
　　　　　　　—정지용, 「말」(『정지용 시집』, 시문학사, 1935) 전문

어린 화자의 따스한 마음이 말을 통해 잘 담겨 있는 소박한 동시입니다. "말아"라고 할 때 "~아"라고 부르는 것은 사람을 부를 때 쓰는 호칭어

미입니다. 말을 인격으로 보고 있는 겁니다. '점잖다' '슬퍼 보인다'는 표현에도 말을 사람으로 대하는 마음이 숨어 있습니다. 나아가 화자는 말을 '다락'으로 비유합니다. 어두컴컴하지만 아이들에게는 동화 같은 공간을 말이 주는 이미지로 비유하고 있습니다. 원관념(말)과 보조관념(다락)의 거리가 멀기 때문에 그 상징성이 큽니다. "너는 왜 그리 슬퍼 뵈니?"라는 표현에는 말에 대한 무한한 애정이 함축되어 있으면서 까닭 모를 진한 슬픔이 담겨 있습니다.

특히 "검정콩 푸렁콩을 주마"라는 구절이 돋보입니다. "검정콩 푸렁콩"은 뒤에 '~콩'을 반복하고 있고, 검정 푸렁은 'ㅓ, ㅓ, ㅜ, ㅓ'의 음성모음으로 반복되며, 'ㅇ' 발음이 탄력적인 울림을 주고 있습니다. 시인 이상도 「나의 애송시」(『중앙』, 1936. 1)에서 이 시에 나오는 "검정콩 푸렁콩을 주마"라는 구절이 "한량없이 매력 있는 것"이라고, 또한 같은 설문에서 "푸렁" 소리가 "잊을 수 없는 아름다운 말솜씨"라고 평했었죠.

말이 슬프게 보이는 이유는 2연에 "이 말은 누가 난 줄도 모르고/밤이면 먼 데 달을 보며" 자기 때문입니다. 2연을 읽으면 밤마다 달을 쳐다보며 헤어진 부모를 그리워하고 있는 상황이라는 것을 비로소 알게 됩니다. 정지용은 속삭이는 듯한 어투와 생략의 여운을 주는 이 시를 1927년 『조선지광』 7월호(69호)에 발표했어요. 일본 유학 시절이었습니다. 정지용의 초기 시는 대체로 동요, 민요풍인데, 이 동시는 『정지용 시집』 제3부에 실려 있습니다. 고향을 떠나 먼 일본에서 지내며 어머니를 그리는 마음을 한 마리의 말에 응축시켜놓은 것이 아닐까요.

정지용의 고향 상실의식은 개인사적인 범위를 넘어 당시 식민지 시대를 사는 조선 사람에게는 보편적인 것이었습니다. "하늘에 달린 달을 보는 말의 슬픈 표정을 통해서 작자 자신의 비애(悲哀)를 나타내고 있습니다. 낯선 이역의 땅, 항시 이방인으로 살아가는 자신을 말에다 비유한 것이라고나 할 수 있겠지요. 낯선 땅, 그 어디엔가 알지도 못할 곳에 자리한 자신이 마치 조상도 모르고 그 육중한 몸통을 하고 서 있는 쓸쓸한 말과도 같다는 것"(김학동, 『정지용 연구』, 민음사, 1987, 126쪽)이라는 평가는 비단 정지용에게만 해당되는 것이 아니었습니다. 윤동주야말로 이점에서 가장 깊이 공감했을 겁니다. 만주에서 태어났지만 늘 남쪽을 그리워하며 「오줌싸개」 등의 동시를 썼고, 남쪽에 와서는 「별 헤는 밤」에서 보듯 만주의 어머니와 친구들을 그리워하고, 또 일본에 가서는 「흰 그림자」, 곧 조선인을 그리워했던 윤동주였지요. 윤동주야말로 평생 자신의 정체성, 자신의 고향을 찾는 디아스포라 시인이었습니다. 디아스포라의 그리움과 '생활'로 윤동주는 정지용의 「말」에 깊이 공감했을 겁니다.

생활 속으로

정지용의 시는 "꿈이 아닌 생활이 표현되어 좋은 작품"이라는 윤동주의 평을 생각해보려면, 정지용의 「태극선」을 읽어봐야 합니다.

이 아이는 고무 뽈을 따러
흰 산양(山羊)이 서로 부르는 푸른 잔디 우로 달리는지도 모른다.

이 아이는 범나비 뒤를 그리여
소스라치게 위태한 절벽 갓을 내닫는지도 모른다.

이 아이는 내처 날개가 돋혀
꽃잠자리 제자를 슨 하늘로 도는지도 모른다.

(이 아이가 내 무릎 우에 누온 것이 아니라)

새와 꽃, 인형, 납병정, 기관차들을 거나리고
모래밭과 바다, 달과 별 사이로
다리 긴 왕자(王子)처럼 다니는 것이려니,

(나도 일쩍이, 점두록 흐르는 강가에
이 아이를 뜻도 아니한 시름에 겨워
풀피리만 찢은 일이 있다)

이 아이의 비단결 숨소리를 보라.
이 아이의 썩썩하고도 보드라운 모습을 보라.
이 아이 입술에 깃들인 박꽃 웃음을 보라.

(나는, 쌀, 돈셈, 지붕 샐 것이 문득 마음 키인다)

반딧불 하럿하게 날고
지렁이 기름불만치 우는 밤,
모와드는 훗훗한 바람에
슬프지도 않은 태극선 자루가 나부끼다.

—정지용, 「태극선」 전문

'태극선'이란 더운 여름날 사용하는 태극 문양이 그려져 있는 부채를

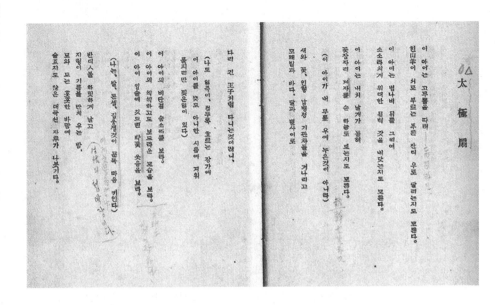

말합니다. 이 작품은 어렵게 생각하지 않고 시인의 일상을 떠올리면 쉽게 읽을 수 있습니다. 한 사람이 태극선을 부치며 뛰노는 아이를 보고 있습니다.

아이를 등장시킨 것은 동시를 많이 썼던 정지용다운 설정입니다. 아이는 시인의 자식일 수도 있고, 또다른 아이일 수도 있지요. 중요한 것은 시인이 아이를 통해 몽상/판타지의 세계로 들어간다는 사실입니다. 고무로 만든 볼(ball)을 따라 흰 산양이 서로 부르는 푸른 잔디 위를 달리는 아이, "모래밭과 바다, 달과 별 사이로/다리 긴 왕자(王子)"처럼 아이가 다니는 판타지의 세계입니다.

'태극선'에 그려진 문양 자체가 환상적인 기운을 전해주고 있습니다. 화자는 그러한 부채를 부치면서 자신에게서 사라진 유년기의 원초성을 그리워하고 있습니다. 그 생명력을 잃은 상실감은 괄호 안의 현실을 묘사한 내용이 시 전체적인 내용과 대비되면서 이면적으로 드러납니다.

> (이 아이가 내 무릎 우에 누온 것이 아니라)
> (……)
> (나도 일찍이, 점두록 흐르는 강가에
> 이 아이를 뜻도 아니한 시름에 겨워
> 풀피리만 찢은 일이 있다)

　이 아이는 사실 화자의 무릎 위에 누워 있습니다. 곤히 잠든 모습일 수도 있고 아파 누워 있을 수도 있습니다. 어떠한 모습으로 누워 있든 화자는 아이의 삶을 방관자처럼 외면할 수만은 없는 입장입니다. 그래서 화자는 "점두록", 곧 저물도록 늦게까지 흐르는 강가에서 "이 아이를 뜻도 아니한 시름에 겨워" 염려하기도 합니다. 화자의 판타지는 이렇게 불안합니다.

　화자의 상실감과 불안한 일상을 개인적인 아픔뿐만 아니라 이 시가 발표된 식민지 시대와 연결지어 읽을 분들도 있겠습니다. 자칫 시와 현실을 기계적으로 연결짓는 것은 부자연스러울 수도 있겠으나 '태극선'이 한 민족의 상징이기도 하다는 점에서 화자가 지닌 상실감의 한 원인일 수도 있을 겁니다. 그래서 "슬프지도 않은 태극선"이라는 표현이 더욱 역설적으로 읽힙니다. 화자가 살고 있는 시간은 "반딧불 하릿하게 날고/지렁이 기름불만치 우는 밤"입니다. 지렁이가 기름불만치 운다는 말은 가능한 상황일까요. 인간이 지렁이처럼 울음소리도 못 내고 있는 상황이라는 말인지요. 이런 상황에서 "슬프지도 않은 태극선"입니다. 슬퍼야 하는 상황에서 태극선은 마냥 예쁘기만 합니다. 우리의 삶은 사실 슬퍼야 하는데 태극선처럼 환상 속에서 살고 있는 겁니다. 헛것(simulacre) 속에서 살고 있는 우리의 상실감을 표현한 작품이 아닌가 싶습니다.

여기서 주목하고자 하는 부분은 윤동주가 이 시를 읽고 남긴 메모입니다. 『정지용 시집』에 실려 있는 「태극선」이라는 시에 윤동주는 밑줄을 치고 여러 메모를 남겼습니다.

(나는, 쌀, 돈셈, 지붕 샐 것이 문득 마음 키인다)

바로 이 한 구절이 전체 시의 내용과 선명하게 대비됩니다. 몽상의 세계와 현실의 세계가 균열을 일으키는 지점입니다. 몽상적인 시를 쓰지만 실제로 시인을 위협하는 것은 생활의 문제입니다. 화자는 먹을 쌀, 늘 모자라는 돈, 빗물이 새는 지붕에 대해 "키인다(염려한다)"고 합니다. 화자인 '나'는 쌀 걱정, 빗물 새는 지붕을 걱정하며 자신에게서 사라져간 아이들의 생명력을 그리고 있습니다. 바로 이 구절에 윤동주는 밑줄을 치고 "이게 문학자(文學者) 아니냐. (생활(生活)의 협박장이다)"라고 검은 글씨로 써놓았습니다. 작가는 몽상만을 쓰는 것이 아니라 실제의 구질구질한 생활 속에서 먹을거리를 염려하며 어렵게 한 줄씩 써간다는 말입니다. 판타지를 떠올리며 어려운 현실을 견디는 화자는 자신의 처지를 "훗훗한(갑갑할 정도로 더운)" 바람을 밀어내는 태극선에 비유하고 있습니다. 흔히 윤동주를 그저 청소년들이 좋아하는 몽상적인 시인으로 보는 경우가 있으나 그의 시 속에

는 경제적인 빈부 차이를 늘 의식하는 대목들이 적지 않게 나옵니다.

복제와 미메시스

윤동주가 정지용을 모방했던 흔적은 몇 편에서 보입니다. 아래 「비로봉」은 정지용을 모방해서 연습했던 흔적이 명확하게 보이는 습작입니다.

만상(萬象)을
굽어보기란—

무릎이
오들오들 떨린다.

백화(白樺)
어려서 늙었다.

새가
나비가 된다

정말 구름이
비가 된다.

옷자락이
춥다.

—윤동주, 「비로봉」(1937. 9) 전문

짜임새가 있고 간결한 풍경 묘사가 일품입니다. 언어를 절제하는 실력이나 선연한 묘사도 대범합니다. 분명 대단한 작품인데 윤동주는 19편이 담겨 있는 『하늘과 바람과 별과 시』 첫 원고 묶음에 이 시를 넣지 않았습니다. 왜 넣지 않았을까요. 아마도 스스로 자기가 쓴 것 같지 않다고 느꼈기 때문이 아닐까요. 윤동주의 「비로봉」에 앞서 발표된 정지용의 「비로봉」을 읽어보면 그 이유를 금방 알 수 있습니다.

백화(白樺) 수풀 앙당한 속에
계절(季節)이 쪼그리고 있다.

이곳은 육체(肉體) 없는 요적(寥寂)한 향연장(饗宴場)
이마에 스며드는 향료(香料)로운 자양(滋養)!

해발(海拔) 오천(五千) 피트 권운층(卷雲層) 우에
그싯는 성냥불!

동해(東海)는 푸른 삽화(挿畵)처럼 옴직 않고
누뤼 알이 참벌처럼 옮겨간다.

연정(戀情)은 그림자마자 벗자
산드랗게 얼어라! 귀뚜라미처럼.
　　　　　　─정지용, 「비로봉 1」(『가톨릭청년』 1호, 1933. 6) 전문

담장이

물들고,

다람쥐 꼬리
숱이 짙다.

산맥 우의
가을 길—

이미바르히
해도 향그롭어

지팽이
자진 마짐

흔들이
웃는다.

백화(白樺) 홀홀
허울 벗고,

꽃 옆에 자고
이는 구름,

바람에

아시우다.

—정지용, 「비로봉 2」(조선일보, 1937. 6. 9) 전문

정지용의 「비로봉」 1, 2를 읽어보면, 윤동주가 두 시의 영향을 받았다는 것이 거의 확실합니다. 윤동주의 「비로봉」에서 '백화(白樺)'라는 한자를 똑같이 쓴 것을 볼 때 정지용의 「비로봉 1」의 영향을 받은 듯합니다. 정지용의 「비로봉 1」은 겨울이 배경인데, 추워서 몸을 움츠리는 모습을 뜻하는 "앙당한", 갑자기 찬 느낌이 든다는 "산드랗게"라는 표현이 나옵니다. 윤동주가 「비로봉」을 썼을 때는 아직 채 여름이 가시지 않은 9월인데도 「비로봉 1」을 참조했는지 "무릎이/오들오들 떨린다" "옷자락이/춥다"라고 썼습니다. 시 형태로는 정지용의 「비로봉 2」의 영향을 받은 듯싶습니다. 정지용의 「비로봉 1」은 1933년 6월 『가톨릭청년』 창간호에, 「비로봉 2」는 1937년 6월 9일 조선일보에 발표되었습니다. 윤동주의 「비로봉」은 그뒤에 쓰였습니다.

여기서 윤동주가 정지용의 시를 모작했다고 폄하하려는 것이 아닙니다. 윤동주는 저 시를 스무 살에 썼습니다. 기성 시인의 작품을 필사하며 배웠던 습작 시기입니다. 따라서 윤동주가 시인이 되기 위해 습작하는 과정에서 정지용을 모방했다고 봐야 할 겁니다. 고흐가 밀레의 그림을 수없이 모방하며 그림 공부를 했듯이 윤동주는 정지용을 모방하며 시 창작을 공부했습니다.

그런데 중요한 것은 어떤 모방이냐 하는 점입니다. 모방이라는 단어의 의미는 큽니다. 모방의 한끝에는 완전히 베끼는 '복제'가 있고, 자기의 의식을 넣어 나름대로 재창조하는 '재현'이 있습니다.

아리스토텔레스는 『시학』에서 '미메시스(mimesis)'라는 말을 쓰는데

우리말로 이 단어를 '복제'라고 생각하면 안 됩니다. "인간은 모방하는 데 각별한 능력이 있고 최초의 지식들을 모방하기를 통해 습득한다는 점을 통해서만이 아니라 누구나 모방에서 기쁨을 느낀다는 점을 통해 다른 동물들과 구별된다"(아리스토텔레스, 『시학』, 제4장)는 문장을 볼 때 이 미메시스는 작가의 의식이 녹아 있는 재현이라 할 수 있겠어요.

고흐가 밀레를 모방한 그림을 보면, 복제라기보다 자기 개성을 녹여 재창조한 미메시스에 가깝습니다. 자작시집 『하늘과 바람과 별과 시』 속에 「비로봉」이 실려 있지 않다는 것은 윤동주 자신이 「비로봉」을 미메시스가 아닌 습작시로 판단했기 때문일 겁니다. 단순한 모방을 자신의 창작시로 생각하지 않았던 겁니다. 이외에도 여러 편을 비교해볼 수 있습니다. 윤동주의 「별 헤는 밤」은 백석의 「흰 바람벽이 있어」의 영향을 받았다고 볼 수 있는데, 정지용의 영향을 받았다고도 보는 논자도 있습니다. 고흐가 밀레의 그림을 모방하며 격렬한 변화를 겪었듯이 윤동주는 정지용의 시를 만나면서 새롭게 자신을 성장시켰던 것입니다.

명랑한 뽀뽀뽀 — 동시 ②
「햇비」「개 1」「만돌이」「거짓부리」

"엄마가 태어난 날입니다. 어떤 카드를 선물로 드려야 할까요?"

'○○카드'라는 빈칸을 채워넣어야 하는 초등학교 시험문제입니다. 답은 당연히 '생일카드'였답니다. 그런데 한 학생이 '삼성카드'라고 썼답니다. 분명 이 아이의 답은 선생님이 바라는 답이 아니었을 겁니다. 하지만 선생님의 답과 동떨어졌다 해서 무조건 틀렸다고 해야 할까요. '삼성카드'라는 답은 오히려 자기가 살아가는 사회가 돈에 의해 움직이고 있다는 넓은 사고를 보여주는 것이 아닐까요. 조숙하다는 것이 틀렸다는 의미일 수는 없으며, 따라서 고정관념에 얽매이지 않은 창의적인 아이에게 불이익이 돌아가면 안 되겠지요. 선생님이 기대하는 답은 아니지만 아이의 순진무구한 마음은 어른들을 명랑하게 웃음짓게 합니다.

윤동주가 쓴 동시를 볼 때 가끔 비슷한 발견을 합니다. 동시는 우리가 잃어버린 소중한 순간을 명랑하게 깨닫도록 도와주곤 합니다. 앞서 우리는 윤동주가 숭실에 다녔을 때 썼던 저항정신이 담긴 동시들을 읽었습니다. 이제 윤동주의 동시에 보이는 명랑성을 보겠습니다.

명랑성, 햇비와 춤추자

첫 시 「초 한 대」의 관념에서 탈피하여 윤동주는 쉬운 언어로 동시를 쓰기 시작합니다. 이제 '동시 시인 윤동주'를 만나보겠습니다. 1936년 9월 9일에 창작된 대표적인 동시 「햇비」를 한번 읽어보죠.

아씨처럼 내린다
보슬보슬 햇비
맞아주자, 다 같이
   옥수수대처럼 크게
   닷 자 엿 자 자라게
   햇님이 웃는다.
   나 보고 웃는다.

하늘 다리 놓였다.
알롱달롱 무지개
노래하자, 즐겁게
   동무들아 이리 오나.
   다 같이 춤을 추자.
   햇님이 웃는다.
   즐거워 웃는다.

—윤동주, 「햇비」(1936. 9. 9) 전문

이 시를 대하면 먼저 '햇비'라는 다소 낯선 단어에서 멈칫하게 됩니다. '햇비'란 '해'와 '비'가 합쳐진 단어입니다. 호랑이 장가들 때 내리는 비처럼 햇빛이 비칠 때 잠깐 내리다 마는 비를 말합니다.

북한 문화어 사전에는 '해비'라는 단어가 있습니다. "잔잔한 해비가 소리 없이 내린다"(『조선말 대사전』, 1992) 혹은 "볼이며 팔을 적시는 해비와 땅에서 풍겨 오르는 싱그러운 풀냄새에 날아갈 듯이 상쾌해진 그는 활개를 크게 저으며 걸어가면서"(4·15문학창작단, 『근거지의 봄』)라는 용례가 남아 있습니다. 우리도 '해비'라고 표기하지만 흔히 '여우비'라고 하죠. 표준국어대사전에는 "볕이 나 있는 날 잠깐 오다가 그치는 비"로 설명되어 있습니다. 그러나 윤동주가 "햇"이라고 쓴 뜻에는 '금방' '얼마 되지 않은'의 의미도 있을 수 있기에 원문 그대로 '햇비'로 표기하려 합니다.

생각만 해도 시의 정경이 살아납니다. 햇살이 장글장글 내리쬐는 낮에 "아씨처럼 내린다/보슬보슬 햇비"가 내립니다. 그리고 그 햇비는 햇살 속에서 "하늘 다리 놓였다./알롱달롱 무지개"를 만들어냅니다. '보슬보슬' '알롱알롱' 같은 표현을 쓰면서 시인은 "동무들아 이리 오나./다 같이 춤을 추자./햇님이 웃는다"며 우주와 인간이 일체가 되어 즐겁게 웃는 모습을 그려냅니다. 순수한 어린이의 입장에 서서 평화로운 세계를 상상하는 겁니다.

주목해야 할 것은 첫째, 시의 형태입니다. 첫 3행의 아래로 몇 칸을 들여쓰기 한 것입니다. 시 내용에 율동이 있으니 형식에서도 변화를 주고 싶었겠죠. 윤동주가 이제 시 형식에도 변화를 줄 만한 기교를 갖고 있다는 것을 보여줍니다. 둘째, 윤동주의 '명랑성'을 볼 수 있습니다. "맞아주자, 다 같이" "노래하자, 즐겁게"라는 밝은 표현과 더불어 "웃는다"는 동사가 네 번 반복해 나옵니다. 윤동주가 쓴 가장 짧은 시 「개 1」을 보면 발랄한 명랑성을 만날 수 있습니다.

> 눈 위에서
> 개가
> 꽃을 그리며
> 뛰오.
>
> ─윤동주, 「개 1」(1936년 12월 추정) 전문

짧지만 이미지가 선명합니다. 다만 중국 고전 『추구(推句)』의 "개가 달리니 매화꽃이 떨어지고, 닭이 다니는 곳에는 대나무 잎이 무성하다(狗走梅花落 鷄行竹葉成)"라는 글과 유사합니다. 그러나 윤동주의 명랑성은 터무니없는 공상이 아니라 생활에 기반을 두고 있습니다. 같은 시기에 쓴 재미있는 시 한 편을 보죠.

> 만돌이가 학교에서 돌아오다가
> 전봇대 있는 데서
> 돌재기 다섯 개를 주웠습니다.
>
> 전봇대를 겨누고
> 돌 첫 개를 뿌렸습니다.
> ─딱─
> 두 개째 뿌렸습니다.
> ─아뿔싸─

세 개째 뿌렸습니다.
—딱—
네 개째 뿌렸습니다.
—아뿔싸—
다섯 개째 뿌렸습니다.
—딱—

다섯 개에 세 개……
그만하면 되었다.
내일 시험,
다섯 문제에, 세 문제만 하면—
손꼽아 구구를 하여봐도
허양 육십 점이다.
볼 거 있나 공 차러 가자.

그 이튿날 만돌이는
꼼짝 못하고 선생님한테
흰 종이를 바쳤을까요
그렇잖으면 정말
육십 점을 맞았을까요

—윤동주, 「만돌이」(1937년 3월 추정) 전문

시험 기간에 놀고 싶은 아이 만돌이의 순수한 모습이 잘 드러나 있습니다. 만돌이는 만사태평한 개구쟁이입니다. 내일이 시험인데 돌을 주워

전봇대에 맞히는 횟수만큼 성적을 점쳐보고 있습니다. 세 개의 돌을 전 봇대에 맞혔으니 육십 점이 나오기를 상상하고, 공을 차러 가는 만돌이 입니다.

이렇게 동시 시인 윤동주는 먹을거리, 공부, 노동 등 여러 일상을 시의 소재로 삼습니다. 삶을 자각적으로 바라보는 시적 화자는 윤동주 자신이 겠죠. 삶을 진솔하게 대하는 이러한 시각은 점차 독특한 내면세계로 확장 됩니다. 그리고 밖으로는 일상에 근접하여 노동을 발견하며 척박한 삶을 인식하게 됩니다.

동물을 소재로 쓴 명랑한 동시

연희전문에 입학하기 바로 전인 1937년 『가톨릭소년』 10월호에 발표 했던 「거짓부리」를 읽어보겠습니다. 시를 읽기 전에 먼저 윤동주(尹東柱) 라는 본래 한자 이름 대신 '尹童舟(윤동주)'라는 필명을 쓴 것에 주목해 야 합니다. 이 필명은 윤동주가 동시를 발표할 때만 썼던 한자 이름이고, 『하늘과 바람과 별과 시』 육필 원고 표지에도 이 한자가 써 있습니다. 그 럼, 현대어로 바꾸어 써봅니다.

똑, 똑, 똑,
문 좀 열어주셔요.
하룻밤 자고 갑시다.
　　밤은 깊고 날은 추운데,
　　거, 누굴까?
문 열어주고 보니,
검둥이의 꼬리가,

거짓부리한걸.

꼬끼요, 꼬끼요,
닭알 낳았다.
간난아! 어서 집어가거라
    간난이 뛰어가보니,
        닭알은 무슨 닭알.
고놈의 암탉이
대낮에 새빨간
거짓부리한걸.

                    —윤동주, 「거짓부리」(1937년 초 추정) 전문

원제 '거즛뿌리(거짓부리)'의 표준말은 '거짓말'이에요. '거즛뿌리하다'는 '거짓부리하다'의 사투리이고, '거짓말하다'의 속된 말이죠. 재미있는 풍경은 이 시에서 개와 닭이 넌지시 거짓말하며 노는 겁니다. 이 시는 말을 할 수 없는 개와 닭이 거짓말을 하는 재미있는 이야기입니다. 개나 닭은 그가 자주 쓰던 대상이었습니다. 1936년 『가톨릭소년』 11월호에 발표한 「병아리」에서는 '병아리'와 '엄마닭'의 일상적인 모습을 통해 순수하고 맑은 서정을 보여주고 있습니다.

"뾰, 뾰, 뾰
엄마 젖 좀 주"
병아리 소리.

"꺽, 꺽, 꺽
오냐 좀 기다려"
엄마닭 소리.

—윤동주, 「병아리」 중에서

"뾰, 뾰, 뾰"나 "꺽, 꺽, 꺽" 같은 의성어와 "~요"의 사용을 통해 어린 윤동주의 순수함을 볼 수 있습니다. 병아리가 소나 개 같은 포유류처럼 젖을 달라고 하는 상상력도 재미있습니다. 젖을 달라는 병아리와 좀 기다리라는 엄마닭의 모습도 재미있고요. 이 시는 "좀 있다가/병아리들은/엄마 품으로/다 들어갔지요"라는 마지막 연으로 순수하고 따뜻한 마음을 공유하게 합니다.

다시 「거짓부리」로 돌아가 읽어보죠. 개나 닭이나 1연과 2연의 마지막 연에 모두 "거짓부리한걸"로 끝납니다. 검둥이가 노크한 적 없고(1연), 암탉도 달걀을 낳은 척하지만(2연) 결국은 거짓말이라는 겁니다. 그냥 재미있게 읽고 넘어갈 이야기 같지만, 사실은 평범한 미물도 의도치 않게 거짓말을 할 수 있다는 엄격한 윤리가 숨어 있습니다. 아무리 착한 행동을 해도 자신도 모르게 타인에게는 거짓말일 수 있다는 겁니다.

윤동주의 동시 「병아리」「빗자루」는 당시 용정에서 간행되던 잡지 『가톨릭소년』에 1936년 11월과 12월에 잇달아 발표되었습니다. 이 시기에 집중해서 동시를 창작했다고 볼 수 있겠죠.

판타지와 모성 회귀본능 — 동시 ③

「봄 1」「눈」「남쪽 하늘」「고향집」「오줌싸개 지도」「곡간」「굴뚝」
「편지」

판타지(fantasy, 幻想)는 어디에서 올까요. 사람들은 영원히 돌아갈 수 없는 텅 빈 곳을 꿈꿉니다. 정신분석학자 프로이트에 의하면 사람들은 어머니의 뱃속에 있었을 때를 가장 행복했던 기억으로 느낀다고 합니다. 그래서 사람들은 무의식중에도 그 시기로 돌아가기를 희망하며 꿈꾼다고 합니다. 어쩌면 많은 사람들이 자기의 뿌리가 있는 곳, 고향이 있는 곳을 끊임없이 그리워하는 것도 비슷한 까닭에서일지 모르겠습니다.

판타지가 만들어지려면 엄마의 자궁, 곧 판타지의 '자궁'으로 들어가는 터널이 존재해야 합니다. 그 입구를 통과해야 '판타지의 자궁'에 입궁(入宮)할 수 있습니다.

애니메이션 〈원령공주〉에는 주인공 아시타카가 방랑을 떠나는 숲길, 〈센과 치히로의 행방불명〉에는 터널을 통과하자 부모가 돼지가 되는 판타지의 세계가 있습니다. 〈해리포터〉에는 플랫폼에서 마법 학교의 환상으로 떠나는 장면이 있습니다. 〈나니아 연대기〉에서는 루시가 들어가는

장롱이 판타지로 향하는 터널입니다. 히치콕의 영화 〈새〉에서 여주인공
이 자동차로 가도 될 집을 나룻배를 타고 건너가는 장면, 역시 히치콕의
영화 〈사이코〉에서 언덕 위에 있는 집으로 올라가는 층계들이 모두 우리
를 판타지로 안내합니다. 윤동주의 시는 어떤 판타지의 공간에 가고 싶었
을까요.

영원한 아이의 마음

한 시인이 쓴 시어로 우리는 그가 무엇을 추구하는지 추측할 수 있습
니다. 윤동주는 누구나 공감하기 쉬운 자연적 언어를 많이 썼습니다. 윤
동주가 쓰는 리듬감 있는 언어들은 우리를 마치 노랫소리가 들리는 듯한
판타지의 공간으로 안내합니다.

우리 애기는
아래 발치에서 코올코올,

고양이는
가마목에서 가릉가릉

애기 바람이
나뭇가지에 소올소올

아저씨 햇님이
하늘 한가운데서 째앵째앵.

— 윤동주, 「봄 1」(1936. 10) 전문

이 동시에서 윤동주가 쓰는 은유는 그다지 어려운 암시를 담고 있지 않아요. '주어(~는)/위치(~에서), 의성어'라는 형식을 네 번 반복하는 간단한 구조입니다. 아기는 "코올코올", 고양이는 "가릉가릉", 의인화된 '애기 바람'은 "소올소올", 역시 의인화된 '아저씨 햇님'은 "째앵째앵"으로 표현하고 있는 이 시는 현재 중학교 일학년 교과서에도 실려 있습니다. 이 시에 나타나는 아기, 고양이, 애기 바람, 아저씨 햇님은 그가 나고 자란 명동촌의 따스한 풍토를 상상할 수 있는 전원(田園, arcadian)의 언어입니다.

이렇듯 윤동주가 대학에 들어가기 전 쓴 동시는 그 수준이 뛰어납니다. 그러나 더 중요한 것은 이러한 어린아이의 맑은 마음이 초기 시뿐만 아니라 후기 시에도 지속적으로 깔려 있는 중요한 원형질이라는 사실입니다.

윤동주가 쓰는 시 언어를 보면 그 중요한 원형질이 무엇인지 생각해볼 수 있습니다. 윤동주는 아이의 마음을 갖고 있으면서 아름답고 순수한 시어로 시를 썼습니다. 그가 쓰는 시 언어는 당연히 그의 세계관을 드러냅니다.

첫째, 자연을 소재로 한 언어로 하늘, 잎새, 별, 구름, 꽃, 숲 등을 많이 썼어요. 대체로 천상(天上)의 요소들이 많아요. 비교컨대 시인 이상은 수학적인 언어를 많이 쓰고, 시인 정지용은 인공적으로 만든 조어(造語)를 많이 썼으나 윤동주는 자연을 상상케 하는 언어를 많이 썼지요.

둘째, 동시에서는 쉬운 의성어와 의태어가 반복해서 등장합니다. "아롱아롱" "여긴 여긴" "데굴데굴"(「조개껍질」) 같은 유년 시절의 향수를 이끌어내는 동시적인 표현들이 반복되며 고향의 그리움을 자아냅니다. 윤동주는 당시 이웃의 삶을 어린아이의 눈으로 나타내기 위해 의성어와 의태어를 사용해 쉽게 표현했습니다. 아주 뛰어난 표현들도 있어요. 가령 4행의 짧은 시를 보죠.

> 눈이
> 새하얗게 와서,
> 눈이
> 새물새물하오.
>
> —윤동주, 「눈」(1936. 12) 전문

이 시도 정말 짧지요. 4행짜리 문장이 시로 탄생하는 비밀은 "새물새물"이라는 표현에 있어요. 문제는 3, 4행이에요. 이 눈은 눈송이일 수도 있지만 눈동자일 수도 있습니다. 첫번째 경우라면 마치 눈송이가 웃는 것 같은 느낌이 들죠. 윤동주는 「나무」라는 시에서도 그렇지만, 가끔 사물을 시의 주인공으로 앉혀놓곤 하지요. 두번째 경우라면 동음이의어를 이용한 교묘한 말장난이라고 볼 수 있지요. 그렇게 본다면 하늘에서 내리는 눈송이를 보며 눈웃음 짓는 화자가 연상되는 아름다운 시입니다. 어느 쪽으로 해석하든 독자의 마음입니다. 다만 어느 것으로 보느냐에 따라 "새물새물"이라는 표현은 다르게 해석됩니다. 함경북도 방언 '새물거리다'에 '눈부시다'라는 뜻이 있다는 것을 알면, 이 시는 전혀 다른 의미를 갖게 됩니다. 거기다가 '새물새물 웃다'라는 표현도 있어요. '새물새물'이 '입술을 약간 샐그러뜨리며 소리 없이 자꾸 웃는 모양'이라는 사실을 알게 되면, 눈이 마치 살아 있는 인격체처럼 '새물새물 웃으면서 눈부신' 눈으로 독특하게 형상화되는 겁니다.

이러한 쉬운 표현에, 이후 연희전문에 들어가면서 부끄럼, 추억, 서러움, 죄의식, 시간, 괴로움, 시대 같은 추상적인 언어들이 많이 섞입니다.

마지막으로 얼굴, 눈썹, 눈, 손금, 손바닥, 발 같은 신체적 언어도 많이 썼지요.

그러나 무엇보다 중요한 것은 윤동주의 세계관을 엿볼 수 있는 위의 세 가지 특징들이 결국은 아이의 맑디맑은 마음을 드러낸다는 사실입니다. 특히 가족이 있는 고향을 그리워할 때 근원을 찾는 아이의 마음이 절실하게 드러난다는 사실을 확인할 수 있습니다.

허구를 통한 진실, 모성 회귀본능

1935년 9월 1일 은진중학교 사학년 일학기를 마친 윤동주는 문익환과 함께 평양 숭실중학교로 전학했지만, 편입시험에 실패하여 삼학년으로 들어갑니다. 그렇지만 일제가 강제로 지시하는 신사참배를 견딜 수 없었습니다. 이 학교 저 학교를 전전하는 이 무렵 그의 시에서 디아스포라 이민자의 모습이 등장합니다. 두 편의 시를 읽어보지요.

제비는 두 나래를 가지었다.
스산한 가을날—

어머니의 젖가슴이 그리운
서리 내리는 저녁—
어린 영(靈)은 쪽나래의 향수(鄕愁)를 타고
남(南)쪽 하늘에 떠돌 뿐—

　　　　　　—윤동주, 「남쪽 하늘」(1935년 10월, 평양에서) 전문

헌짚신짝 *끄*을고
　　나여기 왜왔노
두만강을 건너서
　　쓸쓸한 이땅에

남쪽하늘 저밑엔
　　따뜻한 내 고향
내어머니 계신곳
　　그리운 고향집.
　　　　　　　—윤동주, 「고향집—만주에서 부른」(1936. 1. 6) 전문

「남쪽 하늘」은 어머니의 젖가슴을 그리워하는 화자의 마음을 제비에
비유하고 있습니다. '평양에서' 썼다는 표기처럼 윤동주는 당시 "남쪽 하
늘" 아래 숭실중학교에 있었습니다.

「고향집」에는 두만강을 건너 북간도로 온 선조들의 이야기가 담겨 있
어요. 『윤동주 자필 시고전집』(민음사, 1999)에서 시를 인용했는데, 윤동
주가 띄어쓰기를 무시하고 글자수를 맞추려 했던 형식을 보여드리고 싶
었기 때문입니다. "남쪽하늘 저밑"에 있는 "따뜻한 내 고향"이라는 말은
윤동주가 절실히 자신의 원적지인 남쪽을 그리워한다는 것을 보여줍니
다. 그런데 "내어머니 계신곳"이라는 표현은 윤동주가 이민 4세대라는 사
실을 생각한다면 허구입니다. 시의 부제가 '만주에서 부른'이니 "그리운
고향집"이라 하면 "남쪽하늘 저밑엔/따뜻한 내 고향"이 됩니다. 어머니는
지금 북쪽 용정에 있는 상황이죠. "헌짚신짝 *끄*을고" 여기에 온 화자 '나'
가 윤동주의 고조할아버지라면 말이 되지만, 이민 4세대인 윤동주 자신

이라면 이 말도 거짓말이 되죠.

윤동주는 위의 두 시를 평양 숭실중학교에 다닐 때 썼어요. 자기 얘기를 쓴 것이 아니라 정체성을 지키면서 살기 위해 애쓰는 디아스포라들의 아픔에 대해 쓴 것이죠. 「남쪽 하늘」의 '남쪽 하늘'은 윤동주가 실제 거주하고 있는 '남쪽(평양)'인데 반해 「고향집」의 '남쪽 하늘'은 판타지의 공간입니다. "따뜻한 내 고향" "남쪽하늘 저밑"이라는 표현은 당시 만주에 이주해 있던 조선인 문인들의 일반적인 '향수'로 이해할 수 있을 만큼 만주 지역의 조선인 시인의 작품에 자주 등장하는 정서였어요. 프로이트는 이러한 마음을 물고기에 비유했습니다.

어떤 물고기들은 산란기에 지금까지 그들이 살아온 거처에서 멀리 떨어진 특정한 물속에 알을 낳기 위해서 대단히 힘든 이주 여행을 감행한다. 많은 생물학자들의 견해에 의하면, 그 물고기들의 행위는 단순히 그들이 전에 살았던 장소를 찾아내고 있는 것이다. 그들은 그동안 처음 태어난 장소를 떠나 다른 장소에서 살아왔던 것이다. 같은 설명이 철새들의 이동에도 적용될 수 있다고 생각된다.(프로이트, 「쾌락 원칙을 넘어서」, 『정신분석학의 근본 개념』, 열린책들, 2003, 308쪽)

같은 설명을 간도로 갔던 이주민들의 마음에 적용할 수도 있을 겁니다. 윤동주도 그러한 마음을 동시에 담았겠죠. 마치 연어가 산란기에 회귀하여 새로운 생명을 탄생시키듯이 윤동주는 남쪽을 동경하며 동시를 탄생시켰습니다.

남쪽에 대한 동경 혹은 남쪽을 자기 고향으로 표현하는 것은 동시 「오줌싸개 지도」에도 나타납니다. 윤동주가 원고지에 쓴 원문은 다음과 같습니다.

> 빨래줄에 걸어논
>> 요에다그린 디도
> 지난밤에 내동생
>> 오줌싸 그린디도.

> 꿈에가본 엄마게신,
>> 별나라 디도ㄴ가?
> 돈벌러간 아빠게신
>> 만주땅 디도ㄴ가?

—윤동주, 「오줌싸개 지도」(1936년 초) 전문

위의 시는 윤동주의 초고를 『윤동주 자필 시고전집』에서 인용한 것이라서 '지도'가 '디도'로 표기되어 있습니다. 그러나 이 시가 『가톨릭소년』에 발표될 때는 당시 표기법에 맞추어 '지도'로 교정되어 뒤의 사진처럼 발표되었습니다.

식민지 시대 유민의 삶을 요에다 오줌이 그려놓은 지도를 통해 드러내는 회화적 소품입니다. 엄마가 계신 별나라 지도냐는 낙천적인 질문과 "돈벌러간 아빠게신/만주땅 디도ㄴ가"라는 현실적인 질문이 충돌하고 있습니다. 이 충돌에 윤동주의 선조들이 겪었을 만주 개척자의 꿈과 현실이 담겨 있어요.

그런데 윤동주 자신이 화자로 드러난 이 시에서는 마치 윤동주의 고향이 남쪽인 것처럼 보입니다. 그는 남쪽에 고향을 두고 만주로 온 사람들

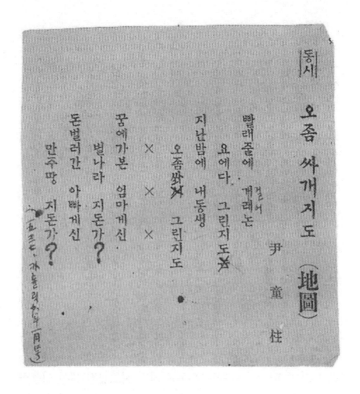

의 그리움에 자신을 일치시키고 있어요. 이 시에 등장하는 아이의 엄마는 이 세상에 없고, 아빠는 돈 벌러 만주땅에 가서 아이 둘만 남쪽에 남아 있습니다. 식민지 시절 부모 없이 자라는 아이들, 파괴된 가정의 모습이지요. 재미있는 동시 같지만 실은 슬픈 내용이지요. 만주 명동마을에서 태어난 윤동주는 두 편의 시에서 남쪽 지역을 고향이라 합니다. 현재 몸담고 있는 강 건너 쪽은 모국(「고향집」)으로, 또는 현재 화자가 살고 있는 남쪽 고향에서 이국으로 간 아버지를 그리는(「오줌싸개 지도」) 상황이 그려집니다. 이러한 태도는 당시 만주 지역에 있었던 조선인 시인들의 시에 나타나는 일반적인 고향의식의 나르시시즘이었고요. 이 시에도 식민

시대를 살고 있는 난민의 고통이 담겨 있지요. 그러나 자신이 태어난 고향인 명동촌에서 마음이 멀어진 이유도 있을 듯합니다.

> 삼 년(三年) 만에 고향(故鄕) 찾아드는
> 산골 나그네의 발걸음이
> 타박타박 땅을 고눈다.
> 벌거숭이 두루미 다리같이……
>
> 헌신짝이 지팡이 끝에
> 모가지를 매달아 늘어지고,
> 까치가 새끼의 날발을 태우려
> 푸르룩 저 산(山)에 날 뿐 고요하다.
>
> 갓 쓴 양반 당나귀 타고 모른 척 지나고,
> 이 땅에 드물던 말 탄 섬나라 사람이
> 길을 묻고 지남이 이상(異常)한 일이다.
> 다시 골짝은 고요하다 나그네의 마음보다.
>
> ─윤동주, 「곡간」 중에서

"삼 년(三年) 만에 고향(故鄕) 찾아드는"이라는 표현을 볼 때 은진중학교에 입학한 후 명동촌에 가지 않은 것으로 보입니다. 명동촌에 갔더니 반갑게 맞아주는 이는 없고 "갓 쓴 양반 당나귀 타고 모른 척 지나"갑니다. 게다가 명동촌에서는 보기 어렵던 "말 탄 섬나라 사람(일본인)"이 길을 물어봅니다. 윤동주를 반기는 친구들은 없고 "다시 골짝은 고요"합니다. 실제 고향의 의미가 없어진 상황에서 윤동주는 보다 근본적인 고향을 그리워하지 않았을까요.

여기서 우리는 세 가지를 확인할 수 있습니다. 첫째, 윤동주가 문학적 허구를 구상하기 시작했다는 점입니다. 이미 그의 첫 시 「초 한 대」에서 판타지적 상상력을 구상할 충분한 능력이 있다는 것을 확인한 바 있습니다. 윤동주는 허구를 통해 진실을 말하는 문학적 기법을 충분히 인지하고 있었습니다. 그래서 만주에 살지만 자신이 태어난 남쪽을 그리워하는 존재 '나'로 허구적인 화자를 설정하고 있는 겁니다. 프로이트는 "말실수, 농담, 거짓말, 욕설이야말로 무의식의 진실"이라고 했지요. 이 말에 따르자면, 윤동주는 남쪽이 고향이라고 말하고 싶은 무의식이 충만한 것입니다.

둘째, 윤동주에게 충만해 있는 그 무의식은 모성 회귀본능(母性回歸本能)이라고 할 수 있습니다. 인간의 근원적인 그리움은 영원한 안식처인 어머니의 품을 향한 것입니다.

두려운 낯설음의 감정은 여성의 자궁이 인간이 태어난 옛 고향(Heimat)을, 다시 말해 우리 모두가 태초에 한 번은 머물렀던 장소를 상기시키기 때문에 생긴다. 흔히 우스갯소리로 우리는 '사랑의 향수병(Heimweh)'이라고 말하지 않는가? 어떤 이가 잠을 자면서 꿈속에서조차 "여기는 내가 잘 아는 곳인데, 언젠가 한 번 여기에 살았던 적이 있었는데"라며 장소나 풍경에 대해 생각을 할 때 이 꿈에 나타나는 공간이나 풍경은 여성의 자궁이나 어머니의 품으로 대치해서 해석할 수 있다. 두려운 낯설음의 감정은 따라서 이 경우에도 자기 집(Das Heimishe)인 것이다. 그것은 아주 오래된 것이지만 친근한 것이고, 친근한 것이지

만 아주 오래전의 것이다. Unheimliche(두려운 낯설음)의 접두사 un
은 이 경우 억압의 표식일 것이다.(프로이트, 「두려운 낯설음」, 『예술,
문학, 정신분석』, 열린책들, 2004, 440쪽)

이 인용문에서 '여성의 자궁'은 어머니의 품으로 표현되기도 합니다.
어머니의 자궁 안에서 인간은 생애 중 가장 큰 편안함을 느낍니다.

> 좀 있다가
> 병아리들은
> 엄마 품으로
> 다 들어갔지요.
>
> ─윤동주, 「병아리」 중에서

여기서 "엄마 품"은 영원한 평온을 상징하는 장소겠지요. 이러한 심리
를 모성 회귀본능이라 하는데, 프로이트는 이러한 지향성에서 무한한 판
타지가 발생한다고 보았습니다. 모든 판타지가 숭고와 직결되지는 않겠
지만, 숭고를 일으키기 위해서 판타지는 중요한 배경이 됩니다. 어머니의
자궁을 그리워하지만 다시는 돌아갈 수 없다는 상실감이 역설적으로 그
회귀본능을 더욱 증폭시킵니다.
　윤동주의 동심은 평범한 일상생활 속에서 발견됩니다. 어른이 보기에
는 쓸데없는 순간, 바로 그 순간의 의미를 살려내는 관찰력을 윤동주의
동시에서 만날 수 있습니다.
　셋째, 모성 회귀본능을 증폭시키는 언어가 하늘, 밤, 별과 같은 천상
의 이미지들이라는 사실입니다. 이 천상의 이미지들은 어두운 시대에 구

원의 대상으로 우주관을 형성합니다. 「오줌싸개 지도」에서 "별나라 디
도ㄴ가"라고 했을 때 '별나라'는 시인 자신이 꿈꾸는 그리움의 거울이기
도 합니다. 어둠 속에서 빛나는 별은 시인에게 희망입니다. 지상의 한계
를 벗어나서 아름다운 것, 순결한 것, 열린 것, 꿈꿀 수 있는 것으로서의
천상적 질서에 도달하고자 했던 시인의 높디높은 영혼을 담아낸 역동적
상징물입니다.

다른 시각이지만, 고향을 바라는 그의 모성 회귀본능은 현재 만주에서
살지만 조선인으로서의 정체성을 끊임없이 추구하는 태도에서도 볼 수
있습니다. 가령 「식권」을 읽어보면 그러한 마음을 더 구체적으로 확인할
수 있습니다.

> 식권은 하루 세 끼를 준다.
>
> 식모는 젊은 아이들에게
> 한때 흰 그릇 셋을 준다.
>
> 대동강(大同江) 물로 끓인 국,
> 평안도(平安道) 쌀로 지은 밥,
> 조선(朝鮮)의 매운 고추장,
>
> 식권은 우리 배를 부르게.
>
> ─윤동주, 「식권」(1936. 3. 20) 전문

"대동강(大同江) 물로 끓인 국,/평안도(平安道) 쌀로 지은 밥,/조선(朝

鮮)의 매운 고추장"이라고 남쪽 지명을 한자로 강조한 것은 그리운 "남쪽 하늘" 아래 공간을 절실하게 드러내고 싶었던 까닭이겠지요. 그리고 그러한 마음을 음식에 빗대어 표현한 것은 어쩌면 그의 혀까지 강 건너 조선 반도를 기억하고 그리워했기 때문인지도 모릅니다. 혀뿐만 아니라 그의 고향의식은 고향에 대한 기억을 회감시키는 여러 사물에 의해 되살아납니다.

산골짜기 오막살이 낮은 굴뚝엔
몽긔몽긔 웬 내굴 대낮에 솟나.

감자를 굽는 게지, 총각 애들이
깜박깜박 검은 눈이 모여 앉아서,
입술에 꺼멓게 숯을 바르고,
옛이야기 한 커리에 감자 하나씩.

산골짜기 오막살이 낮은 굴뚝엔
살랑살랑 솟아나네 감자 굽는 내.
　　　　　　　　　　—윤동주, 「굴뚝」(1936년 가을) 전문

　가령 이 시에서처럼 감자를 굽는 풍경과 냄새에 의해 고향이 회감되기도 하고, 반대로 "울 언니 바닷가에서/주워온 조개껍데기//여긴 여긴 북쪽 나라요/조개는 귀여운 선물/장난감 조개껍데기" "아롱아롱 조개껍데기/나처럼 그리워하네/물소리 바닷물 소리"(「조개껍질」)처럼 고향에 없는 조개껍데기를 통해 고향에 대한 그리움을 융기(隆起)시키기도 합니다.

모성적 그리움, 어머니로서의 누이

모성성은 때로 어머니 외에도 누이라는 이미지로 나타나기도 합니다. 윤동주의 시에서 누나에 대한 그리움이 절실하게 그려진 「편지」를 보겠습니다.

누나!
이 겨울에도
눈이 가득히 왔습니다.

흰 봉투에
눈을 한 줌 넣고
글씨도 쓰지 말고
우표도 붙이지 말고
말쑥하게 그대로
편지를 부칠까요.

누나 가신 나라엔
눈이 아니 온다기에.

—윤동주, 「편지」(1936년 12월 추정) 전문

1연에 "누나!" 하고 느낌표를 붙인 것도 세련되어 보이지 않습니다. 쉬운 구절로 시작하기에 얄보기 쉽습니다. 그런데 쉬운 구절에 깊이 있는 생각을 담기는 쉽지 않습니다.

바로 이어지는 2연에서 시인은 낯선 제안을 합니다. "흰 봉투에/눈을 한 줌 옇고(넣고)"에서 멈칫하게 됩니다. 게다가 "글씨도 쓰지 말고/우표도 붙이지 말고/말쑥하게 그대로/편지를 부칠까요"라고 묻습니다. 편지는 소통을 위한 통신수단입니다. 편지는 우표를 붙이고 보내야 합니다. 그러나 우표를 붙이지 않아도 되는 까닭은 3연에 나옵니다. "누나 가신 나라엔/눈이 아니" 오는 곳이기 때문이랍니다.

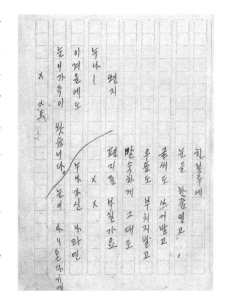

큰아들인 윤동주에게 누나는 없었습니다. 어려서 일찍 죽은 누나가 있었다는 증언도 있지만, 사실 여기 나오는 누나라는 존재가 실제 있었느냐 없었느냐는 그리 중요하지 않습니다. 시는 무의식의 욕망을 표현하는 것이고, 때로는 허구를 통해 진실을 말하기 때문입니다. 누나는 "눈이 아니 온다"는 남방으로 갔을까요. 2연에 글씨도 쓰지 않고 우표도 붙이지 않고 편지를 부치겠다는 구절을 볼 때, 누나는 저세상 사람일 가능성이 큽니다. 3연을 읽고 나면 처음부터 시를 다시 보게 됩니다. 1연의 "누나!"라는 감탄사가 애탄(哀歎)으로 읽힙니다.

쉽게 읽히면 소품이라고 생각하기 쉽지만 꾸미지 않은 듯하면서 '깊은 심심함'(발터 벤야민)을 주는 시는 그 자체가 울림을 줍니다. 윤동주 시의 매혹은 쉬운 표현으로 깊은 울림을 준다는 데에 있습니다. 강요하지 않고 "말쑥하게" 울림을 주는 진심, 이런 표현은 낮은 마음이 있어야 자연스레 우러나올 수 있는 표현일 겁니다.

이 시는 윤동주가 1934년 12월 24일 처음 남겼던 「초 한 대」「삶과 죽음」「내일은 없다」처럼 인간의 죽음을 다루었는데, 동시처럼 보이지만 내용은 자못 심각하고 독특한 소품이라 할 수 있겠습니다.

이 장을 시작할 때 윤동주는 어떤 판타지의 공간을 가고 싶어했을까 물었지요. 윤동주가 꿈꾸었던 판타지의 공간은 "남쪽 하늘"이었습니다. 그곳은 음식이 맛있는 한반도 남쪽(「식권」)이라는 현실의 공간이기도 했고, "눈이 아니 온다"(「편지」)는 아마득한 꿈의 공간이기도 했습니다.

「편지」를 쓴 1936년 12월이면, 3월 말 숭실중학교에서 신사참배에 반대한 윤동주가 용정으로 돌아와 광명학원 중학부 사학년에 편입한 시기였습니다. 이해 6월 10일 「이런 날」을 썼고, 『가톨릭소년』에 동시 「병아리」(11월호) 「빗자루」(12월호)를 '尹童柱(윤동주)'라는 한자 필명으로 발표했습니다. 일본어로 『세계문학전집』을 탐독하고, 『정지용 시집』을 정독했고, 시인 이상의 시를 스크랩하던 열아홉 살이었습니다.

단독성과 '완고하던 형'- 동시 ④
「거짓부리」「나무」「애기의 새벽」「이런 날」「반딧불」

윤동주는 연희전문에 입학하기 전까지 동시를 더 많이 썼던 '동시 시인'이라는 사실을 앞서 확인해봤습니다. 윤동주가 남긴 시 119편을 구분하면, 운문시 74편, 산문시 8편, 동시 30여 편입니다. '30여 편'이라고 한 까닭은 연구자에 따라 판단이 다르기 때문입니다. 『윤동주 자필 시고전집』은 34편으로 분류하고 있고, 홍장학 선생의 『정본 윤동주 전집』(문학과지성사, 2004)은 37편으로 분류하고 있습니다.

화려한 수식이 없고 토속적인 느낌이 드는 윤동주의 동시는 그가 쓴 모든 작품 중 30퍼센트에 이르고 있습니다.

단독자, 세상의 중심인 나무와 아기
아이의 명랑성에는 인간 본래의 원시적 건강성이 있습니다. 그런데 그것이 단순히 순간의 명랑성이 아니라 자신에 대한 자부심 혹은 긍지로 나타나는 경우가 있습니다. 지금까지 읽은 동시를 통해 우리는 청소년 윤동주의 상상력이 틀에 갇혀 있지 않았는 것을 확인할 수 있었습니다. 신사참배라는 제국의 강압적 코드에 '눈치'보며 좋은 학교를 참고 다닌 성실한 학생이 아니었습니다. 윤동주는 정해진 각본에 따라 움직이는 모르모트가 아니었습니다. 윤동주의 시에서 중요한 것은 시에 등장하는 주인공들이 독자적인 의지를 갖고 있다는 점입니다. 가령 연희전문에 입학하기 전에 썼던 짧은 시 한 편을 읽어보죠.

> 나무가 춤을 추면
> 　바람이 불고,
> 나무가 잠잠하면
> 　바람도 자오.
>
> ──윤동주, 「나무」(1937년 3월 추정) 전문

조금 이상하지 않나요. 상식적으로 바람이 불면 나무가 춤을 추고, 바람이 자면 나무가 잠잠해야 하는데, 윤동주는 거꾸로 생각하는 겁니다. 백석의 시집 『사슴』을 필사하던 스무 살의 윤동주는 바람이 아닌 '나무'가 주체가 되는 풍경을 봅니다. 세상의 중심은 바람이 아니라 '나무'인 것입니다. 우주(바람)를 흔드는 것은 실존(나무)인 것입니다. 흙에 뿌리내리고 있는 나무가 이 세상의 중심이며 주인입니다. 나무가 단독자로서 오히려 바람이 흔들리고 있다는 놀라운 인식입니다.

방금 '단독자(單獨者)'라고 썼는데, 대단히 중요한 용어입니다. 어디에 속해 있지 않더라도 '외톨이 개인'의 단독성으로 자신이 할 수 있는 최고의 가능성을 행할 수 있는 존재를 말합니다. 다른 말로 하면 한 개인의 가능성이라 할 수 있겠습니다. 가능성을 가진 단독자는 어떤 어려운 상황에서도 끈기를 가지고 비루한 삶과 투쟁하여 일종의 전리품 같은 빛나는 삶을 내놓습니다. 단독자에 대해서는 뒤에서 키르케고르를 설명할 때 자세히 써볼까 합니다. 단독성이 강하게 나타나는 또 한 편의 시를 읽어보겠습니다. 대학 일학년 때 쓴 동시입니다.

우리집에는
닭도 없단다.
다만
애기가 젖 달라 울어서
새벽이 된다.

우리집에는
시계도 없단다.
다만
애기가 젖 달라 보채어
새벽이 된다.

—윤동주, 「애기의 새벽」(1938년 추정) 전문

윤동주는 세상의 중심에 '아기'를 놓습니다. 닭이 없는 가난한 집이지만 세상의 중심인 '아기'는 새벽을 끌어옵니다. 빈곤한 집에는 시계도 없는데, 세상의 중심인 '아기'는 또 새벽을 끌어옵니다. 두 연의 구조는 매우 비슷한 형태를 취하고 있어 운율이 돋보입니다. '새벽'이라는 시간도 의미가 깊지요. 아기의 꿈과 절규로 인해 '새벽'이 다가온다는 표현은 얼마나 힘있는 표현인지요. 그리고 여기서 중요한 단어는 '다만'이라는 부사입니다. '다만'이라는 두 글자로 세상은 역전됩니다. 꿈이 없던 세상이 '다만' 아이의 의지로 인해 긍정적인 '새벽'으로 바뀌는 겁니다.

어떻게 보면 아이가 운다는 것은 고독한 행위이기도 합니다. 글을 쓰며 산다는 것은 저런 아이의 울음처럼 고독한 공간에 돌입하는 일입니다. 그것은 텅 빈 시간 안으로 몸을 내던지는 행위지요. 블랑쇼가 "글을 쓴다는 것은 시간의 부재의 매혹에 자신을 맡기는 것이다. 우리는 여기서 분명 고독의 본질에 다가서고 있다. 시간의 부재란 순전히 부정적인 양상이 아니다"(모리스 블랑쇼, 『문학의 공간』, 그린비, 28쪽)라고 말하는 작가의 삶에 윤동주가 조금씩 나가가는 모습을 볼 수 있는 동시이기도 합니다.

단독자의 모습을 잘 보이는 시가 또 있습니다. 「둘 다」라는 짧은 시입니다. 쉬운 시라고 우습게 볼 수 없는 큰 마음을 우리에게 전합니다.

바다도 푸르고,
하늘도 푸르고,

바다도 끝없고,
하늘도 끝없고,

바다에 돌 던지고
하늘에 침 뱉고

바다는 벙글
하늘은 잠잠

둘 다 크기도 하오.

— 윤동주, 「둘 다」(1937년 추정) 전문

이 시에는 승리니 패배니 하는 쓸데없는 경쟁이 없습니다. 자신에게 돌 던지고, 침 뱉는 상대를 향해 복수하겠다는 반발도 없습니다. 그저 "둘 다 크기도 하오"라며 바다와 하늘이 되고 싶은 마음만 쓰여 있습니다. 돌을 맞았는데도 벙글, 침을 맞았는데도 잠잠, 상처 많은 시대에 윤동주는 바다의 벙글과 하늘의 잠잠을 다짐합니다. 그저 벙글, 잠잠하며 힘없이 참겠다는 뜻이 아닙니다. 윤동주는 참으면서도 "모든 죽어가는 것을 사랑해야지"(「서시」)라고 다짐하지요.

윤동주의 동시 읽기

윤동주의 동시에서 특히 주목해야 할 것은 첫째, 음악성을 갖고 있다는 점입니다. 적절한 리듬을 조절하면서 의성어와 의태어를 잘 섞어 쓰고 있지요. 「초 한 대」와 같은 초기 시의 관념적이고 어려운 형식을 동시를 통해 넘어서고 있어요.

둘째, 자연친화적인 동시라는 점입니다. 특히 별, 달, 해, 비와 같은 천상의 요소들을 통해 영원성이나 무한한 아름다움을 노래하고 있지요.

셋째, 아이들이 자기 판단력을 갖고 있는 단독자로서 등장한다는 사실입니다. 「애기의 새벽」을 보면 아이가 울어서 '다만' 새벽을 이끌어오기도 합니다. 아이들은 평범한 일상생활 속에서도 특별한 의미를 포착해내요. 어른이 보기에는 사소한 것에서도 새로움을 발견하는 관찰력을 지니고 있지요.

넷째, 윤동주의 동시는 끊임없이 모성 회귀본능을 갖고 있다는 점입니다. 자기 고향을 찾아가는 모험의 시라고 할 수 있겠어요. 인간의 근원적인 그리움이 영원한 안식처인 어머니의 품으로 향하는 시편들이죠.

다섯째, 윤동주의 동시는 세 가지 이미지에 의해 형성되어 있습니다. 앞서 썼듯이 자연적 이미지로서 천상의 하늘, 별, 달, 바람 등이 등장하고, 가족적 이미지로서 엄마, 아빠, 누나, 고향 등이 등장합니다. 그리고 일상적 이미지로 지도, 음식, 놀이 등이 등장합니다. 이 세 가지 이미지들이 서로 어울리며 영원하고 순수한 세계, 가보지 못했던 따뜻한 고향, 다시는 돌아갈 수 없는 어머니의 자궁 같은 영원한 공백을 무한하게 그려내고 있습니다.

윤동주는 대학생이 된 이후 현실의 비극을 맛보고 더이상 과거와 같은 동시를 쓰지 못합니다. 이제는 비판적 현실의식이 동시라는 형식에 들어가게 됩니다. 윤동주의 동시는 맑고 순수한 어린이의 마음을 넘어 영원히 다가갈 수 없는 근원을 추구합니다. 그렇지만 대학에 들어가면서 비극적인 역사를 목격하고, 민중의 피폐한 삶을 보면서 그의 동시는 급격히 변합니다. 동시의 형태를 갖고는 있지만 동시라고 할 수 없는 「슬픈 족속」처럼 말입니다. 다음 장에서 윤동주가 어떻게 역사적인 비극을 인식해가는지 조금씩 접근해보겠습니다.

윤동주는 왜 동시 시인인가

이제 우리는 윤동주의 시적 탄생, 그 원점이 동시에 있음을 확인했습니다. 윤동주가 왜 동시 시인인지 다시 한번 정리하면 다음과 같습니다.

첫째, 윤동주는 동시를 발표할 때 '동쪽의 배', 즉 동주(東舟) 혹은 '배를 탄 아이(童舟)'라는 필명을 썼습니다.

둘째, 무엇보다도 30퍼센트에 달하는 그의 시가 동시라고 해도 과언이 아니라는 사실입니다. 물론 동시의 형태를 갖추었지만, 내용으로 볼 때 동시라고 하기 어려워서 논자에 따라 이견이 있는 시들도 있습니다. 도표로 정리하면 연희전문 일학년 때까지 확실한 동시는 33편이 있다고 할 수 있겠습니다.

창작 연도	작품명	작품 편수
1935년(18세)	「조개껍질」	1편
1936년(19세)	「고향집」「병아리」「오줌싸개 지도」「기왓장 내외」「빗자루」「햇비」「비행기」「굴뚝」「편지」「무얼 먹고 사나」「봄 1」「참새」「개」「버선본」「눈 1」「사과」「눈 2」「닭」「겨울」「호주머니」「창구멍」	21편
1937년(20세)	「거짓부리」「둘 다」「반딧불」「할아버지」「만돌이」「나무」	6편
1938년(21세)	「햇빛·바람」「해바라기 얼굴」「산울림」「애기의 새벽」「귀뚜라미와 나와」	5편

동시의 창작 연도별 구분

아울러 그의 남동생 두 명도 동시 시인이었다는 사실은 참고할 만합니다. 윤동주는 사남매 중 장남이었죠. 밑으로 여섯 살 차이인 여동생 혜원, 열 살 차이인 남동생 일주, 열여섯 살 차이인 남동생 광주가 있었어요. 그런데 동주를 포함한 세 명의 남자 형제가 모두 시인이었어요.

건축학을 전공한 윤일주는 1955년 「설조」「전야」를 『문학예술』에 발표하며 시인으로 등단했고, 동시집 『민들레 피리』(정음사, 1987)를 냈습니다. 윤일주의 시를 보면 "따가운 지붕엔/잎사귀를 덮고서/박 하나 쿠울 쿨/잠을 자고"(「낮잠」)라는 표현이 나와요. 윤동주가 쓴 동시 「봄 1」에 나오는 구절과 비슷한 표현이죠. 성균관대 건축학과 교수를 지낸 윤일주는 1985년 타계했습니다. 막내 윤광주는 스물아홉 살의 젊은 나이에 결핵으로 죽었으나 만주문학을 연구할 때 중요한 시인으로 거론되는 개성 있는 시인이었어요.

윤동주 문학 연구자인 오무라 마스오 교수는 윤광주에 대해 "서정시인으로서 본질적으로 동주와 일주와 같은 동시의 세계를 갖고 있었으나 사회주의 중국의 사회구조 속에서는 충분히 개성을 발휘하지 못했던 것 같다"(오무라 마스오, 『윤동주와 한국문학』, 소명출판, 2001, 119쪽)고 기록했어요.

윤동주가 그리워했던 '완고하던 형'

1935년 9월 은진중학교 사학년 일학기를 마친 윤동주는 평양의 숭실중학교에 입학합니다. 미션스쿨인 숭실학교는 일본의 신사참배 강요를 용케 버텨나가고 있었습니다. 하지만 바람벽이 되어주었던 서양 선교사들이 평양을 떠나게 되었습니다. 1936년 1월 20일 총독부에 의해 교장직에서 강제 해임된 교장 윤산온(George McCune)은 어쩔 수 없이 한국을 떠날 수밖에 없었습니다. 그러자 그를 사랑했던 학생들은 동맹 퇴학을 감행합니다. 퇴학자 명단에는 윤동주를 비롯해 그와 용정에서 함께 온 문익환 등도 들어 있었습니다. 1936년 3월 일제의 신사참배 강요에 대한 항의 표시로 열아홉의 윤동주는 결국 육 개월 만에 숭실중학교를 자퇴합니다.

바로 한 달 뒤인 1936년 4월 중국 산둥 성의 지난(濟南)에서 지난 주재 일본 영사관 경찰부에 체포된 송몽규는 일본 경찰의 블랙리스트에 이름이 기록되고요. 이 기록은 그가 삶을 마칠 때까지 빈틈없이 이어집니다. 그때부터 그는 요시찰인물이 되어 평생 감시를 받습니다.

숭실중학교를 겨우 육 개월만 다녔던 윤동주는 문익환과 함께 용정으로 돌아옵니다. 돌아온 윤동주는 광명학원 중학부 사학년에, 문익환은 오학년에 편입합니다. 이때 쓴 「이런 날」(1936. 6. 10)을 보면, 형 송몽규를 그리워하는 윤동주의 마음이 그대로 드러납니다. 이제 읽기 불편한 시를 읽을 겁니다. 조금 어렵다면 시 읽기를 건너뛰고 해설부터 읽어도 됩니다.

> 사이좋은正門의 두돌긔둥끝에서
> 五色旗와, 太陽旗가 춤을추는날,
> 금(線)을 끊은地域의 아이들이즐거워하다.
>
> 아이들에게 하로의乾燥한學課로,
> 해ㅅ말간 倦怠가기뜰고,
> 「矛盾」두자를 理解치몯하도록
> 머리가 單純하엿구나.
>
> 이런날에는
> 잃어버린 頑固하던兄을
> 부르고싶다.
>
> ─윤동주, 「이런 날」(『윤동주 자필 시고전집』, 31쪽) 전문

정문에 사이좋게 세워진 두 돌기둥 끝에 오색기와 태양기가 휘날리고

있었습니다. 오색기(五色旗)는 1932년 만주국이 일본인, 조선인, 한족(漢族), 만주족, 몽골족 등 오족이 협화하여 건국되었다는 것을 의미하는 깃발입니다. 위에서부터 붉은색은 일본인, 파란색은 한족(조선인이라고 하는 이도 있음), 백색은 몽골족(조선이라고도 함), 흑색은 티베트족, 그리고 배경이 되는 황색은 만주족을 뜻한다죠. 태양기는 히노마루(日の丸)라고 하는 일본 국기입니다.

태극기 없이 오색기와 태양기라는 남의 나라 국기가 휘날리는 운동장에서 뛰어놀아야 하는 상황이 윤동주의 가슴을 먹먹하게 했겠지요. 깃발과 상관없이 뛰어노는 아이들을 보며 윤동주는 「矛盾(모순)」두자를 理解(이해)치몯하도록/머리가 單純(단순)하엿구나"라고 탄식합니다.

용정에서 돌아와 입학한 광명중학교는 조선인 학생들을 일본 천황의 신민으로 황민화하려는 목표를 가진 학교로 변해 있었습니다. 당시 흉년의 여파로 경영난에 허덕이다가 일본인에게 매각되어 친일계 학교로 변했던 겁니다. 신사참배를 거부하고 자퇴한 윤동주와 문익환은 조선인의 황국화(皇國化)를 위해서 세워진 중학부에서 공부할 수밖에 없는 신세에 "솥에서 뛰어내려 숯불에 내려앉은 격이구나" 하고 개탄을 금치 못했습니다. 자기의 정체성을 지킬 수 없고, 자기 정체성이 아닌 깃발 아래 뛰어놀아야 하는 상황이 윤동주에게는 '모순(矛盾)'이었습니다.

한편 중국으로 가 독립운동에 투신했던 송몽규는 1935년 11월 난징을 떠나 산둥 성 지난 소재의 이웅 산하에서 독립운동에 가담합니다. 일 년간 교육을 받다가 1936년 4월 10일 지난 주재 일본 영사관 경찰부에 체포된 뒤 본적지인 함북 웅기경찰서로 이송되어 갖은 고문을 당합니다.

1977년『문학사상』12월호에 송몽규와 윤동주에 대한 일본 특고경찰(特高警察)의 취조 문서가 번역 소개되었습니다. 취조 문서에는 1936년

중국에서 독립운동에 종사했던 한인 독립운동가들의 활동이 '1936년의
재지(在支, 재중국) 불령조선인의 불온 책동 상황'이란 표제 아래 정리되
어 있습니다. 이 문서에 당시 중국에 있었던 한인 군관학교들에 관한 자
료들이 상세히 기재되어 있고 '조선인 군관학교 사건 관계자 검거 일람
표'에는 1936년에 검거한 각 한인 군관학교 학생들 서른여덟 명의 명단
이 실려 있습니다. 이 검거 일람표 속에 '송몽규'의 이름이 있습니다.(김
혁, 같은 글) 「이런 날」의 마지막 연은 이렇게 마무리됩니다.

"이런날에는/잃어버린 頑固(완고)하던兄(형)을/부르고싶다."

완고하던 형, 바로 송몽규겠죠. 이 시를 썼던 1936년 6월에 송몽규는 함경북도의 어느 감옥에 갇혀 있었습니다. 같은 해 8월에 석방되지만 '요시찰인'으로 평생 감시받게 됩니다.

1936년 윤동주가 다녔던 친일계 광명중학교 정문 양쪽 돌기둥에는 만주국 오색기와 태양이 그려진 일본의 히노마루가 걸려 있었습니다. 어처구니없는 상황에서 운동회를 해야 하는 처지에 놓인 윤동주는 하소연하듯 '완고하던 형' 송몽규를 찾고 있는 겁니다.

윤동주는 아이의 마음으로 동시를 계속 쓰기 어려웠습니다. 시간이 흐르면서 맑디맑았던 그의 유년 정신에 갈등과 부끄러움이 스며들기 시작합니다. 삶의 진실을 추구하는 반성적인 자아로 인해 그의 시는 점차 독특한 내면세계로 확장되어갑니다. 그리고 일상생활에서는 조금씩 비극적인 세계를 체험합니다.

가자, 가자, 가자

이제 윤동주의 청소년 시절은 끝나갑니다. 윤동주의 동시를 대표할 수 있는 시 한 편을 예로 들고 이 시절을 마무리하려 합니다.

> 가자, 가자, 가자,
> 숲으로 가자.
> 달조각을 주으러
> 숲으로 가자.
>
> 그믐밤 반딧불은
> 부서진 달조각

가자, 가자, 가자,

숲으로 가자.

달조각을 주으러

숲으로 가자.

—윤동주, 「반딧불」(1937년 초 추
정) 전문

제일 왼쪽의 윤동주가 광명중학교, 제일 오른
쪽의 송몽규가 대성중학교에 다니던 시절로 추
정된다.

몇 글자 되지도 않는데, 이미지가
명확히 들어오는 동시입니다. 3연
10행으로 짧고 간단해 보이지만 많
은 생각을 담고 있습니다. 1연과 3연에서 "가자, 가자, 가자" "달조각을 주
으러"가 각기 두 번, "숲으로 가자"가 네 번 반복되어 독특한 뉘앙스를 형
성하고 있습니다. 같은 구절이 되풀이되어 낭송만 해도 노래를 듣는 것
같은 같은 효과를 띠고 있습니다.

반딧불을 달조각이 떨어져 빛나는 것으로 표현한 상상력이 재미있습니
다. '달조각=반딧불'은 얼마나 이쁜 조합인지요. 그러나 무엇보다 중요한
것은 "그믐밤 반딧불"이라는 표현입니다. 그믐밤에 뜨는 그믐달은 보름달
이 아닙니다. 그믐달은 반달을 지난 눈썹 모양의 초승달입니다. 커다랗고
둥그런 보름달과 달리 자신의 많은 부분을 조각으로 떼어내 나누어준 달입
니다. 꽉 차 있는 보름달이 아닌 그믐달은 자기 몸을 나누어 이 세상에 아
름다운 반딧불을 만들고 싶다는 상상력이겠죠. 커다랗지 않은 그믐달이 자
기 몸을 부수어 그 조각으로 반딧불을 만든다는 상상력, 얼마나 넉넉한지
요. 이 시에는 암울한 식민지 시대에 그믐달처럼 자신의 몸을 나누어 어둠

을 밝히는 반딧불을 만들어내야 한다는 환한 이야기가 담겨 있어요. 또 음악성도 있고, 명랑성도 있으며, 긍지에 차 있는 단독성도 넘쳐납니다. 달의 조각이 떨어져 그 빛으로 새롭게 하는 것은 반딧불만이 아닐 겁니다.

"가자, 가자, 가자"는 청유형의 문장은 혼자서 가지 않겠다는 다짐을 나타내기도 합니다. 이 구절은 단순한 가사로 들리지 않고 어떤 구호로 들리기도 합니다. 이제 윤동주는 형 송몽규와 함께 더 넓은 세상으로 가려고 합니다.

2013년 2월 윤동주 유품 특별전이 연세대학교 삼성학술정보관에서 있었습니다. 많은 유품이 있었으나 제 눈에 든 것은 한 장의 사진이었습니다. 윤동주의 중학교 시절을 담은 사진입니다. 까까머리를 한 윤동주가 용정 벌판에서 친구들과 찍은 것입니다. 가장 오른쪽에 앉은 이는 카메라 렌즈를 보지 않고 혼자 먼 곳을 보고 있습니다. 남들의 시선을 의식하지 않는 어딘가 독창적인 자세가 엿보이는 사내, 바로 송몽규입니다. 송몽규는 그런 인물이었습니다. 지금 현재를 넘어 먼 내일을 생각하던 인물이었습니다.

1937년 4월 송몽규는 용정 대성중학에 입학하여 그동안 중단했던 학업을 계속합니다. 송몽규는 문학을 버리지 않았습니다. 그의 졸업 일기에는 영어로 "일체는 문학을 위하여"라는 글이 기록되어 있습니다.

1938년 2월 대성중학을 졸업한 송몽규는 아버지의 승낙을 받고 당시 광명중학을 졸업한 윤동주와 함께 경성 연희전문학교 문과에 '38학번'으로 입학합니다. 가자, 가자, 가자.

나의 길은 언제나

연희전문 일~삼학년

연희전문 숲에 서 있는 윤동주(왼쪽 두번째)

고개 넘어 마을로

연희전문에 입학하고 쓴 첫 시 「새로운 길」과 사학년 때 쓴 「길」

"윤동주 시인이 몇 연도에 대학에 입학했는지 아세요?"

윤동주에 대해 강의하다가 이런 질문을 하곤 합니다. 시인이 태어난 해도 외우기 쉽지 않은데 대학 입학 연도를 아는 것은 쉬운 일이 아니겠지요. 그런데 평생 잊지 못할 쉬운 암기법이 있습니다. 휴전선 위에 무슨 선이 있지요? 삼팔선입니다. 네, 윤동주는 38학번입니다. 1938년 4월 8일에 윤동주는 연희전문학교에 입학합니다.

연희전문 입학과 새로운 길

신사참배를 반대하여 숭실중학을 자퇴한 뒤, 친일 학교인 광명학원을 다녔던 때는 윤동주에게 "냉(冷)침을 억지로 삼키"(「한란계」)는 괴로운 시절이었습니다. 그러나 바라던 연희전문에 입학한 윤동주는 새로운 길에 대한 약간의 기대를 가질 수 있었습니다.

신촌 연희전문학교의 영국식 회갈색 건물에서 공부할 수 있었고, 언더

우드 동상 앞 돌계단에 앉아 친구들과 사진도 찍었습니다. 당시 윤동주와 함께 학교를 다녔던 유영 시인(전 연세대 영문과 교수)은 이렇게 연희 전문학교를 표현했습니다.

민족운동의 본산인 연희 동산을 찾아오는 이들은 다 제각기 뜻이 있어 온 젊은이들이었다고 할 수 있다. 학생들이 그러한 자세와 정신에서 찾아왔고, 또 교수 역시 우리 겨레의 학문과 정신을 지도하는 가장 유명한 인사들이었다는 것은 더 말할 나위도 없다. 더욱이 언더우드 일가의 개교정신이며 또 선교자측의 정신적인 뒷받침과 국제적인 관심도 이 학원의 발전과 학문 연구에 크나큰 밑받침이 되었음은 물론이다.

(……)

그러니까 동주는 그야말로 꿈에 그리던 학원으로 청운(靑雲)의 뜻을 품고 온 것이다. 혼자 온 것이 아니라 고종사촌인가 하는 송몽규(宋夢奎)와 더불어 왔다. 혈연관계가 있기도 하겠지만 얼굴도 비슷하고 키도 비슷해서 마치 쌍둥이 같았다. 같은 학원에서 왔으니까 자연 학창 생활도 같은 길을 걸었다. 처음에는 지금 시비(詩碑)가 세워진 뒤 기숙사에서 같이 살았다. 그런데 성격은 완전 반대라 할 수 있다.(유영, 「연희전문 시절의 윤동주」, 『나라사랑』 23집, 1976년 여름호, 123쪽)

윤동주가 연희전문을 선택했던 동기를 당시 분위기를 통해 증언하는 글입니다. 윤동주가 연희전문을 좋아했던 것은 백양나무 오솔길 이전에 실력 있는 선생님들이었습니다. 인용문에서 "교수 역시 우리 겨레의 학문과 정신을 지도하는 가장 유명한 인사들"이라고 했는데, 윤동주의 아우 윤일주는 윤동주가 방학 때 고향에 돌아오면 최현배 선생과 이양하 선생

얘기를 많이 했다고 합니다. 특히 윤동주의 서가에서 "가장 무게 있는 책으로서 좋은 자리에 꽂혀 있는 책은 최현배 선생의 『우리말본』이었다. 그책이 언제부터 그 서가에 꽂혀 있었는지 확실치 않으나 동주 형의 연전입학 이전부터인 것 같다"고 증언하고 있습니다. 윤동주는 외솔 최현배선생의 수업을 한 학기 들었습니다.

당시는 학교마다 학제가 달랐습니다. 다만 일반적인 일본식 학제였다면 4월 1일에 일학기가 시작되고, 10월 1일에 이학기가 시작되었습니다. 지금도 4월 1일이면 도쿄와 일본 전역은 흰 와이셔츠와 흰 블라우스를입은 신입사원과 신입생들이 거리를 활보합니다. 윤동주도 4월 초부터연희전문을 다니기 시작합니다. 이전에는 주로 동시를 발표하던 윤동주의 세계관은 1938년을 기점으로 새로운 모습을 보여줍니다.

입학식은 1938년 4월 8일에 있었는데,「새로운 길」은 입학하고 '한 달후'인 5월 10일에 쓴 작품입니다. '한 달 후'라고 따옴표를 하여 강조한 이유는 그가 연희전문 혹은 경성이라는 공간을 어떻게 느끼고 있었는가 볼수 있는 시기에 쓰인 중요한 소품이기 때문입니다. 인용문에 써 있듯 "그야말로 꿈에 그리던 학원으로 청운(靑雲)의 뜻을 품고 온" 윤동주의 마음을 그대로 표현한 첫 시는「새로운 길」입니다.

내를 건너서 숲으로
고개를 넘어서 마을로

어제도 가고 오늘도 갈
나의 길 새로운 길

민들레가 피고 까치가 날고

아가씨가 지나고 바람이 일고

나의 길은 언제나 새로운 길

오늘도…… 내일도……

내를 건너서 숲으로

고개를 넘어서 마을로

              —윤동주, 「새로운 길」(1938. 5. 10) 전문

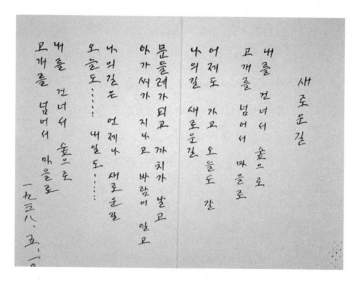

이 시는 '새로운 삶'에 대한 자기 탐색의 의미로 읽을 수 있습니다. 삶
에 대한 탐색을 순한글로 썼다는 것도 의미가 있습니다. 앞으로 수업을
들을 최현배 선생에 대한 기대와 영향을 볼 수 있는 작품입니다.

윤동주가 자랐던 명동마을 근방은 "내를 건너서 숲으로/고개를 넘어서 마을로” 가는 길이 많았겠죠. 그런데 당시 연희전문의 지도를 보면 신촌 거리에서 본관까지는 그야말로 시골길이었습니다. 백양나무 오솔길도 있었지만 지금도 연세대 뒷문 쪽으로 청송대 숲길을 거쳐 주택가로 가는 길이 남아 있습니다. 「새로운 길」은 연세대 안의 청송대 숲길을 상상하게 합니다. 명동마을 숲길을 걸었던 소년 윤동주는 이제 연희전문학교의 숲길을 걸어 마을로 가는 ‘새로운 길’을 걷게 됩니다. 새로운 숲길을 걸으면서 위 시구를 읊조리며 희망을 꿈꾸었겠죠.

윤동주에게 ‘길’이란 무엇일까요. 대부분 자아성찰을 거쳐 자기완성을 지향하는 특징을 보여주는 윤동주의 시에서 자아성찰의 공간으로 거울, 고향, 방, 별, 우물, 길 등의 이미지가 등장합니다. 탐색과 출발과 도착의 과정을 지닌 ‘길’의 공간성은 윤동주에게 어떤 의미로 나타날까요. 윤동주의 초기 시에서 ‘길’은 중요한 상징으로 여러 번 등장해요.

"길을 묻고 지남이 이상(異常)한 일이다." —「곡간」
"길이랑 밭이랑/추워한다고" —동시「눈」
"골짜기 길에/떨어진 그림자는/너무나 슬프구나" —「산협의 오후」

인용한 부분들은 전체적인 문맥에 따라 다양한 의미를 갖고 있지요. 그렇지만 해당 시에서 ‘길’은 부수적인 상징입니다. ‘길’이 주요한 상징으로 부각된 첫 시는 「새로운 길」입니다.

소박한 시어로 쓴 이 시는 명징한 이미지와 동시적 순수성을 갖고 있습니다. 윤동주가 1938년까지 34편 정도의 동시를 발표했던 것을 생각해볼 때, 이 시는 동시에서 성인으로서의 현대시로 향하는 윤동주의 과도기적인 모습을 보여주고 있지요. 그래서 동시라 하기보다는 ‘소년시’(마광

수, 『윤동주 연구』, 정음사, 1984, 49쪽)로 호명되기도 했습니다.

시냇물과 고개, 아케이드 공간

그런데 이 시에서 조금 특이한 점은 없는지요. 흔히 숲과 마을이라 하면 '숲(자연)/마을(세속)'이라는 이항대립으로 봅니다. 그런데 윤동주는 이것을 대립항(숲/마을)이 아니라 서로 통하는 상관관계(숲＝마을)로 보고 있어요. 내를 건너고 고개를 넘어서 숲에서 마을로 갈 수 있는 것이죠. 경계가 있으나 오히려 그 경계는 풍부한 즐거움을 내포할 수 있다는 생각입니다.

숲과 마을을 잇는 내와 고개는 장애라기보다 의미 있는 '사이'의 공간입니다. 자칫 장애로 볼 수 있는 시냇물과 고개는 윤동주의 시에서 '새로운 길'로 질적인 변화를 일으킵니다. 마치 발터 벤야민이 건물과 건물 '사이'의 아케이드(arcade) 공간에 풍부함이 있다고 말한 것처럼요.

아케이드란 늘어선 기둥 위에 아치를 연속적으로 만든 공간, 그러니까 아치형의 지붕이 있는 통로로, 양쪽에 상점이 있는 남대문시장 같은 공간을 뜻하지요. 파리 시내에 아케이드가 등장하기 전까지 길은 그저 통행로에 불과했지요. 그런데 길에 지붕을 씌우면서 장사도 할 수도 있고, 커피도 마실 수 있는 의미 있는 공간으로 바뀐 겁니다. 이러한 아케이드 공간을 발터 벤야민은 '문지방 시공간'이라 하기도 했어요.

문지방(門地枋)이란 출입문 밑의 두 문설주 사이에 조금 높게 가로로 댄 나무를 말하죠. '문지방'은 안과 밖이 아니면서도 문지방이 없으면 안과 밖을 구별할 수 없지요. 발터 벤야민은 '문지방 공간'을 예로 들면서 우리에게 중요하게 기억되지 않는 공간이나 시간이 오히려 중요한 역할을 할 때가 많다고 썼습니다.

가령 "크리스마스 때 선물을 받을 때면, 선물 자체가 아니라 내 손이 양말 속으로 들어갈 때, 그 짧은 순간이 나에게 한없이 황홀했다. 선물 자체에는 기쁨이 없었다"(발터 벤야민, 『1900년경 베를린의 유년시절』, 도서출판 길, 2010, 118~119쪽)고 했지요. 또 "선물 줄 때 되도록 미루면 그녀가 더 아름다워진다"고 썼습니다.

선물을 주는 시간보다 선물을 주기 위해 선물을 고르며 생각하는 애타는 순간들, 그렇게 기다리는 시간, 잃어버린 시간이 더욱 아름다울 수 있다는 말입니다.

벤야민의 유년 시절의 이미지 세계는 그의 '문지방 영역'의 토대를 이룹니다. 영역은 특별한 공간을 의미하고, 모든 공간은 경계를 전제로 합니다. 이쪽도 저쪽도 아니지만, 이쪽이기도 하고 저쪽이기도 한 문지방을 한 영역으로 부각시킵니다. 이것은 파사주(passage, 통로)와 동일한 개념입니다. '아케이드'라고도 하는 파사주는 19세기에 태어나 20세기에 폐허가 된 건축양식입니다만, 벤야민은 파사주를 근대 소비사회의 소외가 발생하는 최초의 장소이자 사회 변화의 잠재력을 지닌 곳이라고 봅니다.

윤동주에게는 숲과 마을로 이르는 시냇물과 고개야말로 '새로운 길'로서 오늘도 내일도 새로운 즐거움을 주는 '사이'의 길이며, '문지방 공간'이었던 겁니다. 시냇물과 고개가 장애물이 아니라 시냇물을 건너고, 고개를 넘으며 흥얼거리며 노래를 불렀을 겁니다. 그 즐거운 마음 때문에 이 시를 낭송하거나 노래할 때 동시의 리듬이 살아납니다.

새로운 길과 슬픈 동시

따라서 이 시에서 가장 핵심적인 부분은 두 번 반복되는 구절이겠죠. 2연의 "나의 길 새로운 길", 그리고 4연 첫 행 "나의 길은 언제나 새로운 길"이라는 대목입니다. 경성에서 연희전문 학생이라는 새로운 삶을 의욕 넘치게 받아들이는 모습입니다. "오늘도…… 내일도……" 반복해서 다가오는 상황을 윤동주는 '새로운 길', 곧 들뢰즈식으로 말하면 늘 생산적인 차이가 발생하는 '새로운 반복' 혹은 '풍성한 반복'으로 받아들이고 있는 겁니다. 이런 태도라면 아무리 지겨운 오늘과 내일이라 할지라도 긍정성을 가질 수밖에 없습니다. 따라서 이 '길'은 '새로움의 반복'이라는 정신적인 의미를 갖고 있지요. 그러나 '차이'를 생산해내는 반복이기에 결국 같은 길이 '새로운' 길이 될 수밖에 없습니다.

그런데 새로운 길에 대한 새로운 의욕은 오래가지 않았지요. 조선의 비극을 직접 목도하기 시작하는 겁니다.

「새로운 길」과 비슷한 시기에 쓰인 「사랑의 전당」에는 "내게는 준험(峻險)한 산맥(山脈)"이 가로놓여 있다고 쓰고 있어요. 그가 감당하기 어려운 외부 현실을 느끼기 시작하는 겁니다. 그리고 역시 1938년에 쓴 「누나의 얼굴」 「슬픈 족속」에서 빈궁한 여성의 삶이 등장합니다.

흰 수건이 검은 머리를 두르고
흰 고무신이 거친 발에 걸리우다.

흰 저고리 치마가 슬픈 몸집을 가리고

흰 띠가 가는 허리를 질끈 동이다.

—윤동주, 「슬픈 족속」 전문

다음 장에서 자세히 쓰겠지만, 1938년 9월에 쓴 「슬픈 족속」이라는 시에는 윤동주의 새로운 인식이 짙게 배어 있어요. 그것은 희망찬 풍경이 아니라 슬픈 풍경이었어요. 경성 생활은 윤동주의 '새로운 의욕'에 균열을 만듭니다. 그 앞에 '거지'라는 타인을 만나는 '고갯길(現實)'이 등장하는 겁니다.

나는 고갯길을 넘고 있었다…… 그때 세 소년(少年) 거지가 나를 지나쳤다.

첫째 아이는 잔등에 바구니를 둘러메고, 바구니 속에는 사이다 병, 간즈메 통, 쇳조각, 헌 양말짝 등(等) 페물(廢物)이 가득하였다.

둘째 아이도 그러하였다.

셋째 아이도 그러하였다.

텁수룩한 머리털 시커먼 얼굴에 눈물 고인 충혈(充血)된 눈 색(色) 잃어 푸르스름한 입술, 너덜너덜한 남루(襤褸) 찢겨진 맨발,

아—얼마나 무서운 가난이 이 어린 소년(少年)들을 삼키었느냐!

—윤동주, 「투르게네프의 언덕」(1939. 9) 중에서

유복한 집안에서 태어난 윤동주가 고갯길에서 거지들과 마주칩니다. 시적 화자는 거지들의 비참한 모습을 슬퍼하며 그들을 도와주고 싶다는 마음을 가졌지만, 망설이다가 돈을 건네지는 못합니다. 이 시를 쓴 1939년 9월 이후 윤동주는 긴 침묵에 들어갑니다. 거지 앞에서 아무것도 할

수 없었던 무능력한 식민지 지식인에 불과했기 때문일까요. 그의 침묵은 1940년 12월까지 계속됩니다. 일 년 이삼 개월간 키르케고르 등을 접하며 한 편의 글도 남기지 않는 침묵기에 들어선 겁니다.

적극적으로 행동에 나설 수 없었던 윤동주에게 작은 태도 변화가 일어난 것을 우리는 연희전문학교 사학년이던 1941년 9월 31일(실제로 9월은 30일까지 있으나 윤동주의 착오로 보인다) 「길」에서 만날 수 있습니다. 이미 여러 연구에서 밝혀져 있듯이 1941년 봄 이후 윤동주는 자신이 나아가야 할 길을 「십자가」 「서시」 등을 통해 확연히 보여줍니다. 바로 이 시기에 쓴 「길」은 진정한 삶을 추구하는 결연한 자세를 보여줍니다. 앞서 대학에 입학하자마자 쓴 「새로운 길」과 사학년이 되어 쓰는 「길」은 전혀 다릅니다. 그 첫 구절은 "잃어버렸습니다"입니다.

잃어버렸습니다
무얼 어디다 잃었는지 몰라
두 손이 주머니를 더듬어
길에 나아갑니다.

돌과 돌과 돌이 끝없이 연달아
길은 돌담을 끼고 갑니다.

담은 쇠문을 굳게 닫아
길 위에 긴 그림자를 드리우고

길은 아침에서 저녁으로

저녁에서 아침으로 통했습니다.

돌담을 더듬어 눈물짓다
쳐다보면 하늘은 부끄럽게 푸릅니다.

풀 한 포기 없는 이 길을 걷는 것은
담 저쪽에 내가 남아 있는 까닭이고,

내가 사는 것은, 다만,
잃은 것을 찾는 까닭입니다.

—윤동주, 「길」 전문

처음부터 느닷없이 "잃어버렸습니다"라고 써 있습니다. 이제 고향이든 어떤 고정관념이든 상실한 상황입니다. 화자는 무엇인가를 잃어버렸지만, 그것이 무엇인지, 또한 어디에서 잃어버렸는지 몰라 두 손으로 주머니를 더듬으며 길을 나서고 있습니다. 여기서 주머니를 더듬는 행위는 길을 나서는 행위와 대비되는 것으로 결국 두 손은 두 발로, 주머니는 길이라는 확장된 공간으로 점차 나아가고 있음을 알 수 있습니다. 주머니는 길에 비해 작고 내밀한 공간으로 화자의 내면과 상통하지요. 그러므로 두 손으로 주머니를 더듬는 화자의 행위는 곧 잃어버린 대상이 자신의 내면에 존재해 있던 것이었음을 암시합니다.

2연에서 시인은 '돌'에 둘러싸여 있습니다. "돌과 돌과 돌이 끝없이 연달아/길은 돌담을 끼고 갑니다"라는 말에서 보듯이 화자는 결코 돌담 안쪽을 들여다볼 수 없습니다. 앞서 「새로운 길」에서 엿보이는 '오늘과 내일' '새로운 길'이라는 상황과 전혀 다른 좌절과 제약의 나날입니다. 현실과 이상이 처절하게 구분된 장애를 시인은 그래도 "끼고" 갑니다.

3연에서는 "담은 쇠문을 굳게 닫아/길 위에 긴 그림자를 드리우고" 있다는 더욱 절망적인 상황이지요. '쇠문' '굳게 닫아' '그림자를 드리우고'라는 상황은 철저하게 엄혹한 상황이지요. 이 부분부터 이 시의 풍경을 "무력에 의지한 제국주의의 엄혹한 지배를 그려낸 풍경이라는 이해가 성립한다"고 해석하는 분들이 있는데, 부분적인 요인으로 동의할 수는 있으나 이러한 시각으로만 이 시를 해석하는 것은 시의 의미를 좁히는 결과가 아닐까 싶어요.

4연에서는 "길은 아침에서 저녁으로/저녁에서 아침으로 통했습니다"라며 시간과 함께 살아가는 숙명적인 태도가 그려져 있습니다. 그래서 이러한 태도를 5연에서 부끄러움으로 반성합니다. 이상적 자아를 회복할 수 없음을 깨달은 화자가 쳐다본 숭고한 하늘은 시인을 부끄럽게 합니다. 이렇게 윤동주의 시에는 각성의 과정에 꼭 부끄러움이라는 이미지가 수반됩니다. 그래서 6연에는 화자의 태도가 달라지지요.

6, 7연에는 "풀 한 포기 없는" 길을 걷는 화자의 모습이 등장해요.

풀 한 포기 없는 이 길을 걷는 것은
담 저쪽에 내가 남아 있는 까닭이고,

내가 사는 것은, 다만,
잃은 것을 찾는 까닭입니다.

"풀 한 포기 없는" 황량한 길을 가는 것은 저쪽에 존재해 있는, 아직도 남아 있는 가능성으로서 '나'라는 존재가 있기 때문입니다. 어둡고 절망적인 상황에서도 그의 목표의식은 확연하지요. "내가 사는 것은, 다만,/잃은 것을 찾는 까닭"이라는 다짐으로 시를 맺습니다. 그는 포기하지 않고, 굴하지 않고 끊임없이 자신의 모습을 찾는 길에 나서는 겁니다. 그리고 "나한테 주어진 길을/걸어가야겠다"(「서시」)는 다짐에 이르게 됩니다.

길의 공간학

윤동주의 「새로운 길」과 「길」은 자아성찰의 공간을 보여줍니다.

	「새로운 길」(1938. 5. 10)	「길」(1941. 9)
이미지 변화	"내를 건너서 숲으로 고개 넘어서 마을로"	"잃어버렸습니다" "내가 사는 것은, 다만, 잃은 것을 찾는 까닭입니다"
역사적 배경	연희전문에 입학하고 한 달 후 '새로운 삶'에 대한 다짐을 쓴 시	연희전문 사학년 때 여러 좌절을 겪은 뒤 쓴 상실과 다짐의 시
'길'의 의미	"나의 길 새로운 길" 새로운 반복	잃어버린 것을 찾는 길 적극적 의미

윤동주가 선택한 첫 길 「새로운 길」은 미지의 길이었고, 열정의 길이었습니다. 연희전문을 거쳐 현해탄을 건너 제국주의의 심장부까지 가던 '뿌리 뽑힌' 디아스포라의 길이었습니다. 사학년 때 만난 「길」은 인생이 쉽지만은 않다는 것을 깨달은 인식을 보여줍니다. 「새로운 길」에서는 시냇물을 건너고 고개를 넘으며 정겹지만, 「길」에서는 사방이 돌담으로 막혀 있고, 선택권이 없는 정해진 길만 걸어야 합니다. 어떻게 해서 윤동주는 이렇게 막힌 길에 들어서게 되었을까요.

슬픈 족속, 슬픈 동시 – 동시 ⑤

「해바라기 얼굴」 「슬픈 족속」 「아우의 인상화」

지금까지 윤동주가 쓴 다양한 동시를 읽어봤습니다. 첫째, 짧고 재미있고 신선한 동시(「눈」 「개」 등), 둘째, 민족정신 혹은 저항정신이 담긴 동시(「기왓장 내외」 「할아버지」 등), 셋째, 모성 회귀본능이 있는 동시(「고향집」 「오줌싸개 지도」 등)를 보았습니다. 이제 동시의 형식은 갖고 있으나 뭔가 비극적이고 슬픈 동시를 읽겠습니다. 시의 형태를 보세요. 모두 동시 같은데, 내용을 보면 비루한 삶을 직시하는 한 젊은이가 보입니다.

슬픈 동시들

윤동주의 작품 연보를 보면, 1939년 연희전문 이학년 때부터는 동시가 줄어듭니다. 중학교를 졸업하고 연희전문학교 문과에 입학하면서 동시보다 전문적이고 깊이 있는 시를 선택했을 거라고 연구자들은 추론합니다. 그렇지만 보다 더 결정적인 단서를 우리는 「해바라기 얼굴」의 원문에서 확인할 수 있습니다. 연희전문에 입학하여 작은 희망을 가졌던 윤동주

였지만 이내 그의 희망에는 균열이 가기 시작했습니다. 그 균열을 연희전
문 일학년 때 쓴 「해바라기 얼굴」에서 볼 수 있습니다.

> 누나의 얼굴은
>   해바라기 얼굴
> 해가 금방 뜨자
>   일터에 간다.
>
> 해바라기 얼굴은
>   누나의 얼굴
> 얼굴이 숙어 들어
>   집으로 온다.
>
> ──윤동주, 「해바라기 얼굴」(1938년 추정) 전문

이제까지 이 시는 일터에 나가는 '누이'에만 초점을 맞추어 해석되어 왔습니다. "누나의 얼굴은/해바라기 얼굴" "해바라기 얼굴은/누나의 얼굴"이라는 1, 2연의 첫 구절은 누나의 얼굴에 대한 궁금증을 자아냅니다. 그래서 누나의 얼굴을 '해바라기'에 은유한 시로 해설되어왔습니다. 아침이 되면 고개를 들어 해를 바라보고 저녁이 되어 해가 지면 고개를 숙이는 해바라기의 모습이 아침이 되면 일터에 나가고 저녁이면 집으로 돌아오는 누나와 겹쳐 보였던 것입니다.

그런데 그의 친필 원고지를 보면 4행에 "공장에 간다"라고 썼다가 '공장'이라는 글자를 지우고 '일터'로 고친 흔적이 보입니다. 1920년대 중반부터 여성은 '노동자'라는 이름으로 등장하기 시작했어요. 윤동주는 「해바라기 얼굴」에서 여성 노동자를 주인공으로 등장시킨 겁니다. '노동자' '공장' '프롤레타리아' 같은 단어들은 당시 파시즘 사회에서는 검열되어 책으로 나올 수가 없었어요. '공장'이라고 썼다가 '일터'로 고친 흔적은 공장이나 노동자라는 단어를 싫어했던 당시 파시즘 사회에 대한 윤동주 자신의 검열을 보여줍니다. 그렇다면 이제 "해바라기 얼굴"의 의미는 전혀 달라지네요. 공장에서 늦게 돌아오는 누나의 얼굴을 해바라기에 비유한 것은 비극적 아름다움을 드러냅니다. 시의 형태는 분명 동시지만, 이 시에는 이미 아이보다는 어른이 느끼는 자본주의에 대한 환멸이 숨어 있지요. 해바라기로 은유되는 누나의 모습은 피곤함과 연결되어 슬픔의 미학이 증폭됩니다.

'공장'이라는 단어 위에 두 줄을 그어 지우고 '일터'로 고쳐 쓴 부분이 바로 윤동주의 마음이며, 윤동주의 무의식에 빗금을 그은 겁니다. 자유롭게 표현할 수 없는 자기 검열에 대한 부담감이 그로 하여금 더이상 동시를 쓸 수 없게 했을 겁니다. 사소한 어휘 하나로 작품의 주제는 전혀 달라질 수 있습니다. '공장에 간다'와 '일터에 간다'는 전혀 다른 어감을 줍니다. '공장'이라고 했을 때는 도시적인 자본주의를 떠올릴 수 있지만, '일터'라고 하면 농촌의 논밭도 일터이기에 사회적 분위기가 전혀 다르게 상상되는 것이지요.

슬픈 족속

거의 같은 시기에 쓴 「슬픈 족속」을 읽어보면 윤동주의 아픔이 더욱 슬프게 다가옵니다. 흰색 이미지가 반복되어 강조된 「슬픈 족속」을 읽어보겠습니다.

흰 수건이 검은 머리를 두르고
흰 고무신이 거친 발에 걸리우다.

흰 저고리 치마가 슬픈 몸집을 가리고
흰 띠가 가는 허리를 질끈 동이다.

—윤동주, 「슬픈 족속」 전문

이 시는 왜 1, 2연으로 나뉘어 있을까요. 1연은 흰 수건을 머리에 두른 조선 남자, 2연은 흰 저고리 치마를 입은 조선 여자의 모습입니다. 조선의 일반적인 남자들은 머리에 흰 수건을 두르고 다녔습니다. 그래서 이 시를 낭송할 때 1연은  남자들이 읽고, 2연은 여자들이 읽으면 시가 생생하게 살아나는 느낌이

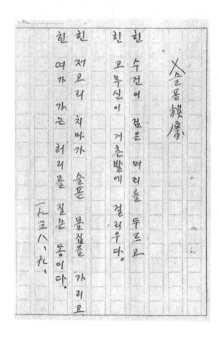

옵니다. 또 낭송할 때 모든 행의 첫 단어가 '흰'이니까 '흰'이라는 단어에 조금 힘을 주어 낭송해도 색다른 느낌이 듭니다. 그런데 윤동주는 왜 '흰'이라는 단어를 문장의 첫머리에 반복해서 사용했을까요. 흰 수건, 흰 고무신, 흰 저고리, 흰 띠는 한민족을 상징하는 '부분 대상(partial object)'입니다. 윤동주는 네 가지의 흰색 사물을 절취하여 한민족을 그려내고 있습니다. 시간의 흐름에서 절취된 특정 시간이나 사물은 우리의 무의식에서 잠재되어 있다가 반복 생성되죠. 윤동주는 의도했든 의도하지 않았든 자신의 무의식에 잠재되어 있는 흰색 사물들을 반복하여 써서 독자들에게도 주입시키고 있습니다.

그런데 시에 등장하는 조선의 사내와 여인에 대한 묘사가 단순히 상상해서 그려졌던 것일까요. 후에 연세대 교수가 되는 친구 박창해는 이렇게 기록했습니다. 윤동주는 "가난한 사람을 보면 그대로 지나치지를 못하였고, 손수레를 끌고 가는 여인을 보면 그 뒤를 밀어주었다"(박창해, 「윤동주를 생각함」, 『나라사랑』 23집, 1976년 여름호, 130쪽)고 합니다. 또한 "봄이 되면 개나리 진달래와 더불어 이야기를 나누고, 여름이 되면, 느티나무 아래에서 나뭇잎과 대화를 하였습니다. 가을이 되면 연희동 논밭에서 결실을 음미하면서 농부들과 사귀었습니다"(같은 글, 131쪽)라고 기록하고 있습니다. 윤동주는 손수레 끄는 여인들을 뒤에서 밀어주고, 농부들과 이 얘기 저 얘기 하며 곁에 있었습니다. 「슬픈 족속」은 윤동주가 직접 민초들을 만나 느꼈던 것을 시로 쓴 작품인 것이죠.

그런데 「슬픈 족속」에서도 정지용의 흔적이 보입니다. 아래 정지용의 시와 비교해보면 알 수 있습니다.

하늘 우에 사는 사람
머리에다 띄를 띄고,

이땅 우에 사는 사람
허리에다 띄를 띄고,

땅속나라 사는 사람
발목에다 띄를 띄네.

—정지용, 「띄」 전문

정지용의 「띄」와 윤동주의 「슬픈 족속」은 모두 배경이 '땅'입니다. 땅에 사는 사람들의 모습이 구체적으로 써 있습니다. 특히 「띄」 1연의 "머리에다 띄를 띄고"라는 구절은 「슬픈 족속」 1연의 "흰 수건이 검은 머리를 두르고"라는 당시 남자들에 대한 묘사와 동일합니다. 「띄」 2연의 "허리에다 띄를 띄고"라는 구절은 「슬픈 족속」 2연의 "흰 띄가 가는 허리를 질끈 동이다"라는 당시 여성들에 대한 묘사와 같습니다. 창작 시기를 비교하면 정지용의 「띄」는 1926년 6월 『학조』 1호에 발표되었고, 윤동주는 「슬픈 족속」을 1938년 9월에 썼습니다. 시간상으로 충분히 참조했을 가능성이 있지요.

그러나 정지용과는 달리 윤동주는 흰 수건, 흰 고무신, 흰 저고리, 흰 띠, 즉 백의민족의 소박한 측면을 부각시키고 있지요. 이 '흰'색은 '슬픈' 이라는 단어와 맞물려 설움을 자아냅니다. 이러한 특징이 정지용과 다른 윤동주다운 면모가 아닐까요.

윤동주가 이 시를 썼을 무렵 정지용의 집에 찾아갔다는 증언도 있습니다. 숭실중학교부터 연희전문 시절까지 정지용의 시를 읽어왔는데, 북아현동 하숙집에서 그리 멀지 않았던 거리에 정지용이 산다는 것을 알게 됩니다.

> 동주가 연전에 입학하여 기숙사에 있을 때, 일요일이면 내가 연전 기숙사에 놀러가기도 하고 동주가 우리 감신 기숙사로 놀러오기도 해서 자주 만났어요. 그런데 1939년에는 동주가 기숙사를 나와서 북아현동에서 하숙을 했었어요. 그래서 그리로도 놀러갔었지요. 그때의 일인데, 역시 북아현동에 살고 있던 시인 정지용씨 댁에 동주가 가는데 같이 동행해서 갔던 일도 있습니다. 정지용 시인과 시에 관한 이야기를 주고받은 것으로 기억합니다.(송우혜, 같은 책, 243쪽)

라사행 목사의 증언은 대단히 중요합니다. 위의 증언을 보면 윤동주가 이미 그 집을 알고 있어 라목사가 따라간 것으로 보입니다. 이미 윤동주는 정지용 선생의 집에 몇 번 갔었을지 모릅니다. 당시 정지용의 집에는 "아버지의 친구들, 학생들, 문학 지망생들, 그런 손님들이 끊일 새 없었다"고 정지용의 아들인 정구관씨(1928년생)가 증언하고 있습니다.(같은 책, 244쪽) 다만 나중에 윤동주의 유고시집 『하늘과 바람과 별과 시』 서문에 윤동주를 전혀 모르는 듯 쓴 것은 많은 사람들이 찾아왔기에 기억하지 못했을 수도 있어요.

흰색

다시 '흰색'에 대해 생각해봅시다. 윤동주의 경우 '흰'색은 두 가지로 상징됩니다. 첫째, 선한 마음을 상징합니다. "눈이/새하얗게 와서,/눈이/새물새물하오"(「눈」)처럼 가치판단 없이 아마득히 빈 공간을 상징하는 경우도 있지만, 검은색과 대조된 것으로도 볼 수 있습니다.

> 다들 죽어가는 사람들에게
> 검은 옷을 입히시오.
>
> 다들 살아가는 사람들에게
> 흰옷을 입히시오.
>
> ─윤동주, 「새벽이 올 때까지」(1941. 5) 중에서

1연에서 죽어가는 사람에게는 '검은 옷'을 입히고, 2연에서 살아가는 사람에게는 '흰옷'을 입히라고 합니다. '검은 옷=죽음/흰옷=생명'이라는 이항대립이 성립되어 있습니다. 장례식에는 검은 옷을 입고, 결혼식에는 흰 드레스를 입듯이 검은색과 흰색에 대한 이미지는 보편적입니다. 특히 기독교에서 부활절의 시작을 알리는 '하얀' 달걀은 부활의 상징입니다. 성령은 '하얀' 비둘기의 형상으로 나타나며 그리스도는 흰 양입니다. 청결과 순수는 압도적으로 흰색을 연상시킵니다. 성경에서 인간의 죄를 씻기 위해 희생제물로 가장 많이 쓰이는 동물이 '흰' 양입니다. 성경에서

검은 양은 악한 사람, 흰 양은 선한 사람을 비유할 때 쓰는 것을 생각해볼 수도 있겠습니다. 그런데 윤동주의 시가 탁월한 점은 바로 이러한 이항대립을 "그리고 한 침대(寢臺)에/가지런히 잠을 재우시오//다들 울거들랑/젖을 먹이시오"라고 적대관계를 없애버리는 점에 있습니다.

둘째, 우리 민족을 상징합니다. 그런데 '흰'옷을 입은 우리 민족의 시로 쓸 때 시의 등장인물은 여성이 될 때가 많습니다. 윤동주 자신이 섬세한 품성을 갖고 있기에 여성적 이미지가 익숙했는지 모르나 흰색이 나오는 「해바라기」「슬픈 족속」의 등장인물은 모두 여성입니다. 나아가 「병원」에서도 여성 환자가 등상합니다.

> 살구나무 그늘로 얼굴을 가리고, 병원(病院) 뒤뜰에 누워, 젊은 여자(女子)가 흰옷 아래로 하얀 다리를 드러내놓고 일광욕(日光浴)을 한다. 한나절이 기울도록 가슴을 앓는다는 이 여자(女子)를 찾아오는 이, 나비 한 마리도 없다. 슬프지도 않은 살구나무 가지에는 바람조차 없다.
> ─윤동주, 「병원」(1940. 12) 중에서

시에 등장하는 여자는 "흰옷" 아래 "하얀 다리"를 드러내놓고 있습니다. 시집 『하늘과 바람과 별과 시』의 본래 제목을 "병원"으로 하려 했던 만치 윤동주에게는 의미 깊은 시입니다. 이 시에 등장하는 병 걸린 여자는 의인화된 조국의 현실과 겹쳐집니다. 그래서 그 여자가 "누웠던 자리에 누워"보며 조국의 아픔을 공유해보고자 하는 심상을 드러내기도 합니다.

그래서 도쿄에 가서도 어른거리는 "흰 그림자"를 봅니다. 그림자라면 '검은 그림자'여야 하는데 윤동주의 눈에는 한국인이 연상되는 "흰 그림자"로 어른거리는 겁니다.

아우의 얼굴은 슬픈 그림자

더이상 동시를 쓸 수 없는 윤동주의 슬픈 마음은 「아우의 인상화」에서 보다 직설적으로 나타납니다. 초고에서는 1연과 5연을 각각 "힌니마(흰 이마)에 싸늘한 달이 서리여" "싸늘한 달이 힌니마에 저저"라고 표현했습니다. 그러나 수정본에서는 '힌니마'가 모두 '붉은니마(붉은 이마)'로 바꾸어 있습니다. 왜 흰색을 붉은색으로 바꾸어놓았을까요.

초고처럼 "힌니마에 싸늘한 달이 서리여" "싸늘한 달이 힌니마에 저저" 라고 쓴다면 색이 모두 흰색으로 중복됩니다. 초고에 썼던 '힌니마'를 '붉은니마'로 바꾸면서 달의 색상과 아우 이마의 색상이 대조를 이루게 됩니다. 이제 아우의 붉은 이마에 싸늘한 달빛이 젖어 "아우의 얼굴은 슬픈 그림이다"라는 구절이 더욱 확실하게 느껴지는 겁니다.

「아우의 인상화」의 초고나 수정본은 모두 5연으로 이루어져 있습니다.

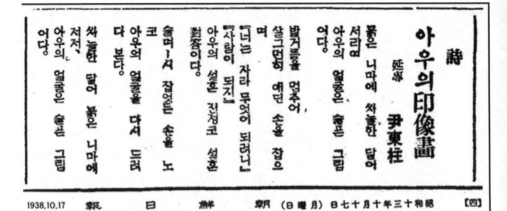

그런데 1938년 10월 17일자 조선일보에 발표된 「아우의 인상화」는 모두
4연입니다. 조선일보에 발표된 시는 아래와 같습니다.

붉은 이마에 싸늘한 달이 서리어
아우의 얼굴은 슬픈 그림이다.

발걸음을 멈추어
살그머니 앳된 손을 잡으며
"너는 자라서 무엇이 되려니"
"사람이 되지"
아우의 설운 진정코 설운 대답(對答)이다.

슬며—시 잡았던 손을 놓고
아우의 얼굴을 다시 들여다본다.

싸늘한 달이 붉은 이마에 젖어,
아우의 얼굴은 슬픈 그림이다.

—윤동주, 「아우의 인상화」 전문

　초고나 수정본의 2, 3연을 발표본에서는 하나로 묶었습니다. 5연이었
던 시가 4연으로 변했습니다. 2, 3연을 한 연으로 만드니 형과 동생의 대
화가 더욱 빠르게 읽힙니다. 형과 아우의 대화 앞에서 연을 구분했다면
시를 읽는 속도는 떨어질 겁니다. 연 사이의 빈 공간이 주는 시각적 효과
때문에 형과 아우의 대화가 단절된 느낌이지만, 발표본에서는 하나의 연
으로 통합시켜 단절감이 사라지고, 형이 아우를 걱정하는 마음이 선명해
졌습니다. 그런데 조선일보 발표본을 윤동주가 그렇게 투고했다는 증거
가 없습니다. 오히려 원문을 보면 2, 3연 사이에 X 표시를 두어 분명히 구
분하고 있는 것이 보입니다.
　어두운 밤하늘에서 '달'은 지상을 냉정하게 비추는 존재로 별과는 대
조적인 의미를 갖습니다. 달이 냉정하다고 쓴 이유는 낮의 태양, 그 열정
의 상징에 비해서 냉정하다는 뜻입니다. 이때 '달'은 반시대적 배경과 시
대적 배경이 초래하는 시련, 고통을 상징하는 단어로 읽을 수 있습니다.
1연과 4연에서 '달이 순진무구한 아우의 얼굴 위에 서리고 젖어서 아우
를 슬퍼 보이게 한다'라고 표현한 것으로 보아 달이 부정적 이미지로 쓰
인 것을 알 수 있습니다.
　2연에서 화자는 동생에게 "너는 자라서 무엇이 되려니"라고 묻습니다.
그에 대해 동생은 "사람이 되지"라고 말합니다. 일제 강점기에서 살아갈
동생이 걱정돼 질문한 것인데, 동생은 너무나 순진하게 "사람이 되지"라

고 대답합니다. 이 말을 할 당시 실제 동생 윤일주는 윤동주보다 열 살 어린 열한 살이었습니다. 이 말을 철학적으로 깊게 해석하기는 어려울 것 같습니다. 오히려 이 시의 등장인물 '아우'를 당시 식민지 조국에 대한 패러디로도 읽을 수 있겠습니다. 가령 세상 물정을 모르는 열한 살의 어린 동생을 세계사적 흐름을 모르는 당시 식민지 조선으로 유비할 수도 있겠습니다. 그래서 동생의 대답 "사람이 되지"라는 말은 안타깝기만 합니다.

또한 '서리어'와 '젖어'라는 단어를 구별해서 사용한 윤동주의 의도를 분석할 필요가 있습니다. 1연과 4연에서 똑같이 '서리어'라고 표현할 수 있었지만 이 방법을 선택하지 않고 굳이 '젖어'를 사용한 이유는 무엇일까요. '서리다'는 어떤 생각이 마음에 자리잡는다는 의미를 가지고 있습니다. 반면에 '젖다'는 '액체가 배어들어 축축하게 되다' 혹은 '어떤 마음의 상태에 깊이 잠기다'라는 의미를 갖고 있습니다. '젖어'가 '서리어'보다 더욱 점층적이고 깊은 의미를 가지고 있는 것입니다. 따라서 '젖어'라는 표현으로 미루어 4연으로 갈수록 아우에 대한 걱정과 연민이 깊어졌다고 볼 수 있습니다.

　　싸늘한 달이 붉은 이마에 젖어,
　　아우의 얼굴은 슬픈 그림이다.

마지막 구절에서 38학번 윤동주의 마음이 있는 그대로 표상됩니다. "슬픈 족속"은 "슬픈 그림"으로 변이됩니다. 윤동주의 글에서 '슬프다' '슬픈'에 대해서 설명하려면 논문 한 편을 따로 써야 할 정도입니다. 38학번으로 연희전문에 입학하기 전 그의 글에는 "고독(孤獨)을 반려(伴侶)한 마음은 슬프기도 하다"(「달밤」, 1937. 4. 15), "사람의 심사(心

思)는 외로우려니∥아―이 젊은이는/피라미드처럼 슬프구나"(「비애」, 1937. 8. 18), "골짜기 길에/떨어진 그림자는/너무나 슬프구나"(「산협의 오후」, 1937. 9)처럼 '슬프다'는 구절이 가끔 등장했었습니다.

「해바라기」와 「슬픈 족속」은 동시의 형태를 갖고는 있지만 비극성을 내장한 시편입니다. 「아우의 인상화」에 나오는 슬픔을 이렇게 독해하자 면, 아우의 얼굴은 친동생의 얼굴을 넘어 '흰옷을 입은 백의민족의 집단 적 슬픔'으로 전이됩니다. 명랑성이 비극성으로 전이되어 있는 심상(心 象), 이러한 상태에서는 명랑한 동시를 쓰는 것이 불가능하죠. 윤동주는 좀더 심각한 고민에 빠져들게 됩니다.

참말 이적
「소년」「사랑의 전당」「이적」「눈 오는 지도」

1938년 연희전문에 입학하기 전에 윤동주가 쓴 시는 동시가 많았습니다. 그래서 이제까지 윤동주를 '동시 시인'으로 살펴보았어요. 이제 작은 변화를 보게 돼요. 4월 8일 연희전문에 입학하고 두 달 보름이 지난 6월 19일에 윤동주는 두 편의 시를 씁니다. 「사랑의 전당」과 「이적」이라는 시입니다. 입학 당시의 분위기에 대해 동생 윤혜원은 이렇게 증언했습니다.

> 오빠가 서울로 떠날 무렵이 되니까 할아버지가 오빠에게 자꾸 단단히 타이르시더군요. "너 이젠 그저 열심히 공부해서 꼭 '고등고시'를 해라. 거기 합격해서 성공하도록 해라. 그리고 장가가면 공부 못하게 되니, 절대 일찍 장가갈 생각은 말아라. 그저 열심히 공부해서 꼭 '고등고시'에 합격하고 성공해야 한다"라고요.(송우혜, 같은 책, 214쪽)

윤동주의 가족은 가난하지 않았습니다. 소작을 주어 넉넉하게 살던 부농이었습니다. 할아버지가 고등고시를 강력히 권했건만, 윤동주는 연전 문과를 선택했습니다. 입학하고 나서 그의 마음은 어떠했을까요.

사랑의 전당

「사랑의 전당」을 읽으면 윤동주에게 연인이 생겼을까 하는 궁금증이 생깁니다. 이 시에서 윤동주는 '순(順)이'라는 여자의 이름을 두 번 써요. 과연 윤동주의 마음에 드는 여인이 있었을까요. 윤동주의 시에서 '순이'는 모두 세 번 등장해요. 「사랑의 전당」 외에 「소년」(1939), 「눈 오는 지도」(1939)에 나오는데, 그 순이가 윤동주가 사랑했던 여성이 아닐까 우리는 상상해볼 수밖에 없겠지요. 과연 순이라는 실제 인물이 있었을까요. '순이'가 등장하는 「사랑의 전당」을 읽어봅니다.

순(順)아 너는 내 전(殿)에 언제 들어왔던 것이냐?
내사 언제 네 전(殿)에 들어갔던 것이냐?

우리들의 전당(殿堂)은
고풍(古風)한 풍습(風習)이 어린 사랑의 전당(殿堂)

순(順)아 암사슴처럼 수정(水晶) 눈을 내려 감아라.
난 사자처럼 엉클린 머리를 고르련다.

우리들의 사랑은 한낱 벙어리였다.

성(聖)스런 촛대에 열(熱)한 불이 꺼지기 전(前)

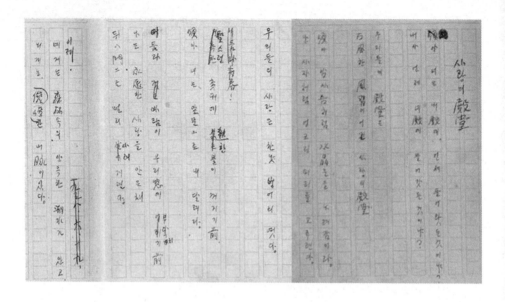

순(順)아 너는 앞문으로 내달려라.

어둠과 바람이 우리 창(窓)에 부닥치기 전(前)
나는 영원(永遠)한 사랑을 안은 채
뒷문(門)으로 멀리 사라지련다.

이제
네게는 삼림(森林) 속의 아늑한 호수(湖水)가 있고,
내게는 준험(峻險)한 산맥(山脈)이 있다.

　　　　　　　　　　　　—윤동주, 「사랑의 전당」(1938. 6. 19) 전문

　연희전문에 입학하기 전에 쓴 시보다는 자연의 이미지가 풍부하여 서
정적이고 상징적인 성격을 띠고 있습니다.

제목의 '전당(殿堂)'이란 높고 크게 지은 화려한 집을 뜻하거나 학문, 예술, 과학, 기술, 교육 따위의 분야에서 가장 권위 있는 연구기관을 비유하는 말입니다. 또한 신불(神佛)을 모셔놓은 집을 말하기도 하는데, 여기서는 첫번째 뜻인 높고 크게 지은 화려한 집을 상징하겠죠. '순할 순(順)'자를 쓰는 '순이'라는 이름은 보편의 도리를 따르고자 하는 심성의 표현으로 볼 수 있어요.

순(順)아 너는 내 전(殿)에 언제 들어왔던 것이냐?
내사 언제 네 전(殿)에 들어갔던 것이냐?

화자는 순이에게 내 궁궐에 언제 들어왔느냐고 묻고 있어요. 그런데 순이가 들어온 것이 아니라 자기가 들어갔다는 것을 깨닫습니다. 그래서 '내사', 곧 나야말로 순이의 전에 언제 들어갔을까 자문합니다. 내가 언제 순이 마음속에 들어갔는지, 자신도 모르는 사이에 사랑이 시작되었다는 뜻이겠죠. 의도하지 않아도 우연한 기회에 찾아오는 것이 사랑일 수 있겠죠. 그러한 사랑을 나누는 전당은 퇴폐적인 공간이 아닙니다. "우리들의 전당(殿堂)은/고풍(古風)한 풍습(風習)이 어린 사랑의 전당(殿堂)", 곧 순수한 사랑을 나눌 수 있는 공간입니다.

순(順)아 암사슴처럼 수정(水晶) 눈을 내려 감아라.
난 사자처럼 엉클린 머리를 고르런다.

3연에서는 순이를 암사슴에 비유하고, 화자는 자신을 사자로 비유하고 있어요. 수정 같은 눈은 맑디맑은 이미지를 떠올리게 합니다. "난 사자

처럼 엉클린 머리를 고르련다"에서 사자의 헝클어진 갈기는 야성미를 상
징합니다. 두 사람의 "사랑은 한낱 벙어리"였답니다. 이 표현은 읽는 이에
따라 느낌이 다를 거예요. 말 못하는 미성숙한 사랑일 수도 있고요. 정반
대로 말이 필요 없는 깊은 사랑일 수도 있겠죠. 확실한 것은 내면적인 사
랑을 "한낱 벙어리"라고 표현한 것입니다.

5연에서 "성(聖)스런 촛대에 열(熱)한 불이 꺼지기 전(前)/순(順)아 너
는 앞문으로 내달려라"라고 합니다. 사랑이 식기 전, 사랑의 절정에서 앞
문으로 내달리라고 말합니다. 순이는 순진무구한 사랑이기에 뒷문이 아
니라 떳떳하게 앞문으로 나갈 수 있겠지요. 반면 화자는 "어둠과 바람이
우리 창(窓)에 부닥치기 전(前)/나는 영원(永遠)한 사랑을 안은 채/뒷문
(門)으로 멀리 사라지련다"라고 합니다. 왜 뒷문으로 사라지겠다고 할까
요. 왜 서로 다른 문으로 나가려 할까요. 사람마다 생각이 다르겠지요. 이
루어질 수 없는 사랑을 말하는 걸까요? 순진무구한 사랑이라 했으니 불
륜을 저질렀기 때문은 아닐 거예요. 확실한 것은 마지막 연에 나옵니다.

> 이제
> 네게는 삼림(森林) 속의 아늑한 호수(湖水)가 있고,
> 내게는 준험(峻險)한 산맥(山脈)이 있다.

앞문으로 나간 순이 앞에는 삼림 속의 "아늑한" 호수가 펼쳐져 있습니
다. 반면 뒷문으로 나간 화자 앞에는 준험한 산맥이 있습니다. 뒷문으로
나간다는 말에는 시련과 몰락을 자처하는 이미지가 있습니다. 그리고 서
로 전혀 다른 세계가 펼쳐질 가능성을 보여주고 있습니다. 각자의 세계를
펼쳐나갈 두 사람의 단독성이 느껴지는 대목입니다. 그런데 왜 하필 순이

는 "삼림(森林) 속의 아늑한 호수(湖水)"로 가도록 설정했을까요. 그것은 순이를 영원한 이상(理想)으로 설정해두고 싶었던 소망 때문이겠죠.

이 시를 민족주의의 눈으로 해석하는 경우도 있어요. "우리들의 사랑은 한낱 벙어리였다"라는 말은 일제 강점기를 겪은 후 꿀 먹은 벙어리가 되어버린 시대 상황을 암시하고, 5연의 "성(聖)스런 촛대"란 민족을 지키려는 윤동주의 내면을 상징하며, 순이를 "아늑한 호수"에서 쉬게 하고 자신이 "준험(峻險)한 산맥(山脈)"에서 싸우겠다는 결단의 시라고 해석하는 이도 있어요. 그래서 이 시는 저항시라는 주장이지요.

시인이 발표한 시는 독자의 것이기에 독자는 당연히 자유롭게 그 의미를 해석할 수 있어요. 그렇지만 앞의 해석은 조금 성급한 해석이 아닌가 싶어요. 결단의 의미가 있는 「십자가」나 「서시」를 발표했던 1941년 사학년 시절에 쓴 시라면 이렇게 해석할 가능성도 있으나, 윤동주의 정신적인 변화 과정을 볼 때 이렇게 해석하는 것은 너무 앞선 게 아닌가 싶습니다. 다만 마지막 행의 "내게는 준험한 산맥이 있다"라는 구절에서는 다가오는 운명에 맞서려는 윤동주의 다짐이 엿보입니다. 그 다짐은 「십자가」에서 극대화되어 "행복(幸福)한 예수·그리스도에게/처럼/십자가(十字架)가 허락(許諾)된다면"이라는 구절로 표현됩니다.

이후에도 '순이'는 「소년」과 「눈 오는 지도」에서 각각 등장합니다.

여기저기서 단풍잎 같은 슬픈 가을이 뚝뚝 떨어진다. 단풍잎 떨어져 나온 자리마다 봄을 마련해놓고 나뭇가지 위에 하늘이 펼쳐 있다. 가만히 하늘을 들여다보려면 눈썹에 파란 물감이 든다. 두 손으로 따뜻한 볼을 씻어보면 손바닥에도 파란 물감이 묻어난다. 다시 손바닥을 들여다본다. 손금에는 맑은 강물이 흐르고, 맑은 강물이 흐르고, 강물 속에는 사랑처럼 슬픈 얼굴―아름다운 순이(順伊)의 얼굴이 어린다. 소년(少年)은 황홀히 눈을 감아본다. 그래도 맑은 강물은 흘러 사랑처럼 슬픈 얼굴―아름다운 순이(順伊)의 얼굴은 어린다.

―윤동주, 「소년」(1939) 전문

순이(順伊)가 떠난다는 아침에 말 못할 마음으로 함박눈이 내려, 슬픈 것처럼 창(窓)밖에 아득히 깔린 지도(地圖) 위에 덮인다.

방(房)을 돌아다보아야 아무도 없다. 벽(壁)과 천장(天井)이 하얗다. 방(房)안에까지 눈이 내리는 것일까, 정말 너는 잃어버린 역사(歷史)처럼 홀홀히 가는 것이냐, 떠나기 전(前)에 일러둘 말이 있던 것을 편지를 써서도 네가 가는 곳을 몰라 어느 거리, 어느 마을, 어느 지붕 밑, 너는 내 마음속에만 남아 있는 것이냐, 네 쪼그만 발자국을 눈이 자꾸 내려 덮여 따라갈 수도 없다. 눈이 녹으면 남은 발자국 자리마다 꽃이 피리니 꽃 사이로 발자국을 찾아 나서면 일 년(一年) 열두 달 하냥 내 마음에는 눈이 내리리라.

―윤동주, 「눈 오는 지도」(1941. 3. 12) 전문

두 편 모두 산문시 형식의 서정시입니다. 시만 읽고서는 순이가 특정 인물인지 도저히 추측할 수 없습니다. 다만 다른 이들의 회고담을 통해 어떤 인물이 순이였는지 추정할 수는 있습니다. 시만 보자면 「소년」은 대학교 이학년 때 쓴 것이고, 「눈 오는 지도」는 대학교 사학년 때 쓴 작품입니다. 「소년」은 "사랑처럼 슬픈 얼굴", 순이의 얼굴을 그리워하고 있고, 「눈 오는 지도」에서는 이별하는 순이를 그리워하고 있습니다. "너는 잃어버린 역사(歷史)처럼 홀홀히 가는 것이냐"라는 세련된 표현도 있지요. 이

렇게 볼 때 순이는 "패, 경, 옥 등 이런 이국 소녀들의 이름"(「별 헤는 밤」)을 불러보았듯이 윤동주가 호명하고 싶었던 그리운 대상의 총체라고 보는 것이 가장 가까운 해석이 아닐까 해요. 순이를 조국의 상징이라 하거나 반대로 순이(여성)에 대한 금욕주의적 시편으로 설정하는 해석은 지나친 억측일 겁니다.

참말 이적, 기적은 어디에 있는가

우리는 매일 기적을 구하고 살고 있습니다. 복권을 사며 뜻밖의 소식이 오기를 기다립니다. 기적 혹은 계시란 종교가 인간에게 주는 특별한 선물이겠죠. 윤동주는 기적이나 계시를 「이적」과 「무서운 시간」에서 소재로 삼았습니다. 먼저 「이적」을 살펴보죠.

발에 터분한 것을 다 빼어버리고
황혼(黃昏)이 호수(湖水) 위로 걸어오듯이
나도 사뿐사뿐 걸어보리이까?

내사 이 호수(湖水)가로
부르는 이 없이
불리어 온 것은
참말 이적(異蹟)이외다.

오늘따라
연정(戀情), 자홀(自惚), 시기(猜忌), 이것들이
자꾸 금(金)메달처럼 만져지는구려

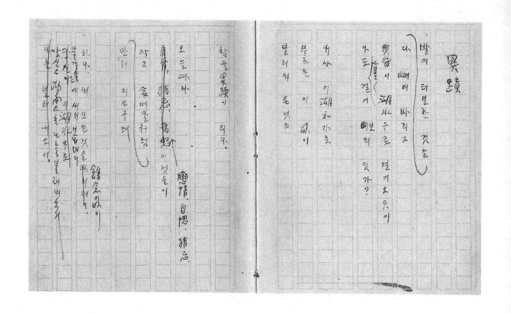

하나, 내 모든 것을 여념(餘念) 없이

물결에 써서 보내려니

당신은 호면(湖面)으로 나를 불러내소서.

　　　　　　　　　—윤동주, 「이적」(1938. 6. 19) 전문

　세속과 신앙의 틈바구니에 끼어 고투하는 시인의 자아가 엿보입니다. 「새로운 길」을 부르며 자신 있게 대학 생활을 시작했지만 현실은 그렇지 않았습니다. "누나의 얼굴은/해바라기 얼굴/해가 금방 뜨자/일터에"(「해바라기 얼굴」) 가야 하는 피곤한 현실을 경성에 와서 목도한 겁니다.

　호숫가에 가기 전에 그는 "발에 터분한 것을 다 빼어버리고" 왔다고 합니다. 마치 모세가 호렙 산에서 십계를 받을 때 신발을 벗었듯이 윤동주는 터분한 것, 그러니까 더럽고 지저분한 것, 개운치 않고 답답하고 따분한 것을 버리고 호숫가 앞에 섰습니다.

　스물한 살, 이제 대학에 입학하고 두 달 보름이 지난 어느 날, 윤동주는 문득 호숫가에 서 있는 자신을 발견합니다. 물론 관념의 호숫가이겠지만, 이상섭 연세대 명예교수는 실제로 지금의 홍익대 근처에 큰 연못이 있었다고 말합니다. 그 물가에서 시를 썼을 가능성도 있다고 합니다.

　　당시 연희의 숲은 무척 우거져서 여우, 족제비 등 산짐승이 많았고, 신촌은 초가집이 즐비한 서울(경성) 변두리 어디서나 볼 수 있던 시골 마을이었고, 사이사이에 채마밭이 널려 있었고, 지금의 서교동 일대(1960년대까지 '잔다리'라고 했다)에는 넓은 논이 펼쳐 있었다. 지금의 홍대 앞 신촌 전화국 근처에 아주 큰 연못이 있었는데 1950년대에도 거기서 낚시질하는 사람들이 많았다(이러한 사실은 1946년부터 신촌에서 살기 시작한 필자가 잘 기억하고 있다). 어느 옛글에 보면 한양 팔경 중에 '서호낙일(西湖落日)'이 들어 있는데 이는 바로 지금의 서교동, 합정동 일대, 즉 서강에서 바라보는 한강의 해 지는 풍경을 가리켰다. 윤동주가 묵던 기숙사에서 잔다리의 연못까지는 약 30분 거리, 거기서 10여 분 더 걸으면 강가(서강)에 도달했다.

　　아마도 1938년 초여름 어느 황혼녘에 그는 잔다리의 그 연못가로 산보를 나왔다가 순간적으로 놀라운 경험을 한 것 같다.(이상섭, 『윤동주 자세히 읽기』, 한국문화사, 2007, 124쪽)

　그럴 가능성도 있겠으나 실제 호숫가에서 썼는가 아닌가 하는 점보다 중요한 것은 윤동주가 쓰고자 했던 생각이겠죠. 1연 끝의 "~보리이까", 그리고 마지막 행의 "나를 불러내소서"라는 구절에서 보듯 전체적으로 기도의 형식으로 써 있습니다. 1연의 "황혼(黃昏)이 호수(湖水) 위로 걸어오듯이/나도 사뿐사뿐 걸어보리이까?"라는 구절은 당연히 파도치는 갈릴리 호수 위를 걸어오는 예수를 보고 자신도 걸어보려 했던 베드로의 이야기를 연상하게 합니다.

예수께서 즉시 제자들을 재촉하사 자기가 무리를 보내는 동안에 배를 타고 앞서 건너편으로 가게 하시고 무리를 보내신 후에 기도하러 따로 산에 올라가시니라 저물매 거기 혼자 계시더니 배가 이미 육지에서 수리나 떠나서 바람이 서스르므로 물결로 말미암아 고난을 당하더라

밤 사경에 예수께서 바다 위로 걸어서 제자들에게 오시니 제자들이 그가 바다 위로 걸어오심을 보고 놀라 유령이라 하며 무서워하여 소리 지르거늘 예수께서 즉시 이르시되 안심하라 나니 두려워하지 말라

베드로가 대답하여 이르되 주여 만일 주님이시거든 나를 명하사 물 위로 오라 하소서 하니 오라 하시니 베드로가 배에서 내려 물 위로 걸어서 예수께로 가되 바람을 보고 무서워 빠져 가는지라 소리질러 이르되 주여 나를 구원하소서 하니 예수께서 즉시 손을 내밀어 그를 붙잡으시며 이르시되 믿음이 작은 자여 왜 의심하였느냐 하시고 배에 함께 오르매 바람이 그치는지라(마태복음 14장 22~32절)

이 글 이전에 예수는 다섯 개의 떡과 두 마리의 생선으로 오천 명을 먹인 오병이어(五餠二魚)의 이적을 보였습니다. 그 어마어마한 이적을 행한 뒤에도 예수는 "재촉하사 자기가 무리를" 흩어지게 합니다. 요한복음에 보면 영웅이 되기를 거부하는 예수의 모습이 더욱 구체적으로 묘사되어 있습니다. "예수께서 그들이 와서 자기를 억지로 붙들어 임금으로 삼으려

는 줄 아시고 다시 혼자 산으로 떠나가시니라"(요한복음 6장 15절)라고 적혀 있어요. 해가 서산으로 지고 황혼도 완전히 사라진 "밤 사경"일 때였습니다. 베드로는 전날 낮에 오병이어라는 큰 이적을 보았기에 예수처럼 바다 위를 걸을 수 있다고 믿었을지도 모릅니다. 기적이 계속 이어지리라 생각했나봅니다.

많은 목회자들이 "안심하라 나니 두려워하지 말라"(27절)에 강조점을 두어 이 성경 구절을 설교하곤 합니다. 그런데 윤동주는 전혀 다른 시각에서 이 구절을 패러디합니다.

"발에 터분한 것을 다 빼어버리"면 예수님처럼 물 위를 걸을 수 있을까 하는 것이 1연의 의미죠. 아무튼 물 위를 걷는다는 것은 큰 이적이지요. 그런데 윤동주는 2연에서 그런 이적을 말하지 않습니다.

내사 이 호수(湖水)가로
부르는 이 없이
불리어 온 것은
참말 이적(異蹟)이외다.

베드로는 물 위를 걷는 이적을 바랐을지 모릅니다. 아마 물 위를 걸었다면 이후 간증이든 자랑이든 여러 번 그 기적을 드러냈겠죠. 그런데 윤동주가 보는 기적은 전혀 다릅니다. 윤동주는 그저 호숫가에 불리어 온 것이 "참말 이적"이라고 합니다. 풍랑 치는 고통 앞에 서 있는 것이 기적이라는 말입니다. 지금까지 살아온 일상 자체가 "참말 이적"인 것이죠. "내사"는 나야, 나아가 나와 같은 것이라는 겸손의 표현이겠죠. 나처럼 부족한 존재가 부르는 이도 없는데 이 호숫가로 불리어 온 것이 "참말 이적"이라는 겁니다. 가령 상상치도 못했던 순간을 경험하는 특별 계시(special revelation)와 햇살이나 공기 속에서 살아가는 일반 계시(general revelation)를 구분한다면, 그냥 일상 속에서 느끼는 일반 계시를 윤동주는 '참말 이적'이라고 하는 겁니다. 이어서 이렇게 씁니다.

오늘따라
연정(戀情), 자홀(自惚), 시기(猜忌), 이것들이
자꾸 금(金)메달처럼 만져지는구려

하나, 내 모든 것을 여념(餘念) 없이
물결에 써서 보내려니
당신은 호면(湖面)으로 나를 불러내소서.

여성에 대한 연정(戀情), 자기도취(自惚), 남에 대한 시기(猜忌) 따위의 고민을 볼 수 있습니다. 본래 원고를 보면, 자긍(自矜), 시기(猜忌), 분노(憤怒)라고 써 있는데, 분노를 지우고 맨 앞에 '연정'을 써넣습니다. 분노보다 윤동주에게 심각했던 유혹은 연정이었던 모양입니다.

연정이란 무엇일까요. 이성을 그리워하고 사모하는 욕망을 연정이라고 하지요. "함께 핀 꽃에 처음 익은 능금은/먼저 떨어졌습니다.//오늘도 가을바람은 그냥 붑니다.//길가에 떨어진 붉은 능금은/지나던 손님이 집어갔습니다"(「그 여자」)라고 윤동주가 청소년기에 썼던 구절을 떠올리게 합니다. "붉은 능금"이라는 구절은 대단히 유혹적인 느낌을 줍니다. 그 능금을 얻지 못했던 안타까움이 느껴집니다. 몰래 앓았던 사랑의 아픔도 나직이 느껴집니다.

자홀(自惚)이란 자기도취입니다. 요즘 말로는 '자뻑'이라고 해도 될는지요. 그의 습작기의 작품인 「공상」을 보면 "무한한 나의 공상—/그것은 내 마음의 바다,/나는 두 팔을 펼쳐서,/나의 바다에서/자유로이 헤엄친다./금전 지식의 수평선을 향하여"라는 구절이 나옵니다. 그가 평양 숭실중학교에 다닐 때 학교 잡지 『숭실활천』에 발표했던 시인데, 나중에 『나의 습작기의 시 아닌 시』에 들어가면서 끝줄의 "금전 지식"을 "황금, 지욕"으로 수정합니다. 황금의 지식을 탐하는 욕망, 그것이 그에게 자기도취였을까요. 그가 억제할 수 없는 지식욕을 갖고 있었다는, 그 일에 자기도취되어 있었다는 것을 확인할 수 있습니다.

이런 것들이 오늘따라 "금(金)메달처럼 만져"진다고 합니다. 그런데 바로 그 금메달 같은 욕망들을 "내 모든 것을 여념(餘念) 없이/물결에 써서 보내"겠다고 합니다. 마음속의 욕망을 씻어버릴 수 있을 '참말 이적'을 경험한다는 생각이지요. 그는 이미 이적을 체험한 상태입니다. 그러고 나서 나를 파도치는 호수로 불러 세워달라고 말합니다. 예수 그리스도의 힘이 있다면 물 위를 걸을 수 있다는 뜻일까요. 그렇게도 볼 수 있을지 모르나 자신의 연정과 자기도취와 시기를 버리는 순간이 기적의 체험이 아닐까 싶습니다. 또한 4연이 원래 퇴고 전에는 "하나, 내 모든 것을 버리려니/당신이 이 호수 위로/나를 불러내소서/걸으라 명령하소서!"였다는 흔적을 볼 때, 시련을 당하겠다는 의미의 표출이며 능동적인 다짐으로도 볼 수 있습니다. 「이적」을 썼던 원고지의 구석에는 "모욕을 참아라"라는 메모가 있습니다. 이 메모는 바로 옆자리에 이어 쓴 「아우의 인상화」와 관련되어 있다고 보기는 어렵습니다. 따라서 「이적」과 연관하여 시련과 마주하겠다는 능동적 다짐으로 읽힙니다.

결국 "당신은 호면(湖面)으로 나를 불러내소서"라는 표현은 수동과 능

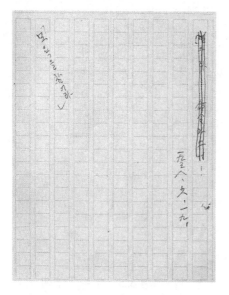

동 모두로 해석할 수 있겠습니다. 그리고 수동이든 능동이든 "내게는 준험한 산맥이 있다"(「사랑의 전당」)는 깨달음과 비슷한 다짐의 표현이기도 합니다.

정지용과 윤동주의 종교시

윤동주의 「이적」의 배경이 되는 베드로의 이야기(마태복음 14장 22~32절)를 정지용은 「갈릴레아 바다」로 썼습니다. 두 편을 비교해보면 두 시인의 종교적 태도를 엿볼 수 있습니다. 두 편 모두 성경이라는 텍스트를 기본으로 삼고 있습니다. 정지용은 가톨릭교도였고, 윤동주는 개신교 신도였지만, 예수를 사랑한다는 점에서는 같다고 할 수 있겠습니다. 이러한 마음이 서로 공감대를 형성해주지 않았을까 생각해봅니다.

정지용의 시 중에 「임종」「갈릴레아 바다」「별」「은혜」「나무」「불사조」「승리자 김안드레아」 등은 종교적인 심성을 담아낸 작품입니다. 정지용의 아버지는 독실한 가톨릭 신자였지만, 정작 정지용은 일본 유학 시절엔 개신교회를 다녔습니다. 그러나 후에 다시 가톨릭 성당을 찾아 스스로 세례를 받았습니다. 이후 정지용은 가톨릭 신앙을 최고의 정신적 지향점으로 삼아왔습니다. 윤동주의 「이적」과 비교되는 정지용의 시 한 편을 읽어보겠습니다.

나의 가슴은
조그만 '갈릴레아 바다'.

때없이 설레는 파도는
미(美)한 풍경을 이룰 수 없도다.

예전에 문제(門弟)들은
잠자시는 주를 깨웠도다.

주를 다만 깨움으로
그들의 신덕(信德)은 복되도다.

돛폭은 다시 펴고
키는 방향(方向)을 찾았도다.

오늘도 나의 조그만 '갈릴레아'에서
주(主)는 짐짓 잠자신 줄을―

바람과 바다가 잠잠한 후에야
나의 탄식(歎息.)은 깨달았도다.
  ―정지용, 「갈릴레아 바다」(『가톨릭청년』4호, 1933. 9) 전문

「갈릴레아 바다」라는 제목이 말하듯 갈릴리 바닷가에서 말씀을 전하
는 예수의 이야기가 담겨 있습니다. 1연에서 시인은 스스로 "나의 가슴

은/조그만 '갈릴레아 바다'"라고 썼습니다. 어부들에게는 생존의 터전인 갈릴리 바닷가에서 말씀을 전한 예수는 제자들과 배를 타고 그 바다를 건너갔습니다. 중간에 큰 광풍이 일자 제자들은 공포에 떨었습니다. 그 순간 화자는 "미(美)한 풍경을 이룰 수 없도다"라고 합니다. 단순히 아름다운 풍경이 아니었다는 말도 되지만, 아름다움(美學)을 넘어 '신덕(信德)', 곧 신앙이 무엇인지 깨닫는 순간이라는 의미이겠죠. 겁먹은 제자들은 잠자는 예수를 깨워 우리가 죽게 되었다고 살려달라 애원합니다. 예수가 바람을 꾸짖어 잠잠하라 하니 바람이 그치고 바다가 잔잔해졌습니다. 제자들은 예수와 함께하면서도 죽음의 공포를 느끼며 아우성칠 만큼 믿음이 부족했던 겁니다. 시의 화자는 자신을 그 제자들과 동일시하고 "바람과 바다가 잠잠한 후에야/나의 탄식(歎息)은 깨달았도다"라고 고백합니다.

이 시는 정지용이 쓴 종교시의 특징을 잘 보여주고 있습니다. 그의 종교시는 그의 다른 시와 비교할 때 단순합니다. 성서를 배경으로 하는 형이상학은 있으나 현실적이고 치열한 구도자적 자세는 보기 힘듭니다. 현실적인 갈등보다는 영원한 평화에 이르는 무갈등성이 정지용 종교시의 한 특징입니다.

비교컨대 윤동주의 시에는 「새벽이 올 때까지」처럼 기독교적 종말론(eschatology)이 뚜렷하게 드러나 있습니다. 「무서운 시간」에는 죽음에 대한 두려움을 소명 의지로 극복해보려는 면모가 숨어 있습니다. 그리고 「십자가」를 통해 종교적 인식의 절정을 보여줍니다.

　　괴로웠던 사나이
　　행복(幸福)한 예수·그리스도에게

처럼

십자가(十字架)가 허락(許諾)된다면

모가지를 드리우고

꽃처럼 피여나는 피를

어두워가는 하늘 밑에

조용히 흘리겠습니다..

—윤동주, 「십자가」(1941. 5. 31) 중에서

소명의식과 결의가 뚜렷하게 나타나는 작품입니다. 화자가 서 있는 배
경은 높다란 첨탑 위에 십자가가 걸려 있는 곳입니다. 진리의 상징인 햇
빛은 십자가에 걸려 있을 뿐 땅에 닿지 않고 있습니다. 햇빛은 까마득한
높이로만 존재합니다. 예언자의 역할을 해야 할 종소리는 들려오지 않습
니다. 이런 상황에서 화자도 자신을 희생해가며 행동할 필요가 없어 휘파
람이나 불 따름입니다. 그렇지만 화자는 '예수'라는 삶의 전형을 떠나지
않고 있습니다. 자신에게 예수 그리스도와 같은 수난이 주어진다면, 그
수난을 달게 받겠다고 다짐합니다.

정지용의 종교시에 비해서 윤동주의 종교시는 더욱 현실적이고 실천
적입니다. 정지용의 시가 묵상적이라면, 윤동주의 시는 적극적이며 자책
적이고 저항의식이 숨어 있습니다. 두 시인이 쓴 종교시 사이의 '차이'는
볼 수 있지만, 영향관계를 파악하기는 쉽지 않습니다.

윤동주에게 「이적」은 첫째, 일상 속에서 느끼는 무한한 영원회귀(니
체)이며, 메시아적 순간(발터 벤야민)과 비교해볼 수도 있겠습니다. 둘
째, 그 이적은 연정, 자홀, 시기 등을 버릴 때 가능해집니다. 그 순간이 윤

동주가 느꼈던 '현현(epiphany)'의 순간이었던 겁니다.

이 시야말로 "내게는 준험한 산맥이 있다"(「사랑의 전당」)는 다짐과 '참말 이적'의 힘으로 "행복한 예수·그리스도"(「십자가」)에게로 다가서고 싶어했던 청년, 대학교 일학년 때 윤동주의 모습입니다.

윤동주에게 살아난 투르게네프

투르게네프의 「거지」와 윤동주의 「투르게네프의 언덕」

윤동주가 「투르게네프의 언덕」을 쓴 것은 연희전문학교 이학년 때인 1939년 9월이었어요. 만주에서 살다가 처음 경성으로 왔던 그는 「해바라기 얼굴」 「슬픈 족속」에서 그 마음을 드러냈듯이 식민지 지배하에 있는 이웃들의 어려운 삶을 보았습니다.

이제 가난한 이웃을 보는 윤동주의 아픈 마음을 담은 「투르게네프의 언덕」을 읽을 차례입니다. 안병용의 논문 「뚜르게네프 산문시 "거지"와 윤동주의 "트루게네프의 언덕"」(『슬라브학보』 21권 3호, 2006, 192쪽)에 실린 번역본과 김학수 번역의 『투르게네프 산문시』(민음사, 1990)를 참조하여 인용합니다.

길거리를 걷고 있었지요. 늙은 거지 한 사람이 나의 발길을 멈추게 했습니다.

눈물 어린 붉은 눈, 파리한 입술, 다 해진 누더기 옷, 더러운 상처……

아아, 가난이란 어쩌면 이다지도 잔인하게 이 불행한 사람을 갉아먹는 것일까요!

그는 빨갛게 부풀은 더러운 손을 나에게 내밀었습니다. 그는 신음하듯 중얼거리듯 동냥을 청했습니다.

나는 호주머니란 호주머니를 모조리 뒤져보았습니다…… 지갑도 없고 시계도 없고 손수건마저 없었습니다. 나는 아무것도 가진 것이 없이 외출을 했던 것입니다. '이 일을 어쩌나……'

그러나 거지는 여전히 기다리고 있습니다. 그 손은 힘없이 흔들리며 떨고 있었습니다. 당황한 나머지 어쩔 줄 몰라, 나는 힘없이 떨고 있는 거지의 손을 덥석 움켜잡았습니다.

"미안합니다, 형제, 내 급하게 나오느라 아무것도 가진 게 없구려."

거지는 붉게 충혈된 두 눈으로 물끄러미 나를 올려다보았습니다. 그의 파리한 두 입술에 가느다란 미소가 스쳐가는 것을 볼 수 있었습니다. 그리고 그는 자기대로 나의 싸늘한 손가락을 꼭 잡아주었습니다. 그러면서 그는 혼자 중얼거리듯 말했습니다.

"괜찮습니다, 선생님. 그것만으로도 고맙습니다. 그것도 역시 적선이니까요."

나는 그때 깨달았습니다. 거꾸로 이 형제에게서 내가 적선을 받았다는 사실을……

　　　　　　　　　　　　　　　—투르게네프, 「거지」(1878. 2) 전문

나는 고갯길을 넘고 있었다…… 그때 세 소년(少年) 거지가 나를 지나쳤다.

첫째 아이는 잔등에 바구니를 둘러메고, 바구니 속에는 사이다 병, 간즈메 통 쇳조각, 헌 양말짝 등(等) 폐물(廢物)이 가득하였다.

둘째 아이도 그러하였다.

셋째 아이도 그러하였다.

텁수룩한 머리털, 시커먼 얼굴에 눈물 고인 충혈(充血)된 눈, 색(色) 잃어 푸르스름한 입술, 너들너들한 남루(襤褸), 찢겨진 맨발,

아—얼마나 무서운 가난이 이 어린 소년(少年)들을 삼키었느냐!

나는 측은(惻隱)한 마음이 움직이었다.

나는 호주머니를 뒤지었다. 두툼한 지갑, 시계(時計), 손수건…… 있을 것은 죄다 있었다.

그러나 무턱대고 이것들을 내줄 용기(勇氣)는 없었다. 손으로 만지작만지작거릴 뿐이었다.

다정(多情)스레 이야기나 하리라 하고 "애들아" 불러보았다.

첫째 아이가 충혈(充血)된 눈으로 흘끔 돌아다볼 뿐이었다.

둘째 아이도 그러할 뿐이었다.

셋째 아이도 그러할 뿐이었다.

그리고는 너는 상관(相關)없다는 듯이 자기(自己)네끼리 소곤소곤 이야기하면서 고개로 넘어갔다.

언덕 위에는 아무도 없었다.

짙어가는 황혼(黃昏)이 밀려들 뿐—

　　　　　　　　　　—윤동주, 「투르게네프의 언덕」(1939. 9) 전문

투르게네프의 산문시 「거지」를 읽었던 독자라면 윤동주의 「투르게네프의 언덕」이 「거지」를 패러디한 작품이라는 것을 금방 알 수 있습니다. 윤동주가 남긴 원고지를 보면 '츠르게네프의 언덕'이라는 제목 바로 앞에

이반 투르게네프

'산문시(散文詩)'라고 표기되어 있어요. 윤동주 스스로 산문시라고 표기한 유일한 작품이죠. 제목에 '투르게네프'의 이름을 넣은 것도 이 시가 투르게네프의 산문시 「거지」의 패러디 작품이라는 표시이겠죠. 시 형식을 그대로 가져다 쓴 이유는 단순히 모방하려는 의도가 아니라 윤동주 자신의 내면 정서를 독백처럼 풀어내기 위해 산문시 형식을 취할 수밖에 없었던 까닭이겠지요.

투르게네프와 윤동주

이반 투르게네프는 1818년 중부 러시아의 오룔 주에서 삼형제 중 둘째로 태어난 인물이죠. 아버지는 방탕한 생활로 파산한 기병장교였고, 어머니는 아버지보다 여섯 살이나 연상인 추한 용모의 탐욕적인 대지주였답니다. 생각이 많았던 투르게네프는 모스크바 대학과 페테르부르크 대학에서 문학과 철학을 공부했습니다. 부유하고 보수적인 집안에서 태어났지만 빈자의 문제에서 떠나지 않았으며 진보적인 사람들과도 가까웠습니다. 그래서 투르게네프를 생각할 때 노블레스 오블리주, 곧 '높은 사회적 신분에 상응하는 도덕적 의무'를 지킨 혁명적인 존재라는 단어가 떠오릅니다. 비교적 넉넉한 가정에서 자랐던 윤동주가 공감할 만한 삶을 살았던 작가였지요.

「거지」는 소설가로 평생을 살아온 투르게네프가 말년에 쓴 산문시입니다. 파리 근교에서 살던 작가가 1882년 "조국 러시아와 러시아어의 아름다움을 찬미할 목적"으로 썼다는 시집 『산문시』에 들어 있습니다.

한국 근대문학사에서 러시아 문학의 영향은 컸습니다. 도스토옙스키, 톨스토이의 영향은 쉽게 평가하기 어려울 정도입니다. 1918년에 창간된 『태서문예신보』(1919년 2월 통권 16호로 종간)를 통해서 러시아 시가 최초로 소개되었습니다. 최초의 번역시집 『오뇌의 무도』를 낸 시인 김억(金億, 1896~?)은 러시아 시 「세레나데」를 최초로 번역했습니다. 그 이후 푸시킨의 번역시가 자주 인용되었으며, 투르게네프의 산문시 「거지」 또한 1919년에 소개되었습니다. 번역 과정에서 시의 가장 중요한 기능인 음악성이 고려되지 않았던 문제도 있었지만, 윤동주가 『태서문예신보』 5호(1918. 11. 2) 혹은 일본어 번역판을 통해 「거지」를 읽었던 것은 확실합니다. 「거지」는 『창조』 8호(1921. 1), 『백조』 1호(1922. 1)에도 소개됐습니다.

모든 구제가 걸인을 도울까?

「거지」는 "길거리를 걷고 있었지요"로, 「투르게네프의 언덕」은 "나는 고갯길을 넘고 있었다"로 시작합니다. 두 시의 도입부가 모두 화자가 길을 걷다가 거지를 만나는 상황인 것입니다. 게다가 시의 형태도 산문시여서 한눈에 윤동주가 투르게네프의 영향을 받고 썼다는 걸 알 수 있습니다. 여기서 윤동주 나름의 특성이 없었다면 모방에 지나지 않았겠지요. 그렇다면 윤동주와 투르게네프는 어떻게 다를까요.

투르게네프의 시에서 화자는 "나의 발길을 멈추게" 하고 구걸하는 "늙은 거지"에게 적선하려고 주머니를 뒤졌으나 줄 것이 없어서 안타까워합니다. 대신 손을 잡고 미안하다고 사과합니다. 그런데 늙은 걸인은 손을 잡아준 것만으로도 '적선'을 받았다고 고마워합니다. 시인은 거꾸로 그

걸인으로부터 자신이 더 많은 '적선'을 받았다는 것을 깨닫습니다. 시인과 걸인이 서로 나눈 것은 돈이 아니라 무형의 정신적인 선물이었습니다.

윤동주의 시는 구걸하지 않는 거지들을 향해 스스로 측은지심을 느끼며 주머니를 뒤져보니 "두툼한 지갑, 시계(時計), 손수건" 등 모든 것이 있음에도 "이것들을 내줄 용기(勇氣)"가 없어 결국 적선하지 못하는 상황입니다. 여기서 "내줄 용기", 곧 행동하지 못하는 자의식은 윤동주에게 부끄러움을 느끼게 합니다. "한 점 부끄럼이 없기를,/잎새에 이는 바람에도/나는 괴로워"(「서시」)하고, "인생(人生)은 살기 어렵다는데/시(詩)가 이렇게 쉽게 쓰여지는 것은/부끄러운 일"(「쉽게 쓰여진 시」)이라는 진술과도 겹칩니다.

두 시의 관계에 대해 『윤동주 평전』의 저자 송우혜 선생은 「투르게네프의 언덕」이 투르게네프 시의 문제를 지적한 '풍자시'라고 했습니다. 투르게네프의 시는 지식인의 자기도취일 뿐이라는 겁니다.

예수는 일찍이 "너의 재물이 있는 곳에 너의 마음도 있다"(마태복음 6장 21절—인용자)고 신랄하게 지적했었다. 그렇다. 재물이 따르지 않는 말만의, 손짓만의 동정이 과연 얼마나 진실된 무게를 지닌 것일까? 또는 실제로 끝없이 진실했다 해도 과연 그 남루를 걸친 거지에게 얼마나 도움이 되었을 것인가?

이런 근본적인 의문에 짐짓 눈을 감고 '동냥을 요청하는 거지에게 다정한 말과 빈손을 내어민 것'만으로 서로 만족했다 하면, 그것은 일종의 기만이다. 천박한 자기도취일 뿐이다. 그러기에 투르게네프의 산문시 「거지」가 주는 감격과 감동은 거짓 감격, 사이비 감동일 수밖에 없다.

윤동주는 이런 사이비 형제애에 대해, 싸구려 이웃 사랑에 대해 반발

했다. (……) 거지를 만났을 때 다행히도 주머니에 '지갑, 시계, 손수건 등 아무것도 들어 있지 않았던' 투르게네프의 상황 설정 대신에, 불행히 도 '지갑, 시계, 손수건 등 있을 것은 죄다 있었던' 상황을 설정해놓음으 로써, 우리의 뿌리깊은 가식과 헛된 이웃 사랑을 거침없이 조롱하고 풍 자한 것이다.(송우혜, 같은 책, 251~252쪽)

한 편의 시가 발표되면 독자는 누구나 자기식으로 해석할 수 있습니 다. 이 시를 '풍자시'로 보는 해석을 참조하며 생각해보겠습니다. "제목조 차 '투르게네프의 언덕'이라 붙인 것이다. 특히 제목에서 굳이 '언덕'이라 고 설정한 것은 그 외적 조건이야말로 투르게네프가 그려낸 값싼 온정, 또는 자기도취가 그 미망을 벗어나서 극복해야 할 어떤 단계를 상징한 것인지도 모른다"(같은 책, 265쪽)고 했습니다. 윤동주에게 어떤 일관성 이 있다면, 윤동주의 시에서 '언덕'이라는 단어가 어떻게 쓰였는지도 살 펴봐야 할 것입니다.

① 온 하루 거닐고 싶다. // ─우중충한 오월(五月) 하늘 아래로,/─바 닷빛 포기포기에 수(繡)놓은 언덕으로,

─「풍경」(1937. 5. 29)

② 강물이 자꾸 흐르는데/내 발이 언덕 위에 섰다.

─「바람이 불어」(1941. 6. 2)

③ 내 이름자 묻힌 언덕 위에도/자랑처럼 풀이 무성할 게외다.

─「별 헤는 밤」(1941. 11. 5)

④ 오늘도 나는 누구를 기다려 정거장(停車場) 가까운/언덕에서 서성 거릴 게다.

—「사랑스런 추억」(1942. 5. 13)

⑤ 봄이 혈관(血管) 속에 시내처럼 흘러/돌, 돌, 시내 가까운 언덕에/

개나리, 진달래, 노─란 배추꽃,

—「봄 2」(1942년 6월 이후)

윤동주의 시에서 나타난 '언덕'은 ①, ⑤처럼 풍경의 한 요소로 쓰이거나 ②, ③, ④처럼 자신을 성찰하는 공간적 의미를 갖고 있습니다. 투르게네프가 '거리'를 배경으로 사용한 반면, 윤동주는 1행에서 '고갯길'이라는 단어를 한 번 사용합니다. 조재수의 『윤동주 시어사전』에 수록된 어휘 중 '고갯길'은 오직 이 시에서만 찾을 수 있습니다.(같은 책, 229쪽) 사실 고갯길이나 언덕은 '길'처럼 자주 대하는 공간이 아니라는 점에서 비슷한 상황 설정이라 할 수 있겠습니다. 그렇다고 이 공간을 자선이 지니는 부정직성을 폭로하거나 공격하고자 하는 주제 혹은 극복해야 할 어떤 단계를 상징할 수도 있다는 해석은 무리한 추측이 아닐까요. 인용한 용례에서 보았듯이 윤동주가 어떠한 선택을 해야 하거나 자아성찰을 할 때 등장하는 배경 정도로 생각하는 것이 좋을 성싶습니다.

또한 풍자시(諷刺詩, satire)라 한다면, 풍자하는 대상이 거대한 적으로 나타나야 합니다. 그래서 거대하고 부패한 식민주의, 제국주의, 귀족주의, 독재 권력, 부패한 지배층 등을 풍자할 때 풍자시가 나타나지요.(김응교, 「풍자시, 약자의 리얼리즘」, 『사회적 상상력과 한국시』, 소명출판, 2002) 시에 나타난 거지들은 화자를 적대하지 않습니다. 그렇다고 약자로 등장하지도 않습니다. 그저 자기들끼리 "소곤소곤 이야기하면서 고개로 넘어"갈 뿐입니다. 이들은 풍자의 대상이 아닙니다. 부자들의 보이지 않는 우월의식을 적대해서 풍자했다고 생각하려 해도 투르게네프의 '거짓

사랑'을 비난하거나 풍자하는 표현을 찾기는 어렵습니다.

「투르게네프의 언덕」의 화자가 도울까 말까 용기가 없어 망설이는 사이에 거지들은 소곤대며 언덕을 넘어 사라집니다. 오히려 「거지」에서 윤동주가 주목하는 것은 구제의 문제 이전에 걸인을 양산하는 사회적 문제가 아닐까요. 2행에서 통조림통이나 깡통이 아닌 '간즈메(かんづめ, 缶詰め) 통'이라고 쓴 것도 상황을 더욱 생생하게 부각시킵니다. 아울러 5행의 "찢겨진 맨발"이라는 표현도 눈에 듭니다. '찢긴'이나 '찢어진'이 아닌 사동형인 "찢겨진"이라고 한 것은 이 빈곤의 원인이 사회 전반적인 문제에 있음을 지적하는 표현입니다. 이러한 인식은 "아—얼마나 무서운 가난이 이 어린 소년(少年)들을 삼키었느냐!"라는 구절을 통해서 다시 확인할 수 있습니다.

상황에 대한 깊은 고민 없는 구제는 오히려 자기만족, 값싼 은혜(본회퍼, 같은 책)에 지나지 않을 수 있습니다. 가령 사우디아라비아 같은 중동 국가에 가면 주유소에서 구걸하는 여인들이 줄을 섭니다. 이들은 대부분 남편에게 이혼당해 어디에도 갈 수 없는 처지에 있습니다. 차 안에 있는 사람들은 좋은 의도로 몇 푼을 건네며 동정할 수 있으나 바로 그 작은 동정들이 거대한 사회적 모순을 구축하는 데 도움을 준다는 지적이 있습니다. 자립심에 대한 교육이 없는 노숙인 구제 사업은 끊임없는 구걸 행각을 확장시킨다는 연구 결과는 얼마든지 있습니다. 잘못된 사회구조를 변화시키려는 행동이 없는 구제는 자칫 자기만족이 될 수 있습니다.

니체가 "구제는 걸인을 양산한다"(『차라투스트라는 이렇게 말했다』), 발터 벤야민이 "수치의 구조가 걸인을 만든다"(『일방통행로』)라고 했듯이 구제한다고 모두 좋은 것은 아닙니다. 사회구조의 변혁 없는 구제, 자립(自立)을 깨닫지 못한 노숙인에게 하는 구제는 걸인을 양산할 수 있고,

이것이야말로 자기만족적인 행위가 될 수 있습니다. 윤동주의 시에 나타난 걸인들은 투르게네프 시의 늙은 걸인처럼 먼저 구걸하지 않습니다. '어린 거지들'은 "텁수룩한 머리털, 시커먼 얼굴에 눈물 고인 충혈(充血)된 눈, 색(色) 잃어 푸르스름한 입술, 너들너들한 남루(襤褸), 찢겨진 맨발"이지만 수치감을 느끼지 않습니다. 화자가 "얘들아"라고 불러보아도 "흘끔 돌아다볼 뿐"입니다. 오히려 어린 거지들은 구제하려는 자를 우습게 보는지도 모릅니다. 가난하지만 자기들끼리 만족하는 거지패들처럼 보이기까지 합니다.

무턱대고 행동하지 못하는 거리감

오랫동안 노숙인을 돕는 일을 해보면, 구제라는 행위가 간단치 않다는 것을 체험합니다. 때로는 돕지 않고 차갑게 거절하는 일이 돕는 것이고, 때로는 거리를 두는 일이 돕는 것이고, 때로는 전적으로 돕기도 해야 합니다. 쉽게 판단하기에는 상황들이 너무도 다양하고 해체적입니다. 돕는 방법, 나누는 방법, 함께하는 방법은 그만치 쉽지 않고 조심스러워야 합니다.(김응교, 「노숙인, 민들레 문학교실」, 『곁으로―문학의 공간』, 새물결플러스, 2015) 그래서 이 시의 "무턱대고 이것들을 내줄 용기(勇氣)는 없었다"라는 표현에서 "무턱대고"라는 표현이 주목됩니다. 너무도 조심스러운 겁니다.

이 시를 풍자시로 보기보다는 비슷한 시기에 쓰인 「자화상」처럼 상황에 따라 어떻게 대처할 수 없는 자기 내면을 표현했다고 보는 것이 시인의 의도에 가깝지 않을까요.

오히려 윤동주의 「투르게네프의 언덕」은 투르게네프를 비판하는 것이 아니라 윤동주 자신의 '행동하지 못하는 자괴감'을 만나게 되는 것이 아닐까요. 「거지」의 화자는 늙은 거지를 돕고 싶지만 여건이 되지 않아 돕지 못하는 반면, 「투르게네프의 언덕」의 화자는 돕고 싶어도 실천하지 못합니다. 「거지」를 읽으면 관념적이든 자기만족적이든 인도주의적인 느낌이 드는 반면, 「투르게네프의 언덕」을 읽으면 빈곤 문제에 어떻게 대처하지 못하는 현대인의 '자화상'을 봅니다. 투르게네프는 거지에게 줄 것이 없어 거지의 손을 붙잡지만, 윤동주는 거지 소년들에게 가진 것을 줄 용기가 없습니다. 불편한 진실이지만 '손을 잡는' 실천적인 주체와 '흘깃 쳐다보는' 어린 거지를 봐야 하는 수동적 주체 사이에 윤동주의 괴로움이 있습니다. 이런 괴로움은 윤동주의 「병원」에서도 나타납니다.

> 여자(女子)는 자리에서 일어나 옷깃을 여미고 화단(花壇)에서 금잔화(金盞花) 한 포기를 따 가슴에 꽂고 병실(病室) 안으로 사라진다. 나는 그 여자(女子)의 건강(健康)이 아니—내 건강(健康)도 속(速)히 회복(回復)되기를 바라며 그가 누웠던 자리에 누워본다.
>
> —윤동주, 「병원」 중에서

화자는 병원 뒤뜰에서 일광욕하는 여자를 훔쳐봅니다. "가슴을 앓는다는 이 여자(女子)를 찾아오는 이"도 없고, 화자는 아픔을 지닌 여자에게 다가가지 못합니다. 다만 여자가 떠나고 나서야 여자가 "누웠던 자리에 누워"봅니다. 이러한 설정은 「투르게네프의 언덕」에서 거지 소년들에게 손을 내밀지 못하고 그들이 떠난 뒤 언덕 위 짙어가는 황혼 속에서 우두커니 서 있는 화자의 모습과 유사합니다. 대상과 일치하지 못하는 거리감 혹은 소통의 단절은 윤동주의 시에서 우울미, 멜랑콜리를 형성합니다. 이렇게 볼 때 「투르게네프의 언덕」은 풍자시라고 하기보다는 '자기 내면

의 성찰'로 보는 것이 좋겠습니다. 윤동주 자신의 우울은 독자에게 성찰
과 자기반성을 유도합니다.

차이의 생성, 「투르게네프의 언덕」의 미학

「거지」에 어떤 내면적인 리듬이 있는지 확인하기는 쉽지 않습니다. 다
만 「투르게네프의 언덕」을 보면 윤동주가 의도적으로 썼을 반복법이 나
옵니다. 산문시를 쓰면서 낭송에 편하도록 반복법을 쓰고, 거기에 미묘한
차이를 둔 것입니다.

> 둘재 아이도 그러하엿다.
> 셋재 아이도 그러하엿다.
> (······)
> 둘재아이도 그러할뿐이 엿다.
> 셋재아이도 그러할뿐이엿다.

이 시에서는 첫째, 둘째, 셋째 거지 아이의 동일한 모습이 두 번 열거됩
니다. 앞부분에서는 "첫재 아이는 (······) 廢物(폐물)이 가득하엿다./둘재
아이도 그러하엿다./셋재 아이도 그러하엿다"이고, 뒷부분에서는 "첫재
아이가 充血(충혈)된 눈으로 흘끔 도려다 볼뿐이엿다./둘재아이도 그러
할뿐이 엿다./셋재아이도 그러할뿐이엿다"라고 써 있습니다. 첫째, 둘째,
셋째 아이가 같은 행동을 반복하지만 앞부분과 뒷부분에서 띄어쓰기를
달리해 리듬에 변화를 주었고, 그에 따라 아이들의 상황도 변화되고 있습
니다.

단순한 열거가 아니라 리듬과 형식의 변화를 통한 화자의 측은지심,

이기주의, 갈등 등 복잡한 다성적
(多聲的) 상황을 입체적으로 치밀
하게 계산하여 쓴 시로 볼 수 있겠
습니다.

이쯤에서 윤동주의 의도를 정리
할 수 있을 것 같습니다. 첫째, 윤
동주는 고단한 '고갯길(언덕길)'을
걷고 있는 자신과 당시 상황을 은
유합니다. 둘째, 내가 만나는 어린
거지라는 공동체를 보여줍니다. 이 공동체를 한민족이라고 등치시키는
것은 시의 의미를 좁히겠지요. 여기서 공동체란 거지와 내가 함께 거하고
있는 상황 자체입니다. 셋째, 화자는 도울까 말까 망설이고, 어린 거지들
은 흘끔 화자를 돌아보고는 소곤대며 가버립니다. 이러한 모습은 투르게
네프의 「거지」를 풍자하기보다는 화자 혹은 시인 자신의 부끄러움을 드
러내는 것이며, 이를 통해 독자는 반성적 고찰을 하게 된다고 할 수 있겠
습니다. 모든 도표란 도식화라는 문제가 있으나 이번 글을 정리하자면 다
음과 같습니다.

	「거지」	「투르게네프의 언덕」
배경	거리	언덕
대상	늙은 거지 한 명	여러 명의 소년 거지들
화자의 행동	줄 것이 없다고 거지에게 손을 내밀어 사과한다.	주머니에 지갑, 시계, 손수건이 들어 있지만, 이것들을 내어줄 용기가 없어 이야기나 하려고 거지들을 부른다.
거지의 반응	손을 마주잡으며 이것도 적선이니 고맙다고 말한다.	"흘끔 돌아다볼 뿐" 그냥 가던 길을 다시 간다.
화자의 감정	자신이 오히려 거지에게 적선받았다는 것을 깨닫는다.	"언덕 위에는 아무도 없었다/짙어가는 황혼이 밀려들 뿐"
공통점	인간을 어떻게 사랑해야 하는가에 대한, 부유하게 자란 두 작가의 고민이 담겼다. 두 작가의 나름의 미학이 있다.	

　이 시의 묘미는 원작을 패러디하면서도 윤동주 자신의 미학으로 시의 리듬과 사상을 새롭게 탄생시켰다는 데 있습니다. 단순한 반복이 아니라 원작과 거리를 둠으로써 '새로운 생성'을 창조한 것입니다. 「투르게네프의 언덕」「소년」「산골물」을 쓴 1939년 9월 이후부터 1940년 12월 3일(「위로」)까지 윤동주가 남긴 글은 없습니다. 이른바 '윤동주의 침묵기'라고 하지요. 윤동주의 내면과 외면에 어떤 일이 있었기에 일 년 이삼 개월이나 글을 쓰지 않았을까요.

'또다른 나'와의 대화
「귀뚜라미와 나와」「자화상」

귀뚜라미와 나와
잔디밭에서 이야기했다.

귀뚤귀뚤
귀뚤귀뚤

아무게도 알려주지 말고
우리 둘만 알자고 약속했다.

귀뚤귀뚤
귀뚤귀뚤

귀뚜라미와 나와

달 밝은 밤에 이야기했다.

　　　　　　　—「귀뚜라미와 나와」(1938년 추정) 전문

1938년 윤동주가 연희전문학교에 입학한 첫해에 쓴 동시입니다. 그런데 육필 원고를 보면, 왼쪽에 "아바지/어머니"라고 써 있어요. 왜 썼을까요. 가족들과 떨어져 살아야 하는 시간들은 그에게 외로움으로 다가왔을 겁니다.

귀뚤귀뚤, 내 영혼의 귀뚜라미

'귀뚜라미'라는 객관적 상관물이 중요합니다. 윤동주는 일학년 때부터 현재 연세대학교 캠퍼스에 세워진 윤동주 시비 뒤편의 기숙사에서 생활합니다. 일, 이층 복도와 방바닥이 마루였던 이 오래된 건물에서 "달 밝은 밤"의 귀뚜라미는 윤동주의 벗이었을 것 같아요. 8월 중순에서 10월 말까지 귀뚜라미 소리를 들을 수 있으니 이 시는 아마 1938년 가을에 쓴 것이 아닌가 추측됩니다.

특히 2연과 4연에 반복되는 "귀뚤귀뚤"이라는 의성어가 친밀하게 다가옵니다. 귀뚜라미는 영어로 크리켓(cricket), 불어로 크리케(criquet)라고 하는데, 아마 서양인들의 귀에는 '크릭크릭'이라는 소리로 들리는 모양입니다. "귀뚤귀뚤"이라는 간단한 의성어로 이 동시는 한없는 정겨움을 자아냅니다.

윤동주는 귀뚜라미와 대화하고, 약속합니다. 자신의 외로움을 귀뚜라미에 투영시킵니다. '귀뚜라미'는 시의 화자 '나'와 대화하는 상대이며, 둘이서만 알자고 약속하는 벗이기도 합니다. 3연에서 "아무게도 알려주지 말고"라고 하지요. 이런 공백(空白)이 이 시를 좋은 시로 만들었겠죠. 독자는 무슨 약속일까 상상하게 됩니다. 바로 이 순간 시의 다른 한 부분이 완성되는 것이겠죠.

1연과 5연 끝에 나오는 '이야기하다'라는 동사는 윤동주의 작품에서 열 번 이상 나오는 어휘입니다. 그런데 "달 밝은 밤에 이야기했다"라는 구절로 시적 화자가 이야기하는 시간을 알 수 있습니다. 바로 어두운 '밤'이죠. 윤동주의 시에서 '밤'이라는 시간은 어떻게 나타날까요.

① 밤은 다시 고요히 잠드오.

—「밤」(1937. 3)

달이 자라는 고요한 밤에/달같이 외로운 사랑이

—「달같이」(1939. 9)

② 이제 닭이 홰를 치면서 맵짠 울음을 뽑아 밤을 쫓고 어둠을 짓내몰아 동켠으로 훠언히 새벽이란 새로운 손님을 불러온다 하자.(산문

「별똥 떨어진 데」)

육첩방(六疊房)은 남의 나라.
창(窓)밖에 밤비가 속살거리는데,

—「쉽게 쓰여진 시」(1942. 6. 3)

③ 밤이면 밤마다 나의 거울을
손바닥으로 발바닥으로 닦아보자.

—「참회록」(1942. 1. 24)

①에 인용된 '밤'은 '고요하다'라는 형용사의 꾸밈을 받고 있습니다. 반면 ②에 인용된 '밤'은 부정적인 의미를 갖고 있습니다. 산문 「별똥 떨어진 데」에 나오는 '밤'은 '어둠'과 함께 몰아내야 하는 대상입니다. 이때 밤과 어둠을 일제 식민지 시절이란 알레고리로 읽을 수도 있겠습니다. ③의 '밤'은 자기성찰을 하는 시간이면서 동시에 '등불을 밝혀' 내몰아야 하는 시간입니다.

이쯤에서 가장 중요한 문제를 생각해봐야겠어요. 이 시에서 귀뚜라미는 누구일까요. 그냥 귀뚜라미일까요. 그럴 수도 있겠죠. 그런데 「별 헤는 밤」을 보면 생각이 조금 달라집니다.

따은 밤을 새워 우는 벌레는
부끄러운 이름을 슬퍼하는 까닭입니다.

—윤동주, 「별 헤는 밤」 중에서

「별 헤는 밤」에서 '벌레'는 시인을 은유하고 있습니다. 그렇다면 '귀뚜라미'도 자신의 비참한 처지를 은유한 경우가 아닐까요. 영화 〈밀양〉의 원작인 이청준의 소설이 『벌레 이야기』였죠. 성경을 보면 "나는 벌레요 사람이 아니라"(시편 22장 6절)라는 구절이 있습니다. 다윗이 사울 왕에게서 피신하는 어려움 속에서 썼던 구절입니다. 자신이 벌레처럼 비참했다는 뜻이겠지요. "부끄러운 이름을 슬퍼하는" 윤동주의 처지도 비슷했을 겁니다. 억압적인 시대 속에서 어쩔 수 없는 자신의 처지를 벌레 혹은 귀뚜라미에 이입시켰다고 해석할 수도 있습니다. 「별 헤는 밤」의 '벌레'는 이렇게 해석할 수 있는 여지가 있습니다. 그런데 「귀뚜라미와 나와」에서 '귀뚜라미'는 부정적으로만은 볼 수 없을 만치 명랑한 부분이 있습니다. 그렇다고 완전히 명랑하다고도 할 수 없는 어딘지 쓸쓸한 구석도 있습니다. 결국 읽는 이의 마음에 따라 이 시는 전혀 다른 해석이 가능할 겁니다.

또한 시 쓰는 '나'와 귀뚜라미처럼 보잘것없는 '나'와의 대화로도 볼 수 있겠습니다. 주목해야 할 것은 1연입니다 "귀뚜라미와 나와/잔디밭에서 이야기했다"는 구절입니다. 윤동주의 글에는 '나' '내' 같은 대명사가 이백 번 가까이 사용되었는데 『윤동주 시어사전』(조재수, 연세대학교출판부, 2005, 32쪽)에 따르면 "자기 느낌, 체험, 명상, 고뇌, 소망, 다짐 등의 표현 주체를 일일이 밝혀 쓰다보니 '나'의 쓰임이 많은 것"이라고 합니다. 이 시에서도 "나와"를 빼고 "귀뚜라미와/잔디밭에서 이야기했다"라고 쓰면 되는데, 왜 굳이 '나와'를 넣었을까요. 왜 '나와'를 강조했을까요. 이것은 귀뚜라미를 묘사한 시가 아니라 결국 '나'의 내면적 대화라는 것을 암시하는 부분이겠죠. 결국 이 시는 귀뚜라미에게 얘기하는 것이 아니라 자기 자신에게 약속하고 대화하고 있다고 보입니다. 여기서 우리는 일 년 뒤 같은 방식으로 창작된 「자화상」을 읽게 됩니다.

「자화상」과 시인 이상, 도스토옙스키

좋은 시는 어떤 시일까요. 다시 읽고 싶은 작품이 아닐까요. 왜 다시 읽고 싶을까요. 읽으면 읽을수록 새로운 의미로 신선하게 다가오기 때문일 겁니다. 「자화상」은 정말 다양한 해석이 가능한 작품입니다.

산모퉁이를 돌아 논가 외딴 우물을 홀로 찾아가선 가만히 들여다봅니다.

우물 속에는 달이 밝고 구름이 흐르고 하늘이 펼치고 파아란 바람이 불고 가을이 있습니다.

그리고 한 사나이가 있습니다.
어쩐지 그 사나이가 미워져 돌아갑니다.

돌아가다 생각하니 그 사나이가 가엾어집니다. 도로 가 들여다보니 사나이는 그대로 있습니다.

다시 그 사나이가 미워져 돌아갑니다.
돌아가다 생각하니 그 사나이가 그리워집니다.

우물 속에는 달이 밝고 구름이 흐르고 하늘이 펼치고 파아란 바람이 불고 가을이 있고 추억(追憶)처럼 사나이가 있습니다.

— 윤동주, 「자화상」(1939. 9) 전문

시인은 논가에 있는 외딴 우물을 들여다보고 있습니다. '우물'은 자아 성찰의 거울 역할을 하고 있지요. 우물 속의 사나이는 자신의 분신이며 헛것일 뿐입니다. 이러한 분신의 이미지는 윤동주의 시에서 여러 번 반복됩니다. 1942년에 발표한 「참회록」의 마지막 5연을 보면 이런 구절이 나옵니다.

그러면 어느 운석(隕石) 밑으로 홀로 걸어가는
슬픈 사람의 뒷모양이
거울 속에 나타나 온다.

— 윤동주, 「참회록」 중에서

이후에 상세히 분석하겠으나 「참회록」에 보이는 '슬픈 사람'은 언제 운석이 떨어질지 모르는 종말론적인 시간을 홀로 걸어가는 단독자입니다. 이렇게 한 인물이 여러 명으로 나뉘는 상상력은 어디서 기인했을까요.

	창작 연도	윤동주 자신	분신
「귀뚜라미와 나와」	1938	나	귀뚜라미
「자화상」	1939	나	사나이
「참회록」	1942	나	슬픈 사람의 뒷모습

쉽게 떠올릴 수 있는 작품은 이상(李箱, 1910~1937)의 「거울」입니다.

거울속에는소리가없소
저렇게까지조용한세상은참없을것이오

거울속에도내게귀가있소
내말을못알아듣는딱한귀가두개나있소

거울속의나는왼손잡이오
내악수(握手)를받을줄모르는—악수를모르는왼손잡이오

거울때문에나는거울속의나를만져보지를못하는구료마는
거울이아니었던들내가어찌거울속의나를만나보기만이라도했겠소

나는지금거울을안가졌소마는거울속에는늘거울속의내가있소
잘은모르지만외로된사업(事業)에골몰할게요

거울속의나는참나와는반대(反對)요마는
또꽤닮았소
나는거울속의나를근심하고진찰할수없으니퍽섭섭하오

—이상, 「거울」 전문

거울은 물체의 모양이 보이도록 만든 요상한 물건입니다. 그런데 여기서 중요한 것은 거울 속의 '나'는 허상(虛像)이라는 사실입니다. 실체가 아니라 헛것입니다. 그래서 "거울속에는소리가없소/저렇게까지조용한세상은참없을것이오"(1연)입니다. 즉 거울은 '나'를 비춰주고, '나'의 본모습을 반성케 하는 동시에 '나'와 단절된 헛것입니다. 그런데 우리는 저 헛것으로 도망치고 싶은 욕망을 늘 느낍니다. 이 암담한 현실을 빠져나가고 싶다는 욕망으로 이상의 삶은 참담했습니다. 차별받는 식민지 지식인인데다가 폐결핵까지 걸린 환자였습니다. 이상은 거울 속의 헛것을 택하듯 1930년대 초 『조선과 건축』에 일본어 시를 발표할 즈음에 다다이즘이나 초현실주의에 빠져들었습니다. 띄어쓰기를 무시한 것도 더이상 현실을 규정하는 법칙 따위는 의미가 없다는 거부의 표현

이상

입니다. 시인 이상은 현실과 또다른 헛것(simulacre)의 세상을 살고 있습니다. 그래서 "거울속에도내게귀가있소/내말을못알아듣는딱한귀가두개나있소"(2연)라는 표현이 가능할 겁니다. 거울 속에도 헛것의 귀가 있는 것입니다. 공상 속에도 귀가 있고 눈이 있는 겁니다. 그렇지만 거울 속의 '나'는 역시 도달할 수 없는 헛것에 불과합니다.

거울속의나는참나와는반대(反對)요마는
또꽤닮았소
나는거울속의나를근심하고진찰할수없으니퍽섭섭하오

이상이 거울을 보고 자신의 꿈과 단절된 현실을 아프게 그려냈듯이 윤동주는 「자화상」에서 우물을 반성의 매개체로 쓰고 있습니다. 사실 윤동주는 이상의 시를 꽤 좋아했습니다. 「자화상」 외에도 이상의 영향은 많이 나타납니다.

또한 도스토옙스키의 창작 기법과도 비교됩니다. 도스토옙스키의 『죄

와 벌』『카라마조프가의 형제들』에 나오는 사람들은 모두 흥부/놀부식으로 선/악이 구분된 전형적인 인물이 아니라 한 인물 안에 선과 악이 동시에 존재하는 개성적 인물들입니다.

누구나 악마가 될 수도 있고, 신에 가까운 성품을 가질 수도 있다는 것이죠. 그의 작품은 예외 없이 인간 내부의 긍정과 부정적인 요소들, 존재 자체의 내적 모순성을 다룹니다. 고통과 번민으로 점철된 자신의 삶에서 발견한 이러한 모순성은 그의 작품에서 본능과 이성, 때로는 신성과 악마성 등으로 드러납니다. 도스토옙스키를 통해 인간은 다성(多性)을 가진 괴물로, 아니 인간 자체로 재현됩니다.

또한 주의해볼 내용은 우물 속에 반사되는 달과·구름, 하늘, 바람, 가을의 이미지입니다. 「귀뚜라미와 나와」 5연에 "달 밝은 밤"이 나오는데 「자화상」 2연에서도 "달이 밝고 구름이" 흐르는 밤이 나옵니다. 밤에 별 혹은 달이 떠 있는 상황, 윤동주의 문학적 습관처럼 느껴지는 부분입니다.

> 우물 속에는 달이 밝고 구름이 흐르고 하늘이 펼치고 파아란 바람이
> 불고 가을이 있고 추억(追憶)처럼 사나이가 있습니다.
>
> —윤동주, 「자화상」(1939. 9) 중에서

> 평생(平生) 외롭던 아버지의 운명(殞命)
> 감기우는 눈에 슬픔이 어린다.
>
> 외딴집에 개가 짖고
> 휘양찬 달이 문살에 흐르는 밤.
>
> —윤동주, 「유언」(1937. 10. 24) 중에서

인용된 구절의 배경은 모두 달 밝은 밤입니다. 휘영청 달밤입니다. 「자화상」에서는 우물에 비친 달을 보며 자신을 떠올리고, 「유언」에서는 아버지가 죽어가는 자리에서 고향 떠난 아들들을 기다립니다. 두 경우 모두 아름다운 밤은 아닙니다. 우울하고 차가운 느낌이 듭니다.

윤동주와 고흐의 나르시시즘

윤동주의 「자화상」은 고흐의 그림과 비교되기도 합니다. 어느 대학 입시에서는 "윤동주 시인의 「자화상」과 빈센트 반 고흐의 〈자화상〉을 제시하고, 두 작품에서 인물의 가여움에 대해 논하라"는 내용도 있었다고 합니다. 윤동주와 고흐가 자신을 어떻게 바라보았는가를 물어서, 사실 입시생 스스로 자신을 어떻게 보고 있는가를 간접적으로 묻는 것입니다.

윤동주의 시가 고흐의 그림과 비교되는 까닭은 윤동주가 고흐의 그림을 좋아했기 때문입니다. 앞에서 고흐와 밀레의 그림을 비교한 까닭도 윤동주와 관계가 있기 때문입니다. 고흐 이전에도 윤동주는 그림 자체를 좋아했습니다.

그는 그림에도 관심을 보이었다. 시쳇말로 디자인 센스가 있었다고나 할까. 모든 것이 단정하였지만, 장서의 서명을 하는데도 그 자리와 모양을 가려서 하는 등 모든 것을 품위 있게 꾸몄다. 앞에서 말한 판화 전문지 『흑과 백』을 나에게 보이며 자기도 목판화를 배우고 싶다고 하였다. (……) 미술 전반에 대하여 많은 이해를 하고 있었음은 확실하다. 그가 책 속에 끼워두었던 전람회 프로그램이 어쩌다 발견되는 수가 있었다. 서울에서 전람회에 구경 다니었던 모양이었다. 그가 일본 경찰에 체포된 후 친구의 주선으로 보내온 책 짐 속에는 『고흐의 생애』 『고흐의 서

간집』등 고호에 관한 책이 적지 않게 있었다.(윤일주, 「윤동주의 생애」,
같은 책, 159쪽)

윤동주는 왜 『고호의 생애』나 『고흐의 서간집』등 고흐에 대한 책을 읽
었을까요. 고흐처럼 예술에 빠져들고도 싶었고, 고흐나 자신이나 예술을
좋아했기 때문일까요. 무엇보다도 윤동주는 자기의 내면을 성찰하는 고
흐의 그림을 좋아했을 것 같아요.

윤동주가 우물 속의 사내를 본다든지 고흐가 자화상으로 자기를 그리
는 행위에는 비슷한 나르시시즘의 심리적 동기가 있다고 볼 수 있겠습니
다. 나르시시즘은 잘 알려져 있듯이 나르키소스라는 청년이 호수에 비친
자기 모습을 너무 사랑하여 그리워하다가 물에 빠져 죽어 수선화가 되었
다는 그리스 신화에서 비롯된 말입니다. 자기를 어떻게 사랑하느냐에 따
라 반성적 고찰이 될 수 있고, 자신의 한계에 절망하면 자신을 학대하는
자학적 사디즘으로 바뀔 수도 있습니다.

윤동주는 그 자신이 비춰진 모습을 "가엾어집니다"라고 표현하고 있습
니다. 이 말은 단순히 관념적인 측은함이 아닐 겁니다. 가령 "애비는 종이
었다. 밤이 깊어도 오지 않았다"로 시작하여 "나를 키운 건 팔 할(八割)이
바람이다./세상은 가도 가도 부끄럽기만 하더라/어떤 이는 내 눈에서 죄
인(罪人)을 읽고 가고/어떤 이는 내 입에서 천치(天痴)를 읽고 가나/나는
아무것도 뉘우치진 않을란다"라고 썼던 서정주의 사디즘적인 「자화상」
과는 전혀 다른 윤리적 개념이 윤동주의 「자화상」에 담겨 있지요.

독실한 기독교 가계에서 자란 윤동주처럼 목사의 아들로 태어난 고흐
는 삼대에 걸친 목사직을 이어나가려 했죠. 그러나 암스테르담 신학대학
입학시험에 떨어집니다. 좌절하지 않고 전도자 양성학교에 입학했으나

이마저도 끝내지 못하고, 결국 가난한 자들과 굶주린 자들에게 성경 말씀을 들려주겠다며 벨기에의 탄광지대 보리나주로 갑니다. 먹을 것과 입을 것을 광부들과 나누며, 노동자 파업을 지지했던 고흐는, 그러나 평신도 선교사로 자신을 파견했던 브뤼셀 복음학교에서 버림받습니다. 그때 고흐는 혀가 아니라 붓으로 예수정신을 실천하기로 합니다.

고흐는 '자화상'을 많이 그렸습니다. 이 년도 채 안 되는 파리 시절에 '자화상'을 무려 스물두 점이나 그렸습니다. 아무도 사지 않을 이상한 〈자화상〉을 왜 그렇게 많이 그렸을까요. 윤동주가 「자화상」에서 밉기만 한 사나이(자신)를 떠나지 못하고 수없이 되돌아보았듯이 고흐도 자화상 속의 자신을 통해 스스로의 삶을 짚어봤을 겁니다. 후기 그림인 〈귀 자른 후의 자화상〉에는 우울한 고흐의 눈빛이 느껴집니다.

왜 귀를 잘랐을까요. 고갱과 갈등을 겪고 헤어지려는 순간의 충격으로 귀를 잘랐던 고흐의 마음은 어떠했을까요. 누구에게 책임을 전가하거나 변명할 수 없는, 결국 모든 잘못이 자신에게 있다고 생각할 때 자기학대, 곧 사디즘이 발생합니다. 이상이 "거울속에도내게귀가있소/내말을못알아듣는딱한귀가두개나있소"(「거울」)라고 했지만 고흐는 〈자화상〉 속에도, 그리고 현실 속에서도 남의 말을 알아들을 수 없는 절망을 견딜 수 없어 귀를 자른 것이 아닐까요. 고갱과 결별하게 된 이유가 자신에게 있다는 것을 깨닫고, 자기학대의 대상으로 타인의 말을 알아듣지 못하는 귀를 택한 것이 아닐까 생각해봅니다.

이에 비해 윤동주의 「귀뚜라미와 나와」와 「자화상」은 고흐만치 절망한 상황이 아닙니다.

귀뚜라미와 나와

달 밝은 밤에 이야기했다.

—윤동주, 「귀뚜라미와 나와」 중에서

다시 그 사나이가 미워져 돌아갑니다.
돌아가다 생각하니 그 사나이가 그리워집니다.

우물 속에는 달이 밝고 구름이 흐르고 하늘이 펼치고 파아란 바람이
불고 가을이 있고 추억(追憶)처럼 사나이가 있습니다.

—윤동주, 「자화상」 중에서

아직 완전히 포기하지 않았기에 자신의 분신인 귀뚜라미와 이야기하
고, 우물 속의 사나이에게 돌아갈 수 있었겠죠. '물'은 거울의 역할을 했
으며, 물속의 '사내'에는 윤동주가 품고 있던 죽음 인식, 고향 상실감, 자
아 상실감, 조국의 상실감 등 다양하고 복잡한 무의식이 표상되어 있습
니다.

침묵기 때 만난 벗

「달같이」

「달같이」와 일 년 이삼 개월의 침묵 시대

「자화상」의 마지막 연 "추억(追憶)처럼 사나이가 있습니다"라는 구절은 윤동주가 그리는 마지막 소망이었을 겁니다. 평화로운 풍경인 까닭인지 시적 화자는 미운 사나이가 비치는 우물가를 떠나지 못합니다. 사나이가 가엾고 밉지만 포기할 수 없는 '나'입니다. 이러한 갈등을 겪었던 윤동주의 성장 과정을 잘 보여주는 시는 「달같이」입니다.

> 연륜(年輪)이 자라듯이
> 달이 자라는 고요한 밤에
> 달같이 외로운 사랑이
> 가슴 하나 뻐근히
> 연륜(年輪)처럼 피여나간다.
>
> ─윤동주, 「달같이」(1939. 9) 전문

연륜(年輪)은 본래 나이테를 말합니다. 중국어로는 '니엔룬(年轮, niánlún)'이라 읽습니다. 해 연(年)에 바퀴 륜(輪)으로 이루어진 '연륜'이란 단어는 여러 해 쌓은 경륜을 말하지요. 륜(輪)은 수레 차(車)와 둥글 륜(侖)이 합해진 단어로 '바퀴'를 말합니다. 그래서 연륜은 나이테처럼 퍼지며 숙련되는 성장을 의미합니다. 나무의 나이테가 점점 커지듯 제대로 산다면 시간이 지날수록 영혼의 나이테도 두툼해집니다. 중국인 학교를 다녔고 만주 지역에서 자랐던 윤동주도 '연륜'에 나이테라는 뜻이 있다는 것을 알았을 겁니다. 그래서 하나의 성장을 나무에 비유하여 5행에 "피여나간다"라고 썼습니다.

윤동주는 인간이 성장하는 모습을 달에 비유하고 있습니다. 달은 초승달이었다가 반달이었다가 보름달로 변합니다. 달이 성장하는 데 곁에서 응원하는 것은 아무것도 없습니다. "달이 자라는" 곳은 "고요한 밤"입니다. 달 주변에는 어둠 외에 아무것도 없습니다. 진짜 성장은 어둠 속에서, 절망 속에서, 설움 속에서 가능합니다. 어둠 없이, 설움 없이, 절망 없이 성장하는 것은 온실 속에서 자란 귀족 화초일 뿐입니다. 그래서 성장한다는 것은 "달같이 외로운 사랑"인 겁니다. 사랑이야말로 어둠 속에서 외롭게 빛을 반사하는 달처럼 고독한 행위가 아닐까요. 어둠 속에서 달은 자신의 나이테를 키웁니다.

그 성장통은 가슴 둘이 겪는 것이 아니라 단독자로서 "가슴 하나"가 "뻐근히" 견디며 버텨내는 과정입니다. 이 시는 1917년에 태어난 윤동주가 스물두 살 때 쓴 소품입니다. 청소년의 나이를 지나 이제 청년의 가슴을 지닐 때입니다. 마치 가슴근육이 쪼개지듯 신체적인 표현을 써서 "뻐근히"라고 쓰고 있습니다.

마지막 행에서 "연륜(年輪)처럼 피여나간다"라고 썼습니다. 많은 윤동주 시집들이 "피어나간다"라고 썼는데 원문 그대로 "피여나간다"라고 썼으면 합니다. 윤동주가 '피여나다'를 많이 썼기 때문입니다.

> "한 갈피 두 갈피,/피여나는 마음의 그림자" —「거리에서」
> "빨—간 꽃이 피여났네" —「태초의 아침」
> "꽃처럼 피여나는 피를" —「십자가」
> "무덤 위에 파란 잔디가 피여나듯이" —「별 헤는 밤」
> "삼동(三冬)을 참아온 나는/풀포기처럼 피여난다" —「봄 2」

이렇게 '피여나다'라는 함경도 사투리를 즐겨 썼던 시인의 어감을 살려줬으면 합니다. '피여나다'는 현재 북한의 표기법입니다. 북한에서는 '이' 모음을 포함한 'ㅐ, ㅔ, ㅟ, ㅢ, ㅣ' 모음 다음에 '어'가 있으면 '여'로 씁니다. '깨어나다'를 '깨여나다', '드디어'를 '드디여', '띄어쓰기'를 '띄여쓰기'로 적습니다. 2009년 6월 중국에서 있었던 『겨레말큰사전』 남북공동편찬사업회 회의록'에 남한과 북한이 서로의 표기법을 존중하여 "'~어'와 '~여' 둘 다 인정한다"는 구절이 나옵니다만, 그것과 상관없이 시인이 쓴 단어에 대해 배려해야 합니다. 백석의 평안도 사투리, 김영랑의 전라도 사투리, 박목월의 경상도 사투리를 살려줘야 하듯이 윤동주가 반복해서 썼던 '피여나다'라는 단어를 그대로 살려야 할 것입니다. 그것이 우리말을 풍성하게 하는 방법입니다.

'피여나간다'라는 말은 꽃잎이 하나하나 뻗쳐나가는 듯한 느낌을 줍니다. 즉 식물이 성장하는 모양을 형상화하고 있습니다. 모든 식물은 태양을 향해 광합성을 하고, 향일성(向日性)으로 말미암아 수직으로 자랍니다. 이렇게 볼 때 수평으로 퍼지는 나이테와 수직으로 피여나는 향일성,

즉 넓이와 높이가 함께 자라는 성장을 형상화하고 있습니다. 스물둘의 윤동주는 "고요한 밤"의 "외로운 사랑"이라는 철저한 고독 속에서도 식물적 성장을 꿈꾸었습니다.

그래서 "뼈근히/연륜처럼 피여나간다"라고 썼습니다. 그것은 달이 초승달, 반달, 보름달, 다시 초승달로 향하는 순환 과정이기도 하지요. 시 속에 순환 과정이 있습니다. 연륜은 달이며, 달은 다시 사랑이며, 사랑은 다시 연륜으로 돌고 돕니다. 그러나 달은 시간과 각도에 따라 다르게 보일 뿐 달의 본래 모습에는 사실 아무 변화가 없습니다. 주체(subject)란 좀처럼 변하기 힘들다는 한계를 윤동주는 알고 있었을까요.

삶이 어려울 때 이 시를 생각하면 힘이 될 것 같아요. 내가 가진 것이 "가슴 하나"뿐이고, 나를 응원하는 이 아무도 없을 때 오히려 어둠을, 절망을, 설움을 벗삼아 뼈근하게 나를 꽃피우는 겁니다. 이 짧은 시에서 윤동주는 인간이 어떤 긍지로 버티고 이겨내며 살아야 할지 그려내고 있습니다.

그러나 이 시를 마지막으로 윤동주는 글쓸 의욕을 잃고 맙니다. 이 시를 쓴 1939년 9월부터 일 년 이삼 개월간 어떤 글도 발표하지 않는 침묵에 들어갑니다.

일제는 1939년 11월 창씨개명령을 공포합니다. 조선 사람들이 잘 따르지 않자 1940년 4월부터 좀더 적극적으로 밀어붙이기 시작합니다. 이름을 일본식으로 개명해야 한다는 것은 윤동주에게 견디기 어려운 일이었습니다. 1940년 8월에는 동아일보, 조선일보가 폐간됩니다. 1940년 8월 17일부터는 아침 여섯시에 기상해 정오에는 전승기원묵도(戰勝祈願黙禱)를 강요하며, 국민들과 식민지인들을 '순종적인 신체'(푸코, 『감시와 처벌』)로 길들이기 시작했습니다.

1938년 3월 3일 '제3차 조선교육령'이 개정되면서부터는 수업 중 조선어 사용이 금지되었습니다. 1939년 7월 8일에는 '국민징용령'이 공포되더니 설상가상으로 1938년 9월에는 윤동주가 존경하던 외솔 최현배 교수가 흥업구락부 사건으로 삼 개월간 투옥되고 학교에서 강제 퇴직을 당합니다. 조선의 지식인을 옥죄는 검은 손을 느꼈던 백석이 조선일보사를 사직했던 무렵입니다.

1941년 3월 '제4차 조선교육령'이 시행되면서 급기야 조선어가 교육 과정에서 완전히 사라집니다. 이제 조선어로 시를 쓰면 반역이 되는 암흑시대로 들어선 겁니다.

국내를 넘어 세계는 더욱 파국으로 치달았습니다. 1940년 3월 중국 난징에는 일본의 괴뢰정부인 '신국민정부'가 들어섰습니다. 중국 만주에서 살았고 중국어를 할 수 있었던 윤동주에게는 민감하고 절망적인 상황이 아닐 수 없었을 겁니다. 그해 6월에는 독일군이 파리를 점령했습니다. 세계는 파시즘에 의해 산산이 부서지고 있었습니다.

게다가 윤동주 개인적으로도 참을 수 없는 억압을 체험합니다. 1940년경에 "동주 등이 소공동 '헐리웃'이라는 다방에서 친구들과 만나다 일경에 체포되어 연행된 일이 있다고"(유영, 「연희전문 시절의 윤동주」, 같은 책, 127쪽) 친우였던 유영 교수는 증언하고 있습니다. 윤동주가 어떠한 연유로 연행되었는지는 모르나 사소한 일로 연행되었다면 더욱 굴욕적인 체험이었을 겁니다.

이 시기에 윤동주는 얼마나 절망했을까요. 동생들의 증언에 따르면, 장남인 윤동주가 대표로 하던 식사 기도도 진심으로 하는 것 같지 않았다고 합니다. 그러나 더이상 견딜 수 없어 어떤 글도 쓸 수 없었던 환멸의 시기에 기적처럼 뜻밖의 만남이 기다리고 있었습니다.

윤동주가 찾아오다

1922년 4월 22일 경남 남해군 설천면 문항리에서 태어나 하동보통학교와 동래고보를 졸업한 열여덟 살의 정병욱은 1940년 연희전문에 입학합니다. 입학하자마자 이 년 선배이자 다섯 살이나 많은 윤동주가 찾아옵니다. 윤동주를 만난 것이 아니라 윤동주가 '찾아왔다'는 것은 어떤 의미일까요. 상상하지도 못한 순간을 맞이했던 정병욱은 그때를 생생하게 회고합니다.

> 1940년 4월 어느 날 이른 아침, 연전 기숙사 3층, 내가 묵고 있는 다락방에 동주 형이 나를 찾아주었다. 아직도 기름 냄새가 가시지 않은 조선일보 한 장을 손에 쥐고, "글 재미있게 읽었습니다. 나와 같이 산보라도 나가실까요?" 신입생인 나를 3학년이었던 동주 형이 그날 아침 조선일보 학생란에 실린 나의 하치도 않은 글을 먼저 보고 이렇게 찾아준 것이었다. 중학교 때에 이미 그의 글을 읽고 먼발치에서 그를 눈여겨 살피고 있던 나에게는 너무도 뜻밖의 영광이었다. 나는 자랑스레 그를 따라나섰다.(정병욱, 「동주 형의 편모」, 『바람을 부비고 서 있는 말들』, 집문당, 1980, 25쪽)

조금 놀라운 사실은 중학생이던 정병욱이 이름을 기억할 정도로 윤동주의 발표작들이 이미 알려져 있었다는 사실입니다. 가령 윤동주의 「아우의 인상화」는 조선일보 1938년 10월 17일자에 실렸고, 산문 「달을 쏘다」는 1939년 1월 23일 조선일보 학생란에 실려 있었습니다. 이 사실은 또한 중학생이었던 정병욱이 그만치 문학에 관심을 깨우치고 있었다는 누설이기도 합니다. 지면으로만 읽어온, 동경하던 학생 시인이 찾아왔을 때 정병욱은 뜻밖이었고, 그래서 "찾아주었다"고 썼을 겁니다. 그냥 찾아온 것이 아니라 자신을 "찾아주었다"라고 써 있습니다. 이 말에는 선배를 향한 곡진한 감사의 뜻이 포함되어 있습니다.

여기서 궁금한 것은 윤동주가 과연 정병욱이 쓴 어떤 글을 읽고 찾아갔겠는가 하는 것입니다. 정병욱은 "기름 냄새가 가시지 않은 조선일보 한 장을 손에 쥐고" 윤동주가 찾아왔다고 적고 있습니다. 그 글은 「뻐꾸기의 전설」로 알려져 있습니다. 그런데 문제는 조선일보 아카이브를 아무리 찾아봐도 1940년에 정병욱이 발표한 위의 글은 없었습니다.

자료를 찾지 못하여 현재로는 정병욱의 착오가 아니겠는가 추론할 수밖에 없는 상황입니다. 2014년 8월 필자는 여러 날 광화문 조선일보 자료실에 가서 정병욱의 글을 찾아보았으나 찾을 수 없었습니다. 조선일보 자료실 사서들과 이 글을 쓰고 있는 지금도 찾고 있지만 발견하지 못하고 있습니다.

현재 「뻐꾸기의 전설」은 백영 정병욱 저작 전집 8권 『인생과 학문의 뒤안길』(신구문화사, 1999)에 실려 있습니다. 이 글이 또 혼선을 주는 것은 발표 연도가 '1940년 5월'로 적혀 있기 때문입니다. 그렇다면 윤동주와 정병욱이 만난 것은 1940년 4월이 아니라 5월일까요. 어느 쪽이 맞는 것일까요. 일단 두 사람이 만났던 즈음에 발표된 글이니 이 글을 통해 정병욱의 생각을 짚어볼 수 있겠습니다.

종(鍾)아!
오늘 아침 문득 뻐꾸기 소리에 선잠을 깨니 한동안 잠들었던 나의 애수가 하품을 내뿜으며 깨어나는구나. 우리들의 조상들은 저 새를 무척 아꼈다더라. 저 새가 울면은 못자리를 마련했고, 누릇누릇 익은 벼이삭이 기울어가면 저 새도 울음을 그치니 벼를 길러 살아온 우리들의 조상이었기에 정녕 영특한 새로 믿어왔겠지.

그러나 종아! 저 소리를 들어보렴. 수없이 재재거리는 아침 새의 '코러스' 속에서 띄엄띄엄 들려오는 저 울음의 마디마디. 마치 영겁보다 더 먼 옛날에서 울려오는 그 어느 슬픈 여신의 잠꼬대와도 같고나. 아니 밑도 끝도 없는 그 어느 묘혈(墓穴) 속에서 한 광이 두 광이 파내는 옛이야기와도 같고나. 저 이야기의 구절구절. 풀래야 풀 수 없는 원한의 눈물이 찔끔 튀겨 나오는구나, 종아.(정병욱, 『인생과 학문의 뒤안길』, 신구문화사, 1999, 63쪽)

이 글의 내용은 대강 이러합니다. 옛날 어느 곳에 장정이 된 아들과 노쇠한 아버지가 살고 있었습니다. 그런데 추수철에 아들이 전쟁터에 끌려갑니다. 아들은 공을 많이 세웠으나 "벌떼처럼 달려드는 적군에게" 붙잡혀 참수되고, 그 넋은 뻐꾸기가 됩니다. 그는 목이 베일 때 "아버지, 못자리"라며 외마디를 부르짖었답니다. 이리하여 봄철이 되면 농군 자식의 애타는 넋이 마을 뒷숲에서 늙은 아버지에게 씨 뿌리고 못자리 낼 때가 되었노라고 "아버지, 못자리(뻐꾹! 뻐! 꾹)" 하며 운다는 이야기입니다.

"아버지, 못자리(뻐꾹! 뻐! 꾹)."
하며 부르짖었건만 벼이삭이 누릇누릇 익어가고 다시 이듬해 겨울이 되어도 아들의 소식을 모르는 그 늙은 아버지는 언제까지나 봄이 되어 아들이 돌아와야 못자리를 내는 것으로만 믿고 있었기에 언제나 언제나 아들이 올 때까지 방 속에서 짚세기만 삼고 지붕나래를 엮고 자리만 짜고 있었더란다.(정병욱, 같은 책, 65쪽)

윤동주와 정병욱

　당시는 젊은이들이 계속해서 전쟁을 일으키는 일본 제국주의 아래서 언젠가는 징용되어 끌려갈 것을 염려해야 하는 '국민 징용령'의 시대였습니다. 아버지를 도와 못자리를 만들어야 하는데, 전쟁에 끌려가 죽임을 당해 그러지 못한 아들의 안타까운 마음에 윤동주가 공감했던 것 같습니다. 서정적인 내용과 빈궁한 현실을 비극적인 아름다움으로 표현해냄으로써 윤동주가 충분히 좋아할 만한 글입니다.

　정병욱은 이 글을 읽고 찾아왔다는 윤동주의 첫인상을 "오뚝하게 솟은 콧날, 부리부리한 눈망울, 한일(一)자로 굳게 다문 입, 그는 한마디로 미남이었다. 투명한 살결, 날씬한 몸매, 단정한 옷매무새, 이렇듯 그는 멋쟁이였다. 그렇지만 그는 꾸며서 이루어지는 멋쟁이가 아니었다. 그는 천성에서 우러나는 멋을 지니고 있었다. 모자를 비스듬히 쓰는 일도 없었고, 교복의 단추를 기울어지게 다는 일도 없었다. 양복바지의 무릎이 앞으로 튀어나오는 일도 없었고, 신발은 언제나 깨끗했다. 이처럼 그는 깔끔하고 결백했다. 거기에다, 그는 바람이 불어도, 눈비가 휘갈겨도 요동하지 않는 태산처럼 믿음직하고 씩씩한 기상을 지니고 있었다"(정병욱 수상집, 「잊지 못할 윤동주 형」, 『바람을 부비고 서 있는 말들』, 집문당, 1980, 13

윤동주가 연희전문학교에 입학할
당시 종교부장 교수로 활동했던 케
이블 선교사 부부

쪽)라고 적고 있습니다.

한편 1941년 정병욱과 함께 기숙사를 사용했던 유동식 연세대 명예교
수(연희전문 40학번)는 2014년 3월 21일 필자와 인터뷰하면서 이렇게
증언했습니다.

"정병욱은 나랑 동기(연희전문 40학번)이고 동갑(1922년생—인용자)
이었어. 문과대 학생이었지만 그래도 대화가 통했어. 참 함께 일본어판
『바이런 시집』을 읽었던 게 기억나. 마룻바닥에 엎드려서 같이 읽었어.
키가 작았어."

유동식 교수의 키가 백팔십 센티미터이기에 그보다 큰 사람은 많지 않
겠으나 유동식 교수는 윤동주가 자기만치 키가 컸고, 정병욱은 키가 작은
편이었다고 증언했습니다.

1917년생인 윤동주, 1922년생인 정병욱은 이렇게 만났습니다. 북쪽 두
만강 너머 용정에서 온 선배가 남쪽 섬진강 하구에서 온 후배를 찾아갔
던 겁니다. "너무도 뜻밖의 영광"을 체험한 정병욱의 그 기쁨은 평생 동안
유지됩니다.

정병욱이 윤동주에 관해 남긴 중요로운 글들은 수상집 『바람을 부비고

서 있는 말들』앞부분에 6편이 모아져 있습니다. 그후 거의 이 년간 정병욱과 동행한 윤동주는 19편의 시를 엮은 육필시집 원고를 정병욱에게 맡기고 일본 유학을 떠납니다. 두 사람의 관계는 세 가지로 정리할 수 있겠습니다.

첫째, 영어 성경을 함께 공부했습니다. 지리산 기슭에 살며 교회당 구경을 해본 적이 없던 정병욱은 윤동주에 이끌려 "주일이면 영문도 모르고 교회당"에 가야 했습니다. 아래 내용은 윤동주가 시를 쓰지 않았던 소위 침묵기(1939. 9~1940. 12)에 어떻게 살았는지 참조할 수 있는 증언입니다.

우리가 다니던 교회는 연희전문학교와 이화여자전문학교 학생들로 이루어진 협성교회로서 이화여전 음악관에 있는 소강당을 교회당으로 쓰고 있었다. 거기서 예배가 끝나면 곧이어서 케이블 목사 부인이 지도하는 영어 성서반에도 참석하곤 했었다.(정병욱, 「잊지 못할 윤동주 형」, 같은 책, 14쪽)

정병욱은 윤동주가 단순히 영어 공부를 위해 케이블 목사 부인의 성서반에 가지는 않았다고 증언합니다. 영어 성서반이 끝나면 반드시 그 의미에 대해 대화하고 싶어했다고 증언하고 있습니다. 그리고 거기서 윤동주가 좋아했던 것 같은 여학생도 목격합니다. 또한 정병욱은 윤동주의 신앙생활에 대해 구체적인 증언을 남겼습니다.

그가 어려서부터 닦아온 종교적인 신앙심은 두터웠다. 그러나 기독교

학생회나 그가 나가는 교회에서 어떤 부서의 일을 맡아 하는 것은 그리 원하지 않았다. 일을 맡는 것이 귀찮아서가 아니라 역시 그의 겸양한 성격 탓이었을 것이다. 그리고 그는 결코 세속적인 신자는 아니었다. 남의 앞에 나서서 남을 이끌기보다는 조용하고 성실한 주일을 보내기를 좋아했다.(정병욱, 「동주 형의 편모」, 같은 책, 29쪽)

그렇다고 윤동주가 늘 소극적인 신앙을 가지지는 않았다고 합니다. 교인인 척하면서도 세속적인 사람을 비판하기까지 했고, 속물들을 탐탁하게 생각하려고 들지도 않았다고 합니다. 교인이면서 술, 담배를 꺼리지는 않았다는 것도 특이한 기록입니다. 술은 매우 조심스레 마셨고, 마시지 않았을 때와 별로 달라지는 일은 없었다고 합니다.

둘째, 이 년 이상 생활을 함께했던 길벗이었습니다. 두 사람은 지금의 종로구 누상동의 소설가 김송의 집에서 하숙을 합니다. 그러다가 경찰이 들락거리는 요시찰인물인 김송의 집이 불편해져 두 사람은 북아현동으로 하숙집을 옮깁니다. 윤동주가 삼학년일 때 기숙사에서 함께 지냈고, 또 윤동주가 사학년이던 시절에 함께 하숙집을 전전했던 정병욱은 우리에게 윤동주의 많은 일상을 전해주었습니다.

문학, 역사, 철학, 이런 책들을 그는 그야말로 종이 뒤가 뚫어지도록 정독을 했다. 이럴 때, 입을 꾹 다문 그의 눈에서는 불덩이가 튀는 듯했다. 어떤 때에는 눈을 감고 한참 동안을 새김질을 하고 나서 다음 구절로 넘어가기도 하고, 어떤 때에는 공책에 메모를 하기도 했다. 그러나 그는 읽는 책에 좀처럼 줄을 치는 일은 없었던 것으로 기억된다. 그만큼 그는 결벽성이 있었다.

태평양전쟁이 벌어지자 일본의 혹독한 식량 정책이 더욱 악랄해졌다. 기숙사의 식탁은 날이 갈수록 조잡해졌다. 학생들이 맹렬히 항의를 해보았으나, 일본 당국의 감시가 워낙 철저하기 때문에 어쩔 수 없다고 했다. 1941년, 동주가 4학년으로, 내가 2학년으로 진급하던 봄에, 우리는 하는 수 없이 기숙사를 떠나기로 했다. 마침, 나의 한 반 친구의 알선이 있어서, 조용하고 조촐한 하숙집을 쉽게 얻을 수 있었다. 우리는 그곳에서 매우 즐겁고 유쾌한 하숙 생활을 누릴 수 있었다. 그러나 우리는 하숙집 사정으로 한 달 후에 그 집을 떠나야만 했다.

그해 5월 그믐께, 다른 하숙집을 알아보기 위해, 아쉬움이 가득찬 마음으로 누상동 하숙집을 나섰다. 옥인동으로 내려오는 길에서 우연히, 전신주에 붙어 있는 하숙집 광고 쪽지를 보았다. 그것을 보고 찾아간 집은 문패에 '김송(金松)'이라고 적혀 있었다. 설마 하고 문을 두드려보았더니 과연 나타난 주인은 바로 소설가 김송, 그분이었다.(정병욱, 「잊지 못할 윤동주 형」)

윤동주가 후배 정병욱과 1941년 5월부터 9월까지 사 개월간 하숙했던 곳은 소설가 김송의 집이었습니다. 당시에는 단층집이었으나 2014년 12월 30일 필자가 찾아갔던 '누상동 9번지 윤동주 하숙집'은 연립주택으로 재건축되어 있었습니다. 정병욱은 윤동주가 사학년 때 썼던 대표작들은 거의 김송 선생 댁에서 쓰인 것들이라고 증언합니다. 거주 기간을 정확히 알 수 없지만 이 시기에 창작된 시들은 대략 10편입니다.

「십자가」(1941. 5. 31), 「눈 감고 간다」(1941. 5. 31), 「태초의 아침」(1941년 5월 31일 추정), 「또 태초의 아침」(1941. 5. 31), 「새벽이 올 때

까지」(1941. 5), 「못 자는 밤」(1941년 6월 추정), 「돌아오는 밤」(1941. 6), 「바람이 불어」(1941. 6. 2), 「또다른 고향」(1941. 9), 「길」(1941. 9. 31)입니다.

백여 편에 이르는 윤동주의 전체 시 중에서 사 개월간 10편을 창작했다는 것은 윤동주가 이 기간에 얼마나 시에 집중했는지를 보여줍니다. 시의 내용을 보아도 절정기의 시편들이 정병욱과 함께 있는 동안 창작되었다는 것을 확인할 수 있습니다. 한 치 앞을 예상할 수 없는 시대에 마음 터놓고 상의할 수 있는 길벗이 있다는 것은 서로에게 큰 위안이 되었을 겁니다.

셋째, 시를 함께 읽고 평했던 글벗입니다. 「별 헤는 밤」이 정병욱의 지적에 의해 수정되었다는 증언은 널리 알려져 있습니다. 정병욱이 느낌을 말했을 때, 윤동주는 "그렇다고 자기의 작품을 지나치게 고집하거나 집착하지도 않았다"고 했습니다. 아래 증언은 윤동주가 자신의 글에 대해 정병욱과 자주 대화했던 정황을 보여줍니다. 「별 헤는 밤」에서 "딴은 밤을 새워 우는 벌레는/부끄러운 이름을 슬퍼하는 까닭입니다"라는 끝 부분을 읽고 정병욱은 윤동주에게 자기의 의견을 전합니다.

첫 원고를 끝내고 나에게 보여주었다. 나는 그에게 넌지시 "어쩐지 끝이 좀 허한 느낌이 드네요" 하고 느낀 바를 말했었다. 그후, 현재의 시집 제1부에 해당하는 부분의 원고를 정리하여 「서시」까지 붙여 나에게 한 부를 주면서 "지난번 정형이 「별 헤는 밤」의 끝 부분이 허하다고 하셨지요. 이렇게 끝에다가 덧붙여보았습니다" 하면서 마지막 넉 줄을 적어 넣어주는 것이었다.

그러나 겨울이 지나고 나의 별에도 봄이 오면

무덤 우에 파란 잔디가 피어나듯이

내 이름자 묻힌 언덕 우에도

자랑처럼 풀이 무성할 게외다.

이처럼, 나의 하찮은 충고에도 귀를 기울여 수용할 줄 아는 태도란, 시인으로서는 매우 어려운 일임을 생각하면, 동주의 그 너그러운 마음에 다시금 머리가 숙여지고 존경하는 마음이 새삼스레 우러나게 된다.(정병욱, 「잊지 못할 윤동주 형」, 같은 책, 21~22쪽)

정병욱의 의견을 윤동주가 받아들였고, 결정적으로는 1948년 윤동주의 시집을 낼 때 정병욱이 교정을 보면서 원전과 다른 부분이 생깁니다. 「별 헤는 밤」에서 정병욱의 조언에 따라 첨가했다는 마지막 넉 줄은 홍장학의 『정본 윤동주 전집』(문학과지성사)에는 메모에 불과한 것으로 배제되어 있습니다.

그러나 마지막 10연을 쓰면서 9연에 "딴은(딴에는)"이란 말을 넣은 것을 보아, 시의 의미 전체에 변화가 생기고 수정되었기에 10연도 넣어야 했을 거라고 생각합니다. 다만 중요한 것은 윤동주가 시를 수정할 정도로 정병욱의 조언을 의미 있게 받아들였다는 점입니다.

홍장학 선생은 "윤동주의 시 「초 한 대」의 육필 초고에는 연필로 된 퇴고 흔적이 보인다. 「간」을 「한」으로 바꿨다. 그런데 이 글씨는 윤동주의 것이 아니다. 정교수의 필체다. 동시 「봄 1」의 원고에서 '가마목'을 '부뜨막'으로 고친 것도 정교수가 한 것으로 보인다. 정교수가 남긴 필체와 윤동주의 필체를 대조해보면 '부뜨막'은 정교수의 글씨"(홍장학, 『정본 윤동주 전집 원전연구』, 문학과지성사, 2004)라고 지적하고 있습니다. 이러한 수정은 윤동주가 사용한 함경도 사투리를 정병욱이 표준어로 바꾸는 과정에서 주로 생겼다고 합니다. 정병욱이 윤동주의 시를 중앙 문단에 알리고 싶었던 마음에서 그랬을 것이라고 추정합니다.

침묵기 일 년 이삼 개월 동안 윤동주는 정병욱과 많은 대화를 나눴습니다. 정병욱이 곁에 있었기 때문인지 윤동주는 이 시기를 극복해가고 있었습니다.

> 그(윤동주―인용자)에게도 신앙의 회의는 있었다. 연전 시대가 그런 시기였던 것 같다. 그런데 그의 존재를 깊이 뒤흔드는 신앙의 회의기에도 그의 마음은 겉으로 여전히 잔잔한 호수 같았다.(문익환, 「동주 형의 추억」, 윤동주 시집 『하늘과 바람과 별과 시』, 정음사, 1983, 216쪽)

아잇적부터 친구였던 문익환이 윤동주는 "여전히 잔잔한 호수 같았다"고 했습니다.

소라 속의 침묵

윤동주가 글을 남기지 않았던 일 년 이삼 개월을 많은 연구자들이 '절필기'라고 합니다. '절필(絕筆)'이란 '붓을 놓고 다시는 글을 쓰지 않는다'는 뜻입니다. 그러나 윤동주는 이후에도 글을 썼기에 이 표현은 적당치 않고, 또 이 시기를 절필기라고 한다면 잠깐 시를 쓰지 않았던 다른 시기도 절필기라고 해야 할 것입니다. 절필기보다는 힘을 비축했던 침묵기로 봐야 할 겁니다. 참고로 당시 윤동주가 연희전문 기숙사인 핀슨홀에서 어떻게 지냈을까 보겠습니다.

일찍이 서산대사(西山大師)가 살았을 듯한 우거진 송림(松林) 속, 게다가 덩그러니 살림집은 외따로 한 채뿐이었으나, 식구(食口)로는 굉장한 것이어서 한 지붕 밑에서 팔도(八道) 사투리를 죄다 들을 만큼 모아놓은 미끈한 장정(壯丁)들만이 욱실욱실하였다. 이곳에 법령(法令)은 없었으나 여인 금납구(禁納區)였다. 만일(萬一) 강심장(强心臟)의 여인(女人)이 불의(不意)의 침입(侵入)이 있다면 우리들의 호기심(好奇心)을 적이 자아내었고, 방(房)마다 새로운 화제(話題)가 생기곤 하였다. 이렇듯 수도 생활(修道生活)에 나는 소라 속처럼 안도(安堵)하였던 것이다.(윤동주, 산문 「종시」)

기숙사를 떠나 하숙 생활을 시작한 때는 1941년 봄입니다. 따라서 일년 이삼 개월의 침묵기를 포함한 만 삼 년을 핀슨홀에서 보냈습니다. 인용문의 끝에 있는 "수도 생활" "소라 속" "안도"라는 단어가 돋보입니다. 핀슨홀에서의 생활을 '수도'로 표현한 것도 그가 아무것도 안 한 것이 아니라 무엇인가 노력하고 있다는 흔적으로 보입니다. 모성 회귀본능이 강했던 그가 핀슨홀의 생활을 "소라 속"이라고 표현한 것은 고독을 즐기고 있다는 사실을 보여줍니다. 그래서 "소라 속처럼 안도(安堵)"했다고 표현했겠죠. 이 글은 그가 어떤 자세로 침묵기를 준비하고 있는지 보여주는 단서입니다. 글로 표현은 안 했으나 침묵하며 "소라 속"에서 성장하고 있었던 것입니다. "가슴 하나 뻐근히/연륜처럼 피여나"(「달같이」)듯이 그는 침묵했지만 성장하고 있었던 것입니다.

윤동주는 침묵기를 넘어 1940년 12월 「팔복」, 「위로」, 「병원」 세 편의 시로 다시 우리 곁에 다가옵니다. 침묵기 동안 윤동주가 어떻게 변했는지 이 세 편의 시들이 말해줍니다. 이제 새롭게 변한 윤동주를 만날 차례입니다.

곁으로 가는 행복
침묵기 이후 연희전문 사학년

1941년 연희전문과 이화여전 영어 성서반과 함께

팔복(八福), 영원한 행복

「팔복」

　「투르게네프의 언덕」「소년」「산골물」을 쓴 1939년 9월부터 1940년 12월까지 윤동주가 남긴 글은 없습니다. 이른바 '윤동주의 침묵 시기'라고 하지요. 이 기간 동안 윤동주의 내면과 외면에 어떤 일이 있었기에 글을 쓰지 않았을까요.

　광명중학교 때 주일학교 반사도 하고, 연희전문 일, 이학년 때까지 하기성경학교를 돕기도 했던 윤동주였건만, 절필 기간 동안 신앙 생활과 조금 거리를 두는 모습을 보였다고 합니다. 반면 정병욱은 절필 기간이었던 1940년 스물셋의 윤동주가 이화여전 구내의 협성교회를 다니며 영어 성서반에 참석했다고 증언합니다. 그리고 고향 용정의 외삼촌 김약연 선생에게서 『시전』을 배웁니다. 또한 프랑스어를 자습하며 고전음악을 듣고 논산, 부여 낙화암 등을 여행합니다.(『윤동주 자필 시고전집』, 399쪽)

불경하고 냉소적인 패러디일까

침묵을 끝낸 1940년 12월 윤동주의 시는 큰 변화를 보입니다. 침묵 기간을 끝냈다는 신호탄은 「팔복」 「위로」 「병원」이었습니다. 그중 「팔복」을 읽어보겠습니다.

슬퍼하는 자는 복이 있나니
슬퍼하는 자는 복이 있나니
슬퍼하는 자는 복이 있나니
슬퍼하는 자는 복이 있나니
슬퍼하는 자는 복이 있나니
슬퍼하는 자는 복이 있나니
슬퍼하는 자는 복이 있나니
슬퍼하는 자는 복이 있나니

저희가 영원(永遠)히 슬플 것이오.
— 윤동주, 「팔복 — 마태복음 5장 3~12절」(1940년 12월 추정) 전문

윤동주의 글은 『나의 습작기의 시 아닌 시』 『창』, 산문, 자선 시고집, 습유시의 다섯 갈래로 나눌 수 있습니다. 습유(拾遺)란 빠진 글을 나중에 보충했다는 뜻입니다. 「팔복」은 낱장 상태로 보관되어온 습유 시 중에서도 일본에 유학을 가기 전에 쓴 작품입니다. 습유 시에는 「팔복」 외에도 「황혼이 바다가 되어」 「병원」 「못 자는 밤」 「흐르는 거리」 등이 있습니다. 「팔복」은 윤동주가 부제에 썼듯이 마태복음 5장 3~12절에 나옵니다.

심령이 가난한 자는 복이 있나니 천국이 그들의 것임이요

애통하는 자는 복이 있나니 그들이 위로를 받을 것임이요

온유한 자는 복이 있나니 그들이 땅을 기업으로 받을 것임이요

의에 주리고 목마른 자는 복이 있나니 그들이 배부를 것임이요

긍휼히 여기는 자는 복이 있나니 그들이 긍휼히 여김을 받을 것임이요

마음이 청결한 자는 복이 있나니 그들이 하나님을 볼 것임이요

화평하게 하는 자는 복이 있나니 그들이 하나님의 아들이라 일컬음을

받을 것임이요

의를 위하여 핍박을 받은 자는 복이 있나니 천국이 그들의 것임이라

유명한 '산상수훈'입니다. 예수가 제자들에게 산에서 특별하게 가르쳤던 내용입니다. 윤동주의 「팔복」은 예수님의 산상수훈을 패러디한 작품이죠. 산상수훈은 신앙인이 누릴 여덟 가지 복을 열거한 가르침입니다. 심령이 가난한 자, 애통하는 자, 온유한 자, 의에 주리고 목마른 자, 긍휼히 여기는 자, 마음이 청결한 자, 화평하게 하는 자, 의를 위하여 핍박을 받은 자, 이렇게 여덟 가지로 구분하고 있지만 윤동주는 이를 '슬퍼하는 자' 하나로 표현해버립니다. 이 시가 써진 1940년이란 야만의 시대였습니다. 이미 세계는 거대한 전쟁의 용광로로 불타고 있었으며, 일본은 나라 전체가 전쟁의 광기에 휩싸여 있었습니다. 젊은 식민지 청년 윤동주는 해방이란 아마득한 꿈과 말과 이름을 뺏기고 신사참배를 하며 비루하게 살아야 했습니다. 여덟 가지 복된 삶의 유형을 나열할 필요도 없이 '슬픔'이란 단어 하나야말로 모든 결핍을 묶어낼 수 있는 기호였습니다. 조선인은 '슬퍼하는 자'였을 뿐이었죠. 그렇다면 이 시를 어떻게 읽으셨는지요. 아래와 같은 해설이 적지 않습니다.

이 작품은 마태복음 5장에 나오는 산상수훈의 팔복 중 "애통하는 자는 복이 있나니 그들이 위로를 받을 것임이요"에서 "애통하는 자"를 "슬퍼하는 자"로 대체하고, 그것을 여덟 번이나 늘어놓음으로써 성경에서 말하는 팔복 전체를 냉소하고 부정하고 있다. 기독교적 보상의식을 정면으로 패러디하고 있는 것이다.

「팔복」이라는 시는 윤동주의 풍자시 「그 여자」와 「투르게네프의 언덕」과 같은 계열이다. 한 뿌리에서 나온 다른 가지이다.

「팔복」을 이렇게 반신앙적이며 냉소적인 풍자시로 평가한 논문과 해설서들이 적지 않습니다. "슬퍼하는 자는 복이 있나니"라는 문장을 여덟 번 반복한 뒤에 "저희가 영원(永遠)히 슬플 것이오"라는 문장을 넣은 것은 예수의 가르침에 대한 분노나 비아냥거림 혹은 신을 향한 절규라는 겁니다. 이런 식으로 읽으면 「팔복」의 마지막 구절은 거의 저주스러운 주문일 뿐입니다. 그렇다면 불신앙에 기초한 냉소주의의 시라는 생각이 과연 「팔복」을 가깝게 이해한 것일까요. 인용 출처를 밝히지 않겠으나 적지 않은 논문과 해설서들이 이 시를 불신앙에 기초한 냉소적 패러디 시 혹은 풍자시라고 평가하고 있습니다. 과연 그럴까요.

풍자란 아이러니와 비슷하면서도 아이러니보다 날카롭고 노골적인 공격 의도를 품은 채 대상의 약점을 '비꼬아 말하는' 속성을 갖고 있습니다. 풍자는 대상의 부정적인 본질을 비판하는 것입니다. 풍자시는 강자에 대한 약자의 리얼리즘이지 자기 자신을 자학하지는 않습니다.(김응교, 「약자의 리얼리즘, 풍자시」, 『사회적 상상력과 한국시』, 소명출판, 2002) 이런 시각에서 보면 「팔복」을 풍자시로 보기는 어렵습니다.

한 편의 시는 누구든 자유롭게 해석할 수 있습니다. 발표된 시는 이미 시인의 것이 아니라 독자의 것이기 때문입니다. 그렇지만 독자는 그 시를 잘 헤아려 작가의 창작 의도에 가깝게 다가가야 할 것입니다.

윤동주의 시가 말하는 슬픔

「팔복」의 핵심 단어는 '슬퍼하는 자'입니다. 곧 '슬픔'입니다. 본래 윤동주의 심성은 슬픈 사람들을 외면할 수 없는 고운 마음이었습니다. 명동마을에서 아름다운 공동체를 경험했지만 그립고도 그리웠던 조국에 돌아와 오히려 슬픈 현실을 목도합니다. 그 자신이 '슬픈' 족속의 후예였던 것입니다. 그는 그 '슬픈' 존재들을 외면할 수 없어 이렇게 씁니다.

흰 수건이 검은 머리를 두르고
흰 고무신이 거친 발에 걸리우다.

흰 저고리 치마가 슬픈 몸집을 가리고
흰 띠가 가는 허리를 질끈 동이다.

—윤동주, 「슬픈 족속」(1938. 9) 전문

제목에 '슬픈'이라는 단어가 들어 있습니다. 이 슬픈 족속에게 '위로를 받을 것이다'라고 말하는 것이 쉽지 않았을 것입니다. 그런데 침묵 기간을 거쳐 그는 전혀 새로운 인식에 도달합니다. 비극적이지만 그 슬픔에 함께해야 그 길이 행복한 '팔복'의 세계로 향한다는 것을 깨닫는 겁니다. 얄팍한 위로보다 몸으로 슬픔에 맞서는 것이 오히려 행복한 길이라는 사실을 깨달은 겁니다. 슬픔을 피하는 것이 아니라 슬픔에 정면으로 부닥치는 포월(匍越, 기어서 넘어감)의 신앙을 윤동주가 깨달았다고 생각합니다.

누군가의 시를 읽을 때 되도록 그 시를 썼던 시기에 쓰인 다른 시와 함께 이해하면 좋습니다. 시집을 만들 때 어느 시인이든 시의 흐름을 생각하면서 목차를 구성하기 때문입니다. 시집이 없다면 그 시가 탄생한 무렵의 다른 시와 함께 보아야 할 것입니다. 가장 좋은 시 분석은 독자의 의식으로 시를 재단하기보다는 시인의 시가 스스로 말하도록 시의 혼잣말을 경청하는 태도입니다. 그렇게 본다면 「팔복」에 숨겨진 거대한 슬픔을 단순한 냉소적 패러디로 볼 수는 없습니다.

적어도 같은 원고지에 이어 써 있는 「위로」 「병원」과 비교해보면 그러한 부정적인 해석은 불가능합니다. 같은 시기에 창작된 「병원」을 보면 "여자(女子)는 자리에서 일어나 옷깃을 여미고 화단(花壇)에서 금잔화(金盞花) 한 포기를 따 가슴에 꽂고 병실(病室) 안으로 사라진다. 나는 그 여자(女子)의 건강(健康)이—아니 내 건강(健康)도 속(速)히 회복(回復)되기를 바라며 그가 누웠던 자리에 누워본다"고 써 있습니다. 그가 누웠던 자리에 누워보는 행동, 슬픔의 자리에 누워보는 행동이야말로 슬픔과 동행하는, 슬퍼하는 자의 모습입니다.

"슬픈 족속" "슬픈 그림" 혹은 "슬픈 아우의 얼굴"(「아우의 인상화」)처럼 윤동주의 글에는 '슬프다' '슬픔'이 자주 나옵니다. 연희전문에 입학하기 전에 그의 글에는 "고독을 반려한 마음은 슬프기도 하다"(「달밤」, 1937. 4. 15), "사람의 심사는 외로우려니//아—이 젊은이는/피라미드처럼 슬프구나"(「비애」, 1937. 8. 18), "골짜기 길에/떨어진 그림자는/너무나 슬프구나"(「산협의 오후」, 1937. 9)처럼 '슬프다'는 구절이 자주 등장했습니다. 그런데 연희전문에 입학하고 나서 그 슬픔은 「슬픈 족속」 「팔복」에서 좀더 현실적이고 구체적으로 드러납니다. 연희전문을 졸업한 이후에도 '슬픔'은 나타납니다.

나아가 이 시를 쓰고 육 개월 뒤에 발표한 「십자가」(1941. 5. 31), 이어서 십일 개월 후에 발표한 「서시」(1941. 11. 20)를 생각한다면 이 시를 도저히 단순한 풍자시로 볼 수 없습니다. "슬퍼하는 자는 복이 있나니"(「팔복」)의 '슬픔'이 오히려 행복의 근원이었다는 것을 깨달은 겁니다.

윤동주는 「십자가」에서 "괴로웠던 사나이,/행복한 예수·그리스도에게/처럼/십자가가 허락된다면//모가지를 드리우고/꽃처럼 피여나는 피를/어두워가는 하늘 밑에/조용히 흘리겠습니다"라고 고백합니다. 어두워가는 하늘 밑에 조용히 피를 흘리겠다는 순교적 결단, 슬픔과 함께하겠다는 이 결단이야말로 「팔복」에 나타난 "슬퍼하는 자는 복이 있나니"를 새롭게 반복하는 것입니다. 윤동주는 바로 여기서 외로웠던 사나이 예수 그리스도를 "행복한", 행복하다고, 복되다고 강조하고 있습니다.

또한 「서시」도 일 년 전에 발표한 「팔복」을 설명하고 있습니다.

별을 노래하는 마음으로
모든 죽어가는 것을 사랑해야지
그리고 나한테 주어진 길을
걸어가야겠다.

"모든 죽어가는 것"이야말로 슬픔이 아닐 수 없습니다. 죽어가는 존재들, 병들어 죽어가거나 굶주려 죽어가거나 징용되어 죽어가거나, 모든 슬픈 존재들입니다. 그들과 함께 슬퍼하는 것이 바로 진정한 삶이며 신앙이라는 사실을 깨달은 것입니다. 그것을 깨닫고 슬퍼하는 존재로 살아가겠다는 다짐입니다. 「팔복」 이후에 쓰인 「눈 감고 간다」 「새벽이 올 때까지」를 읽어도 「팔복」을 불신앙의 결과 혹은 풍자시라고 해석하는 것은 몇몇 구절에 분석자의 생각을 맞춘 억측일 뿐입니다. 윤동주의 시 자체가 슬픔과 함께하는 것이 '영원한 행복'이라고 말하고 있습니다.

> 그러면 어느 운석(隕石) 밑으로 홀로 걸어가는
> 슬픈 사람의 뒷모양이
> 거울 속에 나타나 온다.
> ─윤동주, 「참회록」(1942. 1. 24) 중에서

> 시인(詩人)이란 슬픈 천명(天命)인 줄 알면서도
> 한 줄 시(詩)를 적어볼까,
> ─윤동주, 「쉽게 쓰여진 시」(1942. 6. 3) 중에서

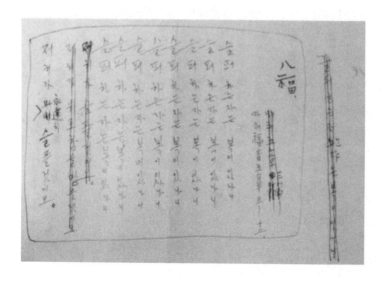

「참회록」에는 일본으로 유학 가기 전에 운석을 맞을지도 모를 운명을 겪으며 창씨개명을 할 수밖에 없었던 '슬픔'이 서술되어 있습니다. 「쉽게 쓰여진 시」에는 자신의 존재에 대한 부끄러움이 드러나 있습니다.

침묵 기간을 거쳐 자필로 쓴 「팔복」의 원본을 확인해보겠습니다.

초고를 보면, 맨 처음에 "저히가 슬플것이오"라고 씁니다. 단순히 "슬플 것이오"라고 쓰고 나니 너무 단순했던 까닭일까요. 시인은 그 표현을 지웁니다. 그리고 "저히가 위로함을받을것이오"라고 고칩니다. 시인 자신이나 독자에게 위로를 주고 싶었기 때문에 위로를 받을 것이라고 썼겠지요. 그러나 얄팍한 위로는 오히려 공허할 뿐입니다. 그래서 고통에 정면 대응하여 "저히가 오래 슬플 것이오"라고 아프게 고백합니다. 그러다가 '오래'라는 말이 걸렸던 모양입니다. 시인은 '오래'를 지우고 그 자리에 "영원(永遠)히"라고 적어 "저히가 영원히 슬플것이오"로 아프게 마무리짓습니다. 도대체 왜 '영원히'라고 썼을까요. 이 수정 과정은 윤동주의 생각이 어떻게 변화되어가는가를 그대로 드러냅니다.

스플랑크니조마이, 곁으로 가는 행복

'영원히'라고 쓴 이유에 대해서는 윤동주의 시 외에 패러디 시의 원형인 성서적 근거를 인용하지 않을 수 없습니다. 당시 그의 신앙이 적지 않게 흔들렸다는 증언을 아우 윤일주와 친구 문익환이 남겼지만, 반대로 정병욱은 당시 윤동주가 교회 출석 자체를 게을리하지는 않았다고 회상하고 있습니다.

성서적인 의미로 보아도 「팔복」은 역설적이거나 냉소적인 작품이 아닙니다. "애통하는 자는 복이 있나니 그들이 위로를 받을 것임이요"라고 했던 인간 예수 자신이야말로 슬픔과 함께했던 인물입니다.

누가복음 10장 착한 사마리아인의 이야기 등에서 "불쌍히 여겨"라는 표현이 나옵니다. 바리새인 같은 존재들은 강도당한 '슬픈' 존재를 피해 갑니다. 그렇지만 사마리아인은 멈추어 섭니다. '불쌍히 여기는' 마음이 들었기 때문입니다.

여기서 '불쌍히 여기다'라는 헬라어 원어는 스플랑크니조마이 (splagchnizomai)입니다. 이 말은 창자가 뒤틀리고 끊어져 아플 정도로 타자의 아픔을 공유한다는 뜻입니다. 내장학(內臟學)이라는 의학용어 스플랑크놀로지(splanchnology)도 여기서 나왔는데, 예수가 많이 쓰던 단어였습니다. "불쌍히 여기사"를 우리말로 풀면 '애간장이 타는' 듯한, 즉 '단장(斷腸, 창자를 끊는 듯)의 아픔'을 말합니다. 예수는 슬픔, 곧 슬퍼하는 자들 '곁으로' 가야 한다고 제자들에게 가르쳤습니다. 슬퍼하는 자들을 구체적으로 그 자신이 이렇게 표현하기도 했습니다.

주의 성령이 내게 임하셨으니 이는 가난한 자에게 복음을 전하게 하시려고 내게 기름을 부으시고 나를 보내사 포로된 자에게 자유를, 눈먼 자에게 다시 보게 함을 전파하며 눌린 자를 자유롭게 하고(누가복음 4장 18절)

이른바 '가포눈눌('가'난한 자에게 복음을, '포'로된 자에게 자유를, '눈' 먼 자에게 눈뜸을, '눌'린 자에게 자유를)'을 행했습니다. 이렇게 본다면 「팔복」의 "저희가 영원히 슬플 것이오"라는 표현은 젊은 윤동주가 감당하기 힘든 신앙의 길을 비로소 정확히 깨달은 고백이라고 할 수 있습니다.

혹시 이해가 안 된다면 작은 예를 하나 들겠습니다. 제가 자주 가는 이

발소 '블루클럽'에 머리를 깎아주는 한 헤어드레서가 있습니다. 그녀가 이발해주는 의자 앞 탁자에 아프리카 소녀의 사진이 세 장 놓여 있습니다. 아프리카 소녀가 아주 어릴 때부터 숙녀의 모습으로 자라기까지를 시기에 따라 찍어놓은 사진입니다. 누구냐고 물었더니 그녀는 자신이 매달 이만원씩을 보내 지원하는 소녀라고 답합니다.

왜 그녀는 알지도 못하는 소녀를 위해 매달 돈을 보냈을까요. 소녀의 슬픔에 함께했을 때 작은 행복을 느꼈기 때문이겠죠. 그녀는 소녀를 도와주었지만, 반대로 아프리카의 소녀는 박봉과 고단한 일에 지쳤을 그녀에게 도리어 삶의 보람을 선물하는 존재가 아닐까요. 그러고 보면 행복은 소녀는 물론이고 소녀를 돕는 그녀에게도 존재했습니다. 더 많은 슬픔과 함께한다면, 그렇게만 할 수 있다면 그녀는 평범한 헤어드레서 이상의 헤아릴 수 없는 행복을 영원히 누릴 수 있겠지요. 그래서 "슬퍼하는 자는 복이 있나니"입니다.

히틀러 정권에서 진정한 자유와 신앙을 주장하다가 처형당한 본회퍼 목사의 『나를 따르라』 1장에는 '값싼 은혜, 값비싼 은혜(Cheap Grace & Costly Grace)'라는 말이 나옵니다. 본회퍼는 "소위 값싼 은혜라고 불리는 가르침이 거의 모든 그리스도인들에게 무방비 상태로 받아들여지고 있다. 값싼 은혜는 싸구려 은혜, 헐값의 용서, 헐값의 위로, 헐값의 성만찬이다. 값싼 은혜는 죄인을 의롭다고 하는 것이 아니라 죄를 의롭다고 하는 것이다"라고 비판합니다.

값비싼 은혜란 우리에게 예수를 따르기를 촉구하는 은혜요, 괴로운 심령과 애통하는 마음에 다가오는 사죄의 말씀이다. 그 은혜가 값비싼 까닭은 사람들에게 예수 그리스도의 제자가 되는 멍에를 지우기 때문이다. 그것이 은혜인 까닭은 예수가 "나의 멍에는 부드럽고 나의 짐은 가볍다"고 말하기 때문이다.(본회퍼, 『나를 따르라』, 대한기독교서회, 2010, 36쪽)

반면 값비싼 은혜란 슬픈 존재들과 함께하는 것입니다. 가령 예수님의 삶을 따르고 싶고 "나를 따르라(Nachfolge)"는 말씀을 행동으로 따르고 싶다면, 중동으로 성지 여행을 가기보다 '가포눌'의 삶을 살았던 젊은 예수가 찾아갔을 가까운 슬픔의 장소 '곁으로' 가야 할 겁니다. 곁에 있는 슬픔의 장소, 그곳이야말로 성지이며 그러한 곳을 잊지 않고 가는 것이야말로 진정한 성지순례일 것입니다.

명작의 조건

흔히 도스토옙스키와 톨스토이를 대문호라고 합니다.

"어떤 영국 소설가도 톨스토이만큼 위대하지는 않다. 다시 말해 인간의 삶을 가정적인 면이든 영웅적인 면이든 그처럼 완벽하게 그린 사람은 없다. 또한 어떤 영국 소설가도 도스토옙스키만큼 인간의 영혼을 깊이 파헤친 사람은 없다"라고 평론가 조지 스타이너가 말했죠.

도스토옙스키와 톨스토이를 대문호라고 하는 데에는 어떤 공통점이 있을까요. 두 작가 모두 인간의 '슬픔'에 주목하고 그 '슬픔'을 기록했습니다. 도스토옙스키와 톨스토이는 모두 '가난하고 슬픈 영혼을 통해서만' 부활에 이를 수 있다고 생각해요. 도스토옙스키의 『죄와 벌』에서 라스콜리니코프는 창녀 소냐를 통해 구원받습니다. 라스콜리니코프가 살인을 고백하자 소냐는 "당신을 따라가겠어요, 어디든 따라가겠어요! 오, 하느님……! 오, 나는 불행한 여자야……! 왜, 왜 난 당신을 좀더 일찍 만나지 못했을까!"(도스토옙스키, 『죄와 벌』, 열린책들, 하권, 605쪽)라고 말합니다. 살인자를 늦게 만난 것이 불행하다니 역설적인 사랑이죠. 창녀가 살인자의 십자가를 함께 지겠다고 하는 장면입니다. 『죄와 벌』의 에필로그에서 소냐는 라스콜리니코프의 유형지로 따라가요.

톨스토이의 『부활』에서 주인공 네흘류도프는 창녀 카츄샤를 통해 새로운 사람이 되지요. 도스토옙스키와 톨스토이의 소설은 모두 지극히 낮은 자와 친구가 되어야 진정한 구원에 이를 수 있다고 해요. 예수 자신이 지극히 작은 자와 함께했었죠.

내가 진실로 너희에게 이르노니 너희가 여기 내 형제 중에 지극히 작은 자 하나에게 한 것이 곧 내게 한 것이니라(마태복음 25장 40절)

이 말씀이 도스토옙스키와 톨스토이의 후기 작품을 이해하는 핵심입니다. 도스토옙스키나 톨스토이만 그랬을까요. 빅토르 위고의 『레 미제라블』에서 주인공 장 발장은 창녀 팡틴을 만나면서 구원을 받습니다. 공지영의 『우리들의 행복한 시간』에서 주인공 문유정은 사형수 정윤수를 만나 자신의 결핍을 깨닫고 참다운 삶을 살아갑니다.

"슬퍼하는 자는 복이 있나니"라는 구절은 이렇게 생각할 때 이해가 됩니다. 그렇게 살 때 영생을 누릴 수 있다는 것을 윤동주는 깨달았던 겁니다.

"저희가 영원히 슬플 것이오."

성경을 보면 예수는 여덟 가지 복을 나열한 후에 "나로 말미암아 너희를 욕하고 박해하고 거짓으로 너희를 거슬러 모든 악한 말을 할 때에는 너희에게 복이 있나니 기뻐하고 즐거워하라 하늘에서 너희의 상이 큼이라"(마태복음 5장 11~12절)라고 말합니다. 이 구절이 「팔복」의 마지막 구절을 푸는 핵심입니다. 욕을 듣고 박해받는데 오히려 복이 있고 기뻐해야 한다는 역설, 그 마음으로 영원히 사는 것이 하늘의 뜻입니다. 영원성을 '하늘'로 표현했던 성서적 깊이를 윤동주는 그대로 표현한 것입니다.

윤동주가 좋아하는 키르케고르에게 신앙이란 자원하여 고난받는 자리로 가는 실천입니다. 신앙이란 고난과 슬픔을 기쁨과 행복으로 여기고 사는 삶입니다. 고난 없는 기쁨은 요란한 꽹과리일 뿐입니다. 고난을 선택하는 것이 구도자의 삶입니다. 키르케고르는 "역경은 곧 형통"(키르케고르, 『고난의 기쁨』)이라고 권합니다.

이렇게 본다면 윤동주에게 슬픔이란 명작을 위한 고정점이고, 신앙인으로서 윤동주에게 슬픔이란 피할 수 없는 행복한 숙명입니다. 정신분석학자 라캉의 이론을 빌려 말한다면, 신앙이란 "늪을 기어가는 기쁨", 곧 주이상스(Jouissance)의 즐거움입니다. 영원한 즐거움, 영원한 행복이지요.

만약 처음에 쓴 대로 '저희가 위로함을받을것이오'라고 했다면 얼마나 이기적인 시가 되었을까요. 그것이야말로 본회퍼가 지적했던 값싼 은혜가 아닐까요. 가난한 사람에게 약간의 돈을 보내고 온갖 나쁜 짓을 저지른다면 그 위로는 거짓일 겁니다. 그러한 구제는 걸인을 양산할 것입니다. 윤동주는 위로가 없는 '슬픈 행복'을 택합니다. "행복한 예수·그리스도에게/처럼"(「십자가」), 그래서 "저희가 영원히 슬플 것이오"라고 고쳐 씁니다. 윤동주는 슬픔과 벗하며, 슬픔과 함께 웃고, 슬픔과 함께 눈물 흘리며 영원히 슬퍼하는 영원한 행복을 깨닫고 선택한 것입니다. 침묵기라는 숙성의 과정을 통해 윤동주는 전혀 새로운 단계로 올라섰던 것입니다.

곁으로

「위로」「병원」

앞서 「팔복」의 의미를 알아보았습니다. 1939년 9월에 쓴 「자화상」을 끝으로 일 년 이삼 개월의 침묵기를 거쳐 1940년 12월에 쓴 것으로 추측되는 시가 「팔복」이었습니다. 「팔복」에서 '복'의 의미는 장수하고, 돈 많이 벌고, 성공하는 것이 아니었습니다. 윤동주는 슬픔과 함께하는 것 자체가 복이라는 사실을 깨달았습니다. 이제는 「팔복」과 같은 시기에 쓴 「위로」「병원」을 통해 슬픔과 함께하는 구체적인 모습을 확인해보겠습니다.

위로

윤동주는 병원을 배경으로 한 두 편의 시를 씁니다. 육필 원고를 보면 「위로」의 뒷면에 「병원」이 써 있습니다. 먼저 「위로」를 읽겠습니다.

거미란 놈이 흉한 심보로 병원(病院) 뒤뜰 난간과 꽃밭 사이 사람 발이 잘 닿지 않는 곳에 그물을 쳐놓았다. 옥외 요양(屋外療養)을 받는 젊은 사나이가 누워서 치어다보기 바르게—

　나비가 한 마리 꽃밭에 날아들다 그물에 걸리었다. 노—란 날개를 파득거려도 파득거려도 나비는 자꾸 감기우기만 한다. 거미는 쏜살같이 가더니 끝없는 끝없는 실을 뽑아 나비의 온몸을 감아버린다. 사나이는 긴 한숨을 쉬었다.

　나(歲)보담 무수한 고생 끝에 때를 잃고 병(病)을 얻은 이 사나이를 위로(慰勞)할 말이—거미줄을 헝클어버리는 것밖에 위로(慰勞)의 말이 없었다.

—윤동주, 「위로」(1940. 12. 3) 전문

병원 뒤뜰을 산보하던 시인은 난간과 꽃밭 사이에 거미가 쳐놓은 그물을 봅니다. 거미가 흉한 심보로 쳐놓은 거미줄에 연약한 나비가 걸려서 죽음을 맞이해야 하는 광경을 보고 있습니다. 2연에서 나비 한 마리가 그물에 걸렸습니다. 무서운 것은 거미가 "쏜살같이 가더니 끝없는 끝없는 실을 뽑아 나비의 온몸을 감아버"리는 상황입니다. 사나이는 나비가 거미의 독으로 죽어가듯 자신 역시 깊어만 가는 병으로 죽게 될 것이라고 생각했을 겁니다. 화자는 나비의 죽음 앞에서 한숨을 내쉬는 사나이를 봅니다. 나비의 생명을 빼앗아가는 "거미줄을 헝클어버리는 것"이 사나이를 '위로'하는 일이라고 화자는 생각합니다. 그러나 나비와 자신의 회생에 대해서는 정확히 알 수는 없는 채 사나이는 긴 한숨을 쉽니다.

이 시에는 첫째, 윤동주의 동시적 상상력이 발휘되고 있습니다. 어려운 단어도 없고, 구체적으로 그림을 그려내듯이 상황을 묘사하고 있습니다. 거미와 나비라는 쉽게 볼 수 있는 곤충을 이용해서 상황을 그려내고 있습니다. 그렇지만 침묵기 이후 비극적 인식을 갖게 된 윤동주는 더이상 동화적인 환상을 그려내지는 못합니다.

둘째, 앞서 「투르게네프의 언덕」에서 써보았던 산문시 형식을 성공적으로 활용하고 있습니다. 산문시에서 가장 중요한 특징은 이야기를 서술한다는 것이죠. 이른바 1929년 시인 임화가 단편서사시론에서 내놓았던 '이야기 시(narrative poem)'가 「위로」에서도 펼쳐지고 있습니다. 산문시란 최대한 '함축적인 사건'을 시에 풀어놓아 독자가 그 사건에 공감하도록 하는 형식이지요.

따라서 이 시에 서술되고 있는 이야기가 중요합니다. 그렇다면 독자는 이 시를 읽고 '거미'와 '나비', 그리고 '사나이'를 어떻게 인식할 수 있을까요. '거미'는 거미줄을 만드는 주체입니다. 거미줄은 한계 상황이며 절망의 극한 상황을 의미합니다. 거미줄의 공간은 병원으로 은유될 수도 있겠으나 크게 보면 식민지 조선 자체로 볼 수도 있겠습니다. 윤동주의 시에서 일제 식민지에 대한 반감은 신사참배를 반대하고 나서 만주로 돌아와 발표했던 「이런 날」 등에 여러 번 나타나기에 거미줄을 식민지 상황의 은유로 보는 것도 그리 틀린 해석은 아닙니다.

'거미'와 대비되는 것은 '나비＝사나이'입니다. '거미＝가해자/나비＝피해자'의 구도에서 사나이는 나비에 유비됩니다. 나아가 거미에 감겨 있는 신세를 확대해서 본다면 시인 자신으로도 읽을 수 있습니다. "병(病)을 얻은 이 사나이"의 신세에 의탁하여 윤동주는 자신의 현재 정서를 피력하고 있습니다. 더 나아가 독자에 따라서는 '나비＝사나이＝윤동주＝식민지 조선인'으로 확대해 읽을 수도 있겠습니다. 여기서 시인은 거미줄에 얽힌 상황을 단순히 절망으로만 그려놓지 않습니다. "거미줄을 헝클어버리는 것"이라는 적극적인 저항 의지가 조심스럽게 적혀 있기 때문입니다.

세상이 온통 병원이니

윤동주는 연희전문 일학년 가을(1938년 9~10월경)에 몇 편의 작품을 쓰고는 거의 일 년이 지난 이학년 가을(1939. 9)에야 「자화상」을 썼습니다. 오랜 침묵 끝에 내면적 갈등을 그린 「자화상」과 이웃을 향한 구체적인 실천을 표현한 「투르게네프의 언덕」 등을 쓴 것입니다. 자아성찰과 구체적 실천에 관한 고민 이후에는 다시 긴 침묵에 들어갑니다. 그리고 마침내 1940년 12월 삼학년 겨울 일 년 이삼 개월의 침묵기를 거쳐 「병원」을 씁니다.

살구나무 그늘로 얼굴을 가리고, 병원(病院) 뒤뜰에 누워, 젊은 여자
(女子)가 흰옷 아래로 하얀 다리를 드러내놓고 일광욕(日光浴)을 한다.
한나절이 기울도록 가슴을 앓는다는 이 여자(女子)를 찾아오는 이, 나
비 한 마리도 없다. 슬프지도 않은 살구나무 가지에는 바람조차 없다.

　　나도 모를 아픔을 오래 참다 처음으로 이곳에 찾아왔다. 그러나 나의
늙은 의사는 젊은이의 병(病)을 모른다. 나한테는 병(病)이 없다고 한다.
이 지나친 시련(試鍊), 이 지나친 피로(疲勞), 나는 성내서는 안 된다.

　　여자(女子)는 자리에서 일어나 옷깃을 여미고 화단(花壇)에서 금잔화
(金盞花) 한 포기를 따 가슴에 꽂고 병실(病室) 안으로 사라진다. 나는
그 여자(女子)의 건강(健康)이—아니 내 건강(健康)도 속(速)히 회복(回
復)되기를 바라며 그가 누웠던 자리에 누워본다.

　　　　　　　　　　　　　　　　　—윤동주, 「병원」(1940. 12) 전문

　「위로」에서 사나이가 누워 옥외 요양을 하듯 「병원」의 젊은 여자도 병
원 뒤뜰에 누워 일광욕을 하고 있습니다. 여자는 항상 외롭습니다.
　1연의 내용이 젊은 여자의 외양과 행동에 대한 관찰을 위주로 한 것이
었다면, 2연의 내용은 시인 자신의 내면에 대한 문제까지 드러내 보여줍
니다. "젊은이의 병(病)"은 늙은 의사도 모릅니다. 병의 원인을 모르고 앓
아야 하는 화자의 신세는 "가슴을 앓는다는 이 여자(女子)"의 신세와 이
어집니다. 그래서 그녀가 누웠던 자리에 누워보는 3연에서 자신과 그녀
를 동일시하며, 화자는 타자를 통한 동병상련을 느끼고 회복을 꿈꿉니다.
　육필 원고를 확인해보면 "살구나무 그늘로 얼골을 가리고, 病院(병원)

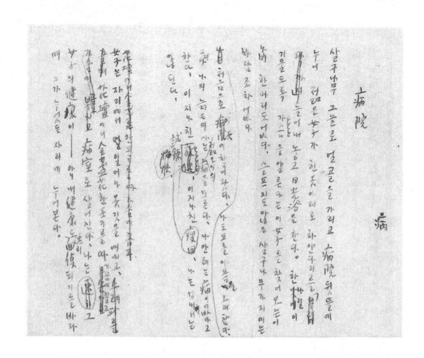

뒷뜰에 누어 젊은 女子(여자)가 힌옷아래로 무럽팍까지 하얀 다리를 들어 내놓고 日光浴(일광욕)을 한다"라고 적혀 있습니다. "무럽팍(무르팍)까지"라는 단어를 지웠습니다. 왜 지웠을까요. 반대로 이 단어가 있었다면 어떤 느낌이 들까요. 병든 여자가 입은 힌옷은 우리 백의민족을 의미한다는 해설들도 있습니다. 여기에 무르팍이 이어지면 더 생명력을 느끼게 할까요. '무르팍까지'라는 문장이 들어가면 자칫 관능적인 페티시즘의 시로 바뀔 수 있지 않을까요. 작가가 의도한 주제와 달리 힌옷을 입고 하얀 다리를 무르팍까지 드러낸 여자를 엿보는 페티시즘의 시로 바뀔 수 있는 겁니다. 윤동주는 이 시가 필요 없는 단어로 인해 선정적으로 표현되는 것을 원치 않았을 겁니다. 윤동주는 "단 한 여자(女子)를 사랑한 일도 없다./시대(時代)를 슬퍼한 일도 없다"(「바람이 불어」, 1941)라고 할 만치 매사에 조심스러웠고 늘 반성하는 존재였습니다.

그 병원의 상황은 더욱 외롭습니다. 「위로」에서는 볼 수 있었던 나비가 「병원」에서는 "나비 한 마리도 없다. 슬프지도 않은 살구나무 가지에는 바람조차 없다"라고 써 있습니다. 그리고 여기서는 시인이 직접 등장합니다.

나도 모를 아픔을 오래 참다 처음으로 이곳에 찾아왔다. 그러나 나의 늙은 의사는 젊은이의 병(病)을 모른다. 나한테는 병(病)이 없다고 한다. 이 지나친 시련(試鍊), 이 지나친 피로(疲勞), 나는 성내서는 안 된다.

「위로」에서는 거미줄을 헝클어버리겠다는 의지가 나오는데, 「병원」에서는 환자들로 가득한 세상이 그려집니다. "지나친 피로(疲勞), 나는 성내서는 안 된다"는 병이니 아마 가슴앓이가 아닌가 생각해볼 수 있겠습니다. '나'도 병에 걸려 있지만 더 심각한 문제는 의사도 타자의 병을 진단할 수 없을 정도라는 것입니다. 어쩌면 의사도 병에 걸려 있는지 모릅니다.

3연에 '금잔화(金盞花)'가 갖고 있는 특별한 의미 이전 꽃은 물을 빨아 올리고 하늘의 햇살을 받아 피어나는 생명력을 의미합니다. 금잔화는 이 시에 숨어 있는 작은 희망의 상징입니다. 환자가 "하얀 다리를 드러내놓고 일광욕(日光浴)"할 수 있는 때는 여름에나 가능합니다.

같은 병을 공유하는 여자와 화자가 대화를 할 법도 한데, 화자는 여자에게 직접 말을 걸거나 하지 않고, 거리를 두고 '병실 안으로' 사라지는 여자를 바라볼 뿐입니다. 그리고 여자가 떠난 자리에 누워봅니다. 타자를 사랑하면서도 거리를 두고 있는 윤동주의 태도는 무조건적인 일치를 꿈꾸는 에마뉘엘 레비나스의 윤리적 존재론과 조금 차이가 있습니다. 우리는 너무 쉽게 누군가를 사랑한다고 말하고 있지 않은지요. 너무도 쉽게 당신의 아픔을 안다고 합니다. 당신을 사랑한다고 말합니다. 그렇지만 윤동주는 타자와 근원적으로 동일할 수 없다는 비동일성으로 타자를 이해합니다. 그러면서도 끊임없이 타자의 곁으로 가고 싶어합니다. 그래서 타자가 '누웠던 자리에' 누워 연대하고 싶어합니다. 여기에 타자와의 연대를 통한 자기해방을 꿈꾸는 과정이 나타납니다. 타자가 떠났던 자리에 누워보며, 타자의 아픔을 공유하는 윤동주의 타자 인식에 대해 신형철은 '서정시의 아름다움'이라 표현했습니다.

> 서정은 언제 아름다움에 도달하는가. 인식론적으로 혹은 윤리학적으로 겸허할 때다. 타자를 안다고 말하지 않고, 타자의 고통을 느낄 수 있다고 자신하지 않고, 타자와의 만남을 섣불리 도모하지 않는 시가 그렇지 않은 시보다 아름다움에 도달할 가능성이 더 높다. 서정시는 가장 왜소할 때 가장 거대하고, 가장 무력할 때 가장 위대하다. 우리는 그럴 때 '서정적으로 올바른'이라는 표현을 쓸 수 있다. 서정적으로 올바른 시들은 자신이 있어야 할 자리를 안다. 그것은 '그가 누웠던 자리'다.(신형철, 「그가 누웠던 자리—윤동주의 '병원'과 서정시의 윤리학」, 『몰락의 에티카』, 문학동네, 2008, 512쪽)

온통 병에 걸려 있는 이 사회에서 시인이 할 수 있는 일은 "그(녀)가 누웠던 자리에 누워"보는 겁니다. 따라서 이 시는 1연의 병원 풍경과 여자, 2연의 환자로 온 '나', 3연의 병실 안으로 들어간 여자의 이야기로 서술되고 있습니다. 그런데 무의식의 흐름으로 보면 1연, 시인의 황량한 내면을 상징하는 병원 → 2연, 병의 원인을 모르는 '나'의 내면 → 3연, 타자와 함께 아픔을 회복하려는 '나'라는 흐름으로 이어집니다.

병원이라는 공간

이렇게 「팔복」「위로」「병원」을 함께 읽을 때 윤동주의 침묵기가 탄생시킨 고통의 알곡을 이해할 수 있습니다. 「위로」에서 '거미줄'이라는 한계 상황은 「병원」에서 '찾아오는 사람 없는 병원'으로 재현됩니다. 「위로」에서 거미줄에 걸린 나비와 병에 걸린 사나이는 「병원」에서는 병명을 모르는 '나'와 병에 걸린 여자로 변주됩니다. 「위로」에서 서정적 화자인 시인이 사나이로 동일시된다면 「병원」의 화자는 여자가 누웠던 자리에 누워 동병상련을 느낍니다.

가장 중요한 한 가지를 빠뜨릴 뻔했습니다. 두 편의 배경이 되는 '병원'이라는 공간 말입니다. 어떤 의미가 있을까요? 먼저 시의 제목 「병원」을 눈여겨봅니다. 이 시가 더욱 주목되는 이유는 윤동주가 이 시를 자신의 대표시로 여겼기 때문입니다. 그래서 처음에는 시집 『하늘과 바람과 별과 시』의 제목을 "병원"으로 하고자 했었습니다.

동주가 졸업 기념으로 자선 시집(自選詩集) 『하늘과 바람과 별과 시』를 엮은 자필 시고(詩稿)는 모두 3부였다. 그 하나는 자신이 가졌고, 한 부는 이양하(李敭河) 선생께, 그리고 나머지 한 부는 내게 주었던 것이다. 이 자선 시집에 실린 19편의 작품 중에서 제일 마지막에 쓴 시가 「별 헤는 밤」으로 1941년 11월 5일자로 되어 있다. 그리고 「서시」를 11월 20일에 쓴 것으로 되어 있다. 이로 보아 알 수 있듯이 「별 헤는 밤」을 완성한 다음 동주는 자선 시집을 만들어 졸업 기념으로 출판하기를 계획했었다. 「서시」까지 붙여서 친필로 쓴 원고를 손수 제본을 한 다음 그 한 부를 내게다 주면서 시집의 제목이 길어진 이유를 「서시」를 보이면서 설명해주었다. 그리고 처음에는(「서시」가 되기 전) 시집 이름을 '병

원'으로 붙일까 했다면서 표지에 연필로 '병원(病院)'이라고 써넣어주었
다. 그 이유는 지금 세상은 온통 환자투성이이기 때문이라 하였다. 그리
고 병원이란 앓는 사람을 고치는 곳이기 때문에 혹시 이 시집이 앓는 사
람들에게 도움이 될 수 있을지도 모르지 않겠느냐고 겸손하게 말했던
것을 기억한다.(정병욱, 「잊지 못할 윤동주 형」, 같은 책, 22~23쪽)

윤동주는 1941년 11월 5일 「별 헤는 밤」을 쓰고 나서 스스로 19편의
시를 가려 뽑아 자선 시집을 출판하려 했는데, 처음에는 시집 제목을 '병
원'으로 하려 했습니다. 윤동주가 쓴 육필 원고지를 보면 '病院(병원)'이
라고 한자로 썼다가 지운 흔적이 흐릿하게 보입니다. 엑스레이를 찍으면
흑연 자리가 더욱 확실히 보일 겁니다. 그리고 윤동주가 '병원'으로 시집
이름을 짓고 싶었던 이유로 "지금 세상은 온통 환자투성이"라고 한 것이
눈에 듭니다. '병원'은 시인 이상화가 썼던 밀실이나 동굴과 전혀 다른 공
간입니다. '아픈 사람들'이 함께 모여 있는 연대의 공간입니다.

윤동주는 치열한 침묵과 반성의 기간을 거쳐 세 편의 시 「팔복」, 「위로」,
「병원」 이후에 「무서운 시간」(1941. 2. 7)에 다가갑니다. 독립된 단독자로
결정적인 체험을 하게 되는 일시적 순간(발터 벤야민)을 만나는 겁니다.
그리고 윤동주의 시에서 가장 높게 평가받는 「서시」, 「십자가」, 「별 헤는
밤」, 「또다른 고향」 등을 1941년에 씁니다.

다가오는 메시아적 순간

「간판 없는 거리」「무서운 시간」

1941년 윤동주가 사학년 때 쓴 작품은 시 16편, 산문 1편으로 모두 17편입니다. 침묵기를 지냈던 윤동주의 시에는 어떤 결기와 각오가 느껴지기도 합니다. 시대와 역사의 소리가 도전해오는 '무서운 시간'을 온몸으로 느낀 한 젊은이의 다짐도 봅니다. 그리고 그가 이제 고통의 의미를 체험한 성인의 시기에 들어섰다는 것을 보여줍니다. 지금도 대학 사학년이 되면 졸업 후 어떻게 살아야 할지 현실적인 고민을 합니다. 윤동주의 경우도 예외는 아니었겠죠. 게다가 당시는 태평양전쟁이 예상되는 시기였습니다.

간판 없는 낯선 도시

윤동주의 「간판 없는 거리」는 낯선 도시를 방문한 시인이 간판 없는 풍경을 바라보며 겪는 생소함을 노래한 작품입니다. 어두운 거리를 걷는 화자의 모습이 판타지의 분위기로 표현되고 있습니다.

정거장(停車場) 플랫폼에
내렸을 때 아무도 없어,

다들 손님들뿐,
손님 같은 사람들뿐,

집집마다 간판(看板)이 없어
집 찾을 근심이 없어

빨갛게
파랗게
불붙는 문자(文字)도 없어

모퉁이마다
자애(慈愛)로운 헌 와사등(瓦斯燈)에
불을 켜놓고,

손목을 잡으면
다들, 어진 사람들
다들, 어진 사람들

봄, 여름, 가을, 겨울,
순서로 돌아들고.

—윤동주, 「간판 없는 거리」(1941) 전문

이 작품은 7연 17행으로 이루어져 있고, 구체적인 날짜 없이 1941년이라는 연도만 적혀 있습니다.

1연에서 "정거장(停車場) 플랫폼에/내렸을 때 아무도 없"다고 합니다. 2연에서는 "다들 손님들뿐,/손님 같은 사람들뿐"이라고 하니 분명 사람은 있으나 아는 사람이 없다는 의미겠지요. "다들 손님들뿐"이라는 표현은 지속적인 관계가 아닌 스쳐 지나가는 인간관계를 말합니다. 그런데 이런 손님들은 나그네라는 뜻이기도 하지요. 화자는 지금 나그네들이 모인 거리에 온 겁니다.

3연의 "집집마다 간판(看板)이 없어/집 찾을 근심이 없어"는 편안한 분위기를 말합니다. 간판이 없기에 어느 집이나 갈 수 있다는 말이겠죠. 4연의 "빨갛게/파랗게/불붙는 문자(文字)도 없"다는 말은 네온사인을 연상케 합니다. 이미 당시 종로 네거리에는 화신백화점, 명동에는 미츠코시 백화점이 있던 시대였습니다. 화려한 불빛이 아니라 5연에서처럼 "모퉁이마다/자애(慈愛)로운 헌 와사등(瓦斯燈)에/불을 켜놓"자고 화자는 말합니다. 화려한 불빛에 비해 와사등은 자애로운 불빛입니다. 그리고 "손목을 잡으면/다들, 어진 사람들/다들, 어진 사람들"이라며 상생의 공동체를 그려냅니다. '어진 사람들'이 손목을 잡고 "봄, 여름, 가을, 겨울,/순서로 돌아들"(7연)며 살아가는 순리의 세계, 그 '어진 세상'을 윤동주는 꿈꾸고 있습니다.

물론 전혀 다른 시각에서 읽을 수도 있겠습니다. 이 시를 조선인만의 시각으로 읽을 수도 있겠어요. 정거장에서 내렸을 때 간판은 모두 일본어로 쓰여 있고, 이질적인 존재로 서 있는 이방인 같은 상황을 생각해볼 수도 있겠죠. 환대받는 자리는 일본인뿐이고, 새로운 공동체를 위해서 "자애로운 헌 와사등" 밑에서 어진 조선인들이 모였으면 좋겠다는 시각으로 해석할 수도 있겠죠. 그런데 이 경우에는 "집집마다 간판이 없어/집 찾을 근심이 없어"라는 구절을 해석하기가 자연스럽지 않고 어색합니다.

어진 사람들의 어진 세상

이 시에서 핵심이 되는 대목은 "손목을 잡으면/다들, 어진 사람들/다들, 어진 사람들"입니다. '어질다'의 한자는 '인(仁)'입니다. 윤동주가 두 번에 걸쳐 강조했던 '어질다(仁)'의 세계를 어떻게 보아야 할까요.

인(仁)은 두 이(二) 자와 사람 인(人) 자를 합쳐놓은 것으로 두 사람 '사이'를 나타내는 말이지요. 인에 대해서는 공자와 맹자의 견해를 봐야 합니다. 공자와 맹자는 모두 인을 주장했습니다. 다만 맹자는 공자의 인에다 의(義)까지 보태 강조했습니다. 두 사람 모두 노나라와 가까운 추(鄒)라는 소국에서 태어났습니다.

공자의 『논어』에 105차례나 나오는 '인'은 "마음이 너그럽고 착하며 슬기롭고 덕행이 높다"는 뜻이지요. 영어로는 자비심, 박애로 해석되는 'Benevolence'입니다만 공자가 말한 의미를 모두 담을 수는 없지요.

공자는 모든 배움에서 항상 인을 강조했습니다. 극기복례(克己復禮)도 인이라 가르쳤고, 부모에게 효도하고 어른을 공경함도 인이고, 예악도 인에서 비롯되고, 나라를 다스림도 인정(仁政)이라 하였지요. 또한 공자는 인자(仁者)를 군자보다 위에 두었습니다. 본래 군자는 지배 계층을 일컬었는데 공자는 군자를 인간다움으로 해석했지요. 군자 위에 '인자'가 있습니다. 또한 어진 사람은 타인을 위해 참다운 용기를 가진 사람이기도 합니다. 참다운 용기를 갖고 있기에 '인자를 맞설 자가 없다(仁者無敵)'고 했지요.

한편 맹자가 살았던 전국시대는 공자가 살았던 시대보다 복잡하고 힘에 의한 질서가 필요했지요. 한자 뜻 그대로 전(戰)쟁이 많았던 전국(戰國)시대였습니다. 그래서 맹자는 공자의 사상을 이어받아 인과 함께 의(義)까지 강조합니다.

『맹자』 앞부분에 인에 관한 이야기가 나옵니다. 양혜왕이 늙은 맹자에게 묻습니다.

"노인께서 천 리 길을 마다하지 않고 이렇게 찾아주셨는데 우리나라에 무슨 이익이 있겠습니까?"

양혜왕은 어떻게 하면 물질을 풍요롭게 할 수 있는지 이익(利)에 대해 물었던 것입니다. 그때 맹자는 오히려 되묻습니다.

"왕께서는 하필 이익을 말씀하십니까? 오직 인과 의가 있을 뿐입니다."

맹자는 이익 이전에 인과 의만이 나라를 구할 수 있다고 답합니다. 그래야 백성들이 찾아와 전차가 만 대나 있는 제후국으로 부흥시킬 수 있다는 대답이었습니다.

"왕께서 어떻게 해야 내 나라를 이롭게 하겠느냐고 하시면 대부들은 어떻게 하면 내 집이 이로울까를 말하며 선비들과 일반 서민들은 어떻게 하면 나 자신을 이롭게 하느냐고 말할 것이니, 위아래 사람 모두가 이익만을 취하게 되면 나라가 위태로울 것입니다. 만승(萬乘, 전차가 만 대 있는)의 나라에서 그 임금을 죽이는 자는 반드시 천승의 가문이요, 천승의 나라에서 그 임금을 죽이는 자는 백승의 가문이니, 만에서 천을 취하고 천에서 백을 취함은 많지 않을 것입니다. 진실로 인과 의를 뒤로하고 이익을 앞세우면 빼앗지 않고서는 만족하지 아니합니다."

무엇이 진정 인간을 위한 인의인가를 생각하지 않고 경제적 이득만 생각한다면 위험하다는 맹자의 지적이지요. 2014년 4월 16일에 있었던 세

월호 사고 같은 비극은 바로 이익을 탐하여 생긴 인재였지요. 인의(仁義)를 먼저 생각지 않고, 이익(利)만을 생각했기에 배를 증축하고 무리하게 화물을 산적하여 배가 중심을 잃었던 것이지요. 맹자가 말한 인은 '차마 타자에게 함부로 하지 못하는 마음(不忍人之心)'인데, 이익(利)만을 먼저 생각할 때 인간의 목숨에 대한 배려도 사라지는 것이겠죠.

맹자는 측은지심(惻隱之心)을 인의 실마리(端緒)라 했지요. 측은지심은 다른 사람의 불행과 고통을 그대로 보아 넘기지 못하는 마음(不忍人之心)입니다. 한 아이가 잘못해서 우물에 빠지려고 할 때는 앞뒤 돌아볼 겨를 없이 달려가 아이를 잡아야겠지요. 보험금을 생각하는 것도 아니고, 칭찬을 들으려는 것도 아니고, 그냥 본능적으로 구하려는 '어진' 마음, 이렇게 몸으로 실천된 가치를 인(仁)이라고 맹자는 말했습니다. 다시 윤동주의 「간판 없는 거리」로 돌아가지요.

　　손목을 잡으면
　　다들, 어진 사람들
　　다들, 어진 사람들

이 시에 나오는 "다들, 어진 사람들"은 지금까지 보았듯이 타자를 배려하는 사람들입니다. 이 어진 사람들끼리 와사등 밑에서 사랑을 나누는 '어진 세상'을 만들자는 것이 이 시에 담긴 이야기일 듯싶습니다. 그런 '어진 세상'이 "봄, 여름, 가을, 겨울,/순서로 돌아"(7연)가기를 윤동주는 기원했겠지요.

부름, 무서운 결단

1941년은 중일전쟁이 확대되어가고 태평양전쟁이 발발할 조짐이 보이던 때였습니다. 이때 윤동주는 새로운 다짐 앞에 결단을 앞두고 있었습니다. 일학년 때 썼던 「이적」(1938. 6. 19)에서 윤동주는 "내 모든 것을 여념 없이/물결에 써서 보내려니/당신은 호면으로 나를 불러내소서"라고 썼었지요. 자기를 잡스럽게 잡아당기는 '여념'들을 물결에 보내버리니 베드로가 갈릴리 호수 위를 걷듯 자신을 불러달라는 겁니다. 이때의 부름을 기독교에서는 '소명(召命)'이라고 합니다. 칼뱅이 말했던 직업소명설도 있지요. 영어로는 콜링(calling), 독일어로는 베루프(Beruf)라고 합니다. 이 부름이 사학년 때 쓴 「무서운 시간」에서는 어떻게 바뀌었는지 읽어보겠습니다.

거 나를 부르는 것이 누구요.

가랑잎 이파리 푸르러 나오는 그늘인데,
나 아직 여기 호흡(呼吸)이 남아 있소.

한번도 손들어보지 못한 나를
손들어 표할 하늘도 없는 나를

어디에 내 한 몸 둘 하늘이 있어
나를 부르는 것이오.

일이 마치고 내 죽는 날 아침에는

서럽지도 않은 가랑잎이 떨어질 텐데……

나를 부르지 마오.

—윤동주, 「무서운 시간」(1941. 2. 7) 전문

거 나를 부르는 것이 누구요,

가랑잎 이파리 푸르러 나오는 그늘인데,

나 아직 여기 호흡이 남어 있소.

한번도 손 들어 표할 하늘도 없는 나를
손 들어 보지못한 나를

어디에 내 한 몸 둘 하늘이 있어

나를 부르는 것이오.

일이 마치고 내 죽는 날 아츰에는
서럽지도 않은 가랑잎이 떠러질 텐데

나를 부르지 마오.

무서운 時間

1연에서 "거 나를 부르는 것이 누구요"라며 자신을 끌어당기는 미래에 대해 묻습니다. 그런데 말투가 뭔가 못마땅한 투입니다. "나 아직 여기 호흡(呼吸)이 남아 있소"(2연), "나를 부르지 마오"(6연)도 강력한 거부 의사를 표현하고 있습니다. 화자는 의식 내면에 있는 초자아에 대해서 강경하게 거부 의사를 말하고 있습니다. 일제의 압제 혹은 일상에 길들여졌던

'순종적인 신체'(푸코, 『감시와 처벌』)가 아니라 단독자로서 강력한 자기 의지를 보이고 있습니다.

2연에서 화자는 "가랑잎 이파리 푸르러 나오는 그늘인데,/나 아직 여기 호흡이 남아 있소"라고 합니다. '가랑잎'은 가을에 떨어지는 낙엽을 말합니다. 이 시가 쓰여진 물리적 시간은 2월이지만, 화자의 내면적 시간은 가을이라고 생각됩니다. 그렇지만 다르게 생각할 수도 있습니다. '가랑잎'은 '갈'이라고도 하며 '갈'은 다시 '떡갈나무'라는 뜻을 가집니다. '가랑잎'은 흔히 볼 수 있는 떡갈나무 잎으로 볼 수 있습니다. 그 잎이 한겨울 동안 바짝 말라붙어 있다가 이른 봄이나 늦겨울에 떨어집니다. 그렇게 보자면 "가랑잎 이파리 푸르러 나오는"이라는 표현은 가랑잎이 떨어진 자리에서 여린 잎새가 나오는 모양을 그렸다고 보는 것이 더 타당할 것 같습니다. 또 2연 두번째 행에 나오는 "나 아직 여기 호흡이 남아 있소"라는 표현은 죽어가는 가랑잎이 여린 새싹을 내는 모습과 겹쳐서 새로운 울림으로 다가옵니다. 곧 2연 1행의 '가랑잎'과 2행의 '나'는 유비적 관계를 이루며 두 행 사이에 울림이 생기는 겁니다. 가랑잎은 마른잎으로 푸를 수가 없는데, 다시 "아직 여기 호흡이 남아 있"다며 여린 새싹을 내보이는 모습은 화자에게 아직 할 일이 남아 있다는 뜻이겠죠.

그렇지만 살아 있기에 "손들어 표할 하늘도 없"다는 화자는 암울하기만 합니다. '표하다'라는 표현은 무슨 의미일까요. 시인인 윤동주의 입장에서 보면 손을 들어 '글로' 표현할 '하늘'조차 없다는 뜻으로 해석할 수도 있겠습니다. 혹은 '표하다'라는 뜻을 회의석상 등에서 찬성 또는 반대 의사를 표시하는 의미로도 볼 수 있겠어요. 찬성과 반대를 소신껏 선택할 수 있는 자유의지를 상실했다는 의미로도 생각할 수 있겠습니다.

여기서 '하늘'이라는 상징에 대해 살펴보아야겠어요. 윤동주가 「무서운 시간」을 쓴 날은 1941년 2월 7일로 「서시」를 쓴 같은 해 11월 20일보다 약 구 개월 전입니다. 「서시」에서 드러나듯이 1941년에 가장 활발하게 '살아 있던 것'은 일본 군국주의였습니다.

"손들어 표할 하늘도 없는 나를//어디에 내 한 몸 둘 하늘이 있어"
   ―「무서운 시간」
"죽는 날까지 하늘을 우러러/한 점 부끄럼이 없기를" ―「서시」

「무서운 시간」의 '하늘'은 화자와 다른 대타자 혹은 숨은 신(hidden God)으로 볼 수 있겠으나 「서시」의 '하늘'은 내면적 자아성찰의 공간 혹은 절대자로도 볼 수 있겠습니다. 윤동주에게 하늘의 의미가 시에 따라 조금 달라질 수 있다는 것을 확인할 수 있는 대목입니다.

4연의 "어디에 내 한 몸 둘 하늘이 있어"라는 구절에서 '있어'는 '있다'라는 뜻이 아니라 내 몸 쉴 수 있는 곳이 어디 '있다고'로 보아야 할 것입니다. 어디에도 몸 하나 둘 곳이 없는, 곧 조국이 없기에 편히 쉴 곳도 없는 상황입니다. 윤동주의 삶을 관통하는 뿌리 뽑힌 디아스포라의 외로움이 배어 있는 구절이지요. 물론 이 구절을 꼭 현실적인 문제로 해석할 것이 아니라 죽음 이후 내세의 세계로 볼 수도 있겠지요. 어떻게 생각하든 3연과 4연은 무엇인가 해야 하지만 할 수 없는 절망적인 상황을 그리고 있습니다.

5, 6연에서는 "일이 마치고 내 죽는 날 아침에는/서럽지도 않은 가랑잎이 떨어질 텐데……//나를 부르지 마오"라고 부탁하고 있습니다. 봄에서 시작했던 시는 이제 가랑잎이 떨어지는 가을로 바뀌었습니다. 2연에서도 나온 '가랑잎'은 가을에 말라서 떨어지는 낙엽을 뜻합니다.

"일이 마치고"는 틀린 표현이 아니라 맞는 표현입니다. '마치다'는 '끝이 나다'라는 뜻의 자동사이기도 합니다. 1955년 정음사판 『하늘과 바람과 별과 시』에는 "일을 마치고"로 잘못 교정되기도 했습니다.

여기서 일이란 무엇일까요. 화자의 운명에 지워진 일일 겁니다. 기나긴 겨울날을 버티고 붙어 있던 가랑잎처럼 절망과 함께하는 일일까요. 가랑잎은 앙상한 겨울 가지에 붙어 있던 존재입니다. 마치 "슬퍼하는 자는 복이 있나니"(「팔복」)라는 고백처럼 슬픔과 함께 붙어 있는 존재, 그것이 윤동주의 일이 아니었을까요. 희망찬 미래를 꿈꿔야 할 스물셋의 젊은이가 가랑잎처럼 겨우 겨울나무에 붙어 있어야 하는 운명은 얼마나 불안했을까요. 무기력한 상황에서 화자가 할 수 있는 말은 "나를 부르지 마오"라는 한마디였을 겁니다.

"나를 부르지 마오"라는 거부의 표현은 어떻게 보아야 할까요. 이것은 자신의 운명을 거부하는 것이 아니라 오히려 자신의 철저한 무력함을 성찰하고 스스로의 힘으로 서겠다는 반어적인 표현으로 볼 수 있겠지요. 예수가 십자가에 달리는 죽음의 길로 가기 전에 "이 잔을 내게서 옮기시옵소서"(마가복음 14장 36절)라고 고백한 것과 같은 경우라고 볼 수 있겠습니다. 그것은 "그러나 나의 원대로 마시옵고 아버지의 원대로 하옵소서"라는 역설적 표현이었습니다. "나를 부르지 마오"라는 표현도 실은 자신의 결단을 나타내는 역설적 표현으로 보아야 할 것입니다.

「무서운 시간」은 윤동주 시의 가장 큰 특징인 내면적 성찰을 잘 보여주는 작품입니다. 화자는 진지한 삶에 대해 성찰하고 번민하면서 "나를 부르지 마오"라며 역설적으로 자기의 길을 다짐합니다. 결국 이 말은 "나 스스로 나섰습니다"라는 표현이기도 한 것입니다. 시의 표면에서는 단호하게 거부하고 있지만, 시의 이면에서는 화자가 자신의 '부름'에 응답하고 있다는 것을 우리는 이후 윤동주의 시에서 확인할 수 있습니다. 즉 「십자가」(1941. 5. 31), 「바람이 불어」(1941. 6. 2), 「또다른 고향」(1941. 9), 「길」(1941. 9. 31), 「별 헤는 밤」(1941. 11. 5), 「참회록」(1942. 1. 24)을 보며 자신의 길을 당차게 걸어가는 한 시인의 모습을 우리는 목도할 수 있습니다.

새로운 존재

삼학년생이던 윤동주가 신앙에 회의를 느끼고 있었다는 것은 그의 친구 문익환과 동생 윤일주가 남긴 글을 통해 알 수 있습니다. 연희전문 일, 이학년 때까지도 여름방학에 하기 성경학교 등을 돕기도 했으나 삼학년 때부터는 교회에 대한 관심이 멀어지지요. 그렇지만 진정한 의미의 신앙이란 "슬퍼하는 자는 복이 있나니"(「팔복」)처럼 슬픔과 함께하는 것이라는 핵심을 깨닫고 전혀 다른 존재가 됩니다. 「팔복」에서 깨달은 진정한 삶의 의미와 「위로」와 「병원」에서 보여준 구체적인 노력으로 윤동주는 새로운 존재로 변화합니다.

「무서운 시간」에서 윤동주를 부르던 존재는 무엇일까요. 그것은 윤동주의 내면에서 울리는 조국의 부름일 수도 있고, 절대자의 부름일 수도 있습니다. 명확한 것은 조국이든 절대자이든 거대한 초자아 앞에서 윤동주가 피하지 않고 자신의 '부름'에 답하고 있다는 사실입니다. 대타자가 자신을 부르든 말든 윤동주는 이미 부름에 나서고 있는 상황입니다. 그리고 화자를 부르고 있는 대타자는 윤동주의 의식 속에 잠재된 절대자의 부름, 조국의 부름, 인간 양심의 부름일 것입니다.

그 부름을 따라 윤동주는 "이제 새벽이 오면/나팔 소리 들려올 게외다"(「새벽이 올 때까지」, 1941. 5)라는 자못 여유로운 표현도 쓰고, 나아가

"모가지를 드리우고/꽃처럼 피여나는 피를/어두워가는 하늘 밑에/조용히 흘리겠습니다"(「십자가」, 1941. 5. 31)라는 결연한 의지도 보입니다.

'처럼'의 현상학

「십자가」와 스플랑크니조마이

쫓아오던 햇빛인데
지금 교회당(敎會堂) 꼭대기
십자가(十字架)에 걸리었습니다.

첨탑(尖塔)이 저렇게도 높은데
어떻게 올라갈 수 있을까요.

종(鐘)소리도 들려오지 않는데
휘파람이나 불며 서성거리다가,

괴로웠던 사나이,
행복(幸福)한 예수·그리스도에게
처럼

십자가(十字架)가 허락(許諾)된다면

모가지를 드리우고
꽃처럼 피여나는 피를
어두워가는 하늘 밑에
조용히 흘리겠습니다.

—윤동주,「십자가」전문

5연으로 된 짧은 시입니다. '십자가'라는 제목을 보면, 명동마을의 윤동주가 비가 오거나 천둥이 칠 때 "저기 교회 십자가가 있는데 뭐가 무서워"라고 했다는 여동생 윤혜원의 증언이 생각납니다. 윤동주에게 '십자가'는 그런 표상이었습니다.

1연의 "쫓아오던 햇빛인데/지금 교회당(教會堂) 꼭대기/십자가(十字架)에 걸리었습니다"라는 표현은 명동마을의 윤동주 생가에서 방문을 열면 보이는 언덕 위 교회의 십자가를 연상케 합니다. 그 십자가에 햇살이 걸리는 풍경은 윤동주가 어릴 때부터 매일 보던 것이었습니다. 지금도 명동마을에 가면 언덕 중턱의 교회당 지붕에서 십자가를 볼 수 있습니다.

2연은 "첨탑(尖塔)이 저렇게도 높은데/어떻게 올라갈 수 있을까요"라며 비약됩니다. 여기서 화자의 염려가 살짝 언급됩니다. 십자가에 올라갔던 이가 걸었던 길을 따르기보다는 외면하고 싶은 겁니다. 도저히 그 삶을 따를 수 없는 한계를 느끼는 겁니다. 이 문장에 나타난 십자가는 풍경으로 묘사된 십자가(1연)와 영적으로 다른 의미를 갖고 있습니다. 2연에 등장하는 높은 첨탑 위의 십자가에는 단순한 풍경을 넘어 역사를 향한 헌신의 의미가 담겨 있습니다.

3연에서는 "종(鐘)소리도 들려오지 않는데/휘파람이나 불며 서성거리"
겠다고 합니다. "종소리도 들려오지 않는데"란 무슨 뜻일까요.

1941년 3월 조선어는 교육과정에서 완전히 사라지고 억울하게 강제
파면당했던 최현배 교수는 연희전문학교 도서관 직원으로 복직됩니다.
최현배 교수를 존경했던 윤동주로서는 정말로 어처구니없는 일이었습니
다. 시대가 어두울수록 예언자적 종교가 해야 할 일이 많으나 교회는 오
히려 친일 행동을 했습니다. 가장 먼저 가톨릭교회가 신사참배를 받아들
였고, 이어 안식교가 1936년에 신사참배를 가결했고, 성결교회, 구세군,
성공회, 감리교회까지 신사참배를 결정합니다. 마지막으로 1938년 장로
교마저 신사참배를 결정하고 말았습니다. 일부 개신교 지도자들은 일본
의 이세신궁(伊勢神宮)에 참배하기까지 했습니다. 이런 상황이니 어디서
예언자의 종소리가 들려오겠습니까.

상징적인 의미뿐만 아니라, 초고를 썼던 1941년 5월 31일 이후 11월
에 수정할 때 실제로 종이 사라졌다는 사실이 중요합니다. 원고지를 보면

"종소리도 들려오지 않는데"라는 문장은 11월경에 시집 『하늘과 바람과 별과 시』를 수정할 때 썼던 얇은 펜으로 써 있습니다. 동주는 왜 11월에 "종소리도 들려오지 않는데"라는 문장을 삽입했을까요.

쇠붙이를 녹여 무기로 만들려고 일제는 모든 쇠붙이를 쓸어갑니다. 1941년 10월경부터 조선 교회의 노회 보고서에 따르면 '자발적으로' 교회 종(鐘)을 떼어 바쳤다는 보고가 나오기 시작했어요. 조선감리교단연맹은 1941년 10월 21일 이사회를 열고 제4항 '각 교회 소유의 철문과 철책 등을 헌납'하기로 결의했습니다. 1942년에는 '조선장로호'라는 이름이 붙은 해군 함상전투기 1기와 기관총 7정 구입비 15만 317원 50전을 바치기도 했습니다. 당연히 '종소리도 들려오지 않는' 끔찍한 상황입니다(이에 관해서는 이지은 선생의 「일제강점기 '정오의 소리정경'에 담긴 '성스러운 소음'의 자취: 윤동주의 「십자가」에 나타난 교회종소리의 단상」(2017)을 참조하셨으면 합니다).

예언자의 종소리뿐만 아니라, 실제로 종소리가 사라진 겁니다. 이토록 희망이 없는 시대에 "휘파람이나 불며 서성거리"자는 겁니다. 이러한 서성거림에는 꿈을 상실한 자들의 아픔이 배어 있습니다.

그런데 4연부터 극적 전환이 이루어집니다. 여기서 예수는 신격화한 존재 이전에 인간의 모습을 한 "괴로웠던 사나이"이며 "행복한 예수"이기도 합니다. 다만 육필 원고를 보면 인간의 희로애락에 공감하는 존재인 "예수·그리스도"를 쓸 때 '예수'와 '그리스도' 사이에 가운뎃점을 찍고 있어요. 그냥 의미 없이 찍어놓은 걸까요. 육필 원고를 보면 분명하게 가운뎃점을 찍어놓았어요. 「별 헤는 밤」의 원문에도 "푸랑시쓰·쨤" "라이넬·마리아·릴케"라고 표기한 것을 볼 수 있습니다. "예수·그리스도"라고 찍은 가운뎃점을 단순한 윤동주식 외국어 표기로도 볼 수 있습니다.

다만 이 가운뎃점에 의미를 둔다면 어떤 이해가 가능할까요. 윤동주가 남긴 첫 시 「초 한 대」와 비교해볼 때 이 시의 내용은 사뭇 다릅니다. 관념적이었던 「초 한 대」와 달리 「십자가」에는 인간 예수가 겪는 시련과 시인의 헌신이 명확히 담겨 있습니다. 인간이 된 예수의 괴롬과 행복을 표현했다면 앞의 '예수'는 갈릴리에서 고아와 과부와 술집 여자들을 만났던 역사적 예수(historical Jesus)이고, 뒤에 '그리스도'는 신의 아들인 구세주(savior Christ)일 것입니다. 결국 윤동주에게 예수는 그리스도(예수=그리스도)인 동시에 '인간/신'이기도 한 존재입니다. 윤동주에게 인간 예수와 초월자 예수는 같은 존재입니다. 그것을 표시하려고 가운뎃점을 찍지 않았을까요. 윤동주가 숭고한 죽음을 다짐할 수 있었던 까닭은 인간 예수에 대한 공감과 초월자 예수에 대한 신앙을 삶의 기준으로 흔들림 없이 받아들였기 때문일 겁니다.

그러한 예수를 '행복'했다고 표현한 것도 눈에 듭니다. 원문을 보면 '행복'이라는 단어를 강조하려고 한자로 썼습니다. 예수는 '괴로운 행복'을 지니고 사는 인물이라고 윤동주는 썼습니다. 괴로움이나 설움은 행복한 사람에게 오랜 지병 같은 겁니다. 라캉이 말한 "늪을 기어가는 기쁨"이라는 주이상스의 쾌감을 보여주는 정신분석학적 언어 선택입니다.

또하나 조금 독특한 표현을 봅니다. 4연 3행이 '처럼'이란 단어 하나로 써 있는 겁니다. '처럼'은 조사이기에 윤동주가 잘못 쓴 것으로 오독하고 4연 2행 끝에 붙여 "그리스도에게처럼"으로 인쇄된 시집들이 적지 않습니다.

사실 '처럼'만 이렇게 한 행으로 써 있는 시를 보기는 어렵습니다. 한국 시가 아니더라도 영어 시, 일어 시, 중국어 시에서 '처럼'만 한 행으로 된 시를 본 적이 있나요. 이웃을 내 몸'처럼' 사랑하는 것이 얼마나 어려운지 윤동주는 알고 있었어요. 그런데 그 길이 '행복한' 길이라는 것도 알고 있었어요. 타인의 괴로움을 외면하지 않고 그의 고통을 나누는 순간, 개인은 '행복한' 하나의 주체가 됩니다. 그러나 '처럼'이라는 직유법처럼 그 길은 도달하기 힘든 삶이지요. 그것을 짊어지고 가는 삶, 윤동주는 그 길을 선택합니다.

'처럼' 다음에 나오는 단어도 중요합니다. "십자가가 허락된다면"입니다. "휘파람이나 불며 서성거리"고 싶었던 나약하고 소심한 화자의 자세가 보입니다. 그러나 아무것도 안 하겠다는 안이하고 수동적인 자세가 아닙니다. 하늘의 뜻에 자신의 의지를 맞추겠다는 다짐입니다. 병아리가 알을 깨고 나오려면 새끼와 어미 닭이 안팎에서 알을 쪼아야 한다는, 곧 안과 밖에서 함께해야 일이 이루어진다는 줄탁동시(啐啄同時)의 세계관입니다.

이제 5연에서 윤동주는 갈등 끝에 예수 그리스도의 길을 선택합니다. "예수·그리스도에게/처럼/십자가가 허락된다면"이라는 구절을 통해 알 수 있습니다. 윤동주는 어떤 대가나 보상을 바라고 있지 않습니다. 그저 "모가지를 드리우고/꽃처럼 피여나는 피를/어두워가는 하늘 밑에/조용히 흘리겠습니다"라고 다짐합니다. 목이 아니라 "모가지(원문은 '목아지')"라고 써서 희생하고자 하는 의미가 날것으로 더욱 생생하게 느껴집니다. 시의 구절처럼 그는 "어두워가는 하늘 밑에" 피 흘리며 '행복한 예수·그리스도'의 삶을 따라갔습니다.

고통을 나누는 이웃

윤동주의 타자 인식을 생각하면 자연스럽게 에마뉘엘 레비나스가 떠오릅니다. 리투아니아 출신의 프랑스 철학자인 레비나스는 서구 철학의 전통적인 존재론을 비판하며 타자에 대한 윤리적 책임을 강조하는 윤리설을 발전시켰어요.

레비나스의 생각이 윤동주와 많이 비슷해요. 레비나스는 하이데거의 제자였는데, 제2차 세계대전 때 아우슈비츠에서 고난을 당한 것으로 유명해요. 그런데 도리어 독일인을 용서하자고 해서 모두를 깜짝 놀라게 만들기도 했지요. 레비나스의 존재론은 '타자론'이라고 해요. 인간이 존재한다는 의미가 타자를 통해 설명된다는 뜻이지요.

에마뉘엘 레비나스

레비나스는 타자란 무조건적인 '약자'라고 주체에게 '가르친다'라고 했어요. 레비나스에게 타자는 약한 사람, 가난한 사람, 과부와 고아였어요. 반대로 주체는 부자이고 강자입니다. 따라서 강자가 무조건 베풀어야 합니다. 그가 나를 사랑하지 않는다 하더라도 그는 나에게 타자이므로 영원히, 무조건, 사랑해야 하지요. 레비나스에게 타자란 조건 없는 환대의 대상입니다. 따라서 타자는 내가 모셔야 하는 나의 주인입니다. 타자를 모시는 태도를 우리는 윤동주의 시에서 자주 발견할 수 있어요.

> 해바라기 얼굴은
>   누나의 얼굴
> 얼굴이 숙어 들어
>   집으로 온다.
>
> ─윤동주, 「해바라기 얼굴」 중에서

여자(女子)는 자리에서 일어나 옷깃을 여미고 화단(花壇)에서 금잔화

(金盞花) 한 포기를 따 가슴에 꽂고 병실(病室) 안으로 사라진다. 나는
그 여자(女子)의 건강(健康)이 아니—내 건강(健康)도 속(速)히 회복(回
復)되기를 바라며 그가 누웠던 자리에 누워본다.

—윤동주, 「병원」 중에서

이렇게 윤동주의 시는 자기 안에 있는 여성 노동자와 병에 걸린 여성
등 타인을 향한 마음을 통해 자신의 진정한 주체성을 확립하려 애써요. 윤
동주는 이웃을 생각하는 마음을 거의 본성적으로 갖고 있던 인물이었죠.

레비나스는 타인과의 윤리적 관계를 가능케 해주는 출발점이 바로 타
인의 얼굴이라고 말했어요. 여기서 얼굴은 외관이나 형상이 아니에요. 레
비나스가 말하는 얼굴(visage)은 외관이나 형상 뒤에 숨겨진 '벌거벗음'
이에요. 우리는 살아가면서 '타인의 얼굴'과 마주하게 됩니다. 이 얼굴은
우리에게 정의로울 것을 요구하고 명령합니다. 지금까지 내가 누려왔던
자유가 부당한 것이었음을 깨닫고 타자의 얼굴에 응답할 때 "나는 비로
소 '응답하는 자'로서 '책임적 존재' 또는 윤리적 주체로 탄생합니다".(강
영안, 『타인의 얼굴, 레비나스의 철학』, 문학과지성사, 2008, 184쪽) 원효
의 화쟁사상(和諍思想), 곧 모든 모순과 대립을 조화시키려는 불교 사상
에 나오는 '눈부처 사상'과 통하는 면이 있지요. 타자의 눈 속에 내가 부
처로 들어앉아 있는데, 어떻게 타자를 해칠 수 있겠어요.

레비나스는 무조건적인 환대를 말했어요. 그것이 가능할까요. 레비나스
에게 중요한 것은 나치에게 희생당한 육백만의 유태인(약자)이었죠. 레비
나스식의 무조건적인 환대에 동의하는 이들은 다문화주의를 이야기하며,
다름과 차이를 인정하고 존중하는 것이 필요하다고 말하지요. 그러나 다
문화주의는 '차이를 인정하되, 나는 나고, 너는 너이므로 우리 서로 건드리

지 말고 지내자'로 끝나기도 해요. 아니나 다를까 제2차 세계대전 때 유태인을 학살했던 독일군을 용서하자고 했던 레비나스가 1980년대에 팔레스타인을 향한 이스라엘의 무자비한 미사일 공격에 대해 "팔레스타인은 타자가 아니라 적(敵)"이라고 했던 것은 당시 철학계에 큰 충격을 주었습니다.

이러한 레비나스의 타자 윤리에 대해 자크 데리다는 "절대적 환대는 없다"(자크 데리다, 『환대에 대하여』, 동문선, 1997)라고 비판했고, 알랭 바디우는 '타자에 대한 인정' '차이의 윤리' '다문화주의' '관용' 등의 말들이 "힘도 진리도 지니지 못한다"고 말했지요.

바디우는 레비나스의 윤리학을 "'네 이웃을 사랑하라'에서 네 이웃이란 바로 너에게 피해를 끼치지 않을 선량한 이웃만을 기대하고 있는 게 사실 아닌가. 나처럼 되어라, 그러면 너의 차이를 존중하겠다"(알랭 바디우, 『윤리학』, 동문선, 2001, 34쪽)는 태도라고 비평했지요.

레비나스가 타자의 고통을 무조건 받아들이는 타자 인식이라면, 윤동주는 타자와 조금 거리를 두고 있어요. 윤동주는 타자의 고통 곁으로 가지만 자신이 고통의 진앙지에는 갈 수 없다는 것을 인식하고 있어요. 고통의 진앙지와 거리를 두고 있기에 윤동주의 시에서 '고통의 연대(solidarity of suffering)'를 직접적으로 보기는 쉽지 않아요. 그러나 「팔복」 「위로」 「병원」에서 보았듯이 윤동주의 시에서는 '고통의 공유(common suffering)'를 늘 볼 수 있습니다.

'처럼'의 현상학

윤동주가 좋아했던 화가 고흐의 〈좋은 사마리아인〉이라는 작품이 있어요. 이 그림을 보면 윤동주의 「십자가」에 나오는 '처럼'을 조금 이해할 수 있을 것 같아요.

사마리아인이란 아시리아가 북이스라엘을 정복하고 자신의 백성들을 그곳에 정착시켰을 때 이스라엘인들과의 사이에서 태어난 '튀기(혼혈아)'를 말해요. 순수한 혈통인 유대인들은 사마리아인들을 업신여겨 사마리아 영토를 통과하지 않고 먼 거리를 우회하여 다녔다고 하지만, 예수는 달랐어요. 물 길으러 나온 사마리아 여인과 대화했던 예수는 율법 교사들이 예수의 속을 떠보려고 영생이 무엇인지 물을 때, 그 유명한 '좋은 사마리아인 이야기'를 합니다.

어떤 율법 교사가 일어나 예수를 시험하여 이르되 선생님 내가 무엇을 하여야 영생을 얻으리이까 예수께서 이르시되 율법에 무엇이라 기록되었으며 네가 어떻게 읽느냐 대답하여 이르되 네 마음을 다하며 목숨을 다하며 힘을 다하며 뜻을 다하여 주 너의 하나님을 사랑하고 또한 네 이웃을 네 자신같이 사랑하라 하였나이다(누가복음 10장 25~27절)

예수는 영생이란 죽어서 얻는 것이 아니라 현재 살아 있는 순간에 신과 이웃을 사랑하면 누릴 수 있는 진행형으로 설명합니다.

그러나 바리새인은 말꼬리를 물고 늘어집니다. 말속에 있는 '이웃'이란 단어를 끌어내 "누가 저의 이웃입니까?"라고 물어요. 흔히 가까운 데 사는 이를 이웃이라고 하지요. 그런데 예수는 엉뚱한 얘기를 하기 시작해요. 강도를 당한 사람을 돕는 사마리아인의 이야기였어요.

강도를 만나 반쯤 죽어 있는 사람을 보고도 종교인과 학자가 그냥 지나쳤어요. 그런데 길 가던 사마리아인이 "거기 이르러 그를 보고 불쌍히 여겨"(누가복음 10장 33절) 걸음을 멈춰요. 여기서 "불쌍히 여겨"라는 뜻의 헬라어 원어는 앞서 얘기한 '스플랑크니조마이'입니다. 창자가 뒤틀리고 끊어져 고통스러울 정도로 타자의 아픔을 공유한다는 말이지요. 내장이 찢어질 것 같은 아픔, 곧 스플랑크니조마이라는 이 단어는 예수가 많이 쓰던 말이었어요. 그래서 "불쌍히 여겨"를 우리말로 풀면 "애간장이 타는 듯했다"는 '단장'의 아픔을 말하는 것이죠.

그리고 사마리아인은 강도를 당한 사람에게 "가까이 가서 기름과 포도주를 그 상처에 붓고 싸매고 자기 짐승에 태워 주막으로 데리고 가서 돌보아주니라"(누가복음 10장 34절)고 하죠. 거기서 끝나지 않고, 다음날 자기 주머니에서 돈을 꺼내 여관 주인에게 주면서 "이 사람을 돌보아주라"(누가복음 10장 35절)고 말해요.

여기까지 말하고 나서 예수는 세 사람 중에 강도를 당한 이에게 이웃이 누구냐고 물어요. 율법 교사가 "자비를 베푼 자니이다" 하고 대답하자 예수께서는 "너도 이와 같이 하라"(누가복음 10장 37절) 하고 말하지요.

여기서 이웃의 개념은 전혀 달라져요. 이웃은 가까운 옆집 사람이 아니라 고통받는 자에게 사랑을 베푸는 사람이지요. 비교컨대 예수의 이웃 개념은 이론적으로 레비나스와 비슷하지만, 실천적으로는 바디우와 유사해요.

예수가 말한 사마리아인처럼 윤동주의 시는 이웃을 단순히 회상하는 데에서 멈추지 않아요. 거의 병적인 집착에 가까울 정도로 타인을 생각해요. 그는 타인을 '책임'지고 '환대'하며 그의 아픔에 '응답'할 것을 요구해요. 윤동주 시의 저변을 이루는 '부끄러움'과 '자책'은 윤리를 주체의 앞에 세워야 한다는 레비나스의 철학을 넘어 사마리아인의 이웃 개념과 예상치 못한 공명을 이루고 있어요. 윤동주와 레비나스의 접점은 윤리적 주체로 존재하고자 하는 강한 열망에 있어요. 우리는 여기서 윤동주의 '차이'와 '동일성'의 현상학을 발견할 수 있어요.

특히 윤동주가 타자를 자신'처럼' 생각하는 상상력은 여러 시에서 만날 수 있어요. '처럼'이 나온 구절들을 한번 살펴봅니다.

"아—이 젊은이는/피라미드처럼 슬프구나" —「비애」
"외로운 사랑이/가슴 하나 뻐근히/연륜(年輪)처럼 피여나간다" —「달같이」
"바람이 불고 가을이 있고 추억(追憶)처럼 사나이가 있습니다" —「자화상」
"다들 손님들뿐./손님 같은 사람들뿐" —「간판 없는 거리」
"황혼(黃昏)처럼 물드는 내 방으로 돌아오면" —「흰 그림자」
"이 동리의 아침이,/풀살 오른 소 엉덩이처럼 기름지오" —「아침」

윤동주의 시에 나타나는 '처럼' '같이'라는 직유법은 타자에 대한 동일성을 향하고 있지요. '이웃을 네 몸같이 사랑하라'는 성경의 말씀처럼 윤동주는 타자와의 '차이'를 인식하면서 동시에 '동일화'하려는 의지를 갖고 있어요. '처럼'의 의미는 「십자가」에서 극대화되어 표현되고 있어요.

이 시의 핵심은 '처럼'이라는 한 행을 어떻게 이해해야 하는가에 달려 있습니다. '처럼' 사는 것, '처럼' 사랑하는 것, 그 의미를 연희전문 사학년생 윤동주는 깊이 깨달았던 겁니다. 「팔복」 이후에 그의 시들은 슬픔 곁으로 다가가는 '처럼'의 시편들이었습니다. 그리고 그는 "꽃처럼 피여나는 피를/어두워가는 하늘 밑에/조용히 흘리겠습니다"라는 표현을 따라 1945년 2월 16일 그가 그토록 바라던 광복을 육 개월 앞두고 후쿠오카 형무소에서 스물여덟의 나이로 요절합니다.

필사하며 배운 백석

「별 헤는 밤」

윤동주는 끊임없이 떠났습니다. 고향인 간도의 명동에서 경성으로, 도쿄로, 그리고 1945년 2월 16일 후쿠오카에서 돌아오지 않을 여행을 떠났어요. 그는 경성에 와서 거꾸로 고향 만주를 그리워합니다. 윤동주의 작품 중 가장 긴 「별 헤는 밤」은 어느 디아스포라의 어린 시절을 담고 있어요.(번호는 인용자)

① 계절(季節)이 지나가는 하늘에는
　가을로 가득차 있습니다.

② 나는 아무 걱정도 없이
　가을 속의 별들을 다 헤일 듯합니다.

③ 가슴속에 하나둘 새겨지는 별을

이제 다 못 헤는 것은

쉬이 아침이 오는 까닭이오,

내일(來日) 밤이 남은 까닭이오,

아직 나의 청춘(靑春)이 다하지 않은 까닭입니다.

④ 별 하나에 추억(追憶)과

별 하나에 사랑과

별 하나에 쓸쓸함과

별 하나에 동경(憧憬)과

별 하나에 시(詩)와

별 하나에 어머니, 어머니,

⑤ 어머님, 나는 별 하나에 아름다운 말 한마디씩 불러봅니다. 소학교 (小學校) 때 책상(册床)을 같이 했던 아이들의 이름과, 패(佩), 경(鏡), 옥(玉) 이런 이국 소녀(異國少女)들의 이름과 벌써 애기 어머니 된 계집애들의 이름과, 가난한 이웃 사람들의 이름과, 비둘기, 강아지, 토끼, 노새, 노루, '프랑시스 잠' '라이너 마리아 릴케' 이런 시인(詩人)의 이름을 불러봅니다.

⑥ 이네들은 너무나 멀리 있습니다.

별이 아슬히 멀듯이,

⑦ 어머님,

그리고 당신은 멀리 북간도(北間島)에 계십니다.

⑧ 나는 무엇인지 그리워

　이 많은 별빛이 내린 언덕 위에

　내 이름자를 써보고,

　흙으로 덮어버리었습니다.

⑨ 딴은 밤을 새워 우는 벌레는

　부끄러운 이름을 슬퍼하는 까닭입니다.

　—1941. 11. 5.

⑩ 그러나 겨울이 지나고 나의 별에도 봄이 오면

　무덤 위에 파란 잔디가 피어나듯이

　내 이름자 묻힌 언덕 위에도

　자랑처럼 풀이 무성할 게외다.

　　　　　　　—윤동주, 「별 헤는 밤」(1941. 11. 5) 전문

　모든 시는 정전을 통해 읽어야 합니다. 『윤동주 자필 시고전집』에 실린 원래 원고대로 정확히 읽으면, 시인이 한 편의 시를 어떤 과정을 통해 완성했는지 알 수 있지요.

　윤동주는 2연 2행에 본래 없던 "가을 속의"를 삽입했습니다. "나는 아무 걱정도 없이/(가을 속의) 별들을 다 헤일 듯합니다"라고 원고를 수정한 흔적이 보입니다. '가을'을 1연 2행에만 넣었더니 뭔가 허전했던 모양입니다. 윤동주에게 '가을'이란 어떤 의미가 있을까요.

　그 가을은 윤동주와 우리 민족에게 중요한 의미를 갖는 '일회적 가을'

이었습니다. 윤동주는 이 시를 1941년 11월 5일에 썼어요. 연희전문학교 사학년 마지막 학기의 하루, 졸업을 기념하는 자선 시집의 출판을 준비하던 무렵이었습니다. 1941년 12월 8일 일본이 진주만을 기습하기 한 달 전이었고, 1941년 11월 1일 『국민문학』 창간호가 나온 지 며칠 되지 않았을 때였습니다. 이 시가 쓰인 시기는 운명적이고 일회적인 '가을'이었습니다.

문학작품을 철학의 눈으로 읽을 때 새로운 의미를 깨닫게 되는 경우가 있어요. 이번 장에서는 윤동주의 시를 몇 가지 철학의 눈으로 비교하면서 생각해보려 해요. 절대 어려워하지 말고, 편안히 읽어보았으면 합니다.

알랭 바디우는 하나의 '사건'을 통해 진리에 눈뜨는 시간을 '진리 사건'이라고 명명했습니다. 사울이 바울로 회심한 다마스쿠스 사건(알랭 바디우, 『사도 바울』, 새물결, 2008), 프랑스가 개인의 자유에 눈뜬 1968년 5월 혁명도 바디우에게는 진리 사건이었지요. 그래서 알랭 바디우는 하나의 진리적 시간에 철저하게 충실성으로서 진리에 투신하라고 했습니다.

> 너의 끈질김을 초과하는 것을 끈질기게 밀고 나가기 위해 네가 할 수 있는 모든 것을 행하라. 중단 속에서도 끈질기게 밀고 나가라.(알랭 바디우, 『윤리학』, 동문선, 2001, 61~62쪽)

바디우에게 윤리란 "계속하시오!"라는 단호한 정언명령이었지요. 어떠한 사건이 닥칠지 두려워도 계속하는 것, 사건에 충실한 것이 어떤 결과를 불러올지 장담할 수 없어도 계속하는 것, 그것이 알랭 바디우가 말하는 윤리입니다. 그야말로 불교의 선가(禪家)에서 말하는 '용맹정진(勇猛

前進)'이라는 언표가 떠오르는 말입니다. 윤동주의 가을은 일본의 진주만 상륙 사건과 자신의 도쿄 유학을 앞둔 '계시적인 가을'이었어요.

곧 미국과의 전쟁이 터질 것 같은 국제정세, 강제징용이 시행될지도 모를 일본 본토로 유학 가려는 상황, 본래 1942년 3월로 내정되었던 졸업식 전인 1941년 12월에 조기졸업 하는 윤동주의 '가을'은 편치 않았을 것입니다.

윤동주의 분신들

4연의 별 '하나'에 여러 추억이 얽힙니다. 별이라는 하나의 단독자에 다양한 존재들이 얽혀 있어요. 윤동주의 시에는 늘 외로운 단독자 안에 복수의 분신이 겹쳐 있습니다.

돌아가다 생각하니 그 사나이가 가엾어집니다. 도로 가 들여다보니 사나이는 그대로 있습니다.

다시 그 사나이가 미워져 돌아갑니다.
돌아가다 생각하니 그 사나이가 그리워집니다.

―윤동주 「자화상」 중에서

시인은 우물 속에 비친 고독한 자신, '그'의 모습을 봅니다. 나의 분신인 '그'는 가엾고, 그립고, 추억 같은 복수의 사나이입니다. 고독한 단수의 존재 안에 복수의 타자가 존재합니다.

윤동주의 시를 읽는 첫 감동은 이렇게 홀로 있으면서도 늘 다른 이를 생각하게 하는 데 있어요. 다시 말하면, 윤동주 시의 매혹은 철저한 단독자로서의 자기 인식이 복수적인 타인으로 확대되면서 발생해요. 이것은 도스토옙스키를 좋아했던 윤동주에게서 도스토옙스키적인 인물론이 보이는 단초이기도 합니다. 도스토옙스키는 인간을 이분법적인 '선/악'의 대칭으로 보는 것이 아니라 모든 인간에게는 선과 악이 동시에 복합적으로 존재한다고 보았어요. 한 인간의 무의식에는 무수한 선과 악 사이의 갈등이 존재한다고 보는 것이 도스토옙스키적 인물론입니다. 대표적인 예로는 『죄와 벌』의 주인공 라스콜리니코프와 뒷부분에 등장하는 부자 스비드리가일로프를 들 수 있어요. 이러한 유형을 통해 인간이 가장 선하면서도 가장 극적으로 악한 일을 할 수 있다는 사실을 보여줍니다.

이쯤에서 「별 헤는 밤」의 5연이 왜 산문 형식인지 생각해봐요. 5연은 왜 산문시로 썼을까요.

어머님, 나는 별 하나에 아름다운 말 한마디씩 불러봅니다. 소학교(小學校) 때 책상(冊床)을 같이 했던 아이들의 이름과, 패(佩), 경(鏡), 옥(玉) 이런 이국 소녀(異國少女)들의 이름과 벌써 애기 어머니 된 계집애들의 이름과, 가난한 이웃 사람들의 이름과, 비둘기, 강아지, 토끼, 노새, 노루, '프랑시스 잠' '라이너 마리아 릴케' 이런 시인(詩人)의 이름을 불러봅니다.

어릴 적 기억이 펼쳐지고 있는 장면이지요. 북간도 명동촌에는 윤동주 일가가 모여 살았는데, 나중에 용정으로 이사를 해요. 그런데 명동촌에서 용정으로 이사하면서 일 년 동안 중국인 소학교를 다녀요. 명동촌에서는 중국인을 만날 기회가 없었는데, 육학년을 중국인 소학교에 다니면서 패, 경, 옥이라는 이국(중국)의 소녀들을 만났던 것 같아요. 그때를 그리워하는 마음을 도저히 짧은 행갈이나 암시적 기법으로 담아낼 수 없었겠지요. 그래서 이렇게 이야기로 풀어낸 것으로 보입니다.

판소리에서 소리로만 의미와 정서가 전달되지 않을 때 소리와 소리 사이에 이야기하듯 줄거리를 설명하는 '아니리'라는 대목이 들어갑니다. 가요에서도 멜로디 부분으로 구체적인 이야기의 전달이 어려울 때 랩이 등장해 해결하는 경우가 있어요. 윤동주는 아니리나 랩처럼 구체적인 정서를 전달하는 형태로 산문적 발화를 선택했던 것이지요.

필사하며 배운 백석

윤동주가 영향받은 시인은 정지용, 이상, 오장환 등이 있으나 누구보다 백석을 빼놓을 수 없습니다. 조선일보 잡지부 기자가 된 백석이 시집 『사슴』(1936)을 발간했을 때 윤동주는 이 시집에 빠져듭니다. 아닌 게 아니라 윤동주가 1935년 봄 평양의 숭실중학교로 옮길 때 "이즈음 백석 시집(白石詩集) 『사슴』이 출간(出刊)되었으나, 백 부(百部) 한정판(限定版)인 이 책을 구(求)할 길이 없어 도서실(圖書室)에서 진종일을 걸려 정자(正字)로 베껴내고야 말았습니다"(윤일주, 「선백의 생애」, 『하늘과 바람과 별과 시』, 정음사, 1955, 209~210쪽)라는 증언을 보아도 알 수 있습니다. 윤동주는 백석의 시집 『사슴』을 보고 놀라운 반응을 보였습니다. 『사슴』을 필사하면서 책의 여백에 "생각할 작품이다" "그림 같다" "좋은 구절이다"라는 메모를 남기기도 했습니다. 특히 "모닥불은 어려서 우리 할아버지가 어미 아비 없는 서러운 아이로 불상하니도 몽둥발이가 된 슬픈 역사가 있다"라고 표현한 백석의 「모닥불」에 붉은 색연필로 "걸작(傑作)이다"라고 써놓기도 했습니다.

당시 창씨개명을 거부했던 백석은 1940년 3월부터 만주국 국무원 경

윤동주가 백석의 「모닥불」을 필사하고 "걸작이다"라고 붉은 색연필로 쓴 부분

제부 직원으로 일했지만, 9월경에 사직했습니다. 1943년에 나온 『문인창씨록』을 보면 백석도 시라무라 기코(白村夔行)로 창씨개명을 했다고 나오지만, 백석은 신징에서 '실업자 디아스포라'였습니다. 백석보다 다섯살 어린 윤동주가 연희전문에 다닐 때였습니다. 백석은 1941년에만 8편의 시를 발표하는데, 그중 한 편이 「흰 바람벽이 있어」라는 작품입니다. 이 시는 『문장』이 폐간되는 1941년 4월호에 실려 있습니다. 읽어보겠습니다. 조금 길지만 발표 당시 표기를 그대로 인용합니다. 단 시 앞의 숫자

는 설명을 위해 붙인 행의 번호입니다.

1 오늘 저녁 이 좁다란 방의 흰 바람벽에

　어쩐지 쓸쓸한 것만이 오고간다

　이 흰 바람벽에

　허미한 십오 촉(十五燭) 전등이 지치운 불빛을 내어던지고

　때글은 다 낡은 무명샤쯔가 어두운 그림자를 쉬이고

　그리고 또 달디단 따끈한 감주나 한잔 먹고 싶다고 생각하는 내 가

　지가지 외로운 생각이 헤매인다

7 그런데 이것은 또 어인 일인가

　이 흰 바람벽에

　내 가난한 늙은 어머니가 있다

　내 가난한 늙은 어머니가

　이렇게 시퍼러둥둥하니 추운 날인데 차디찬 물에 손은 담그고 무

　이며 배추를 씻고 있다

12 또 내 사랑하는 사람이 있다

　내 사랑하는 어여쁜 사람이

　어늬 먼 앞대 조용한 개포가의 나즈막한 집에서

　그의 지아비와 마조앉어 대구국을 끓여놓고 저녁을 먹는다

　벌서 어린것도 생겨서 옆에 끼고 저녁을 먹는다

17 그런데 또 이즈막하야 어늬 사이엔가

　이 흰 바람벽엔

　내 쓸쓸한 얼골을 쳐다보며

　이러한 글자들이 지나간다

―나는 이 세상에서 가난하고 외롭고 높고 쓸쓸하니 살어가도록
태어났다
　　그리고 이 세상을 살어가는데
　　내 가슴은 너무도 많이 뜨거운 것으로 호젓한 것으로 사랑으로 슬
픔으로 가득찬다
　　24 그리고 이번에는 나를 위로하는듯이 나를 울력하는 듯이
　　눈질을하며 주먹질을 하며 이런 글자들이 지나간다
　　―하눌이 이 세상을 내일 적에 그가 가장 귀해하고 사랑하는 것들
은 모두
　　가난하고 외롭고 높고 쓸쓸하니 그리고 언제나 넘치는 사랑과 슬
픔 속에 살도록 만드신 것이다
　　초생달과 바구지꽃과 짝새와 당나귀가 그러하듯이
　　29 그리고 또 '프랑시쓰 쨈'과 도연명(陶淵明)과 '라이넬 마리아
릴케'가 그러하듯이

　　　　　　　　　　　　　　　　―백석,「흰 바람벽이 있어」 전문

　　화자가 있는 좁다란 방의 저녁이 시의 도입부(1~6행)에 묘사됩니다.
현실에서 실패한 화자는 상상 속의 작은 방과 같은 더욱 비좁은 곳으로
도피합니다. 여기서 '바람벽'은 방이나 칸, 살의 옆을 둘러막은 둘레의 벽
을 말합니다. "바람벽에 돌 붙나보지"라는 말이 있는데, 바람벽에 돌을 붙
이려 해도 붙지 않는다는 뜻으로 되지도 않을 일이거나 오래 견디지 못
할 일이면 아예 하지도 말라는 뜻입니다.
　　'흰 바람벽'이라는 표현 하나만으로도 독자의 영상적 상상력은 가동하
기 시작합니다. 극장의 하얀 스크린을 연상시키는 '흰 바람벽'을 통해 화

자는 자신의 삶을 투영합니다. 백석은 '흰 바람벽' 스크린을 통해 추레한 현실을 몽상으로 이겨냅니다. 흰 바람벽은 화자의 과거에서 현재까지 삶의 조각들을 잇는 객관적 상관물이며, 성찰을 위한 거울입니다. 시를 읽는 독자는 오랜 습관에 따라 시인이 하는 '흰 바람벽' 시네마 놀이에 동석하게 됩니다.

'희미한 십오 촉(十五燭) 전등', 십오 와트 전등은 당시 화려한 도시였던 신징의 호텔 샹들리에에 비하면 초라한 불빛입니다. 그런데 여기서 아주 재미있는 것은 '십오 촉'에 불과한 이 전등이 "지치운 불빛"을 던지는 대상이 '무명셔츠'라는 점입니다. 그 하찮은 불빛 덕에 "때글은(오래도록 땀과 때에 전)" 다 "낡은 무명샤쯔"가 어두운 그림자를 "쉬이고(잠시 머물러 쉬게 하고)" 있다는 표현은 이 시의 백미입니다. 고통을 위안하는 것은 큰 빛이 아니라 십오 촉 전등처럼 보잘것없는 존재들인 것입니다. 한없이 쓸쓸해진 화자는 십오 촉 전등처럼 위로가 되는 감주(식혜)를 먹고 싶은데, "그런데" 하며 흰 벽에 펼쳐지는 또다른 세 가지 영상을 보게 됩니다.

첫번째 영상(7~11행)에는 "내 가난한 늙은 어머니"가 나타납니다. 디아스포라의 무의식에는 언제나 고향을 향한 원초적 그리움이 있습니다.

두번째 영상(12~16행)에는 "내 사랑하는 사람"이 보입니다. '어머니'가 나오는 장면과 이어지며 그 연결이 자연스럽습니다. 내 사랑은 어느 먼 "앞대(멀리 해변가)" 조용한 "개포가(강이나 내에 바닷물이 드나드는 곳)"의 나지막한 집에서 그의 지아비와 마주앉아 대굿국을 끓여놓고 저녁을 먹습니다.

세번째 영상(17~29행)에는 "내 쓸쓸한 얼골"과 자막이 등장합니다. "그런데 또 이즈막(이제까지에 이르는 가까운 때)하야 어늬 사이엔가"라는 표현은 독자를 몽상의 세계로 이끌어갑니다. 영상만 있는 것이 아니라

스크린 위에는 자막 같은 글자도 지나갑니다. '흰 바람벽' 위로 영화의 마지막 장면을 흐르는 '글자들'이 지나갑니다. 화자의 서럽고 외로운 마음들이 지나갑니다.

여기서 우리는 형태상 연 구분이 안 되어 있는 「흰 바람벽이 있어」에 내재적인 연 구분이 있으며, 그것이 영화의 시퀀스와 비슷하다는 것을 알게 됩니다. 시퀀스란 서로 연관된 여러 개의 신으로 구성된 내용의 단위로 소설의 장, 시의 연과 비교할 수 있겠습니다. 이 시를 읽을 때 영화를 보는 듯한 느낌이 드는 이유는 '흰 바람벽'이라는 스크린이 있고, 시퀀스에 따라 내용이 구분되기 때문입니다. 그러니까 시를 읽는 것이 아니라 영화를 보는 듯한, 그러니까 영상 기법을 많이 이용한 일종의 시네포엠(ciné-poème)이라 할 수 있겠습니다.

그런데 여기까지 읽으니 「흰 바람벽이 있어」가 윤동주의 「별 헤는 밤」과 유사하게 느껴지지 않는지요. 그 이유로는 첫째, 백석은 '흰 바람벽'을 스크린 삼아 인생을 논하고, 윤동주는 "계절(季節)이 지나가는" '밤하늘'을 스크린으로 삼아 삶을 노래하기 때문입니다. 백석은 어머니와 사랑하는 사람을 '흰 바람벽'을 통해 연상하고, 윤동주는 어머니와 그리운 사람을 밤하늘의 '별'을 통해 호명합니다.

별 하나에 추억(追憶)과
별 하나에 사랑과
별 하나에 쓸쓸함과
별 하나에 동경(憧憬)과
별 하나에 시(詩)와
별 하나에 어머니, 어머니,

둘째, 백석이 "'프랑시쓰 쨈'과 도연명(陶淵明)과 '라이넬 마리아 릴케'"를 호명하면서 시를 마무리하는 것과 같이 윤동주도 같은 대상을 호명합니다.

　　—하눌이 이 세상을 내일 적에 그가 가장 귀해하고 사랑하는 것들은 모두
　　　가난하고 외롭고 높고 쓸쓸하니 그리고 언제나 넘치는 사랑과 슬픔 속에 살도록 만드신 것이다
　　　초생달과 바구지꽃과 짝새와 당나귀가 그러하듯이
　　　그리고 또 '프랑시쓰 쨈'과 도연명(陶淵明)과 '라이넬 마리아 릴케'가 그러하듯이
　　　　　　　　　　　　　—백석, 「흰 바람벽이 있어」 중에서

　　벌써 애기 어머니 된 계집애들의 이름과, 가난한 이웃 사람들의 이름과, 비둘기, 강아지, 토끼, 노새, 노루, '프랑시스 잠' '라이너 마리아 릴케' 이런 시인(詩人)의 이름을 불러봅니다.
　　　　　　　　　　　　　—윤동주, 「별 헤는 밤」 중에서

　　세상과 타협하지 못하고, 패배를 맛본 스물아홉의 백석은 주변적인 대상들과 벗하는 호명으로 시를 마무리합니다. 그리고 "'프랑시쓰 쨈'과 도연명과 '라이넬 마리아 릴케'가 그러하듯이"라며, 스스로 위안이 될 만한 인물을 나열합니다. 윤동주는 「별 헤는 밤」에서 추억, 사랑, 쓸쓸함, 동경, 시, 어머니를 차례로 호명한 후 "벌써 애기 어머니 된 계집애들의 이름과, 가난한 이웃 사람들의 이름과, 비둘기, 강아지, 토끼, 노새, 노루, '프랑시

스 잠' '라이너 마리아 릴케' 이런 시인들의 이름을 불러봅니다"라고 썼습니다. 나열된 사물이 유사한 이 대목은 우연의 일치로만 볼 수 없는 영향 관계에 있습니다. 백석의 "가난하고 외롭고 높고 쓸쓸"한 마음과 윤동주의 '별 하나에 추억과 사랑과 쓸쓸함'을 논하는 정조는 매우 닮아 있습니다. 백석의 「흰 바람벽이 있어」와 윤동주의 「별 헤는 밤」은 유사한 면이 많은 작품입니다.

예언의 시

다시 「별 헤는 밤」으로 돌아갑니다. 4연에서 시인은 어머니를 두 번 연달아 부르고, 5연에서 산문시로 나가면서 부릅니다. 그리고 7연에서 다시 어머니를 다시 부릅니다. 이렇게 간절히 어머니를 부른 시구(詩句)가 또 있을까요. 어머니와 한꺼번에 달려드는 이미지는 어린 시절의 풍경이지요. 그는 그때 만난 모든 이름을 부릅니다. 어릴 적 친구들, 가난한 이웃, 존경하는 시인, 그러다가 비둘기, 강아지, 토끼 같은 짐승들에게까지, 도달할 수 없는 거리만치 까마득히 그리운 이름들입니다.

연희전문 기숙사 옆 언덕 혹은 북아현동 언덕길에서 별을 헤아려보는 윤동주, 졸업을 앞둔 가을, 전쟁이 예감되는 도쿄로의 유학을 준비하는 젊은이에게 지금까지의 추억과 사랑과 쓸쓸함이 절절히 다가왔을 겁니다. 그리운 이름들 끝에 청년은 마지막으로 자신의 이름을 씁니다. 그리고 흙으로 덮어버립니다. 9연에서 이 같은 의식의 이유를 "밤을 새워 우는 벌레는/부끄러운 이름을 슬퍼하는 까닭"이라고, 슬그머니 벌레 한 마리로 자기를 비유하여 마칩니다.

육필 원고를 보면, 9연 끝에 '1941. 11. 5.'라고 쓰여 있습니다. 윤동주는 작품 끝에 늘 창작일을 적어놓았기에 여기서 시를 일단 끝냈다고 볼 수 있어요. 그런데 앞서 이 문제에 대해 언급했던바, 10연이 보태진 것은 연희전문학교의 후배 정병욱의 조언 때문이었지요. 시를 읽어본 정병욱은 뭔가 아쉽다고 말했다죠. 그래서 윤동주는 10연을 첨부합니다.

> 그러나 겨울이 지나고 나의 별에도 봄이 오면
> 무덤 위에 파란 잔디가 피어나듯이
> 내 이름자 묻힌 언덕 위에도
> 자랑처럼 풀이 무성할 게외다

여기서 '이름'이란 단순한 기호가 아닙니다. "별들의 수효를 세시고 그것들을 다 이름대로 부르시는도다"(시편 147장 4절)라는 구절처럼 우주의 모든 사물들은 이름이 있고, 그 이름에 따라 나름의 존재로서 대우받습니다. 모든 '이름'은 환대받아야 마땅하지만 이 시에서는 그 이름이 언덕에 묻힐 상황에 닥쳐 있습니다.

1941년 3월 조선어는 교육과정에서 완전히 사라지고, 더이상 한글로 이름을 쓸 수 없는 상황이었습니다. 조선어는 완전히 금지되었고, 교수가 아닌 도서관 직원으로 복직되었던 최현배 교수는 윤동주가 「별 헤는 밤」을 쓰기 며칠 전인 10월 조선어학회 사건으로 사임합니다. 최현배 교수는 1942년 10월 1일에 투옥되어 1945년 8월 15일 광복 때까지 삼 년간 옥고를 치릅니다. 이런 상황에서도 윤동주는 "내 이름자 묻힌 언덕 위에도/자랑처럼 풀이 무성할" 것이라며, 시에서나마 '한글' 이름의 부활을 확신합니다.

이런 시대에 윤동주는 "밤을 새워 우는 벌레는" 앞에 "딴은"을 집어넣어요. 이것으로 벌레 따위도 딴에는 중요한 존재가 된다는 뜻이겠죠. 이리하여 윤동주의 감상은 다짐으로 바뀝니다. 박두진이 「묘지송」에서 다가올 태양을 그리워했듯이 윤동주도 '자랑처럼 무성할 풀'을 자신하고 있었어요. 이런 과정을 거쳐 「별 헤는 밤」은 탄생합니다.

이 시에는 이렇게 계시적인 가을, 사랑해야 할 얼굴과 이름들, 그리고 '한글' 이름의 부활을 소원하는 윤동주의 다짐이 담겨 있습니다. "어두워가는 하늘 밑에/조용히 흘리겠습니다"(「십자가」), "나한테 주어진 길을/걸어가야겠다"(「서시」)라고 하는 식민지 젊은이의 당찬 다짐이었습니다.

윤동주가 만난 맹자
「서시」를 읽는 한 방법

　　만주 지역의 특성 중 하나는 여러 문화가 섞인 '혼종성(hybridity)'에 있습니다. 그렇지만 혼종성만으로 만주를 설명하는 것은 성급한 일반화의 오류를 낳습니다. 만주의 명동마을은 오히려 유교적이고 기독교적인 민족주의가 강한 지역이었습니다. '혼종성'의 지역 안에 있으면서도 강력한 민족주의로 무장한 '특수성'을 지닌 공동체였습니다. 그러나 아이들은 대체로 중국어를 할 줄 알았고, 동양 고전을 읽었으며, 동시에 민족주의를 잊지 않고 있었습니다. 이러한 명동마을에서 자란 윤동주의 「서시」에는 혼종성과 특수성이 동시에 드러납니다.

명동마을의 동양 고전 교육

　　1899년 2월 회령과 종성에 살던 학자 네 사람이 가족들을 이끌고 두만강을 건너 정착하면서 명동마을은 형성되었습니다. 문병규의 가족 40명, 김약연의 가족 31명, 그의 스승인 남도천의 가족 7명, 김하규의 가족 63

명, 합쳐서 141명이라는 대가족이었습니다. 그런데 중요한 것은 이주한 이들의 중심인물들이 높은 수준의 지식인이었다는 사실입니다. 『맹자』를 만 번 읽었다는 '맹자만독(孟子萬讀)' 김약연, 이러한 맹자 대가 김약연을 가르친 스승 남도천(본명 남종구), 그리고 김하규는 동학에 참가하고 『주역』을 만독했다는 학자였습니다. 이주한 이들은 먼저 머물 집을 세우고 곧장 학문을 가르칠 서당을 만들었습니다.

농사지을 준비를 하면서도 학전(學田)부터 떼어놓고 각 집안의 땅을 분배했다고 합니다. 학전을 나누어 세 군데 서당을 세우고 한학(漢學) 책을 구해 아이들을 가르치기 시작했습니다. 뒷날 서당을 하나로 합해 명동서숙(明東書塾)이라 불렀는데, 이때부터 마을도 명동촌이라 했다고 합니다.

일 년 뒤에 윤씨네 18명이 이사 왔는데, 윤하현의 맏아들 윤영석이 김약연의 누이동생 김용과 결혼합니다. 1917년 12월 30일 이들의 사이에서 태어난 맏아들이 바로 윤동주입니다. 여기서 주목해야 할 인물은 윤동주의 외삼촌인 '김약연'입니다. 윤동주는 열 살 때까지 바다 해(海), 불꽃 환(煥), 곧 '해환'이란 아명으로 불렸습니다. 만주라는 중국어 문화권에서 자란 윤동주는 당연히 한문에 능했습니다. 또한 명동소학교 시절부터 중국어와 일본어를 정규 과목으로 배웠습니다. 1915년에 발표된 중국 정부의 '교육법'에 따라 중국어는 반드시 배워야 하는 정규 과목이었습니다.

중국인 소학교를 다녔기에 중국말도 할 수 있었습니다. 윤동주는 1931년에 명동소학교를 졸업하고 명동에서 이십 리쯤 떨어진 화룡현 대랍자의 중국인 소학교 육학년으로 편입합니다. 명동촌에서도 어느 정도 중국어를 배웠던 윤동주는 교실에서 중국어를 쓰며 중국 아이들과 어울렸습니다.

1942년 12월 대학 사학년 때 쓴 「별 헤는 밤」을 보면 "소학교 때 책상을 같이 했던 아이들의 이름과, 패, 경, 옥 이런 이국 소녀들의 이름"이 등장하는데, 이 아이들이 바로 대랍자의 중국인 소학교에서 함께 지냈던 중국인 아이들로 추정됩니다.

윤동주는 소년 시절부터 외삼촌인 김약연에게 한학 책을 배우기 시작합니다. 김약연에게 한자를 배운 윤동주의 가족은 모두 한문을 잘 사용했습니다. 대표적인 예로 윤동주의 육촌동생인 가수 윤형주의 아버지 윤영춘(尹永春, 1912~1978) 전 경희대 중문과 교수는 해방 후 1세대 중국어 학자였습니다. 윤동주의 당숙 윤영춘은 촌수로는 윤동주에게 아버지뻘이지만 다섯 살 차이밖에 나지 않아 형님 같은 존재였습니다. 1942년 송몽규와 윤동주가 일본으로 유학을 갔을 때 도쿄에서 영문학 강사를 하고 있던 윤영춘이 이들을 맞이했습니다. 1945년 송몽규를 마지막으로 면회하고 윤동주의 시신을 수습하러 간 이도 윤영춘입니다. 1936년 『어린이』 3월호에 이미 기성 시인으로 소개되어 있는 윤영춘은 1934년 월간 『신동아』 현상문예에 일등으로 당선한 소설가이자 시인이었습니다. 주요 저서로는 『중국문학사』 『중국 시선』, 시집 『무화과』 『하늘은 안다』 등이 있습니다. 윤동주가 어릴 적에 한학 책을 읽었다는 흔적은 그의 글에서 볼 수 있습니다. 윤동주의 「개」라는 시가 있습니다.

"눈 위에서/개가/꽃을 그리며/뛰오." 4행의 짧은 소품입니다. 육필 시고에 실린 원고지 순서로 보면 1936년 12월경 창작된 것으로 보입니다. 그런데 이 시는 『추구』에 실린 구절과 비슷합니다. "개가 달리니 매화꽃 떨어지고, 닭이 가니 대나무 잎 무성하다(狗走梅花落 鷄行竹葉成)"(『추구』, 전통문화연구회, 2014, 19쪽)라는 글과 발상이 비슷합니다.

본래 『추구』라는 책은 오언(五言)으로 된 대구를 가려 편찬한 조선시대의 아동용 교재입니다. 어린이들이 한학 고전을 읽기 전에 한시에 대한 기초적인 이해를 높이고 문장력을 향상시키기 위해 공부하는 책입니다.

여기서 중요한 것은 윤동주가 작품에 고전을 빌려 쓸 때 나름의 재창작 과정을 거친다는 점입니다.

윤동주의 자필 원고를 보면 1행을 세 번 수정한 흔적을 볼 수 있습니다. 처음에는 "눈 우에서"라고 썼다가 다시 "눈이 나리는 날"로 고쳐 씁니다. 그러다 결국에는 "눈 우에서"로 수정된 것을 볼 수 있습니다. 시의 리듬과 응축미를 고민한 흔적입니다.

그렇지만 때로는 언어의 착종현상을 겪은 흔적도 보입니다.

1936년 3월 윤동주는 일제의 신사참배 강요에 대한 항의 표시로 칠 개월 만에 자퇴하고, 문익환과 함께 용정으로 돌아옵니다. 그리고는 윤동주가 광명학원 중학부 사학년에, 문익환이 오학년에 편입하는데, 이때 쓴 「이런 날」(1936. 6. 10)을 보면, 두 개의 언어가 혼동되어 있는 듯한 부분이 보입니다. 조금 복잡한 시를 읽어보겠습니다.

> 사이좋은正門(정문)의 두돌긔둥끝에서
> 五色旗(오색기)와, 太陽旗(태양기)가 춤을추는날,
> 금(線)을, 끊은地域(지역)의 아이들이즐거워하다.
>
> 아이들에게 하로의乾燥(건조)한學課(학과)로,
> 해 ㅅ말간 倦怠(권태)가기뜰고,
> 「矛盾(모순)」두자를 理解(이해)치몯하도록
> 머리가 單純(단순)하얏구나.
> ─윤동주, 「이런 날」(『윤동주 자필 시고전집』, 31쪽) 중에서

하나의 언어가 뇌에서 제대로 자리잡지 않은 상태에서 또다른 언어가 들어오면 뇌는 혼동을 일으킵니다. 제 나라가 아닌 '오색기'의 중국어, 그리고 '태양기'의 일본어로 생활해야 하는 상황에서도 열아홉의 윤동주는 조선어로 시를 쓰고 있습니다. 지나치게 많이 사용된 한자, 그리고 "하로의乾燥(건조)한學課(학과)" 같은 일본어 투의 문장, 붙여쓰기를 하는 한문과 일본어의 영향으로 보이는 불완전한 띄어쓰기 등 언어 혼동현상을 겪은 것 같습니다. 윤동주는 시 언어가 제대로 안착되었다고 할 수 없는 이런 언어의 혼동 상황에서 정말 "잃어버린 頑固(완고)하던兄(형)을/부르고" 싶었을 겁니다. 그런데 역설적으로 바로 이 시야말로 윤동주의 '깨진 자아'(라캉)를 가장 잘 보여주는 흔적이라 할 수 있겠습니다. 착종된 언어 상태, 이 자체가 윤동주의 심리를 보여준다고 할 수 있겠습니다.

연희전문의 '화충(和衷)' 교육

「이런 날」에서는 불완전한 문장을 보였지만 「서시」에서는 부드럽고 안정된 한국어 능력을 드러냅니다. 어떠한 과정이 있었기에 안정된 우리말을 쓸 수 있었을까요. 이것은 조선어, 중국어, 일본어, 영어라는 사 개국어 사이에서 이제는 각기 다른 언어를 따로따로 그 언어의 문법에 맞게 쓸 수 있는 능력이 생겼다는 말이기도 합니다. 아마도 서양 선교사가 세운 연희전문학교의 교육방침에 따른 결과가 아닌가 추정됩니다. 그러나 연희전문학교의 교육방침은 동양과 서양의 화충이었습니다.

　본교는 기독교주의 하(下)에 동서고근(東西古近) 사상의 화충(和衷)으로 문학, 신학, 상업학, 수학, 물리학 및 화학에 관한 전문교육(專門敎育)을 시(施)하야 종교적 정신의 발양(發揚)으로써 인격의 도야(陶冶)를 기(期)하며 인격의 도야로부터 추실(篤實)한 학구적 성취를 도(圖)하되 학문의 정통(精通)에 반(伴)하야 실용(實用)의 능력을 병비(幷備)한 인재의 배출로써 교육방침을 삼음.(「본교 교육방침」, 『연희전문학교 상황 보고서』, 1932. 허경진 교수의 「연희전문의 문학 교육에서 보여진 동서고근 화충의 실제」, 『일제하 연세학풍과 민족교육』, 혜안, 2015에서 재인용)

'화충(和衷)'이라는 단어는 우리말이 아닙니다. 중국어로는 '허종[hézhōng]'이고 일본어로는 '와추(わちゅう)'라 하는데 '마음을 합치다'라는 뜻입니다. 화충의 교육방침은 동양과 서양이 하나가 되는 것이고, 학문 이전에 '인격의 도야'를 목표로 하는, 즉 조선시대 유학과 일맥상통하는 점이 있었습니다. 다만 유학과 다른 점이 있다면, 유학은 인격 도야에서 그쳤지만 연희전문의 교육은 거기서 그치지 않고 학구적 성취와 실용의 능력을 겸비한 인재를 배출하는 데 있었습니다. 만주 지역의 '혼

종성'과 명동마을의 '특수성' 안에서 자랐던 윤동주는 1938년 연희전문에 입학하면서 자신의 복잡한 학력을 오히려 장점으로 연마할 수 있었습니다.

'동서고근의 화충'이라는 교육방침을 실현하려면 동양과 서양의 언어교육이 필수적입니다. 전문학교는 대학이 아니기에 삼 년 과정이었지만, 연희전문의 문과는 동서양 언어교육에 많은 시간을 배정했기에 사 년 과정이었습니다. 총독부에서 1938년부터 조선어 교과과정을 개설하지 못하게 하면서 조선어는 사실상 금지된 과목이었지만, 연희전문에서는 1938년 11월에 학칙을 개정하여 문과에 조선어를 개설하고 입학시험에도 조선어를 출제했습니다. 조선어를 사용하지 못하게 하던 1930년대 말에서 1940년대 초의 조선어와 한문 수업시간의 변화를 허경진 교수는 앞의 논문에서 인용하고 있는데, 아래 수업시간을 보면, 연희전문의 종합적교육 프로그램이 디아스포라로 자랐던 윤동주에게 마치 자신을 위한 프로그램처럼 느껴지지 않았을까 싶습니다.

1939년: 조선어(문법, 조선문학) 1~2학년 3시간씩, 3~4학년 2시간씩, 한문(한문학사, 강독) 1~2~3~4학년 2시간씩, 문학개론 1학년 2시간

1940년: 한문학(강독, 작문, 한문학사) 1~2~3~4학년 2시간씩, 문학개론 1학년 2시간, 조선문학 1학년 3시간, 2학년 2시간씩(학칙 개정, 일본문학 필수)

1942년(3년 과정으로 단축): 국문학 유지, 문학개론(2시간) 외에 한문(8~6시간), 조선문학(5~4시간)은 이수 학점이 줄어들었음

아래의 성적표를 보면 연희전문학교 문과 시절에 한문과 중국어 성적이 뛰어났다는 사실을 알 수 있습니다. 특히 일학년 때 조선어 점수는 100점입니다. 윤동주는 연희전문에 입학하면서 한국어 능력이 일취월장했는데, 그에 비례해 시에서의 언어들도 자리를 잡아갔습니다. 윤동주가 연희전문 사학년 때 쓴 시들이 그의 대표작으로 꼽히는 까닭도 이와 무관하지 않을 것입니다. 성적표를 자세히 보면, 윤동주의 한국어 능력과 시적 성숙의 영향관계를 어느 정도는 유추해볼 수 있습니다. 선교사들이 만든 학교임에도 사 년 내내 한문 수업이 있었다는 점도 특이합니다.

1학년 성적: 수신(80), 성서(89), 국어(81), 조선어(100), 한문학(85), 문학개론(70), 영문법(80), 영독(英讀, 81), 영작(74), 영회(79), 성음학(78), 동양사(85), 자연과학(75), 음악(95), 체조(79), 국사(74)

2학년 성적: 수신(80), 성서(94), 국어(86), 한문(90), 영문법(50), 영독(87), 영작(90), 영회(72), 서양사(90), 사회학(65), 경제원론(75), 논리학(85), 체조(82), 교련(88)

3학년 성적: 수신(87), 일본학(70), 성서(85), 국문학(87), 한문(90), 지나어(98), 영문학사(80), 서양사(90), 심리학(73), 체조(83), 교련(88), 불란서어(74), 법학(78)

4학년 성적: 수신(85), 일본학(65), 성서(71), 국문학사(86), 한문(90), 지나어(96), 영독(81), 영작(60), 영어회화(80), 영문학(74), 사학개론(85), 철학(85), 교육학(75), 체조(85), 교련(79), 불란서어(84), 무도(84)

자신의 전공인 영어보다 한문 성적이 일학년 때 85점, 이후 모두 90점으로 더 높은 것을 볼 수 있습니다. 또한 중국어(지나어)는 삼학년 때 98점, 사학년 때 96점으로 거의 만점에 가깝습니다. 중국인 학교를 다닌 까닭이겠지요. 중국어 성적은 늘 높았습니다.

호연지기와 측은지심, 기독교의 융합 「서시」

윤동주의 대표작 「서시」는 여러 시각에서 해석할 수 있는 작품입니다.

죽는 날까지 하늘을 우러러
한 점 부끄럼이 없기를,
잎새에 이는 바람에도
나는 괴로워했다.
별을 노래하는 마음으로
모든 죽어가는 것을 사랑해야지
그리고 나한테 주어진 길을
걸어가야겠다.

오늘밤에도 별이 바람에 스치운다.

—윤동주, 「서시」 전문

이 시는 『맹자』의 핵심 사상으로 이해할 수 있는 작품입니다. 우선 '호연지기(浩然之氣)'를 떠올릴 수 있습니다.

『맹자』에서 공손추가 맹자에게 묻는 장면이 나옵니다.

"선생님은 사십대부터 부동심(不動心)을 가지셨다 했는데 부동심이란 어떤 장점이 있는지요?"

"말을 알아듣는 일, 지언(知言)과 호연지기(浩然之氣)를 기르는 데 있습니다."

"그럼 호연지기란 뭔 말인지요?"

"한마디로 설명하기 어려워요. 호연지기란 지극히 크고 강한 것이니, 정직함으로써 잘 기르고 해침이 없으면 호연지기가 천지간에 꽉 차게 됩니다. 이 호연지기는 의리를 많이 축적해서 생겨나는 것이에요. 하루아침에 벼락처럼 갑자기 생겨나는 것이 아닙니다. 그러니까 반드시 호연지기를 끊임없이 키울 수 있도록 착한 의를 쌓아야 하고, 그 효과를 미리 성급하게 기대해서는 안 돼요."

시집의소생자 비의습이취지야(是集義所生者 非義襲而取之也)
행유불겸어심 즉뇌의(行有不慊於心 則餒矣)

'시(是)'란 '그것'으로 바로 호연지기를 말합니다. 호연지기란 집의(集義)라고 정의합니다. 집의란 행동마다 의(義)를 실천하며 축적하는 삶을 말합니다. 곧 선을 축적하는 적선(積善)이지요. 호연지기의 첫째 조건은 의를 차츰 축적해나가는 것입니다. 끊임없이 선을 쌓아나가는 적선의 과정, 호연지기란 의로움을 쌓아나가는 지난한 과정인 것입니다.

비의습이취지야(非義襲而取之也)에서 부정사 비(非)는 부정문을 만듭니다. 곧 의란 갑자기 찾아와 얻을 수 있다는 의습이취지(義襲而取之)가 '아니라(非)'라며 부정하는 것입니다. 호연지기란 갑자기 엄습해오는 것이 아니라는 말입니다.

다음 문장은 행유불겸어심(行有不慊於心)이면 즉뇌의(則餒矣)입니다.

겸(慊)은 '만족스러운'이라는 뜻입니다. '행위불경어심'이란 자신이 했던 행동이 만족스럽지 않으면 즉뇌의(則餒矣), 즉 스스로 목마른(餒, 주릴 뇌) 상태가 된다는 말입니다. 예수가 말한 "의에 주리고 목마른 자는 복이 있나니"(마태복음 5장 6절)와 그대로 통합니다. 제대로 행동하지 않으면 스스로 마음이 주리고 목마른 상태가 되기 때문에 뭔가 좋은 일을 찾아 끊임없이 애쓰는 자세가 바로 호연지기라는 것입니다. 윤동주가 "죽는 날까지 하늘을 우러러/한 점 부끄럼이 없기를./잎새에 이는 바람에도/나는 괴로워했다"(「서시」)고 썼을 때 "나는 괴로워했다"라는 부분이 바로 '즉뇌의'의 상태입니다.

끊임없이 일상 속에서 집의, 적선을 하지 않는다면 호연지기를 느낄리 만무합니다. 예수가 말했던 "가난한 자에게 복음을, 포로된 자에게 자유를, 눈먼 자에게 다시 보게 함을, 눌린 자를 자유롭게"는 사회적 영성인 호연지기와 유사한 면이 있습니다. "의에 주리고 목마른 자는 복이 있나니"라는 말과 비슷한 상태이기도 합니다. 예수가 자주 사용했던 "불쌍히여기사(he felt compassion)"의 원뜻인 스플랑크니조마이(σπλαγχνίζομαι, splagchnizomai), 곧 "오장육부가 찢어지는 듯한 아픔을 느낀다"라는 표현이야말로 호연지기의 상태인 것입니다. 「서시」 1행부터 4행까지가 호연지기의 상태입니다.

그런데 "하늘을 우러러/한 점 부끄럼이 없기를"이라는 구절은 『맹자』의 앙불괴어천(仰不愧於天)을 그대로 인용한 것입니다. 『맹자』「진심(盡心)」장 군자삼락(君子三樂) 중 "하늘을 우러러 부끄럽지 않고(仰不愧於天) 사람을 굽어보아 부끄럽지 않은 것이(俯不怍於人) 두번째 즐거움이다(二樂也)"라는 부분을 우리말로 번역한 표현입니다.

『맹자』「진심」장에는 "사람이 부끄러움이 없어서는 안 된다. 부끄러워할 줄 모르는 마음을 부끄러워하면, 결국 부끄러움이 없을 것이다(人不

可以無恥 無恥之恥 無恥矣)"라
는 구절도 있습니다. 부끄러워
할 줄 알고 늘 조심하면서 살
면 결국 스스로 부끄러움 없
이 살 수 있을 것입니다. 그 단
계가 '무치(無恥)', 즉 '부끄러
워할 줄 모르는 것'을 부끄러
워하면, 참으로 부끄러움이 없
게 되는 단계입니다.

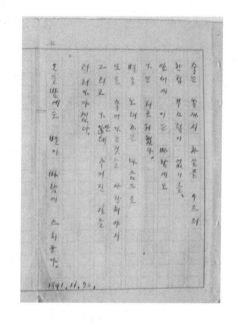

그것이 바로 사단(四端)의
하나로써 '의롭지 못함을 부
끄러워하고 착하지 못함을 미
워하는 마음'인 수오지심(羞惡之心)의 상태입니다. 수오지심이야말로 윤
동주의 인생관을 보여주는 핵심 단어입니다.

별을 노래하는 마음으로
모든 죽어가는 것을 사랑해야지

"모든 죽어가는 것"을 사랑하는 마음, 측은지심의 가장 극적인 표현을
윤동주는 쓰고 있습니다. 살아 있는 것이 아니라 죽어가는 것을 사랑하겠
다는 마음입니다. 어짊(仁)을 최대의 덕목으로 강조했던 유교 사회의 선
비상이 투영되어 있는 구절입니다.

「서시」를 쓰기 일 년 전 윤동주는 조선 사회를 「병원」이라 생각했고,
시 속의 화자도 환자로 설정했습니다. 의사는 화자에게 "병(病)이 없다"

고 했으며, 화자는 사나이를 위로하기 위해 거미줄을 헝클어버렸습니다. 「투르게네프의 언덕」을 보면 맹자의 사덕(四德) 중 인, 측은지심을 볼 수 있습니다. 맹자는 인간이라면 누구나 인을 가지고 있다고 했습니다. '남의 불행을 좌시하지 못하는 동정심의 발로'로 인을 설명했습니다. 「해바라기 얼굴」「슬픈 족속」「병원」「투르게네프의 언덕」 등에서 우리는 윤동주가 품고 있는 안타까운 측은함, 동정심을 살펴볼 수 있습니다.

> 그리고 나한테 주어진 길을
> 걸어가야겠다.

> 오늘밤에도 별이 바람에 스치운다.

윤동주는 선을 행하지 않으면 괴로운 "주어진 길"을 택합니다. 행복은 인생 전체에 걸친 '활동'이어야 합니다. 행복은 호연지기처럼 '과정'인 것입니다. 아리스토텔레스는 행복이란 아레테(Aretē)의 개발을 통해 얻을 수 있다고 믿었습니다. 아레테는 '덕(德)'으로 번역되나 '탁월함'을 뜻하기도 합니다. 아레테를 지닌 성인은 신체와 정신과 영혼의 모든 잠재력을 극대화시켰습니다. 패배하고 난제에 부딪쳐도 아레테를 갖고 모든 역량을 발휘했습니다. 충분하지 못한 조건을 충분하게 만들면 더 많은 행복감을 느끼며 살아갈 수 있는 아레테, 곧 덕을 끊임없이 쌓는 것이 바로 행복입니다. 맹자가 말했던 집의적선(集義積善)과 가까운 의미입니다.

호연지기, 수오지심, 측은지심은 바로 윤동주가 명동마을에서 성경과 함께 배웠던 인간이 걸어야 할 길이었습니다. 그 길을 윤동주는 자신에게

"주어진 길", 곧 사명으로 받아들입니다. 마지막 행의 "별"은 그 자신의 표상이기도 하고, "모든 죽어가는 것"의 상징물일 수도 있겠습니다.

맹자와 윤동주의 메모

윤동주가 『맹자』를 읽었다고 직접 밝힌 적은 없지만, 갖고 있던 책 안에 『맹자』의 구절이 적혀 있었습니다. 특히 윤동주는 삼학년이 되던 1940년 여름방학에 고향 용정으로 돌아와 외삼촌 김약연 목사에게 『시전』을 배웠다고 합니다. 명동학교 교장이었던 김약연은 명동학교가 1929년에 사회주의자들에게 장악되어 인민학교로 개편되자 학교를 내놓고 평양신학교에 입학합니다. 그러고는 일 년 만에 목사 안수를 받고 명동교회로 돌아와 목회 활동을 하고 있었습니다.

"『시전』을 배웠다는 증언을 참조할 때 단순한 한문 학습이 아니라 주자(朱子)의 주(註)까지 배울 정도로 수준이 높았던 듯하다"고 허경진 교수는 평가합니다. 사학년 때 윤동주의 최고작들이 집중적으로 창작되는데, 김약연에게 『시전』을 배우고 연희전문에서 '화충'의 교육을 받은 것이 큰 힘이 되었으리라 추론해봅니다. 또한 『시전』을 배우기 전에 사서(四書)인 『맹자』를 읽는 것이 보통이고, 연희전문에서 사 년 동안 한문을 배웠으니 『맹자』도 읽었을 것으로 추측됩니다. 윤동주가 보던 책 안에 『맹자』의 구절이 친필로 써 있습니다.

孟子曰. 愛人不親. 反其仁. 治人不治. 反其智. 禮人不答. 反其敬. 行有不得者. 皆反求諸己. 其身正而天下歸之. 詩云. 永言配命. 自求多福.

맹자가 말씀하셨습니다. "남을 사랑했건만 친해지지 않으면, 내 어진

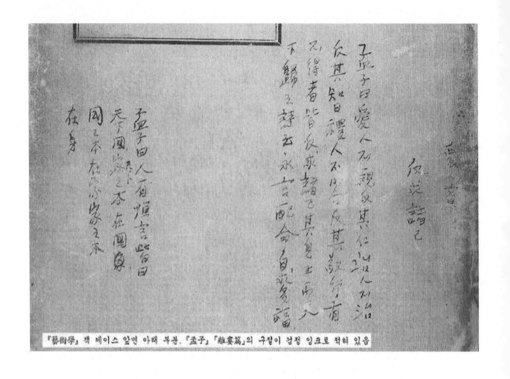

마음을 반성해보라. 남을 다스렸건만 잘 다스려지지 않았으면, 내 지혜가 모자라지나 않았는가 반성하라. 남에게 예의를 지켰는데도 그가 예로써 답하지 않으면, 내가 공경스레 대하지 않았는가 반성하라. 행하고서도 기대했던 결과를 얻지 못하면, 그 까닭을 모두 자기 자신에게서 찾아야 하니 내 몸가짐이 올바르면 천하가 돌아오는 것이다. 『시경』에서도 '길이 길이 천명을 받드는 것이 스스로 많은 복을 구하는 길이라고'고 하였다."

이 글 앞에는 '반구저기(反求諸己)'라는 제목을 썼는데, 『맹자』에는 이 구절이 두 차례 나옵니다. 「공손추」 장에서는 활을 쏘아서 맞지 않으면

실수한 까닭을 자신에게서 찾으라는 뜻으로 썼지요. 화살을 쏘아 표적을 맞히는 것은 전적으로 쏘는 사람 자신에 달려 있습니다. 윤동주가 베껴놓은 「이루(離婁)」 장에서 맹자는 남을 사랑해도 가까워지지 않으면 그 이유를 자신에게서 찾으라고 했습니다. "잎새에 이는 바람에도/나는 괴로워했다"는 구절과 절묘하게 이어집니다.

묘비에서도 윤동주가 한자 문화권에 있었다는 것을 확인할 수 있습니다. 1945년 2월 16일 후쿠오카 형무소에서 윤동주가 사망하자 6월 14일 묘비석 '詩人尹東柱之墓(시인윤동주지묘)'가 세워집니다. 지금 현장에 가서 확인해도 그렇거니와 당시 비문을 한문으로 길게 써서 세우는 일은 흔치 않았다(허경진, 같은 글)고 합니다. 묘비문의 끝에 이런 구절이 있습니다.

  그는 하현 장로의 손자이며 영석 선생의 아들로서, 영민하여 배우기를 즐긴데다 신시(新詩)를 더욱 좋아하여 작품이 매우 많았으니, 그 필명을 동주(童舟)라 했다(君夏鉉長老之令孫, 永錫先生之肯子, 敏而好學, 尤好新詩, 作品頗多, 其筆名童舟云).

"신시(新詩)를 더욱 좋아하여"라는 구절을 볼 때 윤동주가 살아온 교육 환경에서는 중국 고전인 한시를 더 많이 읽었던 것이 아닌가 싶습니다. 윤동주의 시를 기독교 혹은 서양 문학하고만 비교해온 연구사는 이제 동양 고전과의 관계에서도 다시 조명되어야 할 것입니다. 아울러 영어만 가르치면 국제화로 알고 있는 이 시대에 동양 고전과 성경과 서양 인문학을 함께 공부하며, 동서고근(東西古近)의 균형을 잊지 않으려 했던 윤동주의 탁월함은 주목해볼 만합니다.

모든 죽어가는 것을

「서시」 「새벽이 올 때까지」

워낙 많은 사람들이 「서시」에 대해 설명해왔습니다. 일본에도 윤동주가 많이 알려져 있어요. 교과서에 그의 시가 실려 있기도 하고요. 윤동주를 다룬 특집 프로그램이 여러 번 방영되었고, 지역 도서관에도 윤동주의 시 읽기 모임이 많아요. 가장 먼저 번역된 일본어판 윤동주 시집은 이부키 고(伊吹郷) 선생이 번역한 『하늘과 바람과 별과 시(空と風と星と詩)』 (1984)예요.

이부키 고 선생은 "이 책의 역시는 이제까지 라디오에서 낭송되고, 곡이 붙여져 노래로 불리거나 고등학교 국어 교과서에 인용 게재되거나 시비에 새겨지고, 라디오 방송에 사용되거나 해왔다(1995년 2월에 도시샤대학 교내에 윤동주 시비가 세워지고, 1995년 3월에 일한 공동제작 NHK 스페셜 '하늘과 바람과 별과 시'가 방송되었다). 그리고 시민 모임에서 윤동주의 시를 읽는 이들이 있다고 들었다"라고 '9쇄를 찍으며'라는 제목의 후기에 써놓았습니다. 이 번역시집은 일본에 윤동주를 알리는 원전 역할을 해왔습니다.

그런데 이 시집에 몇 가지 문제가 있습니다. 가장 문제가 되는 것은 「서시」의 번역이고 시집 제목에도 문제가 있어요.

'하늘'의 오역

윤동주의 「서시」는 연희전문을 졸업할 때 18편의 시를 묶어 펴내기로 했던 시집 『하늘과 바람과 별과 시』 맨 앞에 놓인 짧은 시지요.

사진에서 보듯 원문에는 제목이 없는데 1948년 시집이 알려지면서 '서시'라는 제목으로 불렸어요. 시인 자신의 인생관이 담겨 있는 「서시」는 2연 9행으로 한 줄 한 단어도 빼놓을 수 없지요.

1연 1행에서 4행까지는 과거의 삶에 대한 반성이고, 5행에서 8행은 미래에 대한 다짐이지요. 2행은 현재 시점에 대한 묵상이고요. 이렇게 이 시에는 '과거(괴로워했다)―미래(사랑해야지)―현재(스치운다)'라는 시간이 흐르고 있습니다.

먼저 "죽는 날까지 하늘을 우러러/한 점 부끄럼이 없기를"이라는 구절로 우리를 아연케 합니다. "죽는 날까지"는커녕 단 하루, 단 한 시간 사이에도 '만 점의 부끄럼'으로 살아가고 있는 뭇 삶과 비교해볼 때 윤동주가 생각하는 삶의 기준은 너무나 고결합니다.

특히 "죽는 날까지"라는 절대적 시간에, 절대적 공간인 "하늘을 우러러" 자신의 삶을 반성하고 있지요. 딱히 기독교에서가 아니더라도 '하느님'이란 단어가 '하늘'에서 왔듯이 '하늘'이란 단어는 한국인에게 초월성을 함축하고 있어요. 또한 경천애인(敬天愛人)은 우리에게 너무도 자연스러운 민간 사상이지요. 이렇게 하늘이라는 단어에는 한국인의 전통적인 경천 사상과 기독교 사상이 직조되어 절대 가치를 내포하고 있어요. 그런데 이러한 '하늘'의 번역에 문제가 있었어요.

이부키 고는 "하늘을 우러러"의 하늘을 '소라(空)'라고 번역했습니다. 일본어의 '소라'는 하늘을 뜻하기는 하지만 어디까지나 물리적인 공간이지 거기에는 어떤 종교사상적인 의미가 없어요. 이것은 영어의 'sky'가 물리적인 공간이고, 'heaven'처럼 의미 있는 기표가 아닌 것과 유사해요. 「서시」에 나오는 '하늘'은 삶의 기준이 되는 절체절명의 존재죠. 그래서 숭모하는 존재에게 하듯 하늘을 '우러러'본다고 했지요. 그런데 일본의 기독교회가 공통적으로 쓰고 있는 성경의 '주기도문'에서는 '하늘에 계신 우리 아버지여'를 "天にまします我らの父よ"로 번역하고 있어요. 여기서 하늘이 '텐(天)'으로 번역되었듯이 윤동주의 '하늘'도 '텐(天)'으로 번역되어야 할 법이죠. 윤동주는 삶의 거울이며 목표인 '하늘'을 보며, 부끄럼이 없기를 다짐합니다.

'모든 죽어가는 것을 사랑해야지'의 오역

이어서 "잎새에 이는 바람에도/나는 괴로워했다"는 3, 4행을 보고, 오무라 마스오 교수는 이부키 고의 번역에 문제가 있음을 지적합니다. 이부키는 이 부분을 "葉あいにそよぐ風にも"라고 번역했는데, 여기서 "そよぐ"는 '살랑이는'이라는 뜻이지요. 오무라 마스오는 '바람'을 시대적인 의미로 해석하여 "동주의 주변에서 계속 '일어나는(起こる)' 파시즘의 준열한 폭풍에 그가 괴로워했던 것이지, 잎새에 '살랑이는(そよぐ)' 바람에 괴로워하는 처녀의 감상은 아니다"라고 지적해요.

'잎새'라는 단어에도 주목해야 합니다. 바람에 흔들리는 잎새는 아무것도 가진 것이 없는 존재입니다. 싱거운 바람에도 전 존재가 흔들리는 삶은 얼마나 애처로울까요. 괴로움이 없는 인간, 괴로움을 모르는 인간이 진정한 사랑을 할 수 있을까요. 시인은 괴로운 상처가 많은 사람입니다.

상처가 많은 사람이 상처가 많은 사람을 이해할 수 있지요. 그런 사람을 헨리 나우엔은 '상처 입은 치유자(wounded healer)'라고 했어요. 우리나라 사람들은 역사적 아픔이 많아 '한(恨)'이라는 정서를 갖고 있다죠. 한 많은 사람이 한 많은 사람을 이해하고 위로할 수 있는 것이겠죠. 그런 한이 많기에 한국인은 또 '정(情)'이 많은 거겠죠. 한이 많은 윤동주는 하염없는 정을 품고 살며, 그것을 조용히 언어로 풀어냅니다. 잎새처럼 연약한 존재를 흔드는 바람을 보며 괴로워할 줄 아는 사람만이 사랑을 할수 있겠죠. 그래서 "별을 노래하는 마음으로/모든 죽어가는 것을 사랑해야지"라는 구절이 가능해집니다.

이때 "별을 노래하는 마음"이란 어떤 마음일까요. 우리 마음대로 상상할 수 있겠습니다. 어머니라 하든 갈망이라 하든 조국이라 하든 그 어느 별이라도 삶의 근원일 겁니다. 그러한 "모든 죽어가는 것을 사랑"하겠다고 합니다. '괴로워했던'(4행) 시인은 '사랑해야지'라며 실천을 다짐합니다. 기독교 신자였던 윤동주가 요한계시록 3장 2절 "너는 일깨어 그 남은바 죽게 된 것을 굳건하게 하라"는 구절을 의식했을지도 모릅니다. 대승불교에서 말하는 육바라밀(六波羅蜜)도 바로 이것이지요. 모든 죽어가는 것, 약하고 소외되고 가난하며 고독하고 쓸쓸한 중생들을 사랑하고, 함께 살아가고, 또한 그들에게서 눈부처를 발견하려고 할 때 육바라밀은 시작되는 것이죠.

그런데 "모든 죽어가는 것을 사랑해야"라는 구절도 이부키 고는 심각하게 잘못 번역했어요. "모든 죽어가는 것"은 일본어로 "すべての死にゆくもの"인데 이것을 "모든 살아 있는 것(生きとし生けるもの)을 사랑해야지"로 전혀 다르게 바꾸어버린 겁니다.

윤동주는 스스로를 죽어가는 존재와 동일시했습니다. 그래서 "고향(故鄕)에 돌아온 날 밤에/내 백골(白骨)이 따라와 한방에 누웠"고, "백골(白骨)을 들여다보며/눈물짓는 것이 내가 우는 것이냐/백골(白骨)이 우는 것이냐"(「또다른 고향」)라고 한탄하기도 했지요. 또한 '죽어가는 사람들'과 '살아가는 사람들'을 함께 아침을 바라는 존재로 보기도 했습니다.

다들 죽어가는 사람들에게
검은 옷을 입히시오.

다들 살아가는 사람들에게
흰옷을 입히시오.

그리고 한 침대(寢臺)에
가지런히 잠을 재우시오.

다들 울거들랑
젖을 먹이시오.

이제 새벽이 오면
나팔 소리 들려올 게외다.

— 윤동주, 「새벽이 올 때까지」(1941. 5) 전문

여기서 윤동주는 기독교적 종말의식을 확연하게 보여줍니다. 기독교적 종말론은 곧 역사적 발전론으로 '그날(kairos)', 신의 심판이 있을 것

이라는 사관이지요. 자연스러운 시간의 흐름인 크로노스(chronos)와 달리 헬라어 카이로스(kairos)는 절대자가 정해주는 특별한 시기를 말합니다. 가령 "때가 찼고 하나님의 나라가 가까이 왔으니 회개하고 복음을 믿으라"(마가복음 1장 15절)에서 말하는 '때'가 바로 '카이로스'입니다. 윤동주는 '죽어가는 사람들'과 '살아가는 사람들'이 함께 잠을 자며, 그날, 절대적인 시간인 '새벽'을 기다리자고 합니다.

식민지 시절 살아 있는 사람을 죽은 사람으로 은유한 이는 윤동주만이 아닙니다. 박두진은 「묘지송」 2연에서 "살아서 설던 주검 죽었으매 이내 안 서럽고"라고 했어요. 살아 있는 것이 서럽고, 죽는 것이 오히려 안 서러울 정도로 살아 있는 것이 몹시 버겁다는 표현입니다. 박두진 또한 윤동주처럼 절대의 시간을 기다립니다. 그래서 또 "언제 무덤 속 화안히 비춰줄 그런 태양만이 그리우리"라고 노래했습니다. 절망이 깊을수록 별빛(윤동주)이나 태양(박두진)을 그리는 시인의 태도는 "모든 절망은 희망을 위해 있다"는 에른스트 블로흐(『희망의 원리』)의 말과 통합니다.

이렇듯 「서시」의 "모든 죽어가는 것을 사랑해야지"라는 표현은 절대적인 시간을 기다리며 종말론적인 사랑, 역설적인 희망을 표현한 대목이지요. 이러한 구절을 "모든 살아 있는 것을 사랑해야지"로 번역하면 죽어가는 것은 제외됩니다.

오무라 마스오는 이 부분의 오역에 대해 이렇게 비평했습니다.

「서시」를 쓴 1941년 11월 20일은 이른바, 태평양전쟁이 시작되기 직전이었다. 일본 군국주의 때문에 많은 한국인이 죽어갔으며, 사람뿐만 아니라, 말(言語)과 민족의 옷도, 생활 풍습도, 이름도, 그 민족문화의 모든 것이 '죽어가는(死にゆく)' 시대였다. 이렇게 '죽어가는 것(死にゆ

くものを)'을 '사랑해야지(愛さねば)'라고 외친 그는 죽음으로 몰아대는 주체에 대해서 당연히 심한 증오를 갖고 있었을 것이다. 그것을 "生きとし生けるものをいとおしまねば"로 번역하면, 죽음으로 몰아대는 주체도 한꺼번에 사랑해버리는 것이 되지 않는가.(오무라 마스오, 「윤동주를 둘러싼 네 가지 문제」, 같은 책, 114쪽)

이부키 고가 번역했던 "生きとし生けるもの"라는 말은 관용적인 표현으로 '생명을 가진 모든 존재'를 뜻합니다. 곧 '살아 있는 모든 것을 사랑하겠다'고 번역한 겁니다. 1941년 당시 가장 활개치며 '살아 있던 것'은 태평양전쟁 전에 이미 만주, 인도, 자바 등에 진군해 있던 일본의 군국주의였지요. 그렇다면 "모든 살아 있는 것을 사랑해야지"라는 윤동주의 시는 군국주의까지 사랑하겠다는 뜻이 되어버립니다. 조선적인 모든 것이 죽어가는 시대였다는 오무라 교수의 지적은 전적으로 타당합니다. 이렇게 볼 때 이부키 고의 번역은 심대한 오류이며 왜곡입니다.

1939년 9월 이후 침묵했던 윤동주는 1940년 12월경 「팔복」 외 두 편을 쓰고, 1941년 11월 20일에 「서시」를 씁니다. 1939년 이미 한글은 '죽어가는 언어'였고, 1940년에는 창씨개명이 전개되었으며, 친일 문학의 교과서라 할 잡지 『국민문학』이 1941년 11월에 창간됩니다. 그리고 한 달 뒤인 12월 8일에 일본은 진주만을 기습합니다. 바로 이러한 시기에 쓰여진 「서시」를 단순히 개인의 서정으로만 보기는 어렵습니다. 더욱이 「서시」와 더불어 발표된 「십자가」를 읽으면, 그의 다짐이 개인적인 다짐을 넘어섰다는 것을 알 수 있습니다.

"모가지를 드리우고/꽃처럼 피여나는 피를/어두워가는 하늘 밑에/조용히 흘리겠습니다"(「십자가」)라는 다짐은 "나한테 주어진 길을/걸어가 야겠다"(「서시」)라는 다짐과 통합니다. 그렇다고 윤동주의 다짐을 민족 애를 꿈꾸는 투쟁의 다짐으로만 읽을 수는 없습니다. 이어령은 이 시를 "정치론도 종교론도 아닌 '희한한 마술'"이라고 했지요.

1941년 11월 20일에 「서시」를 썼던 스물넷의 윤동주는 사 년 후인 1945년 2월 16일 스물여덟이라는 푸른 나이로 후쿠오카 감옥에서, 시에 서 보여주었던 다짐처럼 결연하게 숨을 거두었습니다. 윤동주는 매일 정 체 모를 주사를 맞았고, 결국은 뜻 모를 외마디 비명을 지르다가 죽었다 고 합니다. 땅에서 괴롭게 죽었으나 그의 시들은 살아남아 어둠 속의 별 이 되었습니다. 그래서 「서시」의 비의가 주는 울림이 더욱 충격적으로 다 가옵니다.

살아 있는 것, 죽어 있는 것이 아니라 "죽어가는 것"을 사랑하겠다는 표 현 하나에 이토록 깊은 의미가 숨어 있습니다. 이것은 과거의 이야기가 아닌 현재진행형입니다. 죽어가고 있는 영혼들 앞에 시인이 어떤 글을 써 야 하는지 윤동주는 명확히 보여주고 있어요. 그리고 이 길이 "나한테 주 어진 길"이라고 명시합니다.

단독자, 키르케고르와 윤동주
「돌아와 보는 밤」「길」「간」

고독과 기도의 시간

이제 윤동주는 전혀 다른 차원에 들어선 시인이 되었습니다. 아파서 헤매며 방황하고(「가슴 1」) 불안해하던 모습은 없고, 차분하게 "행복한 예수·그리스도"(「십자가」)처럼 살아갈 것을 다짐하고 있습니다. 「십자가」에 이어서 쓴 시는 「돌아와 보는 밤」(1941. 6)입니다.

세상으로부터 돌아오듯이 이제 내 좁은 방에 돌아와 불을 끄옵니다. 불을 켜두는 것은 너무나 피로롭은 일이옵니다. 그것은 낮의 연장(延長)이옵기에—

이제 창(窓)을 열어 공기(空氣)를 바꾸어 들여야 할 텐데 밖을 가만히 내다보아야 방(房)안과 같이 어두워 꼭 세상 같은데 비를 맞고 오던 길이 그대로 빗속에 젖어 있사옵니다.

하루의 울분을 씻을 바 없어 가만히 눈을 감으면 마음속으로 흐르는 소리, 이제, 사상(思想)이 능금처럼 저절로 익어가옵니다.

—윤동주, 「돌아와 보는 밤」 전문

"~이옵니다" "~있사옵니다" 같은 기도문식의 종결형 어미는 윤동주의 작품에서 이 시에만 나타납니다. "세상"에서 "좁은 방"으로, 밝은 세계에서 어두운 세계로 들어온 화자는 고독 속에서 기원하고 있습니다. 쉬운 산문시 같지만 반복해서 읽어야 할 작품입니다. 몇 번을 곱삭히며 읽을수록 새로운 의미를 주는 작품입니다.

화자는 켜두었던 "불을" 끕니다. "불을 켜두는 것은 너무나 피로롭은 일"이기 때문입니다. 환한 불빛 아래 있으면 절망과 환멸의 낮이 다시 회상되기 때문입니다. 그 울분을 잊을 길이 없어 화자는 불을 끕니다. 좁은 방에 들어온 화자가 창을 열어 공기를 바꾸려고 밖을 내다보지만 어두운 방안과 다를 것이 없습니다. 화자가 걸어온 비에 젖은 길만 보입니다. 식민지 현실이 가장 극악한 지점에 이르렀던 1941년에 쓰인 이 시는 개인의 내면적인 고통뿐만 아니라 암울한 시대를 떠올리게 합니다.

화자가 할 수 있는 것은 이제 "가만히 눈을 감"고, "마음속으로 흐르는 소리"를 경청하는 겁니다. 밝음과 어두움에 대한 역설적인 표현이 인상 깊습니다. 보통 빛은 긍정이며, 어둠은 부정인데, 이 시에서 화자는 불을 켜두는 것이 너무 괴로운 일이라고 합니다. 불을 꺼서 현란한 세상과 단절하고자 하나 그것도 어렵습니다.

"하루의 울분을 씻을 바 없어" 결국 화자는 눈을 감습니다. 눈을 감음으로써 현란하게 밝은 세상을 차단합니다. "마음속으로 흐르는 소리"를 들으려 합니다. 자신의 소망을 마구 구걸하는 기도가 아니라 마음속에 흐르는 소리를 들으려 하는 성숙한 자세입니다. 그제야 비로소 눈부신 '세상 속의 나'가 아니라 어두운 '내면 속의 나'를 마주할 수 있습니다. 따라서 눈을 감는다는 것은 도피가 아니라 자신의 내면을 직시하고자 하는 응시가 됩니다.

윤동주의 작품 중 유일한 기도시라고 할 수 있겠습니다. "너는 기도할 때에 네 골방에 들어가 문을 닫고 은밀한 중에 계신 네 아버지께 기도하라"(마태복음 6장 6절)는 말씀처럼 윤동주는 좁은 방에 들어가 '숨은 신'에게 기도하고 있습니다. 좁은 방은 곧 자신의 내면을 응시할 수 있는 기도의 자리입니다. 그런 의미에서 「십자가」가 외면적인 실천의 의미가 강하게 담겨 있는 종교시라면 「돌아와 보는 밤」은 내면적 성찰이 돋보이는 기도시라고 할 수 있겠습니다.

숨은 신과 대화하며 사상이 익어가는 기다림은 은밀하고, 숨은 신과 인간의 일대일 만남에서 이루어집니다. 격정에서 차분한 호흡을 찾은 화자는 이제 "사상(思想)이 능금처럼 저절로 익어가"는 순간을 기다립니다. 이 시는 키르케고르에 몰두하던 사학년 때 쓰였습니다. 하나님 앞에 단독자로서 헌신을 다짐하는 키르케고르와 윤동주의 공통된 삶의 자세를 볼 수 있는 작품입니다.

그는 대단한 독서가였다. 그의 장서 중에는 문학에 관한 책도 있었지만 많은 철학 서적이 있었다고 기억된다. 한번 나는 그와 키에르케고르에 관한 이야기를 하다가 그의 키에르케고르에 관한 이해가 신학생인 나보다 훨씬 깊은 데 놀라지 않을 수 없었다. 그렇게 쉬지 않고 공부하고 넓게 읽는 그의 시가 어쩌면 그렇게 쉬웠느냐는 것을 그때 나는 미처

몰랐었다.(문익환, 「동주 형의 추억」, 같은 책, 215쪽)

윤동주가 키르케고르에 관해 깊이 알고 있었다는 친구 문익환 목사의 증언입니다. 신학을 전공했던 자신보다 윤동주가 더 깊이 키르케고르를 알고 있었다고 문목사는 평가합니다. 윤동주가 키르케고르를 읽은 시기에 대해서는 다양한 증언이 있습니다.

짐 속에서 쏟아져나오는 수십 권의 책으로 한 학기의 독서의 경향을 알 수 있었습니다. 나에게 오가와 미메이(小川未明) 동화집(童話集)을 주며 퍽 좋다고 하던 일과 수필과 목판지(版畵誌)『백과 흑(白と黒)』7, 8권을 보이며 판화가 좋아 구득(求得)하였으며, 기회가 있으면 자기도 목판화를 배우겠다고 하던 일이 기억됩니다. 이리하여 집에는 근 팔백 권의 책이 모여졌고 그중에 지금 기억할 수 있는 것은 앙드레 지이드 전집 긴간분(旣刊分) 전부, 도스토예프스키 연구 서적, 발레리 시전집, 불란서 명시집과 키에르케고오르의 것 몇 권, 그 밖에 원서(原書) 다수입니다. 키에르케고오르의 것은 연전 졸업할 즈음 무척 애찬하던 것입니다.(장덕순, 「인간 윤동주」, 같은 책)

윤동주가 언제부터 키르케고르를 읽었는지 그 시기를 확실히 알 수는 없습니다. 다만 친구였던 장덕순 교수(서울대)는 '연희전문을 졸업할 즈음'이라고 증언하고 있습니다. 한편 연세대 윤동주 추모사업회의 기록에서는 윤동주가 연전 졸업 후 키르케고르를 탐독하며 좋아했다고 써 있습니다.

대개 철학서를 읽을 때 책을 쓴 철학자가 어떤 삶을 살았는지 신경쓰

키르케고르

지 않을 때가 많습니다. 그런데 키르케고르의 경우는 다릅니다. 그의 철학은 곧 그의 삶이었기 때문입니다. 키르케고르의 삶을 이해하지 않고서는 그의 사상에 다가가기가 쉽지 않습니다.

1813년 5월 5일 덴마크의 수도 코펜하겐에서 태어난 키르케고르는 모직물 상인이었던 아버지와 본래 하녀였다가 후처가 된 어머니 사이에서 태어났습니다. 키르케고르의 삶을 지배했던 그림자는 아버지였습니다. 아버지는 독실한 기독교 신자였지만 하녀와 비정상적인 관계를 맺고 자녀들을 낳은 뒤 결혼합니다. 문제는 여기서 출발합니다. 부적절한 관계에서 태어난 오남 삼녀의 자녀들이 온전한 삶을 살지 못했던 겁니다. 아들 둘만 빼고 삼남 삼녀가 서른네 살이 되기 전에 모두 병과 사고로 죽어버립니다. 당연히 아버지와 키르케고르는 가족의 죽음 앞에서 죄의식과 좌절을 느끼며 괴로워하며 지냈습니다. 절망과 죄의식은 키르케고르의 오랜 벗이었습니다.

키르케고르는 1830년 부친의 뜻에 따라 열일곱 살에 코펜하겐 대학 신학부에 입학했고, 1835년 스물두 살 때 이른바 '대지진'을 경험합니다. 아버지가 정식으로 결혼하지 않고 하녀와 결합하여 자신을 탄생시켰다는 사실을 알았고, 자신이 죄의 결과물이라는 죄의식 속에서 그리스도교를 보는 영혼의 대지진을 경험했던 겁니다. 1841년 7월 『아이러니의 개념에 관하여』라는 논문으로 박사학위를 취득하고, 마음 깊이 사랑한 열 살 연하의 소녀 레기나 올센과 결혼 약속을 했지만 다시 찾아온 죄의식 때문에 한 달 만에 파혼합니다. 이 사건으로 그는 더욱 큰 절망에 빠집니다.

그러나 이러한 좌절은 그를 더욱 저술에 몰두하게 합니다. 서른 살이던 1843년부터 십이 년 동안 쉬지 않고 저작을 발표합니다. 서른여섯에는 우울하고 절망적인 인생 속에서 진리를 깨닫는 과정을 쓴 『죽음에 이르는 병』(1849)을 발표합니다. 이후 시골 교회 목사를 꿈꾸며 부패한 기성 교회와 맞서기도 합니다. 그러나 소모적인 논쟁에 지쳐 마흔둘의 나이로 길 위에서 쓰러집니다. 짧은 생애 동안 『죽음에 이르는 병』『이것이냐 저것이냐』『공포와 전율』『불안의 개념』『철학적 단편』 등 사십여 권의 저서와 이십여 권의 일기 유고를 남깁니다.

키르케고르와 윤동주

"인간은 어떻게 살아야 하는가."

이것은 키르케고르가 평생 가졌던 의문이었습니다. 인간이 어떠한 과정을 거쳐 성숙에 이르는지 그는 세 단계로 설명했습니다. 먼저 미적이며 감각적인 실존, 다음은 윤리적 실존, 마지막으로 종교적 실존이 바로 그것입니다. 윤동주의 삶은 키르케고르와 닮은 면이 적지 않습니다. 키르케고르의 생애를 모른다면 그의 저작을 이해하기 어렵듯이 윤동주의 생애를 알아야 그의 시를 분석할 수 있습니다. 두 사람은 작품과 생애를 비교해볼 만한 작가였습니다. 묘하게도 키르케고르의 인간 성장 단계에 따라 윤동주의 시도 세 단계로 분류할 수 있습니다.

첫 단계는 심미적이며 감각적인 세계입니다. 즉 살아가면서 선택하는 기준이 미와 쾌락으로 이루어진 상태를 말합니다. 그런데 이 방향에 집착하게 되면 찰나적인 쾌감만을 추구할 수밖에 없다고 합니다. 그러다보

③ 종교적 실존
1940년 12월 이후
윤동주의 시
「팔복」「병원」「십자가」 등

② 윤리적 실존
1938년~1939년 9월
윤동주의 시
「슬픈 족속」「해바라기 얼굴」
「투르게네프의 언덕」

윤동주 초기 관념시와 동시
「초 한 대」「오줌싸개 지도」
「개」 등
① 심미적 실존

키르케고르, 3단계 인간 실존

면 결국은 스스로를 통제하기가 어려워져 외적 세계에만 의존하여 자신의 주체성을 상실할 수도 있습니다. 또 자기혐오와 깊은 '절망'으로 빠질 수도 있다고 합니다. 그런데 키르케고르가 논했던 심미적 실존은 윤동주의 시에서 잘 보이지 않습니다. 윤동주의 시는 초기 시부터 2단계인 '윤리적 실존성'이 강했기 때문입니다.

윤동주의 초기 시, 곧 자아성찰적인 관념시나 동시에서 키르케고르가 말한 '심미적이며 감각적인 세계'를 보기는 어렵습니다. 심미적이고 감각적인 면은 있지만, 그렇다고 윤동주의 초기 시를 모두 쾌락적이었다고 보기는 어렵습니다.

두번째 단계는 윤리적 실존의 세계입니다. 즉 좀더 인격적인 존재로 살기 위해서 타인과의 관계를 생각할 수 있는 단계를 말합니다. 타인과 관계를 맺고는 있지만 좀더 내면적인 성찰을 하는 단계입니다. 이 단계에 있는 사람은 자아를 구축할 수 있는 가능성이 '전적인 자율성'에 있다고 생각합니다. 윤리적 자아는 무한성(영원성, 가능성)이란 인간 자신 안에 있다고 생각합니다. 가령 이마누엘 칸트는 예수를 '온전한 도덕적 모범'으로 보고, '인간성의 이상'으로 보았습니다. 윤리적 자아는 인간이 죄를 지을 수 있으나 죄책 의식을 갖고 최대한 노력하면 극복할 수 있다고 생각하여 스스로를 완벽하게 구성해보려고 애씁니다. 그렇지만 인간은 윤리적으로 완벽한 존재가 될 수 없습니다. 애쓰면 애쓸수록 자신의 결핍을 깨닫고, 윤리적으로 완전한 존재로 살아갈 수 없다는 것을 알고 절망에 빠집니다. 결국 1단계인 심미적 단계처럼 윤리적 실존도 절망에 빠지지 않을 수 없다고 키르케고르는 설명합니다.

윤동주의 시에서 윤리적 단계는 연희전문에 입학한 1938년에 쓴 첫 시 「새로운 길」 이후 「해바라기 얼굴」 「슬픈 족속」 등에서 볼 수 있습니다. 새로운 환경을 대하면서 현실에 대한 관심, 타인의 고통에 대해 어떻게 반응해야 할지 고민합니다. 「투르게네프의 언덕」에 이르면 빈민을 어떻게 대해야 할지 윤리적인 성찰을 하는 모습이 나옵니다. 이 시를 발표했던 1939년 9월이 윤리적 단계의 절정이었을 겁니다. 이 자책의 한계에서 윤동주는 일 년 이삼 개월(1939. 9~1940. 12)간 침묵합니다.

세번째 단계는 종교적 실존의 세계입니다. 절망을 극복하기 위해 심미적 실존과 윤리적 실존을 변증법적으로 지향하는 길이 바로 '종교적 실존의 세계'라고 키르케고르는 설명합니다. 그는 구약성서 '창세기'의 아브라함과 이삭의 이야기를 인용합니다. 절대자는 아브라함에게 아들 이삭을 산제물로 바치라고 명하지요. 아브라함은 고민하다가 순종하기로 하고 모리아산에 이삭을 데리고 가 죽이려 합니다. 키르케고르는 바로 이 순간에 주목하여 헌신하는 그 순간에 종교적 실존이 있다고 봅니다. 윤리적 실존으로는 아들을 죽일 수 없으나 종교적 실존에서는 아들의 생명을 절대자에게 맡길 수 있는 겁니다. 이러한 종교적 실존의 근본에는 신앙이 있습니다. 이 신앙은 윤리적인 합리성을 버리고 비현실적인 부조리를 받아들이게 합니다. '무한한 순종(혹은 포기)'의 자세로 헌신할 때 "그 신앙이 인간 안에 있는 최고의 정열"이라고 키르케고르는 썼습니다. 곧 절대자와의 관계에서만 무한성(가능성)이 있다는 겁니다.

바로 이러한 단계를 윤동주의 후기 시에서 볼 수 있습니다. 침묵기를 끝낸 1940년 12월에 발표한 「병원」 「위로」 「팔복」에는 큰 인식의 변화가 나타납니다. 그후 '존재에의 용기(Courage to Be, 파울 틸리히)'가 돋보이는 시편들이 이어집니다. 「십자가」 「서시」 「간」 등이 그러합니다. 자기를 희생하더라도 자기 자신과 타인과 진정한 만남을 이루고자 하는 단계입니다.

절망을 대하는 먼 거리

앞서 「새로운 길」을 분석하면서 윤동주가 1941년 9월에 발표한 「길」을 본 적이 있습니다. 1941년 윤동주의 사학년은 대표작으로 알려진 작품들 「또다른 고향」 「별 헤는 밤」 「서시」 「간」 등이 연이어 발표된 시기입니다. 이번에는 「길」을 키르케고르의 사상과 비교해서 생각해보려 합니다.

잃어버렸습니다.
무얼 어디다 잃었는지 몰라
두 손이 주머니를 더듬어
길에 나아갑니다.

돌과 돌과 돌이 끝 없이 연달아
길은 돌담을 끼고 갑니다.

담은 쇠문을 굳게 닫아
길 위에 긴 그림자를 드리우고

길은 아침에서 저녁으로

저녁에서 아침으로 통했습니다.

돌담을 더듬어 눈물짓다
쳐다보면 하늘은 부끄럽게 푸릅니다.

풀 한 포기 없는 이 길을 걷는 것은
담 저쪽에 내가 남아 있는 까닭이고,

내가 사는 것은, 다만,
잃은 것을 찾는 까닭입니다.
— 윤동주, 「길」(1941. 9. 31) 전문

"잃어버렸습니다"라는 갑작스런 어조가 읽는 이의 주의를 끌어당깁니다. 윤동주는 이제 "잃어버"린 것이 많습니다. 1939년부터 일제가 강요한 창씨개명에 따라 윤동주는 '히라누마'라고 창씨를 개명합니다. 1941년 말 일본에 유학을 가야 했기 때문에 어쩔 수 없는 선택이었을 겁니다. 그러나 결과적으로 윤동주는 조선 이름을 잃어버렸습니다.

무언가를 잃어버린 시적 화자는 복수가 아닙니다. 철저히 '외톨이 개인'인 나 하나뿐입니다. 키르케고르식으로 말하면 이 고독한 개인은 성찰의 기회를 가질 수 있습니다.

그는 자주 고독을 원하는데 고독은 그에게 때로는 호흡하는 필연성과 같은, 때로는 잠자는 필연성과 같은 생명의 필연성이다. 이것이 대다수의 사람들 이상으로 그에게 생명의 필연성이라는 것은 또한 그의 더 깊은 본성을 나타낸다. 일반적으로 고독에 대한 소망은 인간의 내면에 여전히 정신이 있다는 표시이며, 무슨 정신이 있는지에 대한 척도이다.(키르케고르, 『죽음에 이르는 병』, 한길사, 2012, 138쪽)

고독하게 '일방통행로'를 걸어야 하는 인생은 처절하게 절망과 조우합니다. "외톨이인 개개의 인간, 그리고 외톨이인 인간이라는 것이 가장 고귀한 것"(같은 책, 239쪽)입니다. 그 외톨이 인간(單獨者, 단독자)은 멀리 있는 희미한 힘에 가까스로 기대며 전진합니다. 여기서 "담 저쪽에 내가 남아 있는 까닭"이라는 구절이 주목됩니다. 담 '저쪽(혹은 건너, 넘어)'에 남아 있는 '나'는 화자가 잃어버린 참된 자아라는 뜻으로 읽힙니다. 절망과 갈등 속에서 저쪽(담 안)을 선택해야 하는 입장입니다. 화자는 '저쪽'에 내가 있다고 합니다. 현재 잃어버린 정체성은 지금 이곳을 넘어 내일 저곳이라는 '거리'를 두고 있습니다. 키르케고르는 현재의 불안을 극복하는 방법으로 두 가지를 제시합니다. 첫째는 현재의 불안한 순간에 커다란 초자아를 받아들이는 방식입니다. 불안한 마음을 이념으로 채운다든지 신앙으로 채우는 방식이지요. 둘째는 현재의 불안을 '먼 거리'에서 바라보는 방식입니다. 긴 세월이 지난 다음 보면 현재의 절망도 아무 문제가 아니라는 겁니다. "담 저쪽에" 있는 나를 상상하는 것은 현재의 절망에 위로가 되기도 합니다.

그렇다고 윤동주가 먼 시간을 상상하며 현재를 수동적으로 감내하겠다는 자세를 보이는 것은 아닙니다. 마지막 연에서 "내가 사는 것은, 다만,/잃은 것을 찾는 까닭입니다"라고 쓴 의미를 생각해봐야겠죠. 이 말은 잃어버린 '이름'의 정체성을 되찾겠다는 다짐으로도 읽을 수 있겠죠.

단독자의 핵심, 간

'간(肝)'을 시의 제목으로 택했다는 것 자체가 대단히 낯섭니다. 세상의 많은 단어 중에서 왜 '간'을 택했을까요. 간은 피를 맑게 하는 기능을 하는데, 우리 몸에 있는 장기 중에 가장 큽니다. 그런데도 흔히 인간의 장기에서 가장 중요한 것으로 심장을 꼽곤 합니다. 이 시가 발표된 1941년 11월 29일을 생각한다면 '간'이라는 상징을 더욱 다양하게 해석할 수 있겠습니다. 과연 윤동주가 어떻게 '간'에 얽힌 담론을 시로 형상화했는지 살펴보겠습니다.

바닷가 햇빛 바른 바위 위에
습한 간(肝)을 펴서 말리우자,

코카서스 산중(山中)에서 도망해온 토끼처럼
둘러리를 빙빙 돌며 간(肝)을 지키자.

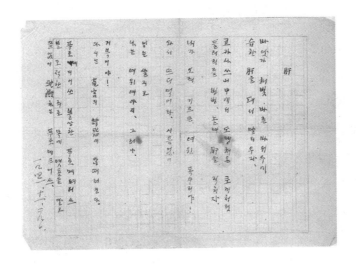

내가 오래 기르던 여윈 독수리야!
와서 뜯어먹어라, 시름없이

너는 살지고
나는 여위어야지, 그러나,

거북이야!
다시는 용궁(龍宮)의 유혹(誘惑)에 안 떨어진다.

프로메테우스 불쌍한 프로메테우스
불 도적한 죄로 목에 맷돌을 달고
끝없이 침전(沈澱)하는 프로메테우스.

—윤동주, 「간」(1941. 11. 29) 전문

이 시를 지배하는 분위기는 스스로 학대하는 자학과 남이 자신을 괴롭히기 바라는 피학적 태도입니다. 자학과 피학의 의미는 무엇일까요. 앞서 썼듯이 윤동주의 후기 시에는 키르케고르가 말했던 종교적 헌신의 실존이 담겨 있습니다. 죽음으로 치닫는 가혹한 세상의 고통을 딛고, 역사에 헌신하려 하지만 그 벽 앞에서 실존은 절망합니다. 이때 종교적 실존이 할 수 있는 방법은 자학과 피학을 피하지 않는 순교자의 자세입니다.

또한 이 시에서 주목해야 할 것은 배경 설화입니다. 이 시에는 귀토 설화(龜兎之說, 토끼 설화), 프로메테우스 신화, 마태복음 18장 등 세 가지 이야기가 얽혀 있습니다. 즉 이 시는 원래 이야기를 이용한 패러디 시이기도 합니다.

1연은 '용궁의 유혹'에 빠져 간을 잃을 뻔했던 토끼가 기지를 발휘하여 목숨을 건진다는 귀토지설 이야기를 배경으로 합니다. 가까스로 용궁에서 탈출한 토끼는 희망과 구원의 상징인 "햇빛 바른 바위 위에" 아직 젖어 있는 "습한 간(肝)"을 꺼내 말립니다. "습한 간"을 말리는 행동은 용궁에 속았던 과거의 삶과 결별하고 새로운 삶을 시작하려는 태도이기도 합니다.

2연에서 용궁에서 탈출해온 토끼를 "코카서스 산중(山中)에서 도망해온 토끼"로 바꾸어 프로메테우스 신화를 접목시키고 있습니다. 사람들을 위해 불을 훔쳐다 주었던 프로메테우스가 제우스의 노여움을 사게 되어 바위에 포박된 곳이 바로 코카서스 산이었습니다. 코카서스 산 바위에 포박된 프로메테우스는 제우스가 보낸 독수리에게 '간'을 뜯어먹히는 형벌을 받습니다.

3연에서 화자는 스스로 기른 독수리에게 자신의 간을 뜯어먹으라 합니다. 여기서 자아는 '나(토끼)'와 '너(독수리)'로 대립되어 있습니다. 주의할 점은 그 독수리는 바로 나의 내면에 있어서 "내가 오래 기르던 여윈 독수리"였다는 사실입니다.

3연에서까지 '간'은 우리의 귀토 설화와 그리스의 프로메테우스 신화를 매개해주는 상징입니다. '간'은 정체성, 생명 등 실존에게 가장 중요한 의미를 갖는 대상이 됩니다. 그것을 요구하는 적대 세력에게 화자는 결코 '간'을 내어줄 수 없다는 겁니다.

4연에서 "너는 살지고/나는 여위어야지"라며 육체가 차라리 야위는 한이 있어도 정신적 지조를 지키려는 자세가 보입니다. 외면적 육체보다 내면적(정신적) 자아를 지키겠다는 뜻이겠지요. 여기서 역접의 접속사 "그러나"는 다시 용궁의 유혹에 흔들릴 수도 있는 마음을 붙들어 매는 단호한 감탄의 역할을 하고 있습니다.

5연에서 화자는 "다시는 용궁(龍宮)의 유혹(誘惑)에 안 떨어진다"고 다짐합니다. '용궁의 유혹'에 빠진다는 것은 곧 실존 자체를 포기하는 것이기 때문입니다. 지독하게 처절한 고통을 당한다 할지라도 다시는 유혹에 빠지지 않겠다는 최종 선언을 하고 있습니다.

6연의 육필 원문을 보면 "푸로메디어쓰 불상한 푸로메디어쓰"라고 써 있는데, 이것은 오자나 풍자적으로 만든 조어가 아닙니다. 프로메테우스(Prometheus)의 영어 발음 '프로미디어스[prəmíːθiəs]'를 그대로 쓴 것으로 보아야 할 것입니다. 영문학을 공부하려 했던 윤동주의 시에서 영어 발음을 그대로 표기한 단어들을 종종 볼 수 있습니다.

이 시에 우리의 귀토 설화와 그리스의 프로메테우스 신화만 등장하는 것은 아닙니다. 성경 구절도 스며 있습니다. "불 도적한 죄로 목에 맷돌을 달고"라는 표현은 마태복음에 나오는 구절의 패러디로 볼 수 있습니다.

> 누구든지 나를 믿는 이 작은 자 중 하나를 실족하게 하면 차라리 연자 맷돌이 그 목에 달려서 깊은 바다에 빠뜨려지는 것이 나으니라 실족하게 하는 일들이 있음으로 말미암아 세상에 화가 있도다 실족하게 하는 일이 없을 수는 없으나 실족하게 하는 그 사람에게는 화가 있도다(마태복음 18장 6~7절)

이 구절에 따르면 프로메테우스는 죄를 지었기에 '연자 맷돌'을 달고 침전해야 하는 운명입니다. 그런데 정말 죄를 지은 걸까요.

3~5연에는 육체의 한 부분인 '간'을 '너(독수리)'에게 주고 '나'는 정

신적으로 여위어가겠다, 곧 여위더라도 정신적 단독성을 지키겠다는 결의를 보입니다. 마지막 6연에서는 끝없이 가라앉는 프로메테우스에 대한 안타까운 마음을 보여주고 있습니다. 마지막 연을 단순한 포기나 절망으로 보아야 할까요. 키르케고르의 시각에서 보면 종교적 실존의 단계에서는 오히려 죽음을 각오한 의미 있는 태도가 됩니다.

> 자기는 절망에 빠졌다고 말하는 사람만 절망에 빠져 있는 거라고 주장하는 통속적인 견해는 전적으로 그릇된 생각이다. 그와 반대로 자신은 절망하고 있다고 솔직하게 말하는 사람은, 남들도 그렇게 생각하지 않고 또 자기 스스로도 절망에 빠져 있다고 생각하지 않는 사람보다 치유될 가능성에 변증법적으로 더 근접해 있다.(키르케고르, 같은 책, 78쪽)

키르케고르식으로 생각하자면, 종교적 실존은 끊임없이 절망하고 죄의식을 가져야 합니다. 스스로 완벽할 수 있다고 생각하는 윤리적 자아로는 극복이 되지 않는다고 그는 썼습니다. 그래서 절대자에게 의지하며 헌신하는 삶을 살아갑니다. 이 시에서 절망하고 죄의식을 갖고 있는 '토끼＝프로메테우스'는 시적 화자이기도 하며 동시에 시인 자신이기도 합니다. 프로메테우스는 연자 맷돌을 멘 죄인처럼 침전하는 존재입니다. 키르케고르의 시각에서 볼 때 진정한 종교적 실존, 진정한 그리스도인은 자신의 내면적 자아성찰 과정을 통해서 자신을 이해하고 자신이 될 수 있다고 생각하지 않습니다.

마지막으로 윤동주가 키르케고르의 저서에서 읽었을 법한 한 구절을 보면 의미는 더 가까이 다가옵니다.

신에게서 불을 훔친 프로메테우스처럼 이것은 신이 사람에게 주의를 기울인다는 사유를 신에게서 훔치는 것이다. 그런데 그 사유는 진지함이다.(같은 책, 145쪽)

프로메테우스처럼 무한한 부정적인 자기는 자신이 이런 예속에 못박혀 있다고 느낀다. 결국 그것은 수동적인 자기이다. 그러면 이런 절망, 즉 자신이기를 원하는 절망의 표현은 무엇인가?(같은 책, 147쪽)

여기서 키르케고르는 프로메테우스를 윤리적 실존의 예로 들고 있습니다. 도저히 더 나은 단계로 넘어가기 힘든 인간의 한계를 윤동주는 "불쌍한" 프로메테우스라고 표현한 것이 아닐까요. '불쌍한'이라는 용언은 단순히 절망적인 형용사가 아니라 거대한 초자아의 상징인 제우스에 반항할 수밖에 없는 프로메테우스의 현실 자체를 있는 그대로 표현한 것으로 보아야겠죠. 프로메테우스가 겪는 괴로움은 죄 때문이 아니라 제우스에게 반항했기 때문인 것이죠. 그 반항은 무의미한 것이 아닙니다. "곧 반항은 영원한 것의 도움을 받은 절망이기 때문에, 어떤 의미에서 진리에 매우 가깝다"(같은 책, 143쪽)고 키르케고르는 썼습니다. 부조리한 현실에 반항해야 하는 순교적 실존은 '불쌍'하고 비극적입니다. 그것은 "목에 맷돌을 달고/끝없이 침전(沈澱)"하는 삶이기도 합니다.

현실적인 실패를 각오해야 하는 삶이기도 합니다. 침전하는 프로메테우스의 모습은 식민지 현실을 외면할 수 없었던 윤동주 자신의 모습이기도 했습니다. 프로메테우스처럼 윤동주도 고통에 빠질 수밖에 없는 운명을 직감하고 있었습니다. 그래서 "나를 부르는 것이 누구요"(「무서운 시간」, 1941)라며 운명에 묻고 있습니다. 프로메테우스가 제우스에 의해 속죄양이 된 것처럼 자신도 속죄양의 운명으로 다가가고 있다는 것을 느끼고 있었던 겁니다. 그 길은 "슬퍼하는 자는 복이 있나니"(「팔복」)라고 했듯이 슬픔과 함께하는 불쌍한 순교자적 몰락의 선택이기도 합니다. 윤동주는 "나한테 주어진"(「서시」) 단독자의 길을 선택할 수밖에 없었습니다. 육체의 '간'을 내어주고, 영혼의 '간'을 지켜내는 방법 외에는 없었던 시대였습니다.

강요된 이름, 히라누마 도주·구니무라 무케이
「참회록」

지워지는 이름들

윤동주의 사촌형 송몽규는 끊임없이 떠났습니다. 고향인 간도의 명동에서 독립운동을 하겠다고 중국으로 가고, 이후 감옥에 투옥되었다가 연희전문에 시험을 쳐서 경성으로, 그리고 경성에서 교토로 유학을 가려 합니다.

그런데 여기서 상상치 못했던 일을 만납니다. 조선 이름으로는 일본 대학에 입학이 불가능했던 겁니다. 별수없이 일본 이름으로 창씨개명할 수밖에 없는 처지가 되었습니다.

송몽규에게는 송한범이라는 아명이 있었습니다. 그 이름으로 동아일보 신춘문예에 당선되었고, 이후에도 송한범이라는 이름으로 작품을 발표했습니다. 윤동주의 유품으로 남아 있는 『철학사전』에도 송몽규가 "H. B. Song"이라고 적어놓은 흔적이 남아 있습니다. 붉은색으로 휘갈겨 쓴 것 같으면서도 어딘가 정확한 규범과 위엄이 느껴지는 사인입니다. H 자를 힘있게 눌러썼고, 밑줄은 호탕하게 그었으며, g 자의 끝은 정성스레 아래로 휘어 마무리하고 있습니다. 이 사인이 적혀 있는 책을 윤동주가 받은 것인지 위에 윤동주의 도장이 찍혀 있습니다.

두 사람의 이름이 적혀 있는 이 작은 만남에서 우리는 당시 두 청년의 애틋한 마음을 느낄

송몽규의 영자 서명

수 있습니다. 그런데 연희전문 사학년을 마치고 일본 대학에 입학하기 위해서는 이름을 바꾸지 않을 수 없었던 것입니다.

윤동주의 「별 헤는 밤」에서 '이름'에 대한 고민을 엿볼 수 있습니다. 윤동주가 쓴 작품 중에 가장 긴 「별 헤는 밤」은 '강요된 이름' 앞에 있는 디아스포라 청년의 마음을 담고 있습니다. 이 시를 읽으며 윤동주를 통해 송몽규가 겪어야 했던 '강요된 이름'의 시대를 짚어보려 합니다.

히라누마 도주, 구니무라 무케이

조선인 모두가 창씨개명을 희망해서 한 것은 아니었습니다. 자료에 따르면, 창씨개명을 시작한 육 개월 동안 창씨계출(創氏屆出) 신고를 해야 하는데 처음 삼 개월간 계출 호수는 전체의 7.6퍼센트에 불과했습니다. 이때 개명을 거부하고 자결한 사람까지 있었고, 이 문제를 지적하다가 옥에 갇힌 사람들도 있었습니다. 급기야 총독부는 소설가 이광수 등 유명인을 동원하여 1940년 8월까지 창씨율을 79.3퍼센트로 끌어올립니다.

그런데 윤동주가 「별 헤는 밤」을 쓴 때는 십삼 개월이 지난 1941년 11

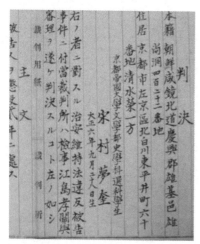

'구니무라 무케이'라는 창씨개명이 적혀 있는 송몽규의 재판 판결문

월입니다. 창씨를 하지 않은 사람에게는 다음과 같은 제재 조치가 있었습니다.(문정창,『군국일본 조선강점 36년사』, 백문당, 1966)

① 자녀에 대해서는 각급 학교의 입학과 진학을 거부한다.

② 아동들을 이유 없이 질책·구타하여 아동들의 애원으로 부모들의 창씨를 강제한다.

③ 공·사 기관에 채용하지 않으며 현직자도 점차 해고 조치를 취한다.

④ 행정기관에서 다루는 모든 민원 사무를 취급하지 않는다.

⑤ 창씨하지 않은 사람은 비국민·불령선인으로 단정하여 경찰 수첩에 기입해서 사찰을 철저히 한다.

⑥ 우선적인 노무 징용 대상자로 지명한다.

⑦ 식량 및 물자의 배급 대상에서 제외한다.

⑧ 철도 수송 화물의 명패에 조선인의 이름이 쓰인 것은 취급하지 않는다.

유학을 가야 하는 송몽규와 윤동주에게는 ④번이 걸렸을 겁니다. 행정기관에서 민원 사무를 취급해주지 않으면 유학에 필요한 서류를 작성하기 어려웠을 겁니다. 게다가 유학을 가면서 책과 의류를 옮겨야 하는데, ⑦번 물자 배급 대상에서 제외되는 문제도 있었고, 무엇보다 가장 큰 문제는 ⑤번이었습니다. 불령선인(不逞鮮人), 곧 '잠재적 범죄자'로 삼아 철저하게 감시하겠다는 것입니다.

윤동주는 '히라누마 도주(平沼東柱)'라는 새로운 이름을 적은 창씨개명계를 1942년 1월 29일 연희전문에 제출했습니다. 같은 해 1월 24일에 쓰인 「참회록」은 창씨 신고 닷새 전에 쓴 작품입니다.

다만 당시 압력이 있었겠지만, 일본식 씨로 창씨하지 않으면 유학 가지 못하는 상황은 아니었습니다. 일본식 씨로 창씨하지 않고 일본 대학에 유학 간 학생들이 있었습니다. 해방될 무렵 여러 일본 대학의 재학 졸업 명부를 보면, 창씨하지 않은 조선어 이름이 보입니다. 미즈노 나오키(水野直樹) 교수는 윤동주의 창씨 신고에 대해 더욱 세밀한 추정을 제시합니다(「윤동주는 '창씨개명'을 했는가」, 2013). 호주인 윤하현이 '윤(尹)' 씨에서 '히라누마(平沼)'로 일본식 씨로 창씨하여 관청에 신고한 때는 1940년 2월에서 8월 사이라고 미즈노 교수는 추정합니다. 윤동주의 의지와 상관없이 윤씨 일가가 '히라누마'로 창씨한 겁니다. 유학 가려면 입학서류에 쓴 이름과 호적등본에 쓰인 이름이 같아야 하지요. 연락선을 탈 때도 입학원서 낼 때도, 호적등본이나 호적초본과 본인 이름이 당연히 같아야 하는데, 다르면 신청조차 할 수 없겠죠. 어쩔 수 없이 바뀐 일가의 창씨로 '신청'할 수밖에 없었다는 추정입니다.

미즈노 나오키 교수는 송몽규의 창씨인 '송촌(宋村)'이 이제까지 알려진 '소무라'가 아니라, '구니무라'라는 사실도 확인합니다. 교토제국대학 선과입학원서에 '구니무라 무케이(宋村夢奎)'라고 후리가나(독음)이 정확히 쓰여 있습니다. 영화 〈동주〉에서도 계속 '구니무라 무케이'라고 하는데 앞으로는 '구니무라 무케이'라고 해야겠습니다(미즈노 나오키, 「일본 유학 시절의 윤동주와 송몽규」, 『윤동주와 그의 시대』, 혜안, 2018, 197쪽).

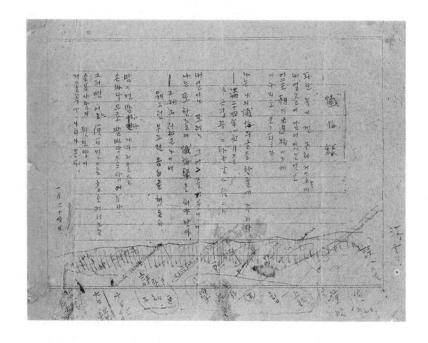

송몽규는 '구니무라 무케이(宋村夢奎)'라는 이름으로 1942년 2월 12일에 창씨개명합니다. 유학을 가기 바로 직전에 성씨를 바꾼 겁니다. 신학기가 시작되는 4월 전에 입국하려면 적어도 3월 초에는 일본에 가야 하는 상황이었습니다. 2월 12일은 송몽규가 얼마나 악착같이 창씨개명을 안 하려고 버텼는가를 미루어 알 수 있는 날짜입니다.

창씨개명 닷새 전, 「참회록」

시인이 원고지에 쓴 모든 메모나 낙서나 흔적은 시를 해석하는 데 부차적인 자료가 됩니다. 특히 윤동주의 경우는 시가 끝나는 부분에 시를 쓴 날짜가 기록되어 있어 시대적 배경에 따른 생각의 변화를 어느 정도 짐작할 수 있습니다.

「참회록」이 끝나는 부분에는 1942년 1월 24일이라고 적어놓았습니다. 윤동주가 창씨개명계를 제출한 날은 「참회록」을 쓰고 난 닷새 후였습니다. 창씨개명을 하지 않고서는 민원서류를 제대로 받을 수 없고, 유학도 갈 수 없으며, 심지어는 배급 대상에서도 제외되는 상황이었습니다. 결국 이런 답답한 상황의 심리를 묘사한 「참회록」에는 다른 어떤 시보다 더 부끄러움의 미학, 나아가 자학적인 표현이 숨어 있습니다.

「참회록」은 윤동주가 조국에 남긴 마지막 작품입니다. 자아성찰의 가장 성숙한 단계를 보여주는 이 시에는 "나의 거울을/손바닥으로 발바닥으로 닦"으며 자신의 정체성과 만나고 싶어하는 한 젊은 영혼의 노력이 보입니다. 이제 시를 분석하며 윤동주의 내면에 다가가보겠습니다.

파란 녹이 낀 구리 거울 속에
내 얼굴이 남아 있는 것은
어느 왕조(王朝)의 유물(遺物)이기에
이다지도 욕될까.

나는 나의 참회(懺悔)의 글을 한 줄에 줄이자.
─만 이십사 년(滿二十四年) 일 개월(一個月)을
　무슨 기쁨을 바라 살아왔던가

내일이나 모레나 그 어느 즐거운 날에
나는 또 한 줄의 참회록(懺悔錄)을 써야 한다.
─그때 그 젊은 나이에
　왜 그런 부끄런 고백(告白)을 했던가.

밤이면 밤마다 나의 거울을
손바닥으로 발바닥으로 닦아보자.

그러면 어느 운석(隕石) 밑으로 홀로 걸어가는
슬픈 사람의 뒷모양이
거울 속에 나타나 온다.

—윤동주, 「참회록」 전문

거울, 나르시시즘/자기응시

이 시는 과거 → 현재 → 미래 → 현재 → 미래의 순서대로 이어지고
있습니다.

1연은 과거입니다. 과거를 돌아보니 가장 먼저 "파란 녹이 낀 구리 거
울"이 등장합니다. 여기서 '녹(綠)'이란 사물을 산화시켜 쇠붙이의 표면
을 붉거나 더럽게 만드는 더께를 말합니다. 녹이란 찬란한 역사를 더럽히
는 부정적인 상징입니다. 식민지 역사란 침략국이라는 '녹'에 의해 더럽
혀집니다. 본래의 역사가 더럽혀진 '비굴한 역사'를 암시합니다. '구리 거
울'은 '역사'를, '녹'은 '쇠망(衰亡)'을 뜻하며, '얼굴'은 역사의 거울 속에
아직도 소멸하지 않고 남아 있는 욕된 자아상을 의미합니다. 그래서 시인
은 자신의 처지를 망한 "왕조(王朝)의 유물(遺物)"로 비유합니다. 녹슨 구
리 거울에 "내 얼굴이 남아 있는 것은" 당연히 치욕스럽고 비굴할 수밖에
없습니다. "어느 왕조의 유물이기에/이다지도 욕될까"라는 표현에는 망
국민으로서 치욕스럽게 자기를 성찰하는 모습이 그려져 있습니다. 투쟁
하지도 못하고 그저 의미 없이 살아가기에 시인은 '욕되다'라고 표현하고

있습니다.

여기서 '거울'이란 객관적 상관물은 대단히 중요합니다. 이 시의 '거울'은 「자화상」에 나오는 '우물'과 같고, 「서시」에 나오는 '하늘'과도 유사합니다. 사실 윤동주의 후기 시에서 가장 중요한 인식 방법 중의 하나는 '나를 본다'는 시선입니다.

'거울'은 자신의 모습을 비추어주는 것으로 '자기성찰'의 상징적 의미를 지닙니다. 여기서 '구리 거울'은 두 가지 의미를 지닙니다. 첫째는 역사적 유물로서 과거를 비추어보는 역사의 거울이고, 둘째로는 시적 화자인 자신의 모습을 비추어보는 성찰의 거울입니다.

그런데 '나를 본다'는 것이 부정적인 경우도 있습니다. 물에 비친 자기 모습에 반해 물에 빠져 죽은 그리스 신화의 미소년 나르키소스의 이야기에서 유래된 '나르시시즘'이 바로 그러한 예일 것입니다. '공주/왕자병' 따위의 자기도취 상태를 말하기도 합니다. 프로이트는 「나르시시즘 서론」(『정신분석학의 근본 개념』)에서 이 용어를 파울 네케가 이렇게 처음 사용했다고 합니다.

"자신의 몸을 마치 성적 대상을 대하듯 하는 사람들의 태도, 말하자면 스스로 성적 만족을 느낄 때까지 자신의 몸을 바라보고 쓰다듬고 애무하는 사람들의 태도"(프로이트, 『정신분석학의 근본개념』, 열린책들, 2003, 45쪽)

프로이트는 이 용어를 정신분석의 개념으로 받아들여 리비도가 자기 자신에게 향해진 상태, 즉 자기 자신이 관심의 대상이 되어 있는 상태로 규정했습니다. 프로이트는 나와 남을 구별하지 못하는 유아기에 리비도가 자기 자신에게만 쏠려 있는 상태를 1차적 나르시시즘이라고 했습니다. 이러한 태도는 "인간의 정상적인 성적 발달 과정에서 나타나는 하나의 태도일 수 있다"(같은 책, 46쪽)며, 성도착이 아니라 모든 인간이 가진 자기보존 본능이라고 썼습니다.

유아기가 지나면서 리비도의 대상이 나 아닌 남에게로 향하지만 어떤 문제에 부딪쳐 남을 사랑할 수 없게 되어 다시 자기 자신을 사랑하는 상태로 돌아오는 것을 2차적 나르시시즘으로 분류했습니다. 자기애가 지나쳐 타인에게 노출증처럼 보일 때가 그렇습니다. 이 용어는 건강한 나르시시즘과 병적 나르시시즘으로 분류되기도 했습니다. 윤동주의 경우는 어떨까요. 윤동주의 「참회록」은 나르시시즘이 아니라 철저한 자기응시의 시선을 갖고 있습니다. 자신을 비판하고 반성하고 해체하는 겁니다.

여기서 우리는 이상의 「거울」을 생각해볼 수 있습니다. 실제로 윤동주는 이상의 시를 많이 스크랩해서 갖고 있었고, 「투르게네프의 언덕」에서 한 아이, 둘째 아이를 호명하는 부분은 「오감도」의 직접적인 영향으로 보입니다.

거울속의나는왼손잡이오
내악수(握手)를받을줄모르는―악수를모르는왼손잡이오

거울때문에나는거울속의나를만져보지를못하는구료마는
거울이아니었던들내가어찌거울속의나를만나보기만이라도했겠소

나는지금거울을안가졌소마는거울속에는늘거울속의내가있소
잘은모르지만외로된사업(事業)에골몰할게요

거울속의나는참나와는반대(反對)요마는

또꽤닮았소

나는거울속의나를근심하고진찰할수없으니퍽섭섭하오

―이상, 「거울」 중에서

띄어쓰기를 전혀 안 하고 붙여쓴 것이 특이한 작품이죠. 이상의 시에 나타나는 '거울'은 요즘 우리가 쓰는 거울이지만, 윤동주의 '구리 거울'은 청동으로 된 역사적 유물입니다. 이상이 거울을 보면서 자아의 분열된 상태를 보았다면, 윤동주는 거울을 통해 자아를 응시하면서 비굴한 역사적 상황에 놓인 자아를 부끄럽게 바라봅니다. 이상의 '거울'은 '거울 속의 자아'와 '거울 밖의 자아'를 띄어쓰기 없이 붙여써서 역설적으로 자아의 분열과 단절을 강조하고 있습니다. 그러나 이보다 더 중요한 것은 윤동주의 '구리 거울'이라는 역사적 유물입니다. 외부의 '구리 거울'을 보았던 시적 화자는 4연에서 "밤이면 밤마다 나의 거울을/손바닥으로 발바닥으로 닦아보자"라며 '나의 거울'을 철저하게 닦으며 성찰합니다.

이상의 '거울'이 자아분열의 담론이라면, 윤동주의 '거울'은 식민지 역사 속에 괴로워하는 한 젊은이의 자기응시가 돋보입니다. 두 시인은 자아를 찾으려는 욕망에서 함께 만납니다.

참회록의 핵심, 부끄러움

2연은 현재 상황입니다. 나라가 망했는데도 유학을 가고자 하는 자신의 처지를 "만 이십사 년(滿二十四年) 일 개월(一個月)을/무슨 기쁨을 바라 살아왔던가" 자탄하고 있습니다. 창씨개명을 할 수밖에 없는 상황이 너무 치욕스러워 그때까지 살아온 만 이십사 년 일 개월이라는 생애 전체를 회의하고 있습니다.

3연에는 조금은 희망스런 미래가 보입니다.

"그때 그 젊은 나이에/왜 그런 부끄런 고백(告白)을 했던가"라고 떳떳하게 말할 수 있는 "그 어느 즐거운 날"을 꿈꾸고 있습니다. 현실이 어둠 자체이기에 고통만을 토로하는 지금 이 삶 이후에 "어느 즐거운 날"이 오면 자신의 나약함에 대해 반성하겠다는 말이겠죠. 윤동주의 시가 힘을 갖고 있는 것은 희망 없는 세상에서도 이렇게 끊임없이 희미한 희망을 노래하기 때문입니다.

그런데 윤동주의 시에 나타나 있는 부끄러움이란 무엇일까요. 『맹자』에 나오는 수오지심, 곧 자신의 옳지 못함을 부끄러워하고 남의 옳지 못함을 미워하는 마음 자세를 말하는 것일까요. 물론 이 영향도 있겠으나 윤동주의 부끄러움은 몇 가지로 나누어볼 수 있습니다. 첫번째 부끄러움은 원죄의 부끄러움입니다.

하얗게 눈이 덮이었고
전신주(電信柱)가 잉잉 울어
하나님 말씀이 들려온다.

무슨 계시(啓示)일까.

빨리
봄이 오면
죄(罪)를 짓고

눈이

밝아

이브가 해산(解散)하는 수고를 다하면

무화과(無花果) 잎사귀로 부끄런 데를 가리고

나는 이마에 땀을 흘려야겠다.

　　　　　　　　　　—윤동주, 「또 태초의 아침」(1941. 5. 31) 전문

　1910년 기독교에 입교한 윤동주 일가는 민족주의와 기독교라는 두 가지 정신으로 험한 간도땅에서 살아왔습니다. 윤동주는 이러한 분위기 속에서 민족정신과 신앙심을 키워갔습니다. '태초'라는 어휘는 성경에서 출발점을 의미합니다. 이 시에 나오는 부끄러움은 창세기에 나오는 원죄를 말하고 있습니다. 아담은 하나님이 "선악을 알게 하는 나무의 열매는 먹지 말라 네가 먹는 날에는 반드시 죽으리라 하시니라"(창세기 2장 17절)라고 한 말씀을 어기고 뱀의 유혹에 빠져 선악과를 먹어버립니다. 이로 인해 모든 인간은 태어날 때부터 하나님께 죄를 짓게 되었고, 그 결과 "모든 사람이 죄를 범하였으매 하나님의 영광에 이르지 못하더니"(로마서 3장 23절)라는 것이 원죄론의 핵심입니다. 「태초의 아침」과 「또 태초의 아침」에 나오는 부끄러움이란 인간이 본래 지니고 있는 원죄의식의 표현입니다. 윤동주는 성경의 원죄의식을 바탕으로 현실적인 갈등을 죄의식으로 표출했습니다. 그의 이러한 원죄의식은 철저한 '자기성찰'과 동일했습니다.
　둘째, 역사 앞에 능동적으로 나서지 못하는 자신을 꾸짖는 '역사 앞에

서의 부끄러움'입니다.

> 딴은 밤을 새워 우는 벌레는
> 부끄러운 이름을 슬퍼하는 까닭입니다.
>
> ―윤동주, 「별 헤는 밤」 중에서

「별 헤는 밤」에 나오는 '부끄러운 이름'은 곧 창씨개명될 이름이고, 이 부끄러움은 역사 앞에서 좌절하는 자아의 부끄러움입니다. "그때 그 젊은 나이에/왜 그런 부끄런 고백을 했던가"(「참회록」)에 나오는 그 부끄러움 이기도 하겠죠.

> 창(窓)밖에 밤비가 속살거려
> 육첩방(六疊房)은 남의 나라,
> (……)
> 땀내와 사랑내 포근히 품긴
> 보내주신 학비(學費) 봉투(封套)를 받아
>
> 대학(大學) 노―트를 끼고
> 늙은 교수(敎授)의 강의(講義) 들으러 간다.
> (……)
> 인생(人生)은 살기 어렵다는데
> 시(詩)가 이렇게 쉽게 쓰여지는 것은
> 부끄러운 일이다.
>
> ―윤동주, 「쉽게 쓰여진 시」 중에서

'육첩방'이 아주 넓지는 않지만, 가난한 학생은 사, 오첩 방을 보통 썼으니 상대적으로 넓은 방이었습니다. "보내주신 학비(學費)"로 넓은 방에서 편히 공부하는 것도 부끄러움이었습니다. 일제 치하의 조선인들이 대부분 가까스로 하루를 연명하는 상황에서 자신만 편히 사는 것이 부끄러웠던 겁니다. 독립운동을 하지는 못할망정 부모님이 보내준 돈으로 편하고 넓은 방에서 사는 것이 부끄러웠던 겁니다.

셋째, 능동적으로 나가지 못하기에 겪는 '복합적인 부끄러움'이기도 합니다.

죽는 날까지 하늘을 우러러
한 점 부끄럼이 없기를,
잎새에 이는 바람에도
나는 괴로워했다.

—윤동주, 「서시」 중에서

물론 이러한 태도에는 부끄러움을 중시하는 동양사상, 기독교적 사유, 역사 앞에서의 실존 문제 등이 복합적으로 작용되었다고 보아야겠지요. 문익환 목사는 윤동주의 시를 이해하기 위해서는 성서적 사유가 중요하다며 이렇게 썼습니다.

그와 나는 콧물 흘리는 어린 시절의 6년 동안을 함께 소학교에 다니며 민족주의와 기독교 신앙으로 뼈가 굵어갔다. (……) 나는 그에 나타난 신앙적 깊이가 별로 논의되지 않는 것이 좀 이상하게 생각되곤 했었다. 그의 시는 곧 그의 인생이었고 그의 인생은 극히 자연스럽게 종교적이기도 했다.(문익환, 「동주형의 추억」, 같은 책, 214~216쪽)

윤동주는 아잇적부터 기독교 사상과 민족사상을 동시에 익히며 자랐습니다. 기독교적 이미지가 나타나는 「서시」 「십자가」 등은 두 가지 사상이 융합된 결과를 보여줍니다.

이러한 시대에 인간으로 살아간다는 것은 비루하고 부끄러운 삶이었습니다. 그래서 윤동주는 차라리 "비둘기 한 떼가 부끄러울 것도 없이/나래 속을 속, 속, 햇빛에 비춰, 날았다"(「사랑스런 추억」, 1942. 5. 13)며 오히려 비둘기의 비상을 부러워합니다.

「참회록」 전체를 관통하고 있는 것은 부끄러움의 정서였습니다. 정직하게 부끄러움에 마주서는 인간은 부끄러움 앞에서 긴장하며 반응합니다. 윤동주의 부끄러움은 성서적인 기원을 두고 있고, 윤리적인 부끄러움도 있지만, 결국은 역사 앞에서 헌신하지 못하는 자신에 대한 치열한 부끄러움이라고 볼 수 있습니다.

미래로 향하는 단독자의 수행

다시 시로 돌아가 4연을 보겠습니다. 거울을 닦는 시간은 '밤'입니다. 시인 내면의 어두운 자아를 말하기도 하며, 또한 어두운 시대를 상징하는 시간일 수도 있습니다. 기쁨이 없는데도 시인은 열심히 손바닥, 발바닥으로 온 힘을 다하는 성실한 자아를 드러냅니다. "즐거운 날"을 그냥 꿈꾸는 게 아니라 "밤이면 밤마다 나의 거울을/손바닥으로 발바닥으로 닦아보자"는 일상적 노력으로 즐거운 날을 꿈꾸자는 다짐입니다.

마지막 5연에서는 "운석(隕石) 밑으로 홀로 걸어가는" 고독한 단독자가 등장합니다.

그러면 어느 운석(隕石) 밑으로 홀로 걸어가는
슬픈 사람의 뒷모양이
거울 속에 나타나 온다.

"슬픈" 단독자의 모습입니다. 고난 속에서 자신의 길을 가야만 하는 결의가 보입니다.

운석이란 유성이 대기 중에서 다 타지 않고 지구상에 떨어진 돌덩어리를 말합니다. 운석 밑으로 걸어간다는 것은 대단히 위험한 운명을 말합니다. 위험한 운명인 줄 알면서도 그 길로 걸어가는 인생은 현실적으로 보면 "슬픈 사람"입니다. "슬픈 사람의 뒷모양"이라고 한 것은 현재의 시각에서 미래로 나아가는 실존을 상상하기 때문입니다. 과학적 사실인데도 시인은 분명히 '뒷모양'이라고 했습니다. 이것은 현재에서 미래를 바라보는 것이 아니라 거꾸로 미래에서 현재를 바라본 것입니다. 마지막 세 번째는 미래에 보일 거울입니다. 이 단독자는 "우물 속에는 달이 밝고 구름이 흐르고 하늘이 펼치고 파아란 바람이 불고 가을이 있고 추억(追憶)처럼 사나이가 있습니다"(「자화상」)에서처럼 추억의 사나이로 보이기도 합니다.

마지막 연에 보이는 "슬픈 사람"이라는 표현은 패배적인 모습이 아니라 치열한 자기성찰의 자세를 보여주는 이미지라고 할 수 있겠습니다. 거대한 현실의 힘을 알기에 철저한 자기성찰의 시각에서 볼 때 이러한 현실과 맞서는 개인이란 너무나 작고 힘없는 존재에 불과하기 때문입니다.

그래서 그런지 「참회록」의 원문을 보면 하단부에 다른 시와 비교할 수

「참회록」하단부의 낙서

없을 정도로 많은 낙서들이 있습니다.

문학작품을 연구할 때 연구자는 작가가 쓴 모든 자료의 도움을 받을 수 있습니다. 메모, 일기는 물론 낙서도 작품 분석의 실마리가 될 수 있습니다. 자기 검열 없이 맘대로 쓸 수 있는 낙서야말로 가장 솔직한 작가의 무의식 자체일 수 있지요. 하물며 원고 바로 아래 써 있는 낙서는 작품으로 표현하지 못한 작가의 무의식을 끼적인 흔적으로 참고할 만합니다.

맨 오른쪽은 낙서라는 글자를 일본어 한자인 라쿠가키(落書き, らくがき)로 표시한 듯 보입니다. 그 왼쪽에는 "시인(詩人)의 고백(告白)"이라고 써 있습니다. 이 시가 윤동주 자신의 참담한 고백일 수 있다는 사실을 보여주는 표식입니다. 그 옆에는 "도항(渡航) 증명(証明)"이라고 써 있습니다. 1941년 1월 29일 창씨개명하기 닷새 전에 썼던 이 시가 바로 도항 증명이라는 말이겠지요. 여기서 증명(證明)이라는 한자를 일본식 한자인 쇼우메이(証明, しょうめい)로 쓴 것도 눈에 듭니다. 당시 조선어가 금지된 상황에서 악착같이 조선어를 고집하며 한글로 시를 쓰려 했던 윤동주의 무의식에도 이미 일본식 표기가 물들고 있다는 흔적으로 볼 수 있겠죠. 그 옆에는 "상급(上級) 힘"이라고 써 있습니다. 좋은 대학에 입학해야 현실적인 영향력을 끼칠 수 있다고 생각했던 것일까요. 쉽게 해석하기 힘든 단어입니다.

원고지 가운데 아랫부분을 보면 "시(詩)란 부지도(不知道)"라고 써 있어요. 부지도(不知道)란 중국어로 부쯔다오[bùzhīdào]라고 발음하는데 '모른다'라는 뜻입니다. 반대말 '알다'는 쯔다오(知道)입니다. '알았다'는 '쯔다오러(知道了)'입니다.

어린 시절 중국인 학교를 일 년간 다녔던 윤동주는 중국어를 사용하는 용정 지역에서 이십여 년을 지냈습니다. 연희전문 성적표를 보면 중국어 점수는 늘 상위 등급이었습니다. 삶에 대해 일시적 혼란이 온 걸까요. 왜 "시란, (무엇인지) 모르겠다"라고 썼을까요. 바로 옆을 보면 "문학 생활 생존 생(生)"이라고 써 있습니다. 시보다 중요한 것은 삶 자체라는 절박함이 표현된 낙서로 생각됩니다.

가장 절박한 부분은 원고지 하단부의 왼쪽에 있는 낙서입니다. '파란 녹이 낀 구리 거울'을 뜻하는 고경(古鏡)이라는 단어가 있고요. 구석 모퉁이에 "비애(悲哀) 금물(禁物)"이라고 써 있습니다. 이미 태평양전쟁이 발발했고, 일본의 군국주의는 모든 청년들을 전쟁터로 내모는 말기적 악행을 거듭하는 상황이었습니다. '비애'라는 단어야말로 윤동주의 참담한 심경을 잘 나타내줍니다. 여기에 '금물'이라는 단어에는 식민지의 한 청년

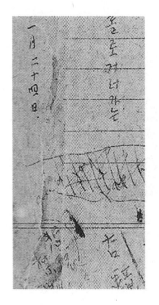

이 어떻게든 이 짐승스런 상황을 이겨내며, 아니 그저 버티면서라도 살아보려 하는 안타까운 마음이 더해져 있습니다.

"내가 사는 것은, 다만/잃은 것을 찾는 까닭입니다"(「길」)라는 구절이 '내가 비애를 금하며 악착같이 사는 것은, 다만, 잃은 것을 찾는 까닭'이라고 읽혀지기도 합니다. 또 비감한 그리스 비극의 한 구절처럼 느껴지기도 합니다.

1942년 1월 24일에 쓴 「참회록」은 창씨개명 바로 닷새 전에 쓴 "시인의 고백"입니다. 그리고 '히라누마 도주'로 이름이 바뀐 윤동주와 '구니무라 무케이'로 이름이 바뀐 송몽규는 일본 본토로 유학을 떠납니다. 둘 다 미혼의 푸른 젊은이였습니다.

살리는 죽음

일본 유학

교토 우지 강에서 열린 윤동주의 송별회.
이 사진을 찍고 약 한 달 뒤인 1943년 7월 14일 윤동주는 체포됐다.

일본 유학 시절과 유고시
「흰 그림자」「흐르는 거리」「사랑스런 추억」「쉽게 쓰여진 시」「봄 2」

윤동주와 송몽규는 낯선 일본땅에 도착합니다. 1941년 12월 연전 문과를 졸업한 윤동주와 송몽규가 언제 일본에 갔는지 정확한 날짜는 아직 모릅니다. 다만 1942년 3월 초 부산에서 관부연락선을 탄 것으로 추정됩니다. 송몽규는 1942년 4월 1일 교토 제대 사학과 서양사학 전공(선과)에 입학하고, 윤동주는 1942년 4월 2일 릿쿄(立教) 대학 문학부 영문과(선과)에 입학합니다. 본과는 고등학교를 졸업하거나 대학 예과를 졸업한 자에 한하는 것이었고, 선과는 전문학교나 고등사범학교 등을 이수한 학생들이 진학했습니다. 조선에서 공부한 학생들은 대개 예과나 선과로 입학했습니다. 먼저 도쿄에 와 있던 당숙 윤영춘은 송몽규와 윤동주가 일본에 유학을 오자 무척 기뻐했습니다.

나는 둘의 손목을 잡고 우에노 공원과 니혼바시(日本橋)를 내 집 뜨락처럼 쏘다녔다. 문학과 인생에 대한 이야기를 하는 가운데서 동주는 벌써 물욕(物慾)을 떠나 하나의 메타피지컬한 철학적 체계를 갖춘 단계에 이르렀다는 것을 보여주었고, 말할 적마다 시(詩)와 조선(朝鮮)이라는 이름은 거의 말버릇처럼 동주의 입에서 자주 튀어나왔다.(윤영춘, 「명동촌에서 후쿠오카까지」, 같은 책, 110쪽)

도쿄에서 만난 세 사람이 얼마나 기쁜 시간을 보냈는지 느낄 수 있는 기록입니다. 이후 윤동주가 도쿄에서 어떻게 지냈는지 릿쿄 대학 시절 윤동주의 삶을 증언하는 자료가 현재 두 가지 있습니다. 바로 릿쿄 대학 학적부와 성적부입니다. 먼저 도쿄 릿쿄 대학 학적부를 보면 세 가지가 주목됩니다.

첫째, 윤동주의 이름이 히라누마 도주(平沼東柱)로 기록된 것을 볼 수 있지요. 오무라 선생은 "윤동주가 파평 윤씨(坡平尹氏)이기에, 평(平)자를 넣은 것이 아닌가 생각됩니다. 일본인으로 이 이름을 보았을 때, 윤동주 아버지가 일본어를 잘 아는 사람일 거라는 생각이 들었어요. 히라누마라는 일본 이름이 있으니까요. 얼마 전 자민당 국회위원에도 히라누마 아키코라는 사람이 있었죠. 동주는 이름 그대로 살린 것이겠죠"라고 설명했습니다.

둘째, 정확한 주소지가 써 있어요. "간다구(神田區) 사루가쿠초(猿樂町) 니초메(二丁目) 4-3"으로 되어 있는데, 당시 도쿄YMCA 한인회관의 주소지였어요. 현재 재일본 한국YMCA가 있는 장소에서 가까운 사루가쿠초 구역이지요. 흔히들 간다 서점가라고 하는 데에서 가까운 곳이에요. 그러면 윤동주가 사루가쿠에서 살았다는 말일까요? 『윤동주 평전』을 쓴 송우혜 선생은 "당시 윤영춘이 거기 투숙해 있었다. 동주는 편리상 당숙의 주소지를 학교 기록에 올린 것일 뿐, 실은 동경 교외 쪽에서 따로 하

備考	職業	豫 科 學 部	學籍異動	人選係	入學前學歴	屆 出	本 籍	戸 主	氏 名
一二寄ヨリ部合ニ見学	英語	退學年月日 ｜ 休學年月日 ｜ 入學年月 ｜ 修了年月日 ｜ 入學年次		番號 ｜ 氏名	高等學校 ｜ 中等學校			平沼 東柱

도쿄 릿쿄 대학 학적부(하타노 세츠코, 『일본 유학생 작가 연구』, 소명출판, 2011, 618쪽)

숙했었다"(338쪽)며 문익환의 증언을 써놓았어요. 당시 유학생들이 방을 구하지 못했을 때 조선YMCA의 주소지를 빌렸다는 오무라 마스오 교수의 증언을 생각해볼 때 주소지만 빌렸을 가능성도 있어요.

셋째, 윤동주는 퇴학계를 내지 않은 것으로 판단됩니다. 윤동주는 1942년 4월 2일 도쿄의 릿쿄 대학 '영문학과 선과 일학년'에 입학하여 1942년 12월 19일에 퇴학한 것으로 써 있어요. 그런데 교토 도시샤 대학 학적부에는 입학 연월일이 1942년 10월 1일로 써 있지요. 이렇게 보면 릿쿄 대학에 퇴학계를 내지 않고 도시샤 대학에 입학한 것으로 보입니다. 릿쿄 대학에는 1942년 4월에 반년분 아니면 일 년분의 수업료를 납부했을 것

昭和　年入學者試驗成績表　文學部・英文學科							
必修科目	一學年三月	二學年三月	三學年三月	選擇科目	一學年三月	二學年三月	三學年三月
文學概論				西洋哲學史			
歐洲文學				東洋哲學史			
言語學				美術史			
拉典語				英米國史			
英文學				文學各論			
同上演習	85 (杉本)			敎育學			
米文學				敎育學			
同上演習				英語 1			
英語學				英語 2			
同上演習				英會話 1			
國文學				英會話 2			
英 漢				英米語家研究			
敎 練				古代及中世英語			
卒業論文				佛蘭西語			
				獨逸語			
				太洋究攷		80 (平野)	
				各年總點			
				各年平均			
姓名　平沼東柱	大正　年　月　日生			卒業總點	卒業平均		
				選科 (群)	( )内は追試者		

윤동주의 릿쿄 대학 성적표
(오무라 마스오 교수 제공)

으로 추측돼요. 릿쿄 대학에는 1942년 12월 19일에 퇴학, 제적되었으나 비고란을 보면 "일신상의 사정에 의해 퇴학"이라고 써 있지요.

다음으로 릿쿄 대학 성적표를 보면 세 가지를 생각할 수 있어요. 첫째, 윤동주가 수강했던 과목이에요.

일학년 때 스기모토(杉本) 선생 담당의 '영문학'을 들었고, 성적은 85점으로 써 있어요. 다른 과목은 우에오(宇野) 선생이 담당한 '동양철사(東洋哲史)'라는 과목으로 80점이에요. 그런데 오른쪽 선택과목 중에 위에서 세번째 과목 이름이 '동양철학사'이기에 이것과 다른 과목처럼 보여요. 같은 과목이라면 이렇게 따로 적을 필요는 없었을 것입니다. 그렇지만 '동양철사'라는 과목이 어떤 과목인지는 분명치 않아요.

둘째, 일학년인데도 두 과목밖에 듣지 않았다는 점은 조금 이상해요.

입학한 학과도 영문학과의 '선과'에 해당돼요. 대학에 입학하기 전 준비 과정에 있는 단계지요. 일본 본토에만 있었던 고등학교나 대학 예과 출신인 '본과'와 다른 단계입니다. '선과'라는 한자 바로 아래의 '조(鮮)'라는 메모는 조선에서 왔다는 표시이겠죠. 그렇다면 본토 출신 학생이 아닌 식민지 출신 학생들은 일단 '선과'를 거쳤을 가능성도 있어요. 그것이 아니라면 '선과'라도 안전하게 입학해놓고, 다른 방도를 생각하지 않았을까 하는 추론도 가능해요. 즉 다른 대학으로 편입하거나 입학시험을 다시 칠 생각을 했을 수도 있어요.

"실은 동주도 처음엔 몽규와 함께 경도제대(교토 제국대학—인용자)에 가서 입학시험을 쳤으나 몽규만 붙고 동주는 떨어졌기 때문에 다시 입교대(릿쿄대—인용자)에 가서 입학시험을 쳐서 붙은 거라더라"(송우혜, 같은 책, 319쪽)는 윤씨 집안의 친척인 김신묵(문익환의 어머니)의 증언을 생각해볼 때, 윤동주는 교토 제국대학이나 송몽규가 있는 지역으로 학교를 옮기려 했을 것이라는 추론이 가능합니다.

셋째, 아니나 다를까 윤동주는 한 학기만 다니고 학교를 옮깁니다. 학적부와 마찬가지로 성적부에 윤동주의 퇴학은 1942년 12월로 기록되어 있지요. 성적부 전면에 사선으로 쓴 글자를 보면 "(소화) 17년(1942년) 12월 퇴학"이라고 되어 있어요.

이제 윤동주가 릿쿄 대학 시절에 쓴 시를 살펴보려 합니다. 윤동주는 시를 쓸 때마다 날짜를 적어놓았기 때문에 시가 마지막으로 수정된 때를 정확히 알 수 있어요. 윤동주가 일본에서 쓴 것으로 알려진 시가 5편이 있는데, 시 끝에 쓰여진 날짜를 보면 모두 릿쿄 대학 시절이에요. 그리고 5편 모두 릿쿄 대학 편지지에 적혀 있어요. 이 시들은 연전 시절 친우인 강처중에게 보낸 편지들 속에 들어 있었어요. 해방 후 기자가 되어 「쉽게 쓰여진 시」를 경향신문에 소개한 강처중은 '안전'을 위해 편지 부분은 폐기하고 시만 남겨두었다고 해요.

당시 한글이 금지되어 있었기 때문에 시인들은 편지에 시를 써서 그 아픔을 풀곤 했어요. 시인 박두진도 한글을 쓸 수 없었던 암흑기에 항일 시를 쓸 수는 없고, 대신에 친우에게 보낸 편지에 치열한 항일 시를 써두었다가 해방 후에 발표하기도 했어요.

이제 윤동주가 릿쿄 대학 시절에 쓴 5편의 시를 읽어볼 차례입니다만, 그전에 윤동주의 앞세대 조선 시인들이 일본 유학 시절을 어떻게 시로 담아냈는지 먼저 살펴보겠습니다. 『정지용 시집』에 실린 정지용의 일본 유학 시절의 시에 윤동주는 여러 메모를 해놓았어요. 윤동주가 일본에서 시를 썼을 때 정지용의 시를 떠올리지 않을 수 없었으리라는 증거입니다. 정지용과 윤동주가 일본 유학 시절에 어떤 의식으로 시를 썼는지 비교하면 두 시인의 특징이 보다 명백하게 드러나지 않을까요.

나는 나라도 집도 없단다, 정지용과 윤동주의 일본 유학

1942년 릿쿄 대학에 다니던 윤동주는 교토에 있는 도시샤 대학에 다시 입학합니다. 릿쿄 대학은 아주 좋은 대학입니다. 지금도 도쿄대, 와세다대, 게이오대, 메이지대, 호세이대, 릿쿄대라고 하는 '도쿄 6대 대학'에 포함되는 학교이지요. 그런데 왜 릿쿄 대학에서 도시샤 대학으로 옮겼는지 확실하지는 않습니다.

도시샤 대학으로 옮긴 이유는 여러 가지가 있겠으나 첫째, 릿쿄 대학이 기대와 달리 기독교 대학이 아니라 천황주의를 철저히 따르는 대학으로 바뀌었기 때문입니다. 대학 구내에 군복 차림의 군인들이 활개를 쳤고 단발령을 실시하여 다른 대학생들과 달리 릿쿄대 학생들은 머리를 짧게 잘라야 했습니다. 그래서 당시 찍었던 윤동주의 사진을 보면 머리가 짧습니다. 아울러 1941년부터 배속된 동부군 사령부 장교들은 문학부를 '문약부(文弱部)'라고 비하하고 징집 연기를 철폐시켜버립니다. 이에 따라 결국 릿쿄대 문학부는 학생수가 미달되어 폐쇄되기에 이르렀습니다. 나아가 1942년 9월 29일에 학원 이사회에서는 "기독교주의에 바탕을 둔다"(제2조)는 구절을 삭제하고, "황국(皇國)의 도에 의한 교육을 실시함을 목적으로 한다"라고 학칙을 개정했습니다. 이런 상황이니 학교를 옮길 수밖에 없었습니다.(海老沢有道 編, 『立教学院百年史』, 立教学院, 1974, 362~371面)

둘째는 윤동주가 존경하던 정지용이 1923년부터 1929년까지 육 년간 도시샤 대학 영문과를 다녔기 때문입니다. 윤동주는 정지용의 「압천」에 "걸작(傑作)"이라고 연필로 써놓았습니다. 윤동주가 "걸작"이라고 쓴 메모는 백석의 「모닥불」 끝에도 보입니다. 윤동주가 얼마나 정지용을 사랑하고 존경했는지 짐작할 수 있는 부분입니다.

압천(鴨川) 십 리(十里) 벌에
해는 저물어…… 저물어……

날이 날마다 님 보내기
목이 잠겼다…… 여울물 소리……

찬 모래알 쥐어짜는 찬 사람의 마음,
쥐어짜라. 바시여라. 시원치도 않어라.

역구풀 우거진 보금자리
뜸부기 홀어멈 울음 울고,

제비 한 쌍 떴다,
비맞이 춤을 추어.

수박 냄새 품어오는 저녁 물바람.
오렌지 껍질 씹는 젊은 나그네의 시름.

압천(鴨川) 십 리(十里) 벌에
해는 저물어…… 저물어……
　　　　　　　―정지용, 「압천」(『시문학』, 1930. 3) 전문

정지용의 「압천」은 그의 대표작 「향수」(1923)처럼 그리움을 연상시키는 작품입니다. "날이 날마다 님 보내기/목이 잠겼다"라는 구절에서 볼 수 있듯이 해가 저무는 압천에서 한 젊은 나그네가 날마다 임을 보내며 서러워한다는 내용이지요. 도시샤 대학을 다니던 정지용이 해가 저물 때 압천(鴨川) 십 리 벌을 보며 헤어지는 순간의 슬픔을 표현하고 있습니다. "찬 모래알을 쥐어짜는 찬 사람의 마음"에서 "찬", 그리고 "쥐어짜는"이라는 단어에 안타까움이 절실하게 함축되어 있습니다. 또 "뜸부기 홀어멈 울음" "제비 한 쌍" "비맞이 춤"이라는 시어에 고향을 떠난 나그네의 고독과 설움이 묻어 있는 시편입니다.

윤동주가 교토에서 하숙했던 주소지, 현재 '교토 예술단대(단과대학)'가 세워진 곳에서 도시샤 대학을 가려면 이 압천을 거슬러 산책하듯 가야 합니다. 2014년 겨울 필자가 방문했던 압천에는 지금도 오리 몇 마리가 헤엄을 치고 강둑 좌우로 사람들이 산책을 하고 있습니다. 강가에 앉아 친구와 노닥거리는 여학생들이 있고, 음악을 틀어놓고 춤 연습을 하는 젊은이들도 있습니다. 다리 위에서 한참 동안 흐르는 물을 내려다보는 사람들도 있습니다. 오래전에는 오가는 저 사람들 중에 정지용도 있었고, 윤동주도 있었겠지요.

윤동주가 『정지용 시집』에서 밑줄 쳤던 시에는 「카페 프란스」도 있습니다. 정지용은 1923년 5월 도시샤 대학 영문과에 입학했으며, 같은 해 6월 유학생 잡지인 『학조』에 「카페 프란스」 등을 발표했지요. 사나다 히로코는 "지용이 교토에 유학중이었다는 점, 그리고 시적 화자가 '나는 나라도 집도 없단다'라고 깊은 고독감을 나타내고 있는 점" 등을 설명하면서 "이 시의 무대는 일본에 있는 카페라고 생각하는 게 타당하다"(사나다 히로코, 『최초의 모더니스트 정지용』, 역락, 2002, 112쪽)라고 했지요. 이 시는 정지용이 교토에서 쓴 것으로 판단됩니다.

옮겨다 심은 종려(棕櫚)나무 밑에
비뚜로 선 장명등(長明燈)
카페 프란스에 가자.

이놈은 루바쉬카
또 한 놈은 보헤미안 넥타이
비쩍 마른 놈이 앞장을 섰다.

밤비는 뱀눈처럼 가는데
페이브먼트에 흐느끼는 불빛
카페 프란스에 가자.

이놈의 머리는 비뚜른 능금
또 한 놈의 심장은 벌레 먹은 장미
제비처럼 젖은 놈이 뛰어간다.

"오오 패롯(鸚鵡) 서방! 굳 이브닝!"

"굳 이브닝!"(이 친구 어떠하시오?)

울금향(鬱金香) 아가씨는 이 밤에도
경사(更紗) 커튼 밑에서 조시는구료!

나는 자작(子爵)의 아들도 아무것도 아니란다.

남달리 손이 희어서 슬프구나!

나는 나라도 집도 없단다

대리석(大理石) 테이블에 닿는 내 뺨이 슬프구나!

오오, 이국종(異國種) 강아지야

내 발을 빨아다오.

내 발을 빨아다오.

—정지용, 「카페 프란스」 전문

전체 10연인 이 시에는 생경한 외국어를 그대로 사용한 모더니즘의 특징이 잘 드러나 있습니다. 9연의 "나는 나라도 집도 없단다/대리석(大理石) 테이블에 닿는 내 뺨이 슬프구나!"처럼 식민지 지식인의 힘없는 고뇌가 행간에 속속들이 배어 있습니다. "나는 나라도 집도 없단다"라는 구절은 윤동주가 쓴 "육첩방은 남의 나라"(「쉽게 쓰여진 시」)라는 구절을 떠올리게 합니다.

1연과 3연이, 2연과 4연이 서로 비슷한 형태로 짝을 이루며 대응되고 있습니다. 1, 3연은 시적 화자가 동료들과 함께 '프란스'란 상호의 카페로 갈 때 보이는 거리 모습입니다. "옮겨다 심은 종려(棕櫚)나무"도 규슈 같은 남방 섬에서 옮겨다 심은 듯하지요. "비뚜로 선 장명등(長明燈)"은 다른 곳으로부터 이식된 공간 또는 화자가 보기에 어색한 공간이라는 것을 보여줍니다.

윤동주는 자신이 갖고 있던 『정지용 시집』에서 2연 "보헤미안"이라는

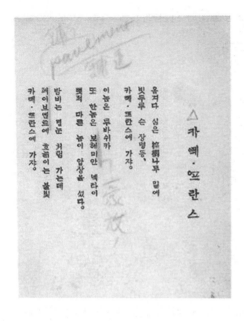

단어에 밑줄을 긋고 "호방
(豪放)"하다고 썼습니다. '호
방하다'라는 말은 걸걸하고
활달하다는 뜻이겠죠. 이른
바 상투적인 시어를 쓴 것
이 아니라 시어로 쓰인 적
이 전혀 없는 단어를 쓴 것
에 시원한 느낌을 받았던
것일까요.

5, 6연은 앵무새와 대화
하는 부분으로 앵무새 소리
를 통해 안부를 묻고 있습

니다. 상황을 낯설게 만드는 부분입니다. '앵무새'와 '졸고 있는 아가씨'와
"이국종(異國種) 강아지"는 모두 시적 화자와 대화가 불가능한 단절된 타
자들입니다.

3연의 "페이브먼트에 흐느끼는 불빛"이라는 구절을 두고 심경호는 "교
토의 번화가이자 유흥가인 시조도리(四條通)를 연상시킨다"(심경호, 「정
지용과 교토」, 『동서문학』, 2002년 겨울호, 358쪽)고 했는데, 지금도 가로
등에 반짝이는 교토의 밤거리를 보면 이 시가 대번 떠오릅니다. 윤동주는
『정지용 시집』의 이 구절 위에 붉은 색연필로 밑줄을 긋고 'pavement'
라고 쓰고 '포도(鋪道)', 즉 포장도로라고 썼습니다. 'pave'에 '포(鋪)', 곧
'포장하다'라는 뜻이 있음을 메모했고 'pavement' 아래 "포도(鋪道)"라고
쓴 것입니다. 'pave(포장하다)'와 'pavement(포장도로)', 두 가지 단어를
메모한 셈이지요.

'카페 프란스'의 시적 화자는 뿌리내릴 수 없는 공간 안에서 '흰 손'을 가진 무기력한 지식인일 뿐입니다. 이러한 태도는 "조약돌 도글도글……그는 나의 혼(魂)의 조각이러뇨"(정지용,「조약돌」)라는 구절에서도 볼 수 있습니다. 조약돌처럼 해체되어 있는 화자는 낯선 땅에서 조약돌 하나일 뿐입니다.

　정지용이 일본에서 쓴 시들은 고향 상실의식 혹은 식민지 청년의 자화상을 보여주고 있습니다. 이것은 역설적으로 자기 자신을 찾는 거울과도 같은 반응일 겁니다. 이제 윤동주가 유학 시절에 남긴 유고시를 살펴보지요.

　1942년 초봄 일본으로 유학을 가서 1945년 2월 16일 후쿠오카 형무소에서 옥사하기까지 삼 년간 윤동주가 남긴 시는 5편이에요.

　　「흰 그림자」(1942. 4. 14)
　　「흐르는 거리」(1942. 5. 12)
　　「사랑스런 추억」(1942. 5. 13)
　　「쉽게 쓰여진 시」(1942. 6. 3)
　　「봄 2」

　이 시들은 연희전문 시절 친구인 강처중에게 보낸 편지 속에 들어 있었다고 합니다.

　일본어로만 쓰고 말해야 했던 시대였기에 강처중은 '안전'을 위해 편지 부분을 버리고 시만 남겨두었다고 하죠. 검열을 피하려고 했는지 「봄 2」의 완성 날짜도 찢어냈고요. 그래서 편지가 시작되는 7쪽에 써 있어야 할 「봄 2」의 창작 날짜는 알 길이 없어요. 편지에서 버린 부분이 한글이었고, 어떠한 내용이 써 있었는지 모르지만, 사실은 시 자체에 이미 전시 사상범으로 기소될 만한 표현이 있었죠. 바로 "육첩방은 남의 나라"(「쉽게 쓰여진 시」)라는 표현입니다. 이 한마디로도 이 시는 불온문서가 되어 버리는 겁니다.

황혼의 깨달음, 「흰 그림자」

"쓰기와 이케부쿠로데스(다음은 이케부쿠로입니다)."

일본에 도착한 윤동주는 릿쿄 대학이 있는 이케부쿠로 역에 자주 갔을 겁니다. 이케부쿠로는 통행량이 많은 번화가입니다. 게다를 신고 유카타를 입은 수많은 일본인들 사이에서 윤동주는 시 한 편을 남깁니다.

이른바 '도항증명시'라고 하는 「참회록」을 조선땅에서 마지막으로 남기고 윤동주는 도쿄 릿쿄 대학에 입학합니다. 일본은 그때나 지금이나 매년 4월 1일에 새 학기가 시작돼요. 우리랑 달라서 3월에도 춥거든요. 이시는 새 학기가 막 시작할 때 쓴 작품입니다.

황혼(黃昏)이 짙어지는 길모금에서
하루 종일 시든 귀를 가만히 기울이면
땅거미 옮겨지는 발자취 소리,

발자취 소리를 들을 수 있도록
나는 총명했던가요.

이제 어리석게도 모든 것을 깨달은 다음
오래 마음 깊은 속에

괴로워하던 수많은 나를
하나, 둘 제 고향으로 돌려보내면
거리 모퉁이 어둠 속으로
소리 없이 사라지는 흰 그림자,

흰 그림자들
연연히 사랑하던 흰 그림자들,

내 모든 것을 돌려보낸 뒤
허전히 뒷골목을 돌아
황혼(黃昏)처럼 물드는 내 방으로 돌아오면

신념(信念)이 깊은 의젓한 양(羊)처럼
하루 종일 시름없이 풀포기나 뜯자.

—윤동주, 「흰 그림자」 전문

    1연의 "황혼(黃昏)이 짙어지는 길모금에서"라는 구절에서 자아를 성찰하는 자세를 볼 수 있습니다. 이 시에 나오는 첫 단어는 '황혼'입니다. 1연 첫 행과 5연 3행에 나오는 '황혼'은 '밤'이라는 표현보다는 어떤 마무리 과정을 상상하게 합니다. 황혼은 밤 혹은 끝으로 가는 시간입니다. 낮과 밤 사이에 놓인 상징적인 시간입니다. 삶과 죽음 사이에 있는 시간이기도 합니다. 윤동주는 자신도 모르게 자기 운명이 황혼의 시간에 이른 것을 깨달은 것일까요. 행복했던 과거와 불안한 현실 사이에 놓인 존재는 스스로를 되돌아보는 성찰의 시간을 갖습니다. 니체는 이러한 황혼은 지나온 시간들을 추억하면서 자신을 숭배하게 된다며, 황혼의 시간을 거부하고 정오의 시간을 강조했지요. 반면에 윤동주는 이 시에서 황혼이라는 글자를 두 번 모두 한자로 강조하여 표기했습니다.

"하루 종일 시들은 귀를 가만히 기울이"는 지친 화자는 "땅거미 옮겨지는 발자취 소리"만 듣습니다. "발자취 소리를 들을 수" 있는지 시대 현실을 예민하게 파악했는지 "나는 총명했던가요"라고 스스로 되묻습니다. 낯선 이국땅에서 즐거운 모국어를 들을 수 없기에 생생한 귀가 아니라 '시들은 귀'라고 표현한 것으로 추론할 수도 있습니다.

3연에는 "수많은 나"라는 표현이 나옵니다. 윤동주의 시에는 자주 분열된 자아가 등장합니다. "오래 마음 깊은 속에/괴로워하던 수많은 나를"(3연)이라는 분열된 자아는 "내가 우는 것이냐/백골이 우는 것이냐/아름다운 혼이 우는 것이냐"(「또다른 고향」)로 나오고, "눈물과 위안으로 잡는 최초의 악수"(「쉽게 쓰여진 시」)로도 표현됩니다. "수많은 나를/하나, 둘 제 고향으로 돌려보내면/거리 모퉁이 어둠 속으로/소리 없이 사라지는 흰 그림자"는 자신의 모습이자 고향에 두고 온 이웃들의 모습입니다. 「참회록」의 "어느 운석 밑으로 홀로 걸어가는/슬픈 사람의 뒷모양"과 비슷한 이미지입니다. 여기서 우리는 도스토옙스키를 좋아했던 윤동주의 다성적인 자아분열상을 볼 수 있습니다. '나' 속에 '수많은 나'가 분신으로 존재하는 겁니다. 마치 도스토옙스키의 『죄와 벌』에서 전당포 할머니를 죽였던 라스콜리니코프가 가난한 이웃의 장례비용을 책임지는 다중성을 보인 것처럼 윤동주의 문학에서도 다중성이 나타납니다. 이러한 다성적 인간형은 「자화상」 「무서운 시간」 「또다른 고향」에서도 잘 드러나죠.

4연의 '흰 그림자'는 무엇을 의미할까요. "흰 그림자들/연연히 사랑하던 흰 그림자들"이란 표현을 보면, 그림자가 '검은 그림자'가 아니라 '흰

그림자'입니다. 자연적이고 물리적인 그림자라면 '검은 그림자'라고 표현
해야 할 것입니다. '검은' 그림자가 아닌 '흰' 그림자인 이유는 그것이 단
순한 환상이기 때문일까요. '흰'이라는 이미지가 반복되어 강조된 작품을
보지요.

「슬픈 족속」에는 "흰 수건" "흰 고무신" "흰 저고리" "흰 띠"처럼 '흰'이
라는 단어가 연이어 등장합니다.

흰 수건, 흰 고무신, 흰 저고리, 흰 띠는 한민족을 상징하는 '부분 대상'
의 절취입니다. 시간의 흐름에서 절취된 특정 시간은 우리의 무의식에 잠
재되어 있다가 반복 생성되죠. 윤동주의 경우 '흰 그림자'는 "거리 모퉁이
어둠 속"에서 '위장된 반복'으로 나타나는 겁니다. 이렇게 시간의 기억에
서 절취된 '흰' 이미지들은 어떤 고립이나 불안정을 함축합니다. 우리 인
식에 잠재되어 잊혀지지 않는 '부분 대상'에 대하여 들뢰즈는 이렇게 썼
습니다.

> 하지만 이 고립은 질적이다. 고립시킨다는 것은 단순히 현실적 대상
> 에서 한 부분을 훔쳐낸다는 것이 아니다. 훔쳐낸 부분은 잠재적 대상으
> 로 기능하면서 새로운 본성을 획득한다. 잠재적 대상은 어떤 부분 대상
> (partial objet)이다.(질 들뢰즈, 『차이와 반복』, 민음사, 2008, 229쪽)

한민족을 상징하는 '흰 그림자'를 떠나보내려 해도 '흰 그림자'는 윤동
주의 곁에 늘 위장한 채 서성거리는 부분 대상인 것입니다. 잊으려야 잊
을 수 없는 색이죠.

도쿄 거리를 걷는 일본 사람들이 흰옷을 입은 조선인처럼 보이는 증세
가 아닐까요. 그 "흰 그림자들"은 「별 헤는 밤」에 나오는 많은 사람들의

이름이기도 하겠죠. 화자는 이 흰 그림자들을 "연연히 사랑"했다고 털어놓습니다. 그리고 "황혼(黃昏)처럼 물드는 내 방으로 돌아"옵니다. 윤동주의 시에서 '방'은 '부끄러움'과 '내적 성찰'이 일어나는 공간이며 동시에 성찰을 넘어 '부활'의 공간이기도 합니다. '방'의 이미지가 명확히 나오는 시는 「쉽게 쓰여진 시」입니다. 윤동주는 "창밖에 밤비가 속살거려/육첩방은 남의 나라"라며 '육첩방'에서 자신의 정체성을 회복하는 모습을 보여줍니다. 여기서 일본을 자기의 나라가 아니라 "남의 나라"라고 분명히 구분합니다.

5연의 "내 모든 것을 돌려보낸 뒤"라는 말은 바로 내 모든 것이었던 헛욕망들, 곧 '흰 그림자'를 떠나보낸 상태를 말합니다. 그리고 화자는 길게 이어진 "뒷골목을 돌아", 곧 인생의 여러 경험을 하고 나서 보니 "황혼처럼 물드는 내 방으로 돌아오"게 됩니다. 뒷골목은 지금도 조금은 복잡한 "간다구 사루가쿠초 니초메 4-3" 근처일 수도 있겠죠. 이때 황혼에 물든 내 '방'은 '성찰의 공간'이기도 합니다.

6연의 "신념(信念)이 깊은 의젓한 양(羊)"은 깨달음을 얻은 양을 말합니다. 윤동주의 시에서 '양'이 등장하는 시는 이 시 한 편뿐입니다. '의젓한 양'이란 무엇일까요. 그 방에서 "신념이 깊은 의젓한 양처럼/하루 종일 시름없이 풀포기나 뜯자"며 신념을 지키고 실천하며 살아갈 것을 다짐하는 것으로 시는 끝납니다. 현실을 몰랐던 내가 한 마리 양처럼 종교적인 기도의 자세로 이 현실을 묵상해보자는 내용으로 끝나는 것으로 보입니다.

구약성경에서 양은 가난한 사람이 제사를 드릴 때 쓰는 제물입니다. 신약성경에서 어린양은 메시야 예수의 상징(요한복음 1장 29절)이죠. 마치 "털 깎는 자 앞에서 잠잠한 양 같"(이사야 53장 7절)다고 써 있습니다. 윤동주가 성서적인 의미의 양을 시의 이미지로 썼다면 "신념이 깊은 의젓한 양처럼/하루 종일 시름없이 풀포기나 뜯자"는 표현이 바로 그것이겠죠. "하루 종일 시름없이 뜯"는 수련하는 구도자(求道者, Seeker)의 삶으로 표상됩니다. 그렇다면 이 시는 자신을 시대의 제물로 드리겠다는 윤동주의 무의식이 드러난 것으로 볼 수도 있겠어요. 또한 「십자가」 「참회록」과 더불어 전망이 부재한 사회에서 시인이 선택한 희생적 구도자의 모습을 볼 수 있는 시라 할 수 있겠습니다.

정지용과 윤동주는 모두 비관된 현실을 괴로워하는 식민지 지식인의 모습을 보여줍니다. 정지용은 「카페 프란스」 등에서 이국을 헤매고 다니는 청년들의 고향 상실의식을 보여줍니다. 정지용의 시에는 떠도는 나그네의 모습이 강하게 드러납니다. 반면 윤동주는 「흰 그림자」 등에서 분열된 자아로 식민지 청년의 아픔을 보여줍니다. 윤동주의 시에는 민족의식을 갖고 있는 식민지 청년의 자기성찰이 두드러집니다. 두 시인의 시는 모두 '자기를 찾기 위한 여정'입니다.

새아침을 기다리며, 「흐르는 거리」

으스름히 안개가 흐른다. 거리가 흘러간다.
저 전차(電車), 자동차(自動車), 모든 바퀴가 어디로 흘리워 가는 것일까? 정박(碇泊)할 아무 항구(港口)도 없이, 가련한 많은 사람들을 싣고서, 안개 속에 잠긴 거리는,

거리 모퉁이 붉은 포스트 상자를 붙잡고, 섰을라면 모든 것이 흐르는 속에 어렴풋이 빛나는 가로등(街路燈), 꺼지지 않는 것은 무슨 상징(象

徵)일까? 사랑하는 동무 박(朴)이여! 그리고 김(金)이여! 자네들은 지금 어디 있는가? 끝없이 안개가 흐르는데,

"새로운 날 아침 우리 다시 정(情)답게 손목을 잡아보세" 몇 자(字) 적어 포스트 속에 떨어트리고, 밤을 새워 기다리면 금휘장(金徽章)에 금(金)단추를 끼웠고 거인(巨人)처럼 찬란히 나타나는 배달부(配達夫), 아침과 함께 즐거운 내림(來臨),

이 밤을 하염없이 안개가 흐른다.
　　　　　　　　　　　—윤동주, 「흐르는 거리」(1942. 5. 12) 전문

　「흰 그림자」에서 중요한 것이 '황혼'이었다면 「흐르는 거리」에서는 '안개'가 중요합니다. 그러나 '안개'에 대해서는 어떤 단서도 없어요. 읽는 이에 따라 개인적인 삶의 혼돈 혹은 식민주의 일본의 미몽에 빠진 체제를 풍자한 것으로 볼 수도 있겠죠.
　여기서 중요한 것은 어렴풋이 빛나는 '가로등'(2연)입니다. '가로등'은 '꺼지지 않는 상징'이며 동시에 '사랑하는 동무 박과 김'이기도 합니다. 이렇게 조선반도에 있는 박씨며 김씨는 윤동주에게 가로등이며 희망이 되고 있죠. 이 대목은 임화가 쓴 단편서사시 「우산 받은 요코하마의 부두」(1929. 9)를 생각하게 하는데, 여기서 어렴풋한 가로등은 윤동주에게 희망으로 상징되고 있어요.
　3연은 희망을 노래하는 대목입니다. 희망을 포스트(우편함)에 넣어주는 우편배달부는 그리 많지 않아요. 그럼에도 시인은 "아침과 함께 즐거운 내림(來臨)"으로 희망을 기다립니다. 우편배달부가 전해줄 아침을 기

다릅니다. 딱히 시대를 암시한다고 보지 않더라도 정신적으로 탈진한 예술가의 희망을 노래한 시로 볼 수 있겠습니다.

비교하자면 「흰 그림자」가 개인적인 각성 및 존재 전환에 초점을 맞추고 있다면, 「흐르는 거리」는 "새로운 날 아침 우리 다시 정(情)답게 손목을 잡아보세"라는 표현으로 보아 집단적인 각성 혹은 변화를 기대하는 마음을 노래하는 것으로 볼 수 있겠습니다.

과거에 있는 희망, 「사랑스런 추억」

봄이 오던 아침, 서울 어느 쪼그만 정거장(停車場)에서
희망(希望)과 사랑처럼 기차(汽車)를 기다려,

나는 플랫폼에 간신한 그림자를 떨어트리고,
담배를 피웠다.

내 그림자는 담배 연기 그림자를 날리고,
비둘기 한 떼가 부끄러울 것도 없이
나래 속을 속, 속, 햇빛에 비춰, 날았다.

기차(汽車)는 아무 새로운 소식도 없이
나를 멀리 실어다 주어,

봄은 다 가고──동경(東京) 교외(郊外) 어느 조용한 하숙방(下宿房)에서, 옛 거리에 남은 나를 희망(希望)과 사랑처럼 그리워한다.

오늘도 기차(汽車)는 몇 번이나 무의미(無意味)하게 지나가고,

오늘도 나는 누구를 기다려 정거장(停車場) 가까운
언덕에서 서성거릴 게다.

— 아아 젊음은 오래 거기 남아 있거라.
—윤동주, 「사랑스런 추억」(1942. 5. 13) 전문

「사랑스런 추억」은 「쉽게 쓰여진 시」와 함께 심한 향수를 느끼게 하는 작품입니다. 1942년 5월 13일이면 도쿄에 도착한 지 한 달 보름 남짓 지났을 때입니다. 「흰 그림자」나 「흐르는 거리」는 서울에 있을 때부터 구상했을 가능성이 있어요. 그렇다면 「사랑스런 추억」은 「쉽게 쓰여진 시」와 함께 도쿄에서 쓴 시였을 거예요. 여기에 단서가 하나 있습니다.

봄이 오던 아침, 서울 어느 쪼그만 정거장(停車場)에서
희망과 사랑처럼 기차를 기다려,

윤동주가 북아현동에 살았다는 것을 감안하면 "서울 어느 쪼그만 정거장(停車場)"은 신촌역일 가능성이 큽니다. 윤동주가 일본으로 도항했을 무렵인 1940년대 기차 시간표를 보면, 신촌역에서 서울역으로 가는 기차가 있었어요. 지금도 경의선은 신촌역에서 한 번 서고 서울역으로 갑니다. 아마도 윤동주는 경성(서울) 교외가 아닌 도쿄 교외에서 떠나온 땅을 그리워하고 있습니다.

4연 "봄은 다 가고—동경(東京) 교외(郊外) 어느 조용한 하숙방(下宿房)에서, 옛 거리에 남은 나를 희망(希望)과 사랑처럼 그리워한다"는 구절은 아름다운 명문입니다. 그리움은 과거이고, 내일이 희망이건만, 시인은 오히려 과거에서 희망과 사랑을 회감하려고 합니다. 옛 거리를 추억하는 나를 희망과 사랑처럼 그리워한다는 말은 과거의 주체성을 놓치지 않겠다는 말이겠죠.

희망과 사랑처럼 그리워하는 마음을 극대화하여 표현한 시가 바로 「쉽게 쓰여진 시」입니다. 윤동주는 이 시에서 지금 자신이 살고 있는 땅이 '남의 나라'라고 명확히 구분합니다.

남의 나라, 「쉽게 쓰여진 시」

윤동주가 검거되기 일 년 전에 쓴 이 시는 해방이 되고서도 한참 후인 1947년 2월 13일 경향신문을 통해 처음 세상에 알려졌습니다. 윤동주는 「서시」에서 삶의 거울이며 목표인 '하늘'을 보며, 부끄럼이 없기를 다짐했었지요. 「쉽게 쓰여진 시」에서는 "시가 이렇게 쉽게 쓰여지는 것은/부끄러운 일이다"라고 했습니다. 과연 무엇이 부끄러웠을까요.

창(窓)밖에 밤비가 속살거려
육첩방(六疊房)은 남의 나라,

시인(詩人)이란 슬픈 천명(天命)인 줄 알면서도
한 줄 시(詩)를 적어볼까,

땀내와 사랑내 포근히 품긴

보내주신 학비(學費) 봉투(封套)를 받아

대학(大學) 노―트를 끼고
늙은 교수(教授)의 강의(講義) 들으러 간다.

생각해보면 어린 때 동무를
하나, 둘, 죄다 잃어버리고

나는 무얼 바라
나는 다만, 홀로 침전(沈澱)하는 것일까?

인생(人生)은 살기 어렵다는데
시(詩)가 이렇게 쉽게 쓰여지는 것은
부끄러운 일이다.

육첩방(六疊房)은 남의 나라.
창(窓) 밖에 밤비가 속살거리는데,

등불을 밝혀 어둠을 조금 내몰고,
시대(時代)처럼 올 아침을 기다리는 최후(最後)의 나,

나는 나에게 작은 손을 내밀어
눈물과 위안(慰安)으로 잡는 최초(最初)의 악수(握手).

                              —윤동주, 「쉽게 쓰여진 시」 전문

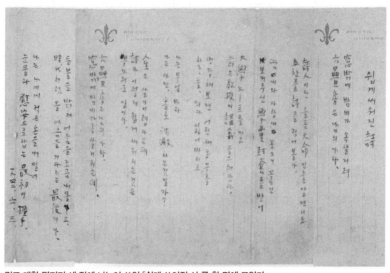

릿쿄 대학 편지지 세 장에 나누어 쓰인 「쉽게 쓰여진 시」를 한 면에 모았다.

　"창밖에 밤비가 속살거려"라는 한 문장에 이 시를 쓰는 윤동주의 내면 모습이 담겨 있습니다.

　유학생이 살기에 다다미 여섯 장이 깔린 '육첩방'은 아늑한 방입니다. 종류에 따라 다르지만, 일반적으로 다다미 두 장이 1평쯤 된다고 볼 수 있지요. 보통 6조라 하면, 3평에 조금 모자라는 크기입니다. 일인용 침대가 여섯 개 들어갈 수 있는 방이라고 생각하면 얼추 비슷합니다. 유학생에게는 작지 않은 공간입니다. 시인은 '육첩방'을 한자로 표기하여 '남의 나라'와 함께 어떤 특혜를 입은 상황을 말합니다.

　이 시의 핵심은 1연과 8연에 반복되는 "육첩방은 남의 나라"라는 표현입니다. '남의 나라'라는 표현을 시인의 내면으로 볼 수도 있습니다. 육첩방은 내가 거할 처소가 아니라는 표현으로 해석할 수도 있습니다. 그런데 반역자를 찾아내야 하는 순사의 입장에서 보면 표현이 불경스러울 수밖에 없었겠죠. 내선일체를 세뇌시키는 일본 제국주의는 '남의 나라'라는 표현을 도저히 받아들일 수 없는 체제였지요. 표현 하나로 충분히 반역죄의 대상이 될 수 있습니다. 위험한 표현이지요. 그럼에도 일본에 대한 부정적인 마음을 직접 표현하기 위해 선택한 구절로 보입니다.

그런데 시인은 이 구절을 1연과 8연에서 반복합니다. 다만 행의 순서를 바꾸어 공간적 상황을 더욱 강조하고 있습니다. '남의 나라'인 일본에 와 있으면서도 쉽게 시를 쓰는 자신에게 부끄러움을 느끼는 겁니다. '육첩방＝남의 나라(일본)'입니다. 또한 육첩방에서 살고 있는 나는 내가 살아야 할 곳이 아닌 '부자들의 나라'에 살고 있다고 상상할 수도 있겠죠. 이러한 표현은 '잃어버린 어린 때 동무들'과 대비됩니다. 자신이 육첩방이라는 남의 나라에서 사는 동안 친구들은 어디에 있는지 생각해보는 겁니다. 히라누마 도주로 창씨개명한 그는 '남의 나라'인 일본을 조국으로 인정하지 않겠다고 다짐하면서 사라져가는 어린 때 동무들을 그리워하고 있습니다.

이쯤에서 「쉽게 쓰여진 시」라는 제목을 생각해봅니다. 아도르노는 "아우슈비츠 이후에 시를 쓰는 것은 야만이다"라고 했습니다. 강제노역과 민족 학살과 문화 말살의 현실을 알면서도, 이웃이 죽어가는 처절한 상황을 알면서도 한가하게 서정시를 쓸 수 있는가 하는 뼈아픈 물음입니다. 「쉽게 쓰여진 시」라는 제목을 직설적으로 풀어쓴 "인생은 살기 어렵다는데／시가 이렇게 쉽게 쓰여지는 것은／부끄러운 일이다"라는 표현은 아도르노가 토로했던 그 말뜻과 그리 멀지 않을 겁니다.

2연의 "시인(詩人)이란 슬픈 천명(天命)"이라는 구절은 많은 의미를 품고 있습니다. 곧 시인으로서의 삶은 하늘이 주신 것이라는 윤동주의 자긍심과 사명감이 표현된 구절입니다.

어둠의 시대에 "보내주신 학비 봉투"를 받은 시인은 편안하게 수업을 들으면서도 부끄러워합니다. 이케부쿠로에서 지내며 노동판을 찾던가(이기영), 요코하마 인쇄소에 다니거나(염상섭), 타바타(田端)에서 우유와 신문 배달을 했던(김용제) 다른 작가들에 비해 고향에서 보내준 학비로 생활하는 윤동주는 분명 넉넉한 형편이었습니다. 그런데 그 사실 자체가 불편하고 부끄럽다는 겁니다. 바로 그때 스스로 가라앉는 기분이 들었을 겁니다. 그래서 6연에 "나는 다만, 홀로 침전(沈澱)하는 것일까?"라는 구절이 등장합니다.

'침전'이라는 단어는 「간」에서도 등장합니다. "프로메테우스 불쌍한 프로메테우스/불 도적한 죄로 목에 맷돌을 달고/끝없이 침전(沈澱)하는 프로메테우스"의 '침전'은 저항과 포기, 양쪽 가치를 모두 드러내는 단어입니다. 그런데 바로 이러한 풍부함이 그를 곤혹스럽게 합니다. "시대(時代)처럼 올 아침을 기다리는" 그는 "시가 이렇게 쉽게 쓰여지는" 상황, 곧 넉넉함을 부끄러워하며 자책합니다. 그의 부끄러움은 "어린 때 동무를/하나, 둘, 죄다 잃어버리고"라고 하듯 타인과 자신을 비교할 때 느끼는 부끄러움입니다.

인생(人生)은 살기 어렵다는데
시(詩)가 이렇게 쉽게 쓰여지는 것은
부끄러운 일이다.

인생은 살기 어렵다는데, 그 어려운 인생을 바꿀 수도 없는 무용하고 부질없는 시를 쓰는 것이 윤동주에게는 부끄러운 일이었습니다. 그는 자기가 쓰는 시가 과연 현실에 도움이 될까 부끄러워했던 모양입니다. 그런데 여기서 끝났다면 단순한 시가 되었을 텐데, 윤동주는 이후 9~10연을 덧붙입니다. 부끄러움은 단지 심정적인 것만이 아니라 책임감을 동반하기 때문이겠죠. 이제 윤동주는 "아침을 기다리는 최후(最後)의 나"와 최초의 악수를 합니다. 이 지점에서 새로운 시대를 향한 윤동주의 '다짐'을 엿볼 수 있습니다. 그 다짐은 최후까지 "등불을 밝혀 어둠을 조금 내몰고, 시대처럼 올 아침을 기다리는" 자신이며, 그 희망, 그 책임감과 악수하는 또다른 자신의 손입니다. 여기까지 읽었을 때 우리는 이 시가 일본에서 쓴 5편의 시 중에 완성도가 가장 높은 절창임을 인정하지 않을 수 없습니다.

푸른 하늘로 상승, 「봄 2」

1942년 봄 윤동주는 도쿄로 갔고, 릿쿄 대학 영문과에 입학했습니다. 이국땅의 고독한 생활 속에서 그는 봄을 그립니다.

봄은 다 가고—동경(東京) 교외(教外) 어느 조용한 하숙방(下宿房)에서, 옛 거리에 남은 나를 희망(希望)과 사랑처럼 그리워한다.

오늘도 기차(汽車)는 몇 번이나 무의미(無意味)하게 지나가고,
—윤동주, 「사랑스런 추억」 중에서

도쿄에서 맞는 봄은 그에게 그리운 상실감을 줍니다. 봄만 가버린 것이 아니라, 그가 희망과 사랑처럼 그리워했던 '나'가 본래적인 '나'가 아니라 '빗금 쳐진 나'(라캉), 욕망이 부서진 '나'인 것입니다. 그런데 이 봄은 기독교적인 계시의 봄으로 읽히기도 합니다.

하얗게 눈이 덮이었고
전신주(電信柱)가 잉잉 울어
하나님 말씀이 들려온다.

무슨 계시(啓示)일까.

빨리
봄이 오면
죄(罪)를 짓고
눈이
밝아

—윤동주, 「또 태초의 아침」 중에서

　"빨리/봄이 오면/죄(罪)를 짓고/눈이/밝아"지고 싶다는 말은 무슨 뜻
일까요. 이 '봄'이란 '숨은 신의 나라', 곧 '하나님 나라'의 성취가 아닐까요.
죄를 지었다 하더라도 '봄(하나님 나라)'이 오면 용서를 받아 "눈이/밝아"
진다는 뜻이겠지요. 기독교의 직선적 세계관은 순환적 시간관과는 달리
인간의 삶과 죽음, 부활이라는 존재론에 바탕을 두고 있습니다. 판넨베르
크에 의하면, 예수의 죽음과 부활이라는 사건은 역사의 분기점이며 새로
운 역사의 시작을 의미합니다. 기독교적 세계관에서 시간은 시작이 있고
끝이 있습니다. 윤동주가 자신의 꿈을 투여할 대타자로서 '봄'을 보고 있
음을 느낄 수 있는 부분입니다. 이제 '봄'이란 제목으로 쓴 다른 시를 읽
어보죠. 이 시는 윤동주의 생애에 완성본으로 노트에 적어놓은 마지막 시

입니다.

봄이 혈관(血管) 속에 시내
처럼 흘러
　돌, 돌, 시내 가까운 언덕에
　개나리, 진달래, 노―란 배
추꽃,

삼동(三冬)을 참아온 나는
풀포기처럼 피여난다

　즐거운 종달새야

어느 이랑에서나 즐거웁게 솟쳐라.

푸르른 하늘은
아른, 아른, 높기도 한데……

　　　　　　　　　　―윤동주, 「봄 2」 전문

　이 시에는 순환하는 자연과 그 율동감이 끊임없이 변주됩니다. 윤동주
에게 자연은 이미 관조의 대상이 아니라 혈관 속에 육화된 하나의 몸입
니다. 2연에서 윤동주는 "풀포기처럼 피여난다"라고 했습니다. 이에 종달
새는 솟구치며 화답합니다. 인간이라는 '작은 누리'는 자연이라는 '큰 누
리'와 피를 함께하고 있습니다. 자연으로 돌아가려는 윤동주의 마지막 시
는 동시입니다. 윤동주의 119편의 시에서 30퍼센트에 달하는 35편의 시

를 동시로 볼 수 있습니다. 이 시에 나타나는 '봄'은 4연에서 아쉬움을 남기며 이내 끝내지 못합니다. "푸르른 하늘은/아른, 아른, 높기도 한" 봄인데, 그가 살고 있는 시대는 봄이 오지 않았다는 말일까요. 상승의 이미지가 펼쳐지는 이 시가 윤동주의 마지막 시라는 사실은 비극적인 역설입니다.

윤동주의 유작시

릿쿄 대학 시절 윤동주의 유작시 5편을 살펴보았습니다. 이제 윤동주가 릿쿄 대학 편지지에 쓴 시편들을 정리해보죠. 편지들은 내면적으로 묘한 통일성과 차이를 보여주고 있습니다.

	일시	특징	공통점
「흰 그림자」	1942년 4월 14일	'황혼'에 '흰 그림자 (민족)'를 회피할 수 없는 구도자의 다짐	경성에서 시를 구상하고, 이후 일본에서 썼다고 할 만한 이국적인 정조는 강하지 않다.
「흐르는 거리」	1942년 5월 12일	'안개' 속 혼돈의 상태에서 흔들리지 않고 깨어 있고자 하는 다짐	
「사랑스런 추억」	1942년 5월 13일	내일이 아닌 과거에서 오히려 희망을 노래함	이국땅에서 멀어진 고국을 그리워한다.
「쉽게 쓰여진 시」	1942년 6월 3일	고통스런 현실에서 시에 대한 본질적인 고민	
「봄 2」	1942년 6월 (추정)	식물과 하나가 된 화자	상승, 승화하는 영혼

「흰 그림자」는 민족적 관념을 회피할 수 없는 시인의 무의식을 보여주고 있어요. 다른 시편들도 이국의 시각에서 멀어진 고국을 그리워하고 있습니다. 그러나 다만 멀어진 고국을 그리워하는 나르시시즘적 시편만은 아닙니다. 시의 이면에는 일본 제국주의의 억압을 받는 시인의 답답한 무의식이 드러나 있습니다.

시인의 명예, 남은 자의 긍지

인간의 육체는 언젠가는 흙으로 돌아갑니다. 그리고 사랑을 하면서 한 존재로서 삶을 완성합니다. 하루를 사랑으로 채우면 편안한 잠을 잘 수 있는 것처럼 온 힘을 다해 생을 사랑하며 살아간 인간은 편안한 죽음에 이를 수 있습니다.

윤동주가 지상에 남긴 마지막 시는 「봄 2」라는 소품입니다. 이미 죽음을 느낀 그였지만 마지막까지 '봄'이라는 상징은 그의 시 전편에 살아 있습니다. 울음으로 태어나고, 고통 속에서 젊음을 보내며, 괴로운 죽음을 맞이하는 것이 인생이라 하지만, 윤동주는 봄을 그립니다. 봄으로써 암흑처럼 얼어붙은 시대를 녹여버리고 싶었을까요.

흔히 윤동주의 시간관념을 기독교적, 종말론적 혹은 미래지향적이라 하는데, '가을'은 특히 윤동주의 종말론적인 계시로 암시됩니다. 그렇다면 '봄'은 어떠한가요. 이번에는 윤동주의 시에 나타난 '봄'에 대해 생각해보려 합니다.

아이가 보는 '봄'

모든 시어는 그 시인의 세계관을 드러냅니다. 윤동주가 자주 쓰던 언어로는 첫째, 자연과 계절을 나타내는 하늘, 잎새, 별, 구름, 가을, 꽃, 숲 등이 있고, 둘째, 추상적 단어인 부끄럼, 추억, 서러움, 죄, 시간, 괴로움, 시대 등이 있습니다. 셋째, 신체를 나타내는 얼굴, 눈썹, 눈, 손금, 손바닥, 발 등이 있습니다. 이상은 수학적인 언어를 많이 쓰고, 정지용은 자신이 만들어낸 조어를 많이 썼지요. 반면 윤동주는 누구나 공감하기 쉬운 자연의 언어를 가장 많이 썼씁니다. 특히 자연의 계절감이 느껴지는 '봄'은 여러 번 등장합니다.

우리 애기는
아래 발치에서 코올코올,

—윤동주, 「봄 1」 중에서

단풍잎 떨어져 나온 자리마다 봄을 마련해놓고 나뭇가지 위에 하늘이 펼쳐 있다.

—윤동주, 「소년」 중에서

빨리
봄이 오면
죄(罪)를 짓고
눈이
밝아

—윤동주, 「또 태초의 아침」 중에서

봄이 오던 아침, 서울 어느 쪼그만 정거장에서
희망(希望)과 사랑처럼 기차(汽車)를 기다려,

—윤동주, 「사랑스런 추억」 중에서

그런데 여기서 봄은 단순히 시간을 의미하는 것일까요. 봄이 의미하는
것은 무엇일까요.

죽음을 이겨낸 부활, '봄＝새벽＝아침'

윤동주의 문학에서 '봄'은 부활을 상징하는 경우가 대부분입니다. 봄은
겨울이 있어야 가능하고, 부활은 죽음이 있어야 가능합니다. 봄이 중요하
다면 겨울이 더 중요하고, 부활이 중요하다면 죽음은 더 중요합니다. 겨
울과 죽음이 없다면 봄이나 부활이 성립하지 않기 때문입니다. 윤동주의
겨울과 죽음에 대한 인식은 십대 중후반에 썼던 시에서도 볼 수 있습니
다. 겨울에 쓴 죽음에 대한 시 한 편을 보겠습니다.

삶은 오늘도 죽음의 서곡(序曲)을 노래하였다.
이 노래가 언제나 끝나랴

세상 사람은—
뼈를 녹여내는 듯한 삶의 노래에
춤을 춘다.
사람들은 해가 넘어가기 전(前)
이 노래 끝의 공포(恐怖)를
생각할 사이가 없었다.

(……)

하늘 복판에 아로새기듯이

이 노래를 부른 자(者)가 누구냐.

그리고 소낙비 그친 뒤같이도

이 노래를 그친 자(者)가 누구뇨.

죽고 뼈만 남은,

죽음의 승리자(勝利者) 위인(偉人)들!

—윤동주, 「삶과 죽음」 중에서

지금 남겨져 있는 윤동주의 원고 중 최초의 시로 알려진 세 편 중 한 편입니다. 여기서 시인은 삶과 죽음을 견주고 있습니다. 죽음의 불안을 이겨낸 존재가 진정한 승리자라고 노래하고 있습니다. 자신을 돌보거나 "생각할 사이도 없"는 사람들에 비해 승리자들은 세상 사람들과 격이 다릅니다. 죽음의 의미를 전혀 생각하지 않는 사람은 살아 있는 시간의 의미도 생각하지 않을 것입니다. 그러나 죽음과 함께 사는 사람은 삶의 의미를 풍성하게 할 것입니다. 윤동주는 그런 사람이 승리자라고 말합니다.

이 시에 나오는 '뼈'는 기독교 사상에 자주 등장하는 부활의 객관적 상관물입니다. 3, 4연에서 '누구'냐고 반복해서 묻는데 "하늘 복판에 아로새기듯이" 역사에 의미를 남긴 인물, "소낙비 그친 뒤같이" 죽음을 이겨낸 자가 누구냐고 묻는 것입니다. 크리스마스 전날에 쓴 작품이니 예수라고 답할 수 있을 겁니다. 그런데 예수만 지시하는 것은 아닌 모양입니다. "죽고 뼈만 남은" 이 인물은 한 명이 아니라 승리자 위인'들'입니다. 이 시는 '죽음'이라는 불안을 자신의 삶 속에 적극적으로 수용하는 자만이 진정한 승리자라는 사실을 보여줍니다.

　　다들 죽어가는 사람들에게
　　검은 옷을 입히시오.

　　다들 살아가는 사람들에게
　　흰옷을 입히시오.

　　그리고 한 침대(寢臺)에
　　가지런히 잠을 재우시오

　　다들 울거들랑
　　젖을 먹이시오

　　이제 새벽이 오면
　　나팔 소리 들려올 게외다.
　　　　　　　　　　─윤동주, 「새벽이 올 때까지」 전문

　'죽어가는 사람/살아가는 사람'을 '검은 옷/흰옷'으로 대비시키며, 죽음을 뛰어넘는 부활을 노래하는 시입니다. 중요한 것은 3연과 4연입니다. 살아 있건 죽었건 모두 한 침대에서 한 공동체로 어려움을 이겨내고, "다들 울거들랑" 서로 "젖을 먹이"며 버텨야 하는 겁니다. 그때는 새벽이 오며 성경 구절을 연상시키는 "나팔 소리"가 들려올 거라고 합니다.

그리스도 안에서 죽은 자들이 먼저 일어나고 그후에 우리 살아남은 자들도 그들과 함께 구름 속으로 끌어올려 공중에서 주를 영접하게 하시리니 그리하여 우리가 항상 주와 함께 있으리라(데살로니가전서 4장 16~17절)

윤동주의 시에 나오는 '봄'도 단순한 시간적인 봄이 아닌 '부활'을 알리는 의미론적인 봄이기도 합니다.

계절(季節)이 지나가는 하늘에는
가을로 가득차 있습니다.

나는 아무 걱정도 없이
가을 속의 별들을 다 헤일 듯합니다.
(……)
1941. 11. 5

그러나 겨울이 지나고 나의 별에도 봄이 오면
무덤 위에 파란 잔디가 피여나듯이
내 이름자 묻힌 언덕 위에도
자랑처럼 풀이 무성할 게외다.

—윤동주, 「별 헤는 밤」 중에서

"그러나 겨울이 지나고" 위에 연도가 쓰여 있습니다. 앞서 여러 번 설명한 것처럼 윤동주는 거의 모든 시 끝에 날짜를 써놓았습니다. 이 부분은

"어쩐지 끝이 좀 허한 느낌이 드네요"라는 친우 정병욱의 권유를 윤동주가 듣고 "지난번 정형이 「별 헤는 밤」의 끝 부분이 허하다고 하셨지요. 이렇게 끝에다가 덧붙여보았습니다"(정병욱, 「잊지 못할 윤동주 형」, 같은 책)라면서 마지막 넉 줄을 추가한 것입니다.

이 구절은 '가을로 가득찬 하늘'에서 '겨울이 지나고 봄이 옴' '무덤 위에 파란 잔디가 돋아남'이라는 생성과 부활의 이미지로 가득차 있습니다. 부정을 거친 긍정, 한계와 울타리를 넘어섰을 때 느끼는 안도감이 서로 긴밀하게 연결되어 있지요.

> 등불을 밝혀 어둠을 조금 내몰고,
> 시대(時代)처럼 올 아침을 기다리는 최후(最後)의 나,
>
> —윤동주, 「쉽게 쓰여진 시」 중에서

유작시 「쉽게 쓰여진 시」에서의 '아침'은 시인이 기다리는 봄이며, 내일이며, 부활의 세계입니다. 아무리 까마득한 어둠이라 하더라도 밝은 새벽과 아침과 봄은 찾아옵니다. 위대한 우주의 순환 앞에서 인간은 무력하지만 희미한 소망을 가질 수 있습니다. 그런데 주목해야 할 것은 윤동주가 그 아침을 단순한 관념이 아니라 "시대처럼 올 아침"이라고 썼다는 점입니다. 역사적으로, 실제적으로 반드시 아침은 온다는 의지의 표현이겠지요. 아무 희망이 없는 바로 그 어둠 혹은 겨울에서 아침과 봄을 능동적으로 기다리는 자세입니다. 겉보기에는 보잘것없어 보이겠지만 능동적인 의지라 할 수 있겠습니다. 이러한 의지의 총체를 단순히 저항정신으로 표기하는 데에 문익환 목사는 의문을 품습니다.

'그(윤동주)의 저항정신은 불멸의 전형이다'라는 글을 읽을 때마다 나의 마음은 얼른 수긍하지 못한다. 그에 와서는 모든 대립은 해소되었다. (……) 그는 민족의 새아침을 바라고 그리워하는 점에서 아무에게도 뒤지지 않았다. 그것을 그의 저항정신으로 부르는 것이리라.(문익환, 「동주 형의 추억」, 같은 책, 256쪽)

어린 시절을 함께했던 문익환 목사가 보는 윤동주는 투사라기보다는 휴머니스트였습니다. 문익환 목사가 보는 윤동주의 죽음은 법정에서 기록된 사료처럼 독립운동의 지사가 아니라 파시즘의 제물이 된 맑은 지성인의 비극적인 그것이었습니다. 윤동주가 '봄을 바라는 마음', 그 맑디맑은 마음을 유지하는 모습까지도 '저항정신'이라 부를 수 있는 암흑의 시대였던 것이죠.

봄의 혈관(血管) 속에 시내처럼 흘러
돌, 돌, 시내 가까운 언덕에
개나리, 진달래, 노—란 배추꽃,

삼동(三冬)을 참아온 나는
풀포기처럼 피어난다

즐거운 종달새야
어느 이랑에서 즐거웁게 솟쳐라.

푸르른 하늘은

아른, 아른, 높기도 한데……

─윤동주, 「봄2」 전문

 이 시는 윤동주가 지상에 마지막으로 남긴 글입니다. 그는 도달할 수
없는 '봄'을 한없이 그리워하며 이 세상을 마무리했습니다. 윤동주의 시 세
계는 동시에서 시작해 동시로 끝납니다. 그의 삶과 시는 마치 누군가 짜놓
은 듯 신화적입니다. '봄'으로 자신의 시 인생을 마무리하는 것까지도.

살리는 죽음

윤동주의 재판 판결문

북간도 명동촌의 같은 집에서 1917년 9월 28일 송몽규가, 같은 해 12월 30일 윤동주가 태어났습니다. 명동학교 조선어 교사로 일했던 송몽규의 아버지 송창희가 윤동주의 고모부였습니다. 송몽규가 신춘문예로 등단하면서 윤동주는 시 창작에 더욱 몰두합니다. 또한 송몽규가 독립운동에 참여하며 집을 떠나자 윤동주는 형을 그리워했고, 결국 두 사람은 1938년 봄 연희전문에 함께 입학합니다. 기숙사도 한방을 썼습니다. 두 사람은 일본 유학도 함께 가고, 함께 공부했으며, 함께 투옥되고, 함께 죽음을 맞이합니다. 이제 두 사람의 마지막 길을 추적해볼 차례입니다.

조선어 교육 금지와 저항

소설가 조지 오웰은 오래 결핵을 앓으면서도 1949년 『1984』를 탈고했습니다. 빅 브라더가 모든 사람을 감시하고 있는 사회에서 주인공 윈스턴은 한 가지 일탈을 합니다. 그것은 일기를 쓰는 행위입니다. 윈스턴은 일기에 반정부적인 내용을 적었고 감시사회 내부의 적이 되어 고문을 받습니다. 언어가 갖고 있는 가공스런 비의의 힘을 압제하는 파시스트의 이야기가 『1984』입니다.

한 집단이 오래 사용해온 언어, 이를테면 모국어에는 그 언어를 사용한 이들의 측량할 수 없는 문화가 담겨 있습니다. 파시즘은 언어를 한 가지로 통일시켜 다른 생각을 하지 못하게 합니다. 일본어로 써야 황국 일본에 대해 충성할 수 있을 겁니다. 그러나 식민지의 언어 조선어로 글을 쓴다면 그것 자체가 용서할 수 없는 반역이요, 저항인 겁니다.

윤동주는 조선어 교육이 금지된 상황에서도 계속 한글로 글을 씁니다. 1917년에 태어난 윤동주는 명동마을이라는 온전한 해방구에서 자유롭게 한글을 익혔습니다. 일본의 침략이 본격화되는 1900년을 전후한 시기에는 주시경을 중심으로 한글 연구가 확대되었습니다. 나아가 일제 강점기에 들어서는 민족의 혼을 지켜야 한다는 민족정신이 더해져 1921년 12월 조선어연구회가 창립되고 국어와 한글 연구는 꾸준히 진행됩니다. 1929년 10월에는 조선어사전편찬회가 조직되었고, 사전 편찬을 위한 연구로 '한글맞춤법통일안' '표준어사정' '외래어표기' 등 국어의 제반 규칙이 연구되고 생겨났습니다.

1939년부터 일제는 '창씨개명'을 강요했습니다. 보통 한 자로 되어 있는 전통적인 우리의 성(姓)을 보통 두 자인 일본식으로 개명토록 했습니다. 만일 창씨개명을 하지 않으면 취학, 취업, 우편물 이용 등을 규제하기도 했죠. 소위 '지나사변'으로 일본화 교육에 박차를 가하고, 일본어를 상용케 하며 노력 동원과 전쟁을 위해 모든 가구와 생산물을 '공출'케 했습니다. 창씨개명을 강요하여 우리 문화와 언어를 완전히 말살하고자 했습니다.

1941년 윤동주가 대학 사학년이 되던 해에 일제는 민족정신이 강한 사람을 사상범으로 잡아들일 수 있는 '조선 사상범 예방 구금령'을 공표합니다. 급기야 조선어학회 사건도 발생합니다. 『배달 겨레말 사전』 편찬 사업을 주도한 조선어학회 학자들을 민족의식을 고양했다는 죄목으로 탄압하고 잡아들인 사건입니다. 1942년 10월 1일부터 1943년 4월 1일까지 모두 서른세 명이 검거되었고, 증인으로 붙잡혀간 사람도 마흔여덟 명이나 되었습니다.

> 일제는 애국선열들을 감옥에 가두고 "물 먹이기, 공중에 달고 치기, 비행기 태우기, 메어치기, 난장질하기, 불로 지지기, 개처럼 사지로 서기, 얼굴에 먹으로 악마 그리기, 동지끼리 서로 뺨치게 하기"들과 같은 온갖 모욕과 고문에 한징, 이윤재 두 분은 감옥에서 돌아가셨다. 1945년 8월 15일 일본이 연합국에 항복해서 그때까지 감옥에 있던 이극로, 최현배, 정인승, 이희승 선생도 풀려나게 되었다. 그때 출옥 광경을 목격한 이근엽(전 연세대 교수) 님의 증언에 따르면 한 분은 들것에 실려 나오고, 한 분은 다리에 상처가 있어 쩔뚝거리고 나왔는데 그 모습이 너무 처참하였다고 한다. (한글학회, 『한글새소식』 제463호, 2011년 3월호, 16쪽)

이들은 검거와 취조 과정에서 혹독한 고문을 당했습니다. 일본 검사에 의하여 처벌 수준이 나뉘었는데, 이극로, 이윤재, 최현배, 이희승, 정인승, 정태진, 김양수, 김도연, 이우식, 이중화, 김법린, 이인, 한징, 정열모, 장지영, 장현식 등 열여섯 명은 기소 처분되었고, 열두 명은 기소유예되었습니다. 이중 이윤재, 한징은 옥중에서 숨졌습니다.

일본과 조선땅에 1941년 3월 7일자로 치안유지법이 2차 개정됩니다. 또한 12월에는 언론, 출판, 집회, 결사 등의 임시 단속법이 공포되어 특고 경찰의 활동이 강화되었습니다.

1942년 7월 한 학기를 일본에서 지낸 송몽규와 윤동주는 여름방학을 맞아 용정으로 돌아갑니다. 귀국하는 길에 두 사람이 어떠한 대화를 했는지 확실치는 않으나 윤동주는 이미 학교를 옮기기로 결정했으리라 추측됩니다. 릿쿄 대학 일학기 성적표를 보면, 두 과목만 들은 것으로 기록되어 있습니다. 정말 릿쿄 대학을 다닐 마음이 있었을까 의심스런 대목입니다. 게다가 앞서 썼듯이 릿쿄 대학은 기독교 대학이 아니라 완전히 황국주의를 따르는 일종의 파시즘 대학으로 변모해가는 상황이었습니다.

1942년 10월 1일 윤동주는 도시샤 대학에 입학합니다. 사립 미션계이기도 했지만 그가 좋아하는 형 송몽규를 가까이서 만날 수 있었고, 무엇보다도 자신이 좋아했던 시인 정지용이 졸업한 학교라는 사실이 윤동주의 마음을 끌었을 겁니다.

윤동주는 도시샤 대학 이마데가와(今出川) 캠퍼스로 갔습니다. 송몽규와 윤동주는 한집에서 지내지 않았습니다. 윤동주는 '사쿄쿠(左京區) 다나카다카하라초(田中高原町) 27번지 다케다(武田) 아파트', 송몽규는 '기타시라카와(北白川) 히가시히라이초(東平井町) 소스이도리(疎水通) 60번지, 시미즈 에이치(淸水榮一)의 이층집'에서 하숙했습니다. 둘의 집은 걸어서 4, 5분 걸리는 가까운 거리로 교토 제국대학과 은각사의 중간쯤이었습니다. 1942년에서 1943년으로 넘어가는 한겨울에 윤동주가 어떻게 지냈는지 당숙 윤영춘은 이렇게 기록합니다.

그날 밤 집에 돌아와 밤이 깊도록 시에 대한 이야기로 일관했다. 독서에 너무 열중해서 얼굴이 파리해진 것을 나는 퍽이나 염려했다. 6조 다다미방에서 추운 줄 모르고 새벽 두시까지 읽고 쓰고 구상하고…… 이것이 거의 그날그날의 과제인 모양이다. 그의 말을 종합해보면 프랑스 시를 좋아한다는 이야기와, 프랑시스 잠의 시는 구수해서 좋고 신경질적인 장 콕도의 시는 염증(厭症)이 나다가도 그 날신날신한 맛이 도리어 매력을 갖게 해서 좋고, 나이두의 시는 조국애에 불타는 열성이 좋다고 하면서, 어떤 때는 흥에 겨워 무릎을 치기도 했다.(윤영춘, 「명동촌에서 후쿠오카까지」, 같은 책, 110~111쪽)

새벽 두시까지 읽고 쓰고 구상하는 생활, 프랑시스 잠, 장 콕토, 나이두 등에 깊이 심취한 윤동주의 모습이 보입니다. 아름다운 교토에서 윤동주는 많이 읽고, 분명 좋은 시를 썼을 테지요. 그러나 아쉽게도 단 한 편도 남아 있지 않습니다.

1943년 7월 14일 체포, 조선인 학생 민족주의 그룹 사건

가까운 곳에서 살게 된 송몽규와 윤동주는 자주 만나 민족의 장래와 독립에 대해 대화했습니다. 송몽규는 앞으로 연극 분야에 투신해 연극을 통한 민족문화 운동을 해보겠다는 포부를 토로하기도 했습니다.

오랫동안 이들의 공부 과정을 감시해온 일본 경찰은 결국 두 사람을 체포합니다. 두 사람이 일본에 온 지 일 년 조금 넘은 시기였습니다. 송몽규는 1943년 7월 10일, 윤동주는 7월 14일에 체포됩니다. 함께 공부 모임에 참여했던 교토의 명문 제3고 삼학년 고희욱(高熙旭, 1921~)도 윤동

주와 같은 날 아침 체포됩니다. 여기에 네 명이 더 체포되어 모두 일곱 명이 되었고, 교토 시모가모 경찰서 유치장에 감금됩니다. 일곱 명에게 씌워진 죄명은 '재경도 조선인 학생 민족주의 그룹 사건 책동(在京都 朝鮮人·學生民族主義 グル—プ事件策動)'이었습니다. 윤동주가 체포되었다는 소식을 들은 당숙 윤영춘은 도쿄에서 교토로 달려가 면회합니다.

1943년 7월에 뜻밖에도 동주와 송몽규가 쿄오토 경찰서에 검거되었다는 소식이 들려왔다. 이 소식을 들은 나는 부랴부랴 급행차로 쿄오토로 내려갔다. (……) 취조실로 들어가본즉 형사는 자기 책상 앞에 동주를 앉히우고 동주가 쓴 조선말 시와 산문을 일어로 번역시키는 것이다. 이보다 훨씬 몇 달 전에 내게 보여준 시 가운데서 가장 좋은 것이라고 생각되어진 시들은 거의 번역한 모양이다. 이 시를 고르케라는 형사가 취조하여 일건 서류와 함께 후쿠오카(福岡) 형무소로 넘긴 것이다. 동주가 번역하고 있던 원고 뭉치는 상당히 부피가 큰 편이었다. 아마도 몇 달 전에 내게 보여주었던 원고 외에도 더 많은 것이 든 것으로 생각된다. 늘 웃던 그 얼굴은 좀 파리해졌다. 도시락을 꺼내놓으니 형사는 자기 책상 앞에 놓으며 이제는 시간이 다 되었으니 빨리 나가달라고 한다.

동주는 나더러 "아저씨, 염려 마시고 집에 돌아가서 할아버지와 아버지, 어머니에게 곧 석방되어 나간다고 일러주세요." 이것이 생전에 그를 만난 최후의 순간이었다. 나는 혼자 생각하기를 기껏해야 한 1년 동안 옥고를 치르고 곧 나오리라 했다. 설마 죽일 리야 없겠지…… 이렇게 자위하기도 했다.(윤영춘, 「명동촌에서 후쿠오카까지」, 같은 책, 110쪽)

이 증언을 보면 윤동주가 상당량의 시를 써놓은 것으로 보입니다. 또한 마지막까지 의연하게 당숙을 대하는 모습입니다.

1944년 4월 13일 두 사람에 대한 결심공판이 있었고, '치안유지법 위반 피고 사건(조선 독립운동)'이란 죄목으로 각각 이 년의 징역을 선고받습니다. 형이 확정된 윤동주와 송몽규는 후쿠오카 형무소로 이송되었고, 다른 죄수들과는 달리 사상범의 표식인 붉은색 죄수복을 입었습니다. 형은 이 년으로 같았으나 형 종료 시기는 윤동주가 1945년 11월 30일, 송몽규는 1946년 4월 12일이었습니다.

여기서 의문이 생깁니다. 두 사람 모두 징역 이 년인데 어떻게 석방일이 다른가 하는 점입니다. 석방일은 '미결수 구류일수'를 판사가 어떻게 계산하는가에 따라 달라질 수 있었습니다. 미결수란 재판이 확정되지 않은 상태로 구금되어 있는 사람을 말합니다.

1943년 7월 10일에 체포된 송몽규와 7월 14일에 체포된 윤동주는 1943년 12월 6일 검사국에 송치되던 날까지 대략 120일을 미결수로 있었습니다. 결심공판으로 계산하면 260여 일이건만, 두 사람의 '미결수 구류일수'는 120일로 계산되었습니다.

문제는 판사 마음대로 '미결수 구류일'을 빼줄 수도 있고, 반대로 계산하지 않을 수도 있었습니다. 1944년 4월 13일에 이 년 형량을 받았으니 1946년 4월 12일에 나와야 맞습니다. 그런데 윤동주는 120일로 계산되어 이른 석방이 예정되었고, 송몽규는 판사가 '미결수 구류일'을 계산해주지 않았던 것입니다. 그만치 일본 법정은 송몽규를 경계했고 좀더 구금해놓으려 했습니다.

만약 두 사람이 형 종료일까지 살아 있었다면 1945년 8월 15일 해방을 목격했을 겁니다. 2011년 7월 일본 교토 검찰청은 송몽규의 재판 판결문을 최초로 공개했습니다. 그중에 구속 '이유' 부분을 살펴보겠습니다. "피고는 만주 간도성에 거주하는 조선 출신 학교 교사의 집에 태어"났다며 태어나고 자란 배경부터 서술하고 있습니다.

모두 7페이지로 된 판결문은 송몽규의 삶을 상세하게 적고 있습니다. 판결 이유문을 읽어보면 일본 경찰이 송몽규의 태생은 물론 성장 과정과 연희전문 시절, 유학 시절까지를 조사해왔다는 것을 알 수 있습니다. 앞부분에는 주로 조선어 말살 정책에 대한 송몽규의 반대 의지를 요약하고 있습니다. 그런데 문제는 제3항부터입니다. "일본이 패전에 봉착할 때 틀림없이 우수한 지도자를 얻어서 민족적 무력 봉기를 결행하여 독립 실현을 가능하게 해야 한다"라는 표현이 들어 있습니다. 송몽규의 발언에서 '무력 봉기'라는 단어가 나왔던 겁니다. 경찰로서는 당연히 긴장하지 않을 수 없는 표현이지요. 무장 독립투쟁가인 김약연의 제자이며 김구까지 찾아갔던 송몽규가 할 수 있는 말이었습니다.

제4항에서는 "조선 독립의 여론을 환기시켜서 세계 각국의 동정을 얻어서 한꺼번에 소기의 목적을 달성해야 한다"는 국제적인 견해가 발언되었습니다. 제5항에서는 "찬드라 보스와 같은 위대한 인물의 출현도 반드시 필요하니 각자 그 좋은 때를 잡아서 독립 달성을 위해 궐기하지 않으면 안 된다"라며 인도 독립운동의 실제 인물을 예로 들며 서로 격려하고 있습니다. 찬드라 보스는 간디의 비폭력 투쟁과 달리 영국에 격렬하게 무장투쟁을 행했던 인도 독립투쟁가입니다. 여러 번 투옥되었던 보스는 이후 인도 임시정부의 국가주석 겸 인도 국민군 최고사령관을 지냈습니다. 영국과 전쟁하는 국가와 연대를 강조하여 독일의 나치와 일본 군국주의를 지지하기도 했습니다. 그래서 보스는 일본의 태평양전쟁에 협력하기도 했습니다. 아쉽게도 송몽규와 윤동주는 보스를 단순히 식민지 해방 투

判決

本籍　朝鮮咸鏡北道清津府浦項町七十六番地
住居　京都市左京區田中高原町二十七番地
　　　武田アパート内
　　　私立同志社大學文學部選科學生

平沼東柱
大正七年十二月三十日生

右ノ者ニ對スル治安維持法違反被告事
件ニ付當裁判所ハ檢事江島孝聞興ノ
上審理ヲ遂ヶ判決スルコト左ノ如シ

主文

被告人ヲ懲役貳年ニ處ス
未決勾留日數中百貳拾日ヲ右本刑ニ算入ス

理由

被告人ハ滿洲國間島省ニ於テ半島出身
中農ノ家庭ニ生シ同地ニ中學校ヲ經テ京城
所在私立延禧専門學校文科ヲ卒業シ昭
和十七年三月内地ニ渡來シタル上一時東京
立教大學文學部選科ニ在學シタルモ同年
十月以降京都同志社大學文學部選科
ニ轉シ現在ニ及ッモノナルトコロ幼少ノ頃
ヨリ民族的學校教育ヲ受ヶ思想的文
學書等ヲ耽讀シタル定友ノ感化等

ニヨリ夙ニ熾烈ナル民族意識ヲ抱懷シタ
ルカ長スルニ及ヒ内鮮間ノ所謂差別問
題ニ對シ深ヶ怨嗟ノ念ヲ抱ヶ傍ラ我
朝鮮統治ノ方針ヲ目シテ朝鮮固有ノ
民族文化ヲ絶滅シ朝鮮民族ノ滅亡ヲ
圖ルモノナリト做シタル結果茲ニ朝鮮民
族ヲ解放シ其ノ繁榮ヲ招來センカ為ニハ
朝鮮ヲシテ帝國統治權ノ支配ヨリ離脱
セシメ朝鮮獨立國家ヲ建設スルノ他ナキ之カ為
ニハ朝鮮民族ノ現特ニ於テル實力或ハ
過去ニ於テル獨立運動失敗ノ跡ヲ省ミ當
面朝鮮人ノ實力民族性ヲ向上シテ獨立

運動ノ素地ヲ培養スヘク一般大衆ノ文
化昴揚並ニ民族意識ノ誘發ニ努ムサ
ルヘカラスト決意スルニ至リ殊ニ大東亜
戦争ノ勃發ニ直面スルヤ科學力ニ乏シキ
朝鮮獨立ノ野望ヲ實現シ得ヘシト妄信シ
之ヶ其ノ決意ヲ固ヶシ之カ目的ノ達成
為同志社大學ニ轉校後モ同樣ノ意
圖ヲ藏シ居タル京都帝國大學文學部
學生宋夢奎等ト屢々會合シテ相互
ノ獨立意識ノ昴揚ヲ圖リタル外鮮人學
生松原輝忠白野聖彦等ニ對シ其ノ

윤동주의 재판 판결문

440 • 처럼

쟁에 나서는 무장투쟁가로만 알고 있었지 보스가 일본의 태평양전쟁을 지지했다는 사실은 모르고 있었던 것 같습니다.

이외에 송몽규는 조선어 말살 정책에 대한 항거, 무력 봉기, 국제 여론 형성, 독립을 위한 개인들의 노력을 지적했던 발언을 했습니다. 대단히 현실적이고 실현 가능한 발언들이었기에 전시(戰時)의 일본 순사로서는 구속하지 않을 수 없었을 겁니다.

이들에게는 예비 단속 차원으로 "국체 변혁의 목적을 가지고 결사를 조직하거나, 또는 그 지원이나, 준비를 위한 목적으로 결사를 조직하려는 그 목적 사항의 실행에 관하여, 협의 또는 선동, 선전 기타 그 목적 수행을 위한 행위를 한 자는 일 년 이상 십 년 이하의 징역에 처할 것"이라고 하는 치안유지법 제5조가 적용되었습니다. 판결 이유문을 읽어보면 전체적으로 과장이 없고 송몽규의 삶을 고려해볼 때 충분히 가능한 내용으로 추측됩니다. 사상의 자유가 중시되는 지금으로서는 말도 안 되지만, 태평양전쟁 시기였던 당시 상황을 고려해볼 때 충분히 구속될 수 있는 사유였습니다.

윤동주의 재판 판결문

일반적으로 윤동주의 이미지는 강한 독립투사와는 거리가 먼 듯 느껴집니다. 그러나 '윤동주에 대한 판결문'을 읽어보면 조금 다릅니다. 일본의 관변 문서이지만 이 자료에서 마지막 윤동주의 모습을 엿볼 수 있습니다. 7쪽의 일본어 원문을 독립기념관 홈페이지에 있는 번역본을 참조하며, 현대문으로 수정하여 올립니다. 길지만 찬찬히 읽어보았으면 합니다.

윤동주에게 내려진 판결문

판결

본적 조선 함경북도 청진부 포항정 76번지

주거 교토시 사쿄쿠 다나카다카하라초(京都市 左京區 田中高原町) 27번
지 다케다 아파트 내

사립 도시샤(同志社) 대학 문학부 선과 학생

히라누마 도주(平沼東柱, 윤동주—인용자)

다이쇼(大正) 7년(1918) 12월 30일생

위 사람에 관한 치안유지법 위반 피고 사건에 대하여 당 재판소는 검
사 에지마 다카(江島孝)가 관여하여 상부 심리를 마치고 판결한다. 다음
과 같이

주문(主文, 판결 결론—인용자)

피고인을 징역 2년에 처한다.

미결 구류일수 중 120일을 위 본형에 산입(算入, 계산에 넣음—인용
자)한다.

이유

피고인은 만주국 간도성에서 반도 출신의 중농의 가정에서 태어나,
같은 곳에서 중학교를 거쳐, 경성에 있는 사립 연희전문학교 문과를 졸
업하고, 쇼와 17년(1942) 3월 일본에 건너와서 일시적으로 도쿄 릿쿄

(立敎) 대학 문학부 선과에 재학했으며, 같은 해 10월 이후 교토 도시샤 (同志社) 대학 문학부 선과에 전과해서 현재에 이르는 사람으로, 유년 시절부터 민족적 학교교육을 받아 사상적 문학서 등을 탐독하며 교우의 감화 등에 의해 일찍이 치열한 민족의식을 가슴에 품고 있었으며, 그뿐만 아니라 일본과 조선 사이에 소위 차별 문제에 대해 심각하게 원망하는 생각을 가지고, 일본의 조선 통치 방침을 보고 조선 고유의 민족문화를 전멸시키며, 조선 민족의 멸망을 도모한다고 해서, 그 결과 조선 민족을 해방시키고 그 번영을 초래하기 위하여 조선으로써 제국 통치권의 지배로부터 이탈시키고 독립국가를 건설하는 것 외에는 없고, 조선 독립을 위하여 조선 민족의 현 시점에서 실력 또는 과거에 있었던 독립운동 실패의 발자취를 살피며, 조선인의 능력과 민족성을 향상시키며 독립운동의 소질을 배양해야만 하고, 일반 대중의 문화 앙양 및 민족의식의 유발에 힘써야 한다고 결의를 하기에 이르러, 대동아전쟁의 발발에 직면해 있는 과학력이 열세인 일본의 패전을 몽상(夢想)하고 그때 조선 독립의 야망을 실현시키고 얻을 수 있으며, 일본은 망한다고 하는 신념을 갖추었으며 신념을 굳게 하고자 목적 달성을 위하여 도시샤(同志社) 대학의 전교한 후에 이 같은 의도를 가지고 거주하고 있는 교토 제국대학 문학부 학생인 구니무라 무케이(宋村夢奎, 송몽규—인용자) 등과 자주 회합을 해서 서로 독립의식의 앙양을 고취시키는 것 외에 조선인 학생 마츠바라 데루타다(松原輝忠), 시라노 키요히고(白野聖彦, 장성언—인용자) 등에 대해서 그 민족의식 유발에 전념할 수 있도록 힘을 쏟아왔는데, 그중에

제1. 구니무라 무케이(宋村夢奎, 송몽규—인용자)와

(1) 소화 18년(1943) 4월 중순경 같은 사람의 하숙집부터 교토시 사쿄쿠 기타시라가와 히가시히라이초(京都市 左京區 北白川 東平井町) 60번지 시미즈 에이치 댁에서 회합을 하고 같은 사람에게 조선, 만주 등에 있는 조선 민족에 대하여 차별, 압박의 근황을 청취하면서 서로 교환하며 논쟁과 비난을 격렬히 하면서 함께 조선에서의 징병제도에 관하여 민족적 입장에서 서로 비판하며 또 제도는 영구히 조선 독립 실현을 위하여 일대 위력을 가하여야만 하는 것이라고 논단(論斷)했다.

(2) 같은 해 4월 하순경 교토 시외(京都市外) 야세(八瀨) 유원지에서 같은 사람과 같은 민족의식을 품고 있는 릿쿄(立敎) 대학 학생 시로야마(白山仁俊)와 만났고 조선의 징병제도를 비판하고 조선인은 종래의 무기를 모르면서도 징병제도의 실시로부터 새로운 무기를 가지고 군사지식을 체득하는 것에 이르러 장래 대동아전쟁에서 일본이 패배에 봉착(逢着)할 때 반드시 우수한 지도자를 얻어 민족적 무력 봉기를 결행해 독립 실현을 가능하게 한다는 뜻의 민족적 입장으로부터 갖춘 제도를 구가(謳歌)하고 혹은 조선 독립 후에 통치 방식에서 조선인의 당파 힘 및 의심하는 마음, 시기심이 강하니 독립하는 날에 군인 출신자에 강력한 독재주의에 의해서는 안 된다고 하는 이런 통치는 곤란하다며 토론하여 결론지은 결과 독립 실현에 공헌해야만 하는 각자의 실력 양성에 전념하는 것을 요지로서 강조하고

(3) 같은 해 6월 하순경에 피고인의 거주지와 같은 시 같은 구 다나카다카하라초(田中高原町) 27번지 다케다 아파트에서 위 사람과 찬드라 보스를 지도자로 하는 인도 독립운동의 대두에 대해 논의하고 조선은 일본에 정복을 당해 시간이 많이 지나가지 않았으나 일본은 세력이 강대해졌기 때문에 현재 바로 찬드라 보스 같은 위대한 독립운동 지도

자를 얻는 것으로서 쉽게 접촉하는 상태에서도 한편 민족의식은 왕성하며 일본의 전력 피폐해서 호기가 도래하는 날에는 위대한 인물의 출현은 불가피하고 각자 그 좋은 기회를 잡아 독립 달성을 위하여 궐기해야만 한다고 서로 격려했다. 서로 독립의식이 일어나도록 힘쓰며

제2. 마츠바라 데루타다(松原輝忠)에 대해서는

(1) 같은 해 2월 초순경 앞에서 서술한 같은 다케다 아파트에서 조선내(朝鮮內) 학교에 조선어 과목의 폐지당했음을 논난(論難)해서 조선 연구를 권장하고 소위 일본과 조선 일체(一體) 정책을 비방하며 조선 문화의 유지, 조선 민족의 발전을 위하여 독립 달성의 필수가 되는 것이라고 강조하고

(2) 같은 해 2월 중순경 같은 장소에서 조선의 교육기관학교 졸업생의 취직 상황 등의 과제를 착수하고 더욱이 일본과 조선 사이에 차별 압박이 있다고 지적하며 조선 민족의 행복을 초래하기 위해서는 독립이 급무가 된다고 역설하고

(3) 같은 해 5월 하순경 같은 장소에서 대동아전쟁에 따라 이 전쟁은 항상 조선 독립 달성의 문제와 관련되어 있다고 고찰하는 것을 요지로 하며 이것을 좋은 기회를 놓쳤으니 가까운 장래에 조선 독립의 가능성을 상실하고 결국 조선 민족은 일본의 동화시켜야 하며 조선 민족이라고 하는 자는 그 번영을 서기(庶幾)하기 위하여 일본 패전을 기회로 해서 자기의 견해를 계속 피력하고

(4) 같은 해 7월 중순경 같은 장소에서 문학은 어디까지나 민족에 행복 추구의 견지에 입각하여야 한다는 민족적 문학관을 강조하는 등에 같은 사람이(마츠바라 테루타다—인용자) 민족의식을 유발시킬 것을

부심(腐心, 애태움―인용자)했다.

제3. 시라노 키요히고(白野聖彦)에 대해서는

(1) 소화 17년(1942) 11월 하순경 같은 장소에서 조선총독부 조선어학회에 대한 검거를 논난(論難)하고 나서 문화의 멸망은 필경 민족의 궤멸(潰滅)에 이를 수밖에 없다는 것을 역설하며 예의(銳意) 조선 문화의 앙양에 노력해야만 하는 것에 대해서 지시하고

(2) 같은 해 12월 초순경 교토시 사쿄쿠 긴카쿠시(京都市 左京區 銀閣寺) 부근 거리에 있어서 개인주의의 사상을 배격지탄(排擊指彈)하고 조선 민족이라고 하는 자는 어디까지나 개인적인 형벌 피해를 피해서 민족 전체의 번영을 초래해야만 한다는 마음을 가질 필요가 있다고 강조하고

(3) 소화 18년(1943) 5월 초순경 앞에서 위에 쓴 같은 장소에서 조선은 고전예술의 탁월함을 지적하고 문화적인 침대(沈擡)에서 조선의 현상을 타파하고 그 고유의 문화를 발양(發揚)하기 위하여 조선 독립을 실현시키는 것 외에는 없다고 역설하고

(4) 같은 해 6월 하순경 같은 시간에 같은 사람(장성언)의 민족의식을 강화시키려고 자기가 소장하고 있는『조선사개설(朝鮮史槪說)』을 빌려주고 조선사 연구를 종용했고

이처럼 같은 사람(시라노 키요히고―인용자)의 민족의식을 앙양(昻揚)시키려 힘쓰며 국체를 변혁하는 것을 목적으로 하고 그 목적을 달성하기 위하여 행동했던 것이다.

증거를 보고 고려하여 판단한 사실은 피고인이 당 공정(公廷―재판

정)에서 판단하고 보여지는 같은 취지의 공술(供述)에 의하여 인정되며

법률에서 피고인의 판시소위(判示所爲)는 치안유지법 제5조에 해당하는 것으로서 그 소정의 형기 범위 내에서 피고인을 징역 2년에 처하며 형법 제21조 2항에 의거하여 미결 구류일수 중 120일을 본 형에 포함시키는 것으로 한다. 따라서 주문과 같이 판결한다.

쇼와 19년(1944) 3월 31일
교토 지방재판소 제2형사부
재판장 판사 이시이(石井)
판사 와타나베 츠네조
판사 기와라타니 스에오

어떻게 읽었는지요. 판결문이 조작되는 경우도 물론 있습니다. 반대로 판결문을 보고 그 인물됨을 판단하는 근거를 찾는 경우도 있습니다. 예를 들어 신사참배를 거부했던 인물들의 법정 기록(김승태 엮음,『증언』, 다산글방, 1993)을 보면 신사참배를 거부했던 이들의 태도를 읽을 수 있습니다. 신앙적인 이유에서 신사참배를 거부했던 것은 위대하게 보일 수 있으나 과연 이들의 역사의식은 어떠했는가 생각해볼 때 의아한 점이 있습니다. 가령 일본이 일으켰던 인도지나전쟁에 대해 검사가 물었을 때 손양원 목사는 "모든 사변이나 전쟁은 여호와 하나님의 뜻에 의해서 일어나는 것인데, (지나사변은―옮긴이) 역시 여호와 하나님이 일본국으로 하여금 동양 평화를 위해서 일으킨 사변이라고 믿고 있습니다…… 하나님이 일본을 들어서 악한 지나를 벌하는 것이니 하나님의 뜻에 반대되는 것은 아닙니다"라고 답합니다.

일본의 아시아 정벌에 동의하는 발언입니다. 급기야 조선 통치를 묻는 대목에서 "별로 불만하게는 생각하지 않습니다"(같은 책, 324쪽)라고 답합니다. 신사참배에는 반대하지만 식민지 통치 방식에는 불만이 없다는 뜻이죠. 손양원 목사를 독립투사로 생각하고 싶은 이들에게는 충격이 아닐 수 없는 발언입니다. 조작되지 않은 판결문이라면, 이 발언은 신사참배에 항거했던 이들에 대한 불멸의 신화에 균열을 일으키는 지점이 아닐까요. 손양원 목사의 이러한 역사의식에 대해 역사학자들은 어떻게 생각할지 궁금합니다. 편저자인 역사학자 김승태 선생은 필자의 질문에 "손양원의 발언은 그의 저항이 종교적인 것이지 정치적인 것이나 민족적인 것이 아니라는 것을 주장하기 위한 전략적인 발언이라고 생각합니다. 저는 손양원에게 충분하다고는 말하기 어렵지만, 어느 정도는 민족의식이 있었다고 생각합니다"라고 설명했습니다.

손양원 목사의 발언은 전략적인 의미를 갖고 있다는 설명입니다. 이렇게 판결문을 읽는다는 행위는 간단치 않습니다. 피고인의 복잡한 심리와 검사의 강압이 교묘하게 얽혀 있는 합작이 판결문입니다. 그렇다면 윤동주에 대한 판결문은 어떻게 읽어야 할까요. 검사 입장에서는 잡아넣어야할 청년이니 죄목이 부풀려졌을까요. 그러나 조작되지 않았다는 것이 제 생각입니다. 윤동주 본인의 구술이라는 점을 볼 수 있는 몇 가지 대목이 있습니다. 앞부분을 읽어보겠습니다.

윤동주는 1917년에 태어났는데, 호적에 1918년으로 잘못 기재되어 있어 이 판결문에도 1918년생으로 적혀 있습니다. 많은 내용이 송몽규의 판결문과 겹칩니다. 판결 결론인 주문(主文)을 보면 "피고인을 징역 2년"으로 결정하고, "미결 구류일수 중 120일"을 징역 기간에 포함시킨다는 판결이 나왔습니다. 그다음 판결하는 '이유'가 길게 나옵니다.

"유년 시절부터 민족적 학교교육을 받아 사상적 문학서 등을 탐독하며 교우에 감화 등에 의해 일찍이 치열한 민족의식을 가슴에 품고 있었"다는 등 긴 문장이 나열됩니다. 윤동주에 대해 오랫동안 일경이 수집한 자료가 있기에 가능한 서술입니다. 1936년 4월 10일 중국 지난에서 체포되었던 송몽규가 줄곧 요시찰인으로 밀착 감시 대상이었으니 송몽규와 늘 함께 있었던 윤동주 또한 참고 대상이 아닐 수 없었습니다. 연희전문 동창 유영(전 연세대 교수)은 "동주 등이 소공동 '헐리웃'이라는 다방에서 친구들과 만나다 일경에 체포되어 연행된 일이 있다"(유영, 「연희전문 시절의 윤동주」, 같은 책, 127쪽)고 썼습니다. 이때 취조했던 기록을 토대로 교토에서 감시 대상인 송몽규와 계속 만나고 있으니 일경은 자료를 정리했을 겁니다.

이 판결문에서 주목할 내용으로는 첫째, 조선 독립을 위한 방법론입니다.

"조선 독립을 위하여 조선 민족의 현 시점에서 실력 또는 과거에 있었던 독립운동 실패의 발자취를 살피며, 조선인의 능력과 민족성을 향상시키며 독립운동의 소질을 배양해야만 하고, 일반 대중의 문화 앙양 및 민족의식의 유발에 힘써야 한다고 결의를 하기에 이르러"라는 부분이지요. 독립운동의 실패를 반성하고, 그 위에 실력을 배양하고 대중운동도 해야 한다는 내용입니다. 놀라운 사실은 다음 문장입니다.

"조선인은 종래의 무기를 모르면서도 징병제도의 실시로부터 새로운 무기를 가지고 군사 지식을 체득하는 것에 이르러 장래 대동아전쟁에서 일본이 패배에 봉착(逢着)할 때 반드시 우수한 지도자를 얻어 민족적 무력 봉기를 결행해 독립 실현을 가능하게 한다."

둘째, 징병제를 무력 봉기에 역으로 활용하자는 생각입니다.

무기 다루는 법을 배워 결정적인 순간 무력 봉기를 할 때 활용하자는 것입니다. 일반적으로 알고 있는 윤동주에 대한 이미지와 조금 차이가 있습니다. 이 내용은 송몽규가 말하고 윤동주는 듣고 있었던 상황이 아닐까요. 무장투쟁을 이야기한 문장은 송몽규에 대한 판결문에서도 나오니 송몽규의 말에 동의했다는 뜻으로 읽을 수 있지만, 송몽규가 아니더라도 윤동주가 말했을 법한 이야기입니다. 무장투쟁을 주장했던 김약연의 제자로서 두 사람이 충분히 나눌 수 있는 내용입니다. 명동마을에서 함께 자라 연희전문에도 함께 다녔던 박창해(전 연세대 교수)는 "일제의 탄압이 심하여 갈수록 그의 마음은 더욱 가다듬어져갔습니다…… 나라의 광복을 위하여서는 있는 것을 다 바쳐야 한다"(박창해, 「윤동주를 생각함」, 같은 책, 130~131쪽)라고 증언하고 있습니다. 짐승스런 현실을 "육첩방은 남의 나라"(「쉽게 쓰여진 시」)라며 부정하는 윤동주의 태도가 점점 강해지는 과정이 보입니다. 판결문 마지막 부분에서 "증거를 보고 고려되는 것을 판단하고 보이는 사실은 피고인을 당 공정에 있어서 판단하고 보여지는 같은 취지의 공술(供述)에 의하여 인정되며"라는 내용은 윤동주가 재판정에서 판사들 앞에서 이 내용을 인정했다는 뜻입니다.

셋째, 윤동주가 했던 구체적 내용이 나옵니다.

'시라노 키요히고(白野聖彦)에 대해서' 했던 행동 중에 "조선총독부의 조선어학회에 대한 검거를" 문제시했다는 것은 이 사건으로 구속되었던 스승 최현배 선생을 염려했던 윤동주가 했을 말입니다. 조선 내 학교의 조선어 과목 폐지 비판, 조선인에 대한 차별 압박 지적, 소장하고 있던 『조선사개설』을 빌려준 행동은 충분히 윤동주가 할 수 있는 행동입니다. 이렇게 열한 개의 죄상이 기록되어 있습니다.

넷째, 가장 중요한 부분은 '윤동주 문학'에 대한 평가입니다.

"문학은 어디까지나 민족에 행복 추구의 견지에 입각하여 상기의 민족

적 문학관을 강조하는 등에 같은 사람이 민족의식을 유발시킬 것을 부심(腐心)했다."(제2-4)

　'부심(腐心)'했다는 말은 '애태웠다' '고심했다'라는 뜻입니다. 아이러니하게도 특검이 윤동주의 문학을 민감하게 느끼고 있었다는 표현이 아닐 수 없습니다.

　당시 윤동주는 사상범을 다루었던 일본의 특별고등검찰, 소위 그 무시무시하다는 '특고(特高)'에 체포되어 심문받았습니다. 이름만 들어도 벌벌 떨린다는 특고의 심문에 윤동주가 빌었다든지 구차하거나 심약한 모습을 보인 흔적이 전혀 없습니다. 유약하게만 보이던 윤동주가 이렇게 의연했다는 것을 역설적으로 확인하게 됩니다. 판결문을 신뢰하자면 윤동주는 보다 구체적인 실천을 계획하고 있었습니다.

　이제 판결문 앞부분에 있는 '이유'를 다시 읽어보았으면 합니다. 마치 최근 역사학자가 평가한 글 같지 않은지요. 범죄자의 판결이 의미 깊은 평가로 바뀌어버린 대목입니다. 일본 특검이 써준 '윤동주 약전(略傳)'입니다. 이 판결문은 독립운동사의 귀중한 사료입니다만, 그전에 윤동주의 삶에 대한 총체적 평가입니다.

1945년 2월 16일, 3월 7일

　1943년 치안유지법 위반 혐의로 징역 이 년을 선고받고 구속되었던 윤동주는 아직 살길이 있는 것처럼 보였습니다. 당숙 윤영춘과 면회했을 때 곧 나갈 거라고 말했고, 윤영춘도 윤동주가 곧 석방되리라 믿었습니다. 그러나 윤동주는 끝내 사망합니다. 윤동주의 죽음에 대한 증언은 아래의 글 외에는 없습니다. 당숙 윤영춘은 윤동주와 송몽규의 최후를 본 유일한 증언자입니다. 중요한 자료이기에 길지만 그 부분을 인용합니다.

　　동주가 옥사했다는 부음을 나는 신경에서 받았다. 영석 형과 나와 둘
이서 후쿠오카 형무소를 찾기는 동주가 사망한 지 10일 후였다. 몽규도
동주와 같은 형무소에 있는 것이다. 죽은 동주는 후에 찾기로 하고, 산
사람부터 먼저 찾아야겠다는 생각에 몽규를 먼저 찾았다.

　　면회 절차 수속을 밟으며 뒤적거리는 놈들의 서류를 보아한즉 '독립
운동'이라는 글자가 한자(漢字)로 판박혀 있는 것이었다. 옥문을 열고
들어서자 간수는 우리더러 몽규와 이야기할 때는 일본말로 할 것, 너무
흥분된 빛을 본인에게 보여서는 안 된다는 주의를 주었다. 시국에 관한
말은 일체 금지라는 주의를 받고 복도에 들어서자 푸른 죄수복을 입은
20대의 한국 청년 근 50여 명이 주사를 맞으려고 시약실(施藥室) 앞에
쭉 늘어선 것이 보였다.

　　몽규가 반쯤 깨어진 안경을 눈에 걸친 채 내게로 달려온다. 피골이 상
접이라 처음에는 얼른 알아보지 못하였다. 어떻게 용케도 이렇게 찾아
왔느냐고 여쭙는 인사의 말소리조차 저세상에서 들려오는 꿈 같은 소리
였다. 입으로 무어라고 중얼거리나 잘 들리지 않아서 "왜 그 모양이냐"
고 물었더니, "저놈들이 주사를 맞으라고 해서 맞았더니 이 모양이 되
었고, 동주도 이 모양으로……" 하고 말소리는 흐려졌다. 물론 이때는
우리말로 주고받은 것이다. (……) 이것이 몽규와 이 세상에서의 마지
막 이별이었다.

　　그길로 시체실로 찾아가 동주를 찾았다. 관 뚜껑을 열자 '세상에 이
런 일도 있어요?'라고 동주는 내게 호소하는 듯했다. 사망한 지 열흘이
되었으나 큐우슈우 제대(九州帝大)에서 방부제를 써서 몸은 아무렇지

도 않았다. 일본 청년 간수 하나가 따라와서 우리에게 하는 말, "아하, 동주가 죽었어요. 참 얌전한 사람이…… 죽을 때 무슨 뜻인지 모르나 외마디 소리를 높이 지르면서 운명했지요" 하며 동정하는 표정을 보였다.(윤영춘, 「명동촌에서 후쿠오카까지」, 같은 책, 113~114쪽)

윤동주는 복역중이던 1945년 2월 16일(금요일) 오전 3시 36분 "외마디 소리를 높이 지르면서" 절명했다고 합니다. 사인은 뇌일혈이라 했습니다. 후쿠오카 형무소는 규슈 대학 의학부의 생체 실험과 관련이 있다는 의혹을 받고 있습니다. "푸른 죄수복을 입은 20대의 한국 청년 근 50여 명이 주사를 맞으려고 시약실(施藥室) 앞에 쭉 늘어선 것이 보였다"는 기록이 그것을 증명합니다. 시약실 앞에 늘어서 있는 조선 청년들의 모습은 윤동주가 그리워하고 사랑하던 "흰 그림자들/연연히 사랑하던 흰 그림자들"(「흰 그림자」)이었습니다.

일본의 전시행정실록을 보면 후쿠오카 형무소에서는 1943년 64명, 1944년 131명, 그리고 1945년에는 259명이 옥사했습니다. 이러한 수치는 후쿠오카 형무소에서 재소자들을 상대로 대규모의 생체 실험을 했으리라는 심증을 안겨줍니다. 윤동주가 죽은 열흘 뒤인 3월 7일 송몽규도 사망합니다.

사망통지의 전보가 온 날은 일요일이었다. 식구들은 다 교회에 나가고 나와 동생이 집을 보는 고요한 오전, 날아들어온 전보는 "2월 16일 동주 사망, 시체 가지러 오라"였다. 나는 허둥지둥 교회로 달려가 어른들을 모셔오고, 잠시 후 예배를 마친 교인들이 몰려와 집안은 삽시간에 빈소 없는 초상집이 되었다. 잠시 촌에 계시던 어머니를 사람을 보내 모

셔오고, 온 집안은 슬픔에 잠겼다. 슬픔 속에서도 걱정은 한두 가지가
아니었다. (……) 아버지가 떠나신 후 집에는 형무소로부터 한 장의 통
지서가 우편으로 보내왔다. 미리 인쇄되어 있는 양식 속에 필요 사항만
기입하게 되어 있는 그 통지문의 내용은 '동주 위독함. 원한다면 보석
(保釋)할 수 있음. 만약 사망시에는 시체를 인수할 것. 아니면 큐우슈우
제국대학에 해부용으로 제공할 것임. 속답을 바란다'라는 것이었다. 그
리고 거기 씌어진 병명은 뇌일혈이었다. 아무리 일본에서 만주까지 우
편이 4일 정도 걸린다고 해도 죽기 전에 보냈다는 편지가 10일이나 지
난 후에 올 수 있는가. 왜 미리 보내어 사람을 살릴 도리를 강구해주지
않았는가! 우리는 새삼 땅을 치고 울었다.(윤일주, 「윤동주의 생애」, 같
은 책, 161쪽)

1945년 3월 초 윤동주는 자신이 태어난 만주로 돌아옵니다. 1945년 3월
6일 장례를 치르고 교회 묘지에 묻힙니다. 가족들은 '시인윤동주지묘(詩
人尹東柱之墓)'라고 새긴 묘비를 세웁니다. 동생 윤일주는 형 윤동주의
장례식 풍경을 이렇게 기록했습니다.

    그의 장례는 3월 초순(날짜가 확실히 기억되지 않는다) 눈보라가 몹
시 치는 날이었다. 집 앞뜰에서 거행된 장례식에서는 연희전문 졸업 무
렵 교내 잡지 『문우(文友)』에 발표되었던 「자화상」과 「새로운 길」이 낭
독되었다. 장지는 용정 동산(東山)이었다. 간도는 4월 초에나 겨우 해토
되는 까닭에 5월의 따뜻한 날을 기다려 우리는 형의 묘에 떼를 입히고
꽃을 심고 하였다. 단오 무렵엔 할아버지와 아버지가 서둘러 묘비를 '시
인윤동주지묘(詩人尹東柱之墓)'라고 크게 해 세웠다. 할아버지와 아버

후쿠오카 형무소에서 스물여덟 살에 순국한 윤동주 시인의 장례식(1945년 3월 6일 용정 자택)

지에게서 처음으로 시인이란 일컬음을 받은 것이다. 비문을 짓고 쓰신 이는 해사(海史) 김석관(金錫觀)이라는 분이다. 비문은 순한문 3백자 정도였는데, 옥사했다는 사실을 밝힐 수 없는 때여서, 조롱(鳥籠)에 든 새가 때를 만나지 못한 것으로 비유했었다.(윤일주, 같은 글, 162쪽)

혹시 윤동주 생가가 있는 만주땅에 갈 기회가 있다면, 용정중학교보다는 명동마을, 그보다는 윤동주의 묘지에 찾아가보기를 권하고 싶습니다. 용정중학교에는 거대한 윤동주 시비가 사람들을 맞이하고 있지만, 대한민국 사람들이 최근에 지은 건물입니다. '본래의 윤동주'를 만나려면 명동촌과 윤동주의 묘지를 찾아가야 합니다.

입구에서 묘지에 이르는 길은 신발이 푹푹 빠지는 진창입니다. 완만한 경사의 구릉을 따라 이 킬로미터쯤 걸어가야 하는데, 그 길이 보통 미끄

윤동주의 묘

러운 진창길이 아닙니다. 조금이라도 흐린 날이면 발이 빠져서 도저히 갈 수 없는 길입니다. 뙤약볕이 내리쬐는 날이어야 그나마 굳은 부분이 생겨 거길 밟고 갈 수 있습니다.

묘지로 가는 길 자체가 송몽규와 윤동주의 삶을 떠올리게 합니다.

진창길과 씨름하다 윤동주의 묘지에 닿으면 나지막한 소나무 그늘이 반겨줍니다. 지친 나머지 윤동주의 묘에 예의를 표하는 것도 잊고 주저앉게 됩니다.

윤동주의 묘에 참배하고 나면, 왼쪽으로 이십여 미터쯤 떨어져 있는 송몽규의 묘소도 참배했으면 합니다. 윤동주의 동생 윤일주는 송몽규에 대해 안타까워하는 글을 남겼습니다.

아섭고도 안타까운 일들이 있다. 동주 형과 함께 옥사한 고종(姑從)

송몽규의 묘

송몽규 형에 대하여 별반 추모의 표시가 갖추어진 바 없었던 사실이다. 그도 재사(才士)였으나 남긴 글이 하나도 전해지지 않고, 그의 친가족이 이남 땅에 살고 있지 않은 까닭도 있지만 동주 형의 명성에 비할 때 늘 죄송한 마음이 따른다.(윤일주, 같은 글, 149쪽)

"동주 형의 명성에 비할 때 늘 죄송한 마음이 따른다"는 말에는 송몽규라는 인물이 윤동주의 사상이나 문학성에 견줄 정도이거나 더 뛰어나다는 뉘앙스를 담고 있습니다. 아닌 게 아니라 "이런 날에는/잃어버린 완고하던 형을/부르고 싶다"(「이런 날」)던 구절의 '완고하던 형'이 바로 송몽규였습니다.

명동의 장재촌 뒷산에 송몽규를 묻으며 가족들은 '청년문사(青年文士) 송몽규지묘'라고 쓴 비석을 세웠습니다. 비문은 윤동주의 비문을 작성했던 김석관이 썼습니다. 1990년 4월에 송몽규의 묘가 윤동주의 묘 옆으로 이장되었다고 합니다. 윤동주의 시비 앞에서 참배한 분은 그 왼쪽으로 조금 떨어져 있는 송몽규의 무덤에 반드시 참배했으면 합니다. '윤동주'라는 영원성을 만들어낸 것은 그의 죽음이었는지도 모릅니다. 식민지 청년이 감옥에서 죽었다는 극적인 결말이 그에 대한 영원성을 부추겼는지 모릅니다. 윤동주의 짧은 삶은 죽음으로 인해 영원성을 얻었습니다. 그는 이미 자신에게 다가오는 죽음의 그림자를 느꼈던 것 같습니다.

죽음에는 눈물과 슬픔이 따르기 마련이지만, 그 죽음이 그냥 죽음이었는가 아니면 '살리는 죽음'이었는가는 차이가 큽니다. 살리는 죽음은 의미 있는 죽음입니다. 살리는 죽음은 생명력을 갖고 희망의 형태로 다시 다가옵니다. 윤동주와 송몽규의 죽음이 그런 죽음이었습니다. 그에게 죽음은 끝이 아니라 완성이었으며, 새로운 출발이 되었습니다. 영웅의 비극적 죽음은 명예가 되듯이 그의 죽음은 시인의 명예, 남은 자의 긍지로 부활했습니다. 매년 2월 16일은 '살리는 죽음'이 다가오는 명예와 '긍지의 날'(김수영)입니다. 그날은 '윤동주'라는 텍스트가 고전으로 완성된 날입니다.

시혼무한의 우애

윤동주와 정병욱

윤동주의 시집이 고전이 되는 과정에는 규암 김약연 선생과 고종사촌 송몽규, 벗 문익환이 있었습니다. 그리고 연희전문에 입학하면서 더없이 중요한 글벗을 만나는데, 그가 정병욱입니다. 단 한 권의 시집『하늘과 바람과 별과 시』가 남기까지에는 특별한 사연이 있습니다. 정병욱은 통째로 사라질 뻔했던 육필 원고를 보관했다가 세상에 알린 인물입니다.

섬진강이 흘러 남해와 만나는 하구의 서쪽, 전남 광양시 진월면 망덕리 바닷가에 양조장이 있었습니다. 어부들이 술을 즐겨 했던 까닭인지 양조장은 번창했고, 양조장집의 아들인 열아홉의 정병욱(1922~1982)은 그리 큰 돈 걱정 없이 경성으로 유학을 갈 수 있었습니다. 윤동주는 후배 정병욱에게 시집 원고를 맡겼습니다. 정병욱을 얼마나 신뢰했기에 자신의 영혼이 담긴『하늘과 바람과 별과 시』를 맡겼을까요.

2013년 11월 21일 이 집이 있는 광양시에서 '윤동주 시인과 정병욱 교수'를 기리는 강연회가 열렸습니다. 고려대 김흥규 명예교수가 윤동주에 대해 강연하고, 저는 '윤동주의 영원한 글벗, 정병욱'이란 주제로 발표했습니다. 이제 두 사람의 인연, 그리고 양조장집에 얽힌 이야기를 풀어보려 합니다.

단 한 권의 시집을 지킨 정병욱

윤동주는 육필 원고 묶음을 세 부 만들었다고 합니다. 한 부는 지도교수였던 이양하 선생에게 드리고, 다른 한 부는 정병욱에게, 그리고 남은 한 부는 윤동주 자신이 가지고 1942년 2월 일본으로 유학을 떠났습니다.

동주가 졸업 기념으로 엮은 자선 시집 『하늘과 바람과 별과 시』의 자필 시고(詩稿)는 모두 3부였다. 그 하나는 자신이 가졌고, 한 부는 이양하 선생께, 그리고 나머지 한 부는 내게 주었다. 이 시집에 실린 19편의 작품 중에서, 제일 마지막에 수록된 시가 「별 헤는 밤」으로 1941년 11월 5일로 적혀 있고, 「서시」를 쓴 것이 11월 20일로 되어 있다. 이로 보아, 그는 자선 시집을 만들어 졸업 기념으로 출판하기를 계획했던 것 같다. 그러나 이 시고를 받아보신 이양하 선생께서는 출판을 보류하도록 권하였다 한다. 「십자가」 「슬픈 족속」 「또다른 고향」과 같은 작품들이 일본 관헌의 검열에 통과될 수 없을 뿐만 아니라, 그의 신변에 위험이 따를 것이니, 때를 기다리라고 하셨다는 것이다. 그러나 그는 결코 실망의 빛을 보이지 않았다. 선생의 충고는 당연한 것이었고, 또 시집 출간을 서두를 필요도 없다고 생각했기 때문이었을 것이다.(정병욱, 「잊지 못할 윤동주 형」, 같은 책, 22~23쪽)

이 글로 보아 윤동주가 정병욱에게 원고를 넘긴 것은 1941년 11월 5일

이후부터 1942년 2월 일본 유학을 가려던 사이로 추정됩니다. 정병욱도 1943년 12월(1944년 1월이라는 설도 있다)에 학병으로 끌려갑니다. 징집되기 직전 어머니에게 원고를 넘기며 보관해달라고 신신당부했다고 합니다. 징용되어 일본군이 되었던 정병욱이 1945년 2월 후쿠오카 감옥에서 윤동주 선배가 스물여덟의 짧은 생을 마쳤다는 사실을 알 리가 없었겠죠. 정병욱의 어머니는 원고를 항아리에 담아 마룻바닥 아래 묻어둡니다. 남해를 마당 삼은 광양 망덕포구의 양조장집 마룻바닥 아래에 말입니다.

다시 양조장집 앞에서

정병욱의 아버지 정상철은 1930년 8월 28일 망덕에서 조선 탁주와 조선 약주의 제조를 허가받아 양조장과 정미소를 함께 운영했습니다. 연희전문을 다니던 정병욱은 방학이면 아버지가 있는 집에 내려와 섬진강 나루 혹은 바다를 보며 꿈을 키웠겠지요.

앞의 사진은 오십 여 년 전인 1962년의 양조장집 전경입니다. 선착장 앞에 바로 붙어 있어서 싱싱한 미역이며 생선을 마음껏 먹었을 저녁 밥상을 떠올려봅니다. 정병욱이 징용에서 돌아왔을 때는 그 밥상에 우럭조개, 맛조개 등 더 맛있는 반찬들이 올랐겠지요.

지금 보기엔 누추하기만 한 집 마루 밑에 묻혀 있었던 영혼의 기록은 1948년 당시 경향신문 기자였던 강처중이 가진 원고와 더해져 유고시집 『하늘과 바람과 별과 시』로 간행됩니다. 1925년 '진월면 망덕리 외망마을 23번지'에 지어진 저 양조장집은 이렇게 아마득한 사연을 품어왔던 겁니다.

정병욱은 너무도 존경했던 선배의 시 「흰 그림자」의 제목을 한자말로 고쳐 '백영(白影)'이라는 호를 스스로 지어 썼습니다. 흰 그림자에서 '흰'은 「슬픈 족속」에도 여러 번 등장하는 조선의 '백의민족'을 뜻하는 말입니다.

일본에서도 '흰' 우리 족속을 잊지 못하여 '그림자'로 어른거린다고 썼던 윤동주의 마음을 정병욱은 호로 삼았던 겁니다. 선배의 넋을, 사랑을, 열정을 자신의 호칭으로 삼았던 겁니다.

그리고 정병욱의 여동생 정덕희는 윤동주의 동생인 윤일주와 결혼하여 윤동주의 제수가 됩니다. 학교 후배였던 정병욱이 윤동주의 실제 친척이 된 것입니다. 선배의 시집을 목숨처럼 보존하고 알려온 정병욱은 서울대 국문학과 교수로 임용되어 『국문학산고』『시조문학사전』『구운몽 공동 교주』『한국고전시가론』『한국의 판소리』 등을 냈고, 1974년 판소리학회의 초대 회장을 역임하며, 3·1문화상을 수상하는 등 국문학계의 거목으로 기록됩니다. 그러나 겨우 환갑의 나이에 존경하던 선배 윤동주를 따라 아마득히 먼 여행을 떠납니다.

아득한 이야기를 지금까지 풀어보았습니다. 이렇게 저 허름한 집에는 거목의 영혼이 깃들어 있습니다. 지어진 지 팔십여 년이 지난 2007년 7월 5일 뒤늦게 이 공간의 중요성을 깨달은 문화재청이 '윤동주 유고 보존 정병욱 가옥'을 문화재로 등록합니다.

이 글을 마무리하려던 때에 정병욱 교수의 차남인 정학성 교수(인하대 국문학과)의 전화를 받았습니다.

"지금 교수님 아버님에 대한 글을 쓰고 있어요."

"그렇군요. 자료가 필요할 텐데…… 참, 그런데 이번에 새로 나온 어떤 역사 교과서는 일제가 오히려 한글을 장려한 것처럼 묘사했더군요. 당시 한글로 쓴 원고 묶음이 얼마나 위험했으면 마룻바닥 밑에 숨겼겠어요. 그걸 생각하면 상상도 할 수 없는 말이지요. 시집 원고를 넘겼던 1941년 말에도 출판하는 것이 위험하다고 했을 정도였는데, 어떻게 일제가 한글을 장려했겠어요. 저런 교과서가 나오다니 너무 놀랐어요."

검정을 통과한 교학사의 한국사 교과서를 얘기하는 듯했습니다. 이 책은 삼일운동 이후인 1922년 일본이 제2차 조선교육령을 통해 조선인에게 조선어를 필수과목으로 배우게 했다고 쓰고 있습니다. 일시적으로 맞는 얘기이지만 제2차 교육령 이후 실제 조선어 수업은 감소했고, 오히려 일본어 교육을 강화했습니다. 조선어 교육을 실제로 금지한 1938년 이야기가 강조되지 않아 마치 식민지 기간 동안 조선어를 필수로 가르친 것처럼 오인될 수 있다는 점이 이 교과서의 문제로 지적되고 있습니다. 어찌하든 1940년대에 윤동주의 한글 육필 시집은 일제의 시각에서 보면 불온문서였습니다.

우리말을 지키기 위해 숨죽여 시집 한 권을 살려낸 가족이 있는 반면, 일제가 한반도를 근대화시켰다느니 친일 인물들이 근대화의 영웅이라느니 적고 있는 교과서가 있습니다. 아직도 기억해야 할 이름, 영원히 잊지 말아야 할 이름들, 김약연, 송몽규, 윤동주, 정병욱이 있건만, 친일파를 오히려 영웅처럼 표현하는 황당한 교과서 말입니다. 이러다가 윤동주의 시도 사라지는 게 아닐까 염려되는 비루한 시대입니다.

혹시 전라남도 광양에 가거든 섬진강 전어 회만 맛보지 말고, 반드시 저 허름한 영혼의 집, 윤동주와 정병욱의 영혼이 깃든 집에 들러주면 좋겠습니다. 1955년 2월 15일 발행한 윤동주의 시집『하늘과 바람과 별과 시』(정음사) 말미에 게재된 정병욱의 글을 읽어봅니다. 그 시대를 살았던 안타까운 기록을 다시 읽어봅니다.

슬프오이다. 윤동주 형(尹東柱 兄). 형의 노래 마디마디 즐겨 외우던 '새로운 아침'은 형이 그 쑥스러운 세상을 등지고 떠난 지 반년 뒤에 찾아왔고, 형의 '별'에 봄은 열 번이나 바뀌어졌건만, 슬픈 조국의 현실은 형의 '무덤 위에 파란 잔디가 피어나'게 하였을 뿐, '새로운 아침 우리 다시 정답게 손목을 잡자'던 친구들을 뿔뿔이 흩어버리고 말았습니다.

그러나 형의 '이름자 묻힌 언덕 위에는 자랑처럼 풀이 무성'하였고, 형의 노래는 이 겨레의 많은 어린이, 젊은이들이 입을 모아 읊는바 되었습니다. 조국과 자유를 죽음으로 지키던 형의 숭고한 정신은 겨레를 사랑하는 모든 사람들의 뼈에 깊이 사무쳤삽고 조국과 자유와 문학의 이름으로 당신의 이름은 영원히 빛나오리니 바라옵기는 동주 형(東柱 兄), 길이 명복하소서. 분향(焚香).

우연으로 보기엔 너무나 신기한 일들이 이렇게 일어납니다. "내 이름자" 묻힌 언덕 위에 "자랑"처럼 풀이 무성할 거라고 「별 헤는 밤」에 시인이 썼던 문장은 이렇게 후배 정병욱으로 인해 기적처럼 실현됩니다.

얼음 아래 한 마리 잉어

윤동주와 정지용

> "우리가 기억을 소홀히 한다 해도
> 그 기억은 우리를 놓아주지 않는다."
> ―알라이다 아스만, 『기억의 공간』(그린비, 2011)

인간의 육체는 사라지기 마련입니다. 윤동주의 육신은 이 세상에서 자취를 감추었습니다. 그런데 윤동주의 죽음이 '윤동주'를 알리는 계기가 되었습니다. 오히려 이 땅 구석구석은 물론이고, 셀 수 없이 많은 언어로 시가 번역되어 알려지고 있습니다. 어떻게 윤동주의 시는 아직도 살아 있을까요. 무슨 까닭일까요.

정지용의 윤동주 소개

정지용은 1945년 해방이 되자 이화여자대학 교수가 되었고, 1946년에는 조선문학가동맹의 중앙집행위원 및 가톨릭계 신문인 경향신문의 주간이 되었습니다. 1948년 대한민국 정부 수립 후에는 조선문학가동맹에 몸담았던 이유로 보도연맹에 가입하여 전향 강연에 종사하기도 했습니다. 이 무렵 그에게 다가온 것은 한 청년의 유고시집이었습니다.

윤동주는 정지용을 흠모했으나 1948년 1월에 출간된 윤동주의 유고

시집 『하늘과 바람과 별과 시』 초간본의 서문을 보면 정지용은 윤동주를 전혀 몰랐던 것으로 되어 있습니다. 자신의 집에 찾아왔던 젊은이들 중 윤동주가 있었다는 사실을 알았다면 정지용의 충격은 적지 않았을 겁니다. 정지용은 윤동주가 숭실중학교에 다닐 때 자신의 작품과 백석, 이상, 김영랑 등 당대 최고 시인들의 작품을 읽으며 시를 배웠다는 사실도 경향신문 기자였던 강처중에게 들었을 겁니다.

윤동주의 연희전문학교 친구였던 강처중의 노력이 있었겠지만, 윤동주의 『하늘과 바람과 별과 시』에 들어 있는 19편의 시편과 릿쿄 대학에서 보내온 편지를 읽었을 때 정지용은 얼마나 비감했을까요. 해방 후 경향신문이 창간되었을 때 주필로 있던 정지용이 할 수 있는 것은 윤동주를 알리는 일이었습니다. 정지용은 「쉽게 쓰여진 시」를 1947년 2월 13일자 경향신문에 소개합니다. 이후 3월 13일자에 「또다른 고향」, 7월 27일에는 「소년」을 연이어 소개했습니다. 그리고 「쉽게 쓰여진 시」를 소개할 때 시 옆에 자신의 평을 썼습니다. 한문이 많기에 한글로 옮겨 써봅니다.

간도 동촌 출생. 연희전문 졸업. 교토 도시샤 대학 영문학 재학중 일본 헌병에게 잡히어 무조건하고 2개년 언도. 후쿠오카 수용소에서 복역 중 음학(淫虐)한 주사 한 대를 맞고 원통하고 아까운 나이 29세로 갔다. 일황(日皇) 항복하던 해 2월 16일에 일제 최후 발악기(發惡期)에 '불령선인(不逞鮮人)'이라는 명목으로 꽃과 같은 시인을 암살(暗殺)하고 저이도 망했다. 시인 윤동주의 유골은 용정 동묘지에 묻히고 그의 비통한 시 십여 편은 내게 있다. 지면이 있는 대로 연달아 발표하기에 윤군보다도 내가 자랑스럽다. ―지용

"일제 최후 발악기(發惡期)" 등의 표현으로 볼 때 정지용이 비분하여 쓴 글로 느껴집니다. 신문에 반말투로 "윤군보다도 내가 자랑스럽다"라고 쓴 것이나 "지용"이라고 쓴 것에도 어떤 자신감이 느껴집니다.

사실 정지용은 문단의 숨겨진 시인들을 많이 알리고 신인을 등단시키기도 했습니다. 1933년 『가톨릭청년』에 이상의 시를 실어 그를 시단에 등장시켰으며, 1939년 『문장』을 통해 박두진, 박목월, 조지훈으로 구성될 '청록파' 시인들을 등장시켰지요.

「쉽게 쓰여진 시」가 경향신문에 실린 삼 일 후가 윤동주의 2주기였습니다. 이날 강처중, 정병욱 등과 윤동주와 송몽규의 친지들 삼십여 명이 서울 소공동 플라워 회관에 모여 두 사람을 기렸고, 정지용도 참석합니다. 그리고 이듬해 3주기인 1948년 2월 16일에는 초간본 『하늘과 바람과 별과 시』가 출판됩니다. 초간본에는 정병욱이 보관하고 있던 19편과 강처중이 보관하고 있던 12편을 합해 31편이 실려 있습니다. 정지용이 서문을 썼는데, 그의 안타까운 마음이 여실히 담겨 있습니다.

서(序)—랄 것이 아니라,
내가 무엇이고 정성껏 몇 마디 써야만 할 의무를 가졌건만 붓을 잡기가 죽기보담 싫은 날, 나는 천의를 뒤집어쓰고 차라리 병(病) 아닌 신음을 하고 있다.

무엇이라고 써야 하나?

재조(才操)도 탕진하고 용기도 상실하고 8·15 이후에 나는 부당하게도 늙어간다.

누가 있어서 "너는 일편(一片)의 정성까지도 잃었느냐?" 질타한다면 소허(少許) 항론(抗論)이 없이 앉음을 고쳐 무릎을 꿇으리라.

아직 무릎을 꿇을 만한 기력이 남았기에 나는 이 붓을 들어 시인 윤동주의 유고(遺稿)에 분향(焚香)하노라.

겨우 30여 편 되는 유시(遺詩) 이외에 윤동주의 그의 시인됨에 관한 목증(目證)한바 재료를 나는 갖지 않았다.

'호사유피(虎死留皮)'라는 말이 있겠다. 범이 죽어 가죽이 남았다면 그의 호피(虎皮)를 감정하여 '수남(壽男)'이라고 하랴? '복동(福童)'이라고 하랴? 범이란 범이 모조리 이름이 없었던 것이다.

내가 시인 윤동주를 몰랐기로서니 윤동주의 시가 바로 '시'고 보면 그만 아니냐?

호피는 마침내 호피에 지나지 못하고 말 것이나, 그의 '시'로써 그의 '시인'됨을 알기는 어렵지 않은 일이다.

요즘은 시집이나 소설집 말미에 해설이 실리지만, 근대문학 초창기 이후 상당히 오랫동안에는 저자를 아는 동료 문인들이 쓴 서문이 실리고는 했습니다. 저자가 어떤 사람인지, 저자의 삶과 문학에 대해 재미있게 써서 책을 읽는 데 도움이 되도록 실었습니다. 서문을 쓴 사람의 수준을 보

면, 저자의 수준을 생각할 수도 있었지요. 인용된 정지용의 서문은 『하늘과 바람과 별과 시』(정음사, 1948) 목차 앞에 실려 있습니다. 여기서 "내가 시인 윤동주를 몰랐기로서니 윤동주의 시가 바로 '시'고 보면 그만 아니냐?"라는 구절을 볼 때 정지용은 자신의 집에 찾아왔던 윤동주를 기억하지 못한 것으로 추측됩니다.

얼음 아래 한 마리 잉어

2014년 12월 13일 일본 교토에 있는 도시샤 대학에서 정지용 연구 심포지엄이 있었습니다. 이날 저는 '윤동주가 만난 정지용'이라는 발표를 했습니다.

이제는 교토의 명소로 알려진 정지용과 윤동주의 시비 앞에는 이날도 몇 개의 꽃다발이며 노트가 놓여 있었습니다. 겨울에도 제법 따뜻한 교토이지만 이날은 조금 쌀쌀했습니다. 사람들이 하도 많이 찾아와서 두 시인의 시비 앞을 조금 넓게 만들어놓았다고 합니다. 예년에 없던 연못이 조성되어 있었습니다. 얼지는 않았지만 차갑기 그지없을 연못에서 큰 잉어들이 느릿느릿 헤엄치고 있었습니다. 연못 앞 벤치에 앉아 잠시 햇살을 쬐다가 문득 죽비 맞은 듯 정신이 번쩍 들었습니다. 정지용이 남긴 글귀가 떠올랐기 때문입니다.

　무시무시한 고독에서 죽었구나! 29세가 되도록 시도 발표하여본 적
도 없이! (……) 일제 헌병은 동(冬) 섣달에도 꽃과 같은, 얼음 아래 다
시 한 마리 잉어(鯉魚)와 같은 조선(朝鮮) 청년 시인(靑年詩人)을 죽이
고 제 나라를 망(亡)치었다. 뼈가 강(强)한 죄로 죽은 윤동주(尹東柱)의
백골(白骨)은 이제 고토(故土) 간도(間島)에 누워 있다.(정지용, 「서문」,
윤동주 시집 『하늘과 별과 바람과 시』, 정음사, 1948, 8~9쪽)

　정지용은 윤동주를 "한 마리 잉어(鯉魚)"로 표현했습니다. 윤동주는 이
렇게 정지용과 시혼(詩魂)으로 조용히 만납니다. 근대문학사로 볼 때 이
서문은 위대한 만남을 알리는 나지막한 증언이었습니다. 정지용은 윤동
주가 "동(冬, 겨울) 섣달에도 꽃과 같은 얼음 아래 다시 한 마리 잉어(鯉
魚)"라는 사실을 처음 알린 시인이었습니다.

일본인이 기억하는 윤동주
이바라기 노리코, 오무라 마스오

정지용과 윤동주의 시비 옆에 있는 연못의 잉어들을 보며 생각했습니다. 윤동주는 왜 아직도 이렇게 읽히고 있을까. 일본에서 윤동주에 대해 발표하거나 강연할 때면 왜 일본인들이 모여들까. 물론 윤동주의 시는 일본뿐만 아니라 세계 곳곳에 알려져 있지만, 유독 일본에서 더 많이 사랑받는 것은 확실합니다. 윤동주를 사랑하는 일본인들은 그 사랑을 함부로 말하지 않습니다. 드러내려 하지 않고 오히려 숨기려고 합니다. 윤동주를 사랑하는 적지 않은 일본인들이 윤동주를 괴롭혔던, 아직도 남아 있는 일본의 파시즘적 태도를 반성하고, 윤동주가 행했던 '곁의 마음'으로 한국인에게 다가가려고 실천하기 때문입니다.

경계를 넘어선 윤동주
윤동주의 시는 일본 고등학교 교과서에도 실려 있었습니다. 1995년에는 윤동주의 시와 삶을 다룬 NHK의 특집 방송도 방영되었습니다. '후쿠오카 윤동주 시 읽기회'를 비롯하여 각지에 윤동주의 시를 토론하고 문학 기행을 하는 모임이 있을 만치 윤동주는 일본인에게 사랑받고 있습니다.

일본인은 윤동주를 어떻게 읽는가 하는 것은 예민한 문제입니다. 조금 냉소적이지만 사에구사 도시카츠 교수(三枝壽勝)는 윤동주를 좋아하는 일본인들의 심리를 세 가지로 나누어 설명합니다.

첫째는 "살인범이 자기가 죽인 사체(死體)나 상처 입힌 피해자의 상태를 보고 싶어하는 것과 똑같은 심리"가 아니냐는 지적입니다.

과거 일본이 무엇을 했는가 반성한다는 것은, 일본 사람이 나쁘다고 생각하니까 말하는 거지? 그리고 그런 걸 한국문학을 통해서 안다는 것은, 자기들의 희생자한테 어떤 상처를 남겼는가를 알려 하는 것이고, 그 일을 통해 자기들이 현재 얼마나 그것을 반성하고 있는가를 알리는 일이 되지 않는가? 요컨대 그 작업을 통해서 구제받는 것은 일본 사람 쪽이라는 것이지. 살인범이 자기가 죽인 사체(死體)나 상처 입힌 피해자의 상태를 보고 싶어하는 것과 똑같은 심리가 아니냔 말이야.

둘째는 "윤동주나 이육사, 현대에 와서는 김지하 같은 사람을 연구하면서 도덕적으로 우월하다는 심리를 갖고 있는 것은 아니냐"는 지적입니다. "일반 일본인들보다 수준이 높다고 생각"하는 것일 수도 있다는 자책입니다.

독립운동이나 사회운동과 관련된 조선 사람에 대한 관심. 그러니까 시인 중에도 윤동주나 이육사, 현대에 와선 김지하 같은 사람 외에는 별로 빛을 못 보거든. 그런 사람이라면 팬이 웬만큼은 있는 듯해. 하긴 요즘 한국에서도 윤동주는 가장 사랑받는 시인으로 특히 「서시」가 제일 인기 있다 하니 일리가 있기는 하지만…… (……) 그 일에 관심을 보이는 자기들은 일반 일본 사람들보다 수준이 높다고 생각했는지도 모르겠네.

'한국문학 속에 남아 있는 일본 식민지 시대 영향'을 연구하겠다고 찾아온 학생에게 사에구사 교수가 「한국문학, 읽지 않아도 되는 까닭」이라는 오해할 만한 제목으로 답한 내용입니다.

이 글은 냉소적인 선생의 성의 없는 답변처럼 보입니다. 그러나 사에구사 교수의 지적은 모욕적인 냉소가 아니라 반성적인 고찰이며, 성실한 일본인 학생을 위해 본질적인 자세를 지적하고 있습니다. '식민지적 죄의식(colonial guilt)'을 갖고 한국문학을 연구했다 하더라도 결국은 일본인을 자위하는 연구가 될 수 있다고 지적하는 그는 한국문학을 대하는 일본인의 '양심'을 단번에 해체합니다. 그리고 윤동주, 이육사, 김지하 시인을 연구하는 순수한 동기까지도 실은 죄의식에 대한 심리적 면죄부일 수 있다고 지적합니다.

이 말은 윤동주를 대하는 일본인에게 일어나는 무의식의 한 부분일 겁니다. 나아가 사에구사 교수는 한국문학을 연구하는 태도에서 첫째, 아직도 겉으로는 식민지적 죄의식을 갖고 있는 듯하지만 오히려 식민지적 우월성을 갖고 있을 수 있다고 지적합니다. 둘째, 식민지적 죄성에 대한 속죄의식을 갖고 한국문학을 대할 때, 반대로 다른 평범한 일본인들보다 윤리적으로 우위에 서고 싶다는 권력의식을 가질 수 있다고 지적합니다.

한국문학에 대해 우월의식을 숨긴 섣부른 공감이나 죄의식은 철저히 금해야 한다는 지적이지요. 그렇다면 일본인은 과연 어떤 자세로 한국문학을 대해야 할까요. 사에구사 교수는 철저히 타자가 되는 길을 권합니다.

"나는 한국문학을 외국문학으로서 연구하라고 했지 일본을 구제하기 위해서라고 말한 적은 한 번도 없어."

사에구사 교수는 한국문학을 '외국문학'으로 보라고 권합니다. 한국 근대문학은 물론 어떤 문학도 오로지 '문학'일 뿐이지 살인자가 살해했거나 상처 입힌 피해물이 아니라는 말입니다. 도덕적 죄의식을 갖는 순간 한국문학은 문학이 아닌 피해물이 될 뿐이라고 지적하고 있습니다. 사에구사 교수의 비판은 한국문학을 객관적으로 바라본다는 것이 얼마나 어려운 일인가를 역설적으로 보여줍니다.

그럼, 일본인은 외국문학으로서 어떻게 한국문학과 윤동주를 대할 수 있을까요. 사에구사 교수는 텍스트 원전을 실증적으로 대하고, 치밀하게 정면돌파하는 방법을 택합니다. 그런데 그것도 사실 쉬운 일이 아닙니다.

전후 민주주의 시인, 이바라기 노리코

1945년 일본이 패전했을 때 이바라기 노리코는 열아홉 살이었고, 이듬해 지금의 토호(東邦) 대학인 제국여자약전의 약학부를 졸업합니다. 말이 학생이지 실은 전쟁에 동원되어 해군 약 제조공장에서 일하는 이른바 '군국소녀'였습니다. 이 무렵 시를 쓰기 시작해 동인지 『카이(櫂, 노)』를 창간했는데, 첫 시집 『대화』(1955)부터 이바라기의 시에는 시원시원한 상상력이 넘쳤습니다. 전쟁의 상흔이 아직 가시지 않은 1958년 시집 『보이지 않는 배달부』를 내면서 당시 풍경을 이렇게 증언했습니다.

내가 가장 예뻤을 때
내 나라는 전쟁에서 졌다

그런 어처구니없는 일이 있을까
블라우스의 팔을 걷어올리고 비굴한 도시를 으스대며 쏘다녔다

내가 가장 예뻤을 때
라디오에서는 재즈가 넘쳤다
담배 연기를 처음 마셨을 때처럼 어질어질하면서
나는 이국의 달콤한 음악을 마구 즐겼다
(……)
때문에 결심했다 되도록 오래 살기로
나이 들어서 굉장히 아름다운 그림을 그린
불란서의 화가 루오 할아버지처럼
　　—이바라기 노리코, 「내가 가장 예뻤을 때」(『보이지 않는 배달부』,
　　　　　　　　　　　　　　　　　　　　　　1958) 중에서

　　이바라기의 대표작으로 알려져 있는 이 시는 그녀가 서른두 살 때 이
십대 초반을 생각하며 쓴 시로 일본의 국정교과서에도 실려 있습니다.
　　대공습으로 와르르 무너진 건물 안에서 천장을 보았을 때 "파란 하늘
같은 것"이 보였다는 증언으로 시작하는 이 시는 죽어가는 사람들, 전쟁
을 떠나서 돌아오지 않는 사내들이 등장합니다. 이 전쟁을 그녀는 "어처
구니없는 일"이라고 단정합니다. "비굴한 도시를 으스대며 쏘다녔다"라는
표현처럼 자유롭게 활보합니다. 마지막 연에 나오는 루오는 늦은 나이에
명성을 얻은 화가였습니다. 루오처럼 뒤늦게라도 청춘을 즐기고 싶다는
역설적 표현이 이 시를 역경을 이겨내는 긍정적인 노래로 빚어냅니다.
　　그녀의 시에는 역사적인 어둠과 비극적 현장이 분명하게 담겨 있습니

다. 가령 "조선의 수많은 사람들이 대지진의 도쿄에서/왜 죄 없이 살해되었는가"(「장 폴 사르트르에게」)라며 1923년 9월 1일에 벌어진 조선인 학살 문제를 증언하기도 했습니다. 그녀는 흑인, 부락민(＝백정), 여성 등 그늘에서 사는 사람에 대한 시선을 평생 놓치지 않습니다. 그녀의 시에는 패배적인 비장미가 없어요. 오히려 낙관적이며 밝기만 합니다. 바로 이러한 자세가 전쟁 후의 풍경

이바라기 노리코

을 숨막히는 어둠으로 표현했던 다른 시인들 사이에서 이바라기 노리코를 전후 시의 새로운 상징으로 돋보이게 합니다.

두번째 시집 『보이지 않는 배달부』 이후 『진혼가』(1965), 『자기 감수성만큼』(1977) 등의 시집을 출간한 이바라기 노리코는 많은 젊은이들에게 아름다운 꿈을 주었습니다.

1980년대 남편을 잃은 이바라기 노리코는 한글을 공부하며 미지의 경계를 넘어섭니다. 「이웃나라 말의 숲」은 시집 『촌지』(1982)에 실려 있는데, 그녀가 한글과 윤동주를 얼마나 동경하고 있는지 잘 보여줍니다.

지도 위 조선을 새까맣게 먹칠해놓고 가을바람을 듣는다
다쿠보쿠(啄木, 일본의 민요시인—옮긴이)의 메이지 43년의 노래
일본말이 한때 걷어차버리려 했던 이웃나라 말
한글

지워버리려 해도 결코 지워버릴 수 없었던 한글

용서하세요 "유루시테 쿠다사이"
땀을 줄줄 흘리며 이번엔 이쪽이 배울 차례입니다

그 어떤 나라의 언어도 끝내 깔아 눕히지 못했던
굳건한 알타이어, 이 하나의 정수(精髓)에—
조금이나마 가까이하려고
온갖 노력을 기울여
그 아름다운 언어의 숲으로 들어갑니다

왜놈의 후예인 저는
긴장하지 않으면
금세 한 맺힌 말에
붙잡혀 먹힐 것 같고
그러한 호랑이가 정말 숨어 있을지도 모르죠
하지만
옛날 옛날 그 옛날을
'호랑이가 담배 먹던 시대'라고
말해온 우스꽝스러움도 역시 한글이기에

어딘가 멀리서
웃으며 떠드는 목소리
노래
시치미떼고
엉뚱하기도 한

속담의 보물창고이며
해학의 숲이기도 하는
대사전을 베개로 선잠을 자면
"자네 늦게 들어왔네"라고
윤동주가 조용히 꾸짖는다

정말 늦었다
하지만 어떤 일이든
너무 늦었다고 생각지 않으려 합니다

젊은 시인 윤동주
1945년 2월 후쿠오카 형무소에서 옥사
그것이 당신들에겐 광복절
우리들에겐 항복절(降伏節)
8월 15일을 거슬러올라 불과 반년 전이었을 줄이야
아직 학생복을 입은 채로
순결만을 동결시킨 듯한 당신의 눈동자가 눈부십니다

―하늘을 우러러, 한 점 부끄럼이 없기를―

이렇게 노래하고
당시 용감하게 한글로 시를 썼던
당신의 젊음이 눈부시고 그리고 애잔합니다
　　―이바라기 노리코, 「이웃나라 말의 숲」(『촌지』, 1982) 중에서

화자가 한글, 그 정신에 대해 사과하면서 이 시는 시작됩니다. 시인은 '한글이라는 깊은 숲'으로 들어가는 어두운 오솔길을 걷습니다. 구체적으로 한글과 일본어를 하나하나 대비시키는 부분은 무척 재밌어요. 일본어와 한국어를 모두 아는 독자에게는 무척 흥미로운 대목입니다. 중반에 이르러 일본 군국주의가 한글을 없애려는 대목부터 시는 진지해집니다. 그리고 숲속에서 윤동주가 등장하여 시인과 대화를 나눕니다. 윤동주는 시인에게 "자네 늦게 들어왔네"라고 말을 걸어요. 이 말은 시인 자신이 스스로에게 던지는 자책이겠지요. 그리고 「서시」의 한 구절인 "하늘을 우러러/한 점 부끄럼이 없기를"을 인용하여 조선을 식민지로 경영했던 일본인의 죄책감을 강조하고 있습니다.

이 시를 읽으면 이바라기 노리코가 윤동주의 시를 어떻게 인식하게 되었는가 볼 수 있습니다. 첫째, 한글에 대한 사과에서 일제 말 군국주의를 경멸했던 전후 민주주의 사상을 볼 수 있습니다. 둘째, 한글에 대한 사랑에서 아름다운 외국어에 대한 시인의 열정을 볼 수 있습니다.

그녀는 또 『한글에의 여행』(1986)이라는 에세이집을 냅니다. 여기에 실린 「윤동주」라는 수필을 출판사의 편집장이 우연히 읽었고, 1990년 고교 현대문학 교과서에 11페이지에 걸쳐 실리게 됩니다. 이바라기는 이 글에서 "일본 검찰의 손에 살해당한 것이나 다름없다. 통한의 감정을 갖지 않고는 이 시인을 만날 수 없다"며 윤동주가 후쿠오카 형무소에서 목숨을 잃는 과정을 서술합니다.

거기서 정체를 알 수 없는 주사를 매일 맞고 사망 당시, 모국어로 뭔가 크게 절규하며 숨졌다고 한다.
그 말이 무슨 뜻인가, 일본인 간수는 알 수 없었다. 하지만,

"동주 상은, 어떤 의미인지 모르지만, 큰 소리로 비명을 지르고 절명(絶命)했습니다"라는 증언을 남겼다.(이바라기 노리코, 「윤동주」, 『한글에의 여행』, 1986, 242~243쪽)

윤동주가 대학생이었을 때 자신은 여고생이었다며, 실제로 만났다면 '동주 오빠'라고 불렀을지도 모른다고 농담하곤 했다던 이바라기 노리코. 그러면서도 윤동주의 시가 시인 다치하라 미치조(立原道造, 1914~1939)의 영향을 받은 흔적이 있다고 지적하기도 했습니다. 이바라기가 윤동주를 알리면서 1995년에는 일본 공영방송인 NHK에서 '윤동주 특집'이 방영되기도 했습니다.

이바라기는 1990년 예순넷의 나이로 번역시집 『한국현대시선(韓國現代詩選)』을 펴냅니다. 열두 명의 한국 시인의 시를 실은 이 번역시집으로 그녀는 1991년 요미우리 문학상을 수상합니다.

이미
만들어진 사상에는 기대고 싶지 않다
이미
만들어진 종교에는 기대고 싶지 않다
이미
만들어진 학문에는 기대고 싶지 않다
이제는
어떠한 권위에도 기대고 싶지 않다
오래 살아
마음속으로 배운 건 이 정도

내 눈 귀

내 두 다리만으로 서서

어떤 어려움이 있다 해도

기대고자 한다면

기댈 건

의자 등받이뿐

—이바라기 노리코, 「기대지 말고」(『기대지 말고』, 1999) 전문

만년에 낸 이바라기 노리코의 시집에서 우리는 오히려 이십대의 싱싱한 상상력을 다시 만날 수 있습니다. 그녀는 모든 권위적인 파시즘을 거부했습니다. 권위주의가 만들어낸 일체의 사상, 종교, 학문을 거부합니다. 오히려 "기댈 건/의자 등받이뿐"이라는 표현으로 일본식 파시즘을 경멸했습니다. 만년의 그녀는 일본 사회에 전후 민주주의 이념이 사라져가는 현실을 개탄했습니다. 『기대지 말고』는 일본의 우경화를 우려하는 분노의 시집이었는데, 기록적인 판매 부수를 기록하며 베스트셀러가 되었습니다. 그러던 2006년 2월 이바라기 노리코를 아는 사람들은 난데없는 부고를 받습니다.

이번에 저는 2006년 2월 17일, 뇌막졸중으로, 이 세상을 하직하게 되었습니다. 이것은 생전에 써둔 것입니다. 내 의지로 장례·영결식은 하지 않기로 했습니다. 이 집도 당분간 사람이 살지 않게 되니 조의금이나 조화 등 아무것도 보내지 말아주세요. '그 사람도 떠났구나' 하고 한순간, 단지 한순간 기억해주시기만 하면 그것으로 충분합니다."(서경식 칼럼, "죽은 자가 보내온 부음", 한겨레신문, 2006. 3. 31)

서경식 칼럼에 실린 이 인용문은 이바
라기 시인이 세상을 떠나기 전에 써놓은
편지였습니다. 2006년 2월 17일 그녀는
도쿄의 자택에서 여든의 나이로 조용히
먼 여행을 떠납니다.

오무라 마스오 교수

오무라 마스오 교수의 실증적 연구

일본인 중에 윤동주에게 가장 먼저 다
가간 연구자는 오무라 마스오 교수입니다. 오무라 마스오 교수가 저에게
말했습니다.

"한국문학에서 세계문학에 내놓을 수 있는 작가는 두 사람이라고 생각
합니다. 소설가 김학철, 그리고 시인 윤동주입니다."

윤동주를 세계문학의 수준으로 평가하는 오무라 교수는 윤동주의 문
학을 철저히 실증주의 작업을 통해 드러냈습니다. 그가 윤동주의 시를 언
제 처음 읽었는지는 명확하지 않지만 본격적으로 연구하기 시작한 때는
1985년 이후입니다.

내가 본격적으로 윤동주와 관계를 맺은 것은 1985년 이후이다. 진작
부터 그가 태어나 자란 중국 길림성 용정시(당시는 정촌) 일대에 가 자
료를 수집할 생각이었는데 그해 간신히 기회를 얻었다. 문자 자료(文字
資料)는 하나도 구할 수 없었지만 연변대학과 용정중학에 계신 여러분
의 도움을 얻어 다행스럽게도 윤동주의 묘를 찾아낼 수 있었다.

가까운 친척은 한국으로 가고 40년간 방치되어 있던 윤동주의 묘는
고국 한반도를 향하여 산의 정상 가까운 곳의 경사지에 자리하고 있었

다. 오촌과 칠촌들은 가까운 곳에 살고 있었지만, 한국으로 간 기독교 신자인 윤씨 집안의 사람들과 관계를 가지면 사회적 규탄을 받을지도 몰랐기 때문에 방치되어 있었던 것이다. 중국과 한국은 당시 국교가 없어서 중국에 있는 사람들은 윤동주가 한국에서 민족시인으로 존경과 사랑을 받고 있다는 것을 몰랐고, 친척들도 동주가 시를 썼다는 것을 알지 못했다.(오무라 마스오,『조선의 혼을 찾아서』, 소명출판, 2007, 89쪽)

1985년 5월 오무라 교수는 연변을 찾아가 윤동주의 묘소를 발견하면서부터 윤동주에 대한 본격적인 연구를 시작합니다. 그러나 그의 실증주의적 연구는 초기에 한국에서 그리 높게 평가받지 못했습니다. 또한 스스로가 일본인인 자신이 윤동주에 대해 연구한다는 것을 드러내면 안 된다며 숨기기도 했습니다.

1996년 5월 필자가 와세다 대학에 오무라 교수를 찾아갔을 때「윤동주의 독서 체험」이라는 선생의 논문 초고를 보았습니다. 오무라 교수가 윤동주의 가족을 만나 윤동주가 읽은 책 목록을 찾아내 최초로 정리, 분석한 것이었습니다. 그래서 제가 한국 학술지나 잡지에 발표하기를 권했더니 오무라 교수는 한국인이 먼저 발표한 다음에 발표하겠다며 사양했습니다. 윤동주의 새로운 자료를 일본인이 발굴하여 발표하는 것은 모양새가 좋지 않다는 이유였습니다. 시간이 지난 뒤 오무라 교수에게서 연락이 왔습니다.

"어떤 한국 학생이 윤동주의 독서 체험을 조사해서 발표했기에 이제는 발표해도 되겠습니다."

이후 계간『두레사상』에 발표했고, 오무라 교수가『윤동주와 한국문학』(소명출판, 2001)이라는 책을 내면서 재수록되었습니다.

한국의 젊은 연구자들에게서 비판을 받았지만 오무라 교수는 이러한 실증적 작업이 윤동주를 연구하기 위해서는 꼭 필요하다고 생각하여 이후 「윤동주의 독서 체험」을 발표했고, 윤동주의 모든 필적을 컬러 사진에 담고 시의 퇴고 과정 등을 밝힌 『윤동주 자필 시고전집』(민음사, 1999)을 출판해냈습니다. 이 책은 이후 홍장학의 『정본 윤동주 전집』(문학과지성사, 2004)의 기본 자료가 되었고, 윤동주 연구의 새로운 단계를 열어 보였습니다.

원자료를 충실히 드러내는, 아니 '원자료가 사실을 말하게 하는' 그의 연구 방법론은 '자료 자체가 말하게 하는 방식'입니다. 자료를 나열해서, 그리고 자료로 하여금 말하게 하는, 자기주장을 드러내지 않고 자료가 말하게 하는 방식으로 오무라 교수는 논문을 씁니다. 그것은 원자료를 텍스트 내에서 이론과 이론을 충돌시켜 해체하는 내파(內破)도 아니고, 현학적인 이론의 잣대로 텍스트를 외파(外破)하는 방법도 아닙니다. 오무라의 방법론은 존경해야 할 작품이 그 '자료로 하여금 말하게 하는' 것입니다.

오무라 교수의 윤동주 연구는 주변인 문학 연구의 시각에서 비롯되었습니다. 그는 중심이 아닌 주변을 연구하는 방식으로 연구했습니다. 그의 윤동주 연구는 중국 조선족 문학과 제주도 문학 연구와 병행되어왔습니다. 이른바 '주변부 문학 연구'라고 표현해야 하지 않을까 싶습니다.

그는 만주와 중국 조선족 문학 연구의 중심에 있는 소설가 김학철도 연구했습니다. 그는 김학철이 가장 처음 만난 외국인이며, 김학철이 눈을 감기 전 가장 마지막으로 만난 외국인이 되었습니다. 그리고 오무라 마스오는 윤동주와 김학철의 많은 작품을 일본어로 번역했습니다. 오무라 교수는 김학철을 윤동주와 함께 세계에 내놓을 수 있는 한국 작가로 손꼽고 있습니다. 이러한 시각에서 그는 윤동주 연구를 주변부에서 시작했습니다.

오무라 마스오 교수가 연구를 시작했던 지점은 국내 연구자들이 관심을 두지 않았던 원전 실증주의, 그리고 작가의 삶에 대한 구체적인 추적이었습니다. 그러나 주변인 문학을 연구한다는 것은 그리 쉬운 일이 아닙니다. 주변인과 같은 주변인의 입장 혹은 눈높이를 체험하지 않고서는 주변인 문학을 연구하기 어렵습니다. 마치 마하트마 간디가 자기 자신의 삶을 대지의 저주받은 사람들, 곧 서벌턴(subaltern)의 삶과 일치시켰던 경우와 비슷하겠죠. 오무라 교수는 연변대학에서 몇 년을 지내며 자신의 삶을 최대한 조선족의 삶과 밀착시키려 애썼습니다. 만주와 제주도를 셀 수 없이 오가며 그 지역의 정서를 체험해왔습니다. 인도의 하위계층인 서벌턴의 특성과 역사에 대해 괄목할 만한 연구 성과를 낸 서벌턴 이론은 오무라 교수의 주변부 연구 방법론을 잘 설명해줍니다. 그의 체험적인 연구로 인해 일본 내의 한국 근현대문학 연구는 그 폭이 훨씬 넓어지고 깊어졌습니다.

정신 윤회

서경식 칼럼에 따르면, 그의 형이자 인권운동가인 서준식이 이바라기 노리코의 시에 애착을 갖고 있었다고 합니다. 서준식이 십칠 년간 감옥 생활을 하면서 250통 이상의 장문의 편지를 썼는데, 그 가운데 다섯 차례에 걸쳐 이바라기 노리코에 대해 언급하고 있답니다. 그중 「6월」도 인용되어 있대요.

어딘가 아름다운 마을은 없을까
하루 일이 끝나면 한 잔의 흑맥주

괭이를 세워놓고 바구니를 두고

남자나 여자나 커다란 조끼를 기울이는

어딘가 아름다운 거리는 없을까

먹을 수 있는 열매 달린 가로수가

끝없이 뻗어 있고, 제비꽃 빛깔의 석양은

젊은이의 정찬 술렁거림으로 넘치고 넘치는

어딘가 아름다운 사람들, 그들의 힘은 없을까

같은 시대를 함께 사는

친근함과 재미와 그리고 분노가

날카로운 힘이 되어 눈앞에 나타난다

　　　　　—이바라기 노리코, 「6월」(『보이지 않는 배달부』, 1958) 전문

　이 시는 일본의 중고등학생들이 많이 읽는 작품입니다. 각 연의 첫 행
에 있는 "어딘가 아름다운"이라는 표현을 읽으면 마음이 이내 환해집니
다. 1, 2연은 단순히 아름다운 인간 공동체의 정경이 재현되어 있어요. 그
런데 3연에 이르면 개인적이 아름다움이 아니라 "같은 시대를 함께 사는"
이들과 삶을 공유하는 장면이 나옵니다. 3연 첫 행 하나로 이 시는 상상
력이 비약합니다. "아름다운 사람들, 그들의 힘은 없을까" 이 한마디를 하
고 싶어서 시인은 아름다운 마을과 아름다운 거리를 읊었을 겁니다. 감
옥에서 이 시를 읽었던 서준식은 1982년 7월 31일 소인이 찍힌 편지에서
「6월」을 우리말로 번역하면서 "이것은 하나의 아름다운 '유토피아'다. 내
마음속에는 이런 실현 가능한 '유토피아'가 똬리를 틀고 있다"(『옥중서간

집』)고 썼습니다. 1982년에 아무 꿈도 꾸지 못할 깜깜한 시대에 서준식은 이 시 한 편으로 "실현 가능한 '유토피아'"를 꿈꾸었던 겁니다.

이바라기 노리코는 평생 생활의 질감을 느낄 수 있는 시를 투명하게 빚어냈습니다. 관동대진재 조선인 학살 희생자, 차별대우 혹은 여성 차별 문제를 시로 써온 그녀는 인간을 억압하는 온갖 모순에 이성적으로 응전했습니다.

이바라기 노리코, 그리고 오무라 마스오 교수의 글을 읽으면 윤동주를 만나듯 맑은 하늘을 만날 수 있습니다. 많은 동시를 썼던 윤동주의 맑고 투명한 심성이 이바라기 노리코의 시에도, 오무라 마스오 교수의 글에도 보입니다. 이바라기 노리코의 시에서 윤동주의 시 정신이 환생하는 것을 봅니다. 그녀의 시는 절망스런 감옥 안에 있던 서준식의 마음에 희망을 심어주었습니다.

거대한 두 나무

윤동주와 문익환

숲속의 거목들이 적당한 거리로 마주보고 자라듯이 좋은 친구는 서로를 거대한 스승으로 만듭니다. 새로 태어나는 아이들은 태어날 때부터 저마다의 세상을 품고 태어납니다. 윤동주와 문익환은 서로 마주보며 자란 나무, 서로 다른 세상이었습니다. 두 사람을 거목으로 만든 것은 자유롭게 공부할 수 있었던 명동마을이라는 공간이었습니다. 책 읽기와 글쓰기를 통해 두 사람은 서로 다른, 서로 비슷한 세상을 공유합니다.

작은 전설들의 탄생

1899년 2월 28일 관북 지방에 살던 거유(巨儒, 부자 유생)가 가족을 이끌고 북간도로 집단 이주합니다. 그 좌장은 문익환의 고조부인 문병규였습니다. 윤동주 가문의 가장 윗분은 윤동주의 증조부 윤재옥(尹在玉, 1844~1906)이었습니다. 1894년 동학혁명이 실패하자 그들은 낙심했고 새로운 출로를 생각했습니다. 본래 만주는 청나라 시대에 황족들이 자신들의 원류인 곳을 신성시하려고 조선인이 국경을 넘어오지 못하게 했었습니다. 그렇지만 1883년에 공식적으로 그 정책을 철회했고, 누구라도 세금을 내지 않고 만주에서 살 수 있는 길이 트입니다. 이때 기울어진 나라의 앞날과 후세의 교육을 위해 네 가족 141명이 집단으로 이주했던 겁니다. 그들은 젊은 지도자 김약연을 따라 아직 북간도 이민이 보편적이지 않았던 시대에 과감히 낯선 땅으로 떠납니다.

만주는 20세기 한국을 이끌었던 영웅들이 태어났던 곳입니다. 후쿠오카 감옥에서 요절한 송몽규와 윤동주, 그리고 정치가 장준하, 신학자 안병무, 목회자 강원용, 김재준 등은 용정에서 은진중학교를 나온 민족주의적 기독교 지성이었습니다.

이들이 태어났던 시대 또한 대단했습니다. 1917년 경북 구미에서 박정희가 태어났고, 만주 북간도에서 윤동주가 태어났습니다. 이듬해에는 평북 의주에서 장준하가 태어났고, 문익환이 만주 북간도에서 태어났습니다. 거의 같은 시대에 태어난 네 사람은, 그러나 각자 다른 길을 걷습니다.

1913년 3월 문익환의 아버지 문재린은 윤동주의 아버지 윤영석 외 세 명과 함께 북경으로 유학을 떠나기도 했습니다. 명동마을에서 교사로 있던 정재면이 기획했던 일이었습니다. 특히 문익환 가문은 재정적으로 튼튼했다고 합니다. 처음 망명할 때부터 맨 웃어른은 문병규였고, 문익환의 조부인 문치정이 학전을 관리하고 재정을 관장했습니다.

윤동주의 부모님과 비교했을 때 문익환의 아버지와 어머니는 더욱 행동하는 인물로 보입니다. 어머니는 1919년 삼일운동 때 간도국민회의 일원이었고, 이동휘 선생의 딸이 결성한 '7인의 비밀 여자결사대'에 속해 있었습니다. 삼일운동이 끝났을 때 아버지는 구속되고 어머니는 연행되었는데, 문익환이 태어난 지 아홉 달 되던 때였습니다.

문학 삼총사

명동학교는 '자유'가 무엇인지 깨닫는 공간이었습니다. 학생들 각자가 자기만의 제국을 그리며 스스로 공부하는 학교였습니다. 수학시간이면 공부는 하지 않고 뒷줄에 앉아 거울을 꺼내놓고 웃음 연습을 하던 학생도 있었습니다. 김약연 선생이 "망나니는 망나니지만 장차 큰 인물이 될 거야"라고 했던 그 학생이 바로 영화 〈아리랑〉(1926)을 만들었던 나운규입니다. 나운규 감독은 윤동주와 문익환의 십여 년 선배였습니다. 명동학교 선생님들은 어떤 일을 하든 학생들에게 뭔가 의미 깊은 것을 주려고 궁리했습니다.

김형수의 『문익환 평전』(실천문학사, 87쪽)을 보면 중요한 증언 하나가 나옵니다. 문익환 목사가 살았던 '통일의 집'에 가면 1925년 서울에서 출간된 작고 낡은 김동환 시집 『국경의 밤』이 있었다고 합니다. 문익환 목사가 용정과 평양과 일본을 전전한 학창 시절에 갖고 다녔던 이 시집이 바로 명동학교의 졸업 선물이었다고 합니다. 문익환, 윤동주 등 열네 명의 졸업생에게 학교에서 주었다고 합니다.

1931년 3월 20일 명동학교를 졸업한 두 사람에게 문제가 생겼습니다. 이른바 명동마을의 '인민학교 사건'입니다. 1928년부터 용정 지역의 '공산당'들은 명동학교를 교회로부터 분리시켜 '인민학교'로 만들려고 했습니다. 처음엔 설득하려고 선전 선동했지만 통하지 않자 젊은 활동가들이 돌아다니면서 반대자들에게 테러를 자행했습니다. 밤마다 복면을 하고 폭력을 휘둘렀고, 동네 사람들은 둘로 갈라져버렸습니다. 특히 재산이 많은 사람을 테러했고, 결국 사람들이 하나둘 외지로 떠나기 시작했습니다. 이것이 문익환이 겪었던 첫 이념 전쟁이었을 겁니다. 마침내 명동학교는 인민학교로 바뀌어버립니다. 이때부터 윤동주, 문익환, 송몽규의 머릿속에는 테러를 서슴지 않는 극좌 운동에 대한 명확한 거부감이 생깁니다.

윤동주와 문익환의 가족은 더이상 명동마을에 머물 의미를 찾을 수 없었습니다. 문익환의 가족은 1931년 초, 윤동주의 가족은 1931년 늦가을에 용정으로 이사합니다. 용정은 윤동주와 문익환에게 새로운 꿈의 터전이 아니라 좁고 답답한 공간이었습니다. 살던 집도 훨씬 좁아졌습니다. 이들에게 문학은 상상을 통해 자유를 얻을 수 있는 매개체였습니다.

문익환은 공부를 잘했지만 글을 잘 쓰는 윤동주와 송몽규가 늘 부러웠습니다. 송몽규는 중학생 신분으로 동아일보 신춘문예에 당선해서 사람들을 놀라게 했고, 윤동주의 글은 얼마나 맛깔스러웠는지 문익환은 늘 두 친구를 부러워했습니다. 물론 문익환의 잘생긴 외모는 찬탄할 만했습니다. 그러나 문익환은 겉멋이 아니라 송몽규나 윤동주처럼 글을 잘 쓰고 싶었습니다.

동주는 숭실학교에 한 학기(두 학기의 착오—인용자)밖에 다니지 않았지만, 그동안 학교 문예지 편집을 맡았었고 거기 동주의 시 한 편이 실렸던 걸로 기억하고 있다. 갓 편입해온 학생에게 그 일이 돌아간 것은 '은진중학교'에서 먼저 숭실에 나가 있던 이영헌(李永獻, 현 장로회 신학대학 교수)이가 문예부장이 되면서 동주에게 그 일을 맡겼기 때문이다. 그때 동주는 내게도 시를 한 편 써 내라고 하였다. 그래서 한 편 써 내었더니 "이게 어디 시야" 하면서 되돌려주는 것이었다.

그 이후로 시는 나와 관계없는 것이 되어버리고 말았었다. 동주가 살아 있어서 내가 하는 성서 번역을 도와주었다면(살아 있다면 기꺼이 도와주었을 것이다) 나는 영영 시를 써보지 못하고 말았을 것이다.(문익환, 「하늘 바람 별의 시인 윤동주」, 같은 책, 312쪽)

이 증언은 숭실중학에 다녔던 1935년 무렵의 이야기입니다. 이 무렵 윤동주는 「삶과 죽음」 「공상」처럼 현학적이고 사변적인 시를 썼고, 또 한편으로는 『정지용 시집』에 충격을 받고 동시들을 쓰던 때였습니다. 나름대로 시에 대한 생각을 갖고 있었던 윤동주에

뒷줄 가운데가 문익환, 맨 오른쪽이 윤동주

게 "이게 어디 시야"라며 무안을 당했던 문익환이지만, 윤동주의 문전박대는 문익환에게 오히려 약이 됩니다.

"이게 어디 시야"라고 했던 윤동주의 평은 다른 일과 연관되어 있을 수도 있습니다. 1935년 문익환은 숭실중학 편입 시험에 합격했는데 윤동주는 실패한 겁니다. 그 상처가 너무 커서 동생 혜원에게도 이 일을 알렸고, 같이 있는 사람이 알아차릴 정도로 몹시 괴로워했다고 합니다. 불과 오개월 전만 해도 한 학급에서 같이 공부하던 친구 문익환이 이젠 선배가 되어버린 겁니다.

이렇게 본다면 윤동주나 문익환 모두 콤플렉스가 있었다고 볼 수 있습니다. 그러나 희미한 미소를 머금은 두 사람의 표정에는 과장되지 않은 편안한 긍지가 느껴집니다.

숭실중학교를 자퇴하고 용정으로 돌아온 윤동주와 문익환은 1936년 4월 광명학원 중학부에 편입합니다. 윤동주는 사학년, 문익환은 오학년입니다. 문익환의 오학년 편입은 이례적인 것이었습니다. 광명학원 영어 교사였던 장래원(해방 후 한국 유네스코 사무총장을 지냄) 선생이 특별히 이들의 보증을 서는 조건으로 편입이 허용되었다(송우혜, 같은 책,

203쪽)고 합니다.

늦봄이라는 긍지에 대하여

지금 '나'라는 주체는 온갖 실수를 극복하면서 만들어집니다. 지난날의 장애, 실수, 실패, 트라우마로 인해 한 존재는 형성됩니다. 곧 주체란 실패의 결과물입니다. 특히 콤플렉스는 주체가 형성되는 데 중요한 계기를 줍니다. 윤동주가 문익환에게 "이게 어디 시야"라고 말했던 것은 문익환에게 곧바로 콤플렉스로 심겨지고, 그것은 문익환이라는 주체를 형성하는 잉걸불이 됩니다. 문익환에게 윤동주는 자신을 비추어보는 거울 같은 존재였습니다. 그리고 문익환의 기억 속에 윤동주는 늘 자신을 성찰하는 존재였습니다.

문익환은 윤동주에게 "신앙의 회의는 있었다. 연전 시대가 그런 시기였던 것 같다. 그런데 그의 존재를 깊이 뒤흔드는 신앙의 회의기에도 그의 마음은 겉으로 여전히 잔잔한 호수 같았다"(「동주 형의 추억」)고 썼습니다.

흔들리며 성찰하는 윤동주의 모습은 문익환에게도 스스로를 새롭게 보는 계기가 되었을지 모릅니다. 자신을 철저히 성찰하는 자세는 「자화상」「십자가」「간」「쉽게 쓰여진 시」 등에서 늘 볼 수 있습니다. 절망은 탁월한 작가가 되기 위한 자양분이라 할 수 있겠어요. 문익환이 윤동주에게서 느꼈던 작가적인 자세는 문익환을 시인으로 만들어갑니다. 문익환 목사의 산문 곳곳에는 윤동주에 대한 칭찬이 있습니다.

문익환은 윤동주에게 배웠던 것들을 성장의 밑거름으로 삼습니다. 그리고 스스로 늦게 태어나는 존재라 하여 '늦봄'이라고 이름 짓지요.

문익환은 윤동주가 못 다 한 삶을 이어서 살았던 늦봄일 수도 있습니다. 중3 때 동아일보 신춘문예에 당선하는 송몽규나 같은 시기 여러 신문과 잡지에 시를 발표하여 해방 후 하나의 우상 같은 존재가 되는 윤동주에 비해 쉰세 살이 되어 시인으로 등단하는 문익환은 확실한 늦깎이였습니다. 목회와 학문에만 열중했던 문익환은 쉰여섯이라는 늦은 나이에 첫 시집을 냅니다.

그런데 중요한 문제는 문익환이 윤동주에게 갖고 있는 열등감은 시기심을 동반한 상처의 종류인가 하는 것입니다. 어쩌면 단순한 열등감일 수도 있습니다. 하지만 저는 그렇게 볼 수 없다고 생각합니다. 만약 그것이 열등감이라면 윤동주의 사망 소식이 그 열등감을 하나의 책임감으로 바꾸어놓았습니다.

그 집은 이층집이었고, 동주의 방도 이층에 있었다. 6조방이었던 것으로 기억한다. 동주는 내가 갔을 때 경도(교토—인용자)로 옮겨가려고 이삿짐을 싸고 있었다.(문익환, 「동주 형의 추억」, 같은 책, 215쪽)

이것이 1942년 문익환이 윤동주를 도쿄 하숙집에서 본 마지막 모습입니다.

1945년 2월 16일 윤동주는 후쿠오카 감옥에서 사망합니다.

"아, 나만 빠져나와버렸구나!"(김형수, 같은 책, 221쪽)

3월 6일 눈보라가 몹시 치는 날, 집 안뜰에서 친구 문익환의 아버지 문재린 목사가 윤동주의 영결식을 주관했습니다. 게다가 윤동주 묘지의 흙이 제대로 자리를 잡기도 전인 3월 7일에 송몽규도 후쿠오카 형무소에서 눈을 뜬 채 사망했다는 소식이 왔습니다.

등불을 밝혀 어둠을 조금 내몰고,
시대(時代)처럼 올 아침을 기다리는 최후(最後)의 나.

나는 나에게 작은 손을 내밀어
눈물과 위안(慰安)으로 잡는 최초(最初)의 악수(握手).
　　　　　　　　　──윤동주 유고시, 「쉽게 쓰여진 시」 중에서

　해방을 불과 육 개월 앞두고 사망한 벗 윤동주의 유고시를 읽으며 문익환은 울고 또 울었다고 합니다. 윤동주는 자신의 삶이 '최후'가 될 것을 알고 있었고, 그 순교의 길이 바로 '최초'로 깨달은 자신의 정체성이라는 사실을 유서처럼 써놓았던 겁니다. 정신분석학의 시각에서 보면, 좋아하던 존재가 갑자기 사라지면 엄청난 절망감에 빠지게 됩니다. 그 절망감이 오래오래 애도의 기간을 거치고 나면, 좋아하던 존재의 삶을 자신이 대신 살려는 의지가 생깁니다. 그때 좋아하던 존재에 대해 품고 있던 열등감이나 흠모는 책임감으로 바뀌어버립니다.

　무엇보다도 문익환 목사가 쓴 글에는 생래적으로 겸손이 깔려 있습니다. 도대체 자만을 찾아보기가 어렵습니다. 그가 윤동주를 상찬한 것은 열등감이 아니라 남을 높이려는 겸손에서 나온 표현입니다. 거꾸로 보자면 그가 자신을 '늦봄'이라고 표현한 것은 열등감 혹은 콤플렉스가 아니라 겸손에 자긍심을 더한 표현이라 봐야 할 것입니다. '늦봄'이라는 표현은 겸손과 긍지의 표현입니다. 나아가 그 긍지는 윤동주가 못했던 것을 내가 '늦게라도' 해야 한다는 다짐의 표현입니다.

　1973년 6월 1일 쉰여섯의 문익환은 『새삼스런 하루』라는 시집을 냅니다. '새삼스런', 그러니까 다시 태어나고 싶다는 의미겠죠. 그동안 살아온 인생은 '조상들이 만들어준' 헛그림자에 불과하다는 뜻입니다. 헛그림자를 버리고 이제는 참존재로 살아보겠다는 의지의 표현이 이 시집이었습니다. 그 문익환이 시인의 길로 나선 것은 윤동주라는 존재의 힘이 크고 명확하게 작용했습니다.

같은 해에 문익환은 윤동주가 좋아하던 릴케의 시를 번역했습니다. 릴케에 취하고 전태일과 장준하가 미처 하지 못한 일을 하기 위해 바쁘게 살았습니다. 또한 1973년은 그가 교회 건물 밖에서 사회 개혁에 헌신하는 해이기도 합니다. 문익환을 시인으로 만든 존재가 윤동주라면, 문익환을 사회 개혁에 나서게 한 존재는 전태일과 장준하였습니다. 전태일 분신 사건과 장준하의 죽임('죽음'이 아닌)은 문익환을 앞서나가게 밀어놓습니다. 장준하의 장례식에서 위원장을 맡은 문익환은 장준하의 관을 땅속에 내리면서 '그래, 네가 하려다 못한 일을 내가 해주마'라고 다짐했다고 합니다. 이제 문익환은 윤동주가 좋아하던 릴케에 취하고, 전태일과 장준하가 꿈꾸어온 세상을 향해 온몸을 던졌습니다. 윤동주, 송몽규, 전태일, 장준하가 못 이룬 봄의 꿈을 늦게라도 이루겠다는 겸손과 다짐의 표현이 '늦봄'입니다.

모든 죽어가는 것을 사랑해야지

태어난 생명들은 하나씩 사라집니다.

1917년에 태어난 박정희와 윤동주, 1918년에 태어난 장준하와 문익환.

박정희는 1942년 만주군관학교를 우등생으로 졸업하고 졸업생을 대표하여 "만주국의 왕도락토(王道樂土)를 지켜 대동아 성전에 참여, 벚꽃처럼 산화하겠다"는 답사를 낭독합니다. 박정희의 길은 일본군 장교로서 독립운동하는 동족을 사냥하는 일에 나서는 것이었죠. 무서운 충성심을 보여준 박정희는 일본 육사에 입학할 수 있는 특전을 얻고 1944년 일본 육사 57기를 삼등으로 졸업합니다. 박정희는 곧 일본군 소위 '오카모도 미노루'였습니다.

정반대로 장준하는 학도병을 탈출하여 육천 리를 걸어 광복군으로 넘어가 기관총을 들고 일본군과 맞섭니다. 한편 문익환은 만주 봉천으로 피하여 선교자의 길을 선택했습니다. 윤동주는 가장 연약한 시인의 길에 들어섰다가 감옥에 갇혀 가장 먼저 죽습니다. 장준하에게서 느꼈던 사회적, 정치적 실천에 대한 겸손한 다짐은 문익환을 재야 운동가로 만듭니다.

또래 인물 중에 가장 오래 살았던 문익환 목사는 박정희를 제외한 친구들의 장점을 받아들입니다. 박정희의 기회주의적 처신을 참을 수 없었던 장준하처럼 혁명가의 삶을 살기도 하고, 가장 부러워했던 윤동주처럼 시인이 되어 시를 발표하기도 합니다. 그리고 자신을 시인으로 만들어준 친구 윤동주에게 시 한 편을 올립니다.

너는 스물아홉에 영원이 되고
나는 어느새 일흔 고개에 올라섰구나
너는 분명 나보다 여섯 달 먼저 났지만
나한텐 아직도 새파란 젊은이다.

너의 영원한 젊음 앞에서
이렇게 구질구질 늙어가는 게 억울하지 않느냐고
그냥 오기로 억울하긴 뭐가 억울해할 수야 있다만
네가 나와 같이 늙어가지 않는다는 게

여간만 다행이 아니구나

너마저 늙어간다면 이 땅의 꽃잎들
누굴 쳐다보며 젊음을 불사르겠니

김상진 박래전만이 아니다
너의 '서시'를 뇌까리며
민족의 제단에 몸을 바치는 젊은이들은
후꾸오까 형무소
너를 통째로 집어삼킨 어둠
네 살 속에서 흐느끼며 빠져나간 꿈들
온몸 짓뭉개지던 노래들
화장터의 연기로 사라져버릴 줄 알았던
너의 피 묻은 가락들
이제 하나둘 젊은 시인들의 안테나에 잡히고 있다.

—문익환, 「동주야」 중에서

가장 이상적인 제자는 스승으로 탄생합니다. 가장 이상적인 스승은 제
자를 스승으로 잉태합니다. 문익환은 장준하가 낳은 혁명이였습니다. 가
장 이상적인 독자는 작가로 탄생합니다. 가장 따뜻한 작가는 독자를 작가
로 잉태합니다. 문익환은 윤동주가 낳은 작가였습니다.

나는 가고 너는 와야지. 나는 철조망 너머 터진 발 끌며 네게로 가고
너는 지뢰밭 지나 절뚝거리며 내게로 와야지. 이것밖엔 우리에게 딴 길

이 없으니.(김형수, 같은 책, 793쪽)

　옥고를 치르면서도 인권과 민주와 통일의 길을 외면하지 않았던 문익환이 늘 잊지 않았던 '너'는 바로 윤동주와 장준하였을 겁니다. 무엇보다도 문익환은 예언자의 마음과 시인의 영혼을 동시에 가진, 가장 높은 별에서 가장 낮은 지렁이까지 포용하는 삶을 살았던 목자였습니다.

　1987년 연세대 학생 이한열의 장례식 때 문익환 목사는 두 팔을 한껏 벌려 모든 아픔을 안으려 했습니다. 스물여섯 명의 열사들을 한 명 한 명 호명하면서 하늘과 땅을 포용하는 기도를 올렸습니다. 두 팔을 벌려 "모든 죽어가는 것을 사랑해야지"(「서시」)라는 마음으로 죽어간 영혼들을 호명했습니다.

　　동주가 살아 있어서 내가 하는 성서 번역을 도와주었다면(살아 있다면 기꺼이 도와주었을 것이다) 나는 영영 시를 써보지 못하고 말았을 것

문익환

이다.

　문익환 목사가 남겼던 이 구절은 윤동주가 얼마나 자신의 삶에 큰 역할을 했는지 드러내는 겸손한 표현입니다. 윤동주가, 전태일이, 장준하가 바라던 세상이 비어 있기에, 깨져 있기에 그 빈 공간을 스스로 채우려 했고 봉합하려 했던 것이 문익환의 삶입니다.

　여섯 번의 수감 생활 끝에 1994년 1월 18일 심장마비로 짐승스런 시대를 품고 떠났던 거인 문익환, 그는 윤동주가 살려낸 친구, 윤동주의 영원한 친구였습니다.

큰 고요 곁으로

2013년 12월 후쿠오카 대학에서 윤동주에 대해 강연했습니다. 백여 년 전 명동학교에 다니던 어린 윤동주부터 경성에 갔던 청년 윤동주, 그리고 죄수가 되어 후쿠오카 형무소로 끌려간 윤동주의 모습이 영화의 장면처럼 생각났습니다.

윤동주 등 조선인 죄수가 구속되어 있던 후쿠오카 형무소 자리에 처음 갔던 날 밤, 윤동주와 송몽규의 신음소리가 환청으로 들렸습니다. 내내 뒤척이다가 창문을 열었을 때 후쿠오카에 눈물처럼 겨울비가 내렸어요. 역사의 진보를 믿는다는 것이 무엇인지, E. H. 카를 생각하며 눈시울이 젖었습니다.

진보를 믿는다는 것은 자동적이거나 필연적인 과정을 믿는 것이 아니고, 인간의 잠재능력(human potentialities)이 진보적으로 발전한다고 믿는 것이다. 목표를 향한 '무제한적인 진보'의 가능성을 믿는 것이다.(E. H. 카, 『역사란 무엇인가』)

윤동주의 시에는 인간의 희망에 대한 '무제한적인 진보'가 있는 것이 아닐까요. 윤동주의 시에는 분명 절망에서 머물지 않는 끊임없는 잉걸불이 타오르고 있습니다. 그 무제한적인 진보를 믿었기에 그는 희생을 마다하지 않았습니다. 그리고 그것에 공감하는 이들이 아직도 윤동주의 시를 읽는 것이 아닐는지요. 후쿠오카에서 윤동주의 시를 함께 읽었던 일본인들을 떠올리며 그의 시가 왜 아직도 이렇게 읽히고 있을까 생각해봅니다.

윤동주의 시는 과거의 유물이 아니라 현재 우리의 호흡 속에서 계속 살아나고 있습니다. 현대적이며 창조적인 의미와 만나면서 '윤동주'라는 텍스트는 안팎을 회통하며, 한국문학의 경계를 넘어 세계문학의 유산이 되고 있습니다. 이제까지 만난 윤동주의 시에는 어떤 매혹이 있기에 이렇게 독자들 마음에서 회감되고 있는지요.

첫째, 윤동주의 시는 자기와 존재를 투시하는 '성찰의 언어'이기 때문입니다.

늘 부끄럽다느니 자기성찰만 하고 행동하지 않는 윤동주가 싫다고 하는 사람도 있습니다. 그렇게 볼 수도 있습니다. 누구나 한번쯤 그렇게 생각했던 적이 있을 겁니다. 그런데 윤동주의 자기성찰이 실천과는 전혀 관계없었던 것인지 곧 써보겠습니다.

윤동주는 지나치게 보일 정도로 내면을 치열하게 성찰하며 반성합니다. 그는 자신을 늘 부끄럽게 생각했습니다. 내면으로 부끄러운 것뿐만 아니라 식민지 시대에 아무 저항도 못하는 무기력한 자신을 발견하면서 더욱 부끄러움을 드러냅니다.

"추억처럼 사나이가 있습니다"(「자화상」), "한 점 부끄럼이 없기를,/잎 새에 이는 바람에도/나는 괴로워했다"(「서시」), "어느 운석 밑으로 홀로 걸어가는/슬픈 사람의 뒷모양"(「참회록」), 자기성찰의 정점에는 "시대처럼 올 아침을 기다리는 최후의 나"(「쉽게 쓰여진 시」)라며 마침내 자신의 정체성을 깨닫는 대목도 있습니다. 그의 심안(心眼)에는 늘 눈물과 부끄러움이 가득합니다. 그의 시편들은 자신을 깊이 응시하며 모든 존재의 슬픔을 통찰하는 언어였습니다.

'피로사회(한병철)'라 할 만치 바쁜 일상에서 많은 사람들이 자신의 내면을 들여다보는 일을 게을리하고 있습니다. 숲으로 들어가는 길을 시나브로 걸으며 묵상할 시간은 없고, 내일의 노동을 위해 매일 조깅을 하며 근육을 단련시키기에 바쁜 것이 우리의 일상입니다. 이때 윤동주가 평생 견지해온 '자기성찰'은 국경을 초월해서 모든 이들이 잊지 말아야 할 자세일 것입니다.

둘째, 윤동주의 시는 기억해야 할 것을 '한글'로 기록한 '기억의 집'이라는 사실입니다.

기억하고 싶지 않고 지우려 해도 지울 수 없는 순간들이 있습니다. 그 기억이 무서워 목숨을 끊으려 해도 억울함 때문에 오히려 악착같이 살아가려는 설움들이 있습니다. "우리가 기억을 소홀히 한다 해도 그 기억은 우리를 놓아주지 않는다"라고 알라이다 아스만이 『기억의 공간』에 썼지요. 윤동주의 시는 이 세계를 살아가는 우리들이 잊지 말아야 할 순간들에 대한 기록입니다.

"트라우마는 몸에 직접 각인되어 그 경험을 언어적으로 작업하여 해석하는 것을 불가능하게 만든다. 따라서 트라우마의 경험은 서사가 불가능하다."(알라이다 아스만, 같은 책, 359쪽)

깊은 아픔은 서사가 불가능합니다. 고통을 당한 사람들은 자신들이 당한 상처를 언어로 표현해내지 못합니다. 상처가 큰 사람은 상처를 울음으로, 하소연으로 혹은 욕설로밖에 표현할 수 없을 지경입니다. 당시 조선인은 그나마 고통과 설움을 표현할 수 있는 조선어의 사용을 금지당했습니다. 한글은 고통의 언어였습니다. 윤동주가 '한글'로 쓴 많은 시는 식민지 시대를 어쩔 수 없이 살아가야 했던 조선인들, 자신의 아픔을 표현할 수 없었던 서벌턴의 고통에 대한 기록입니다.

그런데 윤동주가 기록한 인간의 증환(症幻)은 식민지 시절에 한정된 것만이 아니라 인간이라면 누구나 갖고 있는 영원한 동경이나 한계를 말하고 있습니다. 그래서 윤동주의 시를 아직도 많은 이들이 공감하고 있는 것이 아닐는지요.

셋째, 윤동주가 슬픔을 외면하지 않는 '곁의 시인'이었기 때문입니다.

윤동주는 어느 편에 서 있기보다 고통받는 이의 '곁'에서 그 마음을 전해주려고 했던 시인입니다. 그는 슬픈 '곁으로' 가려 했습니다. 예를 들어 오직 빵가게 주인 편에 서 있는 게 정의라면 『레 미제라블』이 명작으로 읽히는 따위는 없었겠지요. 장 발장이 가난한 사람들 '곁에' 있으려 했듯이 윤동주는 빵가게 주인 편이 아니라 '비참한 사람들(Les Misérables)' 곁에 있고 싶어했습니다. 그래서 "슬퍼하는 자는 복이 있나니"(「팔복」)라며 슬픔 곁에 있으려 했고, 병든 여자가 회복되기를 바라며 "그가 누웠던 자리에 누워"(「병원」)보았습니다. 무엇보다도 '눈물 곁'에 있으려 했습니다. 연희전문 시절부터 '눈물'이라는 단어는 보다 현실적인 의미를 갖고 자주 나옵니다. 그는 타인을 "눈물 고인 충혈된 눈"(「투르게네프의 언덕」)으로 바라봅니다.

그는 눈물 '곁으로' 가고자 했습니다. "모든 죽어가는 것을 사랑"(「서시」)하겠다고 했습니다. 그래서 그의 시는 따뜻한 손길처럼 이 땅의 젊은이와 고통받는 사람들에게 위안이 되고 있습니다. 절망한 영혼들에게 그의 시는 괴로움과 슬픔을 달래주는 따사로운 봄바람 역할을 하기도 합니다. 그의 시에서 마지막 눈물은 "눈물과 위안으로 잡는 최초의 악수"(「쉽게 쓰여진 시」)라며 자신에게 향하고 있습니다.

넷째, 윤동주의 사랑은 낮지만 '거대한 사랑'이기 때문입니다.

에리히 프롬은 『사랑의 기술』에서 인간은 관계에서 분리될 때 불안을 느낀다고 썼습니다. 그래서 인간은 성숙한 사랑과 삶을 회복하기 위해서 끊임없이 '합일'을 추구한다고 썼습니다.

성숙한 사랑은 '자신의 통합성', 곧 개성을 '유지하는 상태에서의 합일'이다. 사랑은 인간에게 능동적인 힘이다. 곧 인간을 동료에게서 분리하는 벽을 허물어버리는 힘, 인간을 타인과 결합하는 힘이다. 사랑은 인간으로 하여금 고립감과 분리감을 극복하게 하면서도 각자에게 각자의 특성을 허용하고 자신의 통합성을 유지시킨다. 사랑에서는 두 존재가 하나로 되면서도 둘로 남아 있다는 역설이 성립한다.(에리히 프롬, 『사랑의 기술』, 문예출판사, 2004, 38쪽)

사랑은 상대를 소유하는 것이 아니라 상대의 독립성과 개체성을 완전히 인정하면서 나와 상대가 하나가 되는 것이라고 에리히 프롬은 썼습니다. 상대를 소유하려는 것이 아니라 "개성을 유지하는 상태에서의 합일"을 말합니다. '둘이 합하여 하나가 되는 것이 결혼'이라는 상투적인 관념에서 벗어나 "각자의 단독성을 허용하는 통합성", 그러니까 "두 존재가 하나로 되면서도 둘로 남아 있는 것"이 사랑이라고 에리히 프롬은 정의했습니다. 윤동주의 시는 끊임없이 분리된 고향을 찾아 고향을 회복하려는 '합일' 지향성을 갖고 있습니다.

그 합일은 단순히 조선인끼리만의 합일이 아니라 같은 피해자인 일본인들도 합일하자고 권하고 있습니다. 사랑과 평화로 합일하자고 권하고 있습니다. 그 합일의 마음에 공감하는 일본인들이 윤동주의 시를 사랑하고 있을 겁니다. 윤동주가 시에 담아낸 사랑의 폭은 나지막하나 거대합니다.

에리히 프롬은 사람이 사랑하는 대상을 형제애, 모성애, 성애, 자기애, 신에 대한 사랑의 다섯 가지로 설명합니다. 그런데 윤동주는 『사랑의 기술』에 없는 사랑을 말합니다. "죽어가는 모든 것"(「서시」)을 사랑하는 사랑입니다. 하늘과 바람과 별까지 사랑하는 우주적인 사랑입니다. 윤동주가 사랑하는 대상은 에리히 프롬이 말하는 사랑의 다섯 가지 대상을 포괄하면서 그 너머에 있습니다. 이런 사랑이 가능한 것은 윤동주의 생각에는 '중심'에 대한 개념 자체가 다르기 때문입니다.

중심에 대한 고정관념을 전복(顚覆)시킨다면 어떤 변화가 일어날까. 세상의 중심을 권력이나 자본으로 정하지 않고, 이 세상의 중심을 상처받은 곳에 둔다면 어떤 결과가 일어날까. 권력과 돈을 보기 전에 세상의 중심인 상처받은 곳부터 본다면 그 순간부터 이 세상은 사랑과 혁명을 경험하게 될 것이다. (김응교, 『곁으로—문학의 공간』, 새물결플러스,

2015, 48쪽)

세상 사람들은 돈이 있고, 권력이 있는 곳이 '중심'이라고 생각하지만, 윤동주에게는 쓸데없는 사물들, 꽃들, 당나귀도 중심이기 때문입니다. "모든 죽어가는 것"을 중심으로 생각하는 사람은 전혀 다른 차원의 사람이지요.

윤동주의 시를 정말 좋아하는 일본인들은 단순히 자신들의 죄를 속죄하고 싶은 식민지적 죄의식의 시각으로만 윤동주의 시를 읽지 않습니다. 더욱 폭넓게 윤동주의 시를 공감하며 받아들이는 까닭은 윤동주의 사랑이 우주적이거나 역사적인 슬픔은 물론, 개인적인 설움에 이르기까지 모든 것을 보듬고 위로하기 때문입니다. 이러한 의미에서 윤동주를 국민시인이나 민족시인으로만 한정시키는 것은 윤동주 문학의 탁월함을 좁히는 결과를 낳을 수 있습니다. 윤동주는 민족시인이면서 또한 그 한계를 넘어서고 있습니다.

윤동주는 고통받는 영혼들의 마음을 글로 담아내며 대신 말해주는 존재였습니다. 식민지를 살고 있어 병의 원인을 모르는 난민들 낱낱의 상처를 대신 말해주는 대언자 역할을 자신도 모르게 하고 있었습니다.

다섯째, 윤동주의 시는 실천을 자극하는 '다짐의 시'이기 때문입니다.
그의 시는 단지 관념에서 끝나는 것이 아니라 명확한 실천을 예고하고 있었습니다.

괴로웠던 사나이,
행복(幸福)한 예수·그리스도에게

처럼

십자가(十字架)가 허락(許諾)된다면

모가지를 드리우고
꽃처럼 피여나는 피를
어두워가는 하늘 밑에
조용히 흘리겠습니다.

—윤동주, 「십자가」 중에서

　그는 '처럼'의 시인이었습니다. 국익이라는 헛것으로 보편성을 강요하는 파시즘 시대에 윤동주의 문학은 만들어진 보편성에 흠집을 내고 그 한계를 깨뜨리는 저항의 언어였습니다. 따라서 그의 문학은 친일 문학 같은 굴레에 갇힐 수 없었습니다. 문학은 한계와 제약으로 구속해서는 안 되고, 구속할 수도 없다는 자유에 그는 목숨을 걸고 있었습니다. 기회가 주어진다면, 십자가가 허락된다면, 꽃처럼 피여나는 피를 조용히 흘릴 희생을 각오했고, 그 결단의 순간을 위해 그는 늘 "모든 죽어가는 것을 사랑해야지/그리고 나한테 주어진 길을/걸어가야겠다"(「서시」)며 다짐하며 살았습니다.
　주어진 길을 "걸어가야겠다"(「서시」), 피를 "조용히 흘리겠습니다"(「십자가」)라고 했던 그는 그 다짐대로 '살리는 죽음'을 죽었습니다. 만약에, 만약에 말입니다. 그가 기적처럼 오래 살아서 누구처럼 독재자 아래 구차하게 아첨하여 국회의원이 됐거나 누구처럼 민주주의를 배반하고 독재자에게 금전을 빌어먹는 비루한 삶을 살았다면 '윤동주'라는 이름은 아무 의미가 없었겠지요. 하늘의 선물처럼 그는 다짐의 정점에서 온몸으로 시의 마침표를 찍었습니다.

다시 한겨울에 얼어붙은 물속의 잉어를 생각해봅니다.

식민지 시절 명동학교 출신들을 생각해봅니다. 명동학교 교장 규암 김약연, 명동학교에서 공부했던 나운규, 윤동주, 송몽규, 문익환 등 죽음을 벗했던 이들을 생각하면 절망할 틈이 없어요. "많은 사람을 옳은 데로 돌아오게 한 자는 별과 같이 영원토록 빛나리라"(다니엘 12장 3절)라고 했듯이 윤동주는 "오늘밤에도 별이 바람에 스치운다"(「서시」)라고 했나봅니다.

> 손목을 잡으면
> 다들, 어진 사람들
> 다들, 어진 사람들
>
> —윤동주, 「간판 없는 거리」 중에서

윤동주는 만들어진 우상이나 상업적인 문화 상품이 아닙니다. 윤동주는 엄청난 독서와 진지한 삶의 자세로 지리멸렬한 시대에 진지하게 응전했던 젊은이였습니다. 윤동주의 시는 독자들에게 참혹한 시대라 하더라도 포기하지 말고 버티고 이겨내라고 권합니다. 부끄러움을 아는 염치 있는 인간의 위엄을 지키라고 나지막이 권합니다. 독자들이 각자 '얼음물 속의 한 마리 잉어'가 되어야 한다고 응원하고 있습니다. 윤동주는 철저한 자기성찰로부터 출발하여 죽어가는 모든 것을 사랑하는 적극적인 자세를 제시했습니다. "혁명은 왜 고독해야 하는가"(김수영, 「푸른 하늘을」)라고 했던 그 자세가 윤동주의 시에도 보입니다. '윤동주'라는 이름은 우리 자신과 이 사회를 조용히 혁명시키는 큰 고요입니다. 죽어가는 모든 것을 사랑하는 그의 자세는 끔찍한 빈곤과 온갖 재해로 사람들이 죽어가는 이 시대에 반드시 필요한 것입니다. 그의 시는 "어진 사람들"을 호명하며, 위로와 눈물로 여전히 우리에게 악수를 청하고 있습니다.

윤동주가 곁에 있다고

꽃샘추위 얼얼한 2월 16일.

매년 이 무렵이면 윤동주에 대한 글을 쓰고, 윤동주에 대해 강연해왔습니다. 그때마다 늘 비슷한 고백을 듣곤 합니다.

"윤동주를 안다고 생각했는데 듣고 보니 전혀 모르고 있었어요."

말 그대로 윤동주의 모든 시를 꼼꼼히 읽은 사람은 드뭅니다. 그런데도 많은 사람들이 윤동주를 잘 안다고 생각하는 이유는 무엇일까요.

첫째, 몇 편의 시만 읽고 전체를 아는 양 착각하는 것은 아닌지요. 이 책에서는 특정 사상에 대한 편견이나 특정 시에 대한 쏠림이 지나쳐 숫제 없는 시가 되어버린 윤동주의 시를 주목하려 했습니다.

둘째, 널리 알려진 시들 외에 쉽게 지나칠 수 없는 다른 시들이 있다는 사실조차 모르기 때문이 아닌지요. 그래서 가능한 한 많은 윤동주의 시를 소개하고 싶었습니다.

셋째, 윤동주의 시와 삶 전체를 다룬 책이 많지 않다는 사실에도 문제가 있을 겁니다. 그래서 윤동주의 시와 삶을 어렵지 않은 문장으로 풀어 누구나 읽기 쉽도록 썼습니다. 쉽게 읽힌다고 책 내용이 가벼운 것은 아 닙니다. 이 책에 실린 글은 대부분 학술대회에서 논문으로 발표하고, 쉬 운 문체로 다시 고쳐 쓴 것들입니다. 이 책은 강연과 수업, 그리고 학술대 회 발표를 통해 다듬어진 것입니다. 아직 제 윤동주 연구는 도입부에 불 과합니다. 제가 윤동주에 대해 현재까지 발표한 등재지 논문은 6편에 불 과합니다.

①「만주, 디아스포라 윤동주의 고향」, 한민족문화학회, 『한민족문화 연구』 제39집, 2012년 2월.

②「윤동주와 '정지용 시집'의 만남」, 국제한인문학회, 『국제한인문 학』 제16호, 2015년 9월.

③「우애와 기억의 공간, 윤동주와 정병욱」, 한민족문화학회, 『한민족 문화연구』 제49집, 2015년 2월 28일.

④「릿쿄 대학 시절, 윤동주의 유작시 다섯 편」, 한민족문화학회, 『한 민족문화연구』 제41집, 2012년 10월 31일.

⑤「일본에서의 윤동주 연구」, 한국문학이론과 비평학회, 『한국문학 이론과 비평』, 제43집(13권 2호), 2009년 6월 30일.

⑥「문학 속의 숨은 신—조지 오웰, 윤동주, 김수영의 경우」, 한국문 학연구소, 『한국문학연구』 제48집, 2015년 6월 30일.

언젠가 윤동주에 대해 쓴 논문집을 따로 내겠으나 위 논문들을 그대로 출간했다면 학자가 아닌 일반 독자나 청소년 독자를 만날 길은 아득했을 겁니다. 저 논문에 나오는 내용들 중 일부를 한글 해독자라면 누구나 쉽게 이해할 수 있도록 최대한 쉽게 풀어 써봤습니다. 입말투로 써서 잡지에 먼저 연재한 것을 읽고, 고등학교 이학년 여학생과 우편집배원으로 있다가 지금은 국제우편물류센터에서 일하는 김재홍 님, 서울지하철노동조합 소속 노동자 윤성광 님 등 여러 분께서 쉽게 써줘서 좋았다며 이 책의 원고를 검토해주기도 했어요. 독자의 격려가 얼마나 큰 힘이 되는지 모릅니다.

아주 가끔 어려운 부분도 있을 겁니다. 실은 다시 읽게 하고 싶은 대목은 일부러 문장을 꼬아 쓰기도 합니다. 입에 쓰지만 건강한 나물이 있지요. 좋은 나물이라 생각하고, 어려운 부분이 나오면 '다시 읽으라고 일부러 어렵게 썼구나' 하고 다시 읽어주었으면 해요. 인용한 윤동주의 원본 사진은 모두 왕신영·심원섭·오무라 마스오·윤인석 엮음 『윤동주 자필 시고전집』(민음사, 1999)에 실려 있는 것들입니다. 인용한 시는 특별한 경우를 제외하고 홍장학 엮음 『정본 윤동주 전집』(문학과지성사, 2004)을 참고했습니다. 되도록 윤동주가 썼던 한자를 괄호에 넣어 인용했습니다.

사랑만 받고 갚지 못할 때

시인 고은 선생님께 감사드립니다. 이국의 섬나라에서 절망하고 있는 미련한 후학에게 귀국을 강권하셨습니다. 선생님 덕에 이 나라에서 윤동주에 대한 연구에 몰두할 수 있었습니다. 오무라 마스오 교수님(와세다 대학)은 제가 평생 잊지 못할 은사입니다. 1985년 잊혀져 있던 윤동주의 묘소를 최초로 찾아내고, 사진판 윤동주 시집을 준비하고, 「윤동주의 독서 체험」 등 윤동주를 연구할 때 꼭 읽어야 할 논문을 발표해온 학자입니다. 모자란 저를 신뢰해주고 1998년부터 십 년간 와세다 대학에서 학생들을 가르칠 기회를 준 오무라 선생님께서 "시인 윤동주와 소설가 김학철은 한국이 낳은 세계적인 작가입니다"라고 했던 말씀이 윤동주를 연구할 때 늘 잉걸불처럼 힘을 주곤 했습니다.

송우혜 선생님이 쓴 『윤동주 평전』(서정시학, 2014)에서도 큰 도움을 받았습니다. 출판사를 달리하며 세 번에 걸쳐 개정된 이 책은 저자 자신이 계속 수정하고 개작한 역작입니다. 윤동주를 공부할 때 필독서를 쓴 송우혜 선생님과 2014년 2월 16일 윤동주의 기일에 KBS1 'TV 책을 보다' 프로그램의 '윤동주 편'을 함께 녹화하는 기쁨도 얻었습니다. 송우혜 선생님의 저서가 역사적 실증주의에서 시인 윤동주의 삶을 구성한 평전이라면, 제 글은 시의 원전을 분석하여 시를 통해 윤동주를 재구성하는 '시로 만나는 윤동주'라는 입장입니다.

정병욱 교수의 차남인 정학성 교수님(인하대)과 윤동주의 조카인 윤인석 교수님(성균관대)은 제 어설픈 노력과 실수를 늘 말없이 지켜보며 격려해주셨습니다. 두 선생님께서 말없이 웃음지을 때 저는 더 긴장했습니다. 두 분 덕분에 더욱 조심하며 글을 마무리했습니다.

마광수 교수님(연세대학교)의 박사논문 『윤동주 연구』(정음사, 1986)는 제가 맨 처음 읽은 종합적인 윤동주 연구였습니다. 윤동주에게 감추어진 경이로운 그늘을 바로 이 책을 읽고 최초로 접했기에 마광수 교수님에게도 감사드립니다. 삼십여 년 전 상징의 시각에서 윤동주의 시를 분석한 선생의 연구에서 적지 않은 영향을 받았습니다.

최시한 교수님(숙명여대)의 권유가 없었다면 이 책은 탄생하지 않았을 겁니다. 윤동주에 대한 논문 세 편을 발표했을 때만 해도 그저 논문만 계속 쓰려 했습니다. 2012년 봄날 최교수님께서 윤동주에 대해 쉽게 설명하는 책을 써보지 않겠느냐고 권유해주었습니다. 두 달 정도 초고를 써서 보여드렸을 때 세세하게 문제점을 조언해주었던 최교수님께 머리 숙여 감사드립니다. 한결같이 격려해주시는 숙명여대 구명숙, 황영미, 권성우 교수님에게도 감사드립니다. 세 분 덕에 숙대 연구실에서 이 책을 마무리할 수 있었습니다.

쿠마키 츠토무 교수님(후쿠오카 대학)은 『윤동주 연구』(숭실대, 2003)로 박사학위를 취득한 분입니다. 제가 윤동주에 대해 가장 많이 대화했던 동학입니다. 2012년 12월 박근혜 정부가 탄생하던 날, 쿠마키 교수님의 초청으로 후쿠오카 대학에서 윤동주에 대한 강연을 했습니다. 후쿠오카 대학 게스트 하우스에서 후쿠오카 형무소에서 사망한 젊은 시인을 생각하며 밤새 눈물을 흘리기도 했습니다. 윤동주가 하숙했던 누상동 9번지 집을 2014년 12월 겨울밤에 함께 찾아가기도 했습니다. 바쁜 중에도 졸고를 읽어주고 당시 간도 지도와 어릴 적 송몽규의 사진까지 보내준 쿠마키 교수님에게 깊이 감사드립니다.

윤동주에 대한 연구를 할 수 있도록 2011년부터 이 년간 신진교수 연구기금을 지원해준 한국연구재단에 감사드립니다. 일본에서 귀국하여 적응하지 못했던 어려운 시절에 연구기금을 받아 윤동주에 대한 네 편의 논문을 발표할 수 있었습니다. 이어서 단행본을 낼 수 있도록 2013년 예술연구서적 발간지원사업에 지원 도서로 선정해준 서울문화재단과 심사위원 시인 김기택, 문학평론가 신수정, 이광호 선생님께 감사드립니다.

매년 윤동주의 기일인 2월 16일 무렵에 윤동주에 대한 강연을 할 수 있도록 권유해준 임자헌, 임예헌 두 자매와 이광하 목사님께 감사드립니다. 세 분의 격려로 2010년부터 매년 2월 16일에 강연을 해왔습니다. 월간 『기독교사상』에 이 년 동안이나 연재할 수 있도록 해준 홍승표 편집주간의 넉넉한 배려가 없었더라면 이 책을 마무리할 수 없었을 겁니다.

2011년 부산 '기쁨의 집'에서 일박 이일로 열 시간 이상 윤동주를 강연했습니다. 제 생애에 처음 길게 윤동주에 대해 설명했던 경험이었습니다. 오후에 시작해 저녁에도 강연하고, 일박 한 뒤 다음날 아침과 점심까지 계속 강연했습니다. 함께 자리해준 분들과 김현호 대표에게 감사드립니다. 졸저 『곁으로―문학의 공간』에 이어 이번 책도 문장 전체를 검토해준 최유진 동문 선생님께도 감사드립니다.

2014년 윤동주에 대해 매달 한 번씩 일 년 동안 강연할 기회를 준 은혜공동체와 박민수 목사님께도 감사드립니다. 일 년 동안 윤동주와 맹자, 윤동주와 키르케고르, 윤동주와 정지용식으로 두 시간씩 열 번을 강연했습니다. 매달 한 번 멀리 대구에서 빠짐없이 윤동주 강연회에 참여해주고, 이 책을 읽어주고, 마침내 『윤동주 시의 실존의식 연구』(한국교원대학교대학원, 2015)로 박사학위를 취득한 김형태 선생님 등 이 모임에 참여해준 모든 분들께 감사드립니다.

출판사를 찾지 못할 때 문학동네 염현숙 대표님께서 선뜻 받아주었습니다. "이제는 진짜 책을 만들어 독자들 곁으로" 보내자며 재촉하고 때로는 편안한 목소리로 기다려준 편집부에도 감사드립니다. 번역서 『어둠의 아이들』(양석일 장편소설)을 문학동네에서 낸 뒤 다시 문학동네의 손길을 받습니다.

윤동주의 숭실 시절을 연구하라며 『숭실 백년사』 등 자료를 보내준 친형 김응엽 숭실중학교 교장선생님께 이 책을 올립니다. 또한 결혼 이십이 년간 남편이 가장 좋아하는 된장국을 맛있게 끓여준 아내 김은실 역사교사에게 이 책을 드립니다. 아빠가 좋아하는 백석, 김수영, 신동엽 시인 등의 일러스트를 그려주고, 이 책에 실린 윤동주의 일러스트도 그려준 큰아들 김재민에게, 그리고 윤동주의 시로 만든 노래에 맞춰 춤을 추겠다는 막내 김재혁 댄서에게 이 책을 드립니다.

최초의 악수

지난 세월 사랑만 받고 아무것도 갚지 못할 때가 많았습니다. 나도 모르게 지은 죄가 있고, 알게 모르게 남의 덕으로 살아갑니다. 돌아보면 온통 빚쟁이로 살아온 시간들이었습니다. 이 모든 사랑을 잊지 않고 스스로를 흔들어 깨우겠습니다. 무엇보다도 행복한 시절을 갖도록 오랜 시간 함께 벗해준 윤동주 시인에게 감사드립니다.

「참회록」원고지 아랫부분에 써 있는 "시(詩)란 부지도(不知道)"라는 말, 부지도(不知道)란 중국어 표현으로 부쯔다오[bùzhīdào]라고 발음하기에 중국어 공부가 필요했습니다. 이 표현이 저를 더 피할 수 없이 중국어 교실로 밀어넣었습니다. 윤동주의 시혼에 접근해보려고 그가 좋아하던 『맹자』『중용』, 정지용, 백석, 키르케고르 등을 읽어야 했습니다. 거대한 도서관을 체험하도록 기회를 준 윤동주에게 감사하며 그의 유작시를 읽어봅니다.

> 등불을 밝혀 어둠을 조금 내몰고,
> 시대(時代)처럼 올 아침을 기다리는 최후(最後)의 나,
>
> 나는 나에게 작은 손을 내밀어
> 눈물과 위안(慰安)으로 잡는 최초(最初)의 악수(握手).
> ──윤동주, 「쉽게 쓰여진 시」(1942. 6. 3) 중에서

"아침을 기다리는 최후의" 윤동주는 자신의 정체성을 깨닫는 "최초의

악수"를 합니다. 이 책을 읽는 모든 분들이 '나'의 정체성을 깨닫고 "나는 나에게 작은 손을 내밀어/눈물과 위안으로 잡는 최초의 악수"를 체험할 수 있다면 더할 나위 없겠습니다.

이렇게 많은 분들이 도와주었건만 덜 익은 음식을 내놓는 기분이라 염려가 말가웃은 됩니다. 빈 데를 여기저기 깁고 다듬고 채웠지만 여전히 밉상인 채로 내놓습니다. 기회가 되는 대로 보강하여 온당한 모양이 되도록 이 책을 평생 살피려 합니다.

아직 저에게 윤동주의 시 공부는 진행형입니다. 매년 2월 16일에 한 치도 패배나 절망에 젖지 않고, 마지막 순간까지 사랑하며 살려 했던 '곁으로의 시인'을 호출하려 합니다.

윤동주는 침묵으로 최초의 악수를 우리에게 건넵니다.

슬픔 곁으로 가라고, 웃음 곁에서 웃으라고, 그게 축복이라고, 윤동주도 곁에 있다고.

2016년 2월
수락산에서 김응교 손 모아

처럼—시로 만나는 윤동주
ⓒ 김응교 2016

1판 1쇄 2016년 2월 16일
1판 11쇄 2024년 8월 26일

지은이 김응교

책임편집 이성근 | 편집 정은진 김내리 황예인
디자인 김이정 이주영 | 저작권 박지영 형소진 최은진 오서영
마케팅 정민호 서지화 한민아 이민경 안남영 왕지경 정경주 김수인 김혜원 김하연 김예진
브랜딩 함유지 함근아 박민재 김희숙 이송이 박다솔 조다현 정승민 배진성
제작 강신은 김동욱 이순호 | 제작처 영신사

펴낸곳 (주)문학동네 | 펴낸이 김소영
출판등록 1993년 10월 22일 제2003-000045호
주소 10881 경기도 파주시 회동길 210
전자우편 editor@munhak.com | 대표전화 031)955-8888 | 팩스 031)955-8855
문의전화 031)955-8895(마케팅), 031)955-8864(편집)
문학동네카페 http://cafe.naver.com/mhdn
인스타그램 @munhakdongne | 트위터 @munhakdongne
북클럽문학동네 http://bookclubmunhak.com

ISBN 978-89-546-3968-2 03810

* 이 책은 '서울문화재단 2013 예술연구서적 발간지원사업'의 지원을 받아 발간되었습니다.
* 이 책의 판권은 지은이와 문학동네에 있습니다.
  이 책 내용의 전부 또는 일부를 재사용하려면 반드시 양측의 서면 동의를 받아야 합니다.
* 이 도서의 국립중앙도서관 출판예정도서목록(CIP)은 서지정보유통지원시스템 홈페이지
  (http://seoji.nl.go.kr)와 국가자료종합목록 구축시스템(http://kolis-net.nl.go.kr)에서 이용
  하실 수 있습니다.(CIP 제어번호: 2016003689)
* 잘못된 책은 구입하신 서점에서 교환해드립니다. 기타 교환 문의: 031) 955-2661, 3580

www.munhak.com